夢に溺れる人びと

目次

レストラン

1

酔ってはいないぞ、と考えることが酒に酔っている何よりの証拠であるのに、それを一向に認めたがらないのは酔うことにある種の罪悪感を持っているせいである。酔えば必ず失敗をするというのが吾介の罪悪感の根源にあって、必らず、と言うのが些細な事柄であるならば取りたてて言う程のこともないが、しかしこれが吾介の一生を左右することとなると重大であってそんな可能性のある折には吾介は酒を飲まないと誓って行動するのだが、決って酒が出て酔えば必らず失敗をすることになる。些細なこととは終電車に乗り遅れるとか、乗り越して終点まで行ってしまうとか、友達と口論をして上役の前で悪口を言うとか、あたりかまわず陽根を出して小便をするとか、誰かれなく電話をしてお経を読むとか言った種類のもので、これは日常耐え忍んでいるものが酒でその制約が放たれて、隠れていた彼の本心が酔の力を借りて出て来ると言ったたわいもない事柄である。この種類のものならば翌日に詫を入れて「昨夜は泥酔してしまって、頭が痛くて、悪酔いのせいでしょう。何をしたのかを思い出そうにも、もう何もかも忘れていて、どこで飲んだのやら、何を飲んだのやらどう家に帰ったのかも分らなくて、もしひょっとして無礼があったらあやまります。」とこんな風に言って前夜の悪口や上役の頭を一回ぐらい叩いたのなら、その行為をごまかすこともできる。腹の中で相手が怒っていても、全く忘れているものをわざと思い出させることもあるまいと考えさせて、酒癖が悪いのだからと言ったぐらいで終わらせることもできる。大方の人ならば酔った振りをして気に入らない男の頭を殴った経験を持っているだろうけれど、吾介の場合はふりではなく必らず酔うのであった。酒の量が少なければ少なく、多ければ多く酔ってしまうが、その量の多少で失敗の大小が決められるのではなくて、その程度は相手が勝手に決めて、吾介に強いるのである。例えば女房と一緒になった時のことでもその決定権が向う側にあったことを思い出せばよい。吾介は酔ってあまり好きでもない女性とついふらふらと一緒に寝床に入ってしまったらしいのが、三ヶ月程目に妊娠と言う結果となって現われ、五ヶ月後には大きな腹を見せ付けられれどうしょうかと考える間さえなくなり、吾介の意志は無視されてその女性に「生れて来る子供に罪はないわ」とせまられて結婚してしまったのである。と言ってもこの例はそれ程重大な酒の失敗について話しているわけでもない。

　酔ってはいないぞ、と吾介は例のごとく平明さが酔いの渦巻に巻き込まれてしまっている頭脳の中から酔ってはいないぞ、と言う明確な考えを取り出して、それだけに縋って行けば失敗から逃れきれるのだと言い聞かせて九月のやっと涼しさを感じさせる黄昏の都会の雑踏の中を人をよけそこなって危うく倒れそうになりながら歩いている。赤煉瓦の建物がもう幾世紀も以前から建ち並んでいるような、そんな外観を呈して吾介の歩く道路の上に高く聳えて壁をなしている。圧し潰されるのをこらえて、ある煉瓦は建物の全重量をその小さな直方体に受けて、次の煉瓦に自分の重量を加えてわたす、とその煉瓦もまた同じように耐えて、だがそのある中途の煉瓦だけで建物を支えているのではなくて、全重量は一番下に一列に並んでいるそのものによって支えられている筈であるのに、その赤煉瓦の厚みが上のどのものとも同じように見えるのはどうしたことだろう。この中途のどれかを達磨《だるま》落しのように槌で落すとすると、この建物は何ともなく今のように立っているだろうか。瓦解して行くのを吾介は見ていたくて、建物の粗い肌ざわりの煉瓦に寄りかかり酔いが建物を揺るのを感じながら、ここに吾介が寄りかかっているからと言って建物が崩れるわけもなかろうと思った。赤煉瓦を積み重ねてその周囲を白い大理石で縁取りした瀟洒な感じのするどこかの離宮か博物館を思わせる建物が青銅製の尖った飾りのついた柵の中に建っていて、ピカソのアルルカンの道化た顔がポスターとなってその門の脇にはってある。この建物が終るとまた歩道に沿って四角な赤煉瓦の建物が、ある建物は倉庫のように窓が小さく他にもっと大きく窓がくってあって人が生活できそうな風になっているものもあって、それらは一体で赤い集団を形成していた。こんな場所に足を踏み入れたらどの方向に行けばどの道に抜けきれるものやら分らなくなって、十九世紀末の大都会の中に入り込んでその中に浸ってしまうより仕方がない。近道をしようなどと思ってふとまぎれ込んだが最後平常でもどの建物も赤煉瓦で特長がなく、例え厳密に見れば特色があってそのものの持つ古さ、美しさとそれを建てた人々の意図が分るのだが、こう数が多く一様に赤く建っているとそれらは普遍と言う化物となっているから、ここを酔って通り抜けるには相当の努力がいることになる。とすれば迷ってしまうしか方法はなく、酔ってはいないと考えてもこれは頼りにならない。街燈がガス燈であればそのまま遠い過去にいることになるだろうが、青白い焔ではなく水銀灯の広がる白色光線はそんな幻影を現代に戻して、吾介の過去に浸る気持を妄想にしてしまってアスファルトの道路を照らしている。暮色の光の中で赤煉瓦は濃い暗赤色に徐々に暗く濃く変って遂には黒赤色になる大きな建物の壁で、それに区切られた空は深い井戸の底のように見える。人々の群れはいつもの日暮時の喧噪をここでも示していて歩道の上をせわしげに流れとなって移動している。白い大きな帽子の女が吾介には妙に印象的であったのはそれが赤煉瓦の都会と調和して見えたせいであろう。と人々の足が急に速くなって、頭に本をのせて駆けて行く者がいたり、ハンドバックを振りながらハイヒールの細い踵のある裏を見せるように膝を大きく折って駆けて行く女性がいたりする。もう傘をさして歩く要心深い男がいて傍を通り過ぎる女性に声をかけたりしている。自動車の数が急にふえて道は自動車で一杯にうまってその車体が濡れて潤んだ色に水銀燈の光を反射させて通り過ぎる頃となると、あたりはもう暗く夜が駆け足で吾介の視界を覆う。やっと吾介は雨に気付いて、煉瓦の溝を伝って落ちて来る水滴の流れがもたれている吾介の首すじに流れ込んだのを首をすぼめて手を入れて拭った。上を向くと雨が酒にほてっている頬に心地よく降って来る。大きく口を開いて舌の奥の方まで雨が入るように上を向くと雨は顔全体にシャワーのように降りかかる。歩き出すと人通りはまばらになって、まだすっきりしない頭と、どこまでも続く赤煉瓦の建物とは吾介に見知らぬ世界を覗かせていて、ある不安を与えるのを、彼は酒のせいにして歩き続けた。どうせどこかへ行けばそこに吾介のよく知った光景が待ち受けていて、左に折れると奥に喫茶店のあるパン屋があって、その隣は酒屋で職人風の男が升の酒を立ち飲みしているだろうし、その向かいの郵便局の禿頭の特定郵便局長は桜材の机にはもう坐っていまい、と吾介はこんな風に彼の親しい光景を思い浮べてみた。吾介は顔を拭こうとして上衣のポケットに手を入れようとしたがポケットがない。そうか結婚式の帰りで、今モーニングを着ているのか、尾の裏にポケットがある筈だとそこに手を入れると、ハンカチがあった。いやに暗くて陰気だなあ、今夜はどうかしてるぞと吾介は頭を四五度左右に振ると、頭の芯が痛い、亀がそっと甲羅から頭を出すように首を伸した。前方にショーウィンドウの明るい光が見える。暗さの中に人工的ではあっても明りがあればその方向に進んで行くのは本能のように確かなことで、もしそれが有翅亜網の昆虫であれば、あるいは鳥類のあるものならば光の渦の中に飛び込んで死にかねないのに、人はそれ程光への趣向性を持ってはいないが、しかし光の魅力に向って吾介が進んだとしても何の不思議もない。吾介はその光を美しいと混乱した頭脳で思った。そして足がその方向へ彼を導き、ショーウィンドウの光が濃淡を帯びて、それらが回転したり波状に移動したりくねったりしているのに気付くと彼の足は止ってしまった。静止しているように見えながら動いていて、その不規則な運動が妙に吾介の酔った頭脳の運動あるいは意識と照応していた。ショーウィンドウの前の吾介は光の動きに従って頭を動かし始めていて、ある部分では踊り子の手先のように指をしならせ、時には右に動いて手と頭とでその運動に合わせ、どうしても合わせきれない所まで合わせようと身体をねじり口をゆがめ、首をすぼめ、片足を上げて溢れる光の渦に身体を合わそうと夢中であった。しかし光の漏れる渦は吾介の動き得る限界を越えていた。赤い暗い気付かないような光が右端の部分に点のように起って、それが波に浮ぶ標識のように軽く不規則にあたりを漂っていたと思うと、素速い目にも止まらない程の速度で左下の方へ対角線状に動いて真赤な掌ほどの不定形の光となる。この赤い原生動物を囲むように紫色の光の集団が移動し、常に赤い掌に付いているのか、赤い核が左下に動くと紫の円形の集団はくびれ長く伸びてどうしても赤い掌を離すまいとするように細い触手を伸ばす。しばらくすると紫の集団は真赤な光の渦を囲んで原形質のように左下でうごめいている。次に光ではない陰、本当の黒い穴のようなものが灰色の弾性ある油滴を従がえて登場する。こみ入った幾つかの原色と中間色、無彩色、束となった光と点の移動、渦巻と洪水、縮まり広がり分裂し拡散し消失したかと思うとどこからか湧き出す色、無秩序な淫蕩な混乱した世界。空間が浮び上がりどこまでも広く気が遠くなるような光りの錯覚と縮んだ押し込められた鉄の箱の中のような空間の形成。こんなことを光がやってのけられるのだろうかと吾介が考えた時ショーウィンドウの中の光は眩しく女性の裸体のような妖しい輝きを示した。吾介は踊るのを止めて、そのものを見た。どうも酒に酔っているようだ、分らない、吾介はでき得る限り進みよって妖しい象牙色の触れると石鹸のように手から滑り落ちそうな光沢を持ったものを見つめて、それが何なのかとあらゆる彼の記憶の中を探ってみた。

少しでも似たものがあればそれを手懸りにすることができる。少しでも思い出せばたぐって行って……と吾介は考えた。今まで一度も見たことがない。と吾介は最後に結論を下した。四十数年も生きていて一度も出合ったことのないものがこの世にあるのだろうか、見当さえつかない。吾介は欲しいものを我慢するのに慣れていて、それは吾介の家庭が経済的にそれ程裕福ではなかったせいで父親が吾介の欲しいものを、吾介が欲しければその分だけ彼に与えなかったためであった。この種の性癖は彼自身の体験にもとずいていて、彼が幼い頃から働かねばならなかった時に欲しくてならなかったものを買えなかった、あるいは買ってもらえなかったがそれを我慢し通してその忍耐によってやっと下町に小さな家を持つことができたのだと思い込んでいたためであった。彼にとって吾介の今住んでいる小さな格子戸の入ったしもた屋風の家は我慢と同じ意味を持っていたし、この家こそ彼の全てであった。吾介も我慢することに慣れていて、あのショーウインドウから目を離すとあの妖しく美しいわけは分らないが何とも言えない象牙色のものをもう欲しいとは思わなかった。欲しかったから、欲しくてどうしょうもなかったから吾介は目を離した、と言えばその方がいい。吾介は目を離して別のものを見ると前のものを忘れるようにそのものをどんなに欲しくても欲しいと思わないように自分を訓練して、きっぱりと諦めるのである。吾介はもう一度あのものを見たかったが、しかし吾介の習慣がそれを拒んでしまった。光の溢れるショーウィンドウの前を吾介は夢から醒めたと夢の中で思っている時のあのどうにも落着かない不安を感じながら、酔ってはいないぞ、と思って顔にかかった水滴の落ちて来た方を見上げると、そこにレストランと英語で書いた楕円形の褐色の古びた看板が見えた。吾介はこの赤煉瓦の建物を見まわしたが、そのどこにもレストランらしいものはなかった。きっと以前はあって今は止めてしまったのに看板だけが残って雨曝になってここにあるのに違いないと吾介は考えた。小さな木製の看板はよほど注意して見ないと分らない二階の装飾窓の上の横に突き出た鉄の棒に吊るされている。吾介はショーウィンドウからやっと逃れられて、そこに親しい世界を見い出して安堵した。この光景なら以前にも出合ったことがある、レストランならば今日の結婚式をやったのもそうだし、どうということもない、と思うと気抜けがしたのと同時に空腹を感じた。披露宴に出た料理は料理と言える代物じゃない、近頃始まった大量に一度に作った料理を冷蔵庫に三日間は入れておいて、それを人数分だけ出して、暖めて出すのだろう。暖かいうちはそれでも何とか食べられるが一度冷えると冷蔵庫の臭いが料理の内部から出て来て、それが鼻につき出すとどうにもならない、口に入れても飲み込むのが苦痛で、例えばあの白身の魚の焼物がそうだ。蒸した貝も、肉の脂肪と来たら一度固まったのを熱で戻してそれが冷えて固まって来ると獣の臭いに冷蔵庫の臭い他の食品の臭いが混ざってまるで腐ったごみ溜めの臭いがする、いくら節約と合理化の時代だと言ってもあれはひどすぎる、と思って吾介は知らず知らずのうちにレストランをその建物のうちに探していた。建物を裏の方に曲ると露路がついていて、それが裏口への通路にしてはよく掃除がされていると曲ってみると威厳のある入口があってそこにも二階の窓に吾介が見たのと同じ楕円形の看板があって、金文字の塗料の所々が剥げている。吾介はその入口を興味深く眺めながら、なぜこのレストランに彼がひかれるのかを考えようとして、誰れかが以前にこのレストランのことを吾介に話してくれたように思った。確かそこで食べさせるものが美味と言ったようだし、変った料理だと言ったような気がする、一体誰れが、何を食べさせると言ったのだろう、と吾介は記憶を手操るが何も分らない。それにしても宴会の食事はまずかったな、と思った。まずいものの後に美味なものを、どんなに満腹であっても少量なら食べられる。それが今のように空腹感を持つようなら、どうでも美味いものを食べたい。いやそれは贅沢ではないだろうか、しかし食べたい、しかも美味いという評判を聞いたことがあるとすれば、食べてもいいにきまっている。吾介は今まで彼の腹を満している重い棒を飲み込んだような食物が胃を圧しているのを感じ、やがてそれが青空が拡がるように心持よく胃から抜け出してその替りに晴々とした空腹感が胃の底から湧いて来るのを壮快に感じた。後味の悪さをすっきり拭い去るには美味いものを食べるしかない、そしてここに誰かが吾介の耳元でつぶやいてくれた、とびっきりのレストランがあるとする、そうすれば少しぐらいの贅沢ならいいじゃないか、と吾介は口の中が唾液で一杯になるのを感じながら思った。もう金文字の看板から目をそむけて一気に駈け出すわけにはいかない。勿論少しは酔っている。酔っていなかったら走り過ぎた所だ、だから食べていいのだ、と吾介はまた思った。レストランと書いてあるから西洋料理だろうから、あの肉を中心としたごってりとしたものかもしれない、本当は日本料理のようにあっさりとした淡白な種類の料理が、例えば酢の物とか、和物とか言った種類の方がいい。吾介はふとそんな風なものが彼の頭の中を言葉ではなく和物の茶碗とか酢の物の赤絵の小鉢とか言った具体的な形とものとなって通り過ぎて行くのを感じたが、それはほんの一瞬でやはり現実に目で見ている看板の方が彼を引きつけるのか、入口の洋風の樫製の重厚な扉を押した。扉は吾介の思ったように重くはなく軽々と開いて、まるで吾介がこの扉を押すのを予測していたように、ほんの僅かなどんな小さな力で吾介が押しても扉は開くようになっていて、本当は吾介が前へ行っただけで開く筈で自動扉であった。

2

内部は薄暗くその中に木製の（多分樫だろう）階段があって二間四方程の空間の奥に大理石かとも見えるサモトラケのニケの像がその勝利の名そのままに美しい肉体を薄物で覆って満面に風を受けて立っていた。黒褐色の手摺が片方にだけあって他は木製の壁に付いている階段は重く沈んだ色調で見上げる吾介の視界に堂々としていた。吾介は一瞬その入口の持つ荘重さに気後れを感じてしまった。吾介はニケの像を見てそのまま帰ってしまおうかと身体を樫の扉の方へ向けたが、そこで誰れかが言ったあそこの料理は美味い、と言う言葉を思い出した。あの男だ、草壁じゃないか、と思った。あの細面の気弱そうな何をするにも自信のない、誰れからも取りざたされない草壁が言ったのだから彼にしてはよほど自信があって言ったことだろう。それならばたいしたことはない、全く安心していい、と吾介は草壁小さい細い声で話す時の落着かない小心な表情を思い浮べた。樫の手摺はよく磨かれていて黒褐色ににぶく光り、その手摺と階段を繋ぐ部分に装飾がしてあった。支えの棒の一本一本はよく見るとエジプトの浮彫を思わせる人物像になっていて頭が手摺に両足をぴったりと付けた下部が階段に付いていて裸足であった。男女の像が交互に彫られてある中に中央の踊り場の女子像だけが腰をシバの女王のようになまめかしく振っているのが、この階段全体の持つ厳粛な印象を破壊し吾介の心を和ませてくれる。吾介はその女性の像を手で触れてみると、皆が触れるのか滑らかで指先がひとりでに腰のあたりまで下って行く、それをもう一度可愛いく膨れた乳房の所まで引き上げなでて離した。妙に鄙猥である。この像そのものはそれ程鄙猥とは思われないのに殆ど女性の股間を直視した時のような鄙猥な興奮と驚きとを吾介に感じさせ、吾介は思わずその狭くくびれた細い腰のしなった部分に手をやってしまった。硝子を嵌込んで作ってある光る異様に鋭い像の目が一瞬輝いて吾介の手の接触に媚びるように曇った。そんなことがある筈はない。人形が人に媚るなんて、吾介はまだ酔いから醒めきっていない自身がここにいるのを端的に感じて、酔って失敗した日のことが頭に浮び頬が赤くなるのを感じた。なんぼなんでも電車の中で陽根を出して小便をし始めるなんてことが、と嫌やで仕方がなくてもその情景が心に浮ぶとどうしても出て来てしまう、これじゃだめだと吾介は自らをたしなめた。登り終えると人が立っていた。フロントジレーを大きく花のように胸に飾った筋骨たくましい男が、幾分沈んだ威厳のある表情で吾介の前に立って、彼の風体を吟味するように時間をかけて爪先から頭のてっぺんまでを調べた。吾介はその男の凝視があまり執拗だったので、自分がどうしてこんなに見つめられなくてはならないのか、試されなければならないのかと感じ、同時にその男の視線を痛みのように感じた。こんな扱いを受けたことはなかったので、腹立だしく、食べるのを止めて帰ろう、それには怒ってみるのもいいだろと思い始めた時、前の沈んだ男の顔が突然和んで、その紫色をした口唇が開いて、「どうぞお入り下さい。」と言った。その言葉使いは厳かで人をどうしてもレストランへ入れないでおくものか、と言った調子があってこんな言葉に出合えば到底その場から逃れるわけにはいかない。「雨が降っているんですか、その濡れ方ではずい分大降りでございましょうね」と男は大きな垂れ下った鼻を膨らまして言うのだが、その鼻と来たら額の下部即ち眉間で起った低い丘陵が一気にこれ以上はどうにもならないと思われる程高く盛上って、そのままの高さを保っているのが引力のために垂れ下るより仕方がなくなって、上口唇の方向に相当の速さで倒れ引っぱられて来て、そこで踏み留まればどうやら鼻らしいのに、彼の下る速度は鼻らしさの限度を越えて庇から落ちる瞬間に固まった水滴の形になっているのである。吾介はこの鼻の老人の言う通りに、その男に導かれてレストランの中へ入って、その豪華さに驚いてしまった。高い天井から大きなシャンデリアがそれ程明るくはない小さな光を無数に発して、その光が種々の形にカットされたガラスを通して反射屈折して輝いて、それらが黒褐色の家具に吸収されあるいは反射してにぶい深厳なおもむきを室内に作り出していた。吾介はただ輝くシャンデリアを見上げて、その光りの変化が面白くてならず、長い間立ち止って例の垂れた鼻の男がやって来て彼に声を懸けるまで気付かなかった。こんな所へ入って来てしまって吾介の今持っている量の金でたりるのだろうか、と考えてみて、いくら料理が高くても十万円を超えることはないだろうと自分の財布の中味を思い出しながら同時にもう一度、あの小心なしまり屋の草壁が言ったくらいだから、彼とてそんなに多くの出費を一度に出来るだけの収入はないのだから、と会社での彼の月給の高を考えてみて安心することにした。「こちらへどうぞ」と給仕をよく見ると疲れているように見える。それは彼の目のせいで眼尻に小皺が目を取りまく筋肉の走行に沿ってできていて、それと目尻が幾分垂れ下っているせいだろう。彼の顔はどうにも悲劇的で下部の方が重く、それらが厳粛さを作っていて、見る人の心にある荘厳さを感じさせる。彼に従って吾介はこの広間の内部を見まわしながら歩いて行くと、下に厚い絨毯が敷いてあって靴が沈みそうである。右に折れると扉があって十畳はありそうな小部屋に通じていて、この部屋にも広間にあったのと同じようなシャンデリアの小形のが輝いている。吾介はあの鼻の垂れた老給仕が彼を促すので彼の指示に従がって中に入ると、内部はマホガニー材で統一された部屋で重く陰うつな感じがしている中にそれらの暗さをはらいのけるように大理石のサモトラケのニケの像が小形に模してあって、その豊満な肉体の腹と右の大腿とを薄ものの下から官能的に表現しながら、両翼は両腕の背側に満面の風を受けて力強く羽撃き勝利へ向って進む戦士に何者にも負けない勇気を与えているように見える。その力強いギリシャの明るさに吾介は勇気ずけられながら老給仕の引いてくれた椅子に坐った。どのような食事がこれから始まるのだろうか、と吾介はまた考えようとしてもこのことにわずらわされなくてもいいじゃないか、もっと別の例えば結婚式での花嫁の興奮した嬉しそうな表情とか、その表情が輝くようであったとかを思い浮べればいい、と考えようとしても、どうでも気分が沈んでしまう。吾介はそんな風にふと卓にかけてある純白のテーブルクロスに焦点を置くと、厚手の生地に模様のようなものが織り込んであってそれが興味をそそるから見るとその模様は公衆便所等の壁面に描かれてあるあの鄙猥な、一寸目には子供が画いた太陽を思わせるあの絵である。女性のあの部分を図案化したものに違いない。もっとよく見るとある種の繊毛虫類の図案化したものとも、仏頭を後光と一緒に図案化したものとも思えるが、しかしまぎれもなく女陰である。吾介はその白く美しいのに鄙猥さを越えて驚ろいた。ナプキンが扇を開げて立てた形に折ってあって、そこにもこの模様が付いている。給仕は注文さえ取りに来ない。何を食べたいのか知っているのだろうか。見まわしても献立表に類するものはなく、そのようなものを持って来る気配もないから吾介は鰻屋の二階で鰻の出来るのを待っている人のような苛立ちを感じた。鰻屋なら酒を注文して、飲みながら待つこともできて、その時間があまり長いのでその間にしたたか酔ってしまうこともできるが、今晩のはいかにも遅い、空腹感が吾介をおおい始めた。空腹と不安感、焦燥感と反逆心と言ったものは皆同じで、こうなると何が何でも食べたい、口に入るのならどんなものでもいい、と思うようになって、この建物の前で思いついた赤絵の小鉢の中の酢物やビーフステーキのこんがり焼けた臭いすら思い浮かんで来てただ食べたくて仕方がなくなる。が一向に部屋の戸が開かれる気配はない。

　どうともなれ、とやや投げ遣な考えを持ち始めた時、絨毯の上をかすかに人の移動する音がして、やっと来るのかと思う気持と、今さら料理をなんて遅すぎるという気持とが入りまじって吾介の心を苛立たせるがやはり食欲の方に傾いてしまう。老給仕が白髪のまざった頭髪をぴったり左右に分けて沈んだ表情をより悲しげに礼儀正しくもうこの仕事を数十年やって来ている人々の持つ手なれた方法でもって食物を運んで来る。フォークとナイフを両側に幾つか並べて行くのを見るとその銀製の器具は暖かな柔らかい光を帯びて所々の小さな傷に光が微妙に反射して金色銀色に輝いている。そのナイフの中に一本だけ鋼製の刃の付いた鋭利な細い外科用のメスを思わせるものが混っていて滑るような光沢を見せて異質である。これらのナイフの類を見ながらどのような料理が来て来るのかを想像するのは楽しいもので、フォークやナイフの一本一本がある種の料理を象徴していて、それは日本料理の器のような役目を持っているのだが、金属性の冷めたい感触は陶器の持つ暖かみとはまた違ったものである。とするとやはり箸は金属ではないから、その料理されたものがかって生き物であったのを殺戮した道具が、解体に用いた道具がそのまま粗野な形で現われたものの延長線上にはないから、それは食事だけの道具であるから、そのものをそれだけ文明的なものと考えることもできる。

料理が運ばれてあの模様のテーブルクロスの上に今できたはかりの暖かさとふくよかな匂いをただよわせて、料理人が腕によりをかけて作ったと思われる華麗な外観を示して吾介の食欲をそそるように置かれた。この女性の陰部のようなものは一体何だろうかと吾介は考えてみて、このものが食卓の上にナイフやフォークと一緒に置かれ、そして皿の上に出されてあれば食物に決っている。それにしてもよく似ている。周囲の毛の部分は剃られてあるのか滑らかでふくよかな厚みをほってりと示していて、それがまくれて鰓のように小さな肉の突起へと続き、その姿は蝶がまさに今飛び立とうとしている時の翼のような形の薄い唇になっている。肉の翼は先端の部分で交差していて、その中心に肌色の小さな可愛いい突起がありいかにも愛撫されるのを待つ華麗な女のように頭をつき出しあたりを見廻わしている。と丁度黒人の顔を見ている時その口が開いて内部が見えるあの美しい肉色の何とも言えない爽やかな、美の極致を思わせるような横ひだのある柔らかな膜があって、洞窟がその下に深々としかも収縮力をたくわえて神秘に出現する。一度この洞窟へ足を踏み入れたら二度と這い上れまいと思わせる魅力を秘めてそこに穴を穿っている。それにしてもこんなものがどうして皿の上に乗るのだろうか、誰れかが悪戯をして何かで（貝類の一種だろうが）よく似たものを作って、それをあたかも女陰のように見せて食卓に乗せているのだろうか。それにしても悪趣味だ、こんな風なものを食べ物だと言って食卓に出すなんて。もしこれが薄暗い夜具の中にでもあったら、あるいは水着かなにかを付けている女性の傍にでも置いてあったら、きっと女が股を広げて性器を見せているのだと思い込むことだろう。吾介はやっとこの料理を正視する気になって、今まで吾介が考えたのは何気なく皿の上を見てそれをてっきり女陰だと思ってしまって、そのために興奮したせいである。そう思ってよく見るとこれは料理人の悪戯で、これを作るために料理人がどれ程の修業を必要としたかは知らぬが兎に角本体は貝であると吾介は思った。それにしても中央部の突起は何を用いて作ったんだろう、よく考えてある、と吾介は皿の上の円形のものをよく見つめた。どっちみち食べてしまえば形がどうであろうとそんなことはどうでもいいことだから、一気に食べようと手を出そうとするが、どこから食べればいいのか分らない、こんなのは盲滅法あのよく切れそうなメスで切ってその一切をフォークで刺して食べればいいだろうと思って頭を上げるとそこにあの垂れた頬の老給仕が殆ど泣きそうな顔を慌て々ふせて、ハンカチで目頭に溜った涙を拭って、表情を常のものに戻そうとせい一杯である。吾介は老給仕の方を見て何がそんなに悲しいのかと考え始めたが、今は例の料理に対する好奇心と食欲の方が強いので、視線をテーブルの上に置いてメスであのものを切ろうとした時、「お食べになるのですか」と老給仕が言った。吾介は頷いたが、客が料理を食べようとするのに給仕が食べるか食べないかを気に懸けているのはどこか変であると吾介は思って老給仕にそのことを言いかけた時「どうも余分なことを言って申しわけありません。ただこのものを食べ方にはほんの少し規則のようなものがございまして」「食べ方の規則ねえ」と吾介は怪訝な調子で言いながら老給仕を見ると彼は吾介の目を避けるようにしながらもどうしても吾介が料理を食べる所から目を離さないぞ、と言った決意をその涙もろい瞼の奥に秘めて「いいえ規則と言うような大仰なものではなくて、作法とかあるいは食べ方のこつと言った風なものでございます。例えば鮎は中の骨を抜いてから一気に食べた方が美味いだろうと言った意味のごく素朴な、そうです料理の味わい方とでも言った気楽なものでございます。この料理には葡萄酒がことの外合うようで例えば私の今お持ちしましたシャトウドュケムなどはどうでございましょうか。このものの滑らかさと歯で噛むと弾力性のある繊維が丁度貝柱を食べる時程の力ではなくてももっと柔らかいのですが、その真珠のような表面とゴムのような弾力に口の感触は全く惚ぼれしてしまいます。」と老給仕は口元まで自分が食べたように歪めて言う。「口に含んだ時の匂い味の広がり方、甘い薔薇の匂いとシャトリューズに漬けたある果実に似た味。そしてそれらがほのかにまだ舌に残っているうちに飲む果実に似た味。そしてそれらがほのかにまだ舌に残っているうちに飲むイケムの素晴しい混合から生れる交響曲のような味わい。こんなにぴったりと一致するものがこの世にあると思われるでしょうか。それを一気に飲み込んで次にまたこのものを食べますと、今度は少しざらっぽい水母の干したものを食べた時のような感じがして、それから浸み出る豊かな分泌物は舌をとろかし咽を驚かせずにはおきません。飲み込むのがつい惜しくなって、いつまでも噛んでいると、顎の関節が痛くなる程です。そしてまたイケムを飲むのです。このように順序に従ってイケムとあのものとを交互に食べたり飲んだりしますのとそうではなく順序通りではなく食べるのとではその差はどんなに大きいことでしょう。ざらっぽいものとつるっとしたものとの無秩序な野蛮な混合、どの部分もそれ独自の味を持っているのにその素晴らしさを消してしまうごった煮のような粗雑さ、全くこんな風でございます。勿論このものを幾度か賞味してどのものがどのような味であるのかをわきまえてしまった方の舌でしたら、一度に頬張ってもどの部分がどの味かが分って、それと別のものとの適度の混合を口の中で味わうこともできます。しかしこうなるにはこのものを少なくとも十個は賞味した経験を持たなくてはなりません。あなたの場合は一度でございますから、どうでも一度きりでございますからよく味わってこのものがどんなものだかどんな味だかをどんな風に美味であるかを基礎から味わなくてはなりません」と老給仕は料理を愛撫するような嘗めるような目付で見ながら流暢に話すのだが、そのわりには話に熱中している風もなく話す度びに動く口唇と頬の筋肉とが何やら淋びしそうであった。隣の部屋から食事を終えて出て行く人の声と給仕らしい男との声がして、吾介は一瞬その方に気を取られてしまった。それは彼の知っている声のようであったからである。とすぐに静寂になって、そのあまりの静けさに吾介は気味悪くなって、部屋の内部をもう一度ぐるりと見廻すとシャンデリアの光が目に入る。「いやに静かだねえ。外の客はいないのだろうか」と独自とも呼びかけともつかずに言った。「先ずメスで突起の部分を円形のへりに沿って切り取って、食べていただきます」と薄手のカットグラスにやや桃色がかった液体を純白のナプキンで包んだ瓶から注ぎながら、あの常套的な事務的な調子で威厳を保ちながら彼は言った。次に蝶の翼の口唇の部分を食べるようにと老給仕は言って、こんな方法もって最後に残った穴の部分に口を付けてすすり、その甘い蜜のようにしっとりとした香ばしい液体を飲み終え、あまりのおいしさに最後の一滴まで吸おうと舌を穴の中に入れて、「そのままその深い穴を一口で食べて下さい。すする方から見ればそれは穴ですが、外から見るとそのものは長い突起です。」と老給仕が言う言葉に従って食べ終えるまで彼の言葉通りに吾介は食事をした。すると一欠片ほどの肉が残った。それにしても美味かった、と吾介がイケムを飲みながら思った時、「引かせて戴きます」と老給仕は言って、陶製の皿を取りながら皿に鼻を付けるようにして料理の臭いを嗅いだ。そして残っている爪の先程の肉片を皿を持っている手の親指で隠して、もうその他に何も残っていないのを確かめてから全てをワゴンに積んで引いて行った。そんな様子を吾介は何げなく見ていて、きっとあの残りを老給仕は口に入れるに違いない、それにしても下品な男だと、彼の堂々とした態度と、その仕草とを比較して、それがいかにもちぐはぐなのを感じながら思った。どうしてあんなに悲しそうに涙さえ流しかねない顔をして料理を見ていたのだろう、変な男だ、と吾介は気軽に考えながら、この料理ではずい分無駄使いをしたことになりそうだと、胸の財布のことを思った。

3

「いくらなんでも高すぎる」と興奮しまいとしてもどうにもならない自分を、どう取り扱えばいいのか迷う時のあの感情の高まりを感じながら到底止めきれないのをやっと抑えて言った。「あなたのおっしゃる通りです」と慇懃にこのレストランの支配人を名乗る肥った膚に艶のある男が腰を低く揉手をしながら軽い微笑さえ浮べて二度程吾介の顔を豚のように細い目でうかがうように見て、「勿論高すぎます」とそれが当然であるように胸を張って言った。垂れた頭を伏せながら威厳のある沈んだ表情を曇らせて老給仕は支配人の後ろに立って筋肉質の身体を緊張させて、そのなり行きを見守っていた。老給仕にしてみればこのような会話を幾度かは聞き知っていて、あるいは以前自分がこのような境遇にあったことがあったのか、さして心を動かしもせずただ義務感から吾介の傍に立っているようにも見えた。しかしそんな風に見えたのは外面的なことであって内面では別の遂にやってしまった、と言った沈痛な気持と、これで自由になれると言った驚くべき憧れの入りまじった気持とが葛藤していて、そのうちでもやはり罪の意識即ち慚愧の気持の方が強く、もし大声を上げて泣いてこの重い気持から逃れられるのなら、そんな風な淋しみに浸っていたかったに違いない。「こんなべら棒な金額がある筈はない」と零が幾つか一つの意味ありげな数字の下に殆ど無意味とさえ言えそうな無を意味すると考えられている零が並んでいて、それは数字と言うものの約束で零が一つ増すとその金額は十倍になる仕懸になっているから、この場合吾介はこんなに零の並んだ数字を見て驚いたのである。最初の数字はただの2であった。これなら別にどうって言う驚くものではないし、普段どこでも用いているものであって、この数字が最初の自然数1の次に出て来るなんとも親しいそして二つに分けることのできる円満な、兄弟二人が取り合いをせずにお互いが相手の持っているものを見比べて羨ましがらずにすむ（例え相手のものの方がよく見えて取り替えても、すぐ相手のものの方がよく見えて、結局それが同じものだと分る）そんな数字である。七個の零がその後ろに乱雑に時には円くならずに書き出しの部分と終りの部分が離れていて英語の筆記体のVの字のようになったものさえあって、それらが並んでいて、そのどの一つも右側の零の十倍を現わしているから十の七乗であって、それは今の世の交通事故や飛行機事故の一人の生命の価いとほぼ同類であった。「この金額は正当なものでございます。別に御不満のありようはございません」とあの細い可愛い目を、盲目が時に私だって見えるのだよ、と見えもしない瞼を少し開く時のような狡猾な目付で吾介を見ながら、豚のように艶のある肌をシャンデリアの光で輝かせながら吾介の困惑を煽るように言った。「こんな金は私には払えない。考えてもみたまえ、あんな料理が二千万円だなんて、いや料理は美味くてその味には満足している、どんなにあの料理をけなそうとしても歯ざわりと言い舌ざわり、口の中に拡がるなんとも言いようのないふくよかな味と言い、文句のつけようがない。本当ならばこのべら棒な請求額を見たら誰だって料理にけちを付けたくなるのが当然だろうが、それはできっこない。いい味だった。だからと言ってあの料理にこの値段が適当な筈はない。私には逆立ちしたって出来ない金額じゃないか。初めからそう言ってくれれば食べずに、いやもう食べたんだから食べずにと言うわけにはいかない。例えば食べたとして、そう食べたとしてもあの価格は不当だ、一体全体何が規準になっているのだ」と吾介は興奮して来て話すに従って前に言った言葉が吾介をより興奮させるから言葉を口から出せば出すだけ興奮の度合は増して自分で言っていることが分らなくなるし、言えば言うだけ本心から離れて別のことを言っているように思えて来る。「規準ですね。勿論ございます。あなたもこの規準をお聞きになれば当然御納得がいくと思います」と豚の目の狡猾な支配人はその突き出した腹をタキシードの上からポンと一つ叩いてこれを言いたいために今まで話をして来たのだと言いたげに自信をその艶のある顔に浮べて柔和な顔付に変えて覚悟を決めて言った。「女性一人の値段です。最近確か、人の生命の保障額は急騰をみせております。そのためもありまして、どうしてもこのような金額になってしまうのです。どうでしょう得心願えたでしょうか。それともどうしてもできないとでも……」と払えないと言う言葉を飲み込んでもし払えないと言うのならそう甘くはないぞと言わんばかりに強気である。どうせ払えないのなら早く言ってしまったらどうだ、と言っているようである。

「あれは本物だと言うのか」と吾介はそんなことがこの世にあろう筈はない、馬鹿馬鹿しい、この豚の目の男はこんな風に言って金を奪ろうとしている、所謂詐欺じゃないか、あれが本物であるなんてことがよく言えたものだ。似てはいるが作り物だった、突起の部分と堅いコリコリした部分とは一連ながりで組み立てられたようには見えなかった。穴へ続く部分も……だが本物なんかな筈はない。この男の豚のような細い目と肥った油ぎった皮膚を見てみたまえ、反りくり返って金輪際自分の言うことには間違いはない、と言った自信満々な、こんな男はちょっとでも人より優位に立ってそれこそ相手のことなどおかまいなしに自分を優位に置こうとする性質の男で、こんな外観を持った男は嘘でも本当に見せる術を持っている、権力や金のためなら何でもやるに違いない。今だってその手を用いているに筈いない、誰がその手に乗るものか、と吾介はこの男より優位な位置に立ちたいと思った。「勿論本物でございます。お客様は確かお名前を花田様とおっしゃいましたですね。御予約では、ええ間違いはございません。おい鳥海君、御予約簿を持って来たまえ、午後七時花田様お一人、とある紹介者は……横文字はにがてだ、鳥海君何とある」と厚い革製で、小口と言われる部分（本を開く側の内部の部分、本の背とよばれる部分の反対のところ）に金が塗ってあるのが、シャンデリアの柔らかな光でキラキラ光って垂れて頬の鳥海老給仕が欧文を読もうとして予約簿を横にすると輝きはその運動に沿って移動した。「私もこの手のロシア語は不得手でございますが、Ｋ伯爵です」ともう一度予約簿を立野支配人に渡すと、彼は蛙の前肢を思い出させる分厚い手で受け取る。その親指の付け根の所の筋肉が盛り上っている。もう一度予約簿に目をやってパタンと閉じた。吾介は帳面の背の部分が人の鼻のように見えたので注意深く革表紙で装幀された部分を見るとその背は人の顔を正中で切ったものに似ていて、上部が額、次が眉間、鼻、上唇、口、下唇、顎となっていて、表紙の紡錘形の埴輪の目を思わせる裂けめは、多分眼裂であろう。そう気付いてよく見るとなる程口や耳の穴が分って、頬の部分も分る。耳は邪魔なのか取りのぞいてあるらしい。吾介はそんな予約簿を見ながらこのレストランには悪趣味なものが多い、人体の部分でいろんなものができているように見せかけるなんて、経営者か、支配人だかの教養のなさ、怪奇趣味にうんざりだ､と思った。「私は花田なんて姓じゃない」と吾介が言った。今度は支配人が驚く番であった。「K伯爵なんて聞いたことも見たこともない」吾介はこの機会に相手をなんとしても驚かしきっておかなくてはならない、もっと驚いたらいいだろう。向うが驚いている間はまだこっちが優位におれる、と考えたからである。「予約をした覚えもなければ人に紹介された覚えもありゃしない。ただこの赤煉瓦のビルの前を通ってレストランと書かれたあった楕円形の金文字の看板に引かれて入って来ただけさ、K伯爵なんて、ロシア人に知り合いなんかあるもんか」と吾介は彼等の出方をうかがいながら言った。「鳥海君しっかり見定めなくちゃだめじゃないか、鳥海君」と振り向いて支配人の立野は肥った筋肉を震わせながら、もし許されるなら耳を両手で詮をしてしまいたいとでも思っているのか、筋肉質の立派な体軀を窄めてかしこまっている老給仕に頭ごなしにどなった。「こんな間抜けを見抜けないなんて」と小声でしかし吾介にも聞こえる程度の声で吐き出すように言うのを、吾介は聞こえない振りをして、こっちには無関係だと言った態度を装って無数に変化するシャンデリアの光と影とを見ながら楽しんでいた。「いやどうも失礼をいたしました。当方の手違いでございます。しかしと言ってこの紙切れをあっさりと引き込めたり、あるいは後の雫の幾つかを削り取ったりするとは思い下さいませんように、当方に手落がございました。しかし料理をお食べになったのはあなた、則ち花田さんでございます」「私は花田と言う名前じゃない、それになんの注文もしないのにわけの分らない料理を持って来たのはあんたの方だからな」と、吾介はまだ優位にいるつもりで言うのを立野は「勿論あなたのおっしゃる通りでございます。手落ちは全く私共の方にあるのですが、勿論そのことについて充分にあやまらせて頂きますが、その料理をお食べになったのはあなたでございます。この厳然とした事実に付いてはあなた御自身も認めざるを得ないと思いますが、いかがでしょう、花田様」「私は花田じゃないと言っているんだが、しかし食べたことは食べたね」だから一体何だと言うのだ、と吾介はどうにでもしてくれ、こっちにはどこにも手落ちはないんだし、もし間違いだと分ったら階段を登りつめた所でもことわればいいのだ、そうすれば当然食べなくてよかったのだから、非は一方的に向う側にある。と考えようとしていた。「お食べになった。お食べになったからには料金はお支払い戴かなくてはなりません。これは至って容易な論理でありますし、単純な結論でもあります。その間に私共が間違った、といたしましてもそれは性質的に見ますならば付随的な事柄ですから従の関係にあります。例えばこのことによって私共が間違ったのであの料理を幾分まけたり、あるいはあなたの代金の支払い期限を多少伸ばしたりはいたします。本来なら今支払って戴かなくてはなりませんが、数日間待ってもいいと思っています。そしてこれは付随的の例外的の方法です、勿論、私達の責任から来る好意によるものです。如何でございましょうか、花田様」顔のわりには小さな口で流麗な言葉を、これこそ一番よい解決法だしこれ以外に妥協策はないのだと言った自信をその口元に示しながら、自からもその言葉に満足するように言いながら、どうでも吾介を花田という姓にしないではおかないように幾度か故意に、あるいは無意識に花田と言う名を入れて話を止める。「花田なんかじゃない、あんたの言い方は一方的すぎやしないか、間違えたのはそっちなんだ、だったら金が欲しいとは言えない筈じゃないか」と吾介はもう一度同じことを言った。「ですから間違えたのは私共でございますから幾分金額の面でもお引きいたします。私共が間違えましたのはこの男のせいでございますから、この男の一年分の給料をお引きいたしたいと思います。この男にしてみれば、たった一人の客を見違えただけですし、このレストランに入るには正式の礼服でなければならないと言う規則があるのですが、その規則の通り花田様は、いや花田様ではございませんが、ええっと……まあいい、その規則のように礼服でしたから、この老いた給仕もその点では何の落度もないのです。そしてあなた、花田様がK伯爵の紹介でお取りになった約束の時間に正確に自動扉を開いて入っておいでになりました。あの扉は正確にあらかじめセットされた時間にしか開かないことになっておりますから、その点でもあなたは合格です。とするとこの老給仕の鳥海君には何一つ落度がないことになります。しかしあなたはその間をぬって正規の客のようにこのレストランのあの階段をそれも中央の所で踊子のポーズをしている黒人美女の臀部を触わって登っておいでになりました。合格です。それでもこの老給仕は一年間の給料を差し引かれなくてはならないとしたら、どこにも落度はなくてもやはり料理を出したのは彼だから、それで仕方がないのです。この差し引かれる金額は一ヶ年分の給料であるのも少し多いと考えることができる程、あるいはこの罰は重すぎるのではないかと思える程の額ですから、勿論あなたも私のように満足戴けると思います。かく言う私もこのものと雇用関係を持っておりますし、このレストランの全責任は私にありますので、お叱りを受けることになると思いますが、この分まであなたの支払う料金からお引きするわけにはまいりません。なぜなら私とあなたとの関係は間接的だからです。としますと結局この可哀想な鳥海君の一ヶ年間の給料分をお引きすることになりますので、その額は月二十万円でございます。この数字は至って妥当、かつ分かりやすいものだと思いますがいかがでしょうか、花田様」支配人は吾介が同意するのに決っていると言った表情で吾介の返事を待っていた。「あんたが言いたかったのはそんなことか」と吾介はこれじゃ何も話す程のことじゃない、支配人の言い分にも道理はあるようだが、一方的すぎると吾介は困惑してしまった。「そんな、おかしい、だめだ。そんな金がある筈がない」と嘆息しながら吾介はもう以前程の力を失なって、どうでも考えて理屈を言うがいいや、と言った調子で言った。「御不満のようですな。それでは私共の方はもう一つ妥協策を出して、勿論これが最後の譲歩でございます。このことをよく心に留めておいて戴かなくてなりません。いや私共の方からどうでもあなたの心に留めておくようにいたしますが、どうでも留めておいて下さい。お金ができます間、幾日か、本当はこのものがあなたを間違えた時間はほんの一瞬ですからその時間に匹敵する時間お待ち申すのが良いのですが、あるいはあなたが自動扉を入ってから出て行くまで時間を規準として用いてその時間も単位として考えるのがよい方法でしょうが、それではあまりに短かすぎます。時間と申しますものは向う側からこっち側へ来て行き過ぎて行ってしまうと考えることもできますし、こっち側から向う側へ行くものとも考えることができます。しかしどちらにしても今はいつも今、過去の今と未来の今があるにすぎません。その人が生きている限り時間は一つの今として呈示されています。そして今の中で思い出となる部分、例えばあなたがあの素晴しい料理を食べた時間は今の記憶としてあなたの今にありあなたが料金を支払うだろうと推測する時間は予期の今の中にしかありません。こんな風ですからいつも今ですので、それを区切るのは不都合で、こんな時は過去から人が時を区切ろうとしたあの量の時間で区切って、ピラミッドに積む石の量とか、砂時計の砂があのくびれた細い糸のような管の内部を落ちる量の時間で計りましょう。これは本来の時間ではないのですが、その時間でまあ十日間といたしましょう。これで全部です」と豚はそれだけ言うとあの肥った筋肉をぶるると震わして背を向けるとそのまま来た順序に従がって逆に小さくなって遂に点となって視界から消えるように、そんな風に出て行って自然に消えてしまったように思った。下瞼にある大きな黒い垂みに涙をためて何か言いたくて仕方がないのに、その言葉が見付からなくて、口をもぐもぐやって老給仕が立っていて「それでは玄関までお送り致します」と吾介案内するように部屋から出て広間を通り過ぎて、あの階段の降り口まで来て止った。「足元に気を付けて下さい」とそのまま吾介が降りて行くのを見守っているのかと思いながら階段を下り始めたが、どうしてこう簡単にこのレストランから出してくれたのだろうか、何かあてがあってそのために吾介を帰すのだろうか、それとも十日目に吾介が自発的にここへ帰って来るとでも思っているのだろうか、と不思議に思った。きっと二千万円という料金は悪い冗談で、向うにしてみればこんな冗談を宣伝に用いているのではないだろうか、その証拠にあの料理が女陰の筈はない。それにしてもあの肥った支配人のどうでも金を取るぞと言った意気込みは芝居にしては真面目すぎる、老給仕の涙にしてからが、あまりに真にせまっている、と吾介が思った時、丁度階段が終ってニケの像の前に立っていた。と階段の上にいる筈の給仕が吾介の後にいつの間に下りて来たのか、立っていて「逃げなさいって言いたいんだが、もう逃げるわけにはいきませんな。結局私みたいに飼殺しになるだろうね、可愛想に」と言葉を切って言うので吾介が振り向くと「扉を開きます」と大きな声で言った。「それにしてもうまかった」と吾介は思わず言ったのを老給仕が聞いて何を思ったか大粒の涙を両目から殆ど同時にはらはらと落したのを吾介は見て、彼のように泣く男もめずらしいが、それにしてもよく涙が涸れないものだと考えた。そういえば、年寄の涙はよく出るものらしい、涙線の機能が年齢のせいで低下しているのだろうと、自分勝手な理由をつけ。

「逃げられないなんて。言葉を使うもんじゃないな、それにしても」と小声で言って酒にまだ酔っているのか、重い頭を二三度振ってみるとその顔に水滴があたって、やはり雨である。赤煉瓦の建物が暗闇の中で濡れて形だけが影となって立っていた。

4

傘落吾介は酔が醒めるともう朝が来ていて、通常の朝の忙しさの中にいて、会社へ行く電車に乗るため起床する時間が定められ、洗顔、調髪、用便、食事などの極度に縮められた時間が起床から始まって手際よく整理された方法で消費されるのは会社のあの時計仕懸のタイムレコーダと名付けられたものに証明をしてもらうためにほかならない。吾介がそんなせわしさから解放されるのが会社の彼の金属性の冷やかな机の前に坐った時に始めて来るのである。今日もまた定められた順序に従って満員電車に乗って次に駅の階段を降りてあの透明な袋に入れた定期券と言う紙切れを見せて急ぎ足で会社までの雑踏を歩いて来て、今こうしてほっとしながら、日常の定められた行動をその通りに行った満足感に浸りながら、こんな爽やかさがどこから来たのだろうと考えていた。寝ている間に酔が醒めきったせいだ。混沌とした所を通り過ぎるとその向うに普段のものがあってもそれが一層明瞭にくっきりと見えるというあの現象だろうと吾介は思った。会社の機構はその仕事にぴったり一致して作られてあるから、その機構の中にはめ込まれた人間が、会社の要求するものを目的として勤務する限り、その人の仕事はきわめて快的であって、吾介もすっかりその内部の一員となってしまっているから彼自身は事柄がそのように運んでいるので至って愉快であった。時には部長が大声を上げて部下を叱ったり、部下が丁寧に課長にその思い違いを指摘したり、女子社員がお茶を（会社で使われている茶はいたってまずいのが普通である）社員に配りながらお気に入りの男性の背に軽く触れて「あら」などといっている光景はそのまま吾介の好きな雰囲気である。手動式の鉛筆削の回転する音、紙をめくる音、カーテンを引く音、風に紙が舞う音、残暑の日差しに汗が出てハンケチで顔を拭う仕草、回転椅子の軋む音、鉛筆の速く走る音とゆっくりと這う音、電動式計算機のキイを叩く音と、素速く動く指先、算盤玉をはじく音、ドアの開閉音と足音、緊張した新人社員の速足で歩く音、左足を引摺って歩く課長の癖は親指の付根の魚の目のせいだ。鼻をしょっちゅう擤んでその先を赤くしている四十を超えたオールドミス、もっと静かに擤めばいいんだ。鼻紙をあてて強く擤む時の鼻汁が孔から出るずるずるする音は嫌やなものだ。あの男は茶を入れに来たえくぼの出来る女子社員をからかっている、嬉しそうな鼻にかかった笑い声、きっと今夜ホテルへ行こうとさそっているんだ、あのおし殺したようなふくみ笑い。彼は今夜のことを思い出してその裸体を頭に描いているのだ、女だってきっと乳房に触れられたつもりでいるのだろう。またどなってやがる、部長と来たら他に能はないからな、早く謝まってしまえばいいんだ、いつまでもじもじしているつもりだろう、何たって謝まれば気がすむんだから、あの涼しい風、なんていいのだろう。吾介は一日をこんな風にいつもの順序で規則正しくほんの少しの狂いも見せずに進んで行くのが嬉しかった。今日は調子がいい、こんな日がいつも続いてそのうちに定年が来て、この会社ともおさらばだろうが、定年なんて今から考えるのは早すぎるし、まだ二十幾年も先じゃないか、その頃になったら人手不足で定年が伸るかもしれないし、世間が変われば退職金も増えるだろうからなどと考えてみる。吾介はもうすっかり昨夜のあの十日間という言葉も、垂れた頰の涙ばかり流している鳥海と言う給仕のことも、豚のように肥って艶のある皮膚をした健康そうな立野と言う支配人のことも忘れてしまっていて、そんなことがあったかとさえも思わなかった。吾介は社員食堂で定められた品数で殆ど昼食ごとに食べているA定食と名付けられたものを食べながら、数人かの顔見知りが一つの机に集まって大方はマージャンや碁、ゴルフ、釣と言った趣味に関する話や、上司やその場にいない同僚の悪口、女房への愚痴等、いつはてるともない饒舌に舌を適度に運動させ、食物を摂取する口と話す口、味わう舌と発音する舌とを上手に使い分けて、話しては飲み、食いしている人達を、よくあれで舌を噛まないものだと眺めているのである。噛むとやはりこの種の食物からは汁が舌の上に浸み出して来て美味いのだがどうも本当の味ではない、砂を噛んでいるのかと思って、器に残っているものを見ると食片が残っている。そしてそれは彼がいつもこの食堂の食物の中では一番美味いと彼が思い込んでいたA定食である。気分は爽快であるのに、風邪をひいたわけでも胃の具合が悪いわけでも熱があるわけでも、疲れているわけでもなく、いつもより身体の具合がいいのに、どうしてこのものが普段の味ではないのだろうかと考えて焼物に箸をつけてみる。何かものたりない、もし家にいたらきっと妻にこんなものは食えない、とどなっていることだろう。吾介は仕方なく茶を啜ってみた。舌の先に食べものの味が古くなってこびりついて、それと今食べたものとが混って何か化学的な変化でも起ったに違いない、茶で流し込んで舌に付いているものを取ってしまえば、またいつもの親しみのある定食の味に戻るかもしれない、と苦い水を一気に飲み込んだ。しかし本当の味ではない。きっと昨夜の酒で胃がやられていて、固形のものを嫌がっているからかもしれない。夕食の頃にでもなれば酒気も抜けて美味いと思うようになるだろうと、吾介はとうとう中途で中食を投げ出してしまった。窓側の隅の卓に草壁が一人で坐って不満そうな蒼白い不健康な顔色を示しながら食事をしているのが吾介の視界に入った。吾介は安堵したような気持がして、それと同時に危うく何か大切にしまってある、心に懸っている事柄を思い出しそうになったが、そして舌もその何かを記憶していて吾介にそれを思い出させようと合図を送ったようだったが、吾介はそれを思い出したくなくて、言葉にも像にもならなかった。何かを思い出さなくてはと幾度も考えて一向に思い浮ばない時の苛立ちと、思い出したくないものは思い出さない方がいいと考えるあの心地よい感情とか奇妙に一緒になった、そのどうでもいい混合を楽しんでいた。どうせ大切なものなら今すぐでなくとも、どのみち思い出す筈さ、と吾介は思った。

　吾介は帰路の途中で空腹が苛立ちに変るのを感じながら、身体全体が妙にはりきっているのを覚えた。一日が充実している、こんな日が続くことは当然であると吾介は嬉しかった。そして夕食を妻と子供と一緒に食べながら、やはり砂の味がどこかに混入しているのを不満に思い、空腹がその不満を取りのぞいてくれる筈だと思っても、どうにも食事の後に砂を噛んだような味が残って仕方がない。

　日々はこんな風に平穏に吾介には好ましく過ぎて行って一向に彼の脳裡にはあのレストランのことは現われず、ただ食事が無闇と砂を噛むようにまずくて仕方がなかった。それさえ吾介はあの日以来のこととは気付かずにいた。吾介の舌は食事の度に何かを求めてその理想的なものが何であるか、舌は何を食べれば満足感を味わえるのか、さえ見当がつかない。しかもあの日以来気分はよく仕事にも気乗がして全てが素晴しく、未来が開けて行くようにさえ思えるのである。その日も吾介は昼食を職員食堂でしていて、食量難時代に食べた大豆粕や麩のような粗っぽい食べれば決らず下痢を起すに違いないと思われるような、そんな味を噛みしめながら食事を終え、取引き先へ行かねばならない仕事のことを思っていた。この仕事を吾介のもとに持って来たのは隣の課の山根と言う課長で、かれは細い干した鰯のような身体を前かがみにして、吾介にさほど面倒でもない仕事を頼んだのである。吾介にしてみれば晴天の残暑の日差しを受けながら外出するのは億劫であるし、それにこの単調なものうい環境から抜け出して自動車や人々の行き来する雑踏の中へ出て行くのよりはうっとりとここの怠惰な雰囲気の中に浸っていたかった。「しかし」と吾介はもう一度思いなおしてみて、時には気分転換に出てみてもいい、見慣れただるい微温湯のような会社を離れて荒々しい空気に触れてみるのもいいじゃないか、そしてその後でもう一度この気楽な揺椅子に坐って心行くまで懶惰な気分を味わうのもいいだろうと思って仕事を引き受けることにした。仕事は至って簡単で巨軀の男が二三度それが癖なのか瞼に力を入れて瞬をして「よく分りました。私共から山根さんによろしく言っていたとお伝え下さい。あなたも暑い中をごくろうさまでした」と言って、この仕事をまかせられるのだからきっとあなたは近いうちに昇進するでしょう、本来なら山根さんにしてもこの仕事は重すぎるのです、もっと上層部からこの仕事は来ていて、傘落さんを名差しで山根さんを素通りして来たに決っています。と言った風な言葉をまるで吾介をいい気持にするために言っているように甘く響きよく話すのを吾介はそれが世辞だと分っていてもやはり言われてみるとどうも嬉しくてならない。

　吾介がその事務所を出ると日はまだ相当に高い位置にあって歩道に濃いくっきりとした影が短く落ちてい

て、それが赤煉瓦の建物の影なのに赤くはなく黒々としている。どの影も黒くて建物の高さによって長い影も短い影もあって、そのどれもは太陽が高いせいで押し圧し潰されて歪んでいた。秋の強い日差しが赤煉瓦に反射してそれらの建物はまばゆい程赤く倉庫のように窓の小さな建物が幾棟も続いてその一角は殆どそのような建物で占められている中に青銅の光った避雷針の先のような形をした柵に囲まれた典雅な博物館が十九世紀初頭の姿をそのままに建っていてぬきん出て美しい。ピカソのアルルカンのポスターが近代絵画展と書かれた看板の横に貼ってあって、赤煉瓦の優美なアーチを描いた門と調和が取れていた。吾介はタクシーを求めようとしてその前に立ち止って手を振ろうとしたが向かい側を行く車の中に空車が混っているのにこっち側を通る車は少なく空車は来ない。もうかなり以前から吾介はそんな風に立って時には背伸をしたりして向うの赤信号に空車らしいのがいてもそこで左折するのか方向指示燈を点滅させているタクシーを見たりしている。長い間そうして待っていたのだろうか吾介はとうとうしびれを切らして交差点の方へ向って（吾介の会社とは逆方向になる）歩き始めた時、「なかなかつかまりませんな」と空車を得ようとしているのか吾介に後から声を掛けた男がいる。のっぺりし卵の表面に目鼻を付けたような青白い顔の男が振り向いた吾介の目に映って吾介は「おやっ」と思った。しかしどうしてそんな風に思ったか吾介には分らなかったが、以前にどこかで見た顔だとでも思ったのだろう。「タクシーはそんな風な手の上げ方じゃ止りませんよ。こんな風に上げてタクシーのフロントガラスから見えるようにしなくては、この手をどう上げるかでタクシーが止るか止まらないかだけじゃなく手に吸い寄せられるように来て止るんだから。あんたの上げ方じゃタクシーはあの交差点で曲ってしまう。タクシーの運転手が真直に行こうかなと考えていても交差点の前で急に何の理由もなく左に曲がりたくなって、左の方向指示機を上げてしまう。勿論右折より左折の方が技術的に容易なためもあるが、しかしそれより直進するのが一番簡単なわけだから、それをさせないのはあんたの手の合図のせいですな。なんなら私が手を上げてみましょう。こんな風に腕を曲げずに背から四十五度程の角度に上げて上下にゆっくりと一秒間に上げ下げできる程の速度で動かすと……いやあんたはやらんで下さい。あんたがやると止るのまで行ってしまうから、こんな風にです。分りますね」朱色の嫌やなタクシーが来た。「いつも私はあのごってりとした色の車には乗りたくないんで止めないんだが、今は試験的にだから止めてみますか、乗らんで下さいね。ほら止った」自動車全体を朱色に塗って窓の下の所二十糎程だけを灰色と黄色とで交差の縞で帯にしてあるタクシーが彼の言うように吾介の前に来て止った。「いや乗らないんだ。間違いだ、向いの男に挨拶を送っていたんだ、どうも悪いな」とその男はのっぺりした顔に笑いを浮べながら言うと目が細くなってまるで雛人形のような顔になるから運転手もこの手の顔に詫びられたのでは怒りようがないらしく、ギャを入れ返えて走り出しながら吾介を恐ろしい目で睨んだ。「ざっとこんなもんです。すぐに車はつかまりますよ。御心配はいりません、花田さん」とその男は吾介を花田と呼んだ。「私は花田じゃありません、人違いです」と吾介が言うのを卵のような顔の目を細めて、「花田さんじゃない、そうですとも花田さんじゃないな、彼ならこんなに間の抜けた顔じゃない。しかし似ていると言えば似ているな。レストランでのことをお忘じゃないでしょうな、もう四日間しかありません、お忘れなら今のうちに思い出しておいて戴きたいものですな。私共はお約束は守る方ですから、いやどうも失礼しました。手を上げるのはあの要領ですよ、花田さん」と男は言って吾介の背を一つ叩いて歩き出した。どうりで先程足音がしなかった、彼の靴底には厚いゴムが敷いてあったのか、と吾介はそんなことに気を止めながら人々の間をさほど早足ではなくぬって行く男の格子縞の上衣とズボンの後姿を見ていた。いまいましい男だ、自分ばかりいい気になって、こっちの気持などてんで無頓着な、第一あののっぺりした無表情に見える顔が気に入らない。おせっかいで、手は正確に四十五度程になんて言って、そうだ車をとめなくちゃ、こうだったかな四十五程度に、ええい馬鹿馬鹿しい。しかし一度試してみる価値はありそうだ。もしこれでうまく止るんなら……と吾介はこんな風に男の言う通りになっていく自分を憎々しく思いながら、どうせ嘘に決ってるさ、そう思ってもやってみるんだから単純な男の部類さと自嘲しかけた時、タクシーが来て止った。「そうか逃れきれないと老給仕が言ってたのはこのことか」と吾介はタクシーの窓に見えるビルディングや並木、人々や瞬時に過ぎる自動車を見ながら小声で言って「そうはさせないぞ」と反抗的に言ってみた。別にそれ程気にする事柄でもあるまい、もし本当に気にしなければならない事柄なら忘れることがない程頭を痛めてなくちゃならん筈だ、二千万円という金額が十日やそこいらで吾介にできる筈もないし、あんまりべら棒で考える気にもなりやしない。どうせ冗談か悪巫山戯だろうし、あののっぺりもそれに一口乗ってるだけさ。もし本当なら詐欺のようなものだし、あれが本当に女性のあそこなら殺人がどこかで行われていなくてはならない。そんなことなら警察に頼まなくちゃならないし現に警察は動き出していることだろう。それにもし吾介がこんな料理の話と二千万円のことを警察に持ち込んでも彼らはきっと相手にはしてくれまい。あまりに子供っぽすぎるし、作り話しめいている。警官は人のよさそうな顔をほころばしながら、ただあまりに熱心なので話の相手をしているだけだと言った迷惑そうな表情を見せながら捜索願いの名簿を見て、近頃そんな女性の捜索願いは出ていませんな、もしそのようなことが現実に行なわれているとしたら、きっと大量の女性が何らかの方法で姿を消しているでしょうから先ず捜索願いが出る。もし出なくても女性の誘拐がどこかで行われていてきっと誰れかに見られている、日本の国の警察は優秀ですから、それにあんたの話はあまりに突飛で小説でも読んでそんな気になっているのでしょう。もしあんたがどうしても本気だと言うのなら病院の先生に相談したらどうです。なんなら私の方で紹介いたしましょうか、あんたの住所は、氏名、職業、年令、それと家族は幾人です。と逆に疑いをかけられかねない。こんな風に整理して考えてみるとあの話は全く架空のもののようだ、だったらそれだけ安心できる。もう気にしないことだ、吾介はタクシーから降りるまでそのことを考えていて、あと一時間程しか勤務時間の残っていない会社の事務室の自分の机の前に坐って、早くゆったりとした気分を味わいたかった。

　吾介はその後幾度かのっぺりした顔に出合ったことがあったように思う。どのような状況でどんな時間に、どんな場所で出合ったのかはどうにも分らない、と言うのはそれが定まった場所例えば電車の駅とか、社員食堂、自宅の附近、仕事の途中の道路、会社の廊下、公衆便所とか言った場所ではなく、それは全く気尽でいつどこで会ったと言うことはできないけれど、どこかでそれこそいつでもあののっぺりとした表情のない卵の形をした青白い髪の毛の少ない顔に出会ったように思える。そのくせそれが正確にいつ、どこで、どんな時に、と考えようとすると思いの出せることはなく、思い出すとすれば決ってあの赤煉瓦の建物の前で手を上げている時で、「この要領ですよ、花田さん」と手を振っている。吾介はその度にこれは何でもない悪い冗談なんだとすぐに思ってもう考えないようにしていたが、どうでも食事時になって、あの砂や大豆粕を食べているような味に出合う時に、レストランで食べた円いふくよかな口一杯に広がる何とも言いようのない味を思い出してしまうことがあって、その味の間から卵型をした顔がぬうっと現われて「四十五度の角度でこんな要領です。それとレストランを忘れないで」と細い目で笑いながら言うので、ついうるさくなって、怒りをぶっつけようとするが雛人形の顔では怒るわけにいかない。「近頃のお父さん少し変じゃない、御飯の時間になると気嫌が悪く、まるで砂を噛んでるようだ、よくこんな米が食えたもんだ、この平目のまずいこと、と言うの。私達にはおいしいのにどうも変ねえ」と高校へ行っている陽子がそんな吾介を見て妻に言っている。妻がその言葉に「そう変ねえ」と肯定する意味の返事をしたのは、あの日から数えて丁度九日目の夜のことであった。

5

砂を噛むような感触が消えてようやく常の食事の味を取り戻して来たように思える。雨の中を歩いたのが身体に祟って風邪でもひいていたのがようやく直って元の味がし始めたのだろうと吾介は近頃頻繁に挟まり始めた食物のかすを爪楊子でとっていると、山根が吾介の背を叩いてから彼の前に坐った。その山根の鰯のような身体の上に付いているこれも魚類を思わせる顔を見ながら吾介はきっとこの間の仕事の続きをさせるつもりだろうな、あのぶよぶよの巨軀の男の人をそらさないうまい世辞のことを思ってまんざらでもないと考えた。こんな風に食事の味が美味になって来たのは身体の調子がよくなった証拠だし、いや吾介の調子は以前もよかった、きっと風邪の軽い熱のせいでかえって身体の運動機能が促進されたのだろう、まあそれより山根課長の頭に響くような高い性質の声を聞こう、どうせ行かなけりゃならないんだからそれに行くのも嫌じゃないんだから、何もそう大声で話さなくてもいいのに、と思いながら吾介は「それじゃ早速昼休みが終ったら出掛けてみます。それにしてもあの方は大きな人ですね、腕の太さなんかまるで丸太棒のようで」と言った。「先方さんに失礼のないように、例え冗談でも、大切なお客様ですから」と山根はたしなめるように言った。何が大切なお客様だ、ここで太い腕の話をするくらい何だと言うんだ。気取ってさ、いつもあの調子だから会社でも嫌われものなんだ。あれで上司にはぺこぺこしてお世辞たらたらなんだからと吾介は山根にたしなめられたのに幾分腹を立てて言葉にならない言葉を口の中で呟いた。

　視野のどこかにのっぺりとした青白い顔が常にあるようでそれが確かにあそこの場所にいると定められないのは網膜に盲点と呼ばれる見えない部分があって（盲点は視神経の進入部で全視野から見れば直径五度程度

のもので、この点にはいると対象物が見えなくなる）その小さな部分に彼がいつもいるためだろうか。あるいはそうではなくて視野のどこかに彼が常にいるのを嫌やがって吾介が見ないようにしているためだろうか。そんな風に青白い雛人形のような顔ののっぺりした男は追っても追っても顔の前にやって来る蠅のように来て吾介がはっきりとは意識できないどこかで吾介をしっかりと監視しているようである。とその男が今度は堂々と吾介の前を向い側から笑顔さえ見せて（笑顔はあまりに蒼すぎて気味が悪い）今にも話をしそうに口を開いて親しげな様子を見せながらやって来るではないか。吾介は食堂のどこかにつっかえて出ない食片をもう一度飲み込んだ時のような嫌やな感じがして全身が悪寒の時のように震えるのを感じた。「別に彼が来たって驚くことはない」と吾介は忘れようとして彼から視線を逸した。「いよいよですね」と彼は嬉くてたまらないように卵の顔の三日月のような目を細めて笑うと右頬にえくぼができている。「お伴します。これも私共の仕事でしてね」と彼が言う言葉を聞くと彼等は自分達のことを私共と言う言葉で表現する癖を持っているよう気がして、それと同じ言葉をレストランの支配人とあの巨軀の男が言ったように思ったが、偶然に一致していただけなのかもしれないと思った。「別にお伴をしてもらう程私は偉くはないし、私はただの会社員でしかも平社員の次の係長って言う下っぱだからね。お伴なんかしてもらったんじゃ困惑して自分がどんな風にすればいいのか、妙に格好をつけたりしなくちゃならない、そんなのはてれくさいしそれより何より迷惑だよ」と口では言いながら、時には人を従えて歩くのもいいだろうな、といつも部長の尻を課長と一緒について歩いている自分の姿を思い出した。「今日だけはそうはいきませんのさ」と男はあくまで付いて来るつもりでいる。

「ところで」と丸太のような腕を組んで嗄がれ気味の声で腹を波打たせながら山根からの仕事の手紙（この仕事は女子社員でもできる事柄である）を読んで、ただ頷ずいて吾介の方を見た。「二千円に幾つか零の付いた金額の御用意はでいきましたでしょうか、約束の期限が今日で、あの日から十日目にあたるのだが、正確にはまだあなたの食事をなさった時間までには」と腕時計を見て、「おおよそ四時間程は残っていますが……」とどうせできないだろうと言った顔付である。「例え支払うとしてもあんたに催促されるのは筋違いのようですな」と吾介はこの男がレストランとどんな関係にあるのか、と考えながら言うと、何処にいたのかあののっぺりの顔がぬらっと吾介に近寄って来て「あんたは私共のことが分っていないようですな。あんたの知っているここと、おの舌が落ちるようなあのものを食べたレストランとは、背中合わせになっていて、ここの裏がレストランであることを考えてもらいたいですな」となんと頭の悪い男だろうと言う風に肩を窄めて吾介の坐っている革製のソファの背を拳で叩いた。その時吾介は立ち上った。吾介程心地よいものには身体をそのままかせきってしまう男がそれを振り切って立ち上ったのである。何か言わなくてはならない吾介は言葉につまってしまった。あらかじめこう言う状況になったら言う筈の言葉を考えておいたのに、驚いてしまって言う言葉がない。言葉にして何かと言ってしまわなくてはならない。何でもどんな言葉でも間に合いさえすればいい、と吾介は汗の出るのを感じた。「レストランの裏側だって」と吾介は考えていたこととは全く違った言葉が出たのにがっかりしながら兎に角言って一瞬安心した。「そうです、この扉の向う側はレストランです」と答えを要求するように男は言った。「私のような人間に二千万円は大金すぎます。到底できる金ではない。しかも料理が二千万円とは高すぎる」と吾介は言いながら、気が抜けてしまって、言っても駄目のようだと考え始めていた。こんな筈じゃない、あれは不当で、道理にかなってない、もしそれでもどうしてもと言うなら詐欺であるから出る所へ出て決着をつけようなどと言うつもりであった、それが言葉になったのはやっと「高すぎる」だけである。「ですから百二十万円はお引きいたしますし、十日間待ったのです」と男はどう思ったのかマホガニーの卓をはさんで坐っている吾介の向う側の椅子から急に立ち上って言うと、その身体は山を思わせる程大きく立ち上っただけであらゆる家具が揺れ、建物全体が地震の時のように震えるかと思われる程であったが、現実には何も揺れず建物も潰れなかった。吾介はその男と向かい合って立っては到底かなうべくもなかった。前部に突出した巨大な腹部が、立ち上った動きで大きく波打っている。腕の出ている肩のあたりの筋肉の盛上った塊りが丁度吾介の顔のあたりに位置している。吾介は潰ぶされてしまうのではないかと思って怖わさのために、へなへなと腰くだけになって坐ってしまった。「その話ならこの間弟が申し上げた筈です」と大男は始めて彼が立野支配人とは兄弟であることを示し、ことのついでに彼の身分をも明らかにした。「ですがあれは冗談だと……」「冗談ですって、女性一人の生命が冗談ですって」と男は頬の筋肉をぶるぶる震わせて口唇に力を入れ眼球をむいて、怒りの表情をしながら拳をにぎって言った。その拳は大きな鉄のハンマーのようで、それが今にも吾介の鼻先にとんで来そうである。女性を殺して料理にして食べさせている人間がこんな風に人の生命が地球と同価値のような口振で話したり、拳をふり上げたりしていいのだろうか。矛盾だが、それを口にでき得る心理状態ではなく、あの太い丸太棒の腕が拳をつけてうなって吾介を襲ったら、そのまま死んでしまうかもしれない。吾介の小心な会社では歯車の一つでしかないような男の心が、どれ程驚いたかそれは想像を越えているだろう。この男の前ではあらゆる真理は歪められ彼が真理になってしまう。吾介は蒼白になり逃げ出そうと考え始めていると、「あなたは私共にお支払いになる気持を持っていない」と大男が話を始めたので吾介はやっとこの男が話している間は大丈夫だと思った。「いや私共はあなた自身の能力のことを言っているのではありません。ただあなたが今金をこの四時間程の間にここに持って来れるかいなかを問題にしているのです。持って来たいなどと言うのはいけません。気持は金と一致していて気持はあるが金はないなどと言うのは無頼の徒の言うことです。小説家のたわごとです。勿論私共はあなたをその一人とは思っていませんから、あなたは私共のもとでその金額に相当する期間、これはあなたの一生とほぼ一致する期間、働いて戴きます。勿論あなたの働き仕第でこの期間は幾分縮めることもできると思われます。部屋の方へ案内したまえ。二三日の間、私共から連絡のあるまで充分身体を休めておいて下さい」と支配人の兄にあたるだけあって支配人より一廻り肥っていて背丈も顔も大きい、その山のような大男はゆったりとした動作で皮革製の彼のために作らせたと思われる黒い大きな坐り心地のよい椅子に坐った。椅子に付いているクッションから空気が圧縮されて外に逃げるのだろうヒューと音がして、それにつれて彼の身体は椅子の中に深々と沈んでいった。

「もうあんたはここにいる必要はないんだ、あんたの部屋は五階の見張しのよい所にあって、あの椅子程には素晴らしくはないとしても、結構楽しく快適にくらせることだろうし、人が生活するのにはこと欠かない程度のものは適当にととのっていて、まあ満足できるだろう。例えば机と椅子寝台と箪笥、電気スタンド、屑籠、勿論室内に洗面所さえある。僕の名前を言っておこう、鈴木というんだ。どこにもある名前だから誰れも鈴木さんとは呼んでくれない。のっぺり鈴さんと呼べばいい。鈴さんだけのも、のっぺりだけのもいるが、のっの鈴さんはいただけないねえ。一番いいのはやはりのっぺりの鈴さん。もう仲間だからねえ」とのっぺりの鈴さんは細い三日月の目をいよいよ細めて笑いながら細いコンクリート製の手摺のある人がやっと一人通れる程の階段を相当長い間かかって上って、やっと五階についたのだろうか、明るかった照明が徐々に暗くなって五階に上がるとその階段は真暗でぼおっと明るい廊下に四十ワットの裸電球がついていた。「いや暗いのは廊下だけなんだ、部屋に入ると窓から光線が溢れるように部屋一杯に入って来て、それは明るいんだ。それに五階からの眺めは格別だからな、ここだよ、入って少し横になるといい。じゃまたな」とのっぺりの鈴さんは言ってこれが癖なのか吾介の背を一つぽんと叩いて早足で階段を下りていった。

吾介は軽い眩暈を感じて壁に取りつけてある木製のベッドに横になってくらくらする頭を藁が中に入って

いる堅い枕に押しつけた。この建物に入った時から眩暈がするような気がして、あの大男と下の部屋で話している時も頭が軽くなったり急に回わったりして、考えがうまく纏まらなかったから、山のような太鼓腹の男に言い返したくてもどうにも言葉にならなかったのはやはりこのせいだ。熱があるようにぼんやりしていて浮わついて身体全体がほてっている。まだ醒めない夢の中にいるような、動かしてみると身体が思うように動きがたいような、何かおぼつかない、緩慢な感じがする。吾介は先程から幾度ものっぺり鈴さんの言った快適な、部屋の内部を彼の眼で一度確かめたいと思っているのに、立ち上る気がしない。つい先程などは足を膝で曲げて両腕を腰の両脇の布団に置いて支えながら上半身を起そうとしてみたが、上半身は起きようと言う気力を示さないで、支えている両手が痛いばかりで、吾介の意志が腕や足や身体にどうも的確には伝わらないらしい。それを無理やり腰のあたりに力を入れて起き上がろうとすると息切れがする。心臓の動悸が激しくなって冷汗が出て来る。全身の血管が極度に緊張して今にもどこかで破裂するのかと思われるくらい身体全体が熱くなる。足や手の先がほてっていてそこに熱が集中するためか顔面は貧血して蒼白になって、頭はくらくらとする。丁度煙草を飲みすぎた時のようである。空気が悪いのだろうか、一酸化炭素中毒で以前死にかけた時もこんな風だった。石油ストーブをつけてしばらくするとこんな風な状態になって、どうにか這って行って窓を開いたことがあったが、あの時はもしあのまま気付かなかったら危なかったろう。窓を開けば空気が変って眩暈も消えるだろう。どうしても窓を開かなければ、と思うが身体が言うことがきかない。眠くなってこのまま寝たら多分死ぬだろう、それでもお前は眠るつもりかい、と言った議論が頭脳の中で始まったかと思ううちに黒い冷たい闇が甘いとろかすような心地よさを吾介に伝えて来て、反抗すらできないうちに明るい光の部分が消失して、もうどうでもこの誘惑に身体をまかせたい。こんないい気持なのに何を反抗しようとしているのだと思うまもなく全てはなくなりそうである。幻想のような妄想のようなものが薄暗い冷めたい銀色の抽象写真を見るような画像となって水平線に現われて、それも豊かな母の乳房に抱かれて寝る時のような甘ったるい親しさの暗闇にまかれて、うっとりとそのやすらかさの中に消えてしまった。

　どうして目が醒めたんだろう、とはっきりしない頭で考えながら眠さの残っている、悪い酒でもしこたま飲んだあくる朝の二日酔いの吐きっぽい棒でも飲み込んだような腹の具合の悪い身体を感じて生きているのが不思議だった。確かに空の腹からは吐き気がこみ上げてくるようだが苦い酢いものはその中にはなくて胃はそれ程苦しくはない。悪い原因は頭の方にあるらしい。胃が痛く吐きっぽいのも呼吸がしにくいのも、身体が重いのも頭脳がそう思い込んでいるためで本当はどこにも悪い所はないのかもしれない。昔太腿から下の足のない人が時々足の小指が痒いと言っていたのを聞いたことがある。きっとそのように身体じゅうはよくてただ中枢の頭がおかしいだけだ。吾介はどうでも起きようと思った。「それによく寝るな」と天井から声がしたので吾介はちょっとまごついてやっとそこが二段ベッドの堅い木の上であるのに気付いた。ベッドに付いている木の梯子を目で追って行くと、そこに黒い長い毛ばかりの円い汚れたぬいぐるみの犬のようなものが浮いていてそこから声がしたらしい。吾介は眠気の去らない頭でそれを見つめていると、どうやら人の顔であるらしくその下部に鼻らしいものが見え口唇らしい紫色のものも見える。「こんばんは」と吾介はそんな風に挨拶をした。前に垂れた長髪の間から見ているのだろうか黒い光るものが動いて笑い声がする。「もう二日は寝っぱなしだよ、よくもそんなに寝れるね」と言った。吾介はその男が嘘を言っていると思った。小便がしたいのか下腹部のあたりに膨張による緊迫感があって、破裂しそうに重苦しい。「便所なら出てつきあたりにある、もっとも便所と言えたもんじゃないありゃ肥溜だかね」とその男が言うのを聞いて吾介はどうしても走り出すより仕方がなかった。「二日ぶりの小便は気持がよかったろう」と戸を開くやいなや男はベッドの縁に両足を垂しその足を振って言った。「殺し屋の登場だな」と両手で髪を分けて顔を出しながら言う。吾介は男の言う意味が分らない上にこれからのことも分からなくて不安であるのが今は小便だけは出しつくしたので気分がよい。しかしどうも頭がはっきりとしない。「私は傘落吾介と言うもんです。よろしく」と吾介は丁寧な言葉を用いて先輩に敬意をはらったつもりである。「名なんかここでは不必要さ。頭がふらつくだろう。それはある種のガスのせいだ。意識的にこの建物内部に流されているんだが、こいつがくせものだ。頭がふらふらしている間はガスに慣れていないのだがやがてふらつかなくなる。すると一緒に通常の判断力も失うというわけだ」と男はベッドの階段を軋ませながら下りて来て極度に吾介に接近して立つので吾介は後ずさりすると男はさらに近ずいて小声で「俺の名はケ」と言って顔にかかっている髪を両手でかき分けながらその理由が分ったただろうと言う風に頷ずいてそれからけたたましくケケケと笑った。「このガスってやつはね。やはりやっかいだ」と言った。「一度慣れたらどうでも吸いたくなる。だが先ず寝てこのガスに慣れることだ」とケはその細い骨に皮が付いている腕でもう一度顔を隠している毛を分けながら言って戸を押して出て行ってしまった。確かに頭は朦朧としていて吾介の脳髄に現われる考えは断片的で、ケが笑いながらビルの屋上から両足を投げ出して「俺の名はケ」と言ったり、のっぺりの鈴が快的な四十五度、と言ったりしている。陽子が一人前の女性のような乳房をして「ねえお父さん」と妻そっくりに愛撫をして欲しいようにその乳房を突き出して近ずいて来る。だめだと本能的に吾介が言うと涙を流しながら「どうしてだめなの私のこと嫌やになったの」とその声は妻の声のようで妻が泣いている、とその涙の一滴が宝石のように輝やいて落ちる。その涙のぬしは老給仕で「乱雑で野蛮な混合、交互に食べるのとそうでないのとは」と言って涙を滝のように流している。豚の支配人と巨軀の男とが本当は一人なのにどうして二人の違った人間のように別々に登場するのだろうか、きっと蜜柑のように皮をむくと中から支配人が飛び出すにきまっている。「女性の生命の値段です」持っていた博理学本の人間の木乃伊のようなかさかさした横顔が現われて、「私のあそこ、女陰私の生命、恋しい人の大切な落とし穴。私の落ちる深い素晴しい洞窟、もがいてごらん、ああいい気持、嘗めて欲しいわ、女王のように尖った冠の先のところ」「この滑めらかさ貝柱のような歯ざわり」と頬が落ちそうに垂れている男がいて豚が艶やかな膚を見せながら「間違った男はこの男」と言って四つん這いになっている男が蜜柑を食べている。鰯の頭をして胴だけが人間のような動物が「このガスがやっかいだ。このガスは……」と無限に繰返しているのを吾介は子守唄のように半分眠りながら遠くで聞いているとねむくなって来る。豚が蜜柑を食ってぽかっとその皮をかぶると山のような大男、ああ潰されてしまいそうと思っているうちに空気のぬけた風船のように縮じまって行く。このガスがもんだいなんだ、ガスが……。寝てしまったようだ。

6

吾介は幾日も幾週間もあるいはひょっとしたら幾月間もその屋根裏部屋の一体幾人の人達がどのくらいの間用いたか分らない程黒く垢や血液、汗、唾液、小便や糞、精液で汚れたマットと毛布のあるベッドの上で寝ていてその期間がどれ程か分らない。ただ無為な時間が過ぎて行って部屋の内部が明るくなり暗くなり、ケがその間に幾度か部屋を出て行き入って来て、大声で話し笑って、のっぺりの鈴が快適な部屋だと言った不潔極まりない生活にもどうにか慣れて来て、吾介は以前の何とも素晴らしい規則的な生活が戻って来たような気がした。ただ会社と違うのは吾介が起きたい時に起き寝たい時に寝、その間どこからともなく食べると嘔吐をもようしそうな腐肉の入った食物が机の上に置かれていて、それを食べたい時に食べ、小便と糞を自分の好みのままに行い、時にそこだけから外部光が入って来る小さな窓から外の景色（と言ってもこの赤煉瓦の建物の切妻風の屋根によって視界が遮ぎられてよく見えない）を見るという風にいたって自由である所が違うのだが、吾介は一応秩序を立てて時間を用いた。ぼやけていた頭が以前程ではなくとも次第に明瞭になって行くように思われ、時々跡切れたり混乱したりすることはあっても全く無秩序に現われることはなくなった。しかしどこか奥の方にはっきりしない部分があって、そのことには吾介自身も気付いていて、そうさせるのはやはりこの部屋に充満しているガスのせいである。ケはその間に何か意味のある言葉を吾介に言っただろうか、と吾介はいつも仕事があって忙がしそうに二段ベッドの上から降り塗料の剥げて以前に褐色の塗料が塗ってあったと分るだけの扉を引いて出て行くケのどことなくこれ見よがしな、吾介を軽蔑しているような目付を思い出しながら何もしないのも好い加減なものだと思った。こんな風に無為な時間を殆ど規則的に用いて平坦なものとしてすごしてしまうと明るくなってやがて日暮が来て夜になって、と言った風に小さな赤煉瓦の窓から入って来る僅かな光りだけが時間と言うものの経過を示す基準となるが、そんなある一日が無限程も長い時間のように思える。一日はそんな風にゆったりと心地よく休日の次の日がまた休日であるように次々に休日がやって来て、まだ吾介が働らいていた頃待ち通しかった休日を、終日寝てくらしたり、家族と小旅行に行ったり運動や釣りに行ったりして休まずにすごした休日は結局休日じゃない寝るのが一番いいと思ったりしたことが嘘のように思える。二日続きの時など二日共寝るのがどんなに嬉しかったことか。動くものの生活が始まってケが朝に出て行って夕に帰って来て二段ベッドの上で寝てしまう以外に動くものを見る機会は自分の身体を動かすのを除けば、水道の蛇口から出る水くらいであとは静の世界である。幾度陽が上って夜が来たか、それを数える道具がなく吾介には分らなくて、記憶を辿ってみると長い単調なありあまる程の時間は思い出すより所も、思い出すにはあまりに大きすぎることもあって、つい昨日この部屋に来たばかりのような気がするかと思うとそれが幾月も以前だったような気がすることもある。こんな風に吾介は時間を考えるのが近頃の日課になっていて、生きているから今はあるのは分っても過ぎ去った過去の記憶は薄れ消失したり欠落したりしていて思い出せないと、それは無であるように思える。このことはそのまま将来のことにも言えて、そこに不安があると言ったベルリン大学の総長をしていたドイツ人がいて、斜視をしたフランス人もいて、この人はまだ生きている。しかしやはり予期と言うものも今であってあくまでも今で未来もないことになる。こんな風なことを考えた男が告白と言う本を幾世紀も以前に出していて、彼の時間論を吾介は読んだことはなかったが、吾介程の時間が誰にでもあって、その男が時間について考えるとしたらこんな風な考え方に到達することもありそうである。吾介はこんなようにその環境に慣れるのは天性から彼にそなわった素質のようなものがあって、ここからどうしても抜け出してみよう、例えば人の目を掻い潜って階段を下りて外部に脱出しようとしたり、あるいは小さな窓を破ってロープで外へ出ようとしたりと言う風には考えなかった。と言って全くそのような考えが吾介の心に起らなかったかと言えば勿論嘘である。長年親しんで来たものへの愛着はあるから、妻の下腹部や陽子の膨れ始めた恥かしそうな乳房と水兵服、会社の日常の例えば課長の嗄がれ声と引摺って歩く足、しかしそれらは何か遠い所のもので、到底今の吾介の能力では行けない距離にあるもののようであった。人はこんな風に制限された場所に、そして言葉を変えて言えば監禁状態にあれば（これは吾介が一人で決め込んでいるにすぎないのかもしれない）使わない筋肉を動かしてみたくなることもあって、子供の頃運動場で嫌やで仕方がなかった寒い朝の全校体操のようなことをその時習った順序でやってみたりする。ケはそんな吾介を軽蔑するような目で見ていることもあったが、あれ以来何も言わなくなって、それに対して吾介も何も言わないのは他意はなく吾介の中の言語中枢のような所の働きがにぶくなって話をする気にならないせいであった。これは勿論あのガスとケが言い吾介が一酸化炭素だと感じたものの作用かもしれないが、それによって起ったと思っていた軽い眩暈と頭痛とが消えて、以前程眠くもなくなったのは、初めからそんなガスはなかったためかもしれない。だが頭の奥の方はやはり霞んでいてどこか外部で吾介が生活していた時の状態とは違っているのを吾介は感じていてもやがてその記憶さえ忘れ慣れてしまって、もうそのことを考えなくなった。吾介にやっとこの赤煉瓦の屋根裏部屋で生活する資格ができたのである。

鈴木が例ののっぺりとした蒼白い卵型の顔を戸の間から覗かせて部屋の内部をうかがってから身体全体を横にしてその顔を入れた隙間を広げずにするりと入って来て吾介の前に立った。「どう快適そのものだろう、御同類」と鈴木は言って笑うと目が細くなって、それがどこにあるのか分らなくなってしまう。「とすると今度はいよいよ仕事をしなくちゃならない。私共と一緒に」と言うのを吾介は聞いていよいよこの退屈さともお別れであればその方がいいと思った。「なあに心配には及びませんよ。仕事は至って簡単そして単純だから、言っても頭脳も時には必要ですがねえ。しかし仕事のこととなると私の範囲ではなくて、私よりももっと技術的に優秀な人がいて彼の言う通りに事をはこべばそれでいい。彼は親切で丁寧にあんたの仕事を細部にわたって厳密に順序よく正確にあなたの最もしやすい方法で教えてくれるから、あんたはただそれを真似ればいい。前口上はこのくらいでさあ行こう」と鈴木は殆ど一人で言いたいこと言って、まだ完全には頭脳も身体も働らき始めていない吾介を促がし、吾介は何が何だか分らないので質問をしたくてもその言葉さえ見付からない、とすれば相手の調子のいいのに乗って進むしかないようである。これで退屈が終る、とそのことだけが言葉になって吾介の口から出ていて、幾度も幾度も言っているから、やはり吾介自身もうれしいのだろう。やっと人一人が通れる程の階段を下り、右へ折れると今度は少し広くて二人は並んで歩けそうなつるりとした石製の階段があって、そこをのっぺりの鈴と一緒に吾介は降りながら暗い中から徐々に明るくなって行く過程をまるで富士の頂上で日の出を見てるような気持で下りて行くと三階の所で白日のような光に出あって圧倒され、あまりの明るさに足元が危ない程であった。眩暈がする。「この光でガスが出来るんだよ、と言ってもあんたには分らないだろうな。頭痛がしなくなっただろう。その最初の頭痛って言うのはこいつのせいなんだ」とのっぺりの鈴さんはきっと得意そうに鼻の下の唇を尖がらしながら言っているのだろうと吾介は思ったが溢れる洪水のような光りの中でそれを見ないように両手で眼を塞うのでせい一杯であった。太陽が部屋の内部にとじ込められて、その中で輝やいているとしたらこのような明るさだろうと吾介は思って、この輝やく部屋の裏側が丁度ショーウィンドウにあたることを鈴木が言うまで気付かなかった。血の赤の不定形の拡散する模様の渦巻は凝視された溢れる光りの影の部分であった。「象牙色の反射するように暖かで滑らかなものは一体何だろう」と吾介はあの陳列された美しいものを思い出し鈴木に聞きたかったが言葉にならず呟きになってしまった。鈴木はその吾介の言葉を確かに聞き取ったが彼は優越感のある笑いを卵の顔の口元に浮べて吾介の疑問には答えずに「もう一階下があんたの仕事場なんだが嫌な臭気がいつもしてるね。それにもすぐに慣れるさ」と言った。吾介は先程から何とも言えぬ寂しさ、無気味さ、ものたりなさを感じていてそれが何のせいか分らなかったが今鈴木が話をしたことでやっと分って、それは音の無いことのためだった。無音という言葉が静寂とか森閑とかいう言葉とはどこかで違っていて、例えば蝉の声を静かだと言ったり耳の音を静寂だと言ったりしても、そこには何かの音があって人が二人いて本当に無音なことはなくて生きているそのことにもう音がある。吾介はめくるめく輝きの中にそのことを忘れのめり込み、死がそこにある程の沈黙を感じてしまったのである。音はどこからもしなかった。「恐い程音がしないようだね」と吾介がその静けさから抜けようとして言うのをのっぺりの鈴は当然のことのよう聞いて「死人は何も言わぬもんさ」と言った。階段は同じ傾斜で同じ幅のまま長く続いていていて足音すら吸収されて音にはならないような実質性の硬度を吾介の足の裏に伝えた。明るさがもう一度暗さに変り始めて吾介の目がその光りに順応できなくて闇がそこにやって来たのかと思った時、階段はなくなって平坦な所へ出た。鈴木はその廊下にある幾つ目かの戸を引いて吾介を後から押すようにしてその中に入れ、自分はその後から肩口だけを入れて「吾介さん」とだけ言って外に出てしまった。吾介は一人だけ取り残されて不安な気分で周囲を見まわすとそこは広くて薄暗い中に大仕掛の機械が一台手術台のようにあって、それが手術室と違うのは妙に淋しいことと悪臭とであった。とここへ顔を出すのはやはり鳥海給仕でなければならない。「あなたでしたか、と私が申すのはあの時からいやあの以前草壁さんがあなたに付いての報告を持って来た時から、あなたのことを知っていましたが、やはりあなたでしたか。狙われていましたから、ここの方法から逃れきれるのは容易ではありません。そして殆どそれは一生涯のことでもあります。勿論まだ現在のあなたにそれが分る筈はないでしょうけれど、やがてあなたが私程の年になる頃になればそう思うでしょう。と申してこの建物がその時期までこんな風にしてここにあるとしての話ですが、この間の大東亜戦争の折りにもこの建物は無事でしたし創業以来一度も休まずに続いていましたからね。しかしやがてはこの仕事も終る時期が来るでしょうから、あなたの場合は私共と違って私のようなことをしなくても、時間と言うものが全てを解決してくれるかもしれませんね。ですがともかく御愁傷に存じます、と申しておきましょう」と垂れた顔の老給仕はその目の下の黒い深い瞼をより一層黒くして涙をためながら言うのを吾介は聞きながらこの男の言っていることが何のことか分らずにただ泣き男と言う言葉があってそんなことを職業とする男達がいるとすれば彼にはうってつけだと思った。「どんな仕事をすればいいんです」と吾介は仕事をするために来たんだから早くやりたいと思って、その時ちらりと頭脳の中をあのケの得意そうに仕事に出掛るこれ見よがしの態度が横切ったが、吾介自身はそれ程仕事が好きでもケをうらやましいとも思っていなかったので、仕事の事を口にだしたのは老給仕の話を途中で止めたかったからである。「仕事にはまだ間がありますし、それに仕事と言ったって忙しくてならないとか疲れるようなものではなくて、至って簡単でその上全く何もない日だってありますからね。今日だってたった一回だけのようですから何も今から仕事にかからなくちゃといきまえる必要も、そんな心得もいりません。もっともこの仕事に少し慣れて来ると私のように給仕もやらなくちゃなりますまいが、それにはまだ間があるし、私だって今すぐこの建物から出て行くのも心残りですからね。第一ここから出てももう行く所がありませんやね」とやはり沈んだ調子で今にも涙が目から落ちるのではないかと思わせるような顔付きで話す。一体何をそんなに悲しんでいるのだろうか、と吾介はもう思うより仕方がないから、相手の手のうちに入ってこの調子で長々と話されてはたまったものではないと思いながらもつい聞いてしまった。「あなたは悲しすぎますね。何故です」吾介の好奇心はまだあの大仕掛の機械の方にあったのだがこれを聞かない限りこの男からは解放されないだろうと思ってなるべく無関心を装おって言った。老給仕は結局話さなければどうにもならないのを知っていて、これがこの若い男のためか自分のためか分らないが、結局は自分のためであることが分った。と彼は胸は深まり行く悲しさに溺れるより方法はなくて、その結果としてあの窪んだ瞼からとめどもなく涙が涸れない井戸のように溢れ出て来た。吾介の心は涙を見て動き出して口唇から吐き出されるに違いない意味ある呼気を待った。老給仕の口が開くとそれに従って顔が歪んでそれはそのまま彼の苦悩でもあった。「あなたの食べた料理は……どうでした、味は」と彼が最初に言い出した言葉は意外な程平凡なものであって吾介はその問いにどう答えていいのか迷っていると、別に老給仕もその問いに答えが欲しいとは思っていないように吾介の返事を無視して続けた。「あのものは私の妻のものでした。こんな風に突然言い出せば誰だって驚いてしまうのは当然ですし、あなたはまだあのものを本当に女性のものとはお考えにならず、作り物のこともあり得るとお考えでしょう。その疑いはごもっともです。けれどあれは私の妻のまぎれもないあのものです。これであなたがなぜ私が悲しんで涙を流していたのかが分ったことと思います。いいやこんな風に言えば次の疑問が今のものより強くあなたの心の中に起ってきて、どうしてもそれを聞かなくてはならない。あるいはどうせ偽物でだましで芝居をして悲しんでいると思うこともできます。しかしこれからあなたがここでしなくてはならない仕事を見れば、と言ってもあなたはまだガスの軽い酔の中にいて自分の行為の本当の意味が分らないかもしれませんが、それが本当であることが分るでしょう。それにはガスに慣れて、ガスの中にいても正常な智脳を働かせることができる時まで待たねばなりませんが、それが結局あなた自身の将来を決定ずけてしまうのです。料理の方からあのものを見ますとあなたの食べたあれは下級品に属します。幾度かあのものを賞味なさった方ならば、もっと若い収縮力のある噛むとその噛む力に比例して反発するようなゴムのようなものが喜こばれます。しかしあのものにはどの一個にもそのもの自身の持つ特長があって、そのものの新鮮や年数によって良し悪が決まるものでもありません。新鮮ものでも未熟なもの、年数を経たものでも収縮力のあるものの収縮力は劣っていても肉の厚いほってりとしたもの、厚くほってりと見えても硬く筋の入ったもの、あるいは液体の豊富なもの、少ないもの、またその分泌液も酸味を帯びたもの、甘さの勝ったもの、このように微細な部分について詮索を始めますと、それはきりのないものです。そうかと言って全く個別差があって評価のできないものかと言うとそうではなくて、やはり上等のものはうまく、うまいものはほってりとして厚く分泌液に富み弾力があります。こんな規準で妻のものを分類しますと下級品の中と言うところになるでしょう。あなたは私がその食べ残しを親指の下に素速く隠したのを見ていましたね。私は勿論知っていました。本来ならそんなへまはやらないことでしょう。妻のものだから感情が先に動いてしまって、親指がそれに伴なって敏速には動かなかったのです、いやあの時は失礼しました。こんな風に料理の話になると全く夢中になってしまって、それが人間の股間にあるものだと、言うことさえ忘れてしまって、全く料理として考えてしまうのです。本当はあの時のあのものは私の妻のもので、私達二人が愛撫し合う時、共有できる器れ物と中身との一対の楽しい、そして後では幾分むなしい満足感をともなった遊戯の道具でした。まだ若い頃どんなに喜こんであのものとの接触を楽しんだことでしょう。人の心は移り変るものです。心に愛があるから性殖器はなくてもいいと考えることはできても性殖器のない人を愛することはできません。アベラールの愛について言ってみて、あるいは宦官の愛について考えてみてもそれは男性の方がないので女性ではありません。私はあなたに妻のあのものを提出することで、この魔窟から解放されることになっていて、私はここから出て行けるのです。勿論妻の生命とも引きかえにです。妻は私のこの仕事の苦しみのためならそれから逃れるためなら死んでもいいと言ってくれたのです。その夜私は二度と愛撫できない部分をいじくりまわし嘗めまわし、よく見て、私の年老いてもう殆ど用をなさない陽根をどうしても勃起させて心ばかりがもうこれっきりだと考えても、どんなに愛しいと思っても一度にそんなにはできません。満腹しきった後にまた同じ料理を食べさせられたように、あのものにも限りがあって、弛緩した女陰と私の垂れしぼんだ陽根とを見比べながらむなしい溜息をつくばかりでした。妻はそれを見せて堪能しましたかと言うのです。私はただ頷ずいて涙をはらはらと流すばかりでした。私のいないあなたが心配です。と淋しそうに皺だらけの顔を一層皺くちゃにして涙を一滴ぽたりと垂らすのです。」と鳥海老給仕もその言葉通りに涙をぽたりと一滴頬に落した。

7

理性と言うものの働きは、如何に合理的にそのものに対処するかと言った内容を含んでいるから、この円環の中にある材料が投ぜられるとあとは理性の持つ合理性によって秩序に従がって処理される。例えばそれが殺人という種類の材料であれば人類がそのために用いた理性の能力は非常に大きなものであったし、根棒から原子爆弾に至るまでどの一つを取ってみてもこれ程よく考案された例を他に求めるわけにはいかない。無数の武器のどの一つも人はどうすれば殺せるか、どれ程容易であるか、勿論最後にはただ人類を殺したいと思っただけで自分以外の全人類を一瞬のうちに殺せる仕懸が考えられて、その仕懸を働かせる特別に飾られた、大粒のルビーのはめ込まれた釦を見て、ほそく笑みながら時には戯れに押す真似をして全人類の生命が自分の手のうちに握られているのを喜こんだり、その力を試してみたくて本当に釦を押して人類を全滅させたりする種類の機構が考えられる。現実に世界はこのような方向に進んでいて、知らないうちに私達が殺されるようにその爆弾の尖端がこっちを向いていて、一度動き出したらもうどうにも止らない仕懸になっている。人が生きていると言うことがそのまま他人を殺したいと思うことかもしれぬ。人は自分を含めて死をまぬがれ得ないと思った時、他を殺したいと思うだろうか。長刀や短刀、槍鉾、拳銃、小銃、機関銃、大砲、戦車、軍艦、戦闘機、爆薬、弾丸、ミサイル、細菌化学兵器、核弾頭、ギロチン、電気椅子、ガス風呂、こんな風に無秩序に殺人鬼達は愉快な遊戯の道具のように、そのものがどれ程殺人に便利であるかと言った疑問に答えるかのようにこんなものを考案し作成した。吾介の眼の前にある手術台に似た薄桃色の大仕懸けの機械もその用途に忠実に製作されていて、人がその上にさえ乗れば自動的にその機械は動いて老給仕のすることと言ったらただ釦を押すだけのことである。この機械は先程の話のような全人類を一瞬に全滅させ得るような種類のものではなく、ただ一人の人間を殺し解体するだけで、どんなに上手に必要な部分に傷をつけずにそのままの形で取り出せるかが問題であって、その釦も八十五カラットもあるルビーではなくて、ただの赤い珊瑚に似たガラス玉が長いコードの先の釦の位置についているにすぎない。と草壁が日あたりの悪い所で成長した植物のような身体を人工光線に照らされてより一層ひよわそうな格好で全裸の女性を病院で患者の運搬に使う革をはった車つきの担架のようなものに乗せてもう一方の入口から入って来る。視線をさけながら見られたくない所を見られている人間の持つ恥かしさを押し殺した、どうせ俺はこんな風な人間なんだ、それが悪いと言うのか、と言った風に自分の裸を相手に見られて開きなおりたいのを、ただ沈黙でこらえている、そんな心の動きを堅い表情の裏に見せながら吾介の視線をさけて立っている。吾介は草壁がこの工場にいることを一瞬不思議に思ったが、そう言えばあり得ることだと思って、いつも会社の片隅で小さくなって窓から外ばかり眺めている彼の姿を思い出した。最初から彼はここの人間なんだ、多分あの鰯の干したように痩せた課長の山根もここの住人だろう、と老給仕が先程草壁のことを言ったのを思い出しながら彼の方を見た。「草壁さんじゃありませんか、驚ろいたなあ、あんたがここにいるなんて」と吾介は自分もあなた達の仲間になってしまったのだと言いたかったからである。草壁の身体がぴくりと動いて驚きの表情を見せて吾介に視線を向けた。丁度その視線の中に全裸の女性の姿が入って草壁の位置からだと足先の方からそれを見ることになった。それで一層どぎまぎしたのか草壁は吾介を一目見ただけで慌てて目を伏せて話すべき言葉を探しているようである。「おはようございます」なんと陳腐な言葉だろう。草壁はこんな風に言って丁寧に頭を下げて挨拶をする。吾介はそのあまりに彼の気持とはちぐはぐな挨拶にとまどいを感じながら、知らぬふりをしていて欲しかったんだな、と思った。どんな場合にでも若い女性の肉体は美しいものである。麻酔薬でもかがされたのだろうか、そのしなやかな伸びきった弾力のある肉体は幾分血の気の引いた蒼白い色をして横たわっていた。生きている証拠に横に広がって平らに盛上っている乳房の先のピンクの突起のあるあたりが、かすかではあるが動いている。呼吸をしている。二十歳をどのくらい過ぎているのだろう、はりのある皮膚とその下の柔らかな弾性のある筋肉、そして女性特有の厚い脂肪を含んだ皮下組織うっとりとするような滑めらかさ、触るとそこから甘い愛撫をしたくなるような感情が流れ込んでしまいそうなあの繊細な肌ざわり。これらのものが意識さえなくして全裸で横たわっている。冷めたい機械類の置かれた手術室のような空間の中に暖かなふくらみのある生命の形がその美をきわ立たせてあるとしたら、吾介は何か救われたような気持を、その肌色を見たことで味わい始めた時、突然背すじが寒くなるような、氷が衿首から入った時のような冷めたさを感じた。黒い毛のある部分は吾介が食べたあの料理の本来の姿ではないか、いくら美味であると言っても、この女性を殺して食べることが許されるだろうか。吾介の怠惰な寝てしまっていた心がかすかに動き始めた。鳥海老人の目が垂れ下って悲しそうに女性の下腹部に注がれていて、またしても涙が彼の目から落ちて裸の女性の細くくびれた腹の上に落ちた。球の形をした光る涙の玉は皮膚の上に落ちるとその圧力で崩れ飛沫が広がる瞬間に皮膚は窪んで涙の球を壊すまいとするかのようであったのを吾介は見た。血の気の引いた薄い口唇がその時動いてまだ言葉にならない呼気が口唇の間を通り抜けてそのまま大気中に消えて行った。何か言いたいことはあるだろうか、言いたいことはあるだろう、もしこの女性が今から処理されることを知っていたとしたらそうしてどうでも逃げられぬとしたら何と言うだろう。そして一言だけまだ言えるとしたら人はその口唇の間からどんな言葉をはくのだろうか。「可哀想でならない。どうでも可哀想で、と言っても私共はこんな仕事を今までずうっとそれこそくる日も次の日もして来たんですからね。逃れたかった。逃れたいと思うのは当然のことでしょうね」と老給仕は同意を求めるように草壁の方を見て、草壁が目を伏して知らぬ顔をしているのを知って次に吾介の方を見て言った。「何だってやめないんです」と吾介は言った。「何をやめろとあなたは言うのですか」と老給仕は吾介の言っている意味が分らないのか不思議そうな顔をしてその目に悲しみの涙を溜めながら言って「そんな風に、そうですね。私がこの女性を殺さないでおれるという方法もあるのですね。私共はもう幾千人もの女性をこの機械にかけて殺して来ていますから、丁度原料と製品との関係にこのものがあると思い込んでいました。このものは人だから、止めなくてはならないんですね」と老給仕は大仕懸の機械を幾分油の浸み込んだ厚手の巾で愛着を込めて拭きながら言った。「勿論やめることはできないことだと思い込んでいました。思い浮べることさえできませんでした。とすれば妻をこの機械にかけずに止めることすらできたのだ。何だって妻をこの機械にかけてあのものを一つ出して、そしてこの仕事から手を引こうなんて考えたのだろう」と鳥海給仕は白い作業衣の袖口から出ている皺だらけの手を拳に握って震えながら言った。「私が死ぬ気になれば何もあのものをここへ返すことなんかなかったんだ。妻に死んでもらわなくたって」と彼は言って、取り返しのつかないことをしてしまった人が見せるなんともやり切れない自堕落な放心したような投遣りな態度を見せた。

「何てこった」「よく分かります。本当に何てこったと言う状況に私共はいるわけです。でも兎に角鳥海さんあなたはここから出て行けるじゃありませんか。とすれば何てこったと考えなくてもいい筈です。将来の自由があるじゃないですか」と草壁の細い自信のなさそうな声が今までとは違った方向から聞えて来たのに吾介は驚いた。こんな風に草壁が話したことが今までにあっただろうか、いつも小声で呟くように消え入りそうな声で何を言っているのか分らないようにしか話せないのに、今の草壁は堂々として話している、と思った。「さあ行きましょう。何も躊躇することはない。この女性も連れて行こうじゃありませんか」と吾介はどこからこんな勇気が湧いたのか自分でも疑いたくなるような強い衝動と決意を感じながらこのことのために吾介の生命があったのだと自分に言い聞かせ、使命感に胸を膨らませ、ヒロイビムに酔いながら老給仕の手を引いた。「それは駄目ですよ。この裸の女性はもうものですから、例の生きる屍と言うものだから、植物神経の系統だけで生きていて自分じゃ眼玉を動かすことさえできないんだから、ここに導かれて来るまでにそんな風に加工されてしまっています」と草壁が言った。「行くとすると私共三人だけですよ。それもただ殺されるために出て行くようなものですから、傘落さんの言ってる止める、という意味と鳥海さんのいった言葉の意味とは全く違っているんですよ。鳥海さんは奥さんにあのものを頼まずに自分が死ねばよかったと言ってるんですよ」と冷静な調子で草壁が話すのを吾介は聞いて彼自身がどうにもならない立場にいるのだろうかと思った。「私はそっちの方のつまり、女を植物人間にする方の仕事をやってるんです」と草壁がしばらくの沈黙の後に言った。「自分が逃れたいからって言ってそのために妻を殺していいなんてわけがない」と鳥海は全裸の女性を解体台に乗せながら重いのだろうか胸のあたりを台に乗せまだ腰の部分を担架に残して手を止めて言った。「止めるべきだったんです。私が死んでしまえば妻は死んで傘落さんの食卓に乗らなくてよかったんだ。あれは長生きの血統だからまだまだ長生きをして私のような悪辣で愚劣な男から逃れて自由に生きることができたんだ。自分が死ぬことで夫がその嫌やな殺人と言う仕事を止められる、そしてその夫の生涯の最後に幾年かのやすらかな罪のない生活をさせたいと思ってそれで自分が死ぬ気になれるそんな女性になる必要などどこにもなかったんだ。こんな風に考える女性がいて、それが私の妻だとしたら……『あなたは充分に働きました。一人を殺す度びごとにどれ程の苦しみを感じたことでしょう。累積して行く罪の意識がどんなものか私には分ります。一人の人を殺してさえ殺さねばよかった、あの人を殺すくらいなら自分が死ねたのにと考えるあなたですから、今度はあなたが楽になる番です。私は今まであなたのおかげでこうした楽しい生活をしてこられたのですから、あなたはもう苦悶に悩まされなくてもいいのです。そのために私ができることといったらこのことぐらいですもの。あなたには私を受け取る資格が充分にあるのです。私にはあなたに上げるものがこの私だけしかないのがかえって不満なくらいです。さあ決心して、いいえ悲しんだりしないで』と妻は笑いながら言うのです。一体こんなことを言う神のような女性を殺す資格なんてどこにあるのでしょうか。私をこんな風にしむけたのは花田とか言う男に決っています。あの男には注意することです。彼はめったには姿を現わしはしませんが、狙ったことは一度もはずしたことはありません。それに誰だって一度彼に会えば、その素晴らしい言葉と身ぶり、人を安心させずにはおかないふるまいと思いやりにまいってしまいます。しかしそれは取りもなおさず人間を破滅させるためのトリックなのですから注意して下さい。と今ここでこんな風に言ってもうなんのたしにもなりませんがね。そう言えば傘落さんあなたは彼に似ている、横顔の輪郭とりわけ鼻の線が似ている。その外は全く違うのに、一目見ただけなら同じ人のような印象を受けます。しかしあなたには彼と違った善良さがある、そうです善意が溢れています」と鳥海は垂れた目をしばたかせながら一気にこれだけ話して、自分の話しの中心が花田の方へそれて行ったのが不満なのか、「妻の話でしたね」と一言だけ言って重そうに裸体の腰とふくよかな尻の部分を抱えるようにして持ち上げ解体台の上に乗せ、両手を身体の両側に正確に置き、機械が正しく処理できるように姿勢をなおした。顔の鼻の部分と解体台の中心線、両肩の線が解体台ときっかり合って傾むいていないかどうか、腰の骨の位置がよいか、足は対称的か、股間と鼻とを結ぶ正中線は一番大切だから微細な狂いも許されない、彼はこの仕事をまるで彫刻家がその作品を見るために、作品から離れて全体の像を吟味する時のように観察し位置を移動した。吾介はこんなに鳥海さんがこの仕事をてきぱきと、しかも生き生きと働くことが嬉しくて仕方がないようにこなして行くのを不思議に思って、その顔のどこに罪の意識や、妻を殺した悲しみがあるのだろうと疑った。鳥海老給仕は戸棚から小さな金属性の注射器を取り出して、それに何やら意味ありげな赤色の透明な液を入れ、ガラスを通して目盛を読んでからそれを解体台に取付けてあるトレイの上に置いて祈り始めた。小声で呟くように、吾介と草壁とにはそれがどんな内容のものだか聞き取れなかったが、「神よ」と言う言葉がその中に含まれていて祈りであるようだった。殺す前に神に祈るのだ、と吾介はその矛盾に気付いて、彼は一体何を祈っているのだろうか、殺される女性のことを神に願うのか、それとも殺す自分の罪を許せと頼んでいるのかと考えたが彼の厳粛な態度には心打たれるものがあってそれを非難する気になれなかった。腕をゆっくりとなでて、神経をその一点に集中させながら鳥海は全裸の女性の皮膚に注射針を立てた。かすかに血の気のない口唇が動いて「痛い」と言ったようであったが勿論それは言葉ではなくてただの呼気であった。「死にました、完全に」鳥海老給仕は言って解体台の珊瑚色をしたガラスの釦を押すと、大きな刃物が回転したり、小さく微妙に動いたり、別の重量感のある塊りが落ちて来たりしながら、機械はそのセットされた仕事を、その指示の通りに寸分の違いのなく機械を製作した人の理性と機械のもつ物理作用とによって、解体を行い、全裸の女性は十幾分かの後には全く別の幾片かの肉と皮と骨とになって、強いて言えばあの料理の材料や美術家用の髑髏となってしまうのである。「こんな風です。これが次はあなたの仕事ですよ」と鳥海さんはまたも悲しみを含んだ目で吾介を見て言った。「ええ、こんな、これがねえ」と吾介は何と言うか割切れないあいまいな気持でこのコンクリートの空間を見廻しながら言った。「じゃあなたとはお別れですか」一人でしなくちゃならないとするとこれは大変だぞ、と吾介は不安を感じていた。「あなたがここから出て行けるのは私にはどんなに羨ましいか、私だっていつか出るでしょう。勿論なんとかするつもりです。ですが今じゃありません。あなたの奥さんの分もあなたは生きて、二人分の幸わせを味わはなくちゃいけません、そうしなかったら……」と草壁は憧がれを含んだ輝やく眼差しを老給仕に向けて本当にあれが自分ならどんなに嬉しいだろうと言った風である。「自信はないな、今やったことをたった一人でやるんですか」と吾介が言うのを「やれますよ、こんなことは……。それより何より鳥海さんはいいですな。僕なんか人のことでもわくわくしてしまいそうです。何しろ出て行けるんですからね」と草壁が同じことを言う。「妻を殺してですか」と鳥海は自嘲するように吐き出すように言った。「自由か悪くはない。人を殺すことから解放されてもう殺すことはない。今までのようにいつも誰かに監視されていると思わなくていい。ああまた今日も殺さなくちゃ、と目を覚す度びに思うことも不要、ここのガスを吸うこともない。太陽が輝く大通りを一般の人々と同じように笑ったり、立ち止って向い側を通る人々に挨拶をしたりしながら全ての人々と対等に歩くこともできる。そうです何よりも素晴らしい自由、妻さえもいなくて本当に私に制限を加えるものは何もない。金だってこれから先幾年かは苦労をせずに過ごせるだけの分は持っている。老人の一人暮しにどれ程の金がいるもんですか、私の持っている分で充分です。時には肩を叩き合ってビールを飲みながら青年達と一緒になって青くさい人生論や哲学論を戦かわすのもいい。その時手を開げて見てごらんなさい、いつものように血が付いていない。私はいつも酒に酔うと手に血がこびりついているのが見えるんです。もう凝まって暗黒色でかさかさしているんですがね、それで時々酒を飲むと掌を見るんです、きっとこびりついていますよ、拭っても拭っても消えないやつです。そうだ、二十数年、いつもこの人殺の仕事から解放されたいと思って来たんだった。それが遂にやって来たんです。嬉しくない筈はありません。嬉しくて嬉しくて身体じゅうの細胞という細胞が喜こびで一杯です。こんな時どうしてこれから先妻がいないからと言って苦しいなんて言えるんです。毎日をそのことだけを思って来た人間にとって、それから解放される日が、ないかもしれないと思ってた日が突然こうして来たんです。この喜びがあなたに分りますか」と鳥海老人は吾介に向って感激に浸りながらあの皺ばかりの顔を上気させ涙でくちゃくちゃにして自分を湧き上る充実感の中に沈めて行った。「けれども今までの罪は許されませんよ」と吾介はちょっと鳥海の感激を食止めるつもりで言った。「傘落さん、何も今それをおっしゃらなくとも、どのみち鳥海さんはよく知っているんだから」「勿論そうです分ります。けれど明日から先は殺さなくてもいいのです。今日が最後です。私はいつものように神に祈って私の過去のことをそうですよ過去のことをです、祈りました。これっきりだとも言いました。妻のことも、勿論今死んだ女性のことも。そして私自身の行先のこともです」と彼が機械の方を指差した時、解体台はその作業の全てを終えていて、ベルトコンベヤが出来たての製品を二階三階四階と各部所へそのものを送り始めていた。「こんな嬉しさを一生のうちに一度でも知った人は幸福です。人が生れた時、もしそれを生れた人が意識できるとしたら、その喜びは私の今の喜びです。なんと言う歓喜、なんと根源的などよめき、新らしい生命とその素晴らしい環境、まさに宇宙の始まり……」と彼は夢見るような目を遠い虚空に向け長い時間感激にふけっていた。吾介はその鳥海の顔を不思議そうに見ていてただの自由がなぜこれ程いいのかと思った。しかし吾介は自分の今思っていることと全く別のことが鳥海の心の中で起っているのに気付かなかった。別にここに来て何も不自由なものはなく、ただ嫌やだと言えばあの屋根裏の汚れた部屋とケと言う名の化物だけで、あとは会社と同じ時間の怠惰な流れがあるだけじゃないかと思った。それにこの全裸の殆ど死んだ女性だってそんなに悪くはないと思った。「原始の自由」と鳥海が先程の夢見る目を興奮に、ギラギラと光らせ、力強く吐き出すように言った時、吾介は異様でただならぬものを鳥海に感じた。一体どうしたのだ。何が起ろうとしているのだ。何かがきっと起る。まるで火のついた爆弾でも抱えてこれから戦車にぶつかりに行く人のような気迫じゃないか、と吾介は古い例えを思い出した。しかし彼に何ができる。彼のできることと言ったら自由を満喫することぐらいじゃないか。それなら今さら芝居めいて眉を逆立てなくても、身体をこわばらせ意志の強さを現わさなくてもいいじゃないかと吾介は思った。「いいですか目をつぶっちゃいけませんよ。しっかり見て下さい」と鳥海老給仕は言った。と思うとあのくたびれた老人のどこにあれ程の力があったのかと思わせる程の身のこなしで、今止ったばかりの解体台の上に身を乗せた。「何をするんだ」と吾介が叫んで解体台に身を寄せた時、彼は手にしていた珊瑚色の釦を右手で押した。そして彼を見て悪戯っぽく片方の目を閉じた。作動した機械がゆっくりと動き始め、吾介の右手の先の方が冷たい水に手を入れた時のような感じがした。彼はあっと言って慌て解体台から離れた。

8

「小指のおまけが出て来て、それをどこへ運ぼうかとコンピューター仕懸の分類機は困って止ってしまったそうです」と嗄がれ声の巨軀の男は河馬が欠伸をしたような大口を開いて笑うと腹の皮がぶるると震え、胸をその太い腕で叩くと波打って、よほどおかしいように思える。「それがあなたの小指なんだそうですね」吾介は千切れた小指の跡に巻いてある血液が凝れて同心円のように幾重にもにじみ出ている包帯に目をやった。ひやっとした冷たい薄い氷で皮膚をなでられた時のような感触が小指のあたりで起って、怖しいほど官能的な禁断のものに触れたような心地よさが吾介の脳髄に伝わった時、「離れるんだ」と言う声が苦しみのうめき声の中に起った気がした。「解体台は一度スイッチを入れると止らない仕組なんです」と吾介の耳に巨軀の男の声が聞える。嫌やな声だ、女性一人の生命の値段です、と言った声だ、この声程吾介を困らせた声が今まで吾介にあっただろうか、嗄がれた音色が嫌やな汚いもののように思えるのはその言葉の内容のためだったろうか、音色そのもののためだろうか、どっちも嫌やで反吐が出そうだ、と吾介は考えた「もう大丈夫なんですか」と豚のような目で覗き込みながら吾介に言った。吾介は確かに軽い浮いたような意識が消えて行くような眩暈を感じることができたが、どうにか解体台から反射的に離れることができた後の意識が薄れている。と次の瞬間吾介の眼前の坐っている丁度その高さの所で鳥海老給仕の身体が廻転する刃物によって、突き刺す刃物によって、微妙に緻密に動く針のような刃物によって、鉗子のような握む刃物のある器具等によって確実に解体されて行くのが見える。吾介は右手の小指の傷口から湧き出るように流出する血を止めようと夢中になって左手で押えていた。草壁がどこで用意したのか紐のようなものを持っていて、それで小指のつけ根の所を縛ると血の流れが止りそうに減ったので安心したのか、そのまま血が頭から引いて行って口唇が紫色になり顔が蒼白になって眼前が真黒になると、どうでも横になりなくなってそのまま倒れたようである。吾介は意識がしっかりしていた、坐っていた瞬間に見たことを、あれ程すごい光景がこの世にあろうとは思われなかったし、あんなに機械というものが確実に動くものだとも思いたくなかったが、夢ではなく吾介の目の網膜に焼付いて離れず、それは現実のものであった。目を閉じてもその光景を見ることができたし、彼のうなる声を聞くこともできた。「すごい光景でした」吾介は拭いきれない映像のことを言うと、巨軀の男はやはり笑って「鳥海さんはどうして死ぬ気なんかになったのでしょう」と彼は言ったが、彼はその疑問を本当に知りたかったのではなく、ただお義理に会話の構成上言ったにすぎなかった。吾介はもう鳥海の死の原因は分っていてそのことを口に出したくなく、やがて自分も彼のようになることがあるだろうかとふと妻と娘の陽子のことを思って、そんな風に考えること自体が鳥海のようになることの証明だと考えて、慌てて否定した。「自由のうちには死ぬ自由が含まれています。」と吾介はこんな風な言葉がどこから生れたのか分らなかったが、兎に角自分の妻と陽子のことを思うことを止めようとして言った。「何もこんな時期ではなく、その前にだって死ねた筈です」と巨軀の男は三角形に近い細い目を内部に向けて考えるふりをしたが急に考えるのをやめて「どうです、鳥海さんの後の仕事をあなたがやって戴けると大変にありがたいのですが、と言ってもあなたにそれを嫌やだと言う権利はどこにもありません」と話の方向を変えた。「じゃ私を呼び出す必要はないじゃありませんか」と吾介は憮然として胸を張って言った。「ですから気持よく引受けて下さるように申し上げているのです。そうしないと鳥海さんの代りの方がなくて私共は困るし、他の方向で働いている私共の誰れかがそちらへ行ってもいいのですが、その方も手一杯ですからどうでしょうか」と言う。愚劣な顔が一層醜く見えて、こんな風に無理やりやらせるのなら相談も何もあったもんじゃない、と吾介は革製の椅子から立ち上って「嫌やです」と言った。「どうしてもですか」「どうしてもです」「この先あなたが肉体的に、あるいは精神的にどれ程の苦悩が待っているかをお考え下さい。そしてそれでもですか」と彼は丸太棒のような腕を振り上げてマホガニー製の卓を拳で打った。吾介は意地になっていて、やるならやったらいいじゃないか、と恐ろしさに身を縮めながらも、鳥海の機械仕懸の死の幻映が彼の目の奥に焼付いている限りどうでもこの覚悟を翻えすものかと考えた。吾介自身これ程の反抗を示す自分がおかしかった。会社にいれば何事も上司の言う通りで自分などなかったのに、ここではこんな風なのはやはり鳥海老給仕の悲しそうな垂れた涙を含んだ目が解体台の上から吾介を見ていて、それを助けようとした自分がいたのを思い出したからであった。どうせ死ぬのなら今でもいいわけだ、と思った。「困りましたね」と一向に困らなさそうに笑顔で巨軀の男は言ったが、内心苛立っているのか、坐った巨軀の足先に現われて小刻に動いている。「そうでしょうか……じゃこれで」と吾介はそのまま背を向けて心地よいこの部屋から汚れた五階の区切られた空しか見えない北側の部屋に戻ろうとした時、ドアからケが入って来た。「老人が自殺したんだって」と毛で覆われた顔をぬうっと出して言った。「君達だろう老人を死に追いやったのは、特にあんただ図体ばっかり大きくて何の用にもたたない。あんたは自分がどんな仕事をしているかよく考えてここで働いている人々の心を握んでなくちゃならないのに、やっとここの仕事から解放されて自由になろうって老人を死に追いやるとはどうしたことなんだ」とケは威勢のいい啖呵を切る。「私共にしましてもまさか鳥海さんがあんな風にしてなくなろうとは思いもよりませんでした。勿論それが分っていましたら私共は……。しかしどうしてあなたにそんな風に怒鳴られなくちゃならないんです」と巨軀の男はケの方を睨みながら言ったが、その態度には先程吾介にせまった時程迫力はなく、初めから負けるのが分っているようなそんな卑屈な様子が感じられた。「あの人から希望を奪ってただの絶望だけしか感じさせないようにしたのはあんたじゃないか。二十数年間ここで働らいて最後にやっと妻を殺して自由を得て、それが手に入った時に自殺するなんてあんたがあのことを教えなかったためだ」「ええ勿論しはしませんでした。ただもし鳥海さんが自由になって世に出て行くのにあのことは不要だと思ったのです。それにあの人は私共にはもう不必要なんではないでしょうか、あのくたびれた肉体からどんな精神も生まれませんし、何の役にも立ちません。かえって死んでいただいてよかったと私共は考えております」と狡猾そうな三角形の目を疑い深くケに向けて彼の考えがどう変わるかと注意深く待っていた。「人を利用するという面からだけ見ればあの老人の価値はもうないかもしれん。だが人は生きていればそれが目的じゃないか、その人が何が出来るかは本人が考えればいいことで他人の考えることじゃない。あの人が妻を呈供してそれでここから出ようと言うのは、規則通りだから仕方がない。女陰を食ったものは女陰を一つ用意しろ、と言うのはここから出さない策略じゃなかったのか。本来をわきまえなけりゃ、どっちが大切なんだ、ええ。いつもいい方へ廻りやがって全てを自分の手柄のような顔をして、おい、役に立たないから死んでよかったとは何ていいぐさだ」「私共でも勿論生き続けて欲しいとは思っていました。鳥海さんがこの先もここへ出入りして戴けるならそれはいい、もう二度とここへ足を向けないのならそれはよりいいと思っておりました。特に後の場合なら私共の計画のことなどお話しない方があの方自身にも気が楽だと思っていましたので、二十数年間話さなかったのですから、今さら話して自由を求めきった人をまた束縛することもないと思っていました。」「だから死んだんだ。生きたまま機械にかかって、ええそうじゃないか、あんな仕事が崇高な目的なしにでき得ることと思うのか、ただの料理や芸術品やショーウインドウにある装飾品を作るためだけに人殺しができるとでも思うのか、それをその目的をも教えないんだ。そしたら誰でも死んじまうだろう」とケは鋭い狼のような目を前髪の間から覗かせて激怒しながら言っている。「あの人は妻を殺してその替りに自分が助かったことが、自分自身に対して許せなかったのではないでしょうか、私は眼前でそれを見ていて、死ぬ前のあの人の決意を、自分の罪に対する自己の贖いの気持ちの強さを見ました。それは殆ど神のものでした」と吾介はどうしてもここで言わなくてはならぬと思ってケに向って、この男のどこにこれ程の正義感があるのかと不思議に思いながら、親しいものを見るようにその獣のような毛の中のどこに顔があるのか分らない男に言った。「だから革命についての話をすればよかったんだ。この目的なら人殺しなどはどうでもいいことになる、踏台になってもらえばいい。けれど仲間はそうは行かない。同志は同志である限り人として考えられなくてはならぬ。そうではない人々、一般の僕達が解放して真の世界が来る時まで目覚めない人々は仕方ないとしてもだ。やはり人を殺しちゃならないと言うのは原則としては認めないわけにはいかない」とケは大演説をやって皮製の椅子にその汚れた油の浸みている身体を深々と埋めた。彼の体格はよく鍛えられた猟犬のようにひき締り原始の要求する原則と一致し、その肉体は走り跳び投げ格闘すると言った条件の全てを満足させ、ここにケと言う人として存在していた。「だったらお前だって死ねばいいんだ、たいした仕事もしてないじゃないか、一日じゅうこの安楽椅子に坐っていて歩こうにも仕事をしようにもその肥満した身体が動かない、それで仕方なく動かすのが排泄のためだけじゃないか、そしてすまし込んでお金を支払い下さい、と言って、時には怒った風に太鼓腹を波打たせてみるのが落ちじゃないか、ええ」とケは今度は声を落して乱暴な言葉使いの割にはゆっくりとした調子で言った。何をケは言いたいのか、言うことが漠然としていておまけに一連らなりではないように思えて、鳥海の死と革命、女陰料理と革命、そして巨軀の男の快的な事務室とケの汚れた二段ベッド、巨軀の男のへり下った言葉使いとケの態度、その間にどんな関連があるのだろう。そして吾介に似ているという花田、彼は……と吾介はそんな混然としたものの中から一つ脈絡を見いだそうとしていた。ただ驚ろくべき一つの事実、人体を材料としてそれを加工し金に替えていることを彼等が業としている事実、こんなことがこの世にあるのだろうかと驚きながら、しかしそれをもう吾介は現実の中で見て知り、彼がその中に既に組み入れられているのを知ってしまった。「私のことなら花田さんの言うようにやっているだけです」と巨軀の男は苦笑しながら花田という名をまるで尊敬してやまない人を見る時のような憧憬を含んだ表情で言って、その人のためなら死さえ恐れないんだと言ったようなあからさまな表情さえ見せて一瞬顔の筋肉が痴呆のように弛緩したのを吾介は見た。「花田さんのことなら仕方があるまい、そう言ったのなら」とケもまるで魔術にでもかかったように花田と言う言葉が出ただけでもうあの激しい表情が消えてしまっている。ここの全ての人が花田と言う男に憧がれ、その男を救世主のように求めている、あの支配人にしてもそうだった、吾介はレストランに入った雨の夜の艶のある支配人の顔を思い出した。「花田さんだって鳥海老人を殺せと言うまい」とケは言った。「おっしゃいませんよ、勿論、ですが彼を自由にしてやった方がいいとおっしゃったのはあの方ですから、それがそうならなかった非はやはり私共にあるのです」と花田の名が一度出ると話の内容が花田の方へ動いてしまって、妥協されてしまうのが不思議でならない。「私共がこうしてここに坐っているのは結局は花田さんのためじゃありませんか、あの方の美しい二重瞼の目で見つめられたら、引込まれて行きそうなそんな深い魅力、あの方のためだったら結局は死をもいとはない私共の決意、と言うよりそうぜずにはおれない欲望が私共の心にあるからじゃありませんか、ですからもし鳥海さんが自から死にたいと思ったとしたら、それは結局花田さんから離れたいと彼が思ったことですし、それには結局死しかないのです。このことは私にも分ります」と人を軽蔑したような慇懃な調子でしか話をしない巨軀の男がこんな風に目頭に涙さえ浮べかねないような口調で話すのを吾介は見て花田だと言う男に興味をいだいた。「あの人のことか、あの人がいるから革命は成功するのだ、理想が革命と言う形で現わされるのはあの人の思想が現実の社会機構として実現されることだからだ。鳥海老人だってこのことを花田さんから聞けば死ななかったかもしれない。そのことにあんたは気付くべきだった」とケは言った。「鳥海老人はよく桜の木の下で花田さんに初めて逢った時のことを独白のように呟いたもんだった。満開の桜の花の下で花田さんが私を見つめて立っていたんですよ。よく似合うとお思いになりませんか、どちらが奇麗かってどうしてお聞きにならないんです。と鳥海老人は窪んだ黒く垂れた目をうっとりとその光景を思い出すよう潤ませながら話したもんだった」「そう言ったお話なら私共も勿論聞いております。何でも桜の花と言うのは桜の最後の花弁が開ききるまでどの一枚の花弁も散り始めないものだそうです。そしてもう満開で初めに開いたものなどは萼と針の先のような点でしか付いていないのに散らないのです。と幾十万幾百万もある花弁の最後のものがどこかで、それはどんなに見ようとしても分らない所にあるのですが、静かに、これが咲けば一気に散り始めるのだと言うのを木は知っているのでしょう、秘かに咲きます、すると、その時人の動きでも、あるいは微風の一そよぎでも雨の一零でも落ちて来たら、それが切掛となって花弁はまるで押した手の先が見えない吹雪のように、降って来るのです。その中に甘いとろけるような二重瞼の、幾分青味がかった白目とその中の茶色の引き込まれそうな虹彩、そして黒い洞窟をのぞく時に感じる神秘な悲哀のある憧孔、それらがこの上もなく素晴しく調和した目が、片方だけあって私の方を見て笑っているのです。秘密のウインクをしながら、そして最後に今開いたばかりの花弁が散りきってしまうまでの幸福の時間……と鳥海さんは私共が覚えてしまう程幾度も、私共がその美しさに嫉妬を感じているのさえ気にもしないで話しました。けれども私にはどうして鳥海さんがここから、いや花田さんから逃れたかったかが分るような気がします。勿論私ならしません。ですが何と言えばいいのか、あまりに素晴しいものが近くにあると、ついそのものをなくしてみたい、もしそれがものならば毀してみたいと思うことがあるでしょう、あの心です。自分自身を毀すより仕方がなかったのです」と巨軀の男は晴々とした歓喜に近い表情を見せて話し終えた。「だからと言って死んだ方がいいと言ってはならない。人は生きていることが目的だから」とケはその官能に巻き込まれて溺れてしまいそうな気持を無理に引き戻すように同じことを二度も言った。言葉はしばらくの間跡切れて、三人はもう何も言わなかった。この巨軀の男の事務室の窓から外を見ると区切られた空に秋の透き通った青空がどこまでも広がっていてその空に青銅性の避雷針のような尖塔が赤煉瓦の建物の上に高く天を刺そうと伸びていて、それを無駄な努力のように吾介は見た。「花田さんが今日来るんだって」とケが巨軀の男の方に向ってぼそっと投遣りに、しかし大切なものを人にくれてやる時のように反動をつけて言った。巨軀の男の顔がぱっと変った。嬉しいのをどうしても我慢して隠そうとする時のように、彼はしぶ顔を作って見るがどうしても隠しきれなくて口元がほころんでしまう、そんな風である。花田が今日来るのか、と吾介は自分もやはり花田を待っているのを知った。彼も多分あの解体台の仕事を吾介にやるように言うだろう、と思うと鳥海給仕が解体台で殺されて行く時の苦痛の顔の歪みと、うめくような地の底から響いて来るような声を思い出した。嫌やだ、誰れが何と言おうと人殺しの手伝いなんかするものか、例え花田がどんなに素晴らしい男であろうと、しかし吾介に似ているとすればそれ程美男子である筈はないに決っているか、どっちにしても嫌やだと言う外はないと思った。一体吾介のどこにこんな風な決意を促す心があったのか不思議を思いながら身体の中から熱いものが湧き上って来るのを感じた。もう酔ってなんかいないぞと思った。「じゃ失礼」と吾介は嫌やなのは分ったろうからもう用事はない筈だと言わんばかりに歩き出して巨軀の男とケとがその言葉に気付いて吾介を見た時、彼はもうドアのノブに手をかけていた。とドアがひとりでに開いてドアの向うに瀟洒に背広を上品に着こなした男が立っていて出て行こうとした吾介ともう少しの所ではち合わせをしそうになった。吾介はうまくそこをすり抜けようとした時包帯の痛い小指の先が彼の脇腹に強くあたってしまった。「痛い」と吾介は思わず振り向いて非難の目差しでその男の方を見ると、振り返った男の夢見るような目に出合った。花田である。

ディモンから逃れきれるか

一

本屋の内部を注意深く見廻しても田熊の求めているものがある筈はないのを知っているくせに、どうでも本屋に一度入らないと気がすまない。貴族コルクの変な像をどこかで見たことがあると、誰かが言っていたのを思い出して、探してみるがその書物の表題が分らないのに見付かったりはしない。それでも分る筈だと種々の書物が好き勝手な装頓をして並んでいるのを開いてみるが一向にそれらしい絵に出会えない。闇黒星雲旅行記、実体の内部への招待、ヒッポクラテスの幾何学、豚族の豚神、軽気球に乗った悪魔、汎悪魔論、邪馬台国はアテナイか、田熊はこんな表題の並ぶ書棚を見て屁の現象学と言う本に興味を覚えて開いてみると、そこに大男が尻をこちらに向けてかがんでいる絵があって、その尻から出たらしい屁を放射線で表わしてあって、その放射線の間に幾人かの小人が鼻をつまんで駈け出していて、中には今出て来たばかりの肛門の方を振り返って顔を歪めて跳び上っているものもいる。銅版画だとこの本を開いてしまった自分に田熊は増悪を感じながら、本屋に来ている自分が本ではなくある女性を探しているのに気付いた。正確にはその人と合ったのがどのくらい以前なのか記憶を辿るのさえできないのに、ここで一度だけ合ったのが忘れられなくて、こうして本屋にやって来て、この本棚には先程の本が先の順序で売れなくて黄色味を帯び並んでいるのを知っているのに、また屁の現象学を開いたりする。百度は開いたに違いない。屁を突き出し股を広げ顔を脇腹の横から見せて、屁をひっている男の陶酔したような満足しきった愚劣な表情を見て、次に目を移すと小人の顔を歪めた、おどけている何とも薄気味の悪い笑いが気にかかってならない。と田熊はその小人の笑っていない目を頭から拭おうと首を左右に振ると、田熊はその時も屁の現象学のこの銅版画を見ていた自分がまるで鏡に写ったように客観視できるのが不思議で、その視野の中にマリアのように憧れの女性の姿が眩く写っていたのを思い出した。それを追ってこうしてやって来て屁の現象学を開いているのだと背表紙が変色し汚れた本を閉じると本屋の禿親父が老眼鏡を透さずに上目使いにして田熊を見る目が疑いを含んでいる。その視線を田熊は背中に痛く刺さるもののように感じたが、立ち読みをしているだけで別にどれかの書物を盗もうとしているわけではないから、その視線が腹立たしい。こんな夕方の七時を少し廻った時間ではなかった、と田熊は本屋に入る度に彼女に会えるかもしれないという期待を彼が持っているのに気付いて、それが全くあり得ないものであるのが彼には分かっていてもどうしても一度は振り向いて見なくては気がすまなかった。もしそこに来ていて気付かなかったとしたら、自分に対して何と言って弁解すればいいのだ、と言うのが田熊の振り返りの理由である。何もすることがないから散歩へ出て本屋に立寄って内ポケットに入っている財布のことを思うと、酒の三、四本は飲める程の金が入っているから、本を買うのにその金を使うよりは酒の方がいいと思いながら何もすることのない自分が余程嬉しく思えた。髪結いの亭主はその亭主らしく懐手でもしながら女でもからかってのうのうと生きて行くのが当然じゃないか、それを高等学校の教師だからと言って陸に話もできやしない外国語を操って、にきび面のもの覚えの悪い生徒を相手に教えても、たかが入学試験の道具じゃないか、それよりは何もしない方がいい、ときっぱり田熊は教師を辞めたのであるが、それは田熊の側から言えることでこのことを別の側からみると全く違った解釈がなされることになる。友江の所へ行くことになるな、と思いながら、結局はそんな所だと苦笑した。看板まで飲んでいるとどうしても二階へ上らなくてはならないのが分っているのに足が向いてしまう。友江の話をするとすれば長くなるがどうでも少しはしないわけにはいかない。

　田熊を千八と言う名の飲屋にどうしても女を見て欲しいからと引くように連れて行ったのは森と言う坊主で、森は以前から結核か何かの病気で、軀が弱かったせいか一度も結婚したことがないし彼が女を好いたと言うのを聞くのも初めてであったので好奇心もあって田熊は森の言うままに友江の店を覗いたのが彼女に会った最初であった。山間から急勾配を流れ落ちた川が狭い平野に出て一気に平坦になったためにとまどい、流れは大きく北に宇廻して、この地方都市の街並に沿ってやがて東にうねるとその河口は小さな漁港を作って海に流れ込む。その丁度北に宇廻して水が澱んで、葦が人の背丈程に叢がり汚れが油の薄い膜を浮せて流れるあたりを森は先にたって田熊をせかせながら歩いていた。この辺の飲屋じゃそれ程いい女に出合うこともあるまい、と田熊は森の連れて行く先が分かると半ば安堵するのは軽い嫉妬心のためであるが、その中には半ばどんな女か現われるのだろうと言った期待心も含まれている。田熊が森と出合ったのはつい四、五年程前のことで、それまで森は何処かの結核療養所のような所にいて、彼の俳句をよくした父親が死にそうだというので戻って来てそのまま帰らずに彼が住職になってしまったのである。田熊と森とは同じ中学校を卒業して、二、三度は大学の予科の頃に手紙をやり取りをしたことがあったが、それっきり二十年程も音信が跡絶ていたのが、田熊が家の法事か何かで森と出合って、それからまた以前のようにつき合いが始まったわけである。森は田熊にその女を合わせるのがよほど嬉しいらしく、痩せた頰を上気させ歯茎ばかりの顎に入れた金歯のある入歯をさかんにもぐつかせながら、友江のことを話す。「このあたりと言えば結局僕の家の裏あたりになる」と田熊が言うと「そんなに近くじゃ都合が悪いだろうと思って、こうして遠廻りをしてるんだよ」と森は例のように入歯をカチャカチャ言わせて話をする。道がそのまま堤防となっているような薄暗い所には女づれの男が歩いていて、女達の付けている香水だか、化粧品の匂いだかが田熊になまめいた気持を起させるのが、桜のほのかな匂いと混っていたから春と言うことになろう。川沿いに幾軒かの飲屋が長細い中に蛍光燈の入った看板を出していてその中に千八と言うのが淡い春の空の色の看板に書かれてあってそこの板戸を引いて入ると、止り木があって酒が飲めるようになっている。田熊は酒が好きで女性よりはその方に気を取られるから、「この酒は何て酒だい。」と森に話しかけるのに、森は一向に取り合わずにおかみが一寸向うをむいた僅かの間に脇腹をつついて「どうだあの女」と言うのが、どうでも褒めてもらいたくて仕方がなさそうなのを田熊は「ままいい女の部類だろうね。」と言う。森にしてはいい女を見付けたものだと田熊はその時思って「一人身かい。」とつい森に聞いてみると彼はそうだ、と答えた。飲屋のおかみが旦那を持っているのは当然のことで、それが一人身であるとすればどこかに無理があって、それは森が騙されているのか、女が余程男にこりているかであって、結局は森のような男の手におえる相手じゃないことになる。「この銅版画は面白いじゃないか、それも日本酒を飲みながら見るとどこかちぐはぐで。」と田熊が言うと友江は死んだ亭主が生前外国人にもらったもので、最近ここに懸けるのに何か適当な絵はないものかと探していると、この絵が偶然出て来て大きさが丁度だったのでここに掛けることにしたのだ、と言って「どうせ贋物でしょうけれど」とその細面の顔で笑うと目尻の深い皺がこの女の年令を現わして幾すじもできる。「騎士が剣を持たずに聖書を持っているのが妙だ」と田熊が言うと「裏にルター、と書いてありますの、誰のことかしら私には分らないけれど」と言った。「いい女だろう。」と森は眴《めくばせ》をして幾度も同じことを言って、次におかみの身の上話を始めるから、おかみは聞こえないふりをして丁度今入って来た肥った五十歳程の男と親しそうに話を始めた。森はおかみの亭主が三年程以前に海難事故で死んだこと、そしてこの店を始めたこと、息子が高校生であって田熊の勤めている学校の二年生であることなど、彼がそれまでに知り得たことを得意げに、これ程よく知っている森はよほど友江に惚れられているのだ、と言わんばかりの話をする。と彼はどうやらおかみと向うの客との笑い声が気になるのか、田熊と話をしながらも時々その方を盗見して不快な表情をする。煙草の紫煙の縞模様がクラナッハの作らしい騎士の銅版画の前のあたりにゆれ動いて空気全体が薄い紫色に変る頃になると酒がまわって頭脳が独特の調子で回り始める頃になると、幾人かの客の笑い声や話し声が跡切れて森と田熊の外に誰れもいないのに気付いたりする。森が立上って表の川に小用をたしに行くと友江が酒に酔った顔を幾分ひきしめて、小声で「私、森さん嫌いなの、あの人の気持は奇麗なのは分るわ、けれどあの話すと落ちる入歯がどうにも我慢ならないの。口をすぼめてもぐもぐやって入歯の間に嵌った食物をもう一度食べるところなんか思っただけでもぞおっとするわ。ねえ、それがキスをしょうと言うのよ。田熊さん絶対に帰っちゃ嫌やよ、森さんと一緒にじゃなくちゃ、それで森さんを送ったらまた戻って来てね。開けておくから。」と田熊は思っていない方向に話が進むのを酔っているとその言葉が妙になまめかしく真実味を帯びて聞えるから嘘と本当との判断がつかない。話の通りことが運ぶのは話が真実であるからと言うわけには行かぬにしても行為が話の通りであれば話はそのまま真実味を帯びて来て、そのようなことが幾度か続けて起るとその人の話を信用することになる。森と別れて田熊の家の裏から川を超えるともうそこは千八の板戸の前で入るとおかみが「あら戻っていらしたの。」と意外そうな返事をするから田熊は一瞬むうっとしてそのまま表に出かかるのを止めて「ねえ相談に乗ってちょうだい。」と言って坐った田熊の横に来てしなだれかかる。田熊は迷惑そうに始めのうちはその重みをはらいのけていてもやがておかみが立って看板の燈を消して表の錠を下す頃になって来ると田熊も柔い女の肌についふらりと触れたくなって来る。「あらこの手の柔らかなこと」と友江が手を取ってそのまま乳房に持っていったりするうちに「ねえ二階にいらっしゃいよ。」と言うことになった。とすると相談と言うのはこの種のことで何も他のことではないらしいと田熊は考え始めていても、心に起ったもやっとした情欲はこのままの所で消えたりはしないからつい二階に上ると、そのまま寝間着に着換えるようなはめになって次に気付く頃はもう午前四時近くであった。「ねえどうしてだか教えましょうか」と友江は上下の瞼に喜びの表情を現わしながら「ずうっと以前からそれこそ遠の昔からあなたのこと好きだったの。」「君のこと僕は知らない。」「女学校の頃から知ってたわ、あんたのこと。」と言葉を切って「女って一人身になったら誰かのこと思ってなくちゃ安心できないのかしら、そしたら森さんがあなたの友達だとおっしゃるでしょう。だから待ちどおしかった。」と悪戯っぽく笑った。

　森が私と友江との関係を疑ぐるようになるのにそれ程の時間はかからなくて、怪しいな、と思いながら観察しているうちはいいが、やがてそれが彼にも確然と分る日が来ることになるのである。どんな具合にその午後まだ店を開くには早すぎる時間に田熊が千八を訪れれたのかその理由は忘れてしまっている程重要ではない用事があって田熊が板戸を引いて入って行くと友江はいなくて多分いつもの二階だろうと階段を上ると友江が寝ていた。田熊は友江の寝ている姿を見ていて、それが気持のよい寝乱姿と言うのであれば情欲を感じることがあってもおおよそ寝ているものよりは起きて日常の活動をしている方がやはりよい。友江に言葉をかけると友江は目を覚して、女は自分の寝ている姿を見られるのは嫌やなものらしく、その嫌やさは恥かしさに原因するのか、あるいは自分が見ることのできない姿を他人に見せたのが嫌やなのか分らなくても、どっちにしろその場から逃れるには次の行動に移らなくてはならない。「あら、いらっしてたの、いけすかない。」と友江はそんな言葉でこの場を繕いながら少し乱れた髪を手でおさえると、その何気ない仕草に色気があって、田熊はこんな姿を英語ではどう言うのだろうかと考えながら友江の正面に坐る。青白い肌の内部を紫色の静脈が枝のように伸びている腕を素速く動かして開衿シャツの首すじの所から胸の中に手を入れて来るから、田熊はそのぬるっとしたなま暖かなものに心を奪われてしまった。「ねえったら、ねえ。」と鼻にかかったような声が何を求めているのかが的確に分るようにしなを作ってにじりよって来る姿のなんともなまめかしく思えるのは惚れた弱味かもしれない。その頃になると女房も田熊の行動のどこかにいつもとは違う所があるのを女の持つ独特の勘のようなもので探り出しそうになっていたから、田熊も看板の後の時間をそんな風に使うことができなくなっていた。「昼間からでもないだろう。」と田熊が言うのを友江は「お奥様とならいつでも夜でもいいのじゃないこと。」「嫉いてるのか馬鹿なもんだ。」とこうなればどうでも友江を引寄せるより仕方がない。

「奇妙な音をたっぷり聞かせてもらったので、一体相手は誰れだろうかと、その方が気になって余程足音を忍ばせて階段を登って、戸の隙間から中を覗こうかと思ったのだが、僕のようにいつも他人のを見たり聞いたりするのには療養所以来慣れていても、自分の惚れた女のあの姿を見る程不愉快なことはなくてただもうむしゃくしゃしてどうにもならないのを、どうしても待っていたのはただ相手が誰れかを知りたかったからなんだが、それがあんただとはねえ。」と森は憤怒のために顔面を蒼白にし、ぶるぶると震えながら言う有様がまるで死人のように見えて田熊は思わず背すじが寒くなるのを感じた。「こんにちは」と田熊は何を思ったのかこんな挨拶をして恥かしいと言うより何より腹立たしかった。「あんたみたいにかみさんのある男が別の女とそれも僕がやっと好きになった女と一緒に寝なくてもいいじゃないか。」と涙を目の裏側からくるりと大量に出して泣く姿がなんとも哀れなのを、彼は大声で二階の友江に聞えるように、「もう来ない。」とどなる声さえ鼻にかかってうまく言えないのを田熊は聞いて悪いことをしてしまったようにおもった。と、そんなことがあってからどこから広がるのか水産高校の田熊と言う英語の教師は教え子の親である千八のおかみと一緒になっていると言う噂がこの都市一杯に広がって、それが田熊の耳に入って来るようになる頃、「あんたと友江さんのことを奥さんに話してやるから、それが嫌なら早く切れろ、そうすれば今までのことは水に流してやる」と言った脅迫めいた電話が森からかかって来た。何と答えればいいのか、そんなおどしの一本で友江と別れられるものか、とほおっておくと、また電話がかかって来て、「まだ切れないようだが、どうでも別れないのなら学校ぢゅうに拡めてやる。」とこんなことを言う。女房に知られるのも困るが学校に拡がるのも困る。さりとて友江と離れたくない、とこんなとんだアポリアに巻込まれた自分がほとほと嫌になって来るが、こればかりは理性と言う奴の世話では解決ができない。森は狂ったように酒を飲み始めて酔えばいつ何時であろうとも田熊に電話をかけて来て友江を返せと言う。授業中であれ真夜中であれ、友江の飲屋であれ、図書館であれ、どこにどうしていようときまって田熊の居所を知って、友江と別れろ、と言う。もうこうなったらどうでもいいただ田熊が友江と別れてさえくれれば、森は別に友江に好かれなくてもいい、行ってはならぬと言うのなら友江の飲屋へも行かない、と言った辻褄のあわない話もする。こんな風に電話というものが使われ始めると受話器を見るのが嫌やになって来て、電気などというものがどうして言葉を伝えたりするのか八つ当たりをしたくなって職員室などでリリーンと受話器が金属音を発し始めると身体ぢゅうの筋肉が強張って自分への電話でないことを祈りたい気分になったりすると、大方は森からの電話でそんなことが幾週間も続いた。「どうやら最後の手段と言うやつをやって、あんた達の事をあんたの奥さんに話したり、赤新聞に発表したりせねばならないね。僕だって何もこんな真似までしたくないんだが、どうしてもしなくちゃ気がすまない。僕がこんな風にあんたに電話をしたり奥さんに話をしたいと思っている間はまだあんたが死ねばいいと思わないからこれはまだいいんだ。僕だってあんたを殺したくはないし、本当の所は誰れにも話したくないんだが、どうでも何かをして邪魔をしていないと僕自身が生きてられないような気さえしてね、あんたには迷惑だとは思うがどうにもならないんだ。そしてさ、でき得れば友江と別れて僕を安心させてくれれば何よりなんだけれどもなあ。」と嘆息しながら言うのがまた何とも言えず哀れであるが、国語の教師のこちこち頭の肥った卑劣な目をした男が度の強い眼鏡を光らせて好奇心一杯のいやらしい顔付で時々そんな田熊を見ているし、他の教師達の軽蔑と羨望の交った視線を背中に感じるからそこそこに相手の言うなりにして話をすませる。本人と合った方がいい、と田熊は逃げてばかりいた自分が結局は逃げきれるものではないのに気付いた時にはもう校長が教育委員会の意見を聞いて田熊に注意をしなくてはならないような所まで来ていた。と同時に森は田熊が学校へ行っている留守に彼の妻を訪れ友江とのことを一部始終話していて、田熊がその夕方、家に帰ると妻は友江のことで攻るから、女房に自分の夫と結核病みの妻さえいない男の話とどちらを信用するのか、と言った意味の話をしてとりつくろうとこっちの方には多少の疑いが残っても妻も夫に浮気をして欲しい筈はないから田熊の言うことを信用したふりをすることになる。が結局は校長が田熊に父兄とそんな風な関係になっては子供達にしめしがつかないと言った意味のことを禿頭に汗をかきながら言うのを聞いていると、いつもの反逆癖が彼の心の奥からむらむらと頭をもたげて来て「それじゃ止めさせてもらいます。」と言わなくてもいい事を言ってしまった。この言葉を校長はどう扱えばいいのか困ったらしく、さかんに嘘だろうと言った意味のことや、今まで十幾年か努めたのを一時のそんな興奮で止めることはないなどと言ったが、一度言葉になって口から出てしまった以上、どんなにしまったと思っても今さら取り下げるわけには行かなくてそれっきり教師を止めてしまった。と同時に森との付合いも以前のように跡絶えてしまって、教師をしていた頃に比べれば暇な時間が多くて、その時を埋るのに千八へ行く回数と時間が増えて、そんな田熊を女房は諦めてしまってもう無視してしまっている。

とこんなに長い話をしても田熊のしていることと言ったら本屋を出てこのまま千八へ行ってしまおうか、帰ろうか、と決めることとさえ出来かねてどっちにしても同じ方向だと無責任に歩き始めた所である。「田熊先生でございましょう。田熊一得先生、間違いなし．正真正銘の水産高校の……。いえねえ以前なんて言葉で言わなくっても分って、そりゃ何たって有名ですからねえ。」と下駄をつっかけた男が寄って来て言う顔を田熊はどこかで見たことがあるとそれを思い出そうとしたが、その作業をはらいのけるように「おでかけで、何処ったってそりゃ分ってまさあねえ。千八って店でしょう。どんなに親しくたって色女の所へ入り浸りって言うのはよくありませんよ。野暮ですからねえ。となりゃあっしとちょいと一杯お付合い下さいませんか。こう言っちゃ悪いが、どうせ暇なんでしょう。いえ先生のお書きになった支考の糞とガリヴァの大先生スイフトの糞とはどっちが臭いかと言ったあの比較なんざ、特に巨人国で跳び越え切れなくてあの大海の中を泳ぐって話は先生が書いても痛快だからねえ。であっしも好きでしてね。」田熊はこの男が糞と言った瞬間に今までもやっとしていた男の顔が像として網膜に写って止ったと思った。その顔は屁の現象学の肛門を出て顔を道化のように歪めて自己の愚劣さを薄笑いで隠している小人のあの顔と全く同じであったがその表情を見せたのはほんの瞬時で次に田熊が気付いた時のその顔は目に憧がれを含んでいて柔わらかく、田熊を和ませるに充分であった。「うん。」と田熊はその目に引込まれてしまって言った。「あっしの名前と言えば大門って言うんですがね。今、先生の心の中じゃあっしと一緒なのを嫌っておいでだ、それくらいのことは分ります。となりゃどうでも御一緒して千八へでも行きましょうや。」と大門と名乗る男の顔は電燈光で見ているせいか輪郭も目鼻立ちもぼやけて確かな表情がつかめない。特に目は何やらとろんと腐った魚の目のようでどこにも焦点を結んでいない。そのくせ見ていると大門の目を通して心まで引き込まれそうになるのが不思議である。いや間違いだこんな目付ではない、と田熊は小人の顔と大門の目とを比べながら思った。

「さっきからと言っても今気付いたんだが地面にフェルトでも敷いてあるのか、それともあんたの下駄の裏にゴムでも貼ってあるのか、音がまるっきりしないな。」と田熊は先程から男の下駄の音が全く聞こえないのに気付いていて、それが尋常の静けさではなくて、まるで足がないように音がしないのを妙だと思って幾度か注意をして、それが大門の歩きぶりと合っていないので確かめて始めて声にしたのである。「なんでもないことでしょう、下駄の裏にゴムが貼ってあるのと、音をたてないように歩く訓練のためでしょうねえ。勿論足音を立てて歩けって言われればほらこの通り。」と言ってたてる下駄の歯の音はゴムが裏についている音ではない。「なんだ、入らないのか」と田熊は千八の板戸を引きながら言うと大門はそれでも立ち止って「いえ、入らないってわけじゃございません、なあにねえ。ここへ入った以上は次にあっしの言う所へ来て下さるって約束して下さいって言いたかっただけなんですよ。最もあっしはこの約束って言葉はなあに嫌いじゃなくて大好きなんですがねえ」と笑った。「それはその時ってのはどうだい。」と田熊が言う。「そりゃ、どっちでも同じでしょう、ねえ先生。」と大門はどうした弾か舌を先生のセイの所で出して、それを見咎める田熊の視線を慌て避けて田熊の後に隠れて目を伏せる姿は、あんがい小奇麗ななりに見えたので田熊は最初会った時の感じと違うような気がした。「あっ、あなた。」と友江が蒼白になって跳上って言った言葉尻が消えるのと大門が顔を上るのとが一緒になって、友江はただぽかんとして狐に摘まれたように立っていた。「違うんだよ、奥さん。」と大門が笑いながら言った。もう一組の客がその声に驚ろいたのか不信そうな目付で田熊と大門を見ていて、大門の言葉でその意味が分ったのか、興味を失ってしまってまた二人で話を始めた。「でも、そうして杯を口へ持って行くところなんかそっくりよ。」と友江は信じられないように言って、大門を見ている目が、夫を見る時のように艶っぽい目付になってでれっとしてしまっている。「この男にはそんな風な癖があるのか私に出合った時も、どこか私の知っている男と似ていて、どうでも私の関心を引き寄せるからこんな風に……。と今度はおかみの前に以前の亭主になって現われたわけだ。なる程最も効果のあるやり方だ。」と田熊は杯から酒を飲むとその酒が直接上顎の奥に触れて苦く咳が出る。「人の顔って言うのはねえ、固定した定った不動のものだとお考えになっちゃいけません。変るもんだから、そのいい例が喜怒哀楽の表情、心に従ってその感情の動くままに変る。いえ、それでも本来の顔は同じだとおっしゃりたいと言うんでしょう。ですがねえ、一寸喋らして下さい。よおござんすか。年を経ると顔は変る。いやそれだって根本的には変らないとおっしゃりたいんでしょう。けれど変ることには間違いはない。とするとやはり変るのであっしの場合はその変化が少し他の人々より激しいんですよ。田熊先生と初めて合ったんだしおかみさんとも初めてだから、二人ともあっしの顔はこんな顔だと思っているんでしょう。ところでねえおかみさん、前の御主人とそんなにあっしは似てますかねえ。」と大門と名乗る男は神経質らしい顔をぬうっと友江の方へ突き出した。「そっくり、こわいくらい。」「どこへ来るんだい女の心が動く時には、やはり女陰だろう。ええ、見るや否やそこがまるで電気に触れたみたいにぴくりと動くんじゃないのか。直接あれが動き始めてまるで女陰が目で、幾年も合わなかった亭主だったらまるっきりあのものが目の瞳孔のように開いたりしぼんだりするんじゃないだろうか、性欲そのものって奴だ。」「そうじゃないわ、心が踊ってしまって、いったいどうなってしまったんでしょう。嬉しくて。」と友江の目はとろんとしてしまって、大門の方を見ながら酒を杯に注ぐのに溢れさせたりしていて、その帰りぎわに大門の煙草を持っている手に触れてみたりしている。「触わりっこなしですよおかみさん」と大門が笑いながら言う顔が油断のならない鋭い目付になって、目の底が深い洞窟を光なしで降りて行く時のようにどこまでも落ち込んでいてぽっかりと暗黒の穴が無限という次元にまで続いているように気味が悪い。「そんなに見詰めないで下さいよ、吸い込まれそう。」と友江は身震いをしながら言葉を声に出してやっと大門の魅力から離れることができて、その時田熊の方を見て言った。「怖い目、この人の心のような、こんな風に見詰められたの初めてだわ。私の意志に反して近ずいて行きたいの、あの人の顔でしょう。女ってしょせん一人の人しか愛せないのかしら、だってこの人の顔を見たとたんに、どの人もまるで私には関係のない土の人形のように思えて興味がなくなってしまったんですもの。そしてなんでこんな男に身をまかせたんだろうと淋しく思うの。」と不思議そうに言った。「なあにあっしはねえ、別におかみさんに興味があってしているわけじゃないんでねえ、ただ人の顔ってもんが変るってことをお見せしたかっただけですよ。それより田熊先生。」と大門は銅版画にその時始めて気付いて顔色を変えて「この絵の人は怖い顔をしているねえ。」と言う声が震えているのを田熊は見て「ルターの絵とすりゃ、あんたみたいにわけの分らない怪しげな男に取っちゃ怖いのは当然だろうな、で剣を持たずに書物を持って修道士が騎士の仮装行列をやっている所が面白い。」と半分茶化しながら言うのを大門はどうでもこの絵を見るのが嫌やなのか痩せた田熊の背中に隠れてまだ震えている。「こんな絵のどこが怖いのかしら、あら冗談じゃなくて本当に怖いらしいわ、唇までがまっ青だわ。」と友江は自分が危くこの男に惚れそうになったのを忘れて、大口を開いて笑っている。「風邪でもひいたのか、くしゃみが出て仕方がない。こんな季節には風邪を急にひきやすいものさ、暑くて汗が出てどうにもすごしにくいと思ってると雨が来て一気に寒くなるとまた暑くなって避暑地へでも行かなければと思っていると今度は冷え込んでセーターを着込まなけりゃならない程になるからねえ。こいつは風邪にはもって来いでその結果寒気がすることになる。」と大門は今までの元気が目に見えてしぼんでくしゃんとなって千八の木製の椅子に坐っているのが苦しそうである。「ねえ先生、スイフトの先生、そいじゃあっしはこれでと言ってもこれっきりってんじゃなくて、ここの帰りにどうでもあっしの所へ寄って下さいよ。と言ったって先生はあっしの所を知らないからといった顔付だねえ、ところがそのくせあんたはどこへ行けばいいのかちゃんと分っていなさる。いや名はまだ言いませんがねえ、近頃まるっきり外出するのを止めて寺で念仏三昧ってことですぜ、それも何故かと言えばただ先生に合いたいってんですからねえ、じゃそこで待ってますよ先生、今晩はいちゃつきっこなしですぜ。」と大門はそそくさと今度は足音を高くならして表へ跳び出してどこかへ行ってしまった。「あの人一体なあに、へんな人」と友江は笑うと三日月型になる目をこれも三日月の眉と同じように弯曲させるからなんともやさしい顔にでき上る。「いや例の森君のことさ、あんたのことが忘れられないって話だろう。」「いやねえ。」「と言っても口にして言う言葉と腹の中とは大違い、女ってのはどんな男でも惚られるといい気持のもんだってルターが言ってたよ、修道院から逃げ出して来た修道女がまだ彼の嫁さんになる前のことだけれど。」と田熊はこんな風にしか自分の思ってることを話せない。「いやねえ、私、今夜どうかなっちゃったみたい。どうにも心が弾んでしまって、ねえ早仕舞にするから泊って行って下さらない。」と猫なで声を咽の奥から出すから恥かしくて周囲を見廻わすともうこの店には誰れもいなくて、友江だけが盛りのついた猫のように目を輝かせながら店の電燈を早々と消して表の錠を下すと誰れかが「まだ閉店の時間じゃないよ、もう終ったのかい。」と戸を叩くのを友江は「一寸気分が悪くて、どうもすいません。」と中から返事をするその声が艶っぽいのは心がもうそこにないせいである。「ねえ二階に上って。」と鼻にかかった声がするのを田熊は「ううん。」と生返事をしながらどうでも二階へ上らなけりゃならないのか、と億劫でも、そのつもりで来たのだからしぶしぶ二階に上って行くと友江はもう寝間着に着換えて鏡の前で化粧を落している。いつの間にか枕元の電燈が薄いピンクの光になって友江の裸体を照らすと、豊満なその裸体が着物に隠されていた時とはまた違った若さを現わして、それまで田熊の知っていた友江からは想像もつかない程強烈な情欲がどっと溢れ出て田熊に襲いかかる。田熊もそんな友江のしなるような肢体の働きかけにわけもなく興奮してしまいただ獣のようにその黒黒とした股間に顔を埋て行くと、原始のにぶい生命の鈍重な匂いが田熊の鼻を抜け口をつたい、田熊の心臓を抉ると理性が脳髄の前部から禁止するものとなって現われて来る。「いいかげんにしたまえ。」と田熊を目覚めさせた理性は友江の醜い裸体を白日のもとに晒せと命令する。とその間に精液の噴出がたった今終ったこととしてあって、それが過去のものとなった時、理性は視覚として友江の醜さをあばき出し、ピンクの光を愚劣な舞台照明だと侮蔑させる。「もう行ってしまうの。」と言う友江の声が田熊にどれ程の効果をおよぼすのだろうか。錠を開く金属音と板戸を閉じる音が友江にどれ程せつなく聞こえ、まだ開いたままのおさまりきれぬ欲望と吐息がどれ程続いていようと、それは到底田熊の心にまでは通じない、田熊は晴晴とした気分であった。どこへ行くのかは分っている、と田熊は何かわけの分らないものが田熊の道案内をしているらしいのを意識外に感じながら、どうせ一度は森と合わなければならないと思っていたのがどうやら今夜らしいと考えていた。雨が降り始めてその小さな小糠のような粒が田熊の洋服にじっとりと浸込んで行くに従がって彼の気分は徐々に重く陰うつになって来る。川沿いの道は通る人の足音もまばらで低く、川音は雨に消されたのか聞こえない、気付くと静寂があたりを支配していた。

「夜の寺は暗い。」と田熊はそんな風に言った。境内の太い欅の木がその先端部を大きく平坦に拡げて夜空を区切っている向う側にそり返った本堂の屋根が雨に濡れて黒くにぶく光って見える。羽撃の音がその上の拡がった黒々とした影のあたりで起って幾百羽もの烏が田熊の足音にでも驚いたのだろう一斉に舞い上ろうとしている、「不吉な鳥。」と田熊はこんな風に自分の心を表現した。この欅はこんな風に三抱えはありそうな幹に苔が付いていて山門を見下すような巨大になるのに幾百年の年月が必要だったのだろうと、そんなことを考えていると、田熊はその雰囲気が息苦しく緊張したせいか小便がしたくなって、その根元に用をたした。暗く広い。本堂の扉が開いているらしくその奥の方で光がちらちら動くのが見える。「どうでも友江が欲しいと言うのなら森にやってもいいじゃないか。」と田熊はこの時思った。多分先程起き上った理性が彼をこのような結論に導いたのだろうが、それにもう別れてもよい時期に来ているのだろう、まだ友江が好きで仕方のない最初の頃ならこんな風なことは思いもよらなかったんだから、と田熊は自分の中の冷やかさを森の異様な情熱と較べて苦笑した。「あいつなら俺を殺しかねない。」と田熊の心にこんな考えが湧き上って、背すじが寒くなるのを感じた。「なる程先生のものは立派だなあ、これじゃ千八のおかみが惚れるのも無理はないと言いたい所だが先生、お待ちしてました。きっといらっしゃるだろうて睨んでおりましたからねえ。」と欅の向う側から大門が顔を出した。「別にあんたが来いと言ったから来たんじゃなくて、どうせ一度は森君に合わなきゃならないと思っていた所なんだ、それにどっちかと言えば彼とも喧嘩したままのは嫌やだから。」と田熊は自分から折れて出るつもりでいることを暗に大門にほのめかすと「物持ち喧嘩せずって奴ですな、と言ってもそれじゃ面白くない、あっしはねえあんた方二人がどうなるのかが楽しみでねえ、それでこうしてこの夜更にこんな所へまで出て来てるんですからねえ、そんな風にものわかりがよくなってもらっちゃ困るんですよ。いやまあいい、それよりお待ちですから入りましょうや、足元に気を付けてねえ。」と田熊を抱くようにして本堂に導く大門の手が田熊の指に触れるとその感触が両棲類のもののように濡れてぬるっとしていて生臭い。「この男が君が来るようにって言ってるってきかないもんだから、君が僕の所へ来る筈はないと思っても、あんまりしつこく言うからこうして待ってたわけさ、と言っても君と話すことなんて初めからないがね。」と森は入歯のわりにはうまく喋っていると田熊は見るとその顔は痩せてまるで髑髏に皮が付いているようである。人の顔の内部は髑髏なんだと分る程やせていて目は眼窩に沿って窪んで中にまるでとんぼの眼球のような大きな目がきょろきょろしていて、頬はすっかりこけ落ちて頬骨ばかりが高く骨ばっていて薄い唇が歯のない頬の骨にぴったりと付いている。「死ぬんだってねえ君。」と田熊が森の顔を見た直観であって、それが田熊にこんなことを言わせたのである。「うん、死ぬんだそうだ。」と森もそんな田熊を批難もせずにその言葉を鵜呑にして吐き出してそのまま森の言葉にした。「だが友江は諦めないと言うんだろう。」「いやもう諦めてるんだよ、それより何より君からの汗の臭いに友江さんの匂いが混って嫌やだが、それでもうっとりする。抱きたいなあ。」と森は溜息するように言った。「なんだって君はああ執拗なんだい。」と田熊は森の痩せた身体を目で追いながら、嘔吐が腹の中から出て来る時のような憎悪を感じたが、見たくないものをどうしても見なくてはならないような気持で森を見た。暗いから見ておられるのだ、これがもし日中で明るかったらきたなくてとても見ておれないだろう。この精液臭の混合した魚の腸が腐敗したような臭いは森が生きたまま分解を始めたのを示しているのだろうか、水分をしっぽりと含んだ室内の空気のどこにもこの臭いがこびりついている。臭気は慣ると次第に感じなくなるものだが森のこの臭さは駄目だ、慣れば慣れるだけ腐敗臭は鼻について来て、微妙な臭いの混合の醜悪極りない部分が田熊の脳髄を刺戟していたたまれなくする。「だからこのことが生きがいだと言ったじゃないか。」と森は眼窩の深く窪んだ大きな目をとんぼのようにくるりと回して言った。「僕にだって生きる権利はある。生きてる以上は目的だってある。それが君だとしたら、君もずい分御立派な人間になったもんだ。」と笑うと髑髏が笑っているように気味が悪い。「あきちまってるんだ、友江なら。」と田熊は心にもないことを言って、何はともあれここから早く脱出したかった。「水産高校の田熊先生それはないでしょう、そんな言い草は……この男を見てやって下さいよ、あんたのことを怨んでやっと生きてるって人間からその目的すら奪ってしまうのだから、こりゃひどいや、そうでござんしょう森さん。」と大門が暗闇から声ばかりで言うと、その声が伽藍の中を通り過ぎて消えて行く。「この人が。」と大門が森を指差して「どうでもあんたに怨みを言いたい、そして状況によったら先生を殺したい、と言い出すもんだからあっしとしても、そんな面白い話にはめったに出合わないからとこうして見てるんですがねえ。それで得物は何だって聞いたら、まだ考えてないと言うんでしょう。全く嫌やになっちまってそれでこうして。」と大門は言いながら懐から巾の広い短刀を取り出して森の方へ投げるとそれが畳に斜めに刺さったのに裸電球の光が反射してきらりと輝いた。森は思わず身をすくめた。「殺んなさいよ。やりたいんでしょう。」と大門は面白がって言う。「僕にしたところであの女は抱きたいが、別に身体のことを言ってるんじゃないんだ。心が君のところへ行ってるのに抱くだけなんてこりゃまるっきり抜殻を抱きしめてるようなもんだからな。」と田熊は光る短刀を冷ややかに見ながら僕と言う言葉を君と言いとり替えて言った。「身体だけなら僕だって飽きてるくらいさ。」と森が入歯を口の中で動かして言うのが田熊にかかって来た電話の内容と違っているから森が見栄をはって言ってるのだと思った。「あんたは惚れてるんだ、一度だけでもいい抱けたらそれでもう死んでもいいと言ってたのとえらく違うんだねえ。あっしにしたらなんたって殺るのを見たいんだからねえ。」と大門と言う男はこんな風に言って大欠伸をする。「君は友江さんが好きなら、絶対に離さない、雷が落ちたって離すもんか、と言えばいいのに、それをなんだって飽きただなんて言うんだい。そりゃあの女にはどこか人を飽きさせる所がある。何て言うのか情緒に欠けてるところがあるにはあるようだ。」と森が言った。田熊は森が友江と寝たようなふりをこの言葉の中から嗅ぎ取って嫉妬心がむらむらと湧き起るのを感じて不愉快である。「だったら君にとって友江は何でもないじゃないか」「どうしても違うんだ、やっぱり好きなんだ。どうでも殺してしまいたいくらい好きなんだ。」と森は言って短刀を畳から引き抜いて彼の細い咽仏が大きく前に突出している首にその刃を横にしてあてがいながら「僕が死ぬかだ。」と言った。「そりゃ自分を殺るのが一番手取り早いってわけでしょうねえ、殺されることを自分で承知してりゃ、他人を殺すのとはわけが違いまさあねえ。」と大門が軽口を叩いた。「僕が君に逢いたかったのはただ一つ君に伝えたいことがあったためさ、そいつはねえ……。」と言葉を切って田熊の反応をじっくりと楽しむように見ながら言葉を次いだ。「あの女の亭主が生きてるってことさ。どうだいなかなか素晴らしい内容を含んだ言葉だろう。そう思わないかい。」と森は血の気のない薄い唇に微笑を浮べながら言うとその顔は時の流が一瞬止った時のように人間とは思えない平面の上に固定された写真のように表情がなかった。

二

二階の居間で学生時代から使っている褐色の机の前に坐って原稿用紙を眺めて、例の貴族ヨルクのことを考えながら手に持った万年筆で机の小刀の創を青く塗っていると、階段を登って来る足音がする。友江の亭主と言うのがどこにいるのか気になって友江に言ってみるのだが友江はそんな話ははなから問題にしないばかりか、挙句の果ては一体私を信用するのか森の言うことを信用するのかとつめ寄られ、そんなに私が信用できないのならもう来ないで、とまで言い出すしまつで田熊はそのことを友江の前では触れないことにしたが、しかしそうなると一層疑い深くなって来て友江の亭主のことが頭を離れない。今も結局はそのことを考えていたのに気付いて、振向くと新聞記者の谷内が全く遠慮のない態度でせんべいを齧りながら「おい奥さん不機嫌だな。」と言って坐った。「そう言えばあの事件以来のことだがねえ、森って男にもほとほとって所さ。」と言って苦が笑いをすると谷内は「海岸通りの裏の、ほら松林が跡切れて道が急に細くなる角に空家があったろう、あそこに最近妙な男が住みついたんだ。えっと以前は大学で古代ドイツ語だか中世ドイツ語だかをやってたんだそうだが、なんでも宗教改革あたりが詳しいらしい。」「ミッテルホッホと言うやつだろう。」と田熊が合の手を入れる。「ドイツ語になると俺はにが手だから、それで君と一緒に行けば何かと好都合だろう。」と谷内は近頃になって急に肥り出した腹を横になでながら言った。「何物だね。」「それが分らんから行こうと言うんだよ。」と言う。「嫌やだなあ、知らない人間は、教師を止めて以来、知らない人に合うのがおっくうになって、相手が分らないと言うのは全く嫌やなもんだ。その男がルターかなんかをやってるとすりゃ尚のことさ。」と田熊はくるりと背を向けて万年筆を取り上げるのを谷内は留めるように「おい行ってくれよ、あのあたりの人々が気味悪がってるんだよ、それで俺が偵察ってわけなんだからさ。」と言う。それでも田熊が机の方を向いたままなのを見て、「一杯おごるからさ」と最後の切札を出した。

　海岸沿いの道を運転する小型の兜虫を思わせる和製の軽乗用車はその古びた家並の間をうまくすり抜けながら、大胆さと小心さとを使い分け、ある時はスピードを出しある時は徐行をまた停車をしながら、谷内の性格のそのままを運転に現わしながら走っている。小さな車に谷内の肥った軀が乗るとその車は谷内で満され、もう一つの谷内の軀がこの車であったのかと思わせる程それはよく似合って彼の汗臭い体臭が浸み込んでいて、それが田熊を苛立たせる。「ここらあたりだろう。」と田熊はその体臭から逃れるために窓から首を出しながら、こんな言葉で外部の新鮮な空気を吸い込めるのが心地よかったが、その吸気は生臭かった。車がアスファルトの道を過ぎやがて砂利道にかかると急に大きくゆれ始め低い天井に田熊の頭がぶつかるのを恐れる程跳び上がるので、今ではこんな道はよほど田舎へでも入らない限り出合えないからなどと妙に懐かしく思ったとたん、車は止ってその先は海であった。「それは人の住めるような所じゃないようだね。」と田熊は潮風にあたりながら近頃のばし始めた髪の毛を気にしながら言った。それはできることならここから逃げ出してこれから会おうとしている人に接したくなかったからであったし、本当にその小屋は荒れていて、傾いている軒や草が繁るにまかせてある小屋の前庭の様子は人の生活している環境ではなく思えたからであった。こんな時の谷内の行動は如何にも新聞記者を思わせる機敏な的確なもので、日常の単なる行為の一断片にすぎないように初対面の人にこれから合うのだと言う気持ちを全く感じさせない事務的な態度でどんどん入って行って、声をかけ何か返事に似たような声が中からすると戸を開いて暗い内部へ入って行く。そんな谷内を田熊は自動車の傍に立って待ちながらあたりを眺めると、切り立った崖のむき出しになった岩が明るく褐色に光っていて、その上に立っている筈の白い燈台はここから見えないと思いながらかなり長時間待っていても谷内が出て来そうもないから近寄って開いたままの戸口から内部を覗くと、そこに谷内がいて五十歳程の男と何やら話している。「田熊さんです。今話してた。」と田熊が顔を出すと谷内のそんな声が田熊の耳に跳び込んで来たから挨拶をしないわけにはいかくて、田熊はぴょこんと頭を下げると、その男はうさんくさそうに幾分青味がかった目で彼を見て、その目はなんの表情をも示さない。「君達は帰ったらどうだい、私は君達と話すことは何にもないし、君達も私に話すことはあろう筈もない。この男は近所の俗人達が私を嫌って瘋癲《ふうてん》かなんかのように危険視しているそうだが、私が瘋癲でないかと言えば瘋癲のようでもあるし。危険が全くないかと言えば人が生きていると言うことが他人と何らかの関係を持つことでそれが危険と言う関係を含めば、この関係は最も自然であるし、危険だと思わせておけば誰も近寄らない。これ程私の思いにかなったことはないから、おせっかいに君達がやって来て私の邪魔をするのも時には退屈まぎれにはなっても結局は迷惑を作るためなんだから話すことは何もない。何にもない人間とただ面をつき合わせて黙っているのがよければそれくらいの相手をしてやってもいい、だがその時は口を利かないことだ。」とその見るからに端正な男は言ってびくとも動かない。この男と田熊は以前どこかで顔を合わせたことがあるように思えて記憶を辿るとその古びた記憶の中にあの本屋の女性と重なってこの男のまだ若かった頃の顔が現われて名を確か島本と言ったのを思い出したが、田熊の頭に写る像はいつかの間にか女性の方へ動いて行って島本の方へは戻って来ない。「雪子さんの兄さんじゃありませんか。」と田熊は言葉が出るにまかせて言うと知らぬ間に名前になっていて田熊はあまりに素速く出たのが不思議だった。男は組んでいた腕を一瞬小さく動かしたが、それっきり田熊の言葉を無視して坐り続けている。田熊は谷内の後にまだ立っていて谷内の肉が丸く盛上った肩と太い首の向うに痩せた端正で精悍な感じのする男の顔が小さく見えるのを、何か言って欲しい、と思いながら、凝視していた。確かに島本さんだ、若い時分はこの町きっての秀才で旧帝大の文科を出てあまり人のやらない仕事をしていると言った話を聞いたことがあった。その時にはもう農地改革によって土地の大部分を失っていて戦前程の財力はなくなっていたらしい。島本の父親の代から紡績の仕事を始めていて、それが戦後は一時景気がよくて盛返したりしたようだが、それも武士の商法の例えのように不況が来て倒産したと言うことであった。それが一体幾年以前の話だったか、その時雪子が幾歳でこの男がまだ学生であったのかなどは田熊自身に取ってみればそれ程興味のあることではなくて、ただ雪子の顔を一目でも見て、一言でも話ができればそれが嬉しくて、そのために彼女の後について彼の家まで行ったことがあって、それで島本の白壁の倉が幾つもある立派で大きな家を知っていたにすぎない。そう言えばその頃谷内はまだこの町には来ていなかった、と田熊は反射的に谷内が記者としてこの町に来た春のことを思い出して、彼が田熊と同じ大学だったためかずうっとこの町に一緒に子供の頃から住んでいたように錯覚している自分に気付いた。「そうか知らないのか。」と田熊は谷内に言った時、彼は新聞記者が事件を嗅ぎつけた時の独特の好奇心をむき出しにした態度で田熊の方をふり向いた。「この人を知ってるのか。」と谷内は言ってそれなら話は早いじゃないかという風に「どうしてこんな生活を人にきらわれてもやってるんです。」といきなり非難がましくぶしつけに切り出した。「どうやらあんたは私の以前のことを知ってるようだね、としても以前の私はもういないし以前のそう雪子の兄だった倒産資産家の島本はもういないんだ。今ここにいる私はここにいるだけの私、危険な人間としての盗みをするかもしれない、殺人をするかもしれない。火付けをするかもしれない。しかし反面餓死するかもしれない凍死するかもしれない、自殺をするかもしれない。そして結局は何もしないだろう本当は何も危険もないこけおどしの私、そんなのがこの私自身と言うものだよ。本来話と言うものは駄目なもんだ、言葉はどうでも言葉で、生命じゃない、ゲーテの言う接吻にすぎない。接吻からは子供は生れないから刃物を持った男同志が言葉の通じ合わないで互いに他を敵だと思って対峙していたとしたまえ、互いに自分だけの言葉がはり合ってその持つ刃物で相手を殺すために身構えるだろう。緊迫した時間、相手を殺すしか何の方法もないそんな関係、これがもともと人間間の関係に違いない。話し合ってお互いが分り合えると言うのだろう。懶惰でどうしょうもない退屈な時間、何も起らないしどこにも緊張のない女陰のごとき時間、この系列に属する時間のはてに文化がある。そんな時間は嫌やだ。」と島本は本当に嫌やで仕方がないように顔を歪め目をしばたかせて吐き出すように言う。「こうしてもう話を聞いてしまった君達は私を言葉の分る人間だと思って安心しょうとしている。先程の緊張感は薄れて結構話せる男じゃないか、と思い始めたり、風体のわりには言葉使いが丁寧である程度の教育を受けている人間だろうからとか、もう少し話を聞いてみよう、そうすればどこかでこの男と共通する所があってそれが糸口になるかもしれないとか思っているだろう。言葉ってのはこんな風に人を近づけてしまう。例えば私がここでいきなり短刀をぬいて君達の前に突き出すのとどんなに違うかを考えてみたまえ。」と島本は言いながら机の引出しから幅の広いよく磨かれた短刀を取り出して真直に谷内の顔前に突き出した。にぶい光りがその刃の動く通りに滑って殆ど谷内の顔につき刺さったかと思われる程近ずいて止ると、島本の右の腕は水平に伸びきっていて、もし島本の腕と短刀の長さとを加えた距離以内に谷内がいたとしたらきっとその一突きで彼の顔は刺されていたに違いないと田熊は思った。谷内の肥った顔がぶるぶると震え怒りがこみ上げて来そうになってそれが怒りとならずに怖れとなった時、彼は慌て後ずさった。「そうじゃいけない。近ずいた時には自分の方から身体を進めるんですよ。とするとあなたは私の刃に刺さって怪我をするか死ぬかだが、どうせなら死んだ方がいい。そうでしょう。」と島本は笑いながらまだ短刀を谷内の眉間にぴたりとつけて言う。その短刀を田熊はどこかで見たことがあると思い出して、森の所にあったのと同じものであるような気がしてならなかった。「何をするんだ。刃物を人の方に向けて刺すつもりかい。そんなことをするから皆んなから怖がられるんだ。無気味で仕方がないと言ってたのはこのことなら噂よりひどい。狂人なら病院へ入れた方がいい、新聞に脳病院が適当だと書いてやる。あんたを気違いだと証明するには、どんな医者でも手間をかけずにすむことだろう、そうすりゃ早速精神病院行きだ。そうだろう。このあたりの人々はあんたがいなくなってせいせいすることだろう。」とどっと湧いた憤怒をどうにも耐えきれなくなって谷内がわけの分らぬことを口にし始めると、田熊の抑えようとする言葉など何の役にもたたない。ただ怒って肥った軀を無闇にふるわし勢よく立ち上ったかと思うと汚れた畳を大股で力まかせに歩き出すから畳の目の間につまっていた埃がその度ごとに舞い上って呼吸をする田熊の口に入る。谷内は後方から田熊の肩を押して一緒に帰ろうと言うつもりか一度振り向いたが、田熊が動きそうもないのを見てそのまま行ってしまった。「島本さんだとは思いませんでした。お合いするまで。」と田熊はやはりなつかしそうに言って彼となら一緒に貴族ヨルクの話が出来ると思ったがしかし先程の谷内の興奮が田熊にも伝わっていて、それを迎えるにやっとだった。「あんな風にしてわるかっただろうか。」と島本は言って「新聞記者ってのは嫌いなんでね。」と笑いながら手にまだ持っていた短刀を机の上に置いた。「あいつは僕と学校が同じで谷内って言うんですが、あんな風でも気はいいんですよ。ちょっとずうずうしいのは職業のせいなんでしょう。」となんとかその場を谷内のためにとり繕おうとしていると表で車のエンジンの音がしてどうやら一人で帰ってしまう気になったらしい。田熊はこんな時にどう言葉を次げばいいのか洞窟の内部のように押し黙った島本を見て考えようとしても沈黙がおし寄せて田熊の言おうとする言葉が音になる前に消されてしまって、もう一度肺の中に戻されてしまうから息苦しくて仕方がない。と言って島本の方を見ると彼は涼しい目をして冷静に田熊を見ていて次の彼の言葉を待っているようでもあるし、この沈黙を楽しんでいるようでもある。気まずい数分が過ぎてもと言うのはただ田熊にとって言えることで島本は話さないことに慣れているのだろう何を考えているのかと田熊は気まずさをどうでも言葉にしてみないと我慢がならなくなって「ヨルクって人のこと御存知ですか。」と言った。「ええ。」と島本はそれだけしか答えない。多分何かを考えているのだ、心がここにないのに違いない、と田熊はその目を見て思った。また沈黙である。波の音、風の松林を通り抜けるざわめき、前庭の草の葉の触れる音、時折通る自動車の音と砂っぽい空気、遠くの子供の泣き声、海水浴をしているのか甲高い女の声、臼をつくような規則的な音、いやに埃りっぽいな、そう言えばこの近くに工場があった筈だ、どうしてこう黙りこくっているのだろう。足音がする、玄関に入って来るつもりだろうか、汽車が通る、おや足音がないどうしたんだろう、うるさい汽車だ、この家の客ではないらしい通り過ぎて行った。今に小さくなって消えるぞ……どうしてここにこうして坐ってなきゃならないんだ、谷内と一緒に帰りゃよかった。嫌やなかびくさい臭いだ、また子供が泣いている、止まった。ヒューっと音がする、何の音か、あっそうか呼吸の音だ、風邪でもひいているのかな、ひょっとすると島本が話をしょうとしているのだな、と田熊がそう思った時、「あんたは森って人を知っていますか。」と突然島本が言った。「ええ、同級生でしたから、中学で。」と田熊は思い付いたことをそのまま口にした。「友達ですか。」「つい幾日か前までは。」「そうですか。」とまた島本黙ってしまった。また話さないつもりだろうか、どうして黙りこくってこっちをじらしてその間に自分だけで考えてその結果でこっちの関係ありそうなことだけを尋ねて、あとはだんまりか、何か僕に話したいことがあって、その決心がつかないのだろうか、それとも、ああ、ヒューヒューってのは胸が悪い音だ、もうすぐ言葉が出て来るぞ、話す前になると決ってヒューヒューだ、と田熊が思うとその通りに島本が話を始めた。

「突然やって来て『殺したい』とあのか細い声で祈るように言って、私めがけてこの短刀で突いて来る、その切先が震えていてどれ程の力があるのか、あの程度の力では私の軀を刺せないのじゃないかと同情しそうになったが、しかし殺されるのは嫌やだからね、突いた腕をとって押すと、そのままへなへなと前へのめって倒れてしまって、そこで『畜生、畜生』って言いながら泣いている。見るとまるで痩せて骨と皮ばかりの顔で大粒の涙をぽろぽろ流して『殺したかった』と言ってて、そのあぐらをかいた格好がこの小屋の風物とよく似合ってまるで仙人のようだから、思わず笑ってしまったんです。するとあの女と一度でも寝た男は許せない、どうでも許せない、殺してやるんだと言って涙で袖を濡らしながら、がくがく震えて今にも崩れそうで、それがまたあまりに真剣なものだから余計おかしくなって、私はつい大声で笑っちまった。『そうだろうおかしいだろう、笑いたけりゃ笑えばいいんだ、どうせ僕は人に笑われるような人間なんだ』とこうなんです。それっきりただ軀をゆすって泣いてばかりいるもんだから私も気のすむまで泣かしてやればそのうちに落着くだろうとそおっと彼の方を見るとそこに短刀があったので、これがあれば危険だからと取ってしまって私は仕かかっている仕事を始めました。いやずい分長い間泣いていて、日が暮れて私が電燈をつけて夕食の仕度にかかろうかと思って立ち上った時彼はもう泣き止んでこの窓から海を見ていましたから、そうです三時間程も泣いていたでしょうか、私は仕事に夢中になると外のことが分らなくなる性質だから……。するとと彼は立っていて帰ると言うのです。足元がふらついていて血の気が引いてまるで生きている人のようには見えないのです。私はこんな風な人間を療養所で見たことがあって、もういけないなとすぐに分って人間の肉体がこんな風になると精神は強度に鋭敏になって、どんな小さな仕草や会話でもそれが刺戟になって、その人の精神を痛めるのを知っていたので、きっとそんな状態なのだと思いました。と言って一人で寝ていると妄想が次々と現われて、それが現実味を帯びて来て、全てが自分を殺そうと狙っているように思え、足音が刺客の靴音に聞え、戸のきしりが死神の侵入した証拠のように思えて怖わくてどうしようもなくなるのです。そして遂には幻想には耐えきれなくなって、私の所へ短刀を持って来て、殺される前に殺してしまわなくてはと考えるのです。そんな風な心で彼を見ていると、私は彼の短刀でどうしても刺されなかったのかと残念でした。短刀を彼に渡すと『刺すかもしれませんよ』というのです。私は黙っていました。すると彼は短刀の刃を掌の上に乗せて、じっと窪んだ眼窩の底にある大きな昆虫のような目でまるで自分の短刀で刺される筈の男がどのくらい痛いだろうかとその刃物に触れてみると言ったような態度でそのものを見て、それからそれを首にあててしばらく目を閉じてから、離して私にこの短刀を受け取って欲しいと言うのです。痛い傷口から血がどくどくと流出るような長い時間でした。私は別に欲しくはなかったんだけれど、もし彼にこのまま短刀を持たせておいたらどうなると考えて先程の自分の内部を見た空ろな目を思い出して背すじの寒くなるのを感じました。彼はきっとこの短刀を左の胸に最後の力をふりしぼって一気の根元まで刺し込んで自殺するように思えて、その姿が私の目の中に明確に写ったのです。私はもらっておくことにしました。」と島本は短刀をいつの間に取り上げたのか持っていて、その光る刃の部分を見ていた。「驚いたでしょう、ここにいたのが私なんで。」と言葉を切って次に言葉を口に出すのをためらうようにしていたが「もう一度帰ってみたかったんですよ、仕事に行きずまったんでね。」と言った。「ルターにですか。」と田熊は谷内がどこかで仕入れたなまはんかの知識を鸚鵡のように繰返したのは、その時代のドイツについて田熊自身の興味があったためでもあった。「ええ、それをも含めてですが、と言うより別のこんな仕事が一体何になるのだろう、外国人の仕事を日本人がしても結局は外国人の誰かの受け売りじゃないか、と言った青くさい、そんな意味のいや言葉で言えば至って明確だが本当はもっと重苦しい気分の死が身体の中に蓄積して行く時のその時間と仕事との関係と言おうか、思想と感覚、経験との何て言うのか、ものが時の内部で人に触れられると言う仕方で死がやはりあるのかと言った……そんな風な陰気で汚れたものの潴溜したものが死と密接に関係していて、丁度酒飲みが酒を飲んで肝臓を痛めて、それが分っているのに酒を飲んで遂に肝硬変で死んでしまうと言ったような時のものとの関係の、それに向って生きて行くことと死に行くこととの違いと疲労した濡雑巾のような精神、その病気と言うのか……。それを癒すために……。だからここの空気を吸うと古い若い時代の空気がそんな風に積った生命の垢みたいなものを拭って、その中から、きっとそんな筈はなくても、ものが現わになってそのものが分ってしまうだろうと思ったんです。でも一体何を言っているのか分らないから自分で分らないものがあなたに分ったりはしませんですね。」と島本は言った。森が短刀を出して島本を刺そうとした話をなぜ島本が田熊にしたのだろうと田熊は考えながら、島本と友江との間にどのような連がりがあるのだろうと思うと森が言っていた友江の亭主が今もいるんだってさ、という言葉が田熊の頭の中に入り込んで来て離れなかったが、田熊はと言えばその考えを振りはらいたかった。島本は友江と田熊のことも知っているのだろうか、森と島本との関係はどうなんだろう、田熊はただ疑問の数を増すためにここに来た結果になったのを面白く思った。「いやこれは全く奇妙な取り合わせと言うより何よりしごく当然の組合わせ、どうでも一緒にいてもらわなくてはならない取合わせ、そしてその最初の出合いに私が同席できる幸わせを一体何に感謝すればいいのかと芝居がかって言ってみてもその相手はあっし自身だからなあ、と言うところか。」と大門が音を立てずにすうっと入って来て、田熊が気付いた時には彼のぬるっとした気味の悪い軀が田熊と島本との間に丁度楔のように入っていて独特の生臭い雰囲気をあたりにふりまいている。「森さんがあんたを刺そうとして失敗したそうだねえ、彼のあの体力じゃ無理だとあっしも考えていたんだがやっぱりねえ、とすりゃ彼も誰れかを刺さなくちゃどうでも我慢ができない、いや死にきれないって思ってたんだから。例えここで失敗したとしても、あんたを殺そうとした意志と行為は残るからやはりある満足感が残ろうねえ。とすれば結論は自ずから出ていて……。と言っても今はもっと大切な話が始まってるでしょうねえ、話を折ってはいけない。」と白目の多い眼球の中で深い底を覗くような黒目を匠みに動かして言った。「と言ってもウィッテンベルグの頭痛病みの男の話はよして下さいよ、とすりゃ千八のおかみさん、正式の名前を言えば島本友江さんの話しかありませんでしょうねえ。」と言う。薄々気付いていたことだったとしてもこの男が友江の亭主だとするとなる程と田熊はこの際そのあたりへの話はさけて通ってみるのが良いと思った。第一今の自分の女の前の亭主と話をするのは照れくさい、一体何を話せばいいのだ、何か話すことがあるとすれば……と脳髄の中へ考えをめぐらすとどうしても雪子の白い大きな帽子の姿が浮んでくる。「そう言えば森君もそんな風に言ってました。私は別に古い女房がいるからって帰って来たんじゃなくて、ここの空気にあたると回復するかと思ったんです。今田熊さんと話してたんだが、どうしてあの時刺されてやらなかったんだろうって考えているんです。」と笑って言う顔が柔和でやけに白い歯が美しい。

「それは残念だったねえ、森さんも旦那がそうなりゃ大満足だったろうし、あっしにしたって、やり甲斐があったと言うものだったのに、今となっちゃもう一度と言うわけにはいかんし、ええそうでしょう、ねえ、島本の旦那。」と大門は媚びるように、狂った猫がまたたびの香に引き寄せられる時のような媚態を作りながら、その目はまるで火のように燃えている。こんな風にして大門に擦り寄って来られたら、その要求をどうしたら撥ねのけられるのだろうか、田熊はそんな大門の仕草を生唾を飲む思いで見ていた。「ねえ、確かに旦那はあの短刀に刺されてもいいと思いたいんだったねえ。だったら今からでもいいじゃありませんか、旦那の心に起った考えを実行するにしちゃ何と言うかこれ程好都合で、これ程素晴らしい機会はもうないかもしれません。旦那がここへ戻っていらっしゃった原因の一つは軀の回復のためだったが、もう一つの理由はもっと重要で、死ぬためだったじゃありませんか。どうして精神と肉体とは区別され得るか、と考えていて、精神が肉体の内部に混在しているとすれば死が純粋な精神を肉体から解放する唯一の機会だとお考になってたじゃありませんか。それも今のように故郷へ帰って来て、その親しい空気を吸って、ここの空気が生臭いのは漁港のあるせいだとしても、そのために活発になった精神が高揚した時こそ一番いい機会だと考えてたじゃありませんか。旦那の自論を現実にあて嵌めるこんないい時期が一体どこにあると言うんです。自殺するには勇気がいります。それに旦那の大好きなウィッテンベルグの目眩い持ちの男が自殺を禁止してるとなりゃ誰れかに殺ってもらわなくちゃなりません。森さんはそのためにはうって付けの人だとはお思いになりませんか、ええ、こんなにうまい具合に旦那の思い通りになるなんてめったにあることじゃありませんよ。そうすりゃあっしだって旦那についてこんな田舎の生臭い魚の腸を吊して陽で干してるような所へやって来て退屈してばかりいなくてもいいですし。おっしゃってたじゃありませんか、故郷へ帰って死ねればどんなにいいだろうって、そしてすぐ死んでもいいって、それであっしは旦那をこうしておつれしたのに、今度は旦那の方がなかなか約束を守って下さらない。どうせ死ぬんだからここの空気を腹一杯吸いたい、町の隅々まで歩いてみたい、はては友江と子供に一度逢ってみたいとか、そして今度は仕事が出来上ってからだ、と言った風に、でももう仕事は終ったんだし、旦那もしたいことはしてしまったじゃありませんか。とすりゃこんなにいい時期は二度と来ない、どうです、あっしがもう一度森さん所へ行って彼を連れてきましょうか、ええ、いいでしょう。」と一気に大門がまくしたてる様子のどこかに何とも無気味な妖気をただよわせていて、一言言う度に魔術師の吐く言葉のように相手の反抗する心を抑え込んでしまって、どうでも言ったようにしないわけにはいかなくなってしまいそうである。「それはいい思いつきだ、早速森君を連れて来たまえ。」と端正な顔を平然として、気遣っている田熊には目もくれずに言った時、どれ程の歓喜が大門の心に湧き上ったかはその表情を見れば分るのである。到底起り得ないことが起った時の、あの信じられないと言った疑いを含んだ放心したような目付と軽い唇の先だけの笑い、目は笑っていずに頬の筋肉だけがゆるんでいる。一瞬はっと考える真剣な理性を含んだ表情が顔面を横切る、自分の求めていたものがそれ程速くしかも容易に手に入る筈はない、嘘に決っていると言った否定、そして逆転して肯定が心の隅で起る。本当なんだ、長年求めてやまなかったものが、ただの憧憬にすぎなかったものが、どうしたわけか現実になるのだ、喜こべばいい、しかしそんなに爆発するように今ここで喜こんでしまっていいのだろうか、いやもう留めるわけにはいかない。歓喜が湧き起りあらゆる顔の表情がただその嬉しさに酔ってしまって、感情の中に浸って、どんなに努力しても嬉しさの表情を隠すことができなくなってしまう。全身が歓喜に包まれると、身体は正常な機能をはたすことができなくなって、目は視力が失なって空をさまよい、舌は言葉を忘れて奇声を発し、耳はもう音を聞かない。腰はくだけあらゆる関節は筋肉の弛緩によって伸ばすことができなくなって崩れてもう人は立っていることができずにそこに蹲ってしまう。「行かなけりゃならないんですね、旦那、本当にいいんですね。」と一瞬の後我に返った大門は素速く立ち上ると、そこにあった幅の広い短刀を取って、一目散に駆け出して行った。「森君の言った女と寝たのは許せないと言うのは友江さんのことでしょうか。」と田熊は恐る恐る聞いてみた。「あれを私は森君から奪ったんですよ。結局こんな風に言うのが一番正しいでしょう、なあにもう二十年近く以前のことなんですが、彼の恋人だった友江を私が同じ療養所にいたものだから、私に惚れてしまって、私も若くて惚れられたのに何も人の恋人だったからと言って遠慮することはないと思ったんです。結局は別れるのだったらと今なら馬鹿なことをしたものだと思うでしょうに。しかし森君にしてみたら一生一度の恋をあの時していたんですね、そして自分のものにならなかったので余計に恋しいんでしょうね。もしあの時友江があのまま森君の所へ行っていたら彼も今程友江を欲しいとはおもわなかったかもしれません。もう彼は死にますよ、友江も一度ぐらい森君にいい返事をしてやればいいのに、いつになっても嫌やがっていて、それを無理に通しているのは結局は森君にすまなかったと思っているためかもしれないし、森君だけにはよく思われていたいと言った願望があるからかもしれません。とすれば田熊さんあなたも友江に森の所へ行くように言っちゃくれませんか。」これが話したかった内容なんだ、という風に島本が田熊の方を凝視しながら言うのに田熊はその視線に耐えてただ頷けばいいのかもしれない、と思う。「船乗りの亭主ってのは嘘で、やはりあんただったのか。」と田熊はこんな風にずらして答えた。「それにしても森は執念深い男ですな、私だって森君とは同級生だから、と言っても友江が私に惚れている間は森君なんかに抱かしてやりたくなんかないから、あなたが友江の亭主だったのは以前のことで、私は今の情夫ってのかな、だからその関係ってのは惚れた好いたしかなくて、それが支えだから私にそんな風に頼んだって、そんなに森君と友江との間が長いんならなおさら嫌やで、それが一寸とした気軽な浮気心なら、私だって許せもしましょうが、長くて執念深くて男の意地がかかっているようなものならどうでもどうしても嫌やだって言っちまうなあ。」と田熊は言った。「彼もよくよく拍子が悪いねえ。」と涼しい目の島本が笑った。

三

階下で女房が古くからの客らしい女にお世辞を長々と話していて、相手もまんざらでもないらしくそれに調子を合わせて笑っている声が二階の田熊の耳に聞こえて来る。「いい気なもんだ、二人とも」と田熊は自分が一番いい気なものであるのさえ忘れてごろりと机の前に寝ころぶと坐布団と畳との間に段ができてそれが背中にあたって寝心地が悪い。こんな時は例によって雪子の若い時の姿を思い浮べるか、ウイッテンベルグのメニエル症候を持つルターのことを思っているしかなくて、その二つが一緒になると宗教革命と後に名付けられたこの時代のウイッテンベルグへの修道女達を乗せた馬車がやって来て、ルターの妻にそのうちの一人がなる話を田熊は頭に浮べてそれが雪子になったりする。とそうだ千八の銅版画のルターは貴族ヨルクじゃないだろうか、騎士の筈の男が剣の替りに聖書を持っていて落着いた表情をしている、もし騎士ならば聖書など持って落付いていられる筈はない、どこかものたりなく不安で、いつ何処からか襲って来るかもしれない敵に対していつも身構えてなくてはならぬ騎士としては呑気すぎるじゃないか、それにあの聖書はラテン語じゃなくてドイツ語の聖書を作っていないが、銅版画を描いたクラナッハが故意にそうしたに違いない。田熊は自分の発見が嬉しくて、心が浮わついて来る。「そうだそうだったのか、なあんだちゃんと目の前にあったじゃないか。」と大声で笑いながら言った。「やはり例のていたらくか、気楽なもんだな。」と入って来たのは肥った谷内である。「おい死んだよ。」と巨体をかまわず自分で引いて来た坐布団の上に落しながら新聞記者のセンセイッショナルな方法で事件への興味を引きつけながら言う。「驚かないよ、殺されたのは島本で殺したのは森だろう。」と田熊は下から谷内の指で鼻の穴をほじくるのか大きな穴の中が奥の方まで見える団子鼻を覗いて言った。「なんだって面白いことを言う男だな、逆だ、森が死んだよ。」「首を吊ってかい。それならあり得ることだ。」と田熊は悠然と視線を窓の方に向けながら、別に驚かないんだ、と言った態度を無理に谷内に見せて、どうだいもう分っているんだ新聞記者が事件が起きてから走り廻っても遅いんだよ、と言った調子で鼻先で笑っていると「短刀で左胸を一突きだんだぜ、血も出てない。」と谷内が言うに及ぶと田熊はどうでも跳び起きないわけにはいかない。「島本が例の短刀で殺ったに決ってる。あいつは気違いだ。」と吐き出すように谷内が憎しみを込めて言うのを田熊は島本の前日の行為がよほど谷内にはこたえたのだと思いながら、「違うだろう」と言った。「いやあいつだ、でなかったら誰だと言うんだ。」とつっかかるのを田熊は「自殺だろう。」と軽く受け流すと谷内はそんな田熊が気に入らないのか、彼の見て来た状況の説明を始める。「本堂の右寄りの太い柱の下に薄汚い煎餅布団があって、その布団に頭を乗せてあお向けに寝て殺されていた。風体から言うと外出するつもりか、あるいは誰れかに合うつもりか、いつも着ていた寝間着じゃなくて、よい方の着物だった。頭は北を向いていて表情から言ったら最後の力を振り絞ったような力強い感じで幾分口が歪んでいて、もし目が開かれていたら相手を怨みながら必死で抵抗していると言った格好になったろう。両手で島本が俺を突き刺そうとした短刀の太い鹿の角の柄を持っていて、右手が下でその握りを覆うように左手が添えられていて、一気に狙いすまして突き刺したんだろうな。多分何処を刺せば一番よいかを左手で触れて、そこにそおっと刃先を下してからもう一度持ち上げて今度は両手で正確にその位置に刺したんだと思われる。とすると覚悟の自殺と言うことになる。見付かったのが夜で通夜を依頼しに檀家の人が来て見付けたのだそうだが行って見ると烏があの大木の欅に叢がっていて騒がしく、人が動くと羽撃いて飛び上ってまた舞い戻るのが、まるで巨大な葉のように無数にいて気味が悪いと言ってたよ。全く嫌やな鳴き声だった。」と田熊の顔を見る。「じゃ自殺だろう、あの男だなもう死期が近ずいているのを知ってたから、それを待ち切れずに自から生命を絶ったと考えればいいじゃないか。」と田熊は先日大門が駆け出しぎわに持っていった短刀のことを思い出しながら、それでも友江が欲しい森が自殺する筈はないと思って、何故森が自殺しなければならないんだろうと考えると、島本が言った。「このまま短刀を彼に渡したらどうなるかが分って怖ろしかった。」と言った言葉を思い出して安堵した。それに短刀は大門を通じて森の手元にあった筈だ、と自分の思ったことを物質の面から証明して安心した。「あの痩せ方であんな風に寝ていたら短刀が胸に突き刺さなくったって死んでると思い込むだろうに、まるで髑髏みたいで、あれでよく生きてられたもんだ。どうせすぐに死ぬんなら刃物なんか身体にぶち込むこともなかったろうに。だけどあれは自殺じゃない、誰れかが殺して後で自殺に見せかけたものに違いない。」と谷内は自信あり気に話す。「死期が近ずいた者程死にたくないと考えるものだ、と言うのは説得力のある説明ではあるなあ。」と同時に刻々と近ずく死への時間からの逃避で、どうしてもその恐怖から逃れたくて一思いにやってしまったのだろうとも考えられる。どっちも不自然じゃない。だがはっきりえり言って自殺だ。」と田熊は森が死んだことでもうこれ以上友江のことで責められなくていいと言った軽い安堵感と、これからは少し淋しくなると言った寂寞感が入りまじって妙に気抜けた脱落感を覚えると同時にどうしても触れたくないものが心に重くのしかかっているのを感じた。「あの環境で長い間生活して来たものが自殺したりするもんか、それに森と言う男はそんなに強い意志を持てる男じゃない。ずるずると出来るだけ引摺って生きたいと考える性質の男だ、もし死ぬんならあんなになる前に死んでるさ。」とどうしても他殺にしないと気がすまないらしい。「警察は自殺説なんだろう。」と田熊が聞いた。「あんな盲に何が分る。初めっから事件にならない方がいいと思って自殺だ自殺だと言ってやがる。今頃はもう葬式の用意だろう、速く死体を片付けて、自殺として処理したいんだろう。」と不服そうに言った。田熊は友江のことが気になっていて、島本の言ったように友江と森とがそんなに古い付合いであれば口では森のことを嫌やがっていても、やはり幾分の打撃を受けているかもしれないと思ったからだった。「ぶらりと外に出ようか。」と田熊が言うのを谷内はてっきり森の寺へ行くのかと思って「よしきた。」と立ち上った。

　汗がにじみ出て来て暑気がいつも家に籠ったきりの田熊にはいやに激しく感じられて、これだから外に出たくなかったんだ、と思わせるのを、谷内の自転車について速足で歩くから息切れがする。「そっちじゃないぜ寺は。」と田熊は川の方へ行こうとするのを止めて言うから仕方なく谷内の後に従うことにする。漁港のあるあたりはもう仕事が終って閑散としていて、この時間ではトラックの行き来も少なく、暑いせいか人通りもまばらな中を定期バスが四、五人の客を乗せてバス通りにしては狭すぎる街並をぬうようにして走り過ぎて行く。「静かだねえ、鳥も飛ばない。」と鳥が天に突然羽撃いて舞い上るのに驚ろいて身振いした夜のことを思い出しながら田熊は日中のまばゆい光の中で見る森の寺が正確に寺の屋根を現わし、欅が大きく葉を広げて、それらが影をくっきりと地に落している、それら全ての風景の隅々までをもはっきりと心の中に見定めた。本堂の内部は既に取り片付けられていて、死体のあった位置と布団の位置を示す白線すらもう消されいて、そこで本当に人が死んでいたのかと疑わせる程、奇麗に、森が住んでいた跡形さえなく清潔に掃除されていて、そこにあるのは以前からの御堂の内部で、正面の金色の仏壇のみで、その中央の仏像は手で印相を組んで坐っている。「森のいた時とは大違いだなあ。」と田熊が言うのをもの好きな谷内は大きな腹を波打たせながら寝ころんで、森がどんな位置にどのようにして死んでいたかの説明を始めるから、田熊はその体格を森と比較して、どう考えても谷内がそんな風に死んでいたとは思わないからつい笑いが出てしまった。「きっとこんな風にして島本に殺されて、こうして寝かされて、それから両手で短刀を握らされて、目を閉じさせられたんだ。」と谷内はそれをどうしても田熊に理解してもらおうと一生懸命で一人で二役をやってみせる。「おいおい、あの短刀はあの日のうちに森の所へ戻ってるんだぜ。さあ帰ろう、沢山だ。」と田熊は言った。友江のことが心配になって来たためである。「君なら分ってもらえると思ってたんだがこれじゃ駄目か、特種だったのに。」と谷内はやっと諦めて自転車でどこかへ行ってしまった。「おややはり先生、あっしのはこんな風によく当って糞の好きな先生のことだから、こんな寺の少し脇へ入った誰れも来ない所で野糞と洒落こむにはもって来いの場所ですからねえ先生、先生が見逃す筈はないと考えていたんですよ。それに殺しもあったことだし、となりゃ好奇心の強い人のことだ、早速お出ましと考えたんです。しかし遅いですなあ。あっしは昨夜のうちからここで待ってたんですよ。」と大門が本堂の裏の墓のあるあたりから例の生臭い息を吹きかけながら足音もなく現われる。「分ってまさあね。ですが先ずお供しましょう。」と千八の方へ歩き始めるから田熊も従うより外にどうするすべもない。歩き慣れた道を歩いていると言った気安さが田熊の心の中に起った小さな不安を取り除いて、行きかう人々の顔や車や、店頭の商品、家並等が彼の心を和ませる。幾度も見て知っているから、例えそのどれもを正確に誰であるとか誰の家だとかまでは知らなくとも、幾度も田熊の視界の中に入ったことのある風物であれば、どこかにその記憶は残るから、今、現に見ている風物がそれらの記憶と照応して親しさを田熊に感じさせるのである。この先を右に曲って石の橋の手前まで行けば薄青色の看板が見える筈だと田熊は思った。「いやに急ぐんだねえ先生、恋しい人に会いたいからと言ったっていつも会ってりゃそんなに急がなくたって、と言っても今日は急いでもいいねえ。」と謎のような言葉をぐるぐる廻しながら言うのを田熊は腹立たしく聞いた。「なぜついて来るんだ。」と田熊はやっと一人になれて自分の思い通りに動けると思っていたのにこんなだにみたいな男につきまとわれてしまった自分に憤を感じながら、それでも離れて欲しいと思って言った。「先生が好きだからさ、この間も言ったじゃありませんか。」「今日は一人でいたいんだ。」「あっしが必要になるのが分ってちゃ、どんなに嫌われても離れるわけにはいきませんのさ。」とにっこり笑いながらその奥から裏に隠れたものを臭わせながら言うから田熊も一まず黙って早足で進むことにした。「胸にうまく刺さって死んでいたようでしたねえ先生。」「少しは黙って歩いたらどうだ。話したいのなら私と別れてやってくれたまえ。」田熊は興奮している自分がどうにも抑えきれない。河を渡ると千八の板戸の前に来ていた。戸を引くが錠がかかっていて開かない。中からではなく外からかけたものらしい。「友江さん、友江さん。」と田熊はいないのが分っていて声をかけてみた。「いない、そう友江さんはもういませんよ、とするとどうします。」と窺うような目付で田熊を見ながら心の底で笑っているのかおどけたように言う。家の方へ電話をかけてみれば友江がいなくても高校生の息子がいる、と考えてまだ学校は休みじゃないから留守かもしれないが兎に角かけることにしょう、と田熊が電話を探すのを大門はもう先廻りをして硝子ばかりでできている公衆電話の戸を引いて待っている。「かからない、そうかからない、幾度鳴らしてもかからない。」と大門が細く戸を引いてその間から口を突き出して言う。「うるさい。」と田熊が怒鳴って受話器を金属性の腕にひっかけると十円玉の戻る音がする。「よした方がいいよ、どうせかからないんだからねえ。」とまた大門が言う。「行ってみるか。」「付き合いますよ先生、どうせいないけれど。万事整理がついていて昔風に貸家札が斜に貼ってあるかもしれないねえ、とすりゃ連絡先ぐらいは分るかもしれない、慌てると間に合うかもしれないし、急いでも間に合わないかもしれない。間に合ってもどうにもならないかもしれない、ってところでしょうかね。」と友江が息子と二人で住んでいる山合いの小さな家々の立て混んでいる谷間の方へ歩き出すから、田熊は大門の言う通りになる自分に苛立ちを感じても、田熊もそう思うから行くことにする。一体どこへ何のために田熊にさえ連絡せずに行ってしまったのだろうと思ってもちょっとした買物と言うこともある、と思った。もし大門の言うようであれば当分この町にはいないつもりらしいから、とすると何か起こったのか、起ったとすれば森が自殺したことしかないじゃないか、島本なら以前からここにいてそのことを友江は知っている筈だから何も今頃になって一緒になることもないだろうし……。いや男女のことは分らない、嫌いは好で、見るのも嫌やは早く逢いたいで、死ねばいいは一緒に死にたいなんだから、と田熊は方向を変えて島本の所へ行こうと思った。「おやそちら、なる程、あり得ることだ、あんがい頭はよく動くね、しかしどっちかと言えば家の方が先でしょうねえ先生。」とくる。ここまで来れば友江の家の方がずっと近い。「知ってるなら言ったらどうだい、教えてくれてもいいじゃないか。」と田熊が言うと大門はそれきりなすったと言った半分茶化した顔をしながら鼻の先で笑ってその問いに答えない。急ぎ足で行く田熊の後を大門はゆっくりとだらけた風に歩きながらそれでも二人の間隔は離れないから面白い。この二人の格好をよそから見ればあまりに対照的で、先の水産高校の先生は何をあんなに慌ててるんだろう親戚に不幸でもあったのかと思うだろうし、後の男の方を見るとあまりに呑気そうなので酒にでも酔って浮かれているのかと思うだろう。格子戸を引いてみたが動かない。田熊は戸を拳で叩いた、初めはゆっくりと、そして次第に早く力を入れて叩いた。叩くと怒りに似た感情が腹の中から魂となって出て来てがむしゃらに叩いて、叩けば友江が出て来るような気がして拳が痛いくらい力を入れて、どうでもいい戸が毀れれば中に入れる、と言った調子で叩いた。「友江さんならお留守ですよ。」と赤い丸顔の女が隣りの家から台所下駄をつっかけて出て来てうさんくさそうに、そんなにやかましくすると子供が起きるじゃありませんか、と言いたそうな口振りで言う「急な引越しで何がなんだか分りゃしない。」と田熊が戸を叩くのを止めたから親切に教えたのだと言う風に言って、それ以上何も知らないのが引越し先を聞こうとすると田熊の声には耳を借さずについと玄関から引込んで戸を閉めてしまった。「あの何か言って行きませんでしたか、引越し先とか、ええっとその引越しを手伝った運送屋とか、何か分りませんか、親戚のものなんですが。」と田熊が大声で怒鳴のを大門は「知りゃしないさ。」と小声で言っていて、その声だけが狭い路地に響いて、あまりうるさく言うと、またあの赤ら顔のおかみさんに叱られそうである。島本とよりを戻しやがったに決っている、なぜ最初に気付かなったんだろう。島本に聞けば分る筈だ、あの二人はもともと切れてなかったのかもしれない、それなのに学校を止めてまで惚れ込むなんて、と言ったってまだ島本と一緒だと決ったわけでもない。森が死んだので気が滅入ってちょっと気晴らしに旅行に出かけただけかもしれない。どっちの家も外観からじゃどこも目立って変っていなかったじゃないか、もし本当に引越したのなら家具ぐらいは運び出す筈だし、隣へも挨拶をして行く先なども言っておくだろう。とすれば旅行だ、旅行なら何もこんなに心配することはない、まあ島本にあたってみればはっきりする。「足が遅くなったね、疲れたせいか、それとも別の考えが頭を廻り始めたと言うわけかもしれないねえ先生、あっしがなぜ先生にくっついてると思うね先生。おや返事がない。成程まだ御機嫌斜めってわけか。」と大門がひやかすように言うのをしり目に田熊は足を速めた。波の音が聞える、アスファルトが跡切れて砂利道だ、靴の裏に石があたって歩きにくい、水溜りだからよけて行かなくては、もうすぐだ、この先に横に思いきり曲った松が見え出すとその近く、ほら傾いた屋根が見え出した、いやに暑い、汗でずくずくだ、島本さんはいるかな、友江がいないといいんだが、ここにいたら恥かしくてどんな顔で島本を見ればいいのだ、いやいまい、縒りが戻る筈はないさ、あれ程惚れていたんだから、さあ入るぞ、と田熊は戸を開いた。「待っていました。いらっしゃることと思って。」と涼しい青い目で田熊を凝視しながら一点のやましいことのない人間が見せる態度を示して島本が言った。「入っていいですか。」と田熊は言いながら中に友江がいないかどうかを探ってみたが、狭い小屋の内部に隠れる所がないことは初めから分っていた。「友江なら戻って来ました。あなたにこのことをお話ししたくてこうして待っていたのです。あなたに御挨拶さえできれば後は私ももうここにいる必要がありません。」「友江がどうしたと言うのですか、あんたの所へ戻って私を捨ててですか、そんなことがある筈がない。なぜです。もし本当なら友江に合わせて下さい。どこにいるんです。」と田熊は顔色を変えて島本の衿首を把んで力をこめながら言うのを島本は田熊のするにまかせて彼の興奮が治まるのを待っている。「ここにはもういません。あなたに会いたくないと言うのでその方がいいと判断したのです。会えばつらいと友江が言うのです。」「そりゃそうだつらいに決っている。だからと言ってなぜあんたと一緒でなけりゃならないんだ、あんたは嘘を言っている、まだいるんでしょう、どこです。早く出しなさい。」と田熊は自分で自分をどうすればいいのか分らずただ無闇と頭を振ったり手を動かしたりして自分を制することができない。「会いたい。会って話をしたい。そうすれば何とかなる、それをどうして会わせないんだ、卑怯じゃないか」「そうですかねえ先生、あんただけの女ですかねえ友江さんは」と火に油を注ぐように大門は言って田熊の心が爆発してどうにもならない時が来るのを楽しみのように言うから田熊は益わけの分らないことを言ってしまった。「私の女だ、お前になんか誰れが渡すもんか、女に惚れきった男と言うものがどんなものだか、惚れた女のためなら、その愛を得るためならどんなことでもできる。自分を殺すことだってできるんだ」と田熊は立ち上って足で床を踏みならしながら、時には傾いている家の壁に身体をぶっつけると痩せた田熊の軀でも壁は揺れて小屋が潰れそうになる。「島本さん隠したのなら出して欲しい、ねえ島本さん、あれが僕を嫌やだと言う筈はない。」と田熊はまだ頭を壁に打ちつけながら言う顔に涙が流れて如何にも悲しそうなうろたえた表情が読み取れるが、島本はそんな田熊の方を見て頭を下げて「どうにもならないのは同じです。私があやまって気がすむのならあやまります。」と言ってただ意味もなしに田熊の剣幕に引きずられた感じで頭を深々と垂れてしばらくそのままの姿勢で動かない。「おやおや何てことだ、それじゃまるでとんだ山岡鉄舟じゃないか、田熊先生ここいらで諦めたらどうなんです。いつものようにスイフトの大人国での馬糞の中で泳ぐガリバーの話でも思い出してちょっとは頭を冷したらいい、そうじゃないかねえ先生。友江さんがもとの亭主がいいって言うんだから、もうあんたの顔を見ない方がいいと考えたんなら何もあんたがここで大声で帰れ、とわめくことはないじゃないか、ねえ先生そうでしょう。あんたが友江さんに惚れてってもあっちじゃもういいって言ってるんだ、二人が惚れ合って初めて好いた同志ってことになるんだから一方が離れて行けば他方はもうそれで諦めるより他に何があるって言うんです、ねえ先生。それが一人だけがわめいてりゃ、まるっきり一人角力の三枚目、下手な道化師って所じゃないかねえ先生。およしなさいよ、あんたとはまだ大切な話が残ってるんだ、ねえ先生」と大門が言う。田熊はしばらく泣いていたが大門の言葉がきいたのか島本の態度に心を打たれたのか、そのまま壁の近くに坐って垂れる涙を袖口で拭ってしょんぼりと島本の方を見ている。「あっしはねえ旦那。」と大門が話を始めた。「もう旦那にくっついていて旦那の手助けをする必要がなくなったと思ってるんです。最も手助けと言ったってとんだ手助けで死人を作るのがあっしの唯一の楽しみで仕事だから、この人が自殺しそうだと思えばその人に付いて離れない。そしてなるべく早く何らかの方法で、ええ方法だけが問題で、その人が何故死のうと考えてるかなんてのはあっしにはどうでもいいことですからねえ、その方法を考えて自殺ってのがどんなに楽しく容易なものであるかってのを知らせる、そして死んでもらう、てのが目的ならもう旦那と呼んで腰巾着みたいに旦那の言う通りになってくっついている必要はない。旦那は生きようと考えておいでだし、もう死んでもいいなんて気持はない。友江さんとうまくやってあの息子さんと一緒に楽しい家庭を作ることに心がいってしまっている、そうなりゃどうしたって自殺とは無縁でさあね。さあお行きなさい。あっしはこの方の所へ残りますよ。」と大門はこんな風に島本に言うのを島本は「森君はやはり自殺かなあ。」と話を全く別の方向へ持っていった。「なる程気になるとみえますな、旦那、いや島本さん、あんたじゃないとおっしゃるわけで、でも島本さんはあの日の午後寺へおでかけになったじゃありませんか、えっと三時頃でしたかねえ、その時間にはまだ森さんは生きていた、あるいは……先廻りをしちゃいけない」「生きていました。私は森君に別れの挨拶に行ったんです、友江が戻って来たいと言うし、私は病気みたいなものもここの空気で幾分よくなったし、それに以前の学校から戻って来てはどうかと言って来たりしていて、一度短刀で突かれそうになったり、自殺をしなかったりして、死と親しくなって死にたいとばかり思っていたのが、それを抜けてやっと生きようと思うようになったのです。不思議なもので、それで森君ともう会うこともないかもしれないから、やはり以前は友人だったし、すぐに死ぬと分っている友人に挨拶もせずに行くのも気がひけて、森君も一度私を刺しそこねたのだから、それで満足で二度と突こうとはしないだろうと思ったから、その点は安心でした。で一緒に行こうと言う友江と別れて寺に入って行くと寺は静かで欅の葉が午後の太陽の光を受けて緑に光っていて、その明さがあまりに美しくまるで架空の光景のようで、虫の羽音や木々の葉のすれる音だけが残って、こんな生命に満ちている空間を見たのは幾年ぶりだったでしょう。広い境内には人の気配はなく、そり返った屋根の下の本堂にいる筈の森君さえいないのではないかと思われる程人の作り出す音はここにはありませんでした。敷石の上を歩くと堅い足音がして、暑気と妙にそぐわない気分でしたが、兎に角これも仕事だと思って私が出発するにはどうしてもしなければならない事柄の一つだと思って、逡巡する気持をはげましながら進みました。本堂の重い扉が少し開いていて洞窟の内部を覗くように暗く陰気で、涼しい風が吹き出ていて、私が木の段を上って扉の前に立つと、どなた、と言う声がしました。『島本です。森君だね』と私は言ってそのまま入って行くと森君は寝てて長い間掃除しないのか、くさい臭いがして暗い中で寝ている姿だけが見えて目が慣れるに従って周囲の様子が分ると食器、炊事用具、書物やら食べ残しなどがちらばっていてその中で彼は痩せた骨と皮だけの腕を出して「お坐り下さい。」と言って一懐しそうに笑って自分で起き上がろうとするのです。その恰好が本当に痛ましく、先日あんな身体でよく私の所へ来て刺してみようと思い実行したものだと感心した程でした。私はしばらくの間彼を刺戟しないように昔話をして、身体の具合や食事の様子、咳の出方、医者の薬の話などで彼の気持ちが幾分柔わらいでから、話すつもりでいた友江の話も、結局はせずに、私がこの町を離れること、そして以前の学校でまた教鞭をとることなどを話しました。彼はそんな私のことを喜こんでいるようでしたが、やはり友江のことが気になるのか、話をそっちの方へ持って行きたそうでしたが、私は先日のことでこりていたのとどうせ後で分るからそれまで放って置いてもいいと考えてなるべくその話に触れないようにしていました。『じゃお元気で』と私はこれが彼と会う最後だろうと思って立ち上ろうとした時、彼はどうしても起きたいのか上半身を盛にもち上げます。長時間かかってやっと上半身を起した彼は髑髏のように窪んだ眼窩の中の大きな昆虫のような眼球をひんむいて私を凝視してどうしても聞き出すんだと言った決意をその表情に現わしながら『友江さんはどうしている』と入歯を取った歯のない口で言うのです。『さあ知らない』と答えた時の私の心の中は苦痛に歪んでいました。」

「その時旦那は友江さんと一緒に上京するって言ったんじゃないかい。そしたら例の短刀だ、彼はあれをいつも布団の下に入れてたからねえ。それで一突きと来たのを旦那はこの間の調子ですいとよけて森の短刀を逆に奪って、その短刀を横にして、こっちを向いている森の左の胸にぐいと一突き、と言うわけですな。僕は自殺に見せるために両手で柄を握らせて血走った両目を閉じてうまい具合に血はどこからも流れ出ていないから、自分のいた証拠がどこかにないか調べ、煙草を吸わぬ旦那のことだ、何一つ証拠になるものはない。とすると後は何くわぬ顔で人に合わないように逃げ出せはいい、と、言うことになりますねえ。」「なる程島本さんでもいい理由だな。」とずい分長い間黙っていた田熊が友江のことを忘れたのか諦めたのか、初めて口を開いた。「そうでしょうかね、そんな風に考えるのは自然だし、私には森君を殺す充分な動機があると言うわけですね。しかし私じゃありませんよ。なぜなら私は友江のことを話さずに彼のあの細い触れると骨がじかに私の掌の中にあるようで、ぬるっとして気味の悪い掌と握手をして帰って来たからです。本堂から顔を出して外を見た時の溢れるような光の洪水の中で私は危く眩暈がして倒れそうでした。彼と同質な死と密着していた時には感じなかった森のべったりとした死を私はふりはらうように大急ぎで境内に出て欅の梢を見るとそれは涼しげで生命のように大きく繋っていました。」島本の話が終って彼は爽かであった。「あんたはもう行った方がいい、先生の心が落着いている間に行ってしまった方がいい、彼の心の高まりがいつなん時起るかもしれない、今のような時、彼がふっと友江さんのことを忘れた時、その間隙をぬって行ってしまえばいい。さようなら、あっしはあんたと一緒にいる必要はなくなったようだし、新しい友達ができたことだから、この際きっぱりとわかれましょうやね旦那、いや島本さん、この先あっしの顔がみたくならないように」と大門が言うと島本は立ち上って田熊の方を見て「もう逢うことはありませんね。」と言ってまるでこの小屋に今日まで住んでいた人のようではなく旅館の一室から出て行く人のような気軽な格好で島本は出て行ってしまった。こっちが聞きたいのじゃないか、雪子のことじゃないか、と田熊は友江のことを思っている内に急に雪子の像が割り込んで来てどうしても離れないのをいまわしく思いながら友江のために死んでもいいとまで思ったのが嘘のように思えて来た。「ところで島本の旦那が殺ったんじゃないとすると一体誰れが刺したんだろうね先生。」と大門は卑屈な笑いを浮べながら田熊に話かける顔が恐ろしく、銅版画のどこかで見たものとよく似ている。「と今度はあっしの番だねえ先生、あっしもちゃんとあの午後島本の旦那の少し後で森さんの所へ行ってるんですよ。とすりゃ短刀を持って出て行ったあっしだから、あの日に返さずに昨日それで刺してもいいってことだねえ、あっしには動機だってあって兎に角人が死にさえすれば嬉しいからねえ、昔風に言えば殺人嗜好者って所があっしの役どころだから、それに殺すチャンスもあった。あっしだって人を殺したことが今までにないこともなくてねえ、その話ならいつかと言うのは先生とあっしはこれで離れっこのない間がらになってしまったんだから、これから先も、それこそ死ぬまで時間は山程もあるでしょうからねえ。先生は水産高校を止めてしまったんだし、入り浸りだった友江さんもいなくなれば、あとはあのウイッテンベルグの火炙りのなりぞこないの研究ぐらいが落ちだから、それだって毎日はできやしない。しかしあっしじゃないんだな殺したのは、そうあっしは直接人を殺ったことはない、例えあっしが殺したくて仕方のない人が崖っぷちで片足で立ってたって、あっしが小指の先程の力さえ加えれば崖から落るだろうと思ったって、あっしはその力を自から用いようとしない、そんな風な性質なのはあっしが一番よく知ってるからねえ。なぜあっしが島本の旦那に今帰ってもらったと思います、なあにねえ先生とあっしの取引きを聞かれたくなかったからでさあ、なりゃ邪魔はなくなった単刀直入に行きましょうねえ先生。」とここで大門は言葉を切ってまた例の卑屈な笑いを顔に浮べて自分から言っちまったらどうだいと言う風に下唇を突き出すと、その顔が島本に妙に似ていて、初めて会った夜友江が大門を島本と間違えたのも無理はないと思った。「殺ったのはあんたですよねえ先生。」と切り込んで来た。こんな時は否定すればいいのか肯定すればいいのか、兎に角彼の言い分を聞くのが先だと田熊は思って、あれ程強かった友江の思慕が今は消えてしまって軽々とした気分でいられて、大門の言葉を考えている自分が不思議である。「だって次に、あの寺へ行ったのはあんただよねえ先生、先生は行ったことまで否定はできないよ。森さんが先生を呼んだんだ、先生が自分からあんな不愉快な会いたくない人の所へなんか行く筈はないでしょうから、理由に分らない、それは森さんと田熊先生の二人しか知っちゃいないもんねえ先生、だがおおよその見当はついてて多分友江さんのことかあるいは雪子さんのことか……最も呼び出しの口上だろうけれど、先生が一度島本の旦那を刺しかけた男の所へのこのこ刺されに行くにしちゃよほど重要な事柄だったんだと思うねえ先生。」と大門はここで一度言葉を切った。波の汀にくだける音が夏の初めの凪いだ日々の多い時期のわりには大きく聞こえて静まり返った小屋を包むように響いて来る。大門が話すと舌光が唾液を打つのか口の中で、水を手で叩くような音がして、それが耳ざわりで下品な感じがするのに、その音が妙に波のくだける音と似ていて、田熊は大門が先でピチャピチャやっている嫌やな音と波の音を区別するのに気を取られていた。「ここは静かだな。」と田熊はそんな方向へ話を代えたくて言うと「ふん。」と大門は鼻先で返事をして、「ねえ先生どうなんです、先生は森さんのあの本堂へ入って行った。四時半頃でしょう、誰もいない。ここのように波の音も聞えない。どうしてあんなにあの寺は静かなんだろう。蝉がうるさいのに、用心をしながら本堂の前から、おいとか、森君いるかとか声をかけながら、と言うのは戸の陰に隠れていていきなり短刀で一突じゃたまったものじゃない、と田熊さんは思っているから先ず相手の所在を確めてからじゃなくちゃ入れない。先生は森さんの声で彼がいつものように寝ていると見当をつけて入って行くと、中は暗いから目が慣れてよく見えるようになるまで森さんに近ずかないように遠くにいて、暗い中で頼りになるのは物音だけだから耳を澄まして蝉の声の中から森さんの息使いを聞き取ろうとする。盲が見えない目をまるで見えるもののように眼玉を動かすあの方法で、あたかもよく見える目であたりをうかがうように森さんの居そうな方向に的確に動かしてみせる。ものの二分もするとおぼろげに森さんの寝ている姿が見えて来る。さて安心だから先生は彼のもとに近ずく。その機会をじっと待っていた森さんはいきなりあれ程機敏に動き得る力がどこにあったのかと不思議に思う程の速さで、あんたの坐る瞬間を狙って短刀を突き出すとその短刀はあんたの洋服の脇腹をかすめて空を突くのを、あんたはその腕を逆にねじ上げて森さんの短刀を奪うと一気に左の胸に突き刺した。そして勿論あたりをうかがって誰もいないのを確かめて素速く寺から離れて本屋にでも寄って家に帰った、とすれば辻褄が合いましょう先生。」と大門が気になる笑い声を発する。「なる程そんな作り話のように私だと考えることもできるわけだ。勿論動機は友江を一人じめにしたいと言うわけだし、向うが先に突いて来たんだから、それが切掛になってあんな風な結果になったとも考えられるとすりゃなかなかいい案と思えるな。」と田熊はそんな風にやはり大門を見ながら言う唇がひきつって紫色をしている。「そうだねえ先生、別に先生が人殺しをしたって、しなくたってあっしには無関係だし、あっしにしてみれば兎に角人が自殺しさえすれば嬉しいのだから、その途中経過に殺人の一つや二つあったってなくたってどうでもいいんですからねえ。ええ先生、あっしはねえやはり先生が一番くさいと思っててねえ、それで聞かれたくないんで島本の旦那を先に帰したわけですよ。旦那はあんたを怪しいとは思ってても、それを調べてみようとも、その考えを進めてみようともしないだろうから、と言うにはねえ新らしい授業と古い女房とに忙しいだろうからねえ。先生顔色が悪いよ、その顔は私が殺しましたって顔だよねえ、先生横にでもなって気を静めて、大声で

『俺じゃない』とか何とか言ったらどうだねえ。それともあっしさえいなければ誰れも知らないんだからなんて変な気を起こさんで下さいよ。少し休んでそれから海辺の空気にでもあたってみましょうやねえ先生。」

田熊は大門の言った言葉の意味が混乱した頭脳のせいかよく分らなくて、ただ無暗に怖わくて、やはり殺したのが自分であるような気がしていた。ふらふらと歩きながら山が海にせり出ている岬の高い先の方に白色の燈台があって、そこへ行く中途の道に崖があってその眺めが美しいのをその時ふと思い出した。あそこへ行けばきっと気が晴れるに違いない、と田熊は思って後にいる筈の大門を見ると彼は苦い顔をしていて、その顔が嬉しくて仕方がないのを無理に渋顔を作っているように見えておかしい。ずい分長い間どこをどう通ったのか覚えていないが気がつくと田熊は崖の近くに来ていて、振向いて大門を見て曲るぞと言った合図をすると大門はそれに答えるように頷くから崖へ行く裏手の急な細い曲りくねった道を急ぐと、潮のかおりにまざって木々の葉の青くさい匂いがして田熊に遠い親しい子供の頃の記憶を甦えらせる。と子供の頃の記憶があざやかに現われて来て、その時の自分が今ここにいるような錯覚を感じて汗を流しながら駈け出して行くと岩がその細い道をふさいでいる下を曲ると、松の根が道に張出している所へ来る。とその盛上った根を踏むと危うくころびそうになるあたりに雪子がやはり倒れていて田熊に起してくれと言いながらその白い華奢な腕を伸ばしているのが見えたが、それは全くの幻想であろう。視界が急に開けて下を見ると波が崖の岩々の凹凸にぶつかりくだけて白い飛沫をあげていて、目もくらみそうな高い絶壁に立っている田熊に顔にあたる風に息苦しくさえあった。すがすがしい気分、広々とした見なれた青い海の玩具のような止って動かない船、充足感が湧き上って来てすごく嬉しい。「愉快そうじゃありませんか、あっしはてっきりあんたが自殺するのだと思ってついて来たのに、今の様子じゃ死にそうにないのでがっかりしてるんですよねえ先生、なあに先生に今死んでもらっちゃあっしの楽しみがない、どのみちあっしが先生にくっついてる間は先生は自殺したいんだからねえ。誰れもあの事件の犯人のことは知っちゃいませんぜ、ただ知ってるのは先生だけなんだから、あとは先生が一人で苦しむか、思い出して喜ぶか、悲しむかして結論を出せばいい。ですからねえ先生今じゃなくたってずうっと先でもその方がいい、なんなら島本の旦那のように死ななくたっていいかもしれませんからねえ、ねえ先生だったら帰りましょうや、あっしだって今死んでもらっちゃつまらんですよねえ、死ぬ権利ならあんたにはまだ充分にある。人が生きるってのはそのことだから、と言や生きてる人全部があっしの友達ってわけでさあ」「誰も今自殺するなんて言ってないよ。」と田熊はけろっとした顔で答えた。「でもねえ先生、あっしをそんな風に甘く見ちゃいけませんぜ、あっしの名の大門をデイモンだと読んで戴くかもしれませんからねえ。あっしは雪子さんが遠の昔に島本に殺されたことだって知ってるんだから」と言う大門の顔が屁の現象学の銅版画の尻から出た小人の顔とそっくり同じで愚劣極りなく見える。田熊が雪子の死と言う言葉を近親相姦という言葉と聞き取って、放心したように崖のふちに立っていると、大門はその後から、彼を突き落しでもしようとするかのように、例の足音のない歩き方で彼に接近して行く。

蝶

1

汽車を降りてバスに乗り換えれば、そのまま終点までつれて行ってくれるとばかり思っていたから、そのつもりで都会を出て来たのに、最初からつまずいてしまった。薄すら積った雪を踏みながらどのバスに乗ればいいのだろうかと、ちっぽけな駅前広場をぐるりと見まわすと、ペンキの剥げた所々がへこんで、何かに衝突したまま修理さえしていないおんぼろバスが一台公衆便所の前に止っていた。まさかあれじゃないだろうな、と男は考えながら近くに立っている筈の円形か楕円形のバスの標識を探したがそれらしいものは、やっとそれが以前は停留所の標識だったとどうにか判別できるもので、たった一つそのバスの前にある。なる程よく似合っている、と男は幾分皮肉を込めて言ってみる。がそれはとりもなおさず言った本人の未来を現わしているように思えて結局は自嘲にしかならないのに気付いて苦笑しながら靴の先に三角形に付いた雪を落した。よく見るとその標識に駅前と書かれていて、その下の長方形の金属板の上に発車時刻が記入してあるが、当然書かれてある筈の行き先の標示がない。それに類するものといえばバスの正面の頭のところに文字らしいものが見えるが、それは汚れてしまっていてどう首をひねってみても読めはしない。時計を見て発射時刻を確かめると、まだ四十五分も間があって、その間ここで立って待っているものと考えて、あたりを見廻したが男が望んでいるような珈琲店のようなものも食堂も菓子屋もはては一軒の商店すらなく、薄すらと雪をかぶった小さな家々がおしだまって古びた黒褐色の格子を並べて建っているだけだった。待合室に戻ってストーブにあたってみると冷たく、火を入れた気配がない。紺の鉄道服を着た男が硝子の向う側で湯気を立てている薬罐のかかったストーブの前の椅子でいねむりをしている。待合室を足音高く歩いたり、ベンチを蹴ったり、ストーブをひっかき棒で叩いたりしてみるが、硝子戸の向う側の暖かそうな部屋の内部は静かで駅員が起きた気配もない。出札口の窓に口をつけて「あの」と小声で言って、さらに大声で呼んでみるが駅員は動かない。身体が冷えて来て、足先が冷たく立っているとそのままこおりつきそうな気がして仕方なく足踏をしている。改札口を通り抜けプラットホームに出てから硝子戸を引くと中は暖かく、その心地よさに部屋の中に入らずにはおれない。と駅員が目を覚して怪訝な顔付で男を見る。寒いのでバスを待つ時間ここに居させて欲しいと言うと、駅員は「バス」と大声で聞きなおした。

「バスはもうない」と言った。いやバスがこの町で動かなくなってからもうどのくらいの時間がたったのだろう、とバスが動いていた時を正確に知ろうかとでもするかのように、指を折り始めた。単位は日か週か月か年か十年か、駅員はもう自分の過去の回想の中に嵌り込んでしまってよだれを垂らし顔の形をくずし涙を浮べ鼻水をすすりながら陶酔している。

「でバスは金輪際動かないのですか。それとも時には動くこともあるのですか。待っていればいつかは乗れますか。街はここから遠いのですか。別の自動車とか、馬車とか自転車とかいった乗物はないのですか。それとももう何も動くものはないのですか。街へはついでだろうと何だろうと行くものはないのですか。郵便物の運送とか屎尿の収集とか罪人の護送とか、そんなものもないのですか」と男は考える限りを口に出して言うが、駅員には聞こえないのか彼は答えず、ただだらりとよだれを垂らし、目を細め、首を左右に小さく震動させながら、まるで中風にかかった男のように喜劇的な表情を見せだまりこくっている。男は時計を見ると丁度バスの出発の二分前であるから立上って公衆便所の前のバスの所へ行ってみるとバスの扉が開いている。エンジンの音がする。どうやら一杯くわされたのか、と男はバスに乗り込んだ。黴くさい臭いが車内にただよい、埃が座席に三糎もつもっている。薄い雪の上に足跡をつけて歩くように道路を歩くと、その床は弾力がありしなって今にも抜けそうである。運転手も乗客もいない。誰もバスに乗ったような気配もない。エンジンの音だと思ったのは錯覚に違いない。どこかの家で動力を使っていて、それの発する音と震動とをバスのエンジンの音と取り違えたのだ。男は埃の座席に坐るのを諦め、もう一度駅へとって返して、駅員にどんな手だてがあるのかと聞いてみたいと思った。硝子戸を開いて入ると、駅舎は暖かく居心地がいい。この中から外に出るにはよほどの勇気がいる。

「歩けばどのくらいですか」と男は大声で言ってみた。

駅員はまた指を折り始めた。単位は秒か、分か時間か日か週かまさか月や年ではあるまい。

「雪がなければ三日」と駅員が笑いながら一方の手を開き、手の指を小指から順に三本立てて言った。八日は遠すぎる、と男は考えた。足に自信はない。例え足は大丈夫でも途中に宿泊設備があるだろうか、もしなければ中途でこごえてしまう。

「どこかに自動車はないのですか、一台も」と男はもう一度尋ねた。

「ない、あってももう自動車は通れまい。歩いてなら行けるが、確か」と駅員はまた指を折り始めて、やがて忘れてしまったのか「随分昔の鉄砲水で道路が切れたままになってる。」と言う。

「じゃ誰もここからあの街へは行かないのですか。誰も」

「誰も」駅員が答えた。

「そうか駄目か、最初から行けないのか、この雪の中を歩こうとは思わない。とすれば引き返すより方法はない」と男は帰りの汽車時刻を調べにかかる。

「帰るのか。それはいい、丁度あんたに似合ってる。なる程引き返すか、きまえがいいねえ、三日間も歩くのは嫌やか、だから諦める。なる程別の道を探したり、別の方法を考えたりしない。もう最初から努力しょうとしない。それじゃ初めから負けてしまってる。まあいい、あんたのその最新流行のピカリとした服装と身だしなみ、それに仕草はなる程あんたの頭脳の中身とよく調和している。軽々薄々か」

「他に行く道がある。そうだね、ならどうして教えない」

「聞かないからさ」と駅員は答えて男が続継介だと名告るのをつづきさんねえ、などと言いながらこの支線を今一度本線に乗り換えて都会とは逆の方向へ行き雪深いこの列島の屋根とも言うべき山脈をトンネルで通り抜け向う側に出て、そこでもう一度灰緑色の荒海の見える縦貫鉄道に乗り継ぎ、向う側でここの支線が本線から出てるのと同じように、ある駅から川に沿って支線が一本出ていて、それに乗って川が渓流になる所まで行き、終点の一つ手前で降りればそこに貧弱な田舎駅があって、そこからバスが出ているだろう、と言うのである。しかもその駅が丁度この駅と正反対の位置になっていると言う。何をはさんで、と問えば街をはさんでと答えた。以前はここからもバスが巨大な山脈の山懐にあるあの街を通って、向う側の田舎駅まで行っていたものだ、と駅員はまたそれがどのくらい昔だかを正確に知ろうとするかのように皺だらけの指を折り始めた。

2

終点の一つ手前というのは終点まで行き返す時には手前だとすぐ分るが、こっちから行く分にはいつどこが終点か分らなくていつもプラットホームに立っている白い駅名を書いた看板の両隣の小さな駅名を注意して見ていなくてはならぬ。支線に乗ってから間もなく車内アナウンスで終点の駅名を言ったので、その駅名が看板に小さな文字で現われた所で降りればよいのである。それくらいのことをする能力は続にもあって、目的の駅で降り、その改札口を出て驚いてしまった。この駅は指を折る駅員のいた駅と同じつくりなのである。裸電球が火のないストーブの上に垂れていて、時折プラットホームから吹き込んで来る風にゆれているところさえ同じである。嫌な予感。と言うのは双六の四が出ると振り出しに戻れ、と書いてある枠で骰子を振りまさに四が出ようとして一ころがりする時のあの瞬間のような何とも言えない嫌な予感のあれである。バスは出るのだろうか。続はアルミニウムの薬罐の前で暖かそうにうとうとしている筈の駅員を、彼がいてはならない、と思いながら覗くと、そこにやはりたった一人の駅員がいてストーブの前で股を暖めている。駄目だ、何から何まで同じゃないか、公衆便所の前に黄色のバスが止っているのだろうか、二度と動かない。と続は足を引摺りながら、といっても長い間窮屈な客車の中にいたので、自由に歩けるのを爽快に思いながら、駅から外に出た。雪が薄すらと積っている。駅前は幾分広くなっているが広場らしいものはなく中央部に灌木が四五本植っている。その周囲が道になっている。到底バスは入って来れそうもない。駅員の言葉を信じて彼の言うままに来てしまった自分を今さら悔いても、もう行動してしまったのだから仕方がない。ぶらりと外へ出ると足跡が雪の上に点々と残る。駅舎の中の駅員に問うと、どこそこへ行けばバスが出る、といった答が返って来るだろう。道が壁に突きあたって左に折れると、バスが止っている。雪の上に今ついたばかりのような新らしい黒光りのするタイヤの荒々しい跡を残してエンジンさえかかっていてそこに止っている。あの街の名がバスの正面の頭の所に紺色で正確にくっきりと書かれてある。多くの乗客がもう既に乗っていて、バスは続の乗るのを待っていたようでもあるし、続の乗るのを警戒しているようでもある。うさんくさそうに続が近ずくとその近くの人々は話声を小さくし彼が通り過ぎるのを眼で追って離れると続には聞こえない程度の声でまた会話を始める。緊張した雰囲気が続の周囲にあったが、彼としては今ここで言葉をかけて追い返されでもしたら今までの努力が無駄になる。それより目的地まで摩擦を起さずに、行くのがよい方法だと考えた。一人の男が人なつこそうににっこりと笑って続の反応を見た。それを無視することにした。のん気そうに笑い声を立てたり、はしゃいだり興奮気味に甲高い声を上げたり、しばらくすると荷物の中から酒を取り出して飲み始める者もいて、それらの愉快で陽気な人々の騒ぐ声が続の耳にも飛び込んで来る。まだバスはことりとも動かないのに、と続は思い、もう幾時間もバスが動かないのが気になりだした。慌てて乗り込んで発車時刻を見るのを忘れていた、いつ発車だろうか、と腕時計を見た。

「腕時計だ」と彼の座席とは通路をはさんで隣側に坐っていた若い男が、どう思ったのかものめずらしそうに続の腕時計を覗き込んで、彼が腕を下げ袖口で時計を覆うと、その腕の手首の所へ身体を屈曲させ顔を下にし耳を持って来る。

「正確で規則的な音だ。心臓の動悸のように正確だ。金属を打つ音。心臓に直接に響く音だ。爽快で、かすかな怠惰をも許さない緊密な。ああこんなにきびしく正確な事柄に出合うのは幾年振りだろう。初めてのような気さえする」と大声で言う。とあの陽気な人々は物見高く続の周囲に集まって来て、若い男のように身体を屈曲させ顔を下げ、わずかな音でも聞き取ろうとして近寄って来るが、若い男と座席とが邪魔をして続の腕に近寄れない。騒ぎながら若い男の腰を引っぱろうとするもの、男の腕を引くもの、股の間から顔を出すもの、脇から覗き込むもの、髪を引くもの、そして続の前の座席を取り除こうと工具を持ち出してネジをはずそうとしている者さえいる。

「それ程正確ではなく学生時計の安物で、一日に約三分は早くなります。どうしてそれ程めずらしいのです。そろそろ水晶時計を買おうかと思っていた所です」と続は腕時計をはずすと革の留金を挿入する部分が裂けて革が切れそうになっていて、そこが支点となってゆれているのを若い男の前にさし出した。どこからこれ程の手が出現したのかと思われる程多数の手が、それぞれの特色を示しながら続のさし出した時計を握った。ドライバーのような、プライヤー・スパナ・ペンチのような、ハンマー・ゲージ・フライス・ドリル・リーマー・ブローチのような切削工具、機械工具のような、メス・ハーケン・コッヘル・クーパー・ピンセット・ゾンデ、手術器具のような、そんな特色のある手が時計をいじり廻し、一瞬のうちに分解解体し、そして次の瞬間に組立ててしまった。完了すると全ての手が時計から離れた。時計は床の上にトンと落ちてその硝子の表面に僅かな亀裂を作った。何のことはない、皆が争って時計を取ろうとしひっぱって、こねくり廻している間に革が切れる、その僅かなショックに皆が手を離してしまい、それで時計が床に落ちたのである。それを前述のように見たと思ったのは続の心の疲弊のせいである。皆は唖然として、落ちた時計を拾おうともせずに立ちつくしていた。中年の痩せた品のいい紳士がバスの前の方からゆっくりと足音をたてて歩いて来て、その長身をぐいと折って華奢な左手で時計を拾い上げて、耳へ持って行った。

「止ってる」と男は言うと、それまで立ちつくしていた陽気な人々は一度に興味を失したように、うなだれてその場を立ち去り各々の座席に戻った。彼等のどの顔にも落胆の表情も、続にあやまろうとするような表情も見えず、言葉をかけるものさえいなかった。好奇心を満足させるものが消えて、その場に立ち止る必要がなかったので去ったのである。しかし彼等は続が長身の男と話すのを見て、秘かにうらやましく思ったであろうことはその目を見れば分った。

「ああいう連中です。挨拶の仕方も知らない。どうも、といっても別に私がこの破壊の当事者ではないのですから、こんな言葉をあなたに向って発する必要はないのです。が誰かが言わねばならぬとして、私が言ってどうして悪いことがあるでしょうか。しかし、かわりに私が言ったとして、一体誰の代わりにか、と言えば、誰のかわりでもありません。と言うのは物は一度は必ず毀れるから、その毀れた時、一番近くにいるものが、何となく声をかける、そのことはいたって自然の事柄のように思えます。ですからあなたがもし御自分の時計を拾ったとすればやはりあなた自身に、どうも、と言うべきだと言うことになります。ところで申し遅れましたが私の名は栂尾俊一です。役所にいます」とこの男は自分の名の所だけ妙に聞きとりにくい小声で言った。瞬間人々の騒ぎが嘘のように消えて、どうしても聞き逃すまいとするように人々はただ耳に変ったように静まり返った。

「続継介です」

「続さんですね。いずれ街でお目にかかれるでしょう。それから前の座席の方へ……」と栂尾は立上って言いかけてそのまま言葉を飲み込んで行ってしまった。陽気な人々の一人で続の股倉から眺き込んだ男が栂尾の言葉を聞きつけてひどく神経質な顔付をして頬の筋肉を幾度か摩擦させた。栂尾が続の所から離れると彼等はまた騒ぎ始めた。どこか投遣りで落着がなく、芯から陽気にはしゃいでるのではなさそうだった。顔は笑っているが、その底にはこわばった筋肉がひきつったりしている。続の隣座席の髪のふんわりとした若い男も大声で一つ前の座席にいる蒼白い男や、そのもう一つ前の色白の娘と冗談を言いあっている。

「腰つきがひどくなまめいて、もうとっくに知ってますって、そんな風だ。ついうっとりとしちまう」「あんただって広い肩幅と男らしい顔付、顔をこすりつけると痛そうな髭。それになんとも言えない柔らかくふんわりとしてカールのかかった髪、もう幾人もの女を泣かせたって顔だわ」「前から君のこと気にしてたんだ」「嘘、知ってるわ、私じゃなくて友子じゃない。そうだわ橋の上で会った時、あんたったらじいっと友子を見てたわ」「なあんだ分らなかったのか、誰だって本当に好きな女の方はそうは見れないんだ、眩しくて。でも時には見てたろう。少し離れたら、遠くの方から」「でもあの目付きは……。そうね、確かあんた振返ったわね。燃えるような目だったわ。本当はあれ私を見てたの、私にだって言いきれる。あの素晴しい目を」「勿論だとも、初めから君のものさ。さあおいでこっちへ」「ええ、でもまだ早いわ。私そんなに尻軽じゃないの。もっとよく知ってからじゃなくちゃ」と女は嬉しくて仕方がないようにころころと笑うのに、どこか沈んでいて恋心をいだく女が見せるきらめく目の光が現われていない。不安に緊張した、何かを隠しているような、心配事があってそれが心から離れないような、そんな表情をしている。笑い出そうとする口元がその歪んだ中途でこわばり止って今にも泣き出しそうに崩れるのを、やっと意志の力でおさえていて、どうしても嬉しそうにはしゃいで無理遣笑っている。二人は口元だけでじゃれついていて、本心から恋を語ってはいない。恋なのにかりそめにも肉体すら求め合おうとしていない。どの顔にも苦渋の色が現われようとしている。どこからか来る恐怖をまぎらわそうとして、歌を歌い、話をし、大声をあげ、酒を飲んでいる。エンジンが先程からかかっているので暖房は入っていて、そのせいでバスの中は暖かいが閉めきった中にいるとひどいいきぎれで苦しい。人々は時折眼を横に動かしぬすむように栂尾の方をちらりと見て羨望のまなざしを送る。バスの中がこんな風に気になり始めたのはバスが動き出さないばかりではなく、中の人々が急に静かになってしまったせいもあって、どうしたことか皆は寝入ってしまった。若者の顔がバスの車内燈に照らされて光って見えるのは、つい先程まで車窓から青みがかった光を投げ入れていた陽が落ちて、周囲が濃い闇に変ったせいらしい。こんな風に夜が来て続も寝てしまった。

3

寝ている間にバスが動いているに違いないと期待して寝入ってしまうのは当然であって、それがいつ目を覚ましてもバスは止ったまま動いていないとなると、一体このバスは動くかどうかと疑いたくなってくる。寝苦しい窮屈な座席で時々薄目をあけてみるが動いていない。今度こそ動いているだろう、こんな風に金輪際動かなそうに思わせておいて寝入ってしまって気がつかぬ間にバスは動いていて目を覚ますともう目的地に着いているというようなこともままある、と続は考えてみた。陽気な性質の人々は早朝から騒ぎ始めて、続の眠むりをさまたげるが、バスが動くまでは起きてなんかやるものか、と狸寝入をきめ込んでいる。それにしても腹がへるなあ、どのくらい食ってないのだろうか、魔法瓶から注ぐのか芳しいコーヒーの香が続にたまらなく空腹を感じさせる。

「なぜ彼らは魔法瓶にコーヒーを入れて持っているのか」続はこの質問を発して跳び上って驚ろいた。あれ程多量の食品と酒、はてはコーヒーまで持ってバスに乗っているのは、彼等の旅行が相当長期間にわたるものだということを意味している。と気付いたからである。たかがバスだ、どんなに長くとも三四時間も乗ればそれで目的地につけると思っていたが、あの様子だと随分長い旅行のようだ。例えば彼等の幾分だらしなく着崩した衣服を見ても、ネクタイのゆるめ方、靴をぬいでスリッパにしている、ゆるめのスカート、ほどけかかった帯、ボタンをはずしたチョッキ、胸元を広げ襟に手布をはさんだ婦人、半分ぬぎにかかっているズボン、そのどれも長旅を予測させている。あるいは長旅の途中を思わせる。しかしバスはあの街へしか行かないのだ。街を通り抜けて次のどこか乗換駅と接続することはない筈である。彼等の話を聞けば分ることだが、彼等は街の事柄しか話さない、そして興味がなさそうだ。それなのにバスに乗っている彼等の態度と言ったらどうだろう、酒を飲んだり、弁当を開いたり、歌ったり議論をしたり、コーヒーを取り出したり、そのどれもはただ目的地の遠いことを示す以外の何ものもない。とすると続が昨日バスに乗り込んだのはその長い期間のほんの一区切をバスですごしたのにすぎないので、彼等はひょっとするとバスに乗込んでもう幾日もすごしているのかもしれぬ。あるいはもっと長く五日間とか一週間とかここに留っているのだろうか、まさかあの新しいタイヤの跡から考えてもそんなことはあるまい。現に続の頭の上に乗っている小さな包にしたってせいぜい一人が三食食べる分ぐらいの量の膨みじゃないか。多分彼等は続と同じように昨日続よりほんの幾時間か前にこのエンジンのかかったバスに乗り込んだばかりでどこかへ少人数で団体旅行をした帰りなんだろう、その旅行気分がまだ抜けきらないので、食物や酒などが思いの外あまっていて、それをやって最後の軽はずみを楽しんでいるのだ。帰ればまたいつものしかめ面をして働かねばならないのだろうから、と続は考えた。「ひさしぶりの雪だ」と誰れかが言った。窓から外を見ると、小雪がちらついていて午前の青い光にほんのりと輝きながら道路が真直にどこまでも続いている。バスは道に直角に止っていてその鼻ずらにあたる所にまた公衆便所があった。ここも便所の前か、と続は動かない黄色のバスを思い出して、それが便所の前に止っていたのは偶然ではなく、便所のないバスが止る所といったらこれ程好都合な所が他にないことに気付いた。と続も用便をもようしたが、いつバスが動き始めるかと思ったり、どうせバスはそうたやすくは動かないと思ったりしながら、エンジン音に注意してかがみ込んできばるが、排泄物を落すのが気がきではない。というのはきばる方についい気がいってしまうと、エンジン音を忘れてしまうし、エンジン音に気を取られると、押し出す力が弱まり、肛門のすぐ近くにいつまでも例のものが塊って残って落ちて来ないからである。このように動かないバスでの出来事を逐一報告していると退屈きわまりない話を幾度も書かねばならぬからそこはとばして幾つかの事柄のみにしておくことにする。帰るとどうしても話かけずにはおれなくなって、我慢がならず、遂には気が違う程聞きたくなってしまった。

「いつになったら動くのでしょうか」その割にはひかえ目な質問である。若い男はその前の座席の男とのじゃれ合うような会話を跡切られたのを憤るように、眼の玉をひんむいて、

「いつ、と言う問、その問は今必要でしょうか、バスに乗っている限りいつかバスは動きます。それでいいじゃありませんか、バスに乗っていてもバスが動かないのならともかく、現にバスのエンジンはかかっています。今にも動きそうに回転を続け、誰れかがギャを入れさえすればその歯車と車の歯車とがかみ合ってそれが車輪に伝わり走り始めます。こんな状態に車がある時、それを人々はどういった言葉で表現するでしょう。すぐに動く、と言うのではないでしょうか。とすればバスはすぐ走るのです」

「ですが現に一夜をここですごしています。それに一こうに動く気配を見せません。これではいつになったら動くのかと不安にならざるをえません」

「なる程不安ですか。それなら充分持ち合わせています。と言うより持ちすぎています。しかしバスがいつ動くかと言った至って容易な、どうせ動き始めるに決っているものに対して持つような、そんな種類のものではありません。バスは間もなく動きます。その証拠にエンジンさえかかっています。その間に幾度昼が来て夜が来たかなどと言うことは些細すぎる事柄です。バスならすぐに動き始めます。本当にすぐです」

「そんなすぐはない、すぐというのはすぐじゃなくてはならない。例えば五秒後とか、一分後とか、十二分後とか、せいぜいが三十八分ぐらいまでで、一時間に近くなるとそれはすぐではなくて、今のように一夜を過ごした、時間にして言えば二十時間を越えている場合などは、すぐにでは断じてない」と続は興奮して

言った。「二十時間ですか。それはどれくらいです。手に一杯程ですか。それとも肩にしょえないくらいですか。もっと大きくてこのバス程ですか」

「何を言ってるんだ。人を馬鹿にする気か」

「バスがちょっとの間発車しないくらいで、どうして苛立たなくちゃならないんです。ここからバスが出る、それは決ってるんです。街へ行く次のバスはここから出るのです。順序のようなものがあって、今回はここから出ます。しかし次はどこから出るのか、いつ出るのか、分らないのです。バスが止ってエンジンがかかっている所、そこから次にバスが出ることだけは確実です。そして次に出るバスしかエンジンがかかっていないのです。例えどこかで街へ行くバスを見付けたとしても、このどこかというのは、遠く汽車に二日間も乗って行かねば行けない所のこともあるし、すぐ隣の駅のこともあるが、もしそのバスにエンジンがかかってなかったら、バスは幾月もあるいは幾年も微動すらしないかもしれないのです。街へ行くバスの停留所のありそうな場所をぐるぐる廻ってやっとバスに出合うこともあります。ですからエンジンがどのくらいかかっているのか、それはどうでもいい問題です。次にガソリンがなくなったらどうなるか、を聞きたいでしょう。なあにその時は近くのガソリンスタンドの親父がやって来てガソリンを入れて行くのです。その親父の知っていることと言ったら、ガソリンを入れろと命令を受けたことだけです。入れると金は街から届けられます。次に運転手のことを考えていますね、この際だからあらいざらい話してしまいますと、運転手は必ずやって来ます。いつ、どこからか、とあなたはまた例の苛立ちを見せて早急に質問をなさいますね。勿論街から来ます。いつ、これは難問です。朝か、昼か、夕方か、あるいは月の出た頃か、満月の夜の月の入りの時か、新月の日のあけ方とか、それは全く不定です。街から来るといっても現われる方法は種々で汽車の場合、歩いて来る場合、自転車で、また何で来たのか分らない時もあります。そして運転する人はどうして自分がこのバスを運転しなくてはならないのか分らないような錯覚をすることもあるとのことです。しかしバスの運転をするのはまぎれもなくバスの運転手です。」

続は口を開くのさえ嫌になってしまった。この若い男だって何も知らないのだ、兎に角待ってみることにしょう、と考えてみた。若い男は何か言いたくてならないように話かけるきっかけを求めるように続の方を向いていたが、続は寝入ったふりをしていた。青白い朝の雪を通した光線が車内を満している。時々薄目をあけて窓外を見つめるのは諦めの気持からであるが、しかし外の遠くから近ずいて来るであろう運転手を心待ちにしていることにはかわりはない。雪を圧縮した足跡が、その生き物独自の形態を模様のように雪の上に残して、バスに向って一直線に接近して来る。その瞬間を待つのである。続が乗った後、まだ一人の乗客もバスに乗っていない。バスにはまだ空席がいくつもあって車内にはまだ空席の方が多いように思える。もし全座席がうまらないとバスが発車しないとすると、そして座席のうまる速度が一日に一つであれば、まだ二十日間はバスは動かない、と言って座席がうまればバスが動き出すと言うのもでもない。さらにこのバスにはもっと乗客を入れようとすれば補助席だってついている。いやそう考えただけで気が遠くなる。空腹だ、忘れていた。もう二十数時間食物を取っていないのだから空腹はあたりまえだ。となると食堂か何か食べものを売る店はないだろうか。外に出ている間にバスは動くだろうか。食べ出して動く気配をさっして急いで戻って来たらもしバスが動いていてもどってくれるだろうか。そう考えると空腹感も一時は消滅するが、腹が勝手にグーっとなったりしてどうしても食べずにはいられない。そんな続の前に梅尾が黒っぽい色のオーバーコートの前のボタンを長く伸びた華奢な指先でとめながら現われて「続さん、食事に出かけませんか」と声をかけた。

「ええ、ですが」としぶっていると

「発車のことを考えてるんでしょう。まあ小一時間程なら大丈夫だと思います。その間にと考えているのですが」と言う。

「出かけましょう。保証がついてるんなら、まっ先に駆け出したいくらいです」

「いいえ確約はできません。ただしこの時間だと役所も休憩時間ですから、運転手も休憩中だと思うからです。それも中には休憩を罪悪だと考えるような仕事熱心なものもいるようですから、ただまあ、と考えてみているだけです」二人はつれだってバスを降り雪を踏む。深く靴は雪の中にめり込んで革靴の底は抵抗をなくし滑って、氷上を歩くように危い。陽気な一団の人々の好奇と憧憬を含んだ目が一勢に栂尾の上に集まり、羨望と嫉妬の目は続に集中した。彼等には栂尾か一段と高い地位の人と映るらしく、彼の行動や言葉を注意深く感じとりそれを記憶に留めようとしているらしい。そしてもしできることなら栂尾と個人的な繋がりを持とうとしていて、ほんのちょっとした言葉でも覚えたいようだったが、他方栂尾は全く彼等を無視し続のみを相手にしていた。幾度も彼等は栂尾に近ずき通りがかりに言葉をかけようとしたり、つまずいて倒れてみたり、あるいは偶然を装おって背に手をかけたりした。栂尾はその度ごとにうるさそうに拒否を示す態度で彼等に答えた。全くとりつくしまがない。誰れもそれ以上何もできなかった。彼等が二人が雪の中を歩きにくそうに肩を並べて歩くのをにくにくしそうに見ていた。雪は本降りになっている。

「食堂があるんです」と栂尾が言う息が白く煙のように口のまわりに浮んでいる。

「本当は腹ぺこで困っていました」と続はその端正な顔立ちを見ながら、澄んだ深い黒い目に魅せられている自分を感じた。

「ここです」

食堂で食べた魚肉を柔らかく蒸したものにソースをかけた料理が思いの外うまくて、それがこの貧弱な食堂には不釣合であるのが印象的であった。梅尾は優雅にフォークとナイフを動かして、続が快く思われる程上手に魚肉を口に持って行く。どんなにかうまいのだろう、と続はたった今食べ終えた料理とそれが同じものであるのさえ忘れて、うっとりとして口の中に溜る唾液を飲み込みながらそれを見ている。器具のあつかい、口の開き、手の動かし方、それらを見ていると、至って能率がよく、悪く考えれば事務的とさえ思われる程にてきぱきとしているのに、それらが一つのまとまった食事をするという動作となるとき、えも言われぬ美しさを現わすのである。

「どうなさったのです。中途でおやめになるのですか」と梅尾の声がして、続はその視線が皿を見とれていた続の表情をとらえているのに恥しい思いをした。僅かに開いた薄い赤い唇がどうしてあれ程美しいのだろうか、と思った。

「おきらいですか」

「いいえ、いつになったらバスは出るのでしょうか」

「バスのことは私にも分りません。ですが、そうです。前置をしておきますが、どうかお気を悪くなさらずに、こんなぶしつけな問をお許し下さい。こんな質問をするのは、役人の時には知っておかねばならない役目のようなものとお考え下さい。役人というのはやはり国家権力のその一端をになっていて、国家がその人を必要とするか、しないかと言うことを絶えず考えがちなものです。この必要か不必要かの判断は至って程度の低い所でなされます。先ず第一は、その人が国家の言うことをどんな場合でも素直にきくかきかぬかで判断いたします。立小便をしてはいけない、と国家が言えば今までしていた立小便を途中で止めて駆けて帰り家か公衆便所で残りを排泄する、のを望んでいます。食品を配給にし一定量しか個々人には渡らないようにしておきます。しかしその量だけでは餓死するかもしれないのです。それでも国家の命令通りに配給を受けそれ以外のものを食べずに死んで行くような人々を国家は素晴しい人間と考えています。多数の人々が食糧不足で死ねば、その分だけ食糧が残って、それを一部の人々が隠匿し、私腹を肥すことや、あるいはもっと公平に生き残った人に平等に分配することもできます。国家は支配しやすい人々が、あるいは命令に柔順な人々が好きです。反抗する人がおれば説得したり、脅したり、なだめたり、捕えたり、拷問したり、殺したり、さらしたり、しなくてはなりません。これには人手がいりますし、説得するには相当の知識とその方面の能力を持った人々が必要になります。これはやっかいな事柄です。ですからなるだけ国民の教育程度を低くし、知的な事柄から遠ざけておくことが大切です。と初めはこんな風に考えていたのですが、今の国民はそれ程単純ではなく、また国家は国民をおさえつけようとしてもうまく行きません。そして民主主義とか言う名のもとに逆に国家は国民の意志によって動かされると考えるようになりました。しかしこう言っているのは表面で、国家側の権力側の陰謀なのです。国家は統一体ですから、国民を何らかの形で枠をはめ、社会が破壊されたり他の国民が迷惑を受けたりしないようにせねばならない、と言うのです。これこそ陰謀の根源です。それで国家は秘かに個人の権利を縮少し、教育は勿論、その他あらゆる方法を用いて柔順な人間を作り上げようとします。反抗しない人間にするためにあらゆる方法を用いるのです。その具体例を今ここで上げても仕方ありません。その一つの方法として、さてツベルクリン注射というのがあります。これは表向きは結核の菌に抗体があるかないかを、調べる方法になっています。陰性だとＢＣＧと言って無害化した結核菌を注射して、結核に患らないようにすることになっていますが、その実はその人の政府に反逆する心の部分を破壊するとても大きな機能を持っているとされているのです。勿論確証は完全にはできていませんが、ほぼ認められています。しかもこれは重大な国家秘密に属していて、本当は言ってはならないことです。と声を潜めて。続の顔の反応を見るように目を細めて、うかがっている。どうです面白い方法でしょう。

ですから幼い小学生に打って、幼い頃から先生や親や国家に従うようにしておくのです。あなたが私共の街にとって有効な人間に属するのか、あるいは有害な人間に属するのかを知っておきたいと思うのです。と言ってもあなたの方にも勿論話さない自由があります。また話をはぐらすことも、また立上って話を打切る自由もあります。と言ってそのどれをも私は留め得る権力を持ち合わせていません。ですから今ここで話すことは全く私とあなた個人との雑談で、もっと言えばお近づきのしるしのような意味での話合いと言うことにしてはどうでしょうか。そして私個人はといえばでき得る限りあなたのお役に立ちたいと考えています。さて長々と前置きをのべましたが、質問点はただ一つ、あなたはどんな目的で街へ行こうとしているのですか、なのです。」

「どこへあなたの問いが辿りつくかと思っていました。そして遂に長い旅路のはてに至って簡単な疑問についたわけですね。端的に答えましょう。どうせ分るのですから、私はK医科大学の解剖学助教授です。こう言えばあなたには何の目的で私があの街へ行こうとしているかがお分りでしょう」

「死体」

「近頃医学生が増加していて新らしい供給源がないと授業ができないのです。医学は人体の科学ですから」

「あなたが解剖学を御専攻なさっているというのはお話を聞く以前から私には分っておりました。鼻があなたの御職業をかぎわけたのです。あなたの身体に浸み込んだ甘い蛋白質の腐敗したようなかすかな臭い。石鹸で洗い風呂に入りさらに丹念に洗い拭っても、その上薔薇に似た香水をふんだんにふりかけて消そうとなさっても、私の嗅覚の中に現われるかすかな死臭からあなたは逃れ得ないのです。それにほんのかすかで私自身細心の注意を払い選り分け分類し、違うものを捨て、切り離し、捨てても捨ててもまつわりついてくる刺激臭をさらに濾過し、その内部に影のように包まれているこの親しい死体の臭いを見つけたのでした。

この臭いは隠坊のものでも葬式屋のものでも、遺体処理班の人々のものでもありません。解剖学助教授のものです。もう少しで教授になる方のものです。そしてもしあなたが教授におなりになりたいのならもう少し死体と緊密になって、一段階違う臭いを出すようにならねばならないでしょう」

「死臭ってやつですか、皮下脂肪が皮膚をはいでいくとべっとりとメスに付いてすぐに切れなくなり、指は脂だらけになる、あの臭気こそまさに死臭と同じものです。解剖学はこのものといつも緊密で、離れることはできません。ここだけの話ですが、街では遺体を私共の大学へ幾くつか戴けるようにはならないでしょうか。医学の進歩のために。といっても学生共のやる子供の泥んこ遊び程度の解剖が医学の進歩と関係があるのか、といえば、あるいは学生に死体解剖を行わせることにどれ程の価値があるのか、といえばそれはあまりの効果を期待できません。ですが少なくとも将来その学生が医学にたずさわる時にはどこかでこのものは役立つのです。で遺体の方はどうでしょうか」

「さてその方面のことについてはとんと無知でして、それに管轄が違うのです。多分あなたの学校へさし上げる分はそう多量にはないと思えます。そうでしょう、何と言っても街はそれ程多くの人口を持っているわけではないのですから、出る遺体の数もそれ程多くはないと考えるのですが」

「でもあなたは私が解剖学と言ったとたん、死体とおっしゃった」

「私の兄が解剖学に関係を持っていたことがありました。兄がいつも口癖に死体は集りにくいと言ってたのを瞬間的に思い出したからにすぎません。もしそれで私が死体のことを知っていると思われるのでしたら、私が口を滑らしたのが……」

「でも私に、街へ行けば遺体がある、と言ったものがいます。信用のおける人です」

「おやっ、バスのエンジン音が止っています。どうしたのでしょう」梅尾は先程から気付いていたのに、今ここでこの会話を持ち出したのは、ここいらあたりで話を切り上げたかったからである。

慌てて食堂から出て随分降り始めた雪を通してバスを見ながら、バスがそこにいるから安堵はしたものの、エンジンが止っていることがどんな意味なのかを考えてみた。

「もうこれっきり動かないと言うこともあるのですか」と恐る恐る聞いてみる。

「あります。私は幾度もこんな場面に出合っています」

「ではエンジンがかかっているからすぐに動くのだ、と言った論理はなり立たないのですか。あるいは次に動くバスもこれじゃないかもしれないのですね。これっきり動かない、いや幾日も、この上まだ幾日も動かないかもしれないのですか」

「もっと正確に言えば幾週間も」

「そんな無茶なそれじゃまるっきり詐欺じゃないか、エンジンがかかってるからすぐだと若い男は言う。そのすぐを一週間先に伸してしまった。新学期までにと思ってやって来てるのに、バスが出るまでに一週間も空費するのではどうしょうもない」

「まあそう興奮しないで、バスは止ってるんですね。それならその戸を閉めて下さい。雪が吹き込んできます。私は寒気に弱くて寒いと喘息が起るのです。気管が弱く子供の頃のが今だに抜けなくて、丁度過保護の子供がそのまま大人になったようなものなのでしょう。母の懐の暖かさを思い出しますから。あの豊かで暖かく柔わいものは何でも心地よいものです。さあ坐りなさい」

「いや帰った方がいいかもしれない。一体あの街は行く価値があるのかどうか、これ程の日数を空費して神経を苛立たせる程すりへらしてまでも行かねばならぬ所なのか考えてみる必要がある。死体はあるのでしょうか」

「ですからそれはわたしの管轄ではないと申し上げました。しかし希望は持てると思います」

「希望か、つまりそんなものだと言うことですね、憧がれの範囲くらいで」

「そうは申していません、希望は持てると言っています」

「希望などと言うあいまいな何ら具体的な内容のない言葉では今から待つかもしれない幾日間かを耐えることはできません」

「ちょっとあなたの独白に言葉をおぎなわさせていただくと、暖房の止った冷えきったバスの中で震えながらまだ幾週間も絶えなくてはならぬかもしれない。と考えていただく方がいい。ですが希望はあります。そのために私も微力ですが努力をしてもいいと思っています。このことを私は希望と言う言葉で現わしたのです」

「そうですか」と口先で続は答え、この男が一体どれ程の力をあの街で持っているのかを考えようとしていた。先程バスの陽気な人々が嫉妬と憧憬の混った熱い視線を投げていたのを思いだした。

「それなら僕もあなたに感謝して、あなたと同じ希望を持つことにします」

「感謝は困ります。なぜなら私のすることがあなたの思う方向に動くか、あるいは逆の方向へ行くかがわからないからです。あの部門を管轄している人々の反感をかうかもしれないのでたやすくは動けません」

「もういい、一体何がどうなっているのか、あなたの話はとんと要領を得ません。どうもここで話していても具体的なものを望むのは間違っていたようです。あるのはただの言葉、まるっきりぬるりとした鰻に似た到底素人では握み得ないような遊びにすぎない。私はバスが心配です。これは物にたよっています。だから行きます。勿論僕の食費は支払います」

「まあおっつけ分ることです。では」と栂尾は上品に笑って口元を拭い、目を細めて続の出て行くのを嬉しそうに見送った。

バスのエンジンを一体誰れが何のために止めたのだろうか。それを調べたかった。雪の上の彼等の足跡はもう消えそうになっていたが、それ以外の新らたな足跡はなかった。とすれば内部の誰れかがエンジンを切ったに違いない。何のために、心の中は大混乱であった。皆はエンジンの止った原因を知りたくて、例のあの古典的な因果律でそのことを証明しょうとやっきになっていた。

「お前が跳び上ったのでエンジンが止ったのだ」と続がバスに乗った時機械工らしい腕時計の音を聞く時座席を取りはずそうとした油の臭いのする男が肥った眼鏡をかけた男に言った。

「なに、俺が跳び上がったって」とその男は丸い腹がズボンと上衣の中から見えているのをズボンを引上げて覆いながら言った。

「跳び上ったとも」と機械工がやり返す。

「これが跳上ったことになるのか」と肥った男は右足を上げて床をトンと踏んだ。バスがその瞬間ぐらりと揺れた。

「跳び上るとはこうだ」と男は三十糎程跳び上った。バス全体がきしむように波打った。男の臍が出てそれはひどく横に長い。

「そうだ、その瞬間にエンジンが止った」と爪の間に油のついている黒い指を突き出して機械工が言った。

「何をこのやろう。俺のせいにするのか」と腹をふるわせながら男が近付いた。これは一たまりもあるまいと皆は思った。

「やるならやろうじゃないか、どっちみち死ななきゃならないんだ。面白いじゃないか」と興奮気味に顔を蒼白に変え、男はいどみかかった。

「そうだバスがうごくとすぐ死ぬかもしれん」と全く別の方から声がした。その言葉ででぶは戦意を喪失してしまったのか横の座席にどっかと腰を下してしまった。どうなったのだろう、と続は思った。なぜあんなにあっさりと引下がってしまうのだろう。肥った方ばかりでなく、あれ程興奮してた機械工さえももう何もなかったようにけろりとして誰れかと話をしている。また肥った方は太い腕を股にはさんで雪の降る外を眺めて、ハンカチで鼻汁をかんでいる。バスの動くことと死とがどこで関係するのか、続は疑問を持ったままだった。

「これで兎に角エンジンは止った。状況は悪くなった」と若い男が小声で言った。

「役人様がお降りになったからだ」と六十五歳程の痩せた丸干しの鰯を思わせる男が伸びるようにその視線を機械工の方に向けて言った。

「いや、ガソリンはまだあるから、エンジンをかけようとすればすぐにかかる。だがそれをしていいのだろうか、そうすれば兎に角エンジンはかかる。そしてエンジンのかかったバスを捜すために手わけして出かけなくともいい。とすればバスにとってエンジンがかかっているかいないかは出発とは何の関係もないじゃないか。我々はと言えばちょっとした旅行の帰りの最後の旅程でこのバスにひっかかっているにすぎない」

「そりゃいけない。お役人様を待つか、ひとりでにかかるのを待たなくては。そんなことがお役人に聞こえたら一大事だ」と痩せた老人が言った。

「それに若い人。街へ行くバスは常にこんな風な方法でしか、動かないと言うことを思い出してもらいたい。それを非難するのはおかど違いと言うもんだ」

「だけどひどいじゃないかこんなやり方はさ」と若い男が言った。その言葉に皆は無言で頷いて賛意を示した。

「あの方がお乗りになるのか。それともどうなのかを見るより仕方があるまい。それも今まで待ったことに比べればほんの瞬時じゃないか」

「寒くなって来た」若い男が言って娘の方をちらりと見た。娘はそれに答えて若い男の座席に男を乗り越えて窓側へ割り込んで行って形のよい髪をなでお互いの身体を膝と膝、腕と腕と言った具合にくっつけ合った。時には互いに相手の方を向き抱き合い唇を吸い、男は手で乳房のあたりをまさぐると、女が小さな声でクックと小声で笑ったりした。冷え込みは急激にやって来てオーバーの襟を立てても縮まっても足先が氷のように冷え、絶えず足踏みをしていなくてはならぬし、身体を震わしていなくてはならない。ちょっと止ると足が床にくっついた。酒を持っている男達はそれを飲んで暖をとっていた。しかし大方は黙りこくって肩を窄め身体を丸くして震えている。やりきれない諦めが人々の顔にあって、それは今突然に困難に出合ったといった種類のものではなく、これまで幾度も繰返し経験し、それに耐えて来た人々のどうしょうもなくやりきれない諦念であった。続は靴をぬぎひえきった足を尻の下に敷いて暖をとりながら周囲から圧倒的な力でおしよせて来る寒さに抵抗しようとしている。どこかで咳込む声がする。雪はやんで白い広がりが家々で視界をさえぎられる外はどこまでも続いていて、やがて暗くなる濃い青い光が寒さに反抗するように輝いている。栂尾はまだバスに戻っていない。寝入ってしまうとそのまま凍え死んでしまうだろうか、と静かになった車内で続は思ってみたが、今度は汽車に乗って都会に帰ろうとは思わなかった。

　バスの内部に静寂が拡がりそれが冷めたさと比較して、寒気が死を運ぶように静寂を運んで来た。僅かに鼻先を出る白い呼気が、生き物の音を発し心臓の鼓動と分る程である。眠気が目の中に深い霧を封じ込めにやって来て、それをのぞこうと瞬いたり、拭ったりしても、乳白色の濃い霧は眼球を覆い視野をぼかして続を深い睡眠の中につれ込んでしまう。遠い霧の向うに美女がいて続をまねく。うっとりとしそうな甘美な誘惑が深い白い闇の中から、官能をともないアフロディテのように妖しくゆらめいている。ああたまらない。眠ってはならない、理性が紐をつけた矢となって続の行こうとする足にからみつき、それをたぐりよせ続を行かせまいとする、朦朧としてふんわりと宙に浮いている、その男に甘美なアフロディテを思わせる鈴のような響の声が、たっぷりとなまめいた官能を含んだ言葉を投げかけたりしたら、いったいその男のどんな力がその誘惑をはねつけ得ると言うのだろうか。そんな理性がある筈はない。続は美女の腕に抱かれるように深々と寝入ってしまった。

4

蝶が舞っている。

黄色く咲いた広々とした菜の花畑の上を空を埋めつくす程無数の蝶がまるで厚い黄色の絨毯のように浮いている。蝶が羽ばたくと布は縮んで厚くなり羽根を広げると薄くなって布地は伸びる。かすかな羽音が集まって打ち寄せる波の音のようにざわめき、そのあまりの勢いの激しさに水がすぐそこまで寄せてくるのかと身を動かしたい気がする。春の爽やかな風が私の頬をなでる。風に浮く蝶の群は近づくかと見ると遠のいて、また近づいて菜の花の端の方から止り始める。と急に熱気を含んだ風が吹きつける。菜の花だと思っていたのも黄色の蝶、飛んでるものは蝶で菜の花に止っているのもいる。いや菜の花は一輪も咲いていない。菜の花だと思ったのは厚くふんわりと幾重にも積った蝶の死骸、それが熱気に吹かれて埃のように舞上る。生物のように。数少ない生き残りの蝶に比べてこの蝶はなんと力強く華々しく舞上ることだろう。渦を巻きながら幾重にも重なり合って、一面を黄色の羽根で埋めつくすまで。私はこの渦の中の弱りきった一匹の蝶のようだ。舞えもしない。風のままに吹かれもしない。とすればどの蝶ももう生きてはいないのだろうか。風に舞っている。熱風の中を。熱がだんだんひどくなってくる。のどが渇いて来る。焼けつくようだ。右の羽根が赤く焔を出し始めた。燃えている。それなのに左の羽根は羽ばたいている。この熱風の中をまだ飛べというのだろうか。話声が聞える。蝶の出す救助信号だろうか……。

　何と右側が熱いのだろう。おや暖房が入っていたのか。なあんだ波のような羽音と思ったのはエンジンの音。栂尾の形のよい頭が座席の向う側に見える。動くのだろうか。消えていた電燈もついている。人々は眠るのを忘れてバスのエンジン音に興奮し聞き惚れている。

「目覚めましたか。あなたを待っていました」と先程の若い男が興奮して言葉をかけて来た。

「エンジンの音がこれ程楽しいものだとは思ってもいませんでした」

「あの方はいつ動くとおっしゃいました」

「あの方って……栂尾さん」

「そういう名前なんですか、栂尾、なんていい名前なんだ。それになんて幸運だろう。役所の方の名前が聞けるなんて、名前さえ分っていたら何かの折に役に立ちます。それはどんな小さな事柄にも、例えば大雪の時の役所から雪をよけに来る自動車の順序だって役所の方の名前を言えば一番最初によけてもらえる。ありがとう。続さん。それでどうおっしゃったのです。隠さないで聞かせて下さい。そうすればあなたの助手になってお手つだいします。おっしゃる通り動きます」と若い男は熱っぽい目付で続に話す。

「特別の話はしませんでした。ただ食事を一緒にしただけです。」

「役所の方に会えて、しかも食事をなさったのなら、何かお話をうかがったと思います。街と役所とはひどく離れていて、街の人と役所の方々と会える機会はめったにないのです。そのくせ何かの折に街の人々の願っていることが役所に届くことがあります。しかし彼等はすぐにそれを忘れてしまって、長い間放っておきます。そのくせいつかとっぴょうしもない時に思い出して秘書の方に『ああ、何とか言ってたね。街の人が』と言われます。それでもしその時秘書の方が名前を覚えていたら、街の僕達の所へ『……様があなたのことを思い出されました』と手紙を厚手の金ぶちの紙に書いて仰々しく送り届けて来ます。それでやっとこっちの願いが通じたことが分ります。けれどすぐにまた忘れてしまって、大方はそれっきりです。しかし時にはその内容まで覚えておいて下さって、秘書の方に『文章を作って置くように』とおっしゃって署名なさります。もしこうなったら、その時は全てがうまく行われるのですが、しかしこのように全てがうまく行った例を知りません。時々噂で誰々が署名をもらったというのを聞くことがあって、その人の願いは全てがかない、その人はもう僕達と違ったどこか近寄りがたい人になってしまいます。その先どうなったかを僕達はもう知り得ないのです。役所のどこかにいらっしゃると言う噂を聞くことがあるますし、時にはその人と話したと言う人に会ったりします。だがそれだけです。それでどんな話をなすったのです」

「いや私の職業についてのことを少し、なに本質的なことではなくて、やはり無駄話です。ところでどうしてエンジンがかかったのか聞かせて下さい」

「あの方です。あの方がお乗りになる頃に、丁度車内が暖まるようエンジンが入りました。エンジンが止まったのはガソリンがなかったからだそうで、スタンドの親父がガソリンを入れてキイをひねるとエンジンがかかったのです。僕達はたったこれだけのことのために二度と動かないのではないかと悲観してしまったりしたのです。栂尾さんがいらっしゃる限り大丈夫だということを、これで充分知りました」

「で動くのですか」

「動きます。きっと動きます。すぐにです。次に発車するのはこのバスに決っています」と若い男は顔を紅潮させながら、希望に向い進み行く若者達の持つあの輝しい顔付で続の方を見ながら言った。

「眠りましょう。もう話してるのは僕と君だけで、迷惑じゃありませんか、眠ってる人々に」

「かまわない、彼等のことを気遣う必要はありません。どれ程彼等が迷惑しょうと不眠症になろうと彼等とはもう今では違うのですからどうでもいいのです。が眠ることにしましょう」と若い男は言った。そんな男に若い娘が媚を売るような秋波を送った。男はそれを鼻で笑うように弾き返して眠ったふりをする。あたりは薄明るくなり始めていて青白い朝の冷ややかな光が、寝入ってしまった続の顔に差して唇のあたりを紫に見せる。

5

動いている、と続は思った。錯覚に違いない、とそれを否定して目を開いてもし止っていたらと恐ろしかったが、そうも言っておれない。ガタンとゆれた。そして止った。なあんだやはり止るのか、目を開けた。

「動いたのです。ごらん下さい。運転手がチェーンを車輪に取りつけるために止っていますが、すぐに動きます。それを言いたくてお目覚めになるのを待っていました」と若い男がいった。視界をさえぎる家並はなくなっていて雪原が拡がり、朝の強い光を受けてまぶしく輝いている。山が白い屏風となってバスの行く手に立ちはだかっていた。

「もうしめたもんだ」と男が言ったのにその言葉の終らない間に痛みが彼の身体のどこかを走り抜けたように顔をしかめた。

「動き出したか」と続はそれ程の感動が湧いて来ないのを不思議に思った。そして視界に入る限りのバスの内部の人々の表情がこわばり緊張し、顔がひきつり、痛みを噛みしめているようなのが不愉快である。

「君を含めて、皆はどうしてこうも一度に腹痛を起こしたんだね。集団中毒と言うわけでもないだろう」

と呟いた。

「腹痛じゃありません」

「顔がひきつってる」

「車が動いて皆が緊張してるんですよ」

「バスに乗った時から何か変だった、それがバスが動き出すとひどくなった、しかも皆が皆だ」

「そう言われちゃ仕方がないが……。バスが動き出した。どうですこの乗心地、雪で空廻りをしたり、チェーンで幾分ガタガタと揺れますが、これでどうやら街まで行けそうです」

「なる程言いたくはない」

「いいえ続さんに隠し事をしょうとしてるのではないのです。ただ心配をかけない方がいいだろうと考えています。知ったからって起らないわけじゃないし、起らないのなら知らない方がいいからです。いや言いましょう、バスはよく事故を起すのです」

「雪のせいで」

「いいえ、そうじゃないのです。街の人々は積立をして、それで旅行をします。もっとも僕は旅行の帰りじゃないけれど、大方の人々は旅行の帰りです。この旅行はぜひとも行かなくちゃならない、それは行くように役所から通知があって、よほどの事情がない限り行かぬわけにはいかないのです。もし行かなかったら不都合なことが起ります。軽い例なら次の朝からゴミ取りが来ないとか、水道の水の出が悪くなるとか、店の主人がもう仕事に来なくていいと言うとか、税金が急に重くなって取税人がやって来て脱税だと言って、ありったけの金を持って行くとか、もっとひどいとそこに立っている家の土地が街の土地になったからたちのくようにとか、一番ひどいのは何の理由もなく犯罪人にされてしまって法廷に立たなくてはならなくなり、懲役刑が言いわたされたりします。そのくせ旅行に出るとどこかで事故が起こるのです。事故には大小の違いはあっても必ずどこかで起って、誰かが死ぬのです。あるいは重傷を負い、やがて病院で死にます。だからと言って故意に事故を起すのではなくて、ただ普通の事故が、それもちょっと一般の確率より高い程度に起って、それで必ずとは言えません。そしてその事故の発生率の一番高いのがこの最後のバスなのです。今回は長い旅行の間ただの一度もどんな小さな事故も起こらなかったそうです。ですから皆はこのバスで必ず起ると思っています。勿論中には起らないこともあり得る、現にそんな旅行を体験した人々もこの中にいて、その人々は運がいい、だから今度も事故は起らないと考えようとしていますが、しかしそう言う尻から不安がつのるのです。身を切られるような時が、その目標に向って接近して行きます、ほらまた大声で騒ぎ始めました。酒を飲みます。だがその間にちらっとした静けさが死を感ずる高ぶった神経に触れて、皆は歌をやめ、死が寒気と一緒に心の中を通り過ぎて行くのを待ち、また騒ぎ始めます」

「帰らなければいい」

「家族がどうなってもですか、子供の頃から心に浸み込んだ街が今も同じ光の中に、そこにあってもですか。パン屋の角を曲ると避雷針のある洋館にかかった薬局の看板がゆれているのが見え、そこは僕が生れて以来ずうっと住んでいた家であってもでしょうか。三階建であれが建った頃、街では一とうはいからな様式で、見上げると窓が三つ突出していてその形が六角形でそのどれもは薄い大理石でできている、その三階の窓から外を見ると高い神々しい山々がいつも雪を冠って白く光っている。こうして思い出していると、三階の窓から外を見ている僕の姿がパン屋の曲り角から見ている僕の目に映るのはどうしてでしょう。パン屋の角の光景と山々の風景とが一緒に混じり合って何の矛盾もなくそこにあるなんてことがどうして起るのだろう」

「それ程危険な道ですか」

「いえ道なら、経験を積んだ運転手でしたらなんなく通り抜けれる程度のものです。ただ危険な箇所が多く、その区間の距離も相当長いのです。しかし事故が起るのは運転手の技術が悪いというせいではありません。彼等は一年に一度は技術試験を受けて相当きびしくチェックされています。頻繁に事故が起るので街の人々は初めのうちは運転技術が稚拙な故だと考えたのです。それでバスの運転手の適性試験を受けねばならなくなりました。そして性格も穏和でねばり強い人が求められ、さらに判断力、決断力がなくては瞬時に起る事故に適切に対応できないと考えたのでした。さらに心理的な面を加味したペーパーテストが作られました。またそれも動いているバスの中で行われなくてはならないと考え危険な箇所を実際に運転しながらテストを受けなくてはならない仕組にしたのです。このテストでの合格率はそれまでいた運転手の三十％に満たないものでした。そしてこのテストは安全と言うことのみに重点をおかれていましたから知脳が低いと言うことはどうでもよかったのです。なまじっか知識を持つ者や、感情の起伏の大きな人々は、その試験の過酷さに試験を中途で放棄してしまう者が多いようです。運転技術のテストはバスの幅と同じ程度の広さの試験道路が作られ、その間に考え得る限りの困難な状況を作り、そこで行われたのです。瞬時にハンドルを一杯にきらねば曲りきれないカーブ、途中までフルスピードで走って来て、その惰性がないと上りきれず、最後の一がんばりをローにギヤを入れ換えないと時間内にたどりつけない登はん道路、こんな風でした。そのためさらに運転手の数は三分の一にへってしまいました。その他のテストを終えて最後に残ったのは百人のうち五人でした。その結果運転手は運動能力は敏捷で知脳は悪く、感動することの少ない鈍重な運転技術だけがやたらにうまい、ある種の獰猛な動物のような人間だけが残りました。こんな人間が有能だと言うことになって街の中である種の特権階級のようになってきますと手におえたものではありません。賭博はする、喧嘩はする、女だと見れば人妻だろうが娘だろうがひっぱり込む、そして街の内部を我がもの顔にねり歩く、といった風で、遂に役所も手を焼き彼等の持っていた特権のようなものを奪ってしまいました。とすると今度は誰もそれ程の苦労をして運転手になろうとするものがなくなり、ほんの一にぎりに運転手の数はへってしまい、その小数をやりくりしてバスを動かさねばならなくなったのです。彼等は今過労の状態にあって、数人でバスを動かし旅行に出かける人々、帰って来る人、街に入って来る人をさばいています。その彼等も現在では高齢で若い人々がバスの運転手にならないので当然ですが、また万が一若い男が運転手になっても、若ければ若いだけ多く運行しなくてはならなくなって結局事故のためか過労のために早く死ぬか動けなくなってしまいます。また彼等が事故を起して軽傷だったり怪我をしなかった場合には処分を受けてある一定の期間運転をしなくてよいことになっています。名前は謹慎処分ですが、実際は休暇でしかも有給ですし、その上仲間もその場合は大目に見てくれますから、これ程呑気な状態になれることはなくて、それで彼等は小さな事故を起して休暇を楽しみたいと思います。しかしどれ程事故が小さなものでいいと考えても、街へ行く途中の道で事故を起すとなるとそう小さな適度の事故を起せるような場所はなく、うねうねと曲り一方が谷で他方は崖とか、両方とも谷であるとか逆に尾根だとかして、そんな危険な山道ばかりなので大方は大事故になって生命を落すことになりかねません。さてこんな風ですから続さんの最初の質問の危険ですか、と言うものに対する答はやはり危険ですと答えるより仕方がありません」

　娘が若い男をさそうように燃える炎の目付で見るが男は一向に娘に答えようとせず、続との話に熱中している。それは娘には女心を踏みにじるように思えるので娘は遂にたまらなくなって若い男の脇までやって来て、彼の腕を取ってはじらい気味に膨れた柔らかい乳房を手に押しつけたりする。それに対し男は手がそれに触れても気ずかぬふりをして続との話をする。娘はそれで最初はすごすごと引き上げてしまったが、またしばらくするとやって来て「どうするの、わたしが人のものになってもいいの」と目を恐ろしくつり上げて言うのに、男は気にも止めないし振向きもしない。と娘は続と通路越しに話している若い男がよく見えるようにその斜め前の座席にこちら向きに坐って下品な淫蕩な顔をした中年男といちゃつき始める。男は厚い唇の間から赤いよく動く舌を長く伸して娘の首を嘗め耳朶をくすぐると娘は下品で短い鳩の鳴声のような声で笑いながら若い男の方をぬすみ見る。若者は続に運転手の技術の話に夢中になってその媚から逃れようとしている。中年男は娘が拒まないばかりか自からさそうような仕草を見せるのにすっかり夢中になって、ありったけの技巧をこらし女性の喜びそうな官能を呼び起す箇所に愛撫を繰返す。あらわれもない姿になりながら娘は流し目を若者の方に向けるその目は澄んでいて、冷徹で少しも愛撫に身をまかせてはいない。広げた胸元から薄桃色の豊満で弾力のあるふくらみがある種の堅い果物のようなものがこぼれ落ちそれが呼吸の度に小さく震えて見える。一方を男は唇で覆い、淫蕩な表情で、よだれを垂しながら嘗めまわしている。一方の手はスカートをたくし上げ娘の示す堅固な抵抗を徐々にはいじょしながら太腿の奥へと近づいているようである。陽気な人々は一層愉快に騒ぎながら酒を飲みそこいらじゅうに残りを撒きちらし大声をはり上げ、笑いながら先程から娘と中年男との行為を面白がってはやしたてて見ている。立ち上って近寄って来る者がいて若者の顔が見えなくなると娘は「おどきよ助平」と言ってその男達をおどす。若者は続との話で、どうしても娘の方へ行こうとする視線をこらえ、見まいとし多弁になって、話すことでこのせめ苦から逃れようとする。娘の太腿がスカートからすっかり露出してしまうと娘は座席にあお向けに寝て、その下半身を肘かけの下から通路の方に差し出した。口を吸ったり乳房を嘗めたりしていた男はそれを見るとズボンをぬぎ始め一刻も早く陽根を出したいのか、もどかしそうに乱暴にベルトをはずし釦をとり、半分下げてもう出さずにははち切れそうに膨張し血管の浮き上った硬いものを、ももひきの中程から突き出した。娘は上半身を折り曲げ手摺の所からもう一度若者の方を見た。幾分上気してはいたが冷やかな澄んだ目は若者の視線が彼女の肉体の上に注がれるのを待って、長い間動かず、中年男がただ入りたいらしく無理遣り股を割って来るのを拒んでいる。男は進んで行く。娘が鋭く短い苦痛を意味する声を上げた。一瞬静寂がやって来た。若者はちらりとその方を見て腰を浮かせた。ガタンとバスが揺れる。若者は思い直したのか暗い固い表情になって続との話を止めて座席にうなだれた。鄙猥な言葉が跳びちがい、笑いが起る。皆は中年男をけしかけ始めた。娘はその部分を覆おうともせず投げ出して、させるままにまかせ、自からも腰を振りバスの震動と一緒になって動いている、こうなればもう見ている方も興味を示さなくなって、ただゲラゲラと笑っているばかりで緊張感も好奇心もなく、他人の悦楽の過程をもの欲しげによだれを垂して見ていても仕方がない。彼等は女を見ると男は自分が欲望に身をまかせたくなり、本能が彼等の身体の中を嵐のように荒れ狂った。勿論女も官能が高まって来るのを感じ心地よげに花弁が甘い蜜を出して虫達をさそい寄せるように男達をまねいた。そしてその切掛を作った。

「ねえ、木に積った雪が白く輝いていますよ、ほらあそこに」などと言って男が身を寄せて窓の外を覗き込もうとして、身体が接触する機会を作り、欲望が消えないように心がける。女は全部で五人しかいなかった。男はその三倍以上もいたので至る所で、あの動物の繁殖を促す本能の行為が秘かに行われ始めていた。四つの座席では男の上に女が乗る形で行われバスの振動とは別のゆれが、その男女の行為を現わしていて、女も男もそれにふけり、あの苦痛に近い苦しい表情を見せていた。そしてその表情から人々はよほどその行為が心地よく満足げに進んでいると想像したりした。そして他の男どもは次に来る筈の順序を待ったり、どうせ来ないと思う男はその行為を力の限り軽蔑した顔付をして見下したりした。

栂尾が続の名を呼んだ。来いと言っている。続はあの行為の中を通り抜けて前の座席に行くのが嫌であった。しかし栂尾は幾度も大声で呼んでしまいにはやけになって続の名を呼び続ける。

「なんだ、自分の方から来ればいいのに」と言いながら続は行って栂尾の横の運転手のすぐ後の座席に坐った。その後を若者がついて来て、若者が娘の横を通り過ぎる時、ちらりと視線をその方へやった。娘が男の腕を取って、それを振り切ろうとする男の腕にしがみついた。若者はやっきになってそれをはらう。娘が床に倒れた。そしてなおもその足にしがみついている。男が歩くと娘は引摺られて前の方へ移動する。男はじゃけんに蹴ったりはせず娘を引摺りながら前の方へやって来る。

「来るなら早く来い」とひどく気嫌が悪そうに栂尾が吐き捨てるように若者に言った。若者が一瞬ひるんだ。

「ああっ」と人声とは思えない高い聾者が声を上げる時のようなひきつるような声が、まるで管楽器から出たような声が、とめどもなく長く尾をひいて聞こえ、やがて消える。とその時、バスがぐらりとゆれて窓の外の白い山が急に傾斜して、崖の壁が急速度に上昇して行く。身体が前の座席にぶつかる。崖が飛んで来る。身体がふんわりと浮いた。ドスンと何かものすごい力で物にぶつかった。潰されたと思った。鈍痛が腹部で起り、やがてこれが川のように流れて身体じゅうを駆け廻った。あれっきり物音一つしない。一体どうしたのか、続はふらっとする頭を拳で三度叩きながら、あたりを見廻した。川の瀬を流れる水の音が聞える。立上ろうとすると地面がかしがっていて滑ってうまく立てない。棒を握って坐り背を伸ばしてみると、何もかもが撒らばり、座席の青いクッションが下になった天井に幾つもとんでいるのが印象的であり、握っていたのは天井の空気取りの窓の棒であった。破れた窓から硝子の破片で傷を作らぬように気を使い這い出すと、黄昏の狭い谷間はぼおっと白く、下から見上げる雪の壁面にバスが滑ってできたのか、一筋の木々の緑があざやかである。谷底に転落したのか、それにしちゃたいしたこともどうやら怪我もないようだし、と思いながら他の人々はどうしたのだろうと続は雪に大腿部まで埋りながらバスの周囲を歩いてみた。

「怪我はありませんでしたか、そうですか、よかった」と栂尾が防寒具にすっぽりとくるまって、その毛の付いているフードの中の顔が笑っている。

「皆は」

「多分駄目でしょうな」

「一人残らずですか、あの青年も」

「いや、浜口君と由起枝と言うあの活発な娘さんと運転手は助かったと思いますがね」

「調べてみたのですか」

「その必要はありません。そうなのですから。しかしその外に重傷を負っているが生きてる人も他にいるかもしれません。それはおっつけやって来る救急車と死体運搬車とが区別をし、うまく処理をしてくれるでしょう」

「何かの下敷になっている人でもいたら、その物をよけるとか、血を流している人がいたら、結んでやるとか、できそうなことが沢山あるのに、どうして手をこまねいているのです」

「そう考えるのならしたらいいじゃありませんか。私には興味がない、彼等の一部と特別の関係を持つようになっては役人というのは困るのです。どのような場合にも中立的な立場を要求されています」

「何を言ってるんだ。頼んだりするものか」続は本当に腹をたててしまった。外から押してもドアは歪んていて開きそうにないからまた窓から車内にもぐり込んだ。うめき声がする。辿って行くと視野に潰れた顔が白目をひんむいてもう凝固した血を流しているのが映る。どうしたはずみか内臓が腹の間から細長い風船を曲げたようにはみ出していたり、傷がないのに動きそうもない男がいたりする。死んで物体になったものよりはうめいている人を探さねばと運転台に近づくと硝子の破片を顔一面に受けて小さな粉をまぶしたような赤い傷口を見せてうめいている男がいる。硝子片が無数に鼻、眉間、上唇、頬、顎にささっていて、三角形をした破折面のキラリと光る大きな硝子片が左の上瞼から鼻の方に斜めになって白目に突きささり、黒目の一部を鋭く刺してそこで終っている。その瞼から流れている赤い血が小さく盛上り凝固している。それが硝子の破折面を通して見えて、赤い宝石のようにしっとりと輝いて見える。すぐに抜いていいのだろうか、動かしてもいいのだろうか。続を追って来た若者だ。この男を栂尾は浜口と言っていた。彼はもう一方の目で続を認めたらしい。何か言いたがってるようだが、声にならないらしい。ゆ、という風な口元になって、それが由起枝を求めていると分るのに随分時間がかかった。続は娘を探した。ボストンバッグの横に由起枝は気を失なって倒れていて、続がその頬を叩くとうつろな目でゆっくりと起上った。怪我はしていないらしい。

「どうなったの、あっ、やっぱり事故が起きたの。皆死んだの。どうしてわたしは死なないの。どうして生きてるの。嘘なのね、わたしが今どこも痛くも何ともないなんて冗談なのね。こうして安心させておいて五分もしたら死ぬんだわ、だって事故が起ると皆死ぬんですもの。わたしだけが助かるなんてことはないわ。続さん、あなたは別だわ、もう一人役人の人も別だわ。面白いものね運命って、死ぬ前にちょっとしたこの世の見おさめのために、この時を気紛れに与えてくれたのだわ。親切ね。黄昏でもうすぐ日が暮れる。谷間の真白な雪の中。青い光が雪を青く照らしていて川の音まで聞えるの。なんて幻想的で美しい世界」と由起枝は言って視線を足元に落した。涙が眼球を溺れさせる程大量に瞼の奥から湧いてでて来た。

「茂男さん、こうなんだわ、あなたがわたしを離れこの人にすがっても、やはり結果はこうよ。死なないで生きるのよ。痛くてもどうしても、痛い間は生きてるわ。そうすればまた会えるもの。でもわたしもうすぐ死ぬのよ」と由起枝は浜口の手を取ってそれに頬ずりをする。

どこかでサイレンが聞こえて近づいて来る。もしあれが救急車のサイレンだとして、どんな道を通って雪の中をここまでやって来るのだろう。こんなに道路から離れ、崖のしたに落ちている、ここまで人がやって来るのは大変でまた相当の時間が必要だろう。それにもう夕暮、と続は考えた。栂尾の言ったように結局何もできやしない、と気持ばかりあせる。

続の後から由起枝も這い出して来た。浜口を見ているのは苦痛だった、それに浜口も彼等が傍にいると話かけようとしたり、動かぬ身体を動かそうとしたりしてそれがかえって彼には悪影響を及ぼすようにも思えた。と意外に近くでサイレンが鳴って、それが山々にこだまして、嫌やに神経を疲れさせる響が谷間じゅうを埋めつくす。近くに道があるのだろうか、それともよほどサイレンが大きいのだろうか。と思う間もなくサイレンは止って雪の中から黒い人影がぬうっと現われた。続はふいをつかれた形になって、それを救急車の人々と考えることはできなかった。彼等は担架を持っていて、さらに一部の人々はヂーゼルで動く機械をそうさして騒音をたてながら長く伸びた機械の先端に工具をつけバスのドアをはずし非常口の扉をまたたくまに毀し手あたり次第に死人であろうと怪我人だろうとおかまいなしに運び出している。その手際のよさは熟練した芸術家や手術医を思わせた。彼等は混乱、撒かれ、潰れ歪んでいる、バスの部品、硝子、座席、柵、鉄柱、などの無秩序をまるで精密機械を分解する時のあの手なれた要領で鼻歌さえ歌いながら解体して行く。死体が運び出される度に笑を浮べ、楽しい事柄に出合っている風にさえ見える。死体は担架に積み上をビロードの黒い布でふんわりと包むと、その滑るような光沢が凍った雪の表面の光沢と争い合って、お互いがお互いを強め合っている。そう言えば雪はとっくに止んでいた。死体は丁重に取り扱われ病人を手術室に運ぶ時のように傾斜や振動にも心くばりをされている。多勢の人々が幾度も戻って来て二人づつが組になり担架を二人がかつぎ、一人が見張をしながらバスを去って行く。彼等は遺体しか運んでいない。負傷者は今だに放置されていて、とぎれとぎれのうめき声がバスの内部から聞える。

「怪我人をなぜ運ばない」と続は遂に指揮者らしい男につめ寄った。男は続の言っていることが分らないらしく、自分に言われているのとは違うといった風をしている。

「この方はあなた達の運ぶ方法あるいは順序が気に入らないと言っている」と栂尾がまるで通訳のような口つきで言った。

「これ以上丁寧にはあつかえませんや。これでしきたり通りでさ」とその男は目礼をしながら栂尾に言う。

「いや順序のことを言っておられる。負傷者が先で遺体はそれからだと」

「あっしらは遺体の係りで、担当違いでさあ」

「お聞きの通りです。なぜ病人を運ぶ人々が遅いのかとおっしゃりたいのですね。あの係りは出発するまでに準備がかかりすぎるようです。その理由については直接係りの者からお聞きになった方がいいでしょう。おっつけここに到着するでしょうから」と話し合っている間に全ての遺体はバスから運び出され黒い服装の男達はバスの内部をくまなく探しもう死人のいないことを確認すると人々を残して雪の中を消えて行った。近くで大きく鳴り始めたサイレンが小さくなって遠のいてこだまだけがかすかに鐘の余韻のように残り、やがて消えてしまった。陽は暮きって気温が急激に降下して、雪の表面は滑沢さを増して、どこから入って来たのか微量の光がその表面を照し、それがいつまでも黄昏のような錯覚を続に与えた。寒気が身体の表面から無数の矢のようにその内部に侵入して来て、そこを凍らせてゆく。しばらく動かずに立ち止っていると靴底が磁気に吸いつけられた鉄粉のように雪にはりついてしまう。取ろうと一方に力を入れるとその足が滑る。由起枝も白い息をはきながら鼻先を赤くし眼をしばたかせながらただ足踏をしている。話をしようにもこの寒さでは口を通じて逃げて行く体温がおしい。続はすぐにやってくるに違いない救急車のサイレンを待っていた。由起枝と続との寒々とした恰好に比べて梱尾だけは防寒服のために寒さを感じないのか、暖かそうに大きな白い息を吐きながらゆったりとしている。それにしてもサイレンはなかなか聞えて来ない。幾度か遠くでサイレンの音がしたように思ったが、それは間違いで大方は風の音だったり空耳だったりした。

「ああ……」とかか細い切れ切れの声がバスから聞えて悲しげで死が間近いのを思わすような声である。とその声の向う側からサイレンが聞こえて風の吹き具合でそれらは大きくなったり消えそうに小さくなったりしたが、注意していると確実に大きくなっている。どうしてこうも遅いのだろうか、ちっとも進んでいない、と続は思っていると途中でこだまさえしないうちに消えてしまった。なあんだ、ここへ来たのじゃないのか、落胆していると今度は白衣の男達が黒い闇の中に三人立っていて、やはり担架を持っている。おぼつかなそうに雪の中をやって来て、バスの逆かさになった乗降口を降りて、もたつきながら長い時間をかけて、時には浜口が痛いのか大きいうなり声を上げるのを「もうすぐ楽になりますよ」などとまるで死を待っているような言葉つかいでなだめながら暗がりの中で懐中電燈のゆれる光をたよりに作業をしている。二人の男が浜口を担架に乗せ、あと一人が老人らしいよたよたして歩きにくそうにその後からついて来る。浜口が続と由起枝の方を心細げに燃える片方の目で見ている。

「わたし一緒に行きます」と由起枝が言う。

「怪我でもしてるのかね」と老人が入歯の入った口をもぐつかせて言う。

「怪我人じゃないといけませんの」

「特別の理由がなくちゃね。当局がやかましいから、救急車は病人のためにあるので健康な人のためにあるんじゃないってねえ」

「どうでしょうか」と由起枝は腿の所を出し血がにじみ出ていた。

「駄目だな、そんなんじゃ」と老人は由起枝の前をゆっくりと歩き始めた。もう担架は坂を下って視界から消えようとしている。由起枝は老人に寄って歩きながら何かを言っている。老人がちらりと由起枝の顔を鄙猥な顔付でぬすみ見した。

「だからついたら、してあげてもいいのよ。ねえいいでしょう」と娘の声が鼻にかかっている。老人の皺くちゃなふしくれ立った手が暗がりの中で由起枝の尻をなでたのが分った。

「私がここで見ていると言うのにねえ。あの連中と来たら」と栂尾が言った。どうやら怪我人は浜口一人だったらしく、三人の男は二度と戻って来なかった。

「待っていればその内に乗物が来るには来るでしょうが、どの程度待っていなくてはならないのか、これは長い時間がかかりそうでバスのことを思い出して下さい」と言った栂尾を続はぞおっとしながら見つめた。この寒さの中でまだ幾日も待たねばならないのだろうか、とすればそれは凍え死ね、と言うことに等しい。

「さて歩きましょうか。当局は私とあなたのことを知っていますからそう長くは放っておかないでしょう。しかし手続が複雑で、ここへ車を迎えに出すには幾つかの関係の省を廻り承認を得なくてはなりません。各省から一人もしくは二人の委員が出て関連委員会を作り、そこで協議を行い、決定を下し、それにもとづいて許可を与え、その許可にのっとって運搬省が各省の人事とにらみ合わせて人材を確保し、さらに自動車の整備を行います。その自動車を運転する技能が優秀かどうかの試験を行い、合格するとここにやって来るのです。バスや遺体運搬車、救急車等のようにすでに活動しているものと違って、私達の場合は突然の事柄に属しますから、それをうまく運用するにはそれだけの期日が必要となるのです。もしこうして全てが整い、迎えに行くばっかりになった時、もう一度最終関連委員会が開かれ、ここであっさりと否定されてしまう場合もあります。このような事柄に役所が関わる必要はない、と言うのが常にその解答です。となるといくら待っても金輪際迎えの車は来ないわけです。そして整備された車はもとあった車庫に運転手は以前の仕事に戻るわけです。そしてそれが完了した時、関連委員会の解散式が行われ、そこで委員会の仕事がとどこおりなく終わったことが確認され、祝杯が上げられ、万歳がとなえられて全てがもと通りになるのです」

「で待っているものはどうなるのです」

「どうもなりません。もとのままです。ここならここにいることになります。けれど今度の場合は私がいてあなたのいることが分っているので当局も略式の緊急手続によって車を動かす方向で考えて、それ程の時を無駄にすごさなくともやって来ることと思います。近くの民家でも探してみましょう。兎に角こんなに深い雪の谷間では凍えてしまいます」と栂尾は続を促した。谷あいの小径を先程通った人々の足跡を伝いながら下って行くと浅瀬にかかった木製の橋があってその橋を渡り、そこまで入って来ていたらしいタイヤの跡の上を滑るのに注意して栂尾の行く方について行く。道は谷川に沿ってうねって曲り、崖の具合によっては登り道になったり下ったりしていて見渡す限り家の燈らしいものは見えず、闇が増して来る中を心細くなりながらただ黙々と栂尾について歩いた。

「ここでは死人が一番重要視されて、次が負傷者、そして健康な人、といった順序に思えるのですが、そうですか」と続は先程からの疑問を尋ねた。

「洞察力が鋭いですね。死人が尊敬を受けるのは心地よいものです」と栂尾は答えた。

「あなたはバスが谷に転落するのを知っていたのですか」

「洞察する力にはかんぷく致します。その通りです」

「運転手は谷の方へわざとハンドルを向けたのですか」

「そうじゃありません。運転手は絶対に落そうなどとは考えていません。もっともそのことは彼によく聞いてみなくては分りませんが、彼は遺体運搬車と一緒に街に行ってしまって、次のバスの運転をしているかもしれませんから、あなたの疑問に直接答えることは不可能です。なんと言っても彼等は忙しすぎます。勿論彼等が事故休暇を申請した場合は別ですが、と言っても休暇中にあなたの疑問にお答えするようなことはしないでしょう。誰だって事故のことを休暇中に思い出すのは嫌ですからね。それとももう一つ彼等は休暇中はその宿泊先を報告しなくていいことになっているのです。ですが兎に角わざと落ちたのではないと思います。さて運転手ではないとしてどうして谷底へ落ちたかと言えば、それは偶然です。事故です。運転技術の面、精神面などが事故の原因かもしれぬとお考えでしょうがその点においては彼等は至って優秀でそのために事故を起すことはありません。そうです運転手の過労によってということは考えられます。しかし私の考えでは、今日の夕方は路面が悪い状態にあった、それで事故が起ったと考えるのが妥当でしょう。雪が六十糎程度積って気温が零度を幾分下まわるとチェーンをつけていてもあそこの登りカーブから急に下りカーブに変るあたりではスリップを起しやすいのです。圧縮された雪は水となって、車輪の表面に水膜を潤滑油のように作って、運転手は車輪の運動を制御できなくなってしまいます。そしてそれが丁度道路が谷の方向に傾いている箇所だったら、そのまま滑ってガードレールをつき破り谷底に転落してしまうのです。この現象は積雪時の多いのですが、雨が極端に降る場合にも起ります。そしてこのあたりは積雪量も多いし雨量も多いのです。そしてその結果事故も多く起ります」

「面白い話ですね。それなら道路を改修すればいい」

「改修工事をやっています。やっていると片側通行になってより事故が起りやすくなるのです。その多発する期間中のことも考えて下さい」

「そうじゃないんでしょう。もっと確実に事故が起るんでしょう。事故がこの位置で発生したこと、そしてあなたと僕運転手が助かるってことも今回はそれに浜口君と由起枝さんが助かったのは偶然だけれど、そのために後であなたはあの二人のことについて当局に弁明しなくちゃならないとして、皆初めから分ってたんでしょう。当局は既に遺体運搬車をこの近くに配置しておいた、だからあれ程早くやって来て遺体を集めていった。しかし怪我人が出ることは予想してなかった、それで救急車の来るのが遅れたんでしょう」

「その論を進めると私達の車がなかなか来ないのは、予定のうちになく死んでた方がよかったと言うことになりますね」と栂尾が皮肉たっぷりに言って道を曲ると視界が広がり谷も浅くなって二三軒の家が道路の傍に見え始める。

「このうちの一軒でお世話になりましょう」と栂尾は言って中に入ると、その家の亭主は既に全てを心得ているのか、栂尾と続との夕食の用意ができていて、それが終ると栂尾は暖かな座敷へ、続は玄関隣りの以前女中部屋だった所に案内され寝かされてしまった。続はひどく疲れていたが足先が冷えきっていたのでそれが暖まるまで寝つかれなくて、もぞもぞしているうちに寝入ってしまったらしい。

6

どんな風に日がたって行って、どんな風に寝ていたのか分らない、というのは幾度目を覚ましても夜のようであった、明るくとも薄明りで青い光が障子越しに一方から入って来て、その光がいつも夕暮のようか、あるいは夜明け前のようであって、一向に昼間らしい明るい光に出合えないからであった。さらに幾日もあの狭苦しい座席で夜とすごしたせいもあって、足を思いきり伸して真横になって寝るのが楽しかった、せいもあろう。枕元に食事が運ばれていて、それを食べ便所まで歩いて用をたし、帰って来て布団に入ってあお向けに寝ていると、いつの間にか寝入ってしまって、そんな単調なものうい頭脳を働かせることのないぼんやりとした日々を過ごしていると、それに慣れてしまって一向に立ち上って何かをしなくてはならぬなどと考えることが面倒になって来る。「事故だと言うが、あれは殺人だ」とそんなことを薄暗がりの中で考えたりした。そしていつの間にかうとうとしていると遠くで夢の向う側のあたりで声がして、その声をどうやら以前聞いたことがありそうだと思っていると、枕元に栂尾が坐っている。

「あなたと私と運転手とは助かるようになっていました。あなたは漠然とバスを見ていたようだが、バスの内部構造、あるいは外部の構造も、私達のいた前方座席と他の人々のいた後部とはまるっきり違っていました」

「後はペチャンコだった」

「そうなのです。前部の外装は堅固で丈夫な鋼鉄を主体として作られ窓硝子も特殊な加工をしたものを使ってある、そのため事故の場合でも割れにくいし万一破損しても微細な粒子になって、怪我をしないようになっているのです。さらに小さな粒子は弾力さえ持っていて傷を作らないのです。また内部は弾力のあるクッションでおおわれていて、どんな具合にあたってもふんわりとそのものを包み込み、車体がどんなに回転しても、それは身体を固定するようになっています。丁度脳髄が頭蓋の中に浮いているような状態なのです。だからよほど極端な力で車体が潰されたり、破損されたりしない限り、もとの形が崩れなければ安全です。それに比べ後部はごく薄い鋼材とアルミニウムを主体とした材料でできていますし、硝子はあなたが浜口君の顔を見たあのような材料です。彼が前の方に倒れていれば傷をおわずにすんだのに、由起枝さんのおかげで車体が跳んだ時あお向けに倒れたのです。それで下半身は前部の安全な所にあったのですが頭の方はだめでした。由起枝さんは浜口君とは逆の状態に倒れたので、ちょっと足をすりむいただけで助かったのです」

「殺人じゃないか」

「いいえ事故です。前部に乗っていた運転手、私、あなた、全てに死ぬ可能性はありました。絶対に死なないとは限らないし、彼等にだって生きる可能性もあったわけですから。ですから……」

「ですから、どうだと言うのです。殺人じゃないと言うんですか、馬鹿馬鹿しいお笑い草だ。殺人に決ってます。あなたが連絡をとってバスを転落させ事前に当局に食堂から知らせておいてその通りに行ったのです」

「あなたの洞察力におまかせします。がここで一つ質問をさせて下さい。であなたはなぜ生きているのです。あなたが前部座席にいて生き残ったことは罪悪ですか」

　質問が思いもかけない方向から跳んで来て続の心臓をぴくりと刺した。これはたいした質問だ、死んでいたら、栂尾をとがめようとする質問すらできやしない。この男は上品な口の奥に鋭い毒をたっぷりと含んだ舌を持っていて続に恩を売ろうとしている。宿の亭主が入って来て栂尾に連絡があると伝えると栂尾は続の答えを聞かずにその方へ出て行った。

「続さんてお名前でございますね。ああやって連絡がありますと決って出発なさいますので」と揉手をしながら上目使いに亭主はここで言葉を切った。

「それであの、お代の方でございますが」と口ではゆっくりと話しながら手は素速く勘定書を続に手渡した。続には法外に思える金額である。

「高すぎはしませんか、二人分ですか」

「いいえ、あの方の費用は含まれていません。あの方のものは当局からおって私共の方へ届くようになっております。しかしそれには期日を要しますし、時によると年度をまたぎ次の年にくい込むこともございます。また当局の定められた金額しか来ませんからその額は到底私共の満足するものではなく、いや私共が必要とした費用さえ出ないことがございます。その上あの方々は役人でございますから、極上の食事、最上のお座敷、美しい女性を要求なさいます。それを私共が拒んではならぬことになっていて、もし万が一あの方々の気嫌をそこねますと、その後が大変で、場合によっては家を畳み夜逃げのようなことをしなくてはならぬことになってしまいます。現に私共の仲間にもそんな例が一回だけですがございました。その家の奥様がお産の最中でして、つい手が離せずに、おもてなしをことわったのです。するとどうでしょう、どこからともなく圧力がかかって来てあの家の人々とは付き合ってはならぬ。そのことがもし後で分るとその人も同じ運命になると言った噂がたちました。それは正式の通達の形成を取ったものではなく、軽い噂の域を出ないものでしたが、その裏には隠然とした当局の圧力を感じさせるものでした」

「で僕に二人分支払えと言うのですか」

「いいえ、そうではございません。私共はそんな風に申しているのではなく、ただ私共の窮状を御理解願って、同情、あるいは憐憫の感情を起していただき、ごく自然的に何気なく、反発なさらずに、もっと端的に申しますと、安いとお考えになってお支払い戴きたいと考えているのでございます」

「じゃ私が直接栂尾さんに申してみましょうか」

「いいえ、そんなことをなすってはいけません。そうおっしゃるのなら引込めます。しかし引込めても、ただ一時的なものでして、金額を変更すると言うのではありません。またすぐにこうして出て来る性質のものでございます」と亭主はすぐにまた同じ勘定書を続の前に置いた。その度に続は栂尾に、と言う。亭主は勘定書を懐にねじ込む。しばらくするとまたその皺をのばして続の前に置く。一体栂尾は何をしているのだろうか、こうしているうちに帰って来て続の側に立ってくれるに違いない、あるいは続の側に立たなくとも中立的な立場で勘定書を見て、妥当な金額にしてくれるかもしれないと思った。時間がたつと、亭主は懐から新らしいのを出して先程の皺くちゃのと取り換えた。

「増えてるじゃないか」

「正午を過ぎると次の一日分の費用が追加されるのは宿泊を業としている所では当然のことでございます」と亭主は言う。やがて亭主は忙がしそうに勘定書を置いたまま出て行ってしまうと、食事が来てそれを食べると眠くなって寝入ってしまう。ふらりと用便に起きて行くと暗闇の中に光のもれている部屋があり、見るとはなしに覗くと若い女性が裸になった股を広げ立っていて男がその股間に顔をうずめているのを見てしまう。と興奮してしまうが、部屋に帰るとそれが不思議におさまって、頭が睡眠ばかりを要求する。薄暗い幾夜が日と一緒に過ぎて行ってその間に幾度か夢のように女の裸を見、男と一緒にもつれていたのを見たような気がしていると、亭主が入って来て勘定書を懐から出して法外な金額を要求し、同じように高すぎると言っていると、また日が暮れてその日も終ってしまう。

「そろそろ出かけた方がいいようです。車が迎えに来ています」と栂尾が続に言ったのがどのくらいたってからだったかまるっきり分らない。兎に角身体はすっかり元気を回復していて、その間戸外へ一歩も出なかったせいか、外に出ると空気が新鮮である。

「もう支払は終りましたか、あの連中は金のこととなると夢中で餓鬼が食べ物にありついた瞬間のようにむさぼりつきます。しかし支払ってやらないと後であらゆる悪態をつき泥棒呼ばわりをしてあなたの名誉を傷つけ遂に私の所までやって来ます。さてすっかりすんだようですね、では出かけましょう。運転手を待たせてはなりません」と言うから、続はあっけに取られてあまりない金を支払い亭主の最敬礼を受けながら、その満面の笑みをにくにくしく思って車に乗った。

7

今度ばかりは途中で一度乗用車がガソリンスタンドで止った以外はどんな小さなアクシデントもなく滑るように走って、夕暮には街の中に入った。その間の時間はどのくらいかと考えてみるが、長いようにも、短いようにも思われてどうも分らない。このように昼夜が混乱状態に続の中で思える時、時間を正確に区分することなど無理である。その上日々が全く同じパターンで過ぎて行くから昨日が今日で、今日はやはり昨日のようにも思える。歪んでいつも日々は白夜のように昼ばかりかと思ったり次は夜ばかりだったりする。そんな心理現象の中の続は突然四つ辻の信号機が赤に換った所で黒塗りの大型乗用車から降ろされ、歩道を歩くはめになった。放り出された、と思った。といっても彼等は別に棒切のように彼を放り出したのではなく、丁寧に別れの挨拶を言い、今度はどこへ泊るかとか、身体に気を付けろとか、さらに仕事がはかどるようになどと言われて別れたのである。街ではここが一番便利です、とも言われたように思う。がしかし心理状態を考慮に入れればやはり見知らぬ土地に突然放り出されたと同じように思えるのであった。兎に角、目的地、街に届いた。どこか落着く宿を探さねばならないと財布の中味をも考慮に入れると、心細くもあって、あの民家の亭主の顔が思い浮かび腹立たしかった。木賃宿でも探すさ、それにいよいよの場合には都会にいる友人に無心するさ、と考えたが、いざ頼むとなると、どの顔も迷惑そうに歪んで続の頭に映るからどうしょうなどと考えていると、ブルトーザーが震動と音をたてて道路に積った雪を押しのけて、歩道との間に雪を高く積み上げて行く。泥まみれになった雪が裏側を出して白い山の上にひっくり返っている。とそこに電話ボックスがあるのを見付けた。電話帳の職業別の欄を調べれば旅館の一軒ぐらいは見付かるだろうと考えた。で中に入って電話帳をくっているとトラックが続を目がけて一直線に跳び込んで来る。こんなことのあり得よう筈はない、と思っているとトラックは雪の山をふっとばしガードレールをぐんにゃりと曲げてコンクリート製の電柱を傾けて続が広げている電話帳のつい目の前で止った。ボンネットのない型の車種であったので続の視線の位置がトラックのヘッドライトの位置で左側の割れてない大きな眼球が強い光で続を照らし、それはひどい恐怖感を続に起させた。と大音響と共に光は嘘のように消えた。電話どころではない、跳び出す。向側から来た小型トラックとぶつかった反動で続のいる電話ボックスにつっ込んだのであった。電柱はぐらりと傾き切れた電線が垂れてゆれている。この電柱のおかげで生命びろいだった、と続は大型のトラックが大口をあけて今にも電話ボックスを飲み込もうとして近付いて来るのを電柱が顔面を一撃することでその突進をくい止めたように思えて、続は電柱に近づいてその傾むいたあたりを掌でなでてみた。冷めたく雪がはりついている。トラックの運転台は縦に一直線に石油缶を棍棒で殴ったように陥没していた。

運転手がうつ伏せにハンドルの上に倒れていて動かない。と視線を相手側の小形トラックに向けるとそれは交差点にはじき出されて、向う側を曲って来た乗用車にまたぶつかった。なんだか玩具で衝突事故を起して遊んでいる子供達の気持と同じように思えた。生命にかかわることなのに、まるで遊戯のようだ、と思った。乗用車と小型トラックの衝突のせいで交差点の交通が遮断されて四方の車が動けなくなった。やたらにサイレンばかりを大きくして音のみを聞いていると猛スピードで事故現場に駆けつけ素速く事故を処理し、負傷者を救助し、さらに病院に急行しているように思えるが、見ているとサイレンばかりで車は救急車も警察のパトロールカーも一向に速くは進んで来ない。第一救急車の性能が悪い。パトロールカーの方は運転技術がまずい。道路が混雑している。おまけに事故のために動けない車がそれらの通路の邪魔をしている。雪道だ。遅い理由ならいくらでもある。だがやはり一番にやって来たのは遺体運搬車である。次に交通の停滞をなくするためにか、パトロールカーで、巡査が拡声器を持って大声をはり上げ始める。と車は一台ずつもつれた糸をほぐすようにして動き出し、そしてしばらくすると止っている車はなくなって万事がもと通りになる頃になって、どこか遠くからサイレンが聞こえて来て今度は本物の救急車がやって来る。そしてトラックからハンドルに伏せている男を降しうつしかえてまたサイレンをならしながら遠ざかる。続はこんな風に街につくと先ず事故による出迎えを受けたわけである。街は相当にぎやかそうに思えるが、それ程大きな都会と言う程のものではないように思えた。しかしどれ程の戸数があるのか、人口が、面積がと言うと見当がつかない。続は電話で宿屋を探すのを諦め旅館の看板でも探し安いような所に宿泊するつもりであった。風呂屋の横を折れると飲み屋の露地があってそこに手頃な旅館が見つかった。名を三吉館と言うのらしい。声をかけて見ると禿頭の親父がでてきて続の服装を見て、おあがり下さい、と言った。八畳の薄暗い部屋に案内しながら、この街でふいにやって来て部屋を取れるのはめずらしいことで、あなたは運がよかった、と言う。高地に街があるのか空気が希薄で小刻みに呼吸をしていないと胸のあたりが重苦しい。夕食もそこそこに寝てしまうのが一番だろうと布団にもぐる。シーツは木綿で新しいのはいいが、布団は汗や体液をたっぷりと含んでいて湿気が体重のかかったあたりからにじみ出て来て、どうも気持が悪い。どうにか街にたどりついたようだが、それにしても廻り道をしすぎた。ついたことがそれ程嬉しくもないのに興奮気味で寝つかれない。一体どのくらいの期間がたったのか、今日は何日で何曜日なのかバスでは幾日くらい崖の下では幾日といろいろあの駅員のように指を折って考えるが、何月であるのかさえ判然としない。気候から見るとここはまだ冬で二月のようだが、ひょっとすると三月に入っているのかもしれない。他の客がいるのか、酒に酔った男の声やそれをとりなす女の声が聞え、行き来する足音がやかましい。眠むれないと便所に行きたくなって来て、部屋のどこにも便所のなかったことを思い出した。さて行ってみるかと廊下に出ると、玄関のあたりが騒がしい。体格のいい幾人かの男達が土足のまま跳び込んで来るのに出合い、よける間もあらばこそ、続をつきとばすように、通りを過ぎるとその部屋へ跳び込んで大声で怒鳴る、格闘をする人々の声や肉体のぶつかり合う音、物の跳びかう音、毀れる音、逃げる足音、追う声、逃げた庭の方だ、明り、と叫ぶ声。これじゃ静かに寝てるわけにも行かぬと迷惑に思う心よりも一体何が起っているかを知ることの方に興味が行ってしまう。硝子窓が大きな音を立てて落ち破れる音がする。庭を駆けるのがいる。階段をかけ上がる音。二階だ、屋根だ、塀だ、と声がする。声は一方的に追う方から発せられて、他はいつも無言らしい。思いもよらぬ方から駆けて来た黒い影が続の胸をドンと打った。続はよろけて壁にぶつかる。駈け出して廊下を曲る所で別の男とぶつかり、今度はそっちの方が強いらしく男はよろっとした、途端に金属製の輪がガシャと音をたてて腕首にかけられた。男は観念したらしく暴れるのをやめて、静かになる、が目ばかりが狼のように暗い中で異様に光って「畜生」と一こと吐き捨てるように低い声で言った。もう寝るより仕方がない、と続はそう思った。

8

何をどう始めてよいのか分らなくて、いきなり死体を下さい、と言うわけにもいかぬ気がして、まよってばかりいる。死体がありそうな所と言えば交通事故などの処理を行う警察署か、その下働きをする葬儀屋、また引き取り手のない老人のいる、老人ホームや養老院、公費で治療をしている施設のような病院、まあそこいらの人々と接触することから始めなくてはならない、と続は考えたが、紹介者もなしに行けるだろうか。どうも人の甘言にのって気楽に街へやって来たのが初めから無法だったのか、などと思ってみる。ここまで来て帰るわけにもいくまい。こんな時には栂尾が一番たよりになるような気がした。彼は希望と言った、その言葉で続の目的を位置づけた。電話器を持ち上げて、役所の番号を言うと、帳場で電話の取次ぎをやっている女中が甲高いひきつれたような声で、待って下さい、と言って何かをガタガタと動かす音と駆け出して行くスリッパの音を残して、何も聞えなくなってしまった。どうしたの、もしもし、と続はやって、それが急に小用に駆け出す女の姿に似ていると思って、我慢しきれなくなって走ったんだろうと思った。待ってみるが声がしない、どうもバスに乗って以来変な事ばかり出合う、街はちょっとおかしい、と思ったりした。向うがその気ならこっちもとあお向けになって天井を見ている。起き上がって受話器を取って耳にあてる、黙っている。どこへ行ったんだ話の中途で、小用を思いついた。よほどゆっくりとして戻って来る。耳にあててみる。しいんとして何も聞えない、かと言って切れてもいない。受話器を置くとチリンと切れる音がする。取り上げてみる、話し中らしい音がする。切れてなかったのだ。仕方がないから寝ころんでいる。かと言った帳場まで行ってみる気もしない。随分あって電話が鳴って「先程、役所とおっしゃったお客さんでしょうか」とか細い女の声がして、そうだと言うと、本当に役所でございますねとねんを押してから、傍にいるらしい男に、間違いないわ、役所と言ってる、そんなに言うなら自分で聞いたらどう、などと言っているのが聞える。

「お客様は電話を役所になさりたいんですか」と男の声がする、どうやら亭主の声らしい。そちらへうかがうから、と言って電話を切るとすぐその足で、あっと言う間に続の部屋に入って来た。

「役所に電話をかけたいそうだが、役所と言うのは公園のそばの本当の役所のことでしょうな、冗談じゃないんでしょうな」

「役所の栂尾さんと話がしたいんだ」と続はむうとして言った。

「役所の方の名前を知っている。なる程有力な手段だが、と言って役所に電話をすぐにかけてそれで繋がるものではない」

「電話のない役所など聞いたことがない」

「電話はそれこそ無数と言う程沢山あるし、ダイヤルを廻せば通じないでもない。よほどうまくいっての話だが、もしあんたが役所に電話をかけるとする、そしてうまく役所の交換手に通じるやいなや、わしの三吉旅館にその同じ電話線を用いて逆電話がかかって来て、許可のない電話をどうしてかけさせたのか、と言って来る。役所に電話をかけるには先ず許可がいる。そうでなければ絶対にかからない、あなたは許可を持っているかね」

「いいえ、けれど栂尾さんとは親しくていつでも話はできることになっているんだけど」

「役所の方と話をしたい、そんな理由じゃ、この町の世話人の長谷川さんさえ相手にしてくれないだろう。

もっと正当な理由、誰がなんと言っても説得できるものが必要だ、いくらあんたがその栂尾さんとかおっしゃる方と親しいと言っても証明がなくてはならない。あんたはその方を栂尾さんと気楽に呼んでいるが、役人の方々をそんな風に友人のように呼ぶのは身の程知らずだ。わしらには役人の方々のお名前なぞ知りたくても知らせて下さらない。どんな方々がどんな風にして役所にいらっしゃるのやら、どんな服装で街に出ておいでになるのやら分らない。ただ噂でこんな名前の役人の方がおしのびでこんな服装で何をお求めになった、と言ったのを聞くだけで、その噂だってそう度々あるものじゃない。何せわしらとは違った方々なんだから」

「もし僕が栂尾さんに電話をかけたかったら、どこへ行って何をすればいいのです」

「長谷川さんのところ。今電話をかけてあげるから待っていなさい」と亭主は部屋を出て行って、しばらくして、今は都合が悪いそうで、後程こっちから知らせるとのことだ、と電話をかけて来たきり幾時間も何のおとさたもない。湿気の多い薄暗い部屋でじいっとしているのも面白くないから、と浜口と言う若者の薬局でも探してみようと考え外出することにした。曇った空はうっとうしくて、あいかわらずの雑踏の中を歩いて行くと、浜口の言った高い雪をかぶった山々が何かの拍子に雲が切れるとその威容を見せることがある。三階建ての古い洋館ならすぐに分りそうだと、この街を見くびっていたのが甘いのか、そこいらあたりの四つ角を曲ったり歩いたりしても、角のパン屋もその洋館も見つからない。自動車はなぜこんなに細い道にまでも頻繁に入って来て無闇とスピードを出して走らねばならぬのだろう、少し油断をすれば轢かれそうになる。そう言えばパトロールカーがサイレンを鳴らし遺体運搬車がその瀟洒な車体を光らせて通り、救急車がサイレンばかりを鳴らして行く。赤い消防車がやはりサイレンを鳴らし駆け抜ける。どうしてこうも騒がしいのか、と続は耳を塞ぎたい。浜口の薬局を探しながら街にも慣れてついでに役所のあるという公園のあたりを散策してみようと、続は意図していた。工場の煙突から煙が時折鼻をつんざく酸のような臭気をさせて上っているのを見たり七階建て程の四角のコンクリートの窓一つないビルデングを見上げたり、学校らしい建物を見付けたりしたが、一向に役所らしい建物を見かけることはなかった。樹木の多い高台が東側にあって木々が雪をつけている。街角を曲ると黒煙をもくもくと幅広く上げていて、それが視界の五分の一程度をしめる、先程駆けて行った消防車の行きついた先はあのあたりだろうと思ってみる。幾台も消防車がまたどこからか駆けて来て、そのあたりに向ってサイレンをならして行くのか、それが長く尾をひいて渦巻のように遠くなり近くなりして長時間絶えることなく鳴り響いている。黒煙がやがて白い煙に変ると今度は規模が小さくなってそのうちに消えてしまった。ひょいと角度を変えると天を突き刺すように伸びた避雷針が目に入って、続の記憶を鋭く刺して、そこが浜口の薬局だった。入って行くと白衣を着た六十歳程の痩せた男が調剤室と書かれた硝子戸から出て来た。バスの中の若者と鼻のあたりが似ている。

「浜口君はお帰りでしょうか」

「まだです。一体いつになったら帰るのか、もう三年にもなるが帰って来ない。御用は何ですか」

「彼は確か傷を負ってる筈です」

「どこです」

「帰る途中で、事故です」

「おい茂男が帰ってるんだそうだ」と男は奥の方へ声をかけた。

「どこに、いないじゃありませんか」眼鏡をかけた五十を幾分過ぎて見える丸顔の女性が小走りに出て来て、続に御辞儀をした。

「この方が怪我だとおっしゃる」

「どんな傷です。生命に別条はないんでしょうか。まさか死ぬんじゃないでしょうね。どこの病院です。すぐ行きましょう。長いこと待せてやっと帰って来たと思ったら怪我だなんて、あなたどうしましょう。何かいるものは……ああどうしましょう、何も手につかないわ。嬉しくて悲しくて、喜こべばいいのか、泣きたいのか、ああどうしましょう」と女は一人でたて続けにしゃべってそこいらあたりを歩き廻っている。

「そう一人で言っちゃ分らない、黙って。で生命の方は……」

「別条はないと思いますが、重傷でしたから…」

「でしたからって、そうですか、あなたもくわしくは御存知ない。いつ、どこで、なんです」

「重傷だってどうしましょう、行かなければなりませんわ、どこへでも、どんなに遠くても、本当に要領を得ないわ、どうなっているのかまるっきり分りゃしない」

「黙ってお前がしゃべりすぎるから」

続は先ず怪我の程度のこと、次に事故のこと、さらにバスの中で出合ったことなどを話した。しかし浜口が続の助手になると言ったようなことははぶいた。

「救急車で運ばれた」と続が話終えると落胆したように、痩せた老人は肩を落し、唇を強く結んで言う。

「可哀想に帰って来れるでしょうか、ねえお父さん」と女は涙を溜めて溜息をつきながら言う。

「そう願うより仕方がない。こんなことじゃないかと危惧してたが、やはりそうでしたか、ところで申し遅れましたが、浜口茂男は私共の息子です」

「続です」

「この街の方ではないですね。切角茂男のことを知らせてくださいましたが、旅人の方々とはお付合をしない方が、私共にもあなたにもいいことでして、今日はこうして話を始めましたから仕方がないのですが、街では密告といったやり口が横行していて、何かにつけ他人の行動を監視し、ふだんと違う行動があると、その筋に密告するのです。するとその筋は密偵をはなって密告された人の行動を細部に渡るまで調査して、少しでも怪しい行動や言葉に出合うとそれを盾に逮捕しかねません。密偵達は一定のノルマが課されていて、それをやりとげないと成績が悪くなり、解雇されかねません。このように順に上部までそうなっています。彼等に一度目をつけられるとどこかで必ず犯罪めいた事件に関連があることにされ、牢獄か病院行きになります。そしてあがけばあがく程罪状は重くなって行きます。何と言っても切掛を作らぬことです」

「でもあなた、茂男の消息を知らせて下さったのですよ。そんな風に言っては失礼ですわ」

「いいえ、かまいません、それでは……」と帰ろうとすると、

「続さん、確かあなたは由起枝さんとかおっしゃいましたね。もう少しお聞かせ下さい。なあにもう少しぐらいかまいません。どれ程うまくさぐっても一度では罪状を考えつくことはできないでしょう。ねえお前食事を一緒にしてもらってはどうだろう。もうすぐ昼だし」

「ええ、用意をして来ます。どうぞごゆっくりしていて下さいね」

「いやおいとまします。僕の知っていることは皆話しました。もうこれ以上は知らないし、これ以上長くいて御迷惑をかけても……。しかしどうして浜口君の病院はそんなに嫌やがられるんですか」それから続はつい彼のずるずるとした性格から、浜口の食卓に並んで坐ることになってしまった。茂男が坐ったに違いない椅子に坐り、久しぶりに食べる家族の味に満足していると、時々女親がやさしい目をして続の方に笑いかける。

「病院を探すことはできないのですか」

「そのことを話すのは小声の方がいいのですが、この街に病院は三つあります。小都市に大病院が三つもあるのは不思議に思われるでしょうが、それだけ病んでいるのでしょう。三大病院の管理は全て役所が行っ

ています。完全看護で、病人には物質面では全てが満足するような機構になっていて、それをあなたがいつか御覧になるでしょうが、それは立派なものです。医療の面でも医師の技能は素晴しく、あれ程の優秀な医師を集めた病院はどこを探してもないと思います。医科大学の教授クラスの人々が競ってここに集るからです。報酬はいいし、設備もいい、研究費は豊富で優秀な人材が集っている。さらにこれは大きな声では言えませんが、研究材料も豊富で研究者の望む実験材料、又は対象物がどんな困難を予測させるものであっても至って容易に手に入るのです。こんなことは現在では世界を隈なく探しても有り得ません。動物は言うに及ばず、人間をもです。あらゆる病気とあらゆる微候を持つ対象物が、例えば全世界から今や消えようとしている天然痘のような病気、さらには梅毒やハンセン氏病のある症状を持つもの、さらにある種の重金属の中毒症候を持つ患者など、研究者が得たいとするものは即座にととのうのです。また特殊なウイルスによる伝染病、また先天的なもの、癌や奇形についても同様です。この病院では研究が行われ、外部に発表され世界から高い評価を受けています。しかしそれは一部でその数等倍に及ぶ未発表の犠牲を必要とした科学的に価値のある素晴らしい研究の成果が整理されて保存されています。それは門外不出です。そしてこれらの三病院は役所により管理され、患者が病人である限りは快適な療養生活を送れるようになっております。しかし外部との連絡通信交渉等は全て役所の管理部を通してしか行われません。さらに役所はある種の感情に非常に鋭敏でその感情を刺戟すれば病院に入っている患者はどうなるか分ったものではないのです。例えば私共が茂男とどうにかして連絡をとりたいとします。これはどれ程秘密に行おうとしても、どこかで役所の情報網に感知され、一度みつかるとそれこそ徹底的に監視され、どんな小さな事柄をも見逃しません。私共が茂男と連絡がついて安堵すると役所はその安心が気に入らないのです。そして安心させないようにと茂男をより重傷に見せかける、あるいは本当に重傷にしてしまいます。可哀想だと言います。するとその感傷を役所は嫌がってさらに可哀想になるように痛めつけます。そしてもし正式に病状を尋ねると、もう死にました、と言って完璧の療養中のカルテと死亡診断書、さらにはその時の状況さえそえて、どこからも文句のつけようのないようにして、立派な書類が私共のもとに丁重なおくやみと一緒に届けられます。勿論それと一緒に茂男の遺体が届きます。そして私共の感情がどのように変化するかを、密偵を使ってあるいはこの時ばかりは役人自身がやって来て、覗くのです。そしてその楽しみのために茂男は殺されかねません」

「なんてことだ。まるっきり分りゃしない。僕が危険人物だなんてことがあるのか」

「由起枝さんと言う人を尋ねることはできます。この人が怪我をしていないのなら、連絡のつけようもありますし、当局はそれ程目を光らせていないでしょう。いやありがとう」

続は立上った。もう帰る方がいい、続がここにいることが浜口君の生命にかかわることならば……と考えてみたが、それについてもまだ疑いを持っていた。

帰ると長谷川世話人から連絡があって、来てもいい、と言った意味のことづけが三吉館の亭主のもとに届いていた。

長谷川世話人宅の土間は玄関から長く続いている昔風の造りで、薄暗い土間の途中あたりで声をかけると老人が左側の部屋の硝子戸をあけながら、お上りなさいと言う。

老人は厚い眼鏡をかけていて、それが紙に目を極端に近づけながら続の住所、氏名、職業、年齢、さらに宿屋の名前、住所、亭主の名前、卒業年齢、職業などを聞きさらに趣味、特技、最終学校名、とその年月日、妻子の有無、両親の有無等、考え得る限りを厚手の調査用紙に書き込んでいる。その途中で質問し、眼を紙から離すと、どこに記入していたのか忘れ悪い眼で小さな活字を探すのに手間取っている。

「さて、これであなたは旅人として正式に登録されました。この登録書の有効な範囲は南と呼ばれる地域の全部であるから、その範囲はあんたの自由に行動でき得る。しかし北に及ぶ場合はあらかじめ許可をとる必要がある。街の行政上の区分が南北に二分されていて、それぞれの行政機関が、それぞれの地域を受持ち、街全体をさらにその上部機関である役所が統治している。それで両地域にまたがって旅人が行動する場合には役所の発行した通行証が必要である。そして北と南のいずれに登録されるかを選ぶことは旅人の恣意によることができる。しかし一方に登録されていて他方にも登録されることはできない。しかし他方に行く時は許可証を得ればよい」

「役所は南ですか」

「いや南北のいずれでもない特別地域である」

「なんだか動きにくそうだな。登録はぜひとも必要ですか、それとももっと気楽にしなくてもいいのならなあ」

「続さん、あんたが役所に電話をしたいのなら絶対に登録してからじゃないと、役所に電話をかけることはできない。またした場合には罰せられ、幾ケ月かの実刑がかせられることになっている」と長谷川は続をにらむように見つめた。「登録は終りだが、正式になるためには南の事務所に書類を二通郵送しなくてはならない。登録はしかしここで書類を書いた時点からされたことにはなる。でも役所に電話をかけたいのなら役所へ許可願を出せばよい。様式はここにある通りで、それに必要事項を記入し南の事務所に郵送すること、すると南の事務所が役所に照会し役所がその用件を許可すれば、電話をかける日時が指定されて、そこへその時刻に電話をすれば通ずることになっている。まあ早くて三日遅ければ一週間ぐらいだろう。それも正当な理由があってのことだけれども」

「馬鹿も休み休み言うものだ。そうじゃありませんか。今話したいから電話をするのに三日間も一週間もじゃ直接行った方が早くて確実じゃないですか。さもなければ手紙を書いた方がいい。そうすれば連絡が取れる」

「直接行くのは失礼にあたらないでしょうか。先ず電話で日時を決めてからと言うのが順当なやり方と思うがねえ。行ったっていや行けるかどうかも疑問だが、まあやって御覧になるといい。わたしはもう必要なことは皆あんたに教えたんだし、それを守るか破るかはあんたの意志だから。それじゃ登録証。これは大切ですぞ」と長谷川は続を送り出して自分は薄暗がりの中に引込んでしまった。今日も無駄な一日が終るのかと続は憂うつであった。電話ボックスから役所に電話をかけると三度ベルが鳴って魚屋が出た。魚屋は忙しそうで続の言うことなど取りあっている暇はなさそうで、女が高い声で怒ったように話したが役所と言う言葉を聞くと慌てて電話を切った。もう一度電話帳を確かめてかけるとまた先程の女が出て、今度は声を聞くなり、違いますと言って切ってしまった。役所の電話が魚屋に繋がっているのかと妙に思って、電話局の案内を呼ぶことにした。案内嬢は盛んに続の職業や年令住所などを聞いて登録番号を聞き、そして役所へ電話をする許可を取ったかどうかを尋ねた。許可はない、と言うとそれではつなげない、と答える。それじゃこっちで勝手にかけるから電話番号を教えて欲しいと言うと、先程の魚屋の番号を教えてよこした。それは魚屋だと言っても電話帳に書いてある通りの番号だと言う。しかし魚屋しか出ないと言うと、役所への電話は電話局の取りつぎを経て通ずるのだから勝手に番号を廻すと、自動装置はどこかの番号の所で横に滑って別の所へ通ずるのだと言う。そこのボックスからは魚屋だが別の電話ならまた別の所へかかるだろうから、いくらやっても無駄だと返事をしてよこした。続は別の菓子屋の前の赤電話から役所にかけてみた、と今度は風呂屋が出た。今夜は五時半からだ、とボイラーの燃える音と一緒に男の声が続の耳に入って来た。電話を探しながら歩くとガードレールの曲ったトラックの塗料が付きまだ傾いた電柱のあの電話ボックスが目に入った。もう一度廻してみると、今度は天気予報が入って来て、風向きや風速、天気図などを説明して、最後に明日は雪だと言って、受話器を持っていると幾度も同じことを繰返している。もう一度かけてみると、コッンと電話は言って一気に何かを越えたような音がして向う側の受話器が取り上げられ、役所です、と言ったことばが不鮮明だが聞こえる。電話が混線している時のようで、話してもこちらの声が向う側に伝わるかどうか不安だが、栂尾さんに、と言うと電話はそのままで、との言葉に変って、栂尾の声がする。いざ栂尾が出ると何から言えばいいのか分らない。

「ああ続継介さんですか、どうですうまく行っていますか。なる程どこから手をつけていいのか分らない。行動を見張られているようで窮屈で仕方がない、ああそうですか」とこんな調子で栂尾は話して、

「勿論手が空いたら私も協力をおしみません」と言っていると電話の間に別の声が混って、どれが栂尾の声やら、別のものやら何を言っているのか分らなくなると、栂尾の方でもそうらしく、どうなったのです、とか、いいじゃないですか続さん、とか言った断片的な栂尾の言葉が聞こえて、もしもしと幾度も言っているうちにプツリと切れてしまった。どうすれば連絡できるのかと聞こうと思っていたのにそのことさえ言い出せないうちに切れてしまったのが残念であった。

電話ボックスを出ようとすると男が続の腕をつかんで、

「規則違反であるから連行する」と言う。続に取っては寝耳に水で何のことだか分らないが、その男の言うのによると、後でその男の名が京谷だと分るからそう呼ぶが、十二号公衆電話ボックスにいる続を逮捕連行せよ、と言う命令を受けたので、こうして連行するのだと言う。その理由が何であるのかは分らなくとも京谷は、連行せよ、と命令を受ければ連行するのが彼の任務なので、それを遂行しているのだと言う。そして理由が聞きたければこれから行く分署で聞けば多分明らかにしてくれるだろう。勿論逮捕と言っても、京

谷を突き跳ばして逃げてもいいし、また拒否することもでき得る。また住所が分り、そこにいることが保証され、分署が出頭を命ずる日に出頭できれば、こうして連行されなくてもいい、と言った意味のことを京谷は言って、どうするつもりかと聞く。続はそんな京谷の話を聞いて、どうもたいしたことではなさそうだ、と判断し、現に続自身は何も罪になるようなことをしていない、では分署とか言う所へ行って理由を聞いてみるのもいい。また申し開きもできて、即刻続の逮捕が不当のことだと分って釈放されるだろうと思った。まあ行ってみようと考え京谷に従うことにする。続がそのことを京谷に言うと彼の態度が極端によくなって、続をねぎらったり、世辞を言ったりして、京谷の仕事がどんなにつまらぬものであるかを話し始めた。京谷は続を連行するようなアルバイトの外に天職を持っていて、それは芸術に属する事柄で、一度彼の才能に触れれば何のへんてつもない紙切れが、世にも美しい花々と変化して、見る人の心を慰さめ、感動をよび、恋心を失った人々の心に新らたな情熱をよびさまし、死を願う人々に生きる力をよみがえらせ、失意の人には希望を与え、病人をも立ちなおらせる、そんなに素晴らしいものである。

「この素晴らしい芸術家が、失意の中で何をして糊口をしているのでしょうか。葬式に飾る花輪を作っているのです」京谷はかってこの街で紙を用いて造花を造る芸術家として知られ、彼の作品は心ある人々によって高く評価されていた。美しいものに心を動かす人はこぞって京谷の花を自分の家に置きたいと思った。京谷の花を飾ると、その部屋に何か言うに言われぬ気品がみなぎり、誰もが心あらたまる思いがするのだった。京谷が得意の絶頂にある時一人の役人が彼の前に現れて、彼のひまわりの花を見ていた娘の気がふれてしまった。それは京谷の作った造花のせいである。以後造花を製作してはならない。もしそのことが今日以後に分った場合には極刑にする、と言った。初めは何のことだか分らなくて、それでも内緒で京谷をひいきにしてくれる人々や、飾りたいから作って欲しいと言って来る人達がいて、それらの人々に支えられて製作にはげんでいたが、そのうちに注文がなくなり、誰も相手にしてくれず、監視さえ受けるようになった。さらにそれが買った人々の身の上まで及ぶとどうにもならなくなる。金の入る道は閉され、人々からは相手にされず、ごく親しい人々の持って来てくれるおこぼれで細々と生きて行くより仕方がなくなって、妻と子供とはいつも腹をすかして、このままじゃのたれ死にするのではないかと思われた時、役所から仕事が与えられ、それが今のこんな仕事で、嫌なのだが、生きて行くにはどうでもこれをやり続けるより仕方がない。どうして京谷に仕事がもらえたかと言えば、あの役人の娘は本当に造花を見て気が違ったのではなくて、身分違いの家の庭番か運転手かが好きになって、娘が妊娠する。親は腹が大きくなって始めてそのことに気付いて相手を遠ざけ暇を出して、さらに罪状を付けて牢獄に入れてしまった。娘は男に逢いたい。それで夜になると男のいた下男部屋へ行ったり、屋敷の中じゅうを闇にまぎれて大きな腹をかかえて探しまわり男の名を呼ぶ。その声がひどく悲しそうで哀れで聞くに耐えない。それを近所の女達が幽霊だと噂をするので、両親も屋敷におけなくなり、娘を田舎の別荘に連れて行って軟禁してしまう。娘は本当に気が違ってしまって、花をくれ花を、とわめくようになって、それが初めは何のことだか分らなかったが、やがて京谷の造花だと分る。しかし造花を持っていっても、これじゃないと言う。そして嫌がる、そうこうしているうちに娘は女の子を生んでそのお産がもとで死んでしまう。女の子を両親が引き取って育てている時、女親が孫をだいて娘の室内に入ると孫の手が窓辺のカーテンに触れて、その拍子にそこに隠れるように置いてあった造花が落ちた。その間から男が娘にあてた手紙が出て来た。娘はこの造花のことを言っていたのだと後で分ったがどうしょうもない。その手紙が悲しい手紙であったそうである。このことを伝え聞いた別の役人が、それじゃ京谷のせいじゃない、許してやってはどうだろう、ということになった。しかし一度出した禁止命令を取り消すわけには行かぬから、それで別の方法でとなって今の職業をくれたのだそうだ。京谷はこんな風な話をしながら早足で続をつれてぐんぐん歩いて行って、小さな家の前で止った。京谷が分署と言った建物は何のへんてつもない住宅で、何か特殊の用途のために建てられたり改築されたりしたものではなかった。ドアを開いて入って行くと板の間があって、京谷の入って行く通りに衾を開き障子を開けて廊下を進んで行くと戸の隙間のある和室に出た。そこは暖房が入っているらしく戸の間から暖かい空気が流れている。覗くと男が女に抱きついて女の唇を吸おうとしている、と女は顔を左右に振ってなかなか吸わせない。本当に嫌ならば抱きついた腕を振りはらえばいいのに手の方は男の首に巻きついているから、適当に逃れてそこいらで口を吸わせるつもりであろうか。男が口を吸うと女も目を閉じて口を吸いうっとりとしている。そのうちに男の手が女の胸のあたりとか腰のあたりを動いて、股の間に止るまでには随分の時間がたってその間じゅう京谷と続とは細目に開いた間からその二人の行為を見ている。途中で女が京谷と続とに気付いたらしいのに一向にやめる風も見せずに、男に乳房をもませ、顔をのけぞらせ首筋を男に嘗めてもらったり、男の手が胸をおし拡げ乳房を出すのをそのままにして愛撫に身をまかせている。京谷はそれを見ていると興奮して来たのか、息使いが荒くなって、始めのうちはポケットの中から陽根を触っていたのを、今度はズボンの前の釦を開けて、立ったそのものを引き出して向う側の光景にあわせて、それを手でしごくと、粘液がでて、その臭いが続の鼻にまで届いてくる。続も部屋の中の光景に目をとらわれて、女のスカートがまくられその間の男の手が入れられ、女が上気しあえぎ始めると、どうにも興奮して来るが、そこは自分ではなくして、続は見る立場だから生唾を飲む程度で我慢しているのに、京谷は繁んに手でやっていて、続の手を把んでいって陽根を持たせようとする。どうやら京谷には男色の悪癖があるらしい。かと言ってどう考えても人の陽根の立ったのを持つ気にはなれないでいると、京谷が続のものを持とうとしてズボンの前釦を女のような手付ではずし始める。「何をするんだ」と大声でつい言ってしまうと、部屋の中の男が急に女から離れ

て、慌てて押入れの中へ下半身裸のまま跳び込んで戸を閉めてしまった。女ははだけた胸元をとりつくろおうともせず京谷を見て、

「あらあなた、御用事でしたの」と言った。

「続さんを連行した所なんだ。久道さんはいらっしゃるだろう」と言った。

「ええ、すぐに、いらっしゃるわ。そこでお待ちになったら」と女は戸を閉めた。京谷はちらりと続を見て「あれは私の女房なんです」と言って恥しそうに下をむき、それから複雑な風ににっこりと笑って、両手を開げ肩を窄めて見せた。

「ごくろうさん」と言いながら男が出て来て、身なりこそ整っているが、まぎれもなく先程の京谷の奥さんを抱いていた男である。

「京谷君、罪状は何ですか。ああ……、分らない。いや本当は分らないのが普通で分ったりしてはならない。私さえ分らない。君は奥さんと一緒に帰りますか、それとも一人で」

「ええ、そうです、どちらでも、康子はここの職員ですから」

「勤務時間は終っていて、そのことならどうでもいいのだが、康子さんどうします」

「どうして京谷の許しを受けなけりゃならないんですか。久道さん、この人ったら碌に仕事もできやしないくせに芸術家ぶって、それで女房子供が養えるならともかく、全くだめなんです。わたしが働いているからこそ生きてられるんじゃないですか。だのにぶらぶらしているだけで、ルンペンだわ、花さえ作らせてくれたたらなぁ、ですって。それならそのように努力をすればいいのです。それもできないで手をこまねいていて、紙を持とうとさえしないのです。当局が狙んでるからなぁ、と口癖に言って、まるで蛇かなんかをさわろうとするように紙を持つのさえおっかなびっくりで、結局いくじがないんです。そんな甲斐性のない亭

主に、私の行動をどうして聞かなくちゃならないんです。おまけにこの人ったら女には興味が薄くて男の方が……」

「いいえ、私が悪いんです、帰ります。勿論一人で、用があったらまた呼んで下さい。すぐに跳んで来ますから」と京谷は慌てて家を跳び出して行った。

「久道さん」と女は流し目を久道に送ってその部屋を出て行った。久道は康子のことが気になってならぬのか、長谷川さんに聞かれたのと同じ疑問をしながら、しきりに奥の方を気にしている。急いで書こうとする心と、早く行きたい心とが争ってまだ勝負のつかない状態だから、字を間違えたり、一度尋ねたものを繰返したり、とんちんかんな問を発している。

「ねえまだなんですの」と声だけが聞える。久道が部屋を出て行く、少し間を置いて入って来て質問をする。また気になり始める、女の声がする。久道は気が気でならず、部屋を出て行く。しばらくすると戻って来る。といったことを幾回も繰返して、その度ごとに向にいる時間が長くなって遂には戻って来ない。

「どうなっているのか」と続はもう少しはここで待ってみよう、と思っていると、遠い部屋からあえぐ声と女のどう我慢しょうにも発せずにはおられぬ嬌声が聞こえてくる。どうやら先程中途だったことをやりとげているらしい。疲れてしまった続はそのまま寝ころんでしまったが、暖房の消えた部屋は寒く、身体を縮めても縮めても寒く薄いオーバーの下で震えていたが、そのうちに寝入ってしまった。

寒さに身震いをしてくしゃみを三度続けざまにして目を覚ますと、久道と康子とが天井まで積まれた山のような書類をどこからか持込んで来ていて、その束を解いて、一枚づつめくりながら何かを探している。もうだいぶ以前から同じ仕事をしているのか、二束程が別に積まれて横に置いてある。彼等の表情の中にはどうせ見つからない、といった諦めが現われていて、そのためか仕事も至極あっさりとした雑なものである。

「こんな所で寝てしまって、もう帰ってもいいでしょうか」と続は起き上って、寒さが骨まで行きわたったように思って、ふるえながら言った。

「あまり埃を立てないで」と久道がいう。

「私だってあんたのおかげでこうやって書類を探してるんですから、確か役所からあなたに関する報告が来ていて、あなたに手助けをしろとか、あるいはあなたは危険人物だから監視しろとか、そんな風な依頼があったような気がしているのです。それを探しているが、何しろ書類と言ったら日に二百通は来るものだからそれを康子さんと二人で整理をして、その間に役所からの連絡、病院からの連絡を受け、手配をし、さらに事故、火災、盗難、喧嘩、落雷、遭難、殺人、はては電気、水道、ガス、等の故障、それらの処理、と記録、連絡、報告、をしなくてはなりません。報告するもののためには報告書を作成し、記録しなくてはなりません。一週間も前のことだとそれらがどこかへ行ってしまって分らなくなります。あなたに関する依頼書は小型で特殊の形態のものだから分りやすいのに、それがどこへまぎれ込んだのか、困ってしまいます」

「つい最近のことじゃないですか」

「いいえもう半月、いやもっと前かもしれない。日時が正確に分ってもそのことが依頼書を探す上では何の役にも立ちません。項目別に分類してあるわけではなく、古いものの上に次のものを積んで行くことになっていますが、それも分らないのです。ただ目を通してここに置くことだけでせい一杯で整理などしている時間がありません。本当は整理しておきたいのに、忙しくてその上事故の件数が多く、その方に手を取られて、全く二人では何もできなくて、増員を希望しているのに、役所はそれを認めない、認めたとしてもそれに相当する費用を支払わないのです。本当はこの分署でもわたし一人の給料分しか役所からは届かなく、それすら多くはないので、康子さんのものはわたしの懐から出ているのです。今度はあんたの事件、本来なら京谷が連行しなければ、それで何も探さなくてもよかったが、連行してしまうと、こうやって過去の書類を見付け出して照応し、新らたな報告書を作成し、過去のものにも記入しておかなくてはならない。それを役所に報告する。と役所ではそれを見てあんたに対して罪があるかどうかを決定する。勿論あんたがその罪状を認めるかどうかはあんた次第で、不当だと思ったら裁判を受けることもできます。上告もできます。しかしわたしの所でさえこれ程の書類があるのだから役所にはこの幾万倍の書類が届くことになって、その中からあんたのものがどうやって取り出されるか、これは大変なことです。大方は見すごされて棄てられてそれっきりになってしまうでしょう。と言ってわたしがあなたの連行について規定通りに報告書を作成し送付しないと、必ず役所から、その理由を問われ、正当の理由がない場合には役職を剥脱されます。そしてあんたの罪状の中にわたしの役職剥脱の原因といった罪が加わりより重罪がかせられます。また誰の目にも触れずに捨てられることもあります。現にわたしの前任者は報告書の送付をおこたったばっかりに役職を剥脱されました」

「まだ帰ってはならぬのでしょうか」

「いやいてもらうのが原則ですが、あんたが三吉旅館から出ないと約束をして下されば帰ってもいいです。この出ないと言う意味は一歩も出てはならないと言うことです。原則としてここにいるのと同じでなくてはなりませんから」何を言ってるのか、まるで子供だましじゃないかと続は考えた。

「僕は今日だって何もしてないです。あなただって僕がどんな罪にあたるかを知らないんでしょう。ただ電話ボックスから出たらこうして逮捕されたんだから。これじゃ電話もかけられない」

「おかしいですね。電話ぐらいで逮捕されるなんて」

「そうでしょう。考えてみても何も悪いことはしてないんです」と続は言いながら浜口の両親の家に行ったことを思い出したが、それを言わなかった。

「報告書にもあなたがそう言っていたと記入しておきましょう。しかし役所が京谷に命じたのはそれ相当の理由があると考えて下さいよ」

「ええ、それからあなたは僕に協力的なんですか、それとも……」

「それは依頼書が出て来ないと……」

「僕は遺体を集めたいんです」

「それは困った。そんな仕事をあなたが望んでいるのなら依頼書を見るまでもなく、当局はあなたを危険人物と見ているでしょうな。今あなたの言った遺体と言う言葉はこの街で大声で言ってはなりません。それは一際が役所の仕事で他は死に関することに触れてはいけないのです。ここでだから大目に見られますが、もし他の所でそう言えば早速密偵があなたをつけ狙い、当局もほっておかないかもしれません。そしてそれがもし街中なら、食堂は食事を出すのを止め、旅館はすぐに追い出し、商店は店を閉じてしまいます。禁句です。しかしあなたは勇気のある方だ、続さん気に入りました。葬儀屋を探しているのでしょう。造花とのことで京谷が懇意にしている所がある筈です。そうでしたね康子さん」

「造花って言葉を聞くだけで気がむかむかする。葬式にはあの人の花はうってつけですわ。性格通り卑屈で陰気で小心で、なんてぴったりなんでしょう」続は帰ることにした。夜は深い。

9

朝起きると亭主が二日分の宿泊費の書き付けを持って来て、支払ってくれ、と言うから、その金額を見ると思ったよりは安くても、もう幾日も泊れないのを続は自分の懐具合から勘定して分って、近いうちにここを出なくてはならぬ、と思った。出てどこへ行くかは、なんと率直な差しせまった問いだろう。京谷に会ってみようと考えた。分署に行くとあれからずうっと寝ていないのか、久道と康子とが眼を血走らせて、書類の束と取り組んでいて、何が彼等をあれ程熱中させるのか、と思った。二人の作業を見ていると彼等はある書類を求めているのではなく、山と積まれた紙くずと取り組んでいて何がなんでも全てを終りにしたいと言った執念が見えて、その中に続の書類が混っていてもいなくてもどうでもいいようである。めくり尽すことのみが目的のようである。続が京谷の住所とそこへ行く道順を尋ねると久道は偶然手にしていた書類の空間の一部に略図と住所を書き込んでくれた。

「勿論電話などありませんわ」と康子が答えた。それっきり二人はまた山に取りかかった。続は久道が何かを言うだろうと待ったが、どれ程いても何も言わない、さらにけわしい目付で続を見るので、そのまま出かけることにした。長谷川の所で許可証をもらわなくてはならぬ。京谷の家は北地域にある。長谷川の所へ行くのは三吉旅館に戻るのと同じ程の距離があって、またさっき来た道を戻らねばならない。長谷川は続の言うように許可証を作ってくれるのだが、その記入すべき事柄が登録証と同じでその度に質問を繰返し、眼鏡を紙に近づけて書くのは気毒でもある。そして目を上げて

「理由は」と聞いた。

「京谷さんの所へ」

「有力なる理由ではないが、まあいいだろう。これは北へ行くだけの許可証だから一回限りで無効になるからそのつもりで。許可証については裏面に詳細に書いてある」と言う。こんなことで午前中の大部分を使ってしまうと葬式屋に辿りつくまでに、まだどのくらいの時間がかかるだろう、と思う。四つ角を右に曲って

映画館の横のだらだら坂を登り、料亭の二又の道を坂塀に沿って行くと、繁華街に出る。魚の腸が桶につめ込まれて異様な臭気をそのあたりに撒き散らしている魚屋の角をまた曲がると、それは歓楽街で昼間は静かだが酒と反吐の臭気だけは昨夜のものがそのまま残っている、中を通り抜ける。銭湯があってそののれんが風にゆれている。銭湯の右側にポストがありそこを右に曲って人一人がやっと通れる程のドブがあって、うねうねと曲りながら道が続いている。そこをかなりドブの臭気を気にしながら歩くと、そのあたりに京谷の家がある筈である。表札を見ながら歩いていると人の視線を背に感じるので振り向くと誰もいない。女の子が一人長靴をはいてよちよち歩きで雪の道を動いて来るが、二度三度滑って倒れそうになる。傾むいていると考えた方が適当なトタンの庇がさびて赤茶けた上にこんもりと雪の積もっている家が目に入る。その家の硝子の破れは模様に切った紙でふさいであって、もう消えそうな表札に京谷と書かれてあった。戸を引くと簡単に開いて黴に似た臭いが鼻につくが、かと言って埃がたまっているようではなく、近所の家で赤子の泣く声がする以外は静まり返っている。もう仕事に出てしまったのか、と続は考えて、もう一度大声で名を呼んでみた。

「お留守ですよ」と隣りから顔を出したかみさんがじろりと続を見て言った。警戒しているようだとおもった。

「京谷さんはもう仕事ですか」

「さあ知りませんが、近頃奥さんがいないようだから、あの方も娘さんと二人で何から何まで大変のようですよ。まさかあんたじゃないでしょうね。ねえちょいと皆さん」と大声を上げる。その声を聞きつけて、あるいは初めから出る機会をうかがっていたのか、神さん連中がどの家からも出て来て続を取りまいた。

「この男じゃないわ」

「でもちょいといい男よ。これならここの奥さん好きなタイプよ」

「もしあんただったら許しはしないから、私達京谷さんの味方なんだから」などと口々に女達は京谷の妻の康子の悪口を言い、その相手を焼餅半分になぶりながら、恰好だけは今にも跳びかかろうとする。

「僕は京谷さんに用事があるのです。親友なんです」と続はなだめるように言った。わかるもんか、どっちかと言ったら助平な顔じゃない。などとがやがやと女達は言っている。

「分りました。今度は京谷さんのいる時に来ます。いつ頃ならいらっしゃるでしょうか」「夜には帰ってるようだわ」と先程の隣家の神さんが言った。

　露地を出るとまた人影が動いたように思える。どうも同じ人物らしい、眼の片隅にちらりと動く影が似て映る。どうせ密偵だろうが、どうも北に入ったあたりから密偵がつき始めたのだろうか、とふいに振り向いてみたが誰もいない。電話を久道にかけると、葬式屋の住所を教えてくれて、それを言葉で説明してくれると複雑きわまりなく、かなりの距離のように思える。しかし曲り角、目じるしとなる建物などを聞いて、二十分程だと分るとあんがい近いのにほっとする。街のはずれの西側で北に属しているが、もう少し行くと畑になるあたりで近くに火葬場のあるあたりらしい。火葬場の煙突はひときわ高く立っていて、大方は煙をはいているだろうからそれを目あてに行けばいい。かなり歩いて、メモを見て、角にある筈の煙草屋を探し、また歩いて、という風に行くと屋根の間から黒く色を塗ってある巨大な煙突が見え始めて、すぐそこだと思うのになかなか近付けない。霊柩車の後ろに乗用車が二台続いてその後をバスが二台も走って来る。細い道だから危うく続は雪の中へほうり出されそうになる。指先が冷めたく感覚がないようで、こんな気候がここではあとどのくらい続くのかと思ってみたりする。やっと見付けて葬式社の大きな硝子戸を開けて入ると広い部屋に幾十本かの花輪が立てかけてあって、四人の女がしゃがみ込んで花弁や葉を紐でしばっていて、中にはスカートの間から股の奥のパンティが見えて、そこに穴があって黒い毛が幾本もその間から出ているのが見えて、思わず目がそこへ行ってしまう。

「近頃京谷さんは来ないよ」とおかみさんらしい肥った女がつっけんどんに言った。

「とうちゃんは葬式だよ。とうちゃんに会いたいのか、京谷さんを探しているのか、どっち」とその女は言った。パンティの見える女がものめずらしそうに続を見て、黒い汚れた太い指で口のよだれを拭って、そして口の中で言葉とは聞き取れない、へんな声を立てた。口が歪んでいるのと声とその表情とから見て、多分頭の程度の劣っている女だ、と思った。気味が悪い。パンティの破れを見てそこから目を離せない自分を反省してみた。

「それにとうちゃんは初対面の人とは合わないよ」と肥った女がまた言った。「待ってもらうと困るよ。仕事の邪魔だし、女ばかりなんだからね。男がいたら気になるしさ、帰って欲しいよ。ねばられたら、ついこっちもあんたのこととうちゃんに会わせてやろうと思うようになるだろう。そうしたらわたしが怒られるからね。だから京谷さんとおいでよ。ところでさ、うちのとうちゃんにあんた一体何の用なの。言えない。そうだろうさ、言えないのは当然だわよ。まあいやらしいんだから。ちがう。本当に違うの、だったらお言いよ。女だからって馬鹿にしないでさ。あんたいい男だから、言っといてあげるよ。晩ならいるからね。だけど通夜のない、死人の出ない夜だよ。でもね今夜はそんな夜かしらね」

「ああら」と先程の女がまた続に何か言ってしきりに硝子戸の方を気にしている。

「おや京谷さんに似てる。でも違うんだろうな、もしそうなら入って来る筈だし」続は駆け出して硝子戸を開いて外を見る。誰もいない。今度は京谷と一緒に夜にでも来るから、と戸の間から顔を出して言って、続はまた来た道を戻りにかかる。細い雪道が街が近くなるに従って太くなって、ただ寒さの中を歩き雲が雪をこそ降らせてなくとも覆っている空の下を歩くのは陰気で気が滅入ってしまう。誰れかがあとをついてくる。続はどんな男なのか見てみたくなった。次の角を露地に向って曲る。誰れかが追って来ればそこを覗くか露地に入って来る筈だ。だがその道が行き止りだったら、追って来る人は知っているに違いない、とすれば失敗だ、と思って見透すと細いながら道は家々の軒をつらねて向う側に抜けている。三軒目の玄関が半坪程窪みになっている所に、入った。もし誰れかが追っていたらここからなら見える。足跡が雪の上に残らないように、一跳びで玄関についた。息をこらす。胸の鼓動が激しくなる。これくらいのことで、と思うが、神経を集中している。雪を踏む足音がする、曲って来ない。すぐ後を歩いていた老人だ、彼ではないだろう。

玄関の戸が開いて男がのっそりと顔を出した。

「御用ですか」くたびれた無精髭をはやし、のっそりとなめくじを思わせる男である。こんな時に出て来るなんて、何て気が気かないんだ。ちょっと緊張して胸をわくわくさせているのに、なめくじがぬうっとか、と続は思った。失敗だ。

「いえ」と仕方なく言って玄関を離れ歩き始めた。

「なんだいあの人は、人が親切に声をかけているのに無視してしまうなんて、なんと失礼な男じゃないか…」と呟く声が聞こえる。角から顔を出す、向うからも顔がぬうっと出て来た。向う側の鷲鼻はぎょっと驚いたように続を見て引込んだ。続もびっくりした。出ると鷲鼻の顔が笑っていた。

「お上手ですな。つかまってしまいましたよ、続さん。違う、続さんじゃない、そんなことはありません、続さんです。何と言ってもあなたは有名な方だから、一度お付合いを願いたいと思っていました。それでこうしてお話ができるのはうれしいことです」

「僕の後をつけていたようだね」

「御存知でしたか。なら話が早い。私はあなたの行動を見張らなくてはならぬのです。どんな些細なことをも見逃さずに報告しなくてはならぬのです。例えばあなたがパンツの破れ目から覗いていたクリトリスに見とれていたと言った事柄まで」

「あれは毛ですよ」

「そんな風に報告書を作らなくてはならない。あなたより私の方が大変であなたの会った人々の名前まで記入しなくてはならぬからです。

「僕からは何も出ませんよ。それに面白くもない。勿論悪いことはしません」

「そうでしょうとも。ただ私はあなたの係りですから、あなたがどんな風に行動をするかを知らねばなりません。そして報告します。これが私の仕事ですし、いずれ裁判になった時、重要な証拠となります」

「裁判って、罪をおかしてないのに」

「あなたの立場なら罪などないとお考えでしょう。しかし私の立場から言えばあなたは犯罪人です。既に起訴できる所まで来ています。だからと言って罰せられるかと言えば、今の程度では無罪になるくらいだと思います。またあなたの当局に対する態度にも問題があるようですが、それが行為によって示されるまでもう少し余裕がいるでしょう。その時を待っています。国家機密に属する問題に触れぬよう。これが第一です。お会いできて大変参考になりました。ではお機嫌よう。もう一つ、あなたはもう一人の男に尾行されています。しかしこれはあなたを尾行していると見せかけて、私を尾行しているのかもしれない。とすれば私は早くあなたの罪状の全体を把握し起訴に持ち込まなくては、逆に私が疑われます」と男は秘密ごかしにウインクをしてみせると速足に歩いて、見えなくなる。続は見えない圧力を感じた。

「いやな奴に見張られてますな」と続の肩を叩いて京谷が立っている。「あの男には気を付けた方がいい。

鼻河原と言う検事で彼に見込まれて助かったものはいないと言う伝説すらあるくらいです」

「あなたを探してるんですよ」

「知ってますよ、朝からあなたをつけてたんですから」

「なんですって、馬鹿馬鹿しい」

「密偵というのは顔を出しちゃならないんです」

「自分の探されていることを知っても」

「だから出て来たんじゃありませんか。本当はこんな風に顔を見せることは規則に反してるんです」

「どうせならもっと早く、そうか、今の奴がいたので出れなかったんだね」

「鼻河原氏がいたので姿を出したんですよ。あいつについちゃ注意してしすぎることはありません。もし彼が続さんの後をつけていなかったら金輪際あなたの前には顔を見せないんですがね。これで案外任務に忠実なんです」と人のよさそうな顔をくずしながら言う。

「葬式屋さんに紹介してもおうと思って」

「分ってます、言わなくても、ところで何のためです」

続は自分が都会の大学で解剖を教えていること、遺体の提供者を探していることなどを話した。

「それと葬式屋とがどう結びつくのでしょうか。まあ分らぬでもないが、それなら病院、養老院、老人ホーム、精神病院、事故処理の機関のような所がよさそうだが、そうそうエドガア・アラン・ポオ、というアメリカの小説家の書いたものの中に「モルグ街殺人事件」という有名な小説があります。あのモルグ街というのは死体展示場のある所です。身元不明の死体を展示してたんですね。あそこなら安易に死体は手に入りそうですが、遠いですからね」と京谷は言って「裏道があるかもしれない。しかし危険だな。誰にも言ってはいけませんよ。内密でなけりゃ。葬式屋に私を探しに行くのはいいが、遺体のためとなると、当局は目の色を変えますからね。当局の一番気にしていて、最も触られたくない所でしょうから。何、久道に話した。それと栂尾と言う役所の方にですか。久道はいけません。あれで早速、報告書を作り役所に送っているかもしれません。手柄に敏感な男だから。それで鼻河原がのり出したとするとこれは容易ならざる事態です。しかしまだそれ程気にしなくてもいいでしょう。まだ出頭命令も来てないのでしょう。と言うのは当局はあまり危険と見てないのです。次に栂尾さんの方だが、それはここでは予測すらできない。もしその人が続さんをどうかしようと思ったら、一秒だってあなたは生きてられない。それが今まで何にもないのでしたら、それ程の興味をあなたは持っていないと考えていいでしょう。さて鼻河原氏はまたはり込みを続けるかもしれません。とするとここで立話しは危険です。あなたばかりでなく私も。鼻河原氏も私があなたを尾行している限り、へんなことはできないでしょう。二人で同じものを見ているのですから。鼻河原氏の強い猜疑心を逆に利用して、自分が見張られていると思わせることもできるかもしれません。ではさようなら、どこでもいい適当に歩いて下さい。あてもなく。しかし南と北を横切ると許可証が幾度もいることになるからその点は気をつけて、今度は私の方から連絡しますよ」と京谷は早口に言うと、あのくたびれた外観のわりにはきびんに動いて、あっと言う間に消えてしまった。

　続は何故罪になるのか分らないし、ただ死体が欲しいだけだから通常の手数料を支払って幾体かをもらいうけ、学生の教材と研究用に利用させてもらえばいいのだった。街へ行けば遺体がたやすく手に入るだろうと続に行ったのが、続の教室を退職し、国立の医科大学の主任教授として、その遺体の獲得する能力を買われて、転任して行った堤教授であった。彼がいなくなると続の大学の解剖学教室の遺体の供給量は一挙に減少して、学生の半数にしか行き渡らない。そこで助教授である続ともう一人の助教授が争うこととなる。年令や学術的業績によって昇格がきまるのではなく遺体の獲得体数によって決められるのである。都会では古くからある大学の医学部や医科大学が遺体の獲得数について既に数多くのルートを、それぞれに持っていて、その間を縫って遺体を獲得するのは至難のことである。それで続は自分の地位のこともあって遺体に近づかないわけには行かぬのである。京谷の家で待つことにすればいいと考えながら雪道を歩いて行くと、火事場へ急ぐのか赤い消防車がけたたましいサイレンをならしながら銀色の耐火服の消防士を乗せて通り過ぎて行く。そのサイレンが谷間を舞う風のように響いて、どこか中心に吸い込まれて行くかのように、長時間めぐりをまわって舞っていて、いつまでも鳴り終らない。と救急車が別の気ぜわしいサイレンで駆け抜け、遺体運搬車が黒い車体を光らせる。また霊柩車が屋根につけて青銅の鈴をにぶく鳴らしながらゆっくりとやって来る。誰れかが続の横を駆け抜けて露地に入って続の行動を監視している。二つの燃えるような瞳、ともう一人の上手な尾行者のことを続は思った。

　細い溝のドブ板を踏んでやっと通れる道を人と行き違いながら歩いて傾いた京谷の家につく。入ると、

「だあれ、あなた」と女の声がして、それは康子の声であった。続は京谷を待たしてもらいたいと頼んで、小さな六畳と四畳半との二間しかない六畳の方の炬燵に入れてもらいながら、裸電球が淋しくついている空間を見廻すと子供用の机が置いてある。女性と二人でいるのは気まずりで、結局は抱いてしまうか、帰ってしまうかしかない。康子は先ず京谷の悪口をいい、次に久道の悪口を言った。

「あの男ったらわたしにまるっきりだらしがなくて、鼻の下を長くして、康子さんなんておきれいなんでしょう。などとすまし声で言って、可愛いい手、と言いながら手をとって唇の所へ持って行くんですよ。いやらしいったらありゃしない。それでもあの人、わたしと寝たいばっかりに奥さんと別れたのよ。京谷が全くお金を取れなくなって、食べるものがなくなってしまったので久道さんにお金を借して戴けるようにお頼

みしたのです。するとどうでしょう。お金はさし上げます、と言うのです。勿論そんな場合には決って何かその代りにと言うことになりますでしょう。私はピンと来たんですが、そこは知らぬふりをしていました。そしたら一度はお付合い願えまいか、と言うのです。お付合いとは、と聞きました。言いにくそうにしていましたが、結局あの男は言いました。ホテルと、こうなんです。なんたる破廉恥、人の弱味につけ込んで卑劣極りない。こんな時女はどうすればいいのでしょう。お金を借して下さい、とその男に言えますか、それじゃ全く身体をお金で売るようなものじゃありませんか。この二つが同じ日で一緒にあるからいけないのです。別々でお金を貸すのと好きなのとが、そうすれば私だってまんざら嫌でもないのです。それなのにお金を貸しますホテルに行きましょうじゃ、誰だってお金をたたき返して帰るより仕方がないじゃありませんか」

「それで叩き返したんですか、お困りでしたでしょう」

「いいえ、もらうことにしました。だってその日食べるお米がないのですよ。子供がひもじい思いをして、人の持っている菓子をじいっと見てるんですよ。くい入るように。三日も何も食べてないんです。歩くのさえやっとで、久道さんを見ていてもゆらゆら揺れて浮いているように見えるのです。口の中はからからで唾さえ飲みつくしていて、そのくせお腹は水で一杯で歩くとその水が、波が岸によせるように歩く度に打ちよせて来るのです。頭の血が腹に集まって、食物が入って来ないかと待っています。そのため頭はふらふら、気持がちょっとでもゆるむと倒れてしまいそうでした。こんな状況にある人がお金をことわることができますか。それこそ気違いだわ」

「でホテルへは」

「ええ、行きました。ふらふらでしたが久道が一流のホテルの食堂で食事を御馳走してくれて、その後でそこのホテルへ。身体が弱ってたせいか何が何だか分らなくふんわりと浮いていて、船に乗ってるみたいに浮いていました。心地よいのか、船酔いで吐きそうに気持が悪いのか分らないが、兎に角、ふんわりしているのです。しかし久道さんはそれが何とも言えないくらいよかったと言うのです」

　続にはなぜこの女がこんな話をするのか分りかけていて、女が男に別の男と寝た話をするのは続にもそうしてくれと言っている時に限ることを知っていたからである。

「わたしはお金ではない、と申しました。お金は勿論食べるためには必要ですが、それ以上のもののためにしか女は身体を与えるわけにはいかないのです。女には愛が何より大切ですから、奥さんとどちらがいいですか、と聞きました。と久道は即座に、康子だ、と言います。そうなればその証拠を見せてもらわなくてはなりません。彼は奥さんを追い出しました。その理由は知りません。また知りたくもないのですが、彼のことだから、自分は奥さんを寄せつけないでその間に金をやって男をけしかけ、その男が嫌がる奥さんを無理遣手ごめ同様に犯した所に、姿を見せて否応なしに出て行かせたのでしょう。それでも持参金のことが気になって離婚はしないのです。手込でもあんなに魅力があるのだからもし強姦をしたらどれ程素晴しいだろう、と見ていただけなのに燃えるように目を輝やかせその時を思い出すのです。獰猛な狂人のようですわ。奥さんの持参金は返さなくてはならぬのに返さないで、遂に不貞の場合には離婚後も返却しなくてもいいと言う古い時代の外国の法律を見つけて、それをたてにして離婚するのです。勿論金は返しません。そして次に私はあの人の寝たきりのお母さんをどうにかしてと言ったんです。するとそれから間もなく心臓麻痺でころりとなくなりましたの。医師は何か薬の中毒のようにも見えるが、と言っておりましたが、彼は何やら紙を丸めたものを袖の下に突込んだら医師は『どうも私の見立て違いらしい。心臓麻痺だ』と言って死亡診断書を書きました。ねえ面白いでしょう。次は息子さんの番ですが、これは祖母が死ぬと、何も言わずに学校へ行ったきりぷいと消えて帰って来なくなり、どこかへ行ってしまったそうです。これで本当に気が楽になり、わたし達は楽しい蜜月のような月日を過ごすことができました。しかしそれも始めのうちだけで今じゃもう、あの人だって年を取って来て、あの頃のようにきりりとしませんの、だらしなく垂れて、燃え上るような火のような勢いがなくなり、まるで蛇口につけたゴムホースのようにいつも下を向いていて、撥ね返すような、ぶるるんとした弾力は望むべくもありません。もう火は消えて手でおし込まなければふんにゃりとしてどうにもならないのです。それに比べたら続さん、あなたのたくましさ、それと素晴しい声、もう圧倒されてしまって、ああ本当に困ってしまいますわ。どうすればいいのでしょう。この動悸、まるで早鐘が打っているようですわ。のどが乾いて目がうっとりと潤んでしまいます。ねえ続さん」康子は続の手を乳房にあてがって心臓の鼓動を伝えようとする。続の方にしてみるとそこに意外に形のいい乳房があって、それがもう愛撫を受け入れようとして、官能にふるえていれば、あとはそのまま倒れ込むと言うことになろうか。

「ああたまらないの」と震える唇が言葉を発しながら続の胸に身体をやんわりともたせかけて来る。厭悪感が突如として湧いて来て、そのまま女体を抱きかかえ、衣服をむいて行く気になれなくとも、陽根の方は起き上ってその行為を求めている。なんとかしておさえ込もうにもそのものの立つ勢いはどうにもならない。醒めている頭脳の方は官能にひき入れられるのを遠い水平線に光る曙光のような理性でくい止めようとしている。女の行為を心の内部では突き離しているが、たくみに情欲をかき立てられ、勃起するものは女を求めている。下は大火事上は大水なあんだ、と言った馬鹿げた、古い諺がこんな時に頭の内部をゆっくりと怠惰に通り過ぎて行く。女の熱い溜息が胸を這い首を逆上って唇にたっすると、続はもう逆い得ない。できるだけ早く下半身でしてしまって、頭脳がそのことに関わり、官能の中にのめり込まぬように、部分だけの満足にしてそれで終るようにと続は考えて、なぜこの女が続に身体をまかせようとしているのだろうか、それは女の言うような単純な性的魅惑に引き入れられたためか、それとも続をたよって京谷や久道から離れたいためだろうか。たった一度ぐらいで人を動かす力が性器の挿入の中に含まれているとは考えられない。こんなものはただの手続のようなもので、あるいは挨拶ぐらいのものかもしれぬ。男同志だとこう一気にうまく挨拶できないのが、男女の関係の場合にはこんな風な挨拶が親密になる切掛としてはよい方法かもしれぬ。女はその噴き出すような欲情を続のものではたそうと、幾度もいどみかかり、どうでも続をその虜にしないではおかないといった調子できわどく鋭い挑発を試みる。続はそれに乗った風を装い女の口を吸いながら、醒めている頭脳は曙光を求め論理に沿って過去と未来とを考えながら、ただ借し与えた局所をそこですましたかった。と稲妻が走ったように思ってそれが陽根から発するものだと分ると曙光は消える。夕焼けの赤く燃える光景に変ってそれは情熱で続を支配し、そのまま陽に向って力の限り馬を走らせながらむち打つ、その状況が続を支配してしまった。いつもこうなると後がむなしい。

「またしてもこんな光景、慣れているとは言え、いい気持のするものではありません」聞き覚えのある声が乗っている背の方でして、京谷が続に会おうと帰宅したのである。

「待っていました」

「私でさえもこんな風な情景を見れば興奮してしまうのに、あなた方は中学生の娘に見られていて、その娘の驚きと興奮、いくら知識の上では知っていると言っても母が父でない男と明るい場所でしているのを見せるものではありません」

「陽子見ていたのですね」と康子がまだ続から離れようとせずに続の裸の肩口から顔を出して言った。

「でも母さん」娘はひきつった顔に消え入りそうな当惑を現わしながら、出ない声を無理に出して京谷のうしろから顔をその瞬間にだけ出して言った。

「そろそろ抜けばどうですか、終るまで待っててあげたのだから」

「陽子、別に恥ずかしいことじゃないのよ。死ぬ程嫌なことだと思うでしょうが、男と女とはこうするものなの」

「けだもの」娘はぎらぎらする狼のような目を二人のその部分からはずそうとしてもどうしてもそこへ行く自分の目をそらしながら、大声で泣くと、そのまま外へ跳び出して行ってしまった。靴の音が荒々しく幾歩か聞こえ消えた。

「陽子どこへ行くの」と大声を上げながら康子はやっと立上ってスカートを下げながら外へ駆け出して行った。康子が続の下から身体をぬいた拍子に続の入ってまだ立っていたものが根元からいきなり横へ抜き取られたので、立ち上ると左右にぶらりとゆれて寒々としている。京谷の嫉妬の目はその先のゆれるのを見逃さない。

「ゆれてる」

「ゆれてる」

「どんな気持ちでいるか分るでしょう」

「首をへし折りたい気持」

「そんな力は出ませんが、嫌だなあ」

「嫌ですか」

「冬の空を覆う黒く厚い雲のようにうっとうしい嫌さですね」

「それで殴るとか殺すとか、完全犯罪を考えるとかしますか」

「疲れてましてね、無気力なんですよ」

「おいとましましょう。今日はこのまま別れた方が」

「いえ行きましょう。そのために待ってたんでしょう。私だって何かしてた方がまぎれます」

「もういいんですか」

「どうしていい筈があるんです。悪いに決ってるじゃないですか。心の中が煮えくり返って、どうおさえようにも、本当は地球を爆破したいくらいです。さもなければ私が死ぬかです」

「僕を見るのは嫌でしょう」

「だからといってどうなると言うのです。結局はいつものように康子と娘と一緒に住んで、あなたを尾行するような卑屈な仕事をしている外に何ができます」

「娘さんはどんな気持ちでしょう」

「さあ根本さんに会いましょう」と京谷は言って火葬場の高い煙突が見える筈の葬儀屋に向って二人は歩き始めた。その長い道程の間じゅう京谷は何も話さず、従って続も話すわけにはいかなかった。二人は別々の人間が同じ道を偶然に行くようにして歩いた。誰れかが尾行しているような気がした。小雪が散らついていて早い日暮は今まで光が残っていたと思うと、もう暗くなっていて、気温が下ると雪は氷の模様となって道路にこびりついた。気まずい思いが続の中を過ぎて行く。

　葬儀屋に入ると根元が続と京谷が来るのを待っていて、応接室の洋酒のラフロイグの瓶を開けて先程から飲み始めていたらしい。

「葬儀屋に会いに来る人と言うのはどこかうさんくさいものだが、あなたもその一人でしょうな」と根元は赤い鼻の先を人差指ではじいて言った。

「続さんです。あんたに教えてもらいたい事があるそうなんだ。私はかかわりになりたくないんだが、行きがかり上仕方がなくてね」と京谷が言うのを根元は媚を含んだような目を走らせながら肥ったこの男の女房が言うのとは裏腹に上機嫌である。二人の男は隣り合って坐って、続がその向かい側に坐ると、彼等は若い男女がじゃれ合うように身体の一部をどこと言わずに触れ合って楽しんでいる。ウイスキイに氷を入れ水で割って飲んで手を握り、膝をくっつけあい、嬌声を発し合っている。適度の暖房というより幾分暑すぎる中で続はこの二人の男性の異様な雰囲気にすっかり飲みこまれてしまっている。シャンデリアの淡い光がコップの中の氷にあたり反射している。

「遺体のことなんですが、突然変なことを言い出して驚かないで下さい」と続がたまりかねて声を出した。いつの間にか二人は肩を組み合い互いの背に腕をまきつけ、一方が他方の掌をなでまわし、他はそれにうっとりとしている。

「何を言った。ああそうだもっと後だ」と根元は言った。その言葉に京谷も「後で、勿論後でなくちゃ」とあいづちをうった。こんな二人を前にしていつまで待っていればいいのだろうか、と思ったが、兎に角きっかけを握んだ上はそこに留って何とか突破孔を開かねばならない。少々の不快さ、気味悪さには耐え忍ばねばならぬ。黒い髭の剃り跡の濃い根元が京谷の口に吸いつくと、二人は目を閉じて一心に唇を吸い、舌を嘗め、頬をこすり合わせた。顎の下のあたりの剃り残された堅い太いブラシのような毛がのびている。その小さな切りかぶのような剃り跡を辿って行くと、首の中央に突出したのどぼとけに出合って、それが唾を飲むと、ゴクリと動くのが、向う側の男のものかこちらの側のものかを区別し難い。二人が甘美さの中に身を投ずれば投ずる程続は気分が悪くなって嘔吐がこみ上げて来て、口の中から出そうになるのを咽のあたりで飲み込んでいる。見ていると身体じゅうが痒くなって来た。この室内の空気を彼等と同じく吸っているのかと思うと、自分までもがもう悪癖にとりつかってしまったように思う。一方の掌が京谷の胸を這い始める。その上半身は裸でその白いぶよっとした皮膚は豚を思わせる。目がきらきら輝いて、もう何も見ずに内面の湧き起る情欲に向って記憶のとどく限り探し求め、それを行為の中によみがえらせようと全神経を集中する。素晴らしい表情。届かない手を伸して根元の盛り上った力強い筋肉を握む潤んだしっとりとした掌。いつの間にか裸体が出現し根元の毛深い腕がえさを求めて動く蛇のように何かをめざし皮膚の上をゆっくりと動き、前進と後退とを繰返して這いまわる。ピンクの硬直した亀頭がピクリと動いて、その先端から粘液が溢れ、細い糸になって落ち、その糸がジャンデリアの光に白色に輝いている。一方が他の陽根を口に含んだ。豚のような腹が波打ちながらのけそって、動きまわる唇に京谷の顔は歪み唇が開いて苦悩の色が現われる。それが苦悩であるのは喜びを留めておいて一気に歓喜として爆発させたいための準備にすぎない。白い肥った腕が伸びてその先がもう一方の男の男根を握みかすかに動いている。その亀頭は膨れここからも玉のような粘液がころがり、それが糸の上に次々に落ちて行く。と二人は荒々しく互いの肉体を打ち始め、狂乱したように噛みつき、小気味よい音を立て殴り始める。酔っぱらいの喧嘩そっくりにとっ組合いをし、逃げ廻り、飛び込んで嘗め合う。笑い声が起ってまた同じ行為が今度は床の上で始まる。

　急に根元が立ち上った。おやっと怪訝な顔をして続を見ている。その股間にひるのように付いている京谷の耳を引っぱってそこから顔を離れさせ、注意を続に向けさせた。と瞬間に二人の眼がからみ合い光りが変った。羞恥心を含んだひきつったような、笑いに似た顔付である。

「何をするんだ」と続が大声で言って暴れるのを二人はすごい力で続をおさえ、洋服を剥ぎ始めた。暴れると平手打ちが頰にとぶ。それでもかまわず腕を曲げ足に反動をつけて立上ると、根元が突然に続の腹を目がけて頭から突込んで来て、続は後ろにふっ跳んで壁に背を打ち、頭が壁にあたる。ずるずると下って一瞬のびてしまう。頭がくらくらしているが起き上って根元に向って跳んで行く。その勢いで根元がひっくり返ると、続は上に馬乗りになって頭をポカポカと両手で殴ると、背中の首の所へ京谷の腕が落ちて来た。意識がすうっと消えて身体が軽くなって行くと、身体が崩れ落ちたらしい。上になった根元がさっきのお返しのつもりか続の頭をポカポカとやった。くたびれてしまってもうどうでもいい気持であお向けに寝てると、下半身のあたりが急に暖かくなって濡れたもので陽根が包まれたように思った。見ようとして顔を上げようとすると腕でおさえられているらしく起き上れない。そのうちに勃起をはじめて来て先端の方が柔かいが何か硬い皺のあるものに規則的に接触する気持がすると、その中に硬質のつるりとしたものが時々噛むようにそれをおさえるから、どうやら陽根は口の中に入っているらしい。抜き出そうとすると吸盤のように口はその方向に動いて先端の方を軽く刺激するからたまらなくなって来る。口はたえず動いている。抵抗するのが嫌になってなすにまかせていると、それはどこをどう動かせばよい音が出るのかを知っている楽器を演奏する音楽家のようにたくみに勃起した陽根を動かし、続の官能を高めて行く。とこらえていたものがどうにもならなくなって、奥の方からこみ上げて来て噴出した。のどがごくりとなって噴出に対応して粘液を飲み込んでしまった。次いで力一杯おし込んでもう一度噴出すると、またどのがごくりと動いて飲み込んだ。二度三度それは続いて、もう用のなくなったもののように萎縮を始めるのを唇はそうはさせじと嘗めまわし、刺戟を高めると、ああ、あのものはまたしても頭をもたげる。と今度は口のあたりに弾力のある黒い棒が無遠慮に入り込んで来て、閉じようとする唇を開き入って来る。たて続けにピストン運動をしてぐいぐい入ってのどの奥につまり嘔吐感を起させる。ガボッと口の中から反吐が溢れ、酸っぱいものと湿った半流動のものが頬を流れる。男はそれに無頓着なのか、ぐんぐん押し込んで来て、いつまでも動くことを止めない。息が苦しくなって、ものが引かれた時慌てて息を吸い込むとすかさずそのものは入って来て息を苦しくする。褐色に近い汚れた皮膚に薄い毛が生えていて、それが陰のうの上に生えているものとは別に肛門のまわりにも生えている。雛菊にたとえられるあのものが近づき遠ざかりまた目を覆う。とその中心部が黒い深い穴のように割れていて中から丸い空気の玉がぽかんと出て来て破裂した。臭気がそこいらに漂う。もう一度下半身が熱くなっていてもたってもおられなくなり、ぐいと入れ噴出する頃になると口の中からもつんと鼻をつく椎の花の臭いに似た白く美しい液体が、泡立つように溢れて来て、全てが静止した。けだるさがあってどうにもならない中にめすをさそう椎の花の香りが、アクセントをつけている。

「どうやらその方とお話をしなくてはならぬ時が来たようだね」と根元が風呂から上って出て来て言った。その前に続と京谷とは風呂を終えていて、また酒を飲んでいると裸の上にロープを着た根元がもう続の求めているものが何であるのかを知っているように言った。

「いくら俺達がこんな仲になっちまったと言ったって、あの物体のことについちゃ、自由にはならないよ。どうじたばたしたって鎖でしばられているものを、どうにも動かせないんだから」

「続さんの納得のいくように話してください」と京谷が割り込んで来た。

「俺の仕事と言えば早い話が死体を運搬することだが、あの黒光のする車の連中とはわけが違うよ。あの連中は事故が起った時に跳んで行って、死亡を確認してその身元を調べ、一部は警察の仕事と重なっていて遺体は結局は警察内の安置所に入る。そこで単なる事故ということになると、遺族の人々の手にわたされる。そこから先が俺の仕事であとはその家に運ぶか、火葬場に運ぶか、寺に運ぶか、教会に運ぶか、して結局のところは火葬場へ行く。ところが身元の分らない遺体がこの中に混るとどうなる。これも本来は寺に運ばれて供養をされその後で火葬になって共同墓地の行き倒れ者の所に埋葬されるのだが、そうはいかない、警察から出た所で、ぐいと曲ってあんた方医学のためだか、あるいは美術品のためだか、と称するいかがわしい人間が金を出してその遺体を取って行く。でそっちへ曲っちまうわけだが、それは結局当局の檀那方のことで、こっちとらは無関係。次に老人ホームだか、養老院だかの身よりのない、もうすぐ死にそうな老人には生きてるうちから大学の先生が手を打っておきなさる。死んだら遺体を医学の進歩のために役立てて下さるよう、紙に書いた契約書を作っておいて、何がしかの金を前ばらいしておく。そして早くたばらないかと首を長くして待っておいでになる。なぜなら生きていらっしゃれば気が変わらないように誕生日だ、お祝いだと言って少量ながら付届をしなくてはならぬし、ホームの管理者や院長にもそれ相当のものを贈らねばならない。何たって気が変った、と書かれて死んでしまったら契約書も何もあったものではない。気が変らぬうちに死んで欲しいわけさ。その他に死んだら自分の遺体を科学のために役立ててくれと言って死ぬ人々がごく少数だがいる。これはその通りになるわけさ。さらに病院で死んで医師が死んだ後、何が原因であったかを、自分の診断があたっていたかどうかを知りたくて解剖をと言うのもあるが、これもその後、すぐにきれいに縫いあわされ表面からは分らぬようにして遺族の手に戻される。となれば後は火葬場へ行っておしまいさ。中にはそのまま医学の進歩の方へ行っちまうのもあるがこれはごく少数。その他に胎児って奴もあって、うまくそのまま出たものはその道の研究機関に行くこともあるようだが大部分はまとめて、火葬場で焼かれ、灰になり病院の持っているごみ処理場かあるいは供養塔のような所に入れられる。こんな風に並べてみると多種多様にみえたものが簡単に処理されて表向きはそれで終ってしまう。ところが別のルート、隠された道がある」と根元はそこで言葉切ってラフロイグをがぶりと飲んで目をむいた。

「面白そうな話だね。私さえも興味が湧いて来る」

「それで表向ではないやり方と言うのは……」

「まあそうせかしなさんな」と根元はもう伸びはじめたのか黒々と見える髭で親指のつけ根をこすった。

「堤と言う名を聞いたことがありませんか」

「さあてね、どんな人」

「元の大学の主任教授です。解剖学の」

「なぜそんなことを急に言い出すんだい」と京谷が言った。

「ここの病院と繋がりがあるかと思って」

「聞いたことがないな。気をつけておくが、病院の方々の名前ときたら役人同様覚えにくく、会わないから顔と名前が一致しない。そして名前も結局忘れてしまう」

「そろそろ裏の方へ話を移したらどうだろう」京谷が口をはさむ。

「ううん」と生返事でどこから始めようかと考えている風に根元は宙に目を向けて、焦点のない目付をしている。

「問題は火葬場さ。病院から来た遺体も、事故による遺体も、さらに葬式をすませて幾分臭気を発し始めている遺体も終着点は焼場なんだから、あそこで小細工が行われる。その一番の例は病院から来たもので、どうしても死んだ後で組織や器官、臓器等の内部の変化を知りたい、あるいは全身にどう病気が行き渡っているのか、また病気とは関係なくある種の薬物がどう広がりどう分布しているかを知りたい、と思う時どうしてもその患者の遺体が入用になって来る。その時に取り換えが行われる。これも至って簡単な方法なんだが、既に不要になって研究用に用いられ、あるいは医学的に解明された遺体が先ず用意される。それらはあらかじめ仕掛のある釜の下に入れられている。次に遺族との最後のお別れをしたばかりの棺が本当のお別れのために半分は釜の中に入れられ、顔の部分がまだ外から見えるように出されていて、遺族や友人、あるいは秘かに愛人であった人々がその硬直しひきつり一部腐敗を始めている顔に、花で美しく飾られおしまれているが、どうやら焼くより外に仕方のなくなった顔の上に義理の涙や本物の涙を落している。さあ、と隠坊が遺族を促す。棺は釜の中に入れられる。釜の入口の下にある隠されたボタンをおす。と重い物の落ちるような音が外からも聞こえる。それは今入れた棺が下に落ちた音である。そして小さな電動式のエレベーターに乗った先程の棺がたった今落ちたばかりの棺のあった位置に上って来る。そして火葬場にある釜のうちでこの仕掛けのあるのは両端の二つで他の二つは仕掛けがない。そして重油がかけられ火が遺体を包む。この間時間にして約一分、のぞき穴からその焼けている様子が遺族にも見えるようになっていて、彼等は今焼けているのが愛する父親であると思ったり息子だと思う。勿論取り換えるのだから体格が似ていなくてはならない。また歯の数、骨の太さや長さもけたはずれに違ってもいけない。しかし焼けた骨をそのままの姿で遺族の前に見せるのではないから、何が何だか分らぬようにして出すのが習慣となっているから、大方の場合は気取られることはない。さらに極端な場合にはすでに骨になっているものを適度に暖め、混ぜて出せば大方は骨壺に入りきれなくて、他の余分のものはどこかへ処理されてしまうから、両方とも好都合で、丁度骨壺に一杯の骨と、他人の残った部分を集めて一人分にした骨とが一致することになる。こんな風にすれば遺体は望むものを望む時に研究者の手に戻すことができて、ある禁止されている実験の正しい結果を遺体から得ることができる。人体をそのまま顕微鏡用の切片として切断し染色して見ることすらできる。これは嘘だがそれらの実験には薬物による方法だけではなく、他の機械的な物理的な方法によるものまであって、それは拷問よりもひどく、その途中で命をなくす場合もあるそうだ。勿論毒物をごく微量づつ投与される場合、あきらかに無用の手術がなされ、そこに無用の機具が埋め込まれる場合。さらに妊婦には悪魔ですら思いつかないようなものを作る目的で実験が行われているとも聞いたことがある。となると火葬場から出て行く遺体は金に変る場合があるから、その量は増加する一方で、初めは研究のためとしてごく例外的になされたものが、次には火葬場の人々のちょっとした興味のために、若い娘や人妻が、さらには金を得る手段として、上は役人の方から下は隠坊まで、あらゆる人々によって横流しが行われるようになる。そしてそれを留めることは誰にもできない。禁止しょうとすると、過去のあらゆる横流しがあばかれることになり、さらには役人の方の強い反対に合って自分の方が逆に危くなる。道路では交通事故がおこり、病院ではその人を無理遣り病人にする。密偵が絶えず監視し、僅かのことが法律に触れたとしてとらえられる。さらにはその人のために特別の法律が作られ何の予告もなくとらえられて処分されてしまう。まあこんな風だからねえ、続さん。あなたのこの火葬場に入り込みたいと思うのは、危険だな」

　夜が白々と明け始めて来ていて、続は眠さを我慢して根元の話が重要な所へ来ているので聞いていたが、もうどうにもならなくなってソファに寄りかかって寝入ってしまいそうなのをどうにかして起きていようと努力をしていた。

「何とかもぐり込めないでしょうか」と続が言う間だけはどうやら起きてられるが、その声も遠くから聞こえて来て消えるようになる。

「火葬場の人々は特殊な社会を作っているからよそ者は勿論、街の人々でも仕事の仲間には加えないのが普通だからな。それをもぐり込もうとすると仲間がその男に注意をする、そして監視して、なぜそのような外部の人間と付合うかを問いつめる。それを隠していると村八分のようなことになるからどうしても皆にばれてしまう。遺体の横流しどころではなく結束して続さんを殺そうとするか、よくても追い返そうとするだろう。と言っても何事も行動を起さぬ以前に結論を出して手をこまねいているのはいけない。やってみなくちゃ分らないのが人生だからな」とこんな言葉がこんな順序で根元の声で続の頭の中に入って来たのだろうが、なにしろ眠くてどうにもならないから、途中で寝入ってしまって、その後も何か重要な遺体が手に入りそうな話が根元の口から出たかもしれぬがそれさえ分らない。

「どなたかに紹介して下さいませんか」と続は先程からこの言葉を随分口にしているらしいが、適当な答えが返って来ないように思える。めんどうで、どうにも我慢ならなくて、何故こんな所で話をしているのかさえ分らず、ただ腹立たしく、何もかも投げ出して寝てしまいたかった。口を開いて寝ていたらしく首がソファの背の所であお向けに折れていたらしい。誰れかがしきりに続の名を呼んでいて、どうやら立たされて歩いているようだが夢のくせにいやに現実感があって足が上り下りしていて、片方を支えているのが長谷川老人でもう一方が三吉旅館の亭主であるのが分る。急がないと法律を犯すことになる。というのが彼等の言い分である、と思っているうちに、そこは戸外で急に寒くなって眠気が一気に跳んで目を開くと夢だと思ったのは現実で寒々とした小雪の降る中を二人に抱きかかえられて歩いていた。

「どうなってるんです」と続が言うのを、三吉が早く歩け、と小声で言って、その後で長谷川が話を始めた。丸い細いつるに眼鏡が度の強い凸レンズがはまっていて、彼の目が眼鏡一杯に写ってこちら側に跳び出して来そうに思える。

「許可証です。南から北への許可証は原則として一日と決められていて翌日にわたる場合には、一旦南へ帰って夜間許可証をもらい、そして翌日にまた次の日の許可証を受けなくてはならない、これに違反した場合はあんたは勿論だがわたしも罰せられる、それでこうやって迎えに来て、それに手間取ったが、今の時刻なら提出する最終刻限時間に間に会うだろうか、早く南側に入らなくちゃならん。どうもあの葬儀屋から南側に入るとなると道が入り組んでいるし、一番近い抜け道までさえも結構遠い。兎に角誰れにも見つからずに南に入ってしまえばしめたもの」と言う。それなら長谷川が勝手に夜間許可証を作成して持って来ればいい、と言うと長谷川はあの家でなければだめだ、と言う。その場で写したものを送付しなくてはならないからだ、そうである。眠くて仕方がないのを無理遣り急がされて、長谷川の家までつれて来られ、その間に旅館の亭主にさんざん文句を言われて許可証に名前を書いて、どうにか寝たのが朝だったのか、もう昼だったのか分らない。人に見られてはならないと言った所で続は寝ぼけて歩いている間に露地の横のあたりで鼻河原氏のあの鼻をちらりと見てしまっている。

10

うとうとしたかと思うと枕元が騒がしく、やっと手に入れた眠りを無遠慮に破壊していく者がいるのに腹を立てた。と同時に身にせまる危機感のようなものを感ずる。起きてあたりを見廻すと葉書がたった一枚そこにあった。なあんだ、こんなことか、と取り上げると、続宛で「あなたのことが話題となっています」と書いてあった。場所も日時もあって葉書をたよりに行けば何となく間にあいそうだし、そう遠くもなく思える。しかしこの葉書がどんな意味を持つのか、この程度のことでなぜ眠ってるものが起されねばならぬのかも分らなかった。もう一度眠りたい、と思っていると鼻河原の鼻らしいものが瞼に映る、行った方がいい。行って何が話題になっているか聞いた方がいい。続自身話題となるようなことは何もしていないのだから、向うが何と言うか聞いてみるのもいい、と思った。亭主は続が葉書をもらったことを知っていて、当局から話題になるような人をこの旅館に置いておくわけにはいかないと言った。その程度のことが旅館を放り出す理由になるのは不当だし、客をそんな風に取扱っていいのか、と言ってみたが亭主は頑として自己の主張を曲げない。請求書を持って来て続の前に置く。見ると続の懐具合では不足である。続が金が不足しているから都会の友人に手紙を出して送ってもらって支払うからそれまで泊めて欲しい、と言っても亭主は不足分はくれてやるから出て行けと言う。どうしてそう追い出したいのかその理由を言え、と続も今ここを放り出されるとさしあたり行く所もなく、金もないので、寒空の下でどうして夜を過し、めしを食えばいいのか迷ってしまう。

「以前続さんのような旅人が三吉館に泊った。名を谷と言って、続さんと同様、この街で何かをさぐっていたようだったが、気楽な男で冗談を言っては女中を笑わせていた。初めは短期の逗留のつもりらしかったが、そのうちに長くなって、密偵らしい目付のよくない男や鷲鼻の男が旅館のまわりをうろうろするようになった。ある日そのうちの一人がわたしの所へやって来て谷の様子を尋ねた。わたしは谷を好きだったから逆にその男をやりこめたりした。谷も陽気で女中をからかったり、一緒に遊びに行ったりしていた。わたしも谷と一緒に酒を飲んで、谷の仕事のこと研究のこと家庭のこと友人のことなどを話してうちとけ合っていた。そのうちに由起枝という女中が谷を好きになった。わたしも、谷がどうしてもと言うのなら一緒にしてやってもいいと考えていた。その頃から谷の様子がだんだんへんになって笑いが消え、頬がしぼみ、目をいつもしばたたかせるようになった。陰うつな目付きで何かを考えていることがあり、沈んでいる日が多くなった。続さんと同じ「話題になっています」という葉書が当局から舞い込んだ。わたし達はそれ程気にもかけず由起枝の結婚のことばかりを話し合っていた。そんな時谷が笑って見せる顔がまたなんとも言えず嬉しそうに見えたが、いつもどこかで淋しそうだった。とまた葉書が来た。帰って来た谷にどうだった、と聞くと、何でもない、と言う。まあ心配だが谷があぁ言うのだからとそれっきり忘れていると、また葉書がやって来る。そのうちに谷の身体がいよいよおかしくなって、どこが病気と言うでもないのに衰弱が激しく、おかしな咳をする。医者に見せると絶対安静だと言う。できれば入院した方がいいと言うが、谷は入院は嫌やだと言ってがんばって、それは大変だった。由起枝はそんな谷を一生懸命に看護をしてそれは横で見ていても頭が下る思いだった。それでも薬のせいか調子のいい日があって、そんな時には由起枝に手を引かれるようにして散歩に行ったりしていた。その様子はまるで夫婦のようだ、と妻と話したもんだ。が、それもつかの間、春の天気のよいあたたか日の午後、目に涙を溜めたまま死んでしまった。さてそれからが大変で由起枝は谷にすがってどうして死んだのかと言って泣くし、谷の両親に連絡すると、街まで遺体を引き取りに来るから、そのままにしておいて欲しいと言うし、そのためには腐敗しないようドライアイスが必要になったり、多量の氷が入要になり、はては冷蔵庫の間に入れたり大変手間がかかった。すぐ来る筈の谷の両親はバスの都合やら、遺体運搬車の都合、さらにはバスの事故などでなかなかやって来ない。出発したと言う連絡は受け取ったがまだやって来ない。その長い間、幾週間も、遺体を持っているとあのすごい臭気が旅館じゅうにたち込め、近所の人々は何事だと言って抗議を申し込んで来る。それでも皆をなだめて折角両親が来るのに、一目顔を見せたい、と言っているうちに顔の皮がはげて来て、皮膚がずるっとして口からひどい臭気が出て来る。終りには融けて顔の骨から皮膚がはげ落ちる。臭気がこのあたりにたちこめ、呼吸すらできなくなる。それで遂に火葬にすることになると、その手続がまた大変で旅人の場合の遺体の処理の方法について長谷川さんが調べることになる。が前例がなく、新らしいことを行うとなると役所に書類を送付しその決定に従わねばならず、役所の通知が来るまで、となるとまた幾週間かかるか分ったものではない。遺体にうじがたかり鼻の穴や目の中を行き来するようになり、それが遺体から出て来て旅館の至る所を這いまわる。わたしの布団の中にも、はては女房の陰部にさえ侵入して、女房はころげ廻るし、わたしはその声を聞き、不貞の最中かと思う。首筋につくと気味が悪い。それでとうとう無断で隠坊に頼み込んで焼いてしまうことにすると、それを頼むのに相当の金を取られ、さらに焼いたのが見付かって規則違反で罰金を取られ、裁判まで開らかれる。しかしまあ無罪になってよかった。さてやっと終ったと思うと今度は両親がやって来て、息子をなぜ両親に見せる前に焼場へ持って行った。それじゃ私共の息子かどうか分らないじゃありませんか、と泣きつかれ、写真を見せるやら、着ていたものを出すやらして、やっと納得してもらうと、今度は悲しいと言って泣いて、それが三日も続くとそれこそこっちがたまったものではない。そして気落して動けなくなった両親を三ヶ月も旅館に泊めて、遺骨と一緒にバズで帰ってもらった。その間の損失と言ったら、わたしの二年分のもうけが一度でふっとんでしまった。さあこれだけ聞いたら納得したろう。そして二度とここへ泊めてくれとも言えないだろう。

「さようなら」と亭主はこんな風に長い話をした。続はこの話を聞いている間じゅう大衆ホールへ行こうかどうしょうかとまよっていて、谷の通りならば、行かなくても同じだと思った。谷と続とは違う。谷のようでなく続は神経的にも肉体的にも元気だ。それに話し合いだって、大衆ホールへ行って本当のことを言えば、話題にすることすら誤りだと皆に分ってもらえるだろう、と思った。もう時間がなかった。続は三吉旅館を出ることにした。バスに乗って行けば早いのは分っているのにどうしても市内バスに乗る気になれないのはあのバスの印象が悪かったせいだ。しかしバスに乗らないと遅れる。一停留所だけ歩いて次で遂に乗ってしまった。先の経験から続は車輪の前方へ行ってバスの内部の壁面をなぜか拳で叩いてみると他の乗客が怪訝な顔で続を見ている。転覆してもいいようにその間じゅう身がまえていると、脳髄に故障のある人間と間違えられてしまった。意地の悪そうな老婆が二人顔を寄せ合って続を指差し、

「あんな人が面白半分に女の子に悪戯をして、その後で殺しかねないようね。この間新聞に出てたでしょう」

「極悪非道ってのはあの男のことですか、おばあさん」などと耳が遠いから内緒話を大声でやっている。

大衆ホールは南にあるのか北にあるのか分らないが、その境でバスを止めて、切符を切り始め旅人に見える

続には許可証の呈示を求めた。ないのが分ると運転手はすぐ降さない、と言う。急いでいる、と言っても聞かない。がその理由を言う所で例の葉書を見せると、態度が急に丁寧になり、それなら次の停留所で降りて、八番のバスに乗換え三つ目であるなどと教えてくれる。乗換えるとそのバスに京谷が乗っていて、続が言葉をかけようとすると、無理にこわばった未知の人と言うより足を踏まれて、踏んだ男にくってかかる時のような表情で続を追いはらう。仕方なく窓の外を見ると大きな寺のそり返った屋根が見え、そのぐるりを土塀が取りかこんでいて、樹木が裸木のまま繁っている。

　六号室というのは大衆ホールの大劇場の右上の四角な煙突のように飛び出た部屋で、二十人も入ろうものなら満員になりそうな大きさであった。元来照明係りのために作ってあったのだが、電気技術が進歩したためにこの室は不必要になって、配電板のすぐ上に小部屋を作った。その後部屋の名称も六号室と変って他の部屋が満員の時だけ、集会場として臨時に用いられるようになったのである。ここが「続さんのことが話題となる」会場であった。幾重にも曲った階段を登りさらに非常階段のように建物の外部に取付けてあるのを登りつめると鉄製のドアがあってそこを引いて入ると廊下になっていてそのすぐ横がこの小部屋であった。室内には三十人超える人々が立錐の余地もない程につまっていてひといきれと煙草の煙とでむせかえるようであった。全体が暴風雨の中の竹藪のようにどよめいていて、興奮が人々の心をとらえて離さず、その根底をゆるがしていた。二三の視線が続に集まり、後について来た京谷は素速く大勢の中にまぎれ込んだ。誰れかが続の名を呟いた。するとその呟きが人々の口に伝わり次々に反復され、その度に合唱のように声は大きくなる。続さんだ。なぜ来たんだ。来るにしては遅い。そんな声が起って彼等は身を寄せて続のために通路を作って来れる。女が部屋の奥の窓ぎわで甲高い声で話していて、その直情的な様子に皆が興奮したらしい。まだ話しているがその調子は続を賞賛しているようでも批難しているようでもあった。また続の話であるようにもないように思える。声の調子は軽く滑らかな笑いをさそうような時には低く小さく、感情がこもり人々の感動をさそう時には高く大きく、それは波状をなしていて、聞く人の心に陶酔をさそう、と彼女は一気に自分の願う結論の方へと人々を導く。その幾重にも打ち寄せる波についうっとりとしていると、彼女の考える方向へ皆はただ、いい気持のままつれて行かれ、それがまるで自分の意見のように思え始める。丁度その時続と京谷とが部屋に入って来たのである。波にゆったりと漂よっていた人々は、その物音に自分を取り戻し、六号室の人いきれの中にいるのを不思議に思う。女はまだ自分の言葉に酔っている。人々はしらけてしまって、どうして、あの女のあんな調子にまどわされて感激したのか、と思う。あの女の言う通りでなければならぬわけがない。彼等のざわめきはこのようにして起った。

「街のことを考えてみよう。街と国との関係を考慮に入れて続氏のことを考えなくてはならぬ。街は国家に属しているように見えるが交通の便や地域的な面から国とは疎遠な関係にあり、近頃はとみに関係が薄くなりつつある。その結果現状では街は国に属していないと考えることもできる。とすれば国が街に興味を示すのは街が国に興味を示すのとは異質のものがある。即ち国は、街の主体性を好まない。街は国に従属すべきものだと考える。元来支配権は国に属する、と言うだろう。とすると街と国とは縁を切ったようなやり方に我慢がならないだろう。そこで先ず国は間諜をはなって、さぐらせる。これは誰れでも考えつくことで今までにもこの種類の人間は国から多数送り込まれ、その度に我々は彼等を発見し、それがスパイであった場合には処刑にし、そうでない場合にも徹底的に調査した後、追放にした。とすれば続氏の場合も前例に慣って彼を取り調べなくてはならぬ」とその男は眼球を興奮でギョロギョロさせ、神経質そうに顔をひきつらせて、その貧弱な身体を堂々と見せようとするかのように胸をはって言った。

「途方もないことを言う人がいるものだとは思いませんか。誇大妄想もここまで来ればもう立派な芸術品だと言わざるを得ません。なる程この街は交通は不便だし中央からは遠い、そして時には中央政府もこの街のことをすっかり忘れてしまったかのような態度を見せることもあります。それだからと言って街が国家の支配下にないなんぞと、何を馬鹿げたことを考えているんでしょう。さらに街はどの都市や町村とも同様でどこにも違った所はありません。一地方都市にすぎないのです。とすれば国が街の何をさぐる必要があるのです。初めからさぐる必要性のない街に国が何故にさぐらなければならないのです。第一スパイ罪と言う法律すらあの大戦争の後にはなくなったのです。情報部もない筈です。とすれば国のどの機関が何の目的で街にスパイを送るのです。今までにも幾百人の旅人の方々が街にいらっして出て行かれました。街はその方々に開放されています。国内の多くの方々に街のよさ、例え交通の便はどんなに悪くとも、行ってみてよかった、美しい光景に出合った、文化に特異性があった、などと思って戴けるような機会をなるべく多く作りたいものだと考えています。そして続さんはその旅人の一人です」ともう一人の入口の近くにいた男が言った。前に出てみると、フットライトのこわれた装置が部屋の奥の端に重ねてたおしてあってそれ以上は進めない。

「続氏は私の心からなる問いを無視して、いいですか、無視ですよ。駈け出して行ってしまった。私はそれを許すことはできません。否定する肯定する反発する拒否する受入れる抗議する挨拶する。それがどんなやり方でなされようと、私は心の広い人間ですから、それを許すことができます。私の顔に一瞥してこれは無視すべき男だと思ったに違いない、私はこれまでの人生にいろいろな人と逢い話をした。商売のこと、教育のこと、街のこと、家庭のこと、その度に人々は私に対してある敬意をはらい、私の純粋なる心に驚嘆し、深い感動を示した。あるものは賛意を示しあるものは理解をしてくれた。あるいは反対だと言った人もいた。それが続氏は私を無視して、鼻にもかけず、うじ虫かなんかのように、人ではない下等な動物に対す

るように鼻の先で笑う。こんなことがどうして許せますか」と男は涙声を出しながら話すのを続は聞いて、

何のことだかさっぱり分らない。

「続氏の釈明がいる」と誰か言った。ひどい話じゃないか、と別の男が言う。人々の険悪な視線が続のまわりに集まって来る。

「何のことだろう」と小声で言ったのが悪かった。

「人を侮辱しておいて分らないとは何て言い草だ」と続の近くにいた男が吐き捨てるように言った。「もっと別の考え方がある筈だ、あやまるのが先決だ。あやまれ。頭を下げろ」と幾人かが怒鳴った。

「まずいよ君」と京谷が横合から人ごみを縫って来て耳元でささやいた。

「これじゃ収拾がつかなくなる、あの人の所へ行ってあやまる方がいい。言いわけはそれからでいい。今なら話を逆転する機会をまた作ることもできるさ。とっつきが大切だからさ」人混みに隠れて先程続を許せないと言った男の顔は見えない。続は罵声の中をその男の方へ近ずこうとすると誰かが足をかけてころばした。つんのめって倒れた。笑い声が起る。

「ちゃんと歩くこともできないくせに」と声がする。起き上って打った顔を掌で拭いまた歩き始めた。また誰かが足をかけ、今度は背中を突いた。続は床に顔をぶっつけた。下がコンクリートなのに鈍い音がした。

「からかうのは卑劣な男のすることだ」と痩せた神経質そうな男が胸を張って続をスパイにすることと、足をかけることとは別問題だと言うような声で他の男達を制した。

「ちえ、いきがってやがらあ」と品の悪い口をきく男がいる。

「私が無礼をしたと言って怒ってらっしたのは……あっあなたでしたか」と続はその男の顔を見て、無精

髭がきれいに剃られていてよく見ないと分らなかったが、彼は露地の三軒目の、続が密偵をとらえたくて隠れた玄関から顔を出した男であった。

「分ったらあやまったらどうだい」と別の男が言った。

「いやいい、ですから、もうあやまってもらわなくとも、この人が私を認めてくれさえすればこんな嬉しいことはない。さっき私が胸をはって言ったのは、ただあんな風に言ってみただけなんだ。ですから私はこの年になるまで人に使われてばかり来ていて、家では女房の尻に敷かれ、会社では人の顔色をうかがい、道路では誰れかが私をみとがめはしないかと戦々恐々としてくらして来た。私が人を見るのは、誰れかが私にこごとを言わないか、私のした失敗が見つかりはしないか、５の字の横に引く棒がいつもちょっと短いのを見とがめはしないだろうか、上衣の袖口がほころびているのを目ざとく見つけるものはいないか、話す時に、ですから、と言う癖を聞き苦しいと思わないだろうか、歩くと右足の小指の魚の目が痛くて、軽く足をひきずるのを、見付けられはしまいか、顔を見るだけで私の気の弱いのが見付かりはしまいか、ですから本当は隠れていて社会の表面に顔を出さない方がいいのではないか、どうして人前に出たがるのだろうか、本当は迷惑をしているのではないだろうか、こんなに思っていつも心が安まらないですから。私は話題の中心となるのが続さんだというのを知って、もし続さんなら私を知ってる筈だ、それにもし知らないと言ったら、無視して心外だと言おうと思って本当は昨晩から練習をして来た。うまく行ったので、もういい。これで続さんさえ、ああ、あなたでしたか、失礼しました、と言ってくれさえすればどれ程嬉しいことだろう。ですから、もういい、続さんありがとう」とこの男はこれくらいのことに涙を流して続の手を握りしめている。

「さあもう顔を上げて泣かないで下さい」と続は言った。皆の顔がなごんで穏やかな柔和な雰囲気になった。

「さて、続氏自身の話を聞こうじゃないか」と大声で言ったものがいる。

「話さない方がいいよ」と京谷が小声で続に言う。

「話さなければ誤解されたままじゃないか、話せば分ってもらえる」と続は京谷に小声で答えた。

「続氏は話をして下さい」と別の男が言う。と他の人々も、続に話を、と言い出してそれが言葉の渦のように室内を満した。

「仕方がないな、さしさわりのないことがいいよ。遺体のことは話さずに」と京谷が言う。

「何をぶつぶつ言っている。密偵だろう君は。街の中じゃ最下級に属する人間じゃないか、そんな男の言うことなぞ聞かなくていい。さあ話したまえ」声の調子からすると痩せた神経質の男が言ってるらしい。

「僕は不当な待遇を受けているような気がしてなりません。街は美しいには違いないのですが、どこか無気味な陰気さ、大声では話せない、いつもひそひそと話をしてなくてはならぬような、そんなものがあります。誰かが僕を監視していて、その視線が僕の目に写ると素速く姿を隠してしまうか、あるいは目の盲点に入って視界から消えてしまいます。僕は街に害を与えるようなことは何もしていません。いくら考えても悪いと思われることがないのです。しかし密偵がつき、会いたい人にすら会えない。役人に電話をすると通じない。そして訪ねもできない。その上北地域に行くのに許可証がいる。北では泊ることもできない。しかも僕の行動の全てがその道の人々には分っているらしい。何が何だか分らないうちに、逮捕されてしまう。分署から書類が送検されている筈です。今夜から泊るべき三吉旅館から追いたてをくっていて、その上持ち金は一銭のない状況です。都会の友人から送金してもらおうとしても住所が定まらず、それもできないのです。この会が終ればまっ先に留る所を探さねばなりません。僕の知っている限りの人々の家をあたってみたいと思っていますが、当局に狙われている僕を迎え入れてくれる家があるかどうか心配です。もし泊れるところがなかったら、この凍っている戸外で足踏をしながら夜をすごさなくてはなりません。本当を言えばこの会が僕の宿をうばう原因でした。話題の会がなければ旅館の亭主は僕を追い出そうとはしませんでした。そのうちに道さえ歩けなく、小さく身体を隠すように露地から露地を伝って行かねばならなくなるでしょう。僕はどうしてこうなりつつあるのか分りません。と言って僕は何も街に泊るべき場所を求めて来たのではありません。そのくらいはどうにでもなります。都会の生活の中で泊る所がないことは幾度もありました。慣れています。その点なら御心配なさらずに」続は本当に今夜の宿のことを話し、泊めてくれる人がいればいいと思ったが、そう話すことを続の自尊心は許さなかった。見えを張ってみたのである。室内の人々の態度は冷たく、ひややかな目で続を見、視線が合うのをさけている。また黙りこくって腕を組み、顎で続の方を指し示し小声で話し合っている。誰ももう話さない。怒っている、誰も続を相手にしたくなさそうである。

「まずいことになったな」と京谷が人目をはばかりながら小声で言って、離れて行ってしまった。幾人かが戸を押し開いて出て行き不満の意を示すために扉を力一杯ぶっつけた。堅い大きな音が室内に反響した。次々に人々は部屋を出て行った。表情は堅く、誰も続に言葉をかける者も、視線を向けるものもいない。氷の冷たさである。先程続のために涙を流したなめくじを思わせる男さえも顔を続に向けフンと鼻を動かし出て行った。気が付いてみると誰もいない。どこからか冷たい風が吹き込んで来て続はぶるると震えた。誰もいない。寂寥。続はふと死のことを思った。寒さと死は近い。何が死を呼ぶのか。室内の中央に立って耳を澄すと、耳の管の深いトンネルのどの暗い壁面にも音はなく、吸い込まれそうな静かさである。音が欲しい。続は歩いてみた。跳んでみる。「馬鹿野郎」と怒鳴ってみる。声が建物に反響して、長く尾を引いた。蹲まる。

何も聞えない。裸でいるように冷い。眠気が入り込んで来て、甘美な歌を続の耳元で歌い始める。遠くかすかに、とろけるように甘く、引き寄せまねくように歌う。消えるかと思うと近く暖い息が耳朶に吹きかかるほど近くで囁くように、妖精の声のように澄んでいて、そのくせ艶っぽく官能をくすぐる。どうかしてるぞ、と続は思う。初めから女体をくねらせ近づいて来る放埓な情欲の誘惑から逃れきれぬことは分っている。この間のバスの中での誘惑の時もそうだった、とその記憶を辿ることがそのまま再現されて、ずるずると眠りの心地よさの中に入って行く。死が呼んでいる。続には分って、先程の乱行がたたってるんだ。舟を漕ぎ始め続は尻餅をついて、そのまま眠り込んでしまった。

部屋に戸を開いて楽器を持った若者達が三人入って来た。

「こんな所に人がいるぜ」

「寝てる」

「この寒いのに、まさか死んではしまいな」

「まさか、息はある。放っとくのか。夜の演奏会には邪魔だぜ、起しまえよ」

「見ろよ。唇。紫色してら、気味悪いな」

「なあに光線のせいだよ。おいこんな所で寝てちゃいけない。おい起ろよ」

「頬を叩けよ」と長髪の若者が言うとサングラスをかけた男が続の頬を四五度叩いた。

「ところでよ。浜口の奴帰って来てるの知ってるか。一緒にバンドやってた。キザな奴でさ。都会でジャズをやるって出て行ったきりのがさ。帰って来てるんだって。なんでも目が潰れてさ」と痩せて背の高い若者が言った。

「病院、街の。あそこへ入ったら大方は出れないってんだが、そこに入ってるのか」

「目だけらしいから身体は治るだろう。おやこいつ動いてるぜ、死んでたんじゃないんだ」

「いつ帰って来たんだよ」

「そんなこと知るもんか。病院にいるてことだけさ。うちの親父、病院に勤めてるだろう、それで情報が入るってわけ。それも噂だけどよ」

「病院ってすごいんだって言うじゃないか。何でも生体実験をやるってさ。人の腹に機械を埋めたり、動物にやるみたいに管を腹から幾本も出してさ。ロボトミーなんぞらだって言うじゃないか。そこんとこわかんないけどよ」と長髪が言った。

「病気になんかなれない。ひどいことをするからな」

「警察と情報機関、密偵がうるさいじゃないか。あれらに見込まれたらそれっきりだ。役所がだろう。だが役人を見た者はいるのか、噂は聞くが本物の役人に会ったものはいないからさ。おかしいぜ、ひょっとしたら役人ってのはいないんじゃないか」

「病院じゃ真夜になるとうめき声がするってさ。助けてくれ、殺さないでくれ、それが風の流れに乗って聞こえて来るんだってさ。親父が言ってた。地底に閉じ込められた地霊のような声で寝れないってさ」

「目覚したぞ。こんな所で寝てちゃ死んじゃうぜ、おっさん」とサングラスが言った。続は悪寒がしてならない、しかし起されてよかったと思った。明日の朝だったらむくろかもしれない。

「浜口君が……と聞きましたが」と続は痩せた男に言った。

「あれ聞いてたのか危ないぞ。てっきり寝てると思ったのにさ。聞いちまったらしいぜ」と三人の若者は続のまわりで身がまえ長髪は出口に行って続を出さないつもりらしい。続は困惑して悪寒にふるえて立っていて、彼等と戦う意志など始めからなかった。

「もっとしゃきっとしないかよ。喧嘩にもなりやしないぜ」と長髪が言って近ずいて続の顎をストレートで一発ぶん殴った。続はよろけて尻餅をついた。三人はげらげら笑った。

「立てよ」と今度はサングラスが言った。彼は次に続を殴るのは俺だ、と言わんばかりに股を開いてかまえていて立てば一発アッパーをかませるつもりでいる。立ち上らない方が気がきいている。彼等は演奏会だと言ってたから客が来るまでには若者達もなんとか考えるだろう、と続は思った。

「立てよ」とまた言う。

「立てば殴るだろう」と続が言う。

「震えてやがる。恐いのかよ。さあ立てよ」と痩せた男が目をギョロつかせて言う。続が立たなければ三度目の自分の所へは殴る番が来ないと思ったのか続の背中に廻り脇の下に腕を入れて起した。

「そんな恰好じゃ、殴れない」とサングラスが言うとギョロ目は腕をはずす、続はずり落ちる。

「殴ったぐらいいじゃ、だめだぜ。起き上ったらしゃべるからな」と長髪が言う。

「殺っちまうか」サングラスである。近付いて来て足で腹を蹴って言う。

「そりゃないよ。これぐらいで人殺しはないよ」

「しゃべらない。本当に誰れにも言わない」続は口の中を切って血が流れているのを拭いながら言った。

「お前は黙れ」とサングラスはまた腹を蹴る。

「さされるとしたら俺だからな」とギョロ目が言った。

「いや三人共だ」と長髪が右目にかかる髪を上げて言う。

「僕は当局ににらまれてるんだ」と続が言う。

「黙ってろ」と続の股を、力を入れて蹴り上げる。

「危い時は殺るに限るんだがなあ」

「こんなことで殺さないでくれ。何でもするから」

「どうすればいいかこの男に聞くか」長髪が言う。

「言わない、口が裂けても」

「駄目だ」

続はこの場を逃れようとして考えてみたが、こんな時に限って頭は続の財布の中味のようにまるっきりからっぽだった。

「君達の言ったことを当局が知ったとして、あんた達は狙われないだろうよ。万一僕が密告するとしても」

彼等は続に聞かれたことについての分析を始めた。浜口が帰ってると知ってること、目が見えないこと、病院でうめき声が聞こえること、生体実験が行われていると噂されていること。それらをギョロ目の親父から聞いたこと。続を殺そうと言ったこと。続を殴ったこと。このうち厳密に言って続の密告により若者達が困るのは病院で生体実験が行われていること、続を殺そうと言ったことの二つで他は噂を言ったままで、当局ににらまれてもたいしたことにはなるまい。次に病院で生体実験が行われていること、これについては当局も病院も必死になって知られたくないとしているから、密告されると犯罪者にされるだろうが、しかし密告者自身もこのことを知ったことになるからやはり同罪で、密告者もいずれはかたずけられる。次にギョロ目の親父の問題もそのまま生体実験に繋がるから、密告者は危険である。殺そうとしたことは確かに罪だが、これには証拠がないし、当局も旅人が殺されようとしたぐらいでは何も関心を示さない。さらに俺達は証拠となるような凶器は持っていない。とすればこの男を殺らなくてもいいわけだ、と結論が出た。

「おいおっさん。聞いたろう。助ったってわけだ。運がいい方だな。しかしこのままってわけには行かないぜ。約束をしなくちゃ」

「約束する、あんた達の言うように密告はしない。これっぽっちも今日のことはしゃべらない」

「当局にたれこんで自分だけ助かろうなんて、考えはいけないぜ。当局は死人が多いのを何とも思っちゃいないんだから。そこんとこ忘れんなや」と長髪がこの組の頭なのかすごんでみせる。

「さあて約束をしてもらうぜ。時間もあまりないしさ」とサングラスが言って続の首根っこを握んで立たせ、顎のアッパーカットを食わせた。次はギョロ目が倒れた続の腹を靴で蹴る。ころがると寄ってきて靴の底で腕を踏んで腹を蹴り上げる。二三度蹴ると夢中になるのか続けざまに蹴って、ころがる続を追い所かまわずに蹴る。サングラスはのびた続をまた持ち上げて、落ちるわずかの間にストレートを入れる。気が遠くなって行く。どうにかして災難が少しでも早く通りすぎて欲しいと思う。顔が殴られ唇が腫れ、視界が狭ばまる。頭がじいんとしている。サングラスとギョロ目は興奮したのか無茶苦茶をやる。耳の内部を稲妻が走る。気が消えて行く。髪を引っぱり床を引摺る。その途中を一人が蹴る。

「のびちまった」

「どうだ、元気かい。お面白い顔になったな」とサングラスが眼鏡をはずして笑うと、目が細くてまるで融けたみたいにない。

「さあ立て、行っちまえ」

　続は動こうにも動けない。丸まってそう言ってる男の顔を見るのがやっとである。動けない、と訴えたかったが、サングラスがまた蹴る真似をするので這うことにした。全身のどこもが痛く、痛まない所がない。皮膚が裂け、筋肉が切れ、骨が砕けたようだ。自分で自分の身体が支配できない。なんと重い、と思った。随分移動したつもりでいたのにまだドアまでの三分の一も動いていない。彼等の方を見ると軽い運動をして気分がいいのか鼻歌で演奏会の準備を始めている。椅子を運び込んだり、電気を引いたり、楽器を並べたりして、それは手慣れている。

「こいつ動けないらしいぜ、邪魔だなあ。引摺って行って椅子の入ってた納戸に入れとこうよ」サングラスが言った。他の二人が手を借して一人が両足を持ち他の二人が片手ずつ持って納戸へ放り込んだ。背中が床にぶつかり背が柱にあたったりしたが、続はされるままになるより仕方がない。その中でギョロ目の痩せた男の言った親父の病院務めという言葉が気になってどうにもならない。

納戸の暗闇の中でごそごそ動いたり這ってみたり腕を伸したり起き上ろうとしてみたりしたが、痛さが身にしみる。殺されなくてよかった。続はそう考えただけで気分がよくなって耳の奥を走っていた稲妻がうすれて、しばらくするとジャズが外から聞こえ始めた。人の往き来が激しく、時々大勢の人々が声をはり上げて歌う声が聞えて来る。時には耳を走る稲妻とビートとが一緒になると頭が割れそうになる。重要なこと、病院勤務のギョロ目の親父。続はしばらくここでじいっとしていることにした。動けないためと、演奏会が終るのを待つためである。寝る所を考える余裕はなかった。ただぽかんとしていた。目が暗さに慣れるに従って中に入っているものが見え始めて、布製のテントや厚いマットが椅子と机などと一緒に乱雑に入っている。その布の皺が深い洞窟のように見え、続がその中に身を潜めている爬虫類の一種のように思えたりした。戸を押してみると、騒音が吹雪のように跳び込んで来て、続の耳は痛く慌てて戸を閉めると、急に音が遠のく。立ち上ってみる。ふらっとする。歩いてみるとまだだめのようである。拍手が起る。鳴りやまない。ジャズが始まる。とまた拍手。こんなことが幾度も繰返されている。もう一度立ってみる。ふらっとするが今度はちょっとは歩けそうだ。音が止み人々が部屋を出て行くらしく足音がする。続も戸を開けてみる、首を伸してみる、観客の中にまぎれて階段を下りることにする。後で椅子を入れに彼等がやって来るだろう、その前に、と思った。おぼつかない足取りで観客に混って戸外に出た。外は暗く夜が来ていた。寒く吐く息が白く濁って続のくたびれた身体をいたわるようにしばらくは顔の前を漂い、ぱっと一度に透明になる。最終バスの車内の青白い蛍光燈の光が数少ない乗客を浮び上がらせて走り抜けると街は一度に静まり返って寒気がしっくりとあたりを覆う。今だにバスを見ると腹立たしい。続は男達が出て来るのを待っていた。向う側のショウウインドウの光の前を黒い影が行き来する。遠くてよく見えないが、その度に人が違うのではないらしい。目が夜気の中でキラリと光る。特長のある鼻に見えて仕方がない。こっちの気持のせいで、そう見えるのだ、人違いさ、と続は思おうとした。階段を駆け降りて来る軽ろやかな入り混った足音と興奮気味に話し合う五人の人影。大衆ホールの広場で四人と一人に別れた。ギョロ目は四人の方だ。四人が通り過ぎるのを待って続は建物の影から出て二十歩程の距離を置きながら後をつけ始める。次の信号で一人が横に曲り「じゃあな」と大声で言って手を振り、そのまま闇に影だけになって離れて行った。

「飲んでいくか」と長髪の声がする。

「いや帰る。近頃親父がうるさいんだ」とギョロ目が言って繁華街の中程で右へ折れた。彼はポケットに手を入れ身体を縮め燈が消え歩く人の少ない道を急ぎ足に進む。知らない街を知らない人について行くと言うのはいい加減のもので緊張のために胃が痛み不安で頭がくらっとする。こんな時知った道とか街角で知人にでも逢ったらどんなに心が休まるだろう。ギョロ目が一人になったら声をかけようと思っていたが、いざとなるとどう言って近ずくのか分らない。ギョロ目が振返る、見付かったか、立止ってマンホールに小便をし始めた。湯気が上る。一緒にするのがいいと思った。こいつは名案、並んで小便を始めると、ギョロ目がちらっと続の顔を見て、角度を変え背を見せたが、次の瞬間にもう一度顔だけ振向いて、おやっと言う顔付をする。

「やあ」

「お前まだこりないのか」

「いえねえ、あんたの父上に紹介して欲しいんです」

「いやだよ、まっぴらだ」ギョロ目はズボンに入れて立去る。

「病院の方とお近付きになりたいんです」続も半分しかかってるのを一気に力を入れて出して慌ててしまいながら追いかける。

「それでついて来たわけか、あんがいしつこいな。もう一度殴ることだってできるぜ」

「と言っても今度は一対一ですからね」

「おどすのか」

「殴られても三対一の時と比べればたかが知れてるってことですよ。殴られて父上を紹介してもらえるのなら、その方を選びますね。どうですやってみますか」

「帰れよ。お前なんか嫌だよ」

続は二三歩遅れて若者の後を追う。若者は立止る、続も立止る、若者が急に走り出した、続も力一杯走る、走ると膝がガクガクして走りにくいが、兎に角走る。若者はどんどん駆けて行く。続も追うがどうしても遅れてしまう。若者の姿が消える。道を曲った。その道を覗て向うに影が見えたから駈け出して行って前に廻るとギョロ目ではない。戻ってくる。息がきれて、動悸が激しく結局無駄だったと思うとがっくりとしてしまう。くるりと廻ってもう一度あたりを見てみる。誰もいない。

「お前もなかなか早いじゃないか。誰かがお前を尾行してるぜ。そこの暗がり、ところで名前は」ギョロ目がふいに言葉をかけたので続はピクッとして振り向いた。よかった、と思った。

「続継介」相手にさからわないがいい。

「塩田岩雄、堅い名前だろう」続はだまってその男の顔を見ている。

「続さん来るならついて来いよ。ちょっと遠いぜ、歩いてだからしっかりしろよ。さっきのへこたれ具合じゃ心もとないからなあ、いくら気に入っても背負ってまで行かないぜ」と塩田は続をギョロリと見て言った。相当の距離を歩かなければならなかった。どこをどう通ったのか分らないが、あのトラックで潰されそうになった電話ボックスのある広い道をどこかで横切った気がして、どうやら南に入ったらしい。塩田は今夜の演奏会のことを話し、その曲を口笛で吹いた。小刻みに跡切れる短く高いリズムに続くゆったりとうねりのあるメロディ。それらが幾度も繰返されて続を記憶の遠い世界につれ込んで、心地よい過去の中にうっとりと浸らせてくれる。その安逸が激しい悲鳴に似た高音とリズムに破られ、情欲の衝動に猛り狂った男が無垢の娘を犯そうと娘に跳びつき引き裂き、娘があまりの恐怖におののくように高まる。しかしその声に男は一そう猛り狂い獣のように歯をむき出し娘をひんむいてその柔わらかな太腿を露出させ、やっと生えそろったばかりの薄い恥毛を割って可愛いピンクの部分に熱い怒りの根源をさし込もうとしたその瞬間、突如として曲が終る。

「どうだい、いい曲だろう。僕の作品」と塩田が得意になる。

「終が唐突だ」と続が言う。

「そこがいいとこさ。あそこでジャンと来て止める。エネルギーが後に残るってわけさ。わくわくする情熱が中断されるとどうなる。どこへそれを持って行こうか。女に走るか、酒か、スピードかスリルか、ヤクか、反抗か、どっちにしろあるのは行動さ。そして爆発」

「あんがいすごいこと考えてるんだな、僕はただの音楽かと思ってたが」と塩田の顔を見る。

「まあな」と得意である。

「うちの親父は、なんて言うか、もうすぐ定年で病院をやめなくちゃならないだろう。あれでさ自分のこと成功者だと思いたいんだよ。本当は失敗なのにさ。失敗ってことが分ってるから成功した人生だってどうしても言わなけりゃおれないんだな。そこんとこ悲しいよな。それでもし人に成功したと言われたら何とも言えない顔をするぜ、丁度子供がアイスクリームと聞いた時舌なめずりをして思わず口元がゆるむだろう。頭の中はつるりとした冷めたい、今舌の上に乗せたばかりで、解けはじめ、氷が液体に変って舌の上を流れて行く、あの時の何とも言えない感触で一杯なんだ。そのアイスクリームのように成功と言葉を聞いただけでもう顔がゆるんでだらしなくなっちまう。そこんとこ突けばいいと思うよ」と塩田が言った。続は少しは自分のことも話しておけばよかろうと思って、その方向に話を持って行くと塩田は続のそんな話を聞こうともせず、ジャズのことに夢中になっている。続はどうやら南に戻っているらしいと感じてあの二人が続を探しに来なくてよくなったことを思って苦笑した。大通りから入ると昔の城下町の名残りが細い露地や迷路のように折れ曲って道に残っていて、道をよく知っている人でなければ、そこに見えているその場所にうまくたどりつけないようになっている。坂道になったり石段があったり、屋敷の前で袋小路になったりしていて、どこかに抜け道がありそうなのにいつも違った方へ行ってしまう、といった風である。

塩田の父親は続の話を聞いて油断がならないぞ、といった表情をして見せた。

「それ程病院の方々と近付きになりたいと言うのには、何かお金になりそうなもうけ口があるんでしょうな」と言った。

「金もうけとは一際無関係です」と続は説明した。

「しかしそれはおかしい、それならますます油断ならない。金のことがからむのなら分りやすく、人は誰でもあの光るものを手に入れるのを嬉しく思うものですからな。何と言うか、心が豊になって祭の夜のように浮き浮きして来る。そうでしょう。別に何に使おうと考えなくとも何にでも変え得る。別に変えなくても、そのもので持っている楽しみ、あらゆるもので、その金額までのものは、使わぬ限り、私のものとなっていいわけですからな。使えばそれだけに限定されて、たとえそのものがどれ程美しいものだろうと結局は己のものにはなり得ませんからな。その点金は違う。思う時に思うものと換えることができる。女性でさえ金で買えるんですからな。その金をもうけるためなら多少の危険をおかすことはある。それなら病院に近付こうと言うのも分るが、それが違うとするとあなたの言うことが分らない。ただ警戒するより仕方がないですな」

と塩田の父親は言って肥満体の腹を軽く叩いた。

「病院に入院している方々で、死後大学の医学の教育のために遺体を提供戴ける方々はいらっしゃらないか、それをお願いしようと思ってるんです」

「それならいるでしょう。金に困っている患者は多いし、できるだけ早く病院から出たいと思っている患者も多い」

「遺体が欲しいのです」

「生きてちゃいけない。それは困った。病院の患者は生きて出たがってるからなあ。死後のことはねえ。こんなのはどうでしょうね。一旦患者をあなた方の大学病院に移す。その上で死後は遺体を大学に提供する。こんなようにするんだったらどの患者もこぞってあなたの申し出を受け入れるでしょう。何と言ったって病院から出たがってますからなあ」

「僕は解剖学をやっていて臨床の方が分らないが、もしそうした申し込みが多ければ教室としても考慮してみる価値はあります。ある一定の制限をして、大学病院へ移ることも可能でしょう」

「しかしそれが病院の側にもれたら、あるいは当局にもれたら、放ってはおきますまい。私は病院では事務員にすぎず、内部のことは分らないからね。ただうめき声が聞えると、患者が時々通りすがりに私に、なんとかこの病院から出れないだろうか、と言うのを聞くだけで、退院させてあげたいと思うんですな」

「当局は患者を他の病院に移したがるでしょうか、あなたのお話を聞いている限り不可能に思えますが。もしそれを言い出せばたちまちに処分されてしまいますか」

「いいえ、そう短兵急に考えてはいけないようで、当局がその患者を必要としているかどうかを、現在も将来もです。勿論死後も含めて、このように区分して考えてみなくてはなりません。多分実験に必要な患者は誰がみても渡すことはないでしょう。薬物を投与して非常に長期間の観察しなくてはならない患者もいるし、砂糖のようにそのものには毒の入らないものを研究の対象にしている医師や研究者もいるだろうから、それを見きわめるのは大変です。次に将来必要になるかもしれない患者とはこれらの予備軍のようなわけだから、これも見分けねばならぬ。予備軍的患者はあなたの病院に対して行ってもらえるかもしれぬが、逆にただちに実験の方へ持って行かれるかもしれない。次に死後が必要と言うより早く死んでその結果を分析なり、解剖なり、病理学的になり使いたい患者がいて、この患者は処分のことを先ず考えるから、この患者が病院を移ると言うとその日のうちに処分されてしまうだろう。となるとあなたは将来病院や当局が、必要とする患者かどうかを調査しなくてはならない。この調査は私達のような素人ではだめで医師でなければならないし、しかも内部事情を知った人でないといけない。そのような人とうまく連絡が取れるかどうか、とれても協力してもらえるかどうか、大変な仕事ですよ。さらに当局の機嫌をそこねぬように、当局が興味をなくするように持って行かなければなりません」と塩田の親父は続に都合のいい方へ話を持って行くが、どうも上滑りな感じがする。

「あなたのお話を聞いていると幾分気が楽になって来て、うまく行けば遺体を、いや病院から出たがっている患者さんを大学に移せるかもしれない」と続は言いながら大学が本当にそんな患者を受け入れてくれるだろうかと考えたが、それはまたその時にあたってのことで、先ず希望を見い出したと思った。

「病院ってのはひどい所でしてね。どうすれば人が一番苦しむかと言った拷問まがいの実験まで行っているそうです。これは苦痛を軽減するための逆実験だそうで、苦痛のしくみが分らなくてどうしてそれを止めることができるか、と言った無茶な論理がその実験を支えているんですな。一定量の血液を腕の静脈から垂れ流して、その傷口がふさがらないように静脈に管がさし込まれ、血液が凝固しないための薬物がその管の中を絶えず洗っている。勿論一度に多量を流出させるとすぐに死ぬので、その量を調節している。また逆にゴム風船で圧力をかけて静脈の中に血液を送り込み、どの程度の量をどのくらいの速度で注入すれば血管に破裂が起るかを調べたりしている。これは血管のみに限らず脳脊髄液に対しても、リンパ液、その他の消化液や分泌液、さらには精液についてさえも行われている。臓器移植の方法は最も重要なる研究課題だから、その方面ではあらゆることが人間を材料として行われていて、私などは直接そう言った特別の極秘の研究のなされている場所を見たことはないが、人から人へと伝えられる確実な話によって身の気もよだつ思いをすることもあります。そしてそれらを証拠づけるかのように聞くと死神にとりつかれたように背筋が寒くなる、あの長く尾をひくうめき声を聞くことがあります。泣き声、連続的に起るぜんそくの発作に似た咳、悲鳴、笑い声、そのどれもが異様で、程度を超えていて、聞いただけで震え上ってしまいそうです。興味本意の猟奇趣味を満足させる体の話ではありません。あるいはそのようにしくまれているのだ、と幾度も考えてみましたが、あの声を聞いてしまうとそれはどうしても本当としか思えません。おし殺して重く、夜、悪霊が地底から人を呼ぶように聞えて来て、今にも私にしがみついて、もしそれがちょっとでも私に触れたら、私は間違いなく自殺をしてしまうだろう、そんな響なのだから」と塩田は病院の話をして本当に恐ろしくてならないように背を震わせた。「また思い出してしまった。これを思い出すと寝れなくなってしまう。本当の震えが来ないうちに寝入ってしまいます。もうその話はさせないで下さい」と言って続を促す。続は困ってしまって、ギョロ目に頼み込んでここで泊めてもらうことにした。と親父もそんな続の願いを気持よく聞いてくれて、息子を指図して別の部屋から布団を持って来させたりした。

「あんたと一緒にうちで寝るとはな」とギョロ目が続に言った。続はもうその声の終りの方が聞き取れぬぐらい早く寝入ってしまった。

11

早朝に続は枕を蹴とばされるようにして叩き起されて眠い目を開くと塩田の親父が憤怒の形相でそこに立っていて、すぐに出て行け、と言う。一夜のお礼をと言おうにも、その男は何が何でも速く出て行けの一点ばりで昨夜の好意的な様子が全く変ってしまった。息子さんにお会いして、と言っても取り合わない。そうすればこれで出て行くより仕方がなく、この男について病院へ行く望みもこれで断れてしまって、続は残念でならない。

今朝はとびっきり冷え込んでいて、こんな朝を布団の中で目を覚すことができたのは何と言っても感謝せねばならない、と思ったが塩田の親父の心変りは、と何か心に思いあたることがあって振り返ると、鷲鼻の先から白い息が出ているのを視線の端にとらえたように思った。もう一度注意して見ると人影は消えて、勤め先に急ぐ幾人かの黒いオーバー姿が目に入るだけである。人の流れの方向を確かめると街の中心部へ行く人々の数が周辺部へ行く人々より大方の場合は数が多いのだろうと考えたりして、そっちの方へ歩いて行くことにする。あの男が塩田に言ったに違いない。と続は直接検事が続の行動の内容にまで干渉し出したことを知って、危険が一段と近づくのを感じた。夜道を人につれられて来た道を逆に辿るのは困難に思え、どこへ行くというあてもないからそのまま歩いている。もう一度公衆電話から栂尾を呼び出してみると、電話を終えた所へ京谷が逮捕に現われるかもしれない。そうすればそこから手懸がつかめるかもしれぬ、と考えたが、その二人から引き出せるものはもうたいしたものには思えなかった。それならまだ葬儀屋がいいと思って、男色はこりごりだと口のあたりを手で拭った。振り返る、鼻河原はいない。ちえうまく隠れてやがる、その手には乗らないってわけか、続は身体がひどく冷たく、悪寒がしてならない。目を閉じて額に手をあててみる、熱はなさそうだ。都会の友人に金を送ってもらおう、と思った。見ると向うの方で人だかりがしている。女の甲高い恐怖を表わすような叫びが聞こえる。人々は駆け出して行く。続も駆けだしたかったが、続が駆けると鼻河原も駆けて、そこで起った事件を彼も見るだろう、そして今も見たくてうずうずしているだろうと思って、わざとゆっくりと近ずくことにした。いい気分だ、おや見た光景だ、と続は思った。逆の方向から見ていたから気付かなかったが、どうやらあの天を刺す青銅の避雷針のある、そうだ浜口の薬局だ。もう二十人程の人垣ができていて、まだ警察その他の役所に関係のある人々は、そこに来ていないらしい。時折若い男が玄関近くに姿をみせ斧のようなものを二三度ふっている。と人垣はそこから危険を感じてしりぞきながら恐怖に身をこわばらせるのだが、その時女達が金切声を上げるのである。振りまわす斧の先から赤いものが跳び散って道路に落ちる。一人が屈んで指先に付けてみる。

「血だ」と言うと、おお、といったより深い恐怖を秘めた声が人々の間から一勢に起った。続もそれが血液に間違いのないことを確かめて、内部で起ってしまったことを考えようとしたが、ひどく混乱していて何が何だか分らない。感情がたかぶっている。また男が蒼白な顔を摩擦させながら現われて血走った目で玄関からこわごわ覗き込んでいる人々を威嚇し斧を振って、

「行け、行かぬとぶった切るぞ」とそのうちに一人を追いかける。中年の肥った男は必死にうねうねと曲りながら逃げる。それはその男を切るために追うのではなく、人々を散らすためにやっているのだろう、すぐに玄関に戻って来て、人がいないのを見ると中に入って行く。恐怖に生きた心地もない人々は、恐る恐る近付いて来て、今一度の恐怖を味わいたいらしい。そして物見高い人々の輪ができて、それは徐々に数を増している。中は洞窟の内部のように静かで、音が全くしない。そのわずかの間に自からの安全を楽しもうと人々は今見たことを互いに話し合っている。しかし彼等とて続の見た以上のことを話し得るものはいない。片方の目が白く濁っていた。顔には傷がなかったように思ったが、そう言えば妙に顔の皮膚の一部がひきつっていた。どこかで会ったことのある人間のような気がしてならない。しかしそれが遠い都会でのことであるように思え、大学の学生の一人だったようにも思えた。

「浜口の息子だ。顔が変っていて分らなかったが、あの髪は浜口のものだ」と六十を幾分過ぎている男が入れ歯をもぐつかせながら言った。

そうか浜口か、と続もその顔が極度の緊張によってか。ひどく歪んでいてすぐには分らなかったが、茂男自身ではなく兄弟の誰れかであって欲しいと思った。しかし食卓の椅子は三脚だった。一人息子なんだ。とすればどうして容易に出られる筈のない病院から抜け出して彼がここにいるのだろう。しかも斧を手に持って、何を叩き割ったのだ。血がついているとは。

薬局の内部は男がそのあたりを斧で叩き割ったらしく、硝子ケース、木の棚、調剤室の窓と戸などがこわれ、硝子の破片が一面に散らばっている。包装された小箱や瓶、化粧品、トイレットペーパー、マスクや溲瓶、

棚の切れはしや桟なども散らばっている。と硝子片を踏み割る靴音がして、若い男が顔を出した。先程のような狂人めいた顔付ではなく、落胆し憔悴しきっていて、伏目がちに震えながらそこに立っていて、人々が集まっているのを見て、怪訝な当惑した表情を見せた。皆は逃げたが道の中途でなり行きを覗めていた。斧は持ってないからそれ程逃げなくてもよかったのである。先程の老人が恐る恐る近付いて行く、男は歯をむき出しにして、ううっとうなって、腕を力強く横にふり閉じて胸を叩いた。それは獣のようである。老人がしりぞくと、男は気弱くうなだれて、歯をカチカチ言わせて時々何かを求めるように見る目が悲しそうである。

　鼻河原氏が続の背を強く押していきなり突び出して来て、相当の速度で男に跳びついた。男は鼻河原が近付く少し前に気がついたらしく一瞬立ちすくみ、すぐに玄関を内部に向って動き始めていたのだった。あの顔は浜口のものだ、と続は思った。浜口の顔がまた獣の顔に戻って腕をふりまわし足をばたつかせ、身をよじり、歯をむいて暴れたが、鼻河原はそんな浜口をまるでだだっ子をあやす親のように手際よく、片方の腕を握んで背に廻って、もう一方の腕を取り、レスリングで言うネルソンの形にしぼりあげ、両腕を持つことで浜口の身体を浮かせた。どう暴れても背の鼻河原には届かない、ただ体力を消耗するだけだった。浜口はうなって「離せ、離しやがれ」と大声でわめきながら頭をすごく早く幾度も振った。頭髪が乱れたその形相は悪魔を思わせるものがあり、身体がくるりと入れかわって続の方を向いた浜口を続は見て恐怖のあまり身をすくめた。鼻河原が手錠を後ろにまわっている浜口の両の手首にはめた。彼はぴくりと首をすぼめて、意味のない低い長い声を発して暴れるのを止めた。錠の落ちる金属音が寒気の中に鋭く聞こえた。と続は思わず、自からの手首にそれを感じた。右手で腕時計のあったあたりを触れると、凍って冷めたい。

「何をした」と鼻河原が浜口に言う。浜口は黙っている。呼吸が乱れて口と鼻の両方から一度に出る息が機関車のシリンダーから吐かれる蒸気のようにはげしい。

「手つだいましょう」と京谷が現われ、鼻河原に言う。彼も続をつけていたのである。

「うん」と鼻河原は京谷の出現を意外とも何とも思わないのかごく自然に浜口を渡し自からは薬局に入って行った。

「続さん、一緒に」と京谷が言って続の近付くのを待って、人々を追いはらい、そのまま内に入って行った。乱雑になった中を歩くと硝子が割れる。王冠を潰し跳び出した宝石のように血滴が短い間隔で並んで落ちている。まばらだったのが密になると、そこは食堂で食卓に斧が斜めに突き刺してあった。その下には頭から豆腐のような白い柔わらかなものが流れ出していて川の窪んだあたりに暗赤色になった血が凝固している、死体が一つころがっていた。固まった血は鮮かで美しい。その上の部分の頭髪はふんわりとした癖毛でそれが戸の所でうつむいている浜口の頭髪に似ていた。浜口は時々顔を上げて室内を見たが、その目は正常の人のものではなく、狂人の目のもので、そこで起ったことが何を意味しているのか分らない風である。

「ここにも一人」と京谷が手錠に縄をつけその縄の一方の端を柱にしばりつけていつの間にか奥に入ったのか食堂の奥のドアから顔を出して続に言った。あお向けに倒れ右腕を前方に突き出し、顔は信頼しきった人に見せる安堵しきった笑いさえ含んだ表情で、どんなわずかな恐怖心をも見せてはいない。先に殺したのだろう。胸が脇の方から深く鋭く裂けていて赤く層になった筋肉の奥に皺だらけの青っぽい薄い膜のようなものが、のぞいて見える。眼鏡が跳んで落ちている。この間会った時涙を浮かべ浜口のことを続から聞いて嬉しく悲しくて、どうしましょう、と言ったあの口が今ここにある。息子のためなら親の私共の生命はさし上げます、と言っているようだ。続は今一度そこの浜口の方を見た。彼は無表情である。

「君は何をしたんだ」続は言ってみた。浜口はぽかんとしていて、続が激しく言い寄るのに、身体をすぼめ、くるりと背を向けた。そして続がそれ以上迫って来ないのを見るとこっちを向いて、長い舌を出した。そしてゆっくりと右手でくずれた髪をかき上げると、癖毛のせいか、形の整った自慢の髪型に戻った。

遺体運搬車がやって来て遺体を運び、警官がやって来て鼻河原のした手錠をはずし警官のと取り換えてけたたましくつれ去った。少数の人々が玄関の前に集って話をしている。その表情には猟奇と話す人々の興味本位の無責任な言いたい放題を言う人々の卑劣さとが含まれていた。続は落着かなかった。混乱していて、何をどうすればいいのかは勿論一際が妙にギラギラして見えて、自分で自分の心を御しかねていた。できることなら暴れたかった。会う人にくってかかり殴り合いをしてみたかった。こんな時にもこの場に居合せたのは二人が続をいつもつけている証拠でもあって、その彼等は今も彼を尾行している、と思った。そう言えば先程終って玄関に立っていると、帰り際に、鼻河原が、あなたに関する資料がそろいましたよ、と言ったのを思い出した。何を意味しているのだろう、鼻河原はどうやら続を犯罪人にしたいらしい。だが続自身は何も悪いことはしていない。尾行されるのに慣れたつもりでいるが、行動は制限を受けるし、気持は犯罪者のようになり、あらゆることに消極的になり、自分は罪になることを今しょうとしていないと思われなくてはならない。これは負担で、いつも苛立ち、追いかけられている気分になる。京谷が味方のように近付いて来て話かけるが実際は敵方である。こう神経が高ぶっていては冷静に判断を下して行動しにくくなる。どこか気分も身体も休め得る所はないだろうか。京谷の家はいいように思えるが、康子が帰って来るとこの間のようなことになって、京谷の感情を害する。現に彼は続を殺したいとさえ思っているのだから。あんな風に気が小さな男が一度決心すると人殺しさえやりかねない。とすると結局は北へ廻って大衆ホールの六号室か納戸へ行くかしかなさそうである。

「ちょっとお待ちよ、ねえ」と女が声をかけるから続ではないと思っても女の声には振り向いてみたくなる。とそこに由起枝が駆けて来て、続をよんでいる。

「僕ですかね」

「ねえ教えて、あの赤いものは血なの。何があったの。茂男さんが暴れたの。そう、終りね。ねえ一体あの人どこへつれて行かれるの。どこへ行けば会えるの。あんなに凶暴なんだもの、外へ放り出したら何をするか分らなかったんだわ」

「由起枝さんでしたね。君は浜口君と一緒じゃなかったんですか、あのままずうっと病院で。僕の方こそ聞きたい、どうして彼は病院じゃなくて家にいたんです。病院からは出られないのが普通じゃないですか。この間ここの御両親がそのように言ってました。もっとも……」

「でどうなの茂男さんは何をしたの」

「両親を殺したんです。斧で」

「茂男さんが、まさか、あんなに親思いだったのに。あっ、違う。昨日から急に凶暴になって、私を見ても首を把んで殺しそうになったりしたわ。いつものように早くよくなって病院を出たい、などと話してると急に眼の色がらんらんと輝き始め歯をむき出して私におそいかかるの。すごい力でぎゅうぎゅうのしかかって来て、本当に死ぬのかと思ったわ。看護婦さんが私の声を聞きつけてやって来てくれなかったら危なかったわ。そしてしばらくは普段通りにやさしいのにまた突如として怒り出すでしょう。それは怖わくて、一体どうなったんでしょう。もし茂男さんがあの暴れる時のままで両親の家へ帰ったら、どこかで自分を制しきれずに両親を殺すことだってあり得るわ。茂男さんきっと何が何だか分らなくなってただ暴れて斧をふりまわしたら、そこに両親の肉体があって、殺しちゃったんだわ。それはどうにも止らなかったんでしょうね、それにしてもどうしてあの錠のかかった病室から逃げ出せたんでしょう。一人でできる筈がないから、きっと誰かが逃したのよ。そうよ、初めから両親を殺させる目的で茂男さんに薬を飲ませて逃したんだわ。そうしたら家に帰るにきまってるんだもの。一体誰れ、と言わなくても病院の奴だわ。計画的なのよ。けれどどうして何のために当局は彼を逃がし両親を殺させたのかしら。両親は茂男さんが病院にいるのを知らないのだし、としたら当局が浜口さん夫婦を危険人物とみなし息子の茂男さんに処理させたのかしら。でもそれじゃあまりうまく行きすぎてる。裏に何かあるんだわ。そうじゃなければいくら当局でも殺させはしないわ」と由起枝はその小さな丸い眼をくるりと廻しながら考えている。

「浜口君の両親は知っていましたよ。茂男君が病院にいるのを、僕が知らせたのです」

「あんた知らせたの。そう。だったらあんたが茂男さんの両親を殺したんだわ。犯人はあなたよ。頓馬阿呆間抜け、ぺっぽこおたんこなす。親に息子のことを話したら両親は息子を探し始めるってこと分らないの」

「でも探さないって言ってました。病院のことをとても怖がってたから」

「薄馬鹿。どうして分んないのよ。どうしてもどんなに手だてを用いても息子を探すわ。会いたいのよ。一日でも。そんな人に病院にいることを知らせたら。そこに入ったら死ぬまで出されないかもしれないと噂があるのよ。探して会うに決ってるわ。勿論見つからないように手を廻し、口実をもうけて、全く違った方向から近づくでしょう。でもどんな手だてでどんなに隠れたつもりでも、結局は分ってしまうわ。両親が動き始めたその日にもう当局は知ってしまって、当局はどうすれば両親をこらしめられるか、どうすれば最も残酷な効果的なやり方で、両親の動きを封ずることができるかを考えるわ。そして一番よいやり方は、自分の最も会いたい最も親しい目の中に入れても痛たくない者の手でその両親が殺される、これにまさるものはないじゃないですか。しかも両親が隠れながら努力をして、なかなか会えずにいる時、あの偶然が起って息子が帰って来る。両親はあまりの嬉しさに、それが夢ではないかと疑う。涙を流し歓喜して、息子をだく。その次の瞬間に息子が両親を斧で殺すの。なんと素晴らしく感動的な場面でしょう。当局の嫉妬がこのようにうまく当局の思いのままに遂行されることが今まであったでしょうか。考えられ得る限り残酷なシーンが現実に起るのよ、彼等はきっと胸をわくわくさせながら見ていたことでしょう。そうだわ、犯人はあなただわ。あなたよ」

「そんなことはない。浜口君さえ暴力をふるわなかったら、彼と両親とは一緒に喜び合って住めた筈じゃないですか」

「おとといまではあの人暴れたりしなかったわ、おとといの午後に手術があってその後からあんなになったの。当局はその前に両親が茂男さんに働らきかけているのを知ったのよ。何か口実をもうけて、けれどどんな形にせよ病院に近づけば、医局にしてみれば茂男さんに近付くことだから、そこの判断を誤ることはないわ。そこで病院はすぐに茂男さんの脳の手術をして、行動を制御する機能の中枢を破壊して感情のままに動くようにしてしまったんだわ。少しでも怒ると、それが次の憤怒を誘発しさらに大きくして、とめどもなく感情が激し、自分で自分がどうにもならなくなって来る。何をどうしょうとしているのか、どうすればいいのか、感情のみが湧き出して何も分らない。ただ爆発するのを待つだけになってしまうの、棒があれば棒を振り廻し斧があればそれで殴る。とその行動で感情が冷えて、今度は後悔がやってくる。これも次から次に反省が反省を生み、沈み込んで憂うつになり、次には自分など死んだ方がいい、と思うようになる。そしてその感情のままに死んで行くんだわ。そして当局もこのことを知っていて、その通りにことを運び遂には茂男さん自身も自分で殺させるようになってるんだわ。勿論その前にあんたをうらむよう茂男さんにし向けて、あんたが両親を殺す原因にして憎しみを煽り立て、そうするんだわ。茂男さんには判断力がないのよ。

自制もできない。ただあるのは感情だけで、感情の起伏のままに動くの。ちょっとしたおかしいことがあると笑い、それが次の笑いを誘発して、丁度わらい茸を食べた人のように笑いころげて、そして遂に死んでしまうんだわ。どお、あなたのなすったことの意味分って。そう谷さんもあんたと同じ立場だったんだわ、もう嫌、今度もこうなんだから」と由起枝はこんな風に感情的に言ってどこかへ足早に行ってしまった。

12

誰かが自分の名を呼んでいるような気がするから堅い床運動や回転運動に用いるマットレスを足で蹴って、それに付着している粗い砂をかぶりながら暗がりから這い出てみると、長谷川が度の強い眼鏡をかけて立っていた。

「三吉旅館を出たのならそのむねを報告してもらわないと困るよ。今回は夜間許可証を取らずに北に来て寝てしまっちゃ、わたしの責任はどうなる。一度なら報告書に始末書をそえ謝罪文と一緒に送付すればなんとかなるが、それも回数が増えるとわたしの責任になって、久道さんは監督不行届となるから、これからは住所を変更する場合にはわたしに届を出して欲しい。しかし北へ無断で宿泊したとなると、わたしは始末書だけでいいが、あんたはその間の行動を証明するものをそろえておかないと犯罪がどこかで起った時、先ず行方のわからない旅人に嫌疑がかかるようになっているからな。この寒いのに納戸で寝るのは大変だろうに。だが兎に角寝る所を自分で見つけただけでもいい、何をするにも人をたのんではだめだ。自分でやらなくては。さて帰るか」と長谷川さんはそれだけ言うと大衆ホールの六号室の奥の納戸の前から離れようとした。なあんだ、注意をしに南からここまで来るとは物好きなものだ、と続は思った。と行った筈の長谷川が戻って来た。

「これ」と言って葉書を差し出した。例の「あなたのことが話題になっています」第二回、と書かれてあり場所は六号室となっていた。行ってみると六号室は静かで誰もまだ来ていない。日付はどうも今日らしいが時間が来ていないので、この間ぐらいの時間だろうと考えて、それにはまだ間があってどこかで食事でもしなくてはならぬ、と思った。外に出て食堂を探し、トンカツ定食を食べながら、随分よく寝たことになる。昨日はまだ日の高いうちに、ただやたらと興奮して心の整理がつかず歩いているうちにどういうわけかここへ来ていて、それでも気持を持てあましていて、公衆電話から役所にいる筈の栂尾に幾度も電話して、今度は結局別の歯医者、硝子屋、麻雀荘などにかかって混乱さえせずに結局小銭がなくなってやめて納戸に入って寝てしまったのだった。

財布を出して中身を調べると、トンカツ定食を食べ終えたら、あと五六回程度の電話代が残るだけになるのに気付いた。ゆっくり食べおさめの食事の味を忘れまいとして食べると窓の外を先日露地で出合ったなめくじを思わせる男が駆けて行くのが見える。そろそろ始まるのか。食堂の奥の便所のあたりで人影が動いて、鋭い目が続を見ている。続はその視線に刺されたように思って首筋あたりがぴくりと摩擦するのを感じた。狙われている。いまのは見張られているといった程度のものではなく、憎悪の入り混った鋭いもののように思えた。

どこから湧いたのか、と思う程の人が六号室におし合いへし合いして一言でも自分の意見を言いたくて大声か小声かで発言していたから、その室内に足を踏み入れると耳を塞いでしまうか、自からも大声で怒鳴るかしないと我慢がならない。誰かが奥のこの間続が自分の意見を発表したあたりで、聴衆を興奮させることのみを目的とするような大演説をやっていて、そのせいで皆が自分の意見をのべたがっている。危険人物、スパイ罪、殺人、倒錯、姦通、などといった言葉が人々の話声の間から聞こえてくる。それらの言葉がどのような順序で誰に向って話されているのかは分りかねるが、どうやら続の行動を、犯罪と結びつけているようである。

「続氏が街に旅人としてやって来て以来、事故や火災、殺人等の犯罪行為が急激に増加しており、中でも先日薬局で行われた尊族殺人は続氏によって直接手を下されたのである」切れ切れの言葉を繋ぎ合わせると、こう言った意味になるらしい。街から追放しろ。病院に収容した方がいい、逮捕しろ、とやじが発せられた。

「彼は既に逮捕されている」有罪だ。投獄しろ。人々は叫ぶ。人々が続がこうなることを要求しているとすれば、続は逃げ出すより仕方がないが、続自身にしてみると全く身に覚えのないことであった。浜口が両親を殺害したことを言っているとしても、それは続とは無関係で、茂男が精神の錯乱のうちに行ったことだし、また狂暴な彼を両親のもとへ返した病院が第二の責任を負うべきである。演説する男の口調が芝居じみて来て、続が極悪非道の人間のように、この世の悪魔のような方向に話を進めると、いくらその調子がよく、人々の感情を自由に操つる術を心得ていても、これでは人々も調子がよすぎると考え始めてしまう。

「劇団地球の朝日さん、いませんか。朝日さんは」と大声で六号室の戸を開いて叫ぶ声がする。

「出番です。あっあんな所にいた。何をしてるんです、あなたがいないので幕が上らないのに。早く来て下さい。早く。嫌だなんてだだをこねないで困っちまうな。裁判の場面なら芝居でやればいい。朝日さんは検事役じゃないですか、さあ」とその男は今まで演説していた男を引きつれて出ていった。

「ちえ、どさまわりの役者か、どうりで芝居じみてると思った」と続の横にいた男が呟いて、目を上げて、続の目とぶつかる。

「ここに来てるよ。続氏が」とその男が言った。道があけられた。続は奥の方に進むしかなかった。

「黙って話さないのがいいよ」と京谷が続の後で言った。続はこの間のように奥へ行って皆の方に向きを換えた。何も言わずにぼんやりと立っている。誰も表だって意見を言わず、小声で話し合っていて、続を問題にしていないようであった。続が鼻を掻くと、人々はその動作を非難するように顔をしかめている。どこか険悪で、続に釈明を要求しているようであった。

「続氏の行動は正常なる市民生活をおびやかすものだと言える。ここに資料として印刷物にされてある続の行動表は善良な市民に衝撃を与えずにはおかない。バス事故による多数市民の死と一名の重傷者、と若干名の傷一つ負わなかった人々、その中に続が含まれておる。次に公衆電話におけるトラックの事故で、この場合も続は助かっておる。倒錯した口にするのもけがらわしい行為が既に報告されている。これらに対して当局はなぜ身柄を拘束しないのか。殺人現場にいたり、あの憂うべき風潮を代表しているかに見えるジャズメン達との、陶酔による乱闘、はては人妻との姦通、これらの度重なる不品行を続は街に来た僅か数日のうちにやつぎ早やに行い、しかも彼は何の咎をも受けないで通常の生活を送っている。このようなことは許されるべきものではない」

「続氏の行動を分析してみるとある意図があるように思われる。大衆ホールは仕方がないとしても、京谷氏の家、三吉旅館、塩田氏宅、根元の葬儀社、浜口薬局、この五箇所は全て私の作った地図によると渦巻の形をしており、その渦の中心部から周辺部へと広がっている状況を見ると次に火葬場、病院、さらに公園内の役所へといくことを予測しているように見える。これはそのまま続氏の願望を現わしていて、その意図するところが何かとても恐ろしいもののように私には思える。それが何であるかは私の能力では判然とはしないが、恐ろしいものであることだけは分る。街にとって彼がなそうとしているものが非常に不快である点と、危険性を含んだものである点だけを指摘しておく。あて推量やまやかしではない。このことをよく心に留めておいて、いつか続氏が何かをした後で、私の言ったことが如何に正しかったかを知っても、もう遅い。できれば彼を早急に牢獄に送るべきだというのが私の続氏に対する結論である。」

「続さんが何をしたと言うのです。彼は幾度も災難に合い生命びろいをしました。また不幸にも殺人が終ったばかりの所に立ち合いもしました。誤解があって喧嘩もしましたがその後ですぐにそのうちの一人と友人になっています。確かに許可なく役所に電話をかけたりまたこの街の条例に違反することをしましたが、それは知らなかった故です。また姦通にしても、これは私自身恥を言わねばなりませんが、私の妻は淫乱で男を見ると一緒に寝たくなるのです。ついこの男はどうだろう、と思ってしまうと自からも言っています。だからきっと妻が続さんを引き込んだに違いないのです。こんな風に続さんの行動を見て来ると被害者であれ加害者であったことはありません。電話を役所にかけて以来、私が密偵として彼の行動を監視していますが彼は罪を犯すような男ではないと私は保証します」と京谷が言った。

「妻の密通を夫が大声で言うのはなあ、どうだか。結局寝取られ男でいたい、と願ってるのか」

「それでいいなんて思ってはいません。私だって心の中は煮えくり返っているが、真実のためには仕方がありません」

「ちえ気取ってさ」

「追放するのがいい」

「まだそれ程のことはしていない。条例によっても法律によっても追放はできない」とこの間続を国の間諜だといった男が言う。

「では続氏に弁明の機会を与えよう」

「話さぬ方がいい」と京谷がまた袖を引いたが続には訴えたいことが沢山あった。もう遺体が欲しくて来ている、と心の中を話したかったのだ。言ってしまわないと決着がつかぬ気がした。それで罪になるのならその方がいいし、追放なら都会に帰りたいと思った。

「私はもう言ってしまった方がいいと考えました。黙っていていい筈はありません。皆様に私の意図を、したい事柄を話しましょう。その上で判断を願いたいと思います。私がこの街に来た目的は……」と言った時、ドアが粗々しく叩かれ、こわれるのかと思う程大きな音をたてた。皆の注意がそこへ向った時、ドアの真中に鋭い鋼鉄の先がにぶく光っている。戸が開かれ、ひきつった顔を摩擦させた男が立っている。男はぐいとドアから斧を引き抜いた。静寂が一面を覆った。人々は静かに少しづつドアの付近から室内の奥の方へ移動をしている。男の前の小さな空間が見ている間に広がって、人々はなるべく遠くへ逃れようと無言でもがきながらつめ寄るが、いくら押してももうそれ以上遠くへは行けない。浜口がドアの入口で斧をビューと一振した。今度は皆が蒼白になり震える番であった。寒気が戸口から吹き込んだ。もう一度浜口は斧を大きく廻転させた。斧の先が向側を向いている人の背に幾分丸まった外套の背骨のあたりに触れた。

「ギャ」とその男が叫んだ。

混乱が起った。人々は狼敗し身体をゆすり、もぐり込み、浜口からでき得る限り離れようとした。屈強な男が背を向けながら浜口の方をうかがう。人々はただおびえきってなすすべがない。また斧が風を切ってビューとうなった。続は自分に少しずつ近付いて来る斧の回転音を恐怖で聞いた。あの一振が続の身を切っているのだと思った。

「続を出せばいい」と誰れかが小声で呟くと、人々はそのことにすぐに気付いて叫び出した。

「続を出そう」

「続だ」と浜口が蒼白な顔を上向きにして木魂のように言う。

「ここに続がいる」と隣の男が言う。三四人の男が続の腕や肩、オーバーなどを持って引張った。続は動くまいとする。斧がビューとなる。

「手を借してくれ」と引張りながら人々は言って一段と力を入れる。オーバーの裂ける音がする。ぶら下るのを幾本かの腕が支え小さな隙間を作りそこから続が浜口の前に生贄のように置かれた。浜口の目が爛々と輝き、斧が高々と振り上げられた。とその刃が窓からの光線にキラリと光った。続は亀が甲羅から首を伸すように恐る恐る浜口を覗いてみる。鼻の穴が暗く大きく洞窟のように見え、毛がその周囲に生えている。その上の片方の目が白く濁っている。知人に会った時に感ずるあの気安さが一瞬彼の胸の中を横切った。斧が垂直に続に向って振りおろされた。続は頭をひっこめた。金属のどろどろに融けたものが頭に流れ、首筋を伝って背中に入り込んでジュウと焼けながら燃えている。火だるま、と続はその時思った。ドン、ともの すごい音と一緒に人が倒れるような幾分柔らかな音がした。

やられた。目を閉じた。

静かだ、動けない。動ける筈はない。死んだのだから、死はこうしてやってくる、と続は思った。

「斧を取りあげろ」と声がした。身体と身体がぶつかり合いもみ合い、のたうちまわっている。どうなっているのだろう、続には分らない。

「キャッ」と人々は先を競って戸口へ殺到する。われ先に部屋を出て行く。騒音があちこちで起り、それがしばらくすると至極あっさりと静かになった。続はそんな様子を腐抜けになってぽかんと口を開けぼさっと見ていて、何がここで起ったのか分らなかった。助かったのか、もう死んでいるのか、死後の光景が意外に明るく以前の世界の光と似ているのに気付いたくらいだった。がそれさえそうなのか分らなかった。

浜口が組み伏せられている。斧を打ち降す瞬間に屈強な男が横合いから浜口に跳びつき、それで浜口が倒れ斧の切先が方向を変え続の脳天を打つ筈のものが、彼の外套の一部を突き刺し床にめり込んだのだった。助かったのか、と夢の中のように思った。頭がまいっている。気力はない。蹲まって尻をついて斧が裂いた穴と刃とは指でさすっている。

「行っちまえ」と屈強な男が左手で斧を抜き、ぶらさげたままで倒れている浜口の横に立って言った。パッと続は立ち上って振り返りもせず、足音を立てないように静かに歩いて非常用に建物の外部に露出している階段の雪が積って氷っている上を注意をしながら降りて行った。音をたてると斧が彼の頭をめがけて飛んで来るように思えてならなからだった。

「やはり浜口は狙っているね」と京谷が大衆ホールの影から出て来て続に言葉をかけた。

「降りて来る君の姿を見ていると酔っぱらいか、平衡感覚を失した人のようによたよたしてた」続は京谷を見た。嬉しかったが言葉を交す気にはなれない。続は京谷が動けばその後をついて行きたかった。兎に角誰かと一緒にいないと不安で仕方がなかった。と言って京谷と肩を組み合って話し合いながら歩きたくはない。ただ影のようにぶらっと、そこに知人がいてくれればそして声を出してくれなければ、あるいは続のいるのを無視していてくれればそれが一番ありがたかった。といって続が動き始めないのに続を尾行している京谷が動ける筈はない。二人はただ黙って一方はうなだれ他方は時々相手の姿をうかがいながら静まり返って、ゆっくりと舞うように降って来る雪の中に立っていて足が氷りつかないように時々足踏をする以外は動かなかった。

「腹がへってるが食いものがない、それを買う金もない」と続が言った。

「少しはあるが、これをやっちまうと娘の食う分がない」京谷は金を差し出した。

「もらえないよ。都会の友人に葉書を出して借してもらうから君の家に送ってもらっていいだろうか」

「いいよ、金が届くには時間がかかる。当局が外部からの送金には特にやかましいから。少額のものを幾度かに分けて送ってもらうといい、少し金額が大きいと一時街の銀行へ振込み、そして少額ずつ引き出して、金の使い道を報告せねばならないから、家計簿のようなものをつけなくちゃならない。以前多額の金で役人を買収した旅人がいて、街がこの男の言う通りになりかけたことがあって、それ以来、今のようになったのさ。送金された金は開封され調べられるが少額ならその方は問題がないが期間は相当かかる。さらに郵送用のトラックはバスの間を縫って運行されるから道路事情もあってそう頻繁には動かない。まあ街では市民や旅人が外部となるべく接触するのを好まないからなあ」と言う。

「腹がへるなあ。働いてみるか」

「街は人手を必要とはしていない。私にしてもこの通りだというのを考えてみれば分るでしょう。旅人を働かせる商店や工場はない。それに許可がいる。この許可は当局が許可をしたと証明した印のあるものでなければならない。一度申請してみるといい。うまく行って許可が取れれば密偵のようなあるいは清掃夫のような最下級の職につけるかもしれない。まあ半年は待たないと出ないだろうな」

「では知人にたかるか、万引きをやるか、押込みか、さもなければ餓死するかしかない」

「続さんがそう考えるのならそういうことになるな。当局もそうなるのを待っていて、もし続さんがそうなったら、当局に有無を言わさず牢獄か病院へ閉じ込める。とあんたは当局の思い通りになることになる」

「君の家にでももぐり込むか」

「情夫のお出ましってわけか。久道が黙っていまい。何とかして追い出すだろうし、事故に見せかけて殺すかもしれない」

「君もそれに協力したいのだろう」

「さてそれは分らない。食欲を満足させるためだけなら難民に対する食料供給所と言った機関があって、そこへ行けば食い物だけはくれることになっている。僕だって幾度か御厄介になったものさ」

「どうせ許可証がいるんだろう」

「いらないんだ、あそこは。ただ一食に二度取りに来ないように掌に赤い大きな印を押すがね。少しぐらい洗っても取れないインクで、あれを落すのは大変だ。次の食事にまで残ってたら食いっぱぐれと言うわけさ。石鹸で洗ったりたわしでこすったり、土や砂をまぶしたり、ところが取れないんだ。どうも赤チンらしいが、それを取っててやっと落ちたと思うともう次の昼食の時間が来ているんだからな。結局いつも赤い掌をしてることになる。もう一つあそこへ行けばあんたが並んでいる間は私も楽ができる。

「なる程難民救済所か」

「しかしまだ間がある。と言って六号室にも戻れまい」

続は郵便局で葉書を買い入れあれこれ金を持っていそうな都会の友人、続と結婚をしたそうなあの女性などを思い出していた。彼女なら続の思い通りに少額の金を幾度かに分けて京谷の所へ送金してくれるだろう。と笑うとえくぼのできる頬を思い出し、次に接吻すると柔らかで弾力のある蜂蜜を含んだような甘い唇を思い浮かべた。借金の申し込みと送り先、最後に幾分長びくが、気持は変っていない、と書いてポストに入れ、早く来るといいのに、と思った。

さしあたり行く所と言えば火葬場か病院しかなく、火葬場なら京谷が一緒だし根元の所へ行くとあの例の関係に巻き込まれることになるけれど、彼を頼って隠坊達に近付かなくてはならない。続が歩き始めるといつの間にか京谷は姿を消している。

根元は家にいて媚を含んだ目付で外套をぬいでいる続のズボンの分れ目をぬすみ見ながら、

「君のはいい、もう一度といって俺の情熱をかき立ててくれれば秘かに焼場の者に紹介してやってもいいが。といっても遺体が手に入るとは限らないよ」と言う。続はのどの奥から嘔吐感が込み上げて来て、それに椎の花のような強い精液の香りが混じって、さらに幾分塩っからい卵の白味のようなぬるっとした触感を思い出すと、何とも気持が悪くなってくる。がしかし隠坊のことを考えて仕方がないと思うことにした。

「どうでしょう楽しみは後にして僕に紹介をして戴けないでしょうか」と続は言ってみた。だが根元がそんな約束で続の思い通りになる筈がない。結局は二階の暑すぎる応接室にひきずり込まれて陽根を握らされ、口に刺し込まれさらに腹ばいになって肛門を突き出すことを要求され、途中で彼の陽根がその彼と同じ行程を辿らされて、くわえたり嘗めたり入れられたりしているうちに嘔吐がまた出たりして身の毛のよだつ程嫌であって、次に続の陽根が根元の技巧にかかると、そこにはやはり適度の刺戟を受けて気持がよくなって来る。最後に根元は自からも白い液状のものを股間から噴出させながら、こらえきれずに先に出てしまった続の精液を一滴もこぼすまいと丁度逃げる鰻をつかまえるようにくわえて舌で嘗めまわしながら陽根の先とたわむれている。この頃になると続も嫌悪感をなくし満足に浸っている自分を感ずるから不思議である。がすぐにこのことがひどく嫌なことに思えて、こうまでして、近付かなくてはならないのかと自分がみじめになる。腹がすいている。空腹感がおそって来た。しかしそれを根元に言えば彼は食事と情事とをまた取り換えようと言うように思って、もう沢山だった。続はふらっと眩暈を覚えた。終えると根元はどこかへ行ってしまった。と入れ違いに白痴の女がお茶を持って応接室に入って来て、空腹と疲労とで長椅子にぐったりと横になっている続の横に腰を下した。続は不潔に思って女から離れたかったが、思うように身体が動かない。動かす気にもならず寝たふりをしていた。女は好奇心を持って続を見ていて、彼の喉仏が不思議でならないように覗めて、ちょっと手で触ってみた。ごくりと動くと、慌てて指をひっ込める。それから首を二本の指でゆっくりとなでた。くすぐったいのを我慢している。女はネクタイに触れてその結び目を幾度も掌で包んだり、指で触れたりしていたが、やがて顔をおしつけてきて、軽く頬に触れた。それからうかがうように続の目を覗き見る。続が動かないのを見て今度は大胆になって続の顔に頬をこすりつけ、唇を軽く指でさすった。と目が急に爛々と輝き始め、動きを止めてしばらくの間彼の顔を見つめている、が急に決意したように手を伸し、続のズボンのベルトをはずし始めた。続は迷った。相手が馬鹿だということが気になったが、だから逆に眠ているふりをしていようとも思った。ズボンの釦をはずし、ズボンを下し、下着を下げて下半身をむき出しにした。そしてしばらくはそのものを見つめているのか、その部分は放置されてあった。と女が指先で先端の部分をはじいた。それからそおっと唇に触れた時のあのやり方で触れた。そして幾度かそのあたりをなでる。幾分勃起気味の陽根がそのせいでピクリと動いた。女は驚いて手を離した。そしてもう一度続の顔を見たが、変化のないのを見てからどうしても目をあのものから離せないのか、長い間見ていた。また先程のようにそおっと触れる。少し大胆である。徐々にそれに慣れるのか、掌で亀頭の全体をなで始め、それに従って勃起を強める陽根の動きに別に驚く風もなく、幾度も幾度も面白くてならないようになでている。どうしてこんなものがこれ程女の心を興奮させるのか不思議でならないようだ。急に女は頬ずりを始めた。息使いが粗く激しくなっている。嘗め始める。はじめは大切なものを扱うようにそおっと次に粗暴に狂気のように顔を振り舌を動かす。ぐいと噛む。

「痛い」と続が言った。女は死んでしまっていると思い込んでいた蛙が急に跳び上り慌てて手放すように、驚いて立ち上った。そしてギラギラした目付で続の方を見てどうしょうもなく困った顔をしている。

「いいんだ、もう一度やったら」と続は言った。ぱっと女の顔が明るくなって眼球が餌を狙う獣類の不思議な輝きを見せ始めると、女は猛り狂ったように陽根にむしゃぶりついた。うずくような官能が続に起って、それはついぞ感じたことのない強烈なものである。空腹と疲労とでくたくたなのにあの部分のみがよくても自からどうしょうにも身体が動かず、そのままの姿勢で女がするのを待つより他に何もできない。頭の中は空っぽで局部から伝わる刺戟のどの小さな快楽にも反応できて、それは暗闇の中を走る稲妻のようにくっきりとしていた。女は顔を上げて手で勃起している陽根をいじり振れるのを見ながら、自分がどうしなくてはならぬのかが分らぬ風である。口を付け頬ずりをしても何かがまだ満足できないものが女の肉体にあるに違いないのだが、それがどこにあって、どんな方法なのか分らぬようである。女は繁んに太股をすり合わせ、尿意をもようした女達が見せるあの仕草でそこにやって来る官能をおさえていた。だがどうも我慢がならぬのか下半身を裸にした。しかし女にはそのことが何を意味するのか分らぬらしく、本能の命ずるものをどうしていいのかとまどっている。そして自からも全てをむき出しにしたが、そのものを勃起するあのものとをどうすればいいのか分らない。女は立ってまた頬ずりを始めたが、やはり股をすり合わせるだけで続に近づこうとはしない。と続の手が女陰に何かの拍子に軽く触れた。女はそう思ったのだが、続にすれば触るべくして触れたのである。女はその官能に息を止めて、瞬間的に反射するように続を離れた。電気に触れたと思った。そしてその部分を見ようと身体をかがめた。自からの手をそこにあてがったが、先程のあの感触ではない。しばらくはそうして続の方を時々見ながら躊っていたが、半歩ずつ近づいて来て、今度は続の掌を自分の陰部に触れさせた。そうだ分った。女の目の奥が潤んで深い淵のよどみのようにしっとりとしている。女は股を開き続にまたがって押しつけて来た。幾度か女は奇声を上げ、それが何を意味し、どのような状況の中で発せられたかを考えてみることもそれなりに興味のあることであっても、それはもうありきたりの性の交渉でしかない。白痴の顔に戻って女は立ち上り洋服を着ると、にたっと笑って出て行った。くたびれて続はそこにそうしていること以外何もできない。時が恐ろしくゆったりとしかも滑めらかにたって行く。波が穏やかに打ち寄せ砂浜を濡らしまた引いて行く。泡が残ってその泡が聞きなれないかすかな音をたててはじけて消える間もなくまた波が泡をのせてやってくる。その波の上に終日舟を浮べてその上でたゆとう夏の午後、ぼんやりと暑く、かげろうがもえる岸辺の光景を見ている。そんな時間が今過ぎて行こうとしている。頭のねじがゆるんでしまった。

「火葬場へ行ってみるか。ちょっと失礼して外出したのは死人が病院で出てね、それを家まで運ぶんでね、死人と来たら絶対に人の言うことを聞かないからな。まだ人の形をしているから言葉が分るだろうと思うのはこっちがおかしいのかな。突張って重く、本当に死ぬと重い」と根元が入って来た。続はズボンを下げたままの格好でまだ寝ていて、それを見た根元は一瞬情欲をかき立てられたようだったが、早くしまって、などと言ってごまかしながら続がゆっくり立上るのを待った。立ち上る気力はなく上半身を起すと眩暈がして船酔いのように、周囲のどこにも静止して見える所はなく、全てが浮いているように思える。頭を振りながら身体を起こし椅子の背を両手で握みながら立つが、やはり地面が地震の時のように動いている。行かなくては、と頭の奥で言うのに身体がともなわない。空腹のせいばかりでなく熱もありそうだ。動くのがものうい。

　夜の火葬場は人影もなく鉄筋コンクリート製の広々とした内部は冷たく、何か人を拒むものがある。仄暗い中にぼおっと橙色に見える円形の光が一つ点っていて、見方によっては暖かく親しく思えるが、また見方によっては妖しく恐怖心を起こさせるもののようにも見えた。吹き抜けになった高い天井の奥は暗く、それはそのまま天の穴に続いているようだった。続と根元とは正面に小さな仏壇が内蔵されている扉の前の木製の椅子が幾つも並べてあるあたりに立っていた。よどんだ空気が冷たい膚ざわりでそこいらあたりから天井の穴の奥まで溜っていてかすかに蛋白質を焼く臭いが混っている。硫黄の発する臭いのような卵の黄味に似ているそれは人をとろかす甘さを内部に隠している。その臭いがふらりとする身体とどこかで共通点を持っていて、臭いの導くままにどこへでもつれて行かれたいような気持がする。焼場の釜のある方から長い人影が続のはるか後ろにある建物の入口の所まで伸びて映って、それが歩いて近ずいて来る。

「根本さん」と低い声が聞えて高天井にぼんやりと反響した。

「こんなに遅くまで仕事」

「例の病院のくずになった肉団子と割られた骨としか言いようのないやつ。内密の。おや、こちらは、ちゃんとことわっていてくれなきゃ」と続に気付いてその男は前かがみになった腰を伸して言った。小男の老人である。焼場の戸が閉まるとそこから入る光が消えて影も消えて仄暗い電燈が三人の影を床に映していて小男の頭だけがいやに大きい。

「この間話してたじゃないか」

「いけねえ。その話はないことにしょうよ。こっちとら危なくて。そう言っといたでしょう、いけないよ根元さん」

「何とかしてくれないかな」

「外のことなら根本さんの言う通りだが、こればっかりはね、根元さん、分るでしょう。ここには幾人もいるんだから、わっし一人ならね。そのことについては病院と公園の方々がやってなさることでね。あっしらの分はほんの少しだってこと、勿論あっしらだって少しぐらいはねえ、そこはそれ根元さん。少しはいい目に合ってますがね。そうじゃなくちゃやって行けない。だがいけないことはやはりいけない」

「だから頼んでるんですよ。この方はかけがいのない仲間だから、それでこうして来てるんだからさ」

「当局の方々にもれるとね。栂尾って人がうるさくて」

「栂尾さんはここへ来るのですか」と続が大声で言う声が反響する。

「年に一度、あるいは特別に場合、秘書の方なら時々だがね」

「ちょっと知ってる」

「そっちからあたってくれるといいんだが、と言っても無理には違いない。遺体のこととなると底が深く、人目がうるさい」

「だから俺が頼んでるんだ。さてっと具体的な話はあんた方でやればいい、そして俺は帰るが、そこんとこ頼むよ。帰りに寄ってもいいよ」と根元は早々に引上げて行った。二人の頭の大きいのと身体の自由のきかないのとが火葬場に残ることになって、続はこの男が嫌だが、そこは我慢である。

「根元さんがやってみろと無理にでも言うのならやるが、もれると危いし、必ずもれるからな。そして先ずあっし、それからあんた、そして根元さんという順序で当局に消されるか、あるいは病院に入れられて処理されてここで焼かれることになる。彼等の一番恐れているのは遺体の処理のことが街の人達に知られることだし、街の人々はそれを一番知りたがっている」

続は空腹と寒さと眠むさとで身体がよわっていて、火葬場に行く前に難民救済所で並んでからにしたらよかったと思ったが、栂尾の名に出合えたのは収穫であった。栂尾に直接に会えなくとも秘書にでも会えればその人をたよって栂尾に近付け、さらには遺体にも近付けると思ったからである。ひどく曲り道をしていて、これなら初めから栂尾に近付いて行けばおのずと道が開けたのではないかと思った。しかしそう考えながらも全体が霞にかすんでいるように薄い膜がかかりぼんやりとしていて、考えるのがおっくうである。この男から何か握みたい、もしできれば遺体の横流さえ頼みたいのに、めんどうで、どうでもよく、空腹をおしてまでやって来たのが馬鹿のように思える。

「栂尾さんの秘書の方はよくいらっしゃるんですか」と続はこの問をもう幾度も発していて、その度にこの為と言う名の男が答えたのだが、その返答が頭脳の内部にしっかりと刻み込まれなくて、眼前に現われては消えて行く逃げ水のようである。消えて行っても大切な事柄だと記憶に残る筈で、また同じ質問を幾度も発し、同じ返答が戻って来るのは、続はそれをすぐに忘れてしまうためか、あるいは返答になっていないためかである。こんなことを繰返しているうちにどうやら秘書は一週間に二度ぐらいは現われるらしく、時刻も夕方で、今夜はつい先程来て行ったらしい。で今度為が宿直で秘書の来るのは随分先のようなことを言うが、もしどうしても会いたいのなら同僚に話しておくから手土産でも持って夕刻頃にでも来てみなさい、と言ってたように思う。それがいつなのかはっきりしなくて明晩のようでもあるし一週間先のようでもあった。難民救済所で食事をすませてから来ることになるな、と思った。ただぶらりと為のするように何をするでもなく木製の椅子に腰を下していて、その間じゅう為は遺体処理のむつかしさや秘書の調査法、さらには陰坊の結束とその秘密めいた組織などについて話して、遺体の横流しがどれ程無理なことであるかなどを話したが、ただお経を聞いているようで意味が分らない。と為が帰れと言う。行く所がない夜半に続は火葬場を出て、大衆ホールの方へ歩き始める。寒さと空腹、疲労と眠けとが一度におそって来て倒れやしないかと思いながら歩いている。足がもつれ意識がうすれてそのままずるずると奈落に落ちるような気さえする。

「許可証は」と尋ねるものがいる。何のことだか分らない、ポケットじゅうをまさぐり紙片を差し出す。それは期日が違うとか夜間許可証ではないとか、それでは犯罪になるとか、馬鹿にしてはいけないとか、そんな意味のことをその男は言う。だが朦朧としていて物が形をなさないから影を相手にしているようなものである。とその男は怒ったように「五度目にはひどい目に会うぞ」と言ったようで、それが何を意味するのか、分らない。熱が高いようだ。ふと見ると影が鼻の所だけくっきりと見えて、どうも続自身のものではなくて後で考えてみるとその形が鼻河原のものに思えるが、その時はただ影が恐ろしかったのと、寒さと発熱とが一緒になった状態で、映るものが急に大きくなって続をおそう程のものになったかと思うとまた無限に遠くまで急速度でしりぞいてもう見えないのに、それが恐怖そのものですぐに戻って来るのが分って、怖くてどうしょうもない、そんな幻想の世界にいたのである。どこか暗い穴倉に続はもぐり込んで身体を砂のまじった粗い布にこすりつけながら進んで行ってそのまま動けなくなった。

13

幾日の間六号室の納戸で寝ていたのか、続にも分らないが兎に角朝で、起ると空腹感だけがあった。難民救済所へ行くと、長い行列ができていて、朝食の配給を待つ人々がそこいらあたりで、指先に白い息を吹きかけたり、冷たい石畳に古新聞紙を厚く敷いて坐ったりして、ただ飯にありつくことだけを考えている。続は髭を剃らなくなってだいぶたっているのか口のまわりが痒く不潔であるが、それを今さらどうしょうとも思わず空腹をかかえて口の中に入る筈の食物のことばかりを頭に浮べそれをよほどうまいものだと考えていた。茶と白の猫が一匹家影から姿を見せて、後足をよたよたさせながら、崩れるように腰を折り、その場に倒れてしまった。今度は腰を立てなおそうとして引き寄せるが、後足でやっと起きると反対の方向に腰がぐんにゃりと傾むいてまた横にころがってしまう。もう一度やってやっと四つ足で立って歩くと妙に後部がゆれて四五歩歩くと横にいた痩せた男がちょっと足を出した。それをよけるつもりか跳び上って軽々と身をかわすのに、この猫はそこで後足がガクリと曲ってまたころがってしまう。それから顔だけをこちら側にむけてニャオーと鳴いた。

「酔っぱらい猫か」と年寄のハンチングをかむった男が嗄れ声で言う。

「ここ四五日でひどくなったものだ。なあに我々も同じ運命さ。憐れみなぞかけるな」

「眩暈がひどくなったのはこいつと同じ食べ物のせいか」

「お前のはアル中だよ」と汚れた青黒い上衣を着た若者が笑う。

「大声じゃ言えないが有機水銀が混っていると言うじゃないか」

「なら食わなきゃいいんだ。働く気はないくせに」

「言ったな泣きじじい。涙ばかり流して、昔を思い出して泣いてばかりいやがって、昔がどんなによくたって腹は膨れないよ。ちゃんと今のお前を見ろよ。立派な乞食じゃないか。乞食に働けか。いい説教だぜ」

「俺、手足がしびれ出して、首のあたりがぐらぐらして、ここの飯の食い過ぎかもしれねえな。とすりゃ与平のとっつあんは中風でもないのに手足が震えて止まらない。首はだらんと垂下って兎に角何も上らないって」

「あれもかい」と若い男が野卑に笑う。

「ありゃ普通の痛みじゃない。何かの中毒かもしれない。まるっきりこの猫と同じだ。這って便所に行く途中尻がぐんにゃりと潰れて、それを持ち上げるのに一苦労だ。ありゃ奇病だよ」と老人が言って、その老人の腕がぐんにゃりと曲りひからびて垂れ下っている皮膚に小さな黒い斑点が肘の裏側一面に出ていて、所々が腫瘍になってただれている。

「おでましだ。あの気取りようと言ったらまるっきり鹿鳴館時代そのままじゃないか。鯨の骨のフープの入ったスカートをはいて胴をコルセットで思いっきりしめてさ。結局はお姫様の気晴しの道具で、芝居の中で貴族が貧乏人に恵んでやるあの場面をいつも演じて御満悦なんだ」と皮肉屋の痩せた男が言う。

「みろよあの大仰な嘆き方、それでは帽子を取って御辞儀の一つもしなけりゃなるまい」

「まあなんて不幸なんでしょう」と同情の涙を流しながら、こっそりと自分の幸運を満喫している。そして一日のうちで三度の給食が喜しくてたまらない肥った女が作り声で言う。

「気取りやさん、そっぽを向いてさも軽蔑したような顔付で皿を受け取るのは、なんて粋なんでしょう」とくすっと笑って女が出す金属製の皿を皮肉屋の男が奪うように素早く抜く手も見せもせずに受け取って女の目が届かない所へ早足で行ってしまう。

「おやまあ新入りの方、どうぞ御贔屓に」と女は油ぎった太い首をねじり続をよく見ようとしながら皿を渡す。暗い色の液体のかかった料理は暖かく湯気をたてているが、どこかくすんでまずそうである。食欲が湧かないのは長時間食物を胃に入れていないせいだろうか。煉瓦造りの壁によりかかり一口食べてみると浸み込んだ液体が口に中に広がり、それと同時に嘔吐が奥からこみ上げて来る。それを無理に味あわないように飲み込むと食べ物は土の塊りのようにのどにつっかえて、嫌々ながら胃の腑の中へ落ちて行く。もう二度と飲み込んでなんかやるものか、と胃は蓋をしてしまったようだが、食べ物はこれしかないのだから押し込んで燕下し次いで戻らないように蓋をする。目を白黒させ水を飲みながら流し込む。目から涙さえ流れるのを隠しながら周囲を見ると、この食物を味わい笑顔を見せ冗談を口にしながら食べている人もいて驚ろいてしまう。次に口へ持って行こうとすると臭いが鼻をつき、それで条件反射のように胃から嘔吐が湧き上って来る。あの老人はよほど慣れていると不思議に思って眺めると、彼も続を見ている。これが終ると南へ出かけ長谷川さんの薄暗い土間で彼が眼鏡を近付けて同じ質問を発しながら記入する許可書をもらい、それから火葬場へ行き栂尾の秘書の来るのを待つのである。もうこんな日が幾日か続いていて隠坊達と鄙猥な会話を交えたり、時には遺体を運んで来て涙を流し目を脹らしている女達や、薬指でそおっと涙を拭う初老の男達をひややかな目付で覗めたりしていた。いつも空腹であるせいか、食えば腹の中を雷のように暴れまわる堅く噛み切れない肉片や、黄変米のような穀物、さらには寒さのせいか、身体がどこもしっかりとしない。気力がない。視界に映るものがいつもほやけている。そして眩暈がする。それでも火葬場へ行かねばと思うのはやはり遺体集めと都会の大学のポストに執着しているせいだろうかと思ったりする。だが本当はそのためにやっているのではなく、何かしていないと時がたたないので暇をつぶすために火葬場へ行き、バスで一緒だった栂尾にまだここにいることを知らせたいためだけにその秘書を待っているようにも思える。火葬される人の蛋白質の臭いが近頃、心地よくなって来ている。時には葬儀屋にも寄るが、寄れば白痴が近付いて来て、亭主もやって来て、下腹部だけを攻める。どうやら亭主の方は自分の情欲を高めるために続が白痴の女とやっている情景を見ているらしいのも分って、そのためにひどく疲れることが多く、あまり足繁くはいかない。近付かずにいると白痴の女が続がその店の前を通る頃合いを不思議に知っていて、彼の裂けている外套の袖を取って馬鹿力で引きずり込んだりする。許可証のこととなると鼻河原が現われ、今度は八度目が恐ろしいですよ、と言って、江戸時代の刑法によれば巾着切りは三度目までは入れ墨ではなたれるが、四度目に捕まると死罪だってね、街の許可証も十度目ぐらいが限度だからねえ、などと言って消えてしまう。幾度行っても栂尾の秘書とは会えず、いつもたった今帰ったばかりとか今夜はまだ来ないからもう来るだろうと言うから待っていると結局来なかった、などと言う日が続いた。相手は続を避けているらしい。隠坊達がそんな意味のことを聞こえよがしに続に言って、彼を小馬鹿にしている。と言ってここでがんばってみるより他にどんな方法もないのだから仕方がない。

夕食をとりに難民救済所へ行くのも面倒でそれに以前程腹が食物を欲しがらなくなって来ていて、火葬場にぐったりとして端でうなだれて天井の奥に巣を作っている蜘蛛の糸が僅かな光線に角度によって光ったりするのを見ている。とそこに京谷が入って来た。続は久しく見ていない彼に驚きを感じると共に、どうして今日まで会わなかったのか、彼を追っている筈の京谷だからいつかは姿を見ることがある筈なのに、金はもう届いただろうか、などと思った。京谷は続を見て一瞬ひるんで、ぎこちなく口をもどかしそうに開いて、

「やあ」と言った。

「随分顔を見なかったようだが、いつも僕を追ってたんだろう。いつも身近に君を感じてたよ」

「ううん、まあな」と京谷が隠坊の方をちらりと見ながら言った。

隠坊達が緊張して為などはその大きな頭を真直に京谷の方に向け曲った腰を伸ばし幾分震えながら正視している。そして時々京谷が続が視線を京谷からはずした隙に手を横に素早く動かして隠坊達に何か合図を送っている。続もそれに気付くが何のことだかさっぱり分らない。また一方では京谷はそんな隠坊達にもっと気楽に気付かれるじゃないか、と言ったことを近くにいるのに小声で言うが、彼等はやはり直立不動の姿勢である。

「この間はもうちょっとで浜口君にやられそうで危ない所だったがあれ以来だねえ。あれからもまた六号室で話をする会というのに行ってみたけれど、なんだか近頃頭がぼおっとしているせいか僕に関係のあることをやっているらしいが、いつもこまかい手続の問題ばかりで分らないし、それになかなか結論がでない。それで今日も行かねばならないのだけれど」と言いながら続が葉書をポケットから出して皺を伸ばしている。「行っても仕方がないしね。行けば君に会えるかもしれないとも思ったが、一向に会えないだろう」

「行かなかったのはいけないことですよ。何が何でも出席しなくては。傲慢だ、と言うことになって、今

まで続さんの味方だった人々まで反対に廻ることになりかねません。出席さえしていれば兎に角同情をかって結論へはなかなか達しないのです。それがもし欠席なら一挙に有罪といとも容易に判決がついてしまう。今のあなたの服装と口調、それに憐れっぽい姿なら、あの人々にきっと同情を示してくれて、きっと精神状態が悪いのだ、と思い少なくとも精神状態が戻るまで結論を出さずに待ちましょうということになったでしょうに。と言っても今日はもう遅すぎます。しかしまだ前回の印象があって今日は結論を出さずにいてくれたかもしれません。あの人々の中のどの一人の反対があっても、あなたを有罪にできないのです」

「六号室のあたりには浜口君が僕に狙いをつけているらしく危くて。この間も彼の燃えるような目に出合って恐ろしかったのを思い出す。気分がすぐれないので錯覚のうちに浜口君に出合ったようにも思うのだが、幾度か重なるとやはり浜口君だと思える。そして彼はいつも斧の柄のような長い棒を持っているみたいなんでね」

「しかし行かなければだめですよ。どうしても」と京谷が言う。

「あのお話中ですが」と一人の隠坊が丁寧な口調で頭を下げながら京谷の話の終るのを待って割り込んで来た。

「後にしなさい」

「ですがもう時間で、報告を終えなくては仕事のきりがつきません」と白毛頭をさかんに下げながら言う。

「梅尾さんの秘書というのは……まさか君、そんなことは…」

「だから言わんこっちゃない。そのまさかなんですよ続さん」と京谷があいかわらずおどおどした表情を見せながら言う。

「失礼して仕事をしてすぐ戻って来ますから」

「逃げないって約束したらね。今までどうも君は僕から逃げてたようだからね」

「観念してますよ」と京谷は隠坊をしたがえて釜の方向へ消える。

続はただ待っていて、待つことに慣れてしまって、ぼんやりとしかもゆっくりと過ぎて行く時間の仄暗い流れの中に身をまかせている。判断をしたり決意を下したり区別をしたりするようなことはどうでもよくなっていて気持ちがよかったり、ただ慣れたりすることだけが好きで頭はまるっきり働いてはいない。

「あなたの望みは分っています。遺体のことです。しかし私にしてもこの地位を失いたくありません。栂尾さんもあなたが遺体を集めたいと思っていることは遠の昔に御存知で、かってあなたに希望が持てます、と言ったように、そんな意味の努力をなさろうとしていらっしゃいます。何と言ってもあの方の日常はそれは多忙で目を通さなければならぬ報告書、判断をなさねばならぬ用件などの書類に目を通すだけでも一日の時間でたりないくらいです。その間を縫って人々とお逢いになる。さらに電話での相談、それはお一人で処理し得るような量ではありません。その多忙な中であなたのことに気を使っていらっして、続さんはどうしている、と時には私にもお尋ねなさいます。そんな意味で私は続さん付きの秘書ともなりその関連として火葬場に関する秘書でもあるわけです。秘書と言っても私の仕事はただこの火葬場であったことを隠坊達からの報告で知り、さらにその遺体の出所をつきとめ、その両者の間に誤りのないことを調査し報告するだけで遺体そのものにはほんのこれっぽっちも触れられないのです。今私は続さん関係のと言ったのは非常に深い意味があって、結論から言えばあなたのおかげで秘書の位置につけたのです。続さんが遺体を探しているから私が火葬場を中心とした仕事をするわけです。役所の人々は密偵を縦横にはなって、それらからの報告と正式の報告とを見比べながら興味のあることをその上品な独自の嗅覚で嗅ぎ出して、そのようなもののみに関心を持つと言った妙な癖を持っています。街の人々が幸福そうにしているとそれが気に入らない。悲しみや苦しみの中にいるとそれでどうしてそうなったかを知ろうとする。まあ一般的に言えばいたってつまらぬ下劣な感情に支配されているわけですが、逆にそのような感情でもって生活をおびやかされる街に市民達は迷惑限りないのです。あの方々は私の妻の康子が久道と通じているのを知っていて、それを知りながら何も言えない私の弱さを知っていてそれで私に密偵の仕事をくれたのです。次に彼等は私が密偵として偵察しなくてはならぬあなたが康子と密通しているのを知っています。その現場さえ私が見ていて、それでも何もできずにあるいは嫌みの一つも言えずに黙って自分の密偵の仕事に努めているのを面白がっています。そしてこれからももっと私の妻が眼前で不貞を働くのを見せつけるといいと思っているのです。そしてそれを私が耐えしのんでいるのを面白がるのです。その褒美に栂尾さんは私を秘書にしたのです。ですから私の仕事などどうでもよくて、私にいじ悪さえしていればいいのです。同じように栂尾さんは遺体を集める仕事にかかわりたくなくて、ただ続さんがそれに苦労しているのを面白がっているのです。私にしてもあなたがいて遺体を集めようと努力すればする程それの邪魔をしたり、康子がそんなあなたに惚れたりして苦しめば、それで秘書をしておられるわけです。ですからあなたがいなくなったり、私を困らせたりしなくなれば、私も不要になって秘書ではなくなります。とすればあなたがどれ程、私に遺体を集めることを頼んでも、私が私自身の不利になることを知ってまで栂尾さんに報告することはありません」

「君は栂尾さんにいつも会えるんだね」

「毎日と言うわけにはいきません。普段は報告書だけをお送りすればそれで仕事のことは終ってしまいますから、多分栂尾さんの方から私に特に用事のある時以外は会いません。その用事は大方あなたのことを聞きたい時ですが」

「で、いつ会える」

「まだ二度しか会っていないので、どんな時に会えるかは分りません。私の方から会いに行っていいのか、迷惑ではないかと思っています。勿論秘書ですから会いたい時にはいつも栂尾さんの役所のところまでは自由に行くことができます」

「一度つれて行って欲しいが」

「許可がいるでしょうが、報告書の中にあなたが会いたがっていると書き込んでおきましょう。栂尾さんが興味を持つ事柄の横にでも目立たぬように挿入しておけばおしかりを受けることもあるまいと思えますから」

「君自身で僕をつれて行くわけにはいかないだろうか」

「無理のようです。私共のような秘書でも役所へ行くと役人の方々にお会いできる可能性のある柵のこちら側で待っていて、偶然何かの折に部屋から柵の方を御覧になる、その時にお目に止って向うから近寄って来られなければお会いできないのですから。それが一般の市民の人々だと、その柵の前に通用門の守衛の方々がいらっしゃって、守衛の方々の目に止ってその時に用件を言い、それが役人の方々に会ってお話しをするのに充分大切な用件であると認められれば初めて柵の所まで入れてもらえるのです。しかし柵の所に入っても一体どの役人の方にお話すればいいのか、あるいは役人の方のどの方がその仕事をなさっているのかわからないから話のしようがありません。それに普通は役人の方から人々に言葉をかけるのが通例となっていますので、顔を知られていない市民の人々はただそこに長い時間黙って、どなたか気紛れを起して役人の方が軽はずみに言葉をかけてくださるのを待っているより外にどうしようもないのです。私と続さんとが一緒に行きましても私は門を通るのはできますが、続さんは守衛に留められて通常の手続を踏まなくてはならないでしょう」

「ちえ、僕にできることと言ったら性行為でもして栂尾さんを喜こばすことぐらいしかないのか」

「それも一つの方法であることは確かです。役所の方々はぬすみ見がお好きですが、私と続さんのようにこのような形で会って話をするのはお嫌いです。それはぬすみ見の時のような、あるいは人ずてに聞く噂や悪口、中傷のように、歪みを期待できないからです。続さんと私とが仲良しになってはつまらないからです。では別れを」京谷はこう言い残して最初に電話ボックスから出た時と同様みすぼらしい印象を残して暗い火葬場の厚い木製の扉を開いて、きしみ、閉じて扉のぶつかる大きな音を反響させて出て行った。

14

「塩田さん、もしお金に興味をお持ちならば、この間の話を考えてみてくれませんか」と続は畠の柔らかな土が小さな氷の列柱のような霜柱で持ち上げられ、それに朝日が射し込んで微妙に光るのを、まるで光の渦巻のように感じながら塩田にくっついて歩いていた。凍ついた道路は歩く度びに痛く足の底を刺す。

「そんな身なりの人が金をくれる筈はない」と塩田は続の汚れすり切れた一枚きりの外套を横目でけがらわしいものを見るように見て言った。

「金は来ます。あるいは既に京谷さんの所に届いているかもしれません。いえ遺体をもらえる契約さえできればその資金はちゃんと大学の教室からももらえるのです。」

「それじゃ金が来てから話をしょう」

「お金には興味があるんでしょう、だったらそんな患者に紹介だけして戴ければ、塩田さんは全く知らないことにしてはどうでしょう。僕が病気で、だから病院へつれて来たってことにして、そんな風にふるまってさえくれればお金は入って責任はない。すごく得な役割ではないでしょうか」

「考えてみるか、それならば腹も痛まない身も安全と言うわけか」塩田はバスに乗るのさえ倹約しているのか、かなりの距離を歩くつもりでいるらしい。

「病院は一度入ると出られないかもしれないと聞きましたが」

「そんなことはないだろう」

「それで僕が病人になると費用はどのくらいでしょうか」

「旅人の場合には相互救済制度に加入していないから支払いは個人で負担しなくてはならない。特別料金を入れると相当な額にはなるだろう」と言ってちらりと続を見た。

　さしあたりその費用がいるのか、と続は京谷の家にもう届いていてもいい筈の金を思ったが、それではとてもたらなさそうなので、どうしても大学に話して遺体集めの費用から捻出してもらわなくてはならぬと考えた。しかしそれには遺体という現物が少なくとも幾体かは自由になるめどがつかなくては話を切り出すわけには行かない。そのために病院にもぐり込む、それには金がいる、と考えて、どうどうめぐりをしている。それは身体の状態が悪く、眩暈を感じることがあったり、全てが膜を通して見えるようにぼけていたり、話し声が耳に栓をして話す時のように聞こえたりするためだろうか。身体はいつもだるく、気力は衰えていてよほど努力をしないと何もやる気がしない。歩くと踵が痛くそのあたりが膨れている。それが近頃はさらに拡がりふくらはぎのあたりまで重苦しい。腰を曲げると背骨がきしむように感じるし背骨そのものが左右に彎曲してしまったようだ。頭はいつも空っぽで、考えようとするとその芯が急に痛くなって考えがまとまらない。それを集中させようとすると、ふんわりと宙に浮いたように考えが風船をつけて飛んで行って、空高く上ると、考えも風船と共に大空に飛んで行って小さくなって遂には消えてしまうとあとは青空のように空になってしまう。空腹が続いているせいかもしれない。今の所は食欲がなく、それは難民救済所の給食のせいばかりでなく、食物を喉に入れると食道が開くのを嫌がって食物を受けつけない。よく噛んで粉にして唾液と充分まぜ合せ少量ずつ飲み込んで長い時間をかけてやっと小さなにぎりの飯大のものを食べることができるくらいである。そのくせ気温や風や雨には敏感で天気のよい日は気分がよく、雨が降ると気が滅入り起き上るのさえ嫌になる。こんな身体にどうしてなってしまったのだろうか。

塩田は何か目算でもあるのかほくそ笑んで、そのだらしない表情を続に見られまいと噛み殺している。

「貧民には施薬院と名づけられた病棟があるからそこへ入れば無料なのさ。その割には設備はいいんだから矛盾してるがね」

「どの患者が病院にとってどうでもいい患者か、そこん所を知っている医師に会わせて下さい。勿論お礼は沢山します」と続が言う。

「乗るとなったら少しぐらいは世話はするが、全く無関係と言うことを忘れてもらうと困る」と塩田がいう。

病院は近代的な建物で以前続が散歩をして街内を見て廻った限りではこのような建物があるとは思えなかったのに、思いの外近くに、狭い道路をほとんど直角に曲った突きあたりに広々とした青色の巨大な建築物がある。これと同程度の病院が街には他に二つあって、この病院はそれら三病院の中では一番小さいものだそうである。朝日を正面に受けて雪が窓辺にこびりついていて、それが冷めたく金属のように鋭く輝いている。青く広い建物の広がりが深く青い空とかっきり区分されその内部に嵌込まれて、見るものにとまどいを感じさせる。

「そっちじゃない」と塩田が玄関に向って引き寄せられるようにふらっと歩いて行く続の腕を掴んで

言った。

　通用口から内部に入ると消毒薬の匂いが鼻について、清潔めいた雰囲気が吸い込む空気と一緒に肺に入るとうっとりとした親密さを覚える。踏むとかすかな弾力があり表面が滑沢な、子供が勢いをつけて走って来て滑ると五米はそのまま惰性で行ってしまいそうな床は続の大学病院のものと同じである。看護婦が白い布を折った髪飾りのような帽子をつけて白い靴下と靴とですれ違うと、かすかな香水の匂いが消毒薬の強い匂いとまじり合って、振り返ってしまう。長くどこまでも続いて見える廊下は診察室と手術室、検査室、X線室、分娩室、医局、看護婦室、調理室、院長室、副院長室、と各病棟とを繋ぎ、それはどこへでも望む所へ行ける魔法の道路のように思える。勿論霊安室へも通じている。老人のみを集めた特殊病棟もこの病院のどこかにある筈である。

「人目につかぬように」と塩田がいい気分になっている続を端の方へ引き寄せて宿直室のような畳の部屋へ続をまねき入れた。待っているとマッサージ師だと言う男が入って来て相談に乗ってもいいようなことを言うが、その男を信用していいのか悪いのか、どの程度まで続の考えを知っているのか分らず、その男の話を聞いてうなずいてばかりいる。

「そんな状態では協力のしょうがないじゃないですか」と感情の激した調子で白く濁った目を水に浮かぶ魚の腹のように横に滑らせて言う。

「塩田さんは何て言って……」

「あの人は根はずるい人で金のためなら平気で人を裏切る人ですが、その点私は違います。この病院にうらみを持っているからです。息子が手術中に死んだのです。簡単なしてもしなくてもいい手術でした。喉のあたりを開いている時メスが太い動脈に触れたのだそうです。噴き上がるとてつもない血の柱、脈打って天井までも届いたそうです。そんな血の噴水がほんの五度も上って、その度に小さくなって最後にはそこいらあたりで湧き出している泉のような血の盛上りが幾度かあって、それがあの子の生命でした。それで反抗をいや反逆を心に誓ったのです」

「僕のしょうとしていることとは随分違っています。僕は遺体が欲しいと思っているだけです。もし病院が許すなら、患者さん方と契約を結びたい。また転医をしたい方々がいらっしゃったら僕達の都会の大学病院の方へ来てもらってもいいと思っています。ただそれだけです」

「返逆です。それこそそこの言葉に価いするものです。ここの全ては当局と一部の医師とで運営されていて、患者やその他の医師、従業員にはどんな小さな事柄にもかかわりを持つことはできません。あなたのお話はその運営の一部に食い込もうとする試みです。これは立派に反逆です。先ず小さな事柄から、秘密にゆっくりと大義名分を隠れ蓑にして徐々に侵入して行くのです。ぜひ協力をさせて下さい。」マッサージ師は興奮しているらしい。続はその感情に巻き込まれて、この男と一緒に仕事をしてもいい気になった。それにどうせどこかから取りかからねばならない。とすれば彼から始めてもいいわけじゃないか、と思った。この安易な妥協は消毒薬の匂いとにぶくなって来ている頭脳の働きのせいにもあったようだ。どこかに、もうどうでもいいといった疲労が入り込んで来ていたのであろう。身体を休めたい、目標に向う途中で手を借してくれるものがあれば気楽にその手にすがりたい、と思ってしまう気の弱さが出始めていたに違いない。

　マッサージ師は藤巻と名のり、そして仕事を思い出したのか部屋を出て行ってしまって、続は一人で取り残された。眠けがおそって来て、うとうとしている間に幾人かが宿直室の戸を開き内部を覗いて見知らぬ男がいるのを訝しく思いながら出て行く。その物音を続は何度も聞いたように思った。塩田が含まれていたようにも思ったが起きる気にもならなかった。もしのっぴきならぬ用なら起す筈だとも思った。心地よい適度の気温とすごしやすい湿度と静けさ。続はうつらうつらしながら長い間味わったことのない気分を満喫している自分が愉快であった。あまり食べもののことは気にならなくなってしまっていた。

「施薬院にうまい具合に部屋が取れましたよ。何と言っても患者か従業員として病院にもぐり込むのが仕事をするのにいいでしょうから。外部の者が病院内部をうろうろしているとすぐに保安委員に怪しまれてしまう。あそこなら一番目立たなくていい。衣服の支給があるからどこを歩いても施薬院の患者だと分って、動きやすい。病院の人々は施薬院の患者には寛大で、それは長期療養の人々が多いとか、金がないからよくなっても外出もできないとか、言った理由です。そのため病院内でいつもくらしているのを知っていて、病院内の知人を尋ねたり、種々の文化的な活動をしているのを大目に見てるんです。同情を含めてですが。だからどこへ入り込んでもとがめ立てをする者がいない、これは好都合です」と目が悪いのに病院の内部を手に取るように知っていて、続を折れ曲った通路や階段、またエレベーターと言ったきわめて複雑な道順を病棟や通路ごとに変る床の状態をものともせず目的の病室につれて行く。

「施薬院に入院を希望して待機している人々は大勢いて、入院を決定するのは事務所の申し込み順のカードであるが、それを実際に運用しているのは事務所の者たちで塩田さんもその一人だから今日はあなたをうまく入院させることができました。それにはあなたが以前施薬院に入院する手続をとっていたことが幸運でした。もしそうでなければどれ程塩田さんが努力をしてもこうはうまく行かなかったでしょう」と卑劣に笑ってみせた。

申し込んだ覚えはなかったが、入院できることになれば仕事もしやすく好都合だと続は思った。白い金属製のベッドに真新しいシーツがかかり、続が寝るのを待っていて、見ているとふんわりと盛上った中央部の描く丸い曲線はなんとも素晴らしく、心地よさそうである。続は掌でふくれたあたりをなでてみて押してみた。ベットが僅かにへこむ。この感触だ、何とも言えない、と続は思った。戸棚を開くと洗濯したての下着が積んである。幾日も風呂に入っていない続は風呂に入り着換えたかった。藤巻が出て行ってしばらくすると看護婦が昼食を持って入って来て、食事が終ると次は風呂に入り下さいと言ってその場所を教えていった。汚れた服のまま横になるのは後のことを考えると気が進まない、と言って着換えるには身体が汚れている。それではこのままの服装で食事をするより仕方がないと折りたたみの椅子を開げて坐る。食べてみると難民救済所のものとは異って、そのあまりのうまさに続は跳び上ってしまいそうであった。これなら少量ずつよく噛んで嫌やがる食道に流し込むようなことをする必要はない。食べたいだけの量を口に入れ充分味わって喉に送り込めば胃は喜こんで活発に消化して、もう食べないでくれなどと嘔吐をすることはない。滑るようなまるい柔わらかな舌ざわり。噛むと縮まり離すとまた丸まる心地よい弾力。その間から果実のような甘い芳り高い液体が口の中に拡がる。噛めば噛む程その味は自在に変化してその度に思いもよらない風味が現われ、思わず閉じた口を開いてしまう。と今あった味が煙のように消えて透明な青空のようなもとの味がその底にかすかに残っている。噛むと意外なあたりから膨みのある獣類の蛋白質を含んだ液体が口の中を支配する。頭がくらっとしてしまう。飲み込んで次のものを口に入れる。噛むとその力だけで口中の肉がほぐれ肉と肉の間から滋養のある液体が舌の上を滑る。とつい嬉しくなって夢中に噛んでついうっかりと飲み込んでしまう。もう一度思い出そうとして口の中を探すとそこにはあっさりとした泉の水を飲んだ爽わやかさしか残っていない。次のものを食べる準備が口の中にでき上ってしまっている。とまた食べる。いくら食べても食べつくせないようなのに終ってみると至極あっさりとしていて軽度の満腹感と口の中のものたりなさが残っていた。

　風呂から上って、ゆったりとベットに寝ていると、身体全体が雲に乗っているみたいにふんわりと浮いていて触れるものが柔わらかく弾力があって絹に包み込まれたように思えるから、思考などと言った緊張を必要とするものからは遠のいてしまう。揺椅子をゆすりながら、怠惰に長く続く時間の全てをその心地よさにまかせる時のあの愉快さが続にやって来ている。微風がどこかから吹いてきて、閉じている目の睫毛のあたりを通り抜ける。看護婦が体温を計りに来て脇の間に入れてその五分間とか七分間とかを待っているとそのまま寝てしまって次に体温計を取りに来て、一際口をきかずに水銀の光った水銀柱の上った見にくい目盛を読んで記入してその表をテーブルにたてかけてドアを静かに閉じて帰って行くのを夢の中で見ている。とまた夕食を持って来てその素晴らしいうまさに気を取られて、またたく間に食べ終えて二三度深呼吸をすると鼻の奥の方がくすぐったい。消毒の甘い匂いがする。また横になる。ついうとうとしてしまって、いつの間にか食器が下げられてしまっている。廊下を行き来する足音がひとしきり続くとやがて静かになって気付くと夜が来てあたりが暗い。眠って小用に行って帰って来てもまだ夜があってつい寝ていると看護婦が体温計を持って入って来て白い姿でその硝子製の細くきらめく棒を差し出している。まだ半分以上は眠ていて脇の下に入れて待っていて挨拶ぐらいはしなければと思っていて今度も眠てしまっていると取りにやって来て、それがいつなのか分らない。と間もなく朝食で窓を開くと朝の冷気が眠気を吹きとばしてしまう。朝食がまた思いの外うまくて食べて横になって寝具にその包まれた柔わらかな感触に浸っているといつの間にか寝てしまう。今度起されたのは医師で、彼は続の身体を聴診器と掌とでなでまわし、打いたり触れたりおさえたり、ぎゅっとおさえたり、よく見たり、さらにへんてこな質問で続を困らせたりした。そして心電図を取れ、だの、血液の検査、尿の検査、また胃液を取るだのとやたらと針を刺したり、口の中に管を入れたりした。またＸ線をとるとか言って廻転する台に乗せられたり、白い金属の粉のようなものを無理遣り飲まされて危うく嘔吐しそうになったり、胃カメラだとか無闇にへんなものを飲まされた。肛門をつつかれたり陽根の表皮をむかれたり、胸のあたりに細く長い針をどこまでも入れられたりもした。その検査の度に歩いて、あるいは担架の下に車輪のついた台の上に寝かされて病院の至る所へつれて行かれたりした。その間じゅう続は眠ていて、起きた鮮明な意識を持ったことがなかった。身体をこねくりまわされると、その掌はどこかやさしくそれでいてねばっこい男色者の伸びて来る腕を思い起こさせる。こんな風な日がどこからどこまでが一日であるのかの区切がつかぬ間に過ぎて行って、検査が行われている間はもっぱらそのために時間と体力とが消耗されることになる。と気付くと風呂に入っていたり食事の時だったり、看護婦が面倒そうに体温計を渡す瞬間だったりして、幾日がどう過ぎているのか分らない。こんな風に日をただ無為に過していると、時々藤巻が見えない目を上に向けて入って来て腰をもんでいったりするが、一向に遺体に関する話を始めない。続もまだ動き出す気分にならず漫然と日々を過し、日常の快適な生活に満足しきっている。夜になるとどこからか消毒臭よりももっと甘い芳香性の気体が室内にたちこめ続をついうっとりとさせ軽い眩暈と倦怠をさそう。浮いたような、酔ったような、麻薬を用いた時のような不思議な幻影が続に現われる。初めはさほどひどくはなく思え、それによって生ずる幻想を楽しんでいると近頃はそのまま気持が悪くなることもあって、その時はきまって寝入ってしまう。その時の熟睡の素晴しさと満足感とは言葉にはならない。窓から首を出すと建物にさえぎられて影になっていた山々の一部が見える。その神々しい雪の頂が銀色に輝いている。その白い部分が幾分小さく岩肌の黒く濃い部分が増したように思える。木々もいつの間にか薄い緑に変わっている。それ程長い期間、ここに留まっていたのだろうか。ここに来るほんの少し前六号室の階段から山を見た時、殆ど雪に覆われていて、雪すらちらついていたのに、それ程早く季節が移り変ったのだろうか。高原の季節の移り変りは急激にやって来るには違いないが、冬が一度に春の終りに移ったりするだろうか、と続は窓から顔を出して外を眺めていると頭が重くなって来て考えることが嫌になって来る。午前中に決ってやって来る年をとった婦長らしい女のうって行く注射が何か頭を重くする作用があるように思える。考えがまとまらぬ。音がぴんぴんと頭に響いて、僅かな音にも耐えきれない。特に夜中に小用に立つ時廊下を通ると、どこからかかすかに聞えて来る、重い、苦しそうな、ほえるような声には神経がまいってしまう。それが決って殺される、助けてくれ、頼むからもう一日だけ生かせておいてくれ、血をぬかないでくれ、薬をうたないでくれ、などと言っているように聞こえるが、注意して意味をとろうとすると全体がお経のようなぼやけた調子に聞こえて分らなくなる。と畜生、と言う声がしてそれだけがはっきりと言葉だと分る。毎夜同じようなうめき声で、声がもれないようにしっかりと塞いである部屋の中か小さな鍵穴の中からか聞こえて来るような、人をぞおっとさせ思わず自分の胸に手をあてて心臓の鼓動を感じ生きているのを確かめたくなるような、息をこらして聞き、身体の中に悪霊がしのび込んだような、もう今限りで呼吸が止って次の呼吸が起らないのではないかと思わせるような、そんな声がする。しかも同じ声ではないのだろうか。言ってる内容は同じなのに。ぼんやりとした頭だから多分錯覚だと言いきかせるのだが、そこを一歩通り過ぎるともう声は聞こえない。戻るとまた聞こえて殺さないでくれ、と言っている。先夜の畜生と言った声に聞き覚えがあってどこかで一度聞いて、ひどく印象的だったのを思い出そうとするが、どうしても浮んで来ない。が朝になると外気はすがすがしく全てを忘れてしまってうまい朝食に舌鼓を打ってしまう。仕事はどうしたのだ、と時には考える。藤巻もやって来て二三の患者が話を聞きたがっているとの情報を持ち込んで来た。始めてみるか、と思うがどうも身体の調子が本物ではない。あんなに食べているのに痩せていくようだし、動くのがものうい。頭の芯は今も宙に浮いている。感情の起伏が激しい。すぐにけろっと忘れたり怒ったり悲しんだりする。夜の空気が刺激臭を増したようだ。それに伴って鮮やかな原色の幻影が続の眼前を跳びまわり、そのあまりの強烈さに目を覚すことがある。が覚すときまって朝が来て体温計を持つ手がそこにある。

「パズルの会の連中を二人程紹介しますよ」と藤巻が言った。

「人がどうして遺体になるか、が第一回」

「いやちがいます。朝は四本足昼は二本夜は三本足のものは何か、と言った古典的な質問を作る会です」

「僕が幹事になってパズルを集めるわけですね」

「まあそんな役目です。彼等はこの病院を出たがっています」

「僕にその仕事さえなければ一生をここですごしたい程です。そしてもう少し女性達が美しければ」

藤巻は秘密ごかしに片目をつむってみせて、その開いた方の目は白く濁って全く見えないのだから、それはウインクと考えることができるのかどうか。

続は藤巻のすすめに従って第二特別病棟の花田と言う患者を訪問した。歩くことが少なくなったせいか、階段を登りエレベーターを使ってまた廊下を歩き、通路に敷板が置いてあるその端に足がかかると敷板が持ち上り足をはずすと音をたてて落ちる、長い回廊を渡り、通路が交差しそこから中庭に出られるようになっている部分を通り過ぎて幾度か階段を登り降りして複雑に入りくんでいる通路を行くと、地に足がきちんとついていないように時折ふらついたりする。そんな出口の戸を開いて中庭に出てみると、気温は穏和で頬にあたる風も冷たくはなく、草の繁る青っぽい匂いがする。中庭の花園にも緑の葉が叢らがっていて、木々は新芽を出している。

「さあ早く」藤巻が促す。

「広い病院だ、外観からはこれ程とは思えなかったのに、これでは一人だと迷児になりそうだ」と続が細い声で言った。藤巻はなかなか動かない続の腕を取って引こうとすると、その腕が骨ばかりで細く、ちょっと力を入れて引くとぐらりと傾いたのには驚いた。どうしてこうも痩せてしまったのだろうか、と思える程であった。

「何を不思議そうに見てるんです」と続がそんな風に見ると言う言葉を使って、見えないのにと言いそうなのを慌てて飲み込んだ。

西陽が窓から差し込んで明るく、その光を鏡に受けて反射させながら肥った男が寝ていた。

「続さんやって来ましたね。どうすればミイラができるか。と言うクイズでしたか」とその男は言った。

「いや、そのあなたは転医したいとおっしゃる」と続が言う。

「藤巻は行っちまったかな、立聞きしているか、もう行ったか。ねえ続さん、私は別に藤巻が言うように転医できるとは思っていないし、遺体をあなたにあげようとも思っていない。ただ親切ごかしに藤巻があなたに言っているのは危ないものだと思うからあんたに忠告してあげようと思って来てもらったんです。結論から言えば塩田があんたをペテンにかけた。当局はあんたを病院に入れたがっていて、それをたまたまあんたと知り合いになった塩田がその関係を利用してうまく病院に引きずり込んだ。次は藤巻の段階だ、彼はあんたの遺体集めに協力するよう見せかけてあんたを一まず安心させておく。ここへ入ればもう出られませんよ。外気を吸うにも窓から吸うか中庭へ出てみるかしかありません。本当はこうして話していることだって盗聴されているかもしれないが、どっちにしても私はもう長くはない生命だから狙われて殺されてもいいのです。夜間にうめく人声を聞いたことがあるでしょう。彼等はあんな風にして面白がって人を殺したり、あるいは自然に死ぬのを観察したり、実際に用いたりしている。あんたの身体は既に実験材料として何か薬物が投与されてしまっていると思います。初めは一定の条件にあった身体を作るために毒物を含まない均一の食物が与えられ、やがてその食物によって一定の体重になると今度は実験に用いられる薬物が投与され始める。その変化が克明に記録され、他の人と比較され、どの臓器や組織がどう違うかが調べられる。ひどく極端な場合は睡眠中に麻酔薬を与え手術をして、その部分を観察したりさえする。私がここでもう腕と頭だけしか動かすことができず、胸から下が動かないのは、ある実験のせいである。病名は脊髄の損傷か何かになっているが、それは医師の誰れかが八年前にわざと脊髄を切ったことによると思っている。入院をした時は軽度の肺結核のためで三ヶ月もすれば退院できる筈だった。それがもう十二年、寝たっきりなって八年、遠の昔に肺結核など直って忘れられているよ。誤診でした、検査や診断の結果あなたのは肺結核ではありませんでした、と若い医師がずうっと後になって言ったのを覚えている。もう動けなくなってからだが。結局あんたは逮捕されたんだ。無期刑で金輪際ここからは出られないだろう。しかし、そうこのしかしを言うためにあんたとお話をしょうと思った。逃げる可能性はある。彼等はあんたの体力が極度におとろえて人にたよらなければ歩けないと思う時、監視人が油断している時、その機会が来たら利用することだ。もし望むなら病院から脱出できる通路を示した図をあんたにあげよう」花田は話し終えるとまた鏡を出して天井に反射させて文字を書いて遊んでいる。

続にはこの男の話が嘘のように思えた。藤巻の方がまだ信用ができるように思った。確かに体重はへって来ているし、眩暈も激しい、起き上ると身体が震えることがある。頭痛が断続的ではあるが起るとひどい激痛である。あれ程うまかった食事も今ではまた咽を通らなくなって来ていることも。

15

細い紙テープのような廊下を歩いていると、廊下は波うって曲り裏がえって、双眼鏡を裏返しにして道を見るように、廊下ははるかかなたまで長く続いている。そこを続は逃れようとして駆けているらしい。もがけばもがく程進めない。どうも夢の中のようだ。廊下の両側には病室が並び看護婦詰所があって、白い帽子をかむった看護婦達が何か鄙猥なことを話し合っている。そこを通り抜け便所の横からエレベーターに乗ると、宙に浮いたような気分になり、複雑に屈曲した廊下を幾度も曲る。どうやら舞台はこの病院のように思える。中庭には黄色の花が一面に咲いていてシジミ蝶が二匹もつれ合いながら飛んでいる。どこかで見たことのある花だが、何の花だか分らない。その黄色い花弁が蝶のように羽根を閉じていて、続はふと逃げるのを忘れてシジミ蝶を追いかけ始める。道は細く遠く狭く区別されていて、どんどん追うと細く遠い道の奥の方へ入って行って、それは出口のない鍾乳洞の中の迷路のように折れ曲りどこまでも続いている。一番奥がトンネルの出口のように向うに青く光って見えて、はるか向うに見えるのに行ってみるとすぐ近くで、単なる曲り角にすぎない。蝶はからみながら飛んでいる。ついて行くとそこは中庭の入口でどうやら一廻りしてまた戻って来たらしい。と今度は看護婦のような白い帽子をかぶった人々が大勢続の背後から現われて彼の背を思い思いの方向にひっぱりどこかへつれて行こうとしている。誰れかが、逃亡のつもりなんだ、と言っていて、その顔が藤巻の顔のように思えたりする。あまり力を入れるから暴れると、彼等はよってたかって続をおさえ、その上に乗って息をはずませ動けないようにする。とその上を蝶がひらひら舞いながら飛んで行く。欲しくなって右手を伸ばすとその中に蝶が入って掌の中で動いていて、小鳥を両手でいだいている時のような暖かで小さく動き、柔らかな感触がある。開くと蝶は薄紫色の小さな紙片に変っていて、もう二度と飛ぼうとはしない。見るとそれは小さく畳んだ地図で花田からのものである。ちぎって息を吹きかけるとまた蝶に戻って二匹になったシジミ蝶が黄の花園の上をからみながら飛んで行く。それを皆も唖然として静寂の中で見ていると、そこに塩田が現われて暴れ始めた続を幾人かで抱きながらどこか暗い深い所へつれて行った。子供の頃はりつけになると嫌でどこか恥かしいのに幾人もの近所の子供達が続をかかえて行って、時々あいている方の手で脇の下をくすぐったり、股間をちょっと触わったりした時のあの気恥かしさがよみがえって来る。明るい中庭から急に暗い廊下に入ったので目が慣れないのか気味が悪い。人々の声がぼやけて、こだまが言葉を追うように二重にも三重にも響いて、その音色の面白さに気をとられてしまって言っている意味が分らない。そのくせ身体を動かすとどうも本当に動いているような重量感があったり、ぶら下げられているので腕が痛かったりする。夢か夢でないかを区別するのは頬をつねるのがいいと思っても掌は向うにいっててつねる所がなくて、手あたり次第つねってみると誰かが痛いと言ったりした。とどこか気持のいい所に寝かされて、そこがいつも目覚める彼の病室でないことは見て分るからどうも夢の中にいるらしい。確か続はあの病室でゆったりと布団にくるまって寝ているか、うとうとして体温計の来るのを待っている筈だからである。こんな夢を見るのは花田が幾度も続に脱出をそそのかすからで、一度はやらなくては、と続自身も思っているせいであろう。それにしては堅いベッドだ、と思った時、強烈な輝きを持った無数の光が続を照らし始め思わず目を覆った。注射の細い鋭利なきっ先が続の腕の皮膚に斜めにつきささり、内部の何かをまさぐるようにゆっくりと前進するのが鋭く滑る痛みとして感じられる。何かに行きついたのか先の方は軽々と、しかし皮膚を移動する根元の方は抵抗を受けながら動いてそして止った。夢じゃない。これは夢なんかじゃない。夢の中ならば痛くない筈だ、と続は思った。ゆっくりと圧力がかかって冷たい液体が暖かな血液と混り合ってそこに小さな渦ができて、その渦がしだいにおさまり血液の中で消えて行ってしまうと全てが冷えて来て、今やっと続に鮮やかに現実として印象ずけられた外界が冷えてぼやけて氷の中に浸っていくように消えて行く。器具が発するのか、金属の触れる音が聞こえて、それがまるで氷の音のように響いてそれっきり分らなくなってしまった。

油氷の中に、寒天で桜の花弁をよせたように、蝶が無数に封じ込まれていて、それが見わたす限り天井にも周囲にも床にもあって、どの蝶も同じように今まさに飛び上がろうとした瞬間を固定されたように羽根をばたつかせている。青く澄んで光沢がどこまでも続いて深い湖の底を思わせる氷の中に紫に近いシジミ蝶が模様のようにつまってまるで生きているようである。続自身もここに封じ込まれているのだろうか。とすれば自分もやはりちっぽけな一匹のシジミ蝶だろうか。それとも人のまま封じ込まれているのだろうか、ならばもっと息苦しい筈だ、などと思ってみる。北極圏から繰り出す風に吹きつけられ寒気がそこに満ちている。どこかで氷にひびの入る鋭く短い無気味な音が氷を伝ってやって来て、空中を伝わる音のように柔らかではなく直接頭蓋の内部を走る稲妻のように激痛をともなってやって来る。氷が融け始めたのだろうか、氷がゆるみだして蝶が液体空気の中で固っていた金魚を水中に移すと動き始めるように、軽ろやかに羽根を動かし舞い始める。次から次へと封じ込まれていた蝶は羽毛よりも軽くふんわりとしかも力強く飛んで行く。ときはなれた無数の蝶は渦巻状に旋回しながら中心部に向って求心的に吸い込まれるようにどんどん入ってそこが異次元への入口のように深く遠くまで続いていて中心部がかげろうの立つようにゆれて見える。とそこからぼやけた声が蝶のはためく音のようにするが、続はふと蝶が声を発するのだろうかと思ったりする。その声は甘く軽くふくらみがあってかすかである。渦巻は今もぐるぐるまわっていて眩暈に似ている。と突然そこから稲妻が発して身体じゅうを通り抜けると、発熱したのか身体が浮き上るように思える。熱病の折の夢のように小さな渦が急に近付いて来て大きくなって自分も巻き込もうとする。殆ど身体が宙に浮いて回転しそうになった瞬間にそれは遠のいて小さくなって視界から消えるかと思うと、脳の奥の殆ど忘れかけていた片隅が急に活動を始めて、一脳細胞が忘却の中から渦を探し出して来ると、それは南海上の台風のように一気に勢力を増して前よりも強大になって続をおそって来る。助けてくれ、と思わず叫びたくなる声がどうしたわけか出なくて、幾度も幾度も叫ぶが、喉の奥に蓋が閉ってどうしても取れず声が出ない。もがくと、ううっと言う思いもかけない声がとほうもなく大きく、現実に起って続は驚いてしまった。頭がずっしりと重く鈍痛が石のように頭上に坐っている。ぼんやりと薄い膜を通して見る光景は確かに彼の病室である。長い夢を見ていたのだろうか、まだはっきりとしない状態でそんなことを考えている。気になって仕方がないのに夢の中で夢と分っているように今の夢を夢だとどうしても断定できず、現実が夢で夢が現実のように思えてならぬからである。とまた眼前が暗くなって全てが再び闇の中に消えて行く。顳顬のあたりがずきんと痛む。

「どうです気分は」と藤巻が言った。続にはそれが藤巻の声であるのが分って「まあ爽快とはいかない。全ては夢か」と言った。

「中庭で倒れて額が傷になったので手あてをしてここに運んだんですよ。近頃体力がとみに弱ってるんじゃないですか。ちゃんと食事をしないせいじゃありませんか。反逆のためにはなんといっても身体を大切にして戴かなくちゃ」と反逆のところを声を小さくして言う。

「ロボトミー」と続は小声で言って全身の血が氷る思いがした。両方の顳顬に小さな目立たない傷跡がある。藤巻はそんな続の思いには気付かないのかさかんに朝食後続が中庭で日なたぼっこをしている時に積まれてある花園の石につまずいて倒れ、一時気を失ったのを特殊病棟の患者が見付けて右の額から血が流れていると大騒ぎになって、小さなかすり傷だけれど、……と言った話をさも楽しそうにしている。

　小さな顳顬の傷跡は形がシジミ蝶の羽根とそっくりで、それが左右に二枚、触るとつるりとして薄く穴があきそうに柔らかかった。

16

続は暖かな日差しが入る明るい病室の中で窓から吹き込むほのかな花の匂いをものうく感じながら真新しいシーツに身体をこすりつけていた。自分で調節しながら少しずつ高まって行く官能をおさえ、一気に噴出しないように頭脳に現われる女体のきわどく鄙猥な姿態に衣服をつけさせより情緒のある姿に変えながら、ゆっくりとこすりつけているとそれは徐々に高まって来る。もう一息、

「いつもこれなんだから嫌になっちまいますわ。近頃とみに激しくなったみたい。精液の臭いがぷんぷんして、ああ嫌だ」と言いながら看護婦が入って来て細目にあいている窓を全部開いて上の布団を取りうつぶせになって終りきらずにまだ腰を動かしている続をひんむいてしまった。もう少しだったのに、と続は思ったが、例の前頭葉白質切截法とか言うむつかしい名前の手術を受けて以来どっちみち何を考えても結局は幼稚なことにすぎないと思ってただ笑って愉快にすごしてきている。

「お客様ですよ、行儀よくなさいね」と言って布団をたたみ、続を坐らせ床に落ちていた二三の埃を拾い椅子を出して茶碗を洗い、用意を終えて出て行った。

「随分探しました。あなたがいなくなったのが唐突としていて私の及びもつかない所だったので、各所から役所に届く厖大な報告書の中からあなたを見付けるのは大変な苦労でした。栂尾さんがあなたのことを言い出す前に見付けなくてはならないので、初めは私の考え得る限りを探しました。例えば三吉旅館、久道、長谷川、浜口の家、由起枝の下宿、私の家、六号室と納戸、難民救済所、葬儀屋、火葬場、為の家、露地を入った男の家、また逆上って崖下の民家、勿論塩田宅もです。そのどこにもあなたがいないので仕方なく報告書

に取りかかったのです。三週間はかかりました。鼻河原氏さえ知らないのですから、私は逆に栂尾さんにもさぐりを入れてみました。もし彼があなたを隠したとしたら私の調査では分らないからです。塩田にも尋ねたのですが、彼も自分の行ったことが自分の不利になると思ってしらを切っていたのです。しかし今考えてみると塩田から聞き出せなかったのは私の能力の至らなさにあるのです。曖昧な調子でごくあっさりと、さあ、などと言っていて、彼の弁明を後で聞きますと殆ど嘘を言っていない。私が慌てて、次に行く由起枝の下宿のことに気を取られていて、初めから塩田を問題にしていなかったのが悪かったのです。しかしよかった。栂尾さんが続さんを思い出されたのと私が病院の報告書の中からあなたを見付けたのが殆ど同時なんて運がいい。それでまいりました」と京谷が先程の看護婦が出して行った椅子に坐って言った。後に藤巻がにこやかな顔をして見えない目で笑うものだから黒目があっちとこっちへ勝手に動いてふぐの白い腹を見るように気味が悪い。

「ロボトミーの手術をしたのでそんな話はむつかしくてさっぱり分らないや。栂尾さんてのは誰のことだっけ、ええと分りかけてきたが、手術後はそんなこと思い出しちゃいけないんだから分らないよ」と続が愚鈍の男が見せる人なつっこい笑を浮べて言った。

「誰がロボトミーの手術を彼にしたのです。報告書には手術のことは触れられていませんでしたが」と京谷が言った。

「近頃続さんはロボトミーの手術をされたものだと思い込んでいるのです」と藤巻が言う。

「この手術の跡を見なさい。マシュマロのように柔らかくふんわりとしていて、向う側に頭蓋骨がない。ドマルテル式穿顱器で穴をあけた跡だからだ」

「右側の顳顬に小さな傷跡が見えるが左側には何の跡もないようです」

「その通りなんですよ。京谷様、続さんがあまりしつこく言うので思い出してみたんですが、あの日は手術などする時間はありませんでした。出血した箇所をちょっと消毒して絆創膏をはっただけでした。それなのに続さんと言ったら」

「おべっか使いめ。盲がどうしてカルテを見れる、指先で読むのか、点字では書いてないぞ、誰かに読んでもらったのか、嘘をか。さあ帰れ、お前のへんな顔なぞ見たくもない」と続は言った。

「分りました続さん、気を静めて、よい知らせです。栂尾さんがあなたに会いたいと言っておられます」

「だから栂尾さんなんて知らないよ、と言ってるだろう。ロボトミーの手術以後は分らないんだから、思い出しそうだ。背の高い上品な、ちょっと気取った、僕が会いたがってた、なぜ会いたがっていたんだろう。ロボトミーの手術を受けて思い出せない」こんな会話を京谷は続との間に幾回かして続が栂尾を思い出すまで幾度か続の病室を訪れ、看護婦にも続が栂尾を思い出させるように頼んだりした。その度に続は否定的な態度をとり、栂尾と言う言葉を拒否したりした。

「どうしてあんなに愉快なんです」と栂尾が長身を窓辺に寄せて木葉の間からもれる午前の光の中を駆けまわる二人の男の子供じみた様子を見ている。「私など眼中にないように。会いたがっていると考えていました。もしも私を認めてくれたら何としてでも助けたいと思います」口を閉じると右頰にできた皺がこの男の不快な感情を現わしている。

「ロボトミーの手術をされたつもりでいて、思考能力がないと思い込んでるんです。想像妊娠と言うのがありますが、まさか想像ロボトミーと言うのはね。しかし続さんは厳密に自分で考えて、大脳前頭葉の白質が破壊された人間の範囲でしか行動していないようです」

樹海の中に小さな穴があいたように、池があって微風が森の奥で起って、それが木々の間を縫い池を吹き抜けると漣が立ち、陽を反射させてそれが目に映ると宝石の屑を撒いたように眩しい。一人は続であるのは分るが、もう一人は誰なのか、栂尾は大理石の透き通るような真白な円柱を手の甲で静かに触れながら続を追う男の顔を見ようと目を細める。

「浜口茂男君ですよ。一緒につれて来てみたんです。続さんに彼が分るかと思って、そしたら続さんは眉ひとつ動かさず、思い出そうともせずにあの白痴的な笑いを彼に向ける、と浜口君も人なつっこい今視界にいる相手がこの世に二人といないような、ほんのちょっとした疑いさえ含まない本物の白痴の笑いで答えます。それで二人は百年の知己のように、ああやって手を取ったり抱き合ったりして遊んでいます」

「浜口君は両親を殺害した。それ程狂暴だと報告書で読んだ覚えがありますが」

「ロボトミーの手術を受けました。するともう柔和この上もない子供に変りました。注意して御覧下さい。こうして見ていますと二人とも同様に遊戯に興じているように見えますが、実は全く違っております。続さんは自分の考えで石を持って池に投げています。しかし浜口君は自からはせずに続さんがするのを見て同じく石を池に投げます。ほら続さんが逃げ始めました。浜口君が追いかけているようですが、本当は浜口君は真似をしてやはり逃げているのです。ですからいつまでたっても追いつかないし、例え追いついても捕えたりはしません」

　続は平らな石を拾って池に向って弾むように投げた。波が反射する。石が池の水面を大きくはねてまた水面に落ち今度は小さく二度続けてはねて沈んだ。水面が丸い波紋を描いて広がり漣と重なって小さく無数に反射する光も輪の所でゆれてそこだけが影になる。浜口が石を投げる、五度も弾んで水面から濡れた石が跳上り、それに陽が反射してキラリと光った。浜口は大喜びである。続が跳び上る浜口の背をぽんと強く押すと浜口が前にのめる。続は逃げ出した。浜口が追いかける。露を含んだ草が池の周囲一面に繁っていて、その中を駆けて行くとズボンが濡れて足も滑る、笑いながら大樹をくるりと廻ってこちらから顔を出す。浜口と顔が合う、手を伸す、向きを変えて小径に出て池をめぐりながらどんどん逃げて行く。浜口も力の限り走る。滑って続が倒れる。浜口がその上にかぶさる。そして二人のとっくみ合いが始まる。組み伏せて胸倉を取ると伏せられた方が腹を突き出し左右に動かして上の男を振り落とそうとする。とぐるりと身体が廻転して上下が逆になる。「どうだ」と上の方が言う。「なんのこれしき」と下の方が答える。上になった方が下の男の顔をポカリと一つ殴って大急ぎで逃げて行く。「待て」一方が追う。池から流れ出ている川に丸太の橋がかかっている。逃げる方は気があせる。丸太は濡れていて所々に緑の苔さえ生えていて、上に乗ると滑る。続は丸太から滑って長い緑の藻の生えている水の中に落ちた。冷めたい、危うく右手をついて倒れるのを支えたが、右側半身はずぶ濡れになってしまう。浜口が追うが彼は続を見ていたのか注意して橋を渡りきる。一面は緑で見渡す限りの草と木々のなかにいるから葉々の間からもれる光に出合わなければ緑の渦巻の中に閉じ込められて窒息しそうである。濡れてしっとりとした緑の病院着に丸い光があたる。つるっとして滑りそうな石の表面を見ているような錯覚にとらわれる。続は力一杯駆けて行ってどれ丈奥に入ったのかと振り返ると、もう浜口は追って来ない。森閑としていて息苦しい程である。両肩で息をしながら来たばかりの道を深い緑の木々に視線をやりながら歩いて戻る。一人だとやはり淋しい。道は一本だからと思いながら駆けていた時は気付かなかった、木々の根や太く曲った枝、落葉の積って朽ちて黒褐色になった所、岩角で曲った道、水溜りなどを見ながら時折残っている足跡を見い出し安堵しながら歩く。どこかで音がする。「あっ雉子」と誰れかが言った。見上げると赤色だけがはっきりと見え大きな羽音がして飛んでいると思ったら木々の間に消えてしまった。ぴくっとしてあたりを見まわす、と後から誰かが首筋に触れる。跳び上ると、浜口がもう肩を組んで一人しか通れない小径を無理遣りくっついてくる。楽しさが戻ってくる。歌いたくなってくる。森の中が急に明るくなったように思える。ドンと浜口が背を掌でかなり強く打って笑いながら駈け出して行った。続は追う。向うのチラチラする陽の光に浜口の背が一瞬輝いて見える。緑色の服だからまるっきり葉になったように見えなくなることもある。池のまわりまで追って来ると青い小鳥が二羽水面を滑降しながらもつれるように飛び木々の間に消えたかと思うと影から急に日なたに出て吸い込まれそうな青に輝いてまた飛んで行く。翼を拡げるとそのつけ根のあたりが純白で閉じるとまた青に戻る。小鳥は飛びながら短く高い鳴き声を二度続けて発しそれを幾度も繰返す。

「見てごらんなさい小鳥を追っていますよ。ほら水に濡れることなどおかまいなしに」

「楽しそうですね。あんな時代があったのを思い出さずにはおれません。ここはそんな意味では記憶の宝石箱です」と栂尾が言って飾窓の大理石の柱の傷を指でなでている。

一方がおおい、と声をあげた。通り過ぎて相手を見失なった続が振り返って浜口を探すが見あたらない。そおっと音を立てないように、隠れているに違いない大木の皺のある幹の所までやって来て、息を殺して一気に裏へ廻って捕まえようとする、いない、口笛がついそこで聞こえる。目を輝かせてあたりをうかがう。葉がざわめき何かの動く気配がする。走って行く。誰もいない。

「おおい、こっち」と浜口がもう池を半分も廻った所で手を振っている。その半身に日光が照って眩ゆい程明るい。続は駆る。ただ嬉しくて仕方がないように走る。円形の小さな光が葉の間から差していて枝が風にゆれるとその幾つも積み重なった光も一緒にこまかく素速く動いて全体がゆれている。行ってみると岩間から湧き出ている泉に顔をつけて浜口が水を飲んでいる。暗い岩間には清水が湧いていてそこから流れ落る水音が聞える。続は浜口の顔をぐいと水の中におさえ込んだ。顔が水に入る。それに反発して頭を後ろにぐいと引く、その時続は手を離して大笑いをしながら逃げて行く。

「もう許さない」と浜口が顔から垂る水滴を拭うともせずに全速力で追って来る。屋敷の門をくぐり、戸があればそこを通り抜け続は必死で逃げる。後ろから続を呼ぶ声がして、どうやら京谷の声らしいが続はそれにかまってておれない。今は浜口に捕まらないことである、一しきり全速力で駆けて振り返ると浜口がどうやら京谷と栂尾とに捕ってしまったらしい。遠目に見ると屋敷の傍に三つに影があり、立話をしているようだ。それでも浜口は続の方が気になるのか時折背伸びをして彼の走り行くあたりを見ている。

「無表情だね」と栂尾が京谷に言った。京谷はロボトミーをされた人の表情について説明を始めた。栂尾はその話を注意深く聞いて、京谷の説明がそのまま浜口の表情と一致するかを見ようと浜口の顔を幾度も覗き込み、時には大声を発して浜口を驚かしてその反応を見ている。浜口の顔は舞台上の能役者のように動きがなく、何の感情もどんな心の動きもないように思える。

「続さんに声をかけて御覧になると分りますが、彼はこんなにのっぺりとした何事にも動かない金属のような表情はしていません」

「何かの実験材料として観察をされていて、その薬物か何かの作用であんな風に過去を思い出せなくなったとか、記憶をなくすとか、あるいは思考力を失うなんてことはないのですか」

「堤教授の話ではそんなことはないと言っていますが、私は素人ですからそのことには……。他の患者の記憶はしっかりしていると言われています」

「そうですか。あんなに遺体を欲しがっていたのに、もし今も願っているのなら助けたいと思いますが、今ではそれさえも思い出せないなんて不思議ですね」

「思い出したくないんだと堤教授は説明してくれますが」と京谷が言った。栂尾は池の方に目をやると跳ぶようにして何かを追っている続の姿が見える。

「さあ行って、もういい一緒に遊んでおいで」と浜口に言った。浜口はこぼれそうな笑いを満面に浮かべて跳んで行った。栂尾と京谷はしばらくはそんな目で二人を追っていて、栂尾は幼い頃の思い出に浸りながら、時折自分の記憶に現われる光景を確かめるために柱に触れてみたり屋敷の角をまがって煉瓦を叩いたり、背伸びをして遠くを見たり、頷いたりしている。栂尾の邪魔をしないように京谷は池を見、森を見、そこにこぼれる陽の光を漠然と美しいと思いながら見つめている。

「続君のことね。どうしてもと言うのかね」

「私の力で随分長く引っぱってみましたが、病気そのものもよくないし、このままだと結局は死ぬんだそうです。病死だと後程資料として取り出すものが、組織や臓器の中からは消えてしまって、今までの努力がなんにもならないと堤教授が言うんです」

栂尾はまた目を上げて人影を追った。続が向うから駆けて来て、掌を合わせ袋のように膨らませて、その中の音を楽しむように耳に持っていったり、中を覗いたりしている。顔を上げて栂尾と視線が出合うと明るく笑って、手の中を早く見て欲しそうに腕を伸して眼を輝かせている。

「それでいつだと言うんだね」

「栂尾さんのお許しが戴ければ、いつでもと言っていますが、もう待てないようなそぶりでした」

栂尾は伏せていた目を遠くへ移し籠から離した小鳥を追うような視線をして上を見た。青空が広がっている。

「処分せよ、と言うのか、堤がね」と言った。ともうそこまで来て両手を袋にして大切そうに合わせそれに頬をつけている続が堤と言う言葉を聞いて、一瞬眉根を堅くした。そして記憶を辿るようだったが、すぐに諦めて明るい顔に変った。

「続さん、私が分りますか、栂尾ですよ。…………。駄目だ分らない」続は栂尾の言葉を無視して、手の中のものを面白くて仕方がないように笑いながら覗いている。そして栂尾の話が終ると手をぐっと前に差し出した。栂尾が見ようとすると、パッと手を開けた。何か小さなものが飛び出した。蝶だ。シジミ蝶が自由を得てどう飛んだらいいのか分らぬように曲って、忙しく羽根を開閉しながら飛んで行く。続はそれが面白くてならないらしく蝶の飛ぶあとをうねりながら追いかけて行く。

優しい反逆者達

一、朝

静かな朝の光の中を急いで、まだ暗闇の家々の影の部分に夜の怠惰の翳を残している道を、山影から太陽がこの日最初の数条の淡い光を投げかけたばかりのぼんやりとした薄明りの中を、開ききっていない目を右手の甲で擦りながら欠伸をして窓から外を見るとはなしに眺める時のような薄い膜を通して見える景色の中にいるような、どこにも焦点を結ばない夢の中にいる自分を感じる時のふんわりした気分の中を急いで、心だけが急いでいても、それこそまだ夜にまかせきった身体が動き出すには早すぎて緩慢にしか動かないのを急いでと、頭脳が掛声をかけてもその声はただの掛声だけになってしまって、その指令が両足の筋肉にまで伝わらない前に脳髄か脊髄かのどこかでうやむやのうちに消えてしまって、ただ急いでと掛声だけになって、そう言ってることだけでもう満足してしまうらしく頭脳も本当は眠さの中にいて、そんな広根は歩いている。早朝のひんやりとして市街を靴の音（靴の底には鋲が打ってある）を高く響かせながら歩いて行くのは一人しかいない。このまだ醒めきらない広がりにいて、そこを歩いているのが一人きりだと思うと、例え向うの駅前の方に浮浪者が二人程しゃがみ込んでいる姿を遠目に見ても、それは影にすぎないから全く無視することもできて、そのために心は華やいで楽しくなって来る。ひんやりとした空気は急がなくてはならないと言う頭脳の働きとは別の気付かないゆったりとした気分を心全体に響かせて、この爽やかな気分を満喫させようとするので、そのまま時には両手を大きく広げて振り向いたりしながら、跳ぶように二三度走ってふと止って靴の踵でぐるりと廻ったりして、鼻歌に合わせて舞ってみたりすると、それらの行動が何か心とはそぐわないものを持っているように思える。それは急がなくてはと思うからか、あるいは早朝の持つ冷やかな人を寄せつけるのを拒むような性質によるのかは判然としない。朝起きるのが習慣になってしまっているからこんなに早い時刻に起きることになるのか、あるいはこんなまるで殆ど何の意味もないような仕事とさえ言えないような検査と広根が呼ぶことをするために早くから起きてこうして早朝の道を歩いているのか、と広根はまだ働き始めていない頭脳を使って、それすら夢の中の出来事の連なったもののように感じながら急いで、と繰り返して、その度だけ時々は足を速めたりする。もう五年程も前ならこんな早朝でももう起きて短い庭箒で歩道のない舗装道路を掃きながら、砂粒を集めて、小さな山を電柱か広告塔の根元に積んでいる年寄に出合うことがあって、その大方は男性で早起きをして掃除をするのが何よりも楽しいと言った風に時には前かがみに曲った腰を気持ちよさそうに伸しているそんな光景に出合ったりする。

　五時二十三分到着の列車はもう着いてしまって乗客は陸橋を渡ってその先頭の人達はもう出口から出かかっているだろうと思いながら、一番最初に出口を出るのは若い帰省客で、その大方は幾ケ月の大都会での学生生活を楽しんで、その間にちょっぴり都会の淋しさを味わった、そして当人に言わせれば殆ど自殺さえしかねない淋しさだったのを指折り数えて休日を待って、飛ぶ思いで帰って来て一刻も早く両親とその家族に会いたくて出口を駆け抜けて行く若者達だろう。そんな二三人が合成皮革のボストンバックを大方のものは肩にかついで、中には左手でつり下げて故郷の空気を一杯に吸おうと大きく息をしたり、あるいは、帰って来て窓から見えるあの景色を一目見ただけでそこが少年の頃から住んでいた親しい町だということが分ってしまって、その匂いまでが彼を歓迎してくれているように思えて、そんな嬉しい気持を一秒でも早く身に触れたいと一目散に走り出て行く。そんな者達の次には早く駅から出て数少ないタクシーにありつこうとしてやはり走る程でなくとも早足で階段を上ってそして下りて来る中年の紳士や女達であって、そんなまだ足の達者な連中が一団となって下りて来る。やがて年寄達がその重い足で旅の疲れと人生の疲れを一緒に足にかけて長い高い階段をゆっくりと休み休み上って、そうして荷物を右手から左手に持ちかえて、こんな年齢の人達に限って大きな多分大方は土産物らしい荷物を持って下りてくる。そして最後にやっと歩き出したばかりの子供を連れた母親がその他にもう一人の乳飲子を抱いて階段を一つ一つと数えながら下りて来る中に、足の悪い青年が松葉杖を左手で二本一緒に持って右手で手摺りに掴まりながら階段をうめくように、それでも恥かしいのか時には若い母親達の方をちらりと見て、腕に力を入れて一段一段を、と言っても片方の足には力が入らないらしく殆ど一方だけで下りて来る。そして一番最後には決まって若い男女が人目を憚るように皆からわざと遅れて誰も見ていない所では手を繋いで、人影が見えると慌てて手をほどいて、人達がいないのをよく確かめてから足早に出口を通りすぎて行く。そんな一団の乗客達の種々雑多な影が広根の目の中を通り過ぎて行きながら、どれもは鮮やかな色を持った生きた人達ではなく、薄いぼやけた柔らかな個性のないただ繰り返される日常の一断面と言った風である中にただ一人だけそれこそくっきりとあの男だと思える像があって、どうしてここにＳがいなのだろうかと広根は眠い頭から一度に眠気が去るのを感じたが、しかし頭のどこかで今のはただ思っているだけのことだから、と夢の中で夢だと分って夢を見ている時のように安堵していた。見るともう若者達が駆けて来るのが駅の影の中から光の中へ出て来てそれらの小さな人形のような動く人達は、思い思いの方向にさほど広くない駅前広場を散って行くのが見える。広根はもう本当に急がなくてはと思っても、まだ愉快な朝の気分が残っているから無理に現実の世界に自分を嵌込んで行くのが惜しくて、このままぼんやりと活動しない頭のままで時を過していたい欲望に彼の心をゆだねていたいから、なかなか走る気にならない。陽は一度に上ったのか明るさが増して商店街の瓦葺の屋根が光線を反射して光っているのが白く見えてそれも屋根の全てが光っているのではなく一箇所の三枚程の瓦だけが光っていて他は黒ずんで見えて、一軒の家の屋根ではそこだけで、もっと先の五軒程向うの二階建ての屋根の瓦が一列だけ光っているといった風で丁度陽の光と瓦の角度とがうまく合った所だけが光って見えるのだろうか。広根はやはり駆け出すことにしたのはもう降りた乗客の、この道を通ってやって来た若いのが赤い縦縞のシャツと青の作業衣みたいな木綿のスラックスをはいて手に持ったズックのカバンを振りながら広根をふり返って、口笛を吹いていかにも楽しそうだったからで、こんなことは何も駆け出す理由にはならないけれど、兎も角あの汽車が到着する時間までに駅へ行っていなくてはならないのが広根の仕事のうちでもあるし、それにもうのっぽの田熊が来ていて彼を待っていることだろうと思ったからである。二十五歳程の薄茶の縞の背広を手に持ってＹシャツに紺のネクタイをした、中背の男が三十米程向うから広根を見て目を動かさずに近づいて来るのが見えるので広根もその目を見つめていて、ひょっとしたら求めている男の一人ではないかと広根は思った。その顔が近づくにつれて表情が読みとれ出すと、セールスマンでしかも化粧品か何かを売っている女性相手のどこか女に好まれるような男で、そのくせそれを鼻にかけているような自信がありありと分って、広根には嫌な性質の人間であるように思えた。神経質で苛立ちを見せている顔は到底広根達の仲間に属する人間ではなさそうだったので広根はすれ違いざまに舌を打って短いツッと言う下品な音を出して失望の意志をその男に現わした。

　駅はもう殆ど広根の前に古びた常の姿を見せていたが、日差しがまだ朝のものでどこかなじめぬものを秘めているから近くにいつも親しげにそれこそ十年は変らず立っている建物が、逆光の中にいるとそれはよそよそしく見えて広根はそんな駅の正面の大時計を見た。一分ずつ一度にくっくっと動く長針が今動いて五時三十五分を指した所であった。北向きの正面は影になっていてその広くはない広場に幾台かのタクシーが動いていて、降りる乗客のうちタクシーを求める客の数が早朝、この広場に来て客を待っているタクシーの数より多いから、七、八人の人がタクシー乗場の前に待っていて、今行ったばかりのタクシーが客を下ろして戻って来るのを待っている。動いているタクシーの数は多くても五台とはないから一番最後で待っている爪を赤く塗った手に白のスーツケースを持った痩せた頬骨の高い、しかし男好きのしそうな女の番までタクシーが廻って来るにはあと二十分はかかるだろうと広根は思った。しかしそれが一体僕と何の関係があるのだろうかと、広根は思って、こんな風にちょっといい女に逢うとすぐそれが一体僕と何の関係があるのかと思うのは悪い癖だと思おうとして、この一体僕と何の関係があると僕が考えようとしている時、僕はやはりこの女性の肉体のことをあるいは殆どあのむっちりとした大腿部のことを考えているのではないかと逆に自分を探ってみた。そうなのだ。全く僕はそんな風にいつも一体それが僕と何の関係があるのだ、と考えようとしていて、結局何にも、何処にも誰にも、僕は関係があったためしがないじゃないかと妙に気取って思った。もしあの女の影の丁度頭にあたる部分が僕の立っている僕の陽根の部分にあったとしてもそれは何でもないんだし、第一影があって現実にそんな風でもそれはただの地面じゃないのか。明るさの中から急に暗い中に入ると目が眩んで建物の中に人がいるのかベンチがあるのか、どんな具合になっているのかが分らなくて、やがて時がたってその暗さに慣れてくると光景が明るい所から順に分るようになって来て、そこにいるのが誰であるのかが分る。そうなる以前にまだ目が慣れていないうちに待合室に入るために左手へ曲ると、奥の売店の電燈の黄色っぽい光を顔の半面に受けた田熊がいて、「いつものように遅いのは君の夜型の人間の故のようだが、おかげで僕一人で聖なる選別をしなくてはならぬ。この仕事こそ神聖この上もない男の一生の仕事として光栄にも僕と、そう君にも課せられているはえある職業であるとすれば、遅れるのはいかんな、と言っても、先のものは後になり、後のものは先になるべし、とか言う諺のようなものもあったから、ただ件によって変らないのが何よりも嬉しい」と引込んだ黒目ばかり大きい目を瞼の間から見せて、その黒い所を大仰に右から左に動かして笑うように広根に言った。「収穫が零であればいないと同じゃないか」と広根はまだ覚めきらない頭を無理にも議論の方向へ持って行って醒まそうとするように「僕とて来る道々あるセールスマンを疑ったり、爪を赤くした痩せすぎの女性の下腹部について興味を持ったりしたさ」と、まるで広根こそ仕事をして来たのに君は何をしていたのだと言わんばかりの逆襲である。「まあそう角を立てなさるな。僕は君の手には乗らないよ。何て言ったって遅れて来るのは良いことじゃなくて、君がどんなに理屈を言っても、そうはならないね。ただ僕達のこの長い無為の一日に少しは変化をもたせて君を非難してみようと思っただけでねえ。もっとも君がそうしてある女性の下腹部に興味を持ったかどうかは僕には特に興味のある問題じゃないが、ところで君の言う女性と言うのはあの痩せすぎに目の細い長髪を赤く染めた女のことじゃあるまいね」と言葉を切って広根を見ると広根が頷くから、「あれは全く下腹部の女だねえ。そろそろ下腹部が出る年齢だし、もっともあのレオナルドが脊髄と陽根とが繋がっていてそれが女性のある部分に入ると、子供が生まれるのだと言ったのを絵にしているように、そのために下腹部が出ているのか、あるいは例の皮下脂肪とか言うのがあの部分に溜る年齢の故なのか区別しがたいとしても、兎に角、あの膨れ具合は全く鄙猥で、君がその虜になりそうだったのは当然だとも言える。そうなんだ、あれを僕は一度は恋をして、と言っても何もなかったんだが、時期はずれの里帰りというのだろう。しかし女は変るなあ。それにしてもあの出方はすごい」と田熊は自ら感心しているのか腕を組んで広根の顔を見て、「しかしあの女性は全く下腹部的ではあるねえ。男性は下腹部を見るとすぐにそれ何と言うか……鼻の下がむずかゆくなって、直接陽根が震えるからねえ。そういう意味じゃ僕達の仲間に加えるのも面白いが、それも程度の問題で仲間同士で下腹部を奪い合うようになるのが分っているから……そうだろう現に君とてその一人になるだろうからねえ。僕だって勿論下腹部にかけちゃ君に劣るとは思えないが、と僕が言うのは変かねえ」と言葉を切った。「君はどっちかと言えば被害者的人間で、現に君の奥さんが、なんとか言う四角い顔の男と寝てるって言ってたじゃないか」と広根は太った太鼓のような腹を右手で左右になでながら田熊の反応を見ようと顔を覗き込んだ。「勿論……本当に勿論僕は曳く方の人間だが誰だって寝取られた女の夫を望む奴はいないだろうねえ。ところが僕は寝取られた女の夫で甘んじたいと思っていて、あるいはなんだか夫なんてものはいつも寝取られた妻の夫である以外に他にありようがないんじゃないかと思うんだ。そういう意味じゃ僕は案外自分で僕の妻が誰かと、と言っても君やあるいは僕の友人の誰かだったり僕が親しくしている人間じゃなくて、全く知らない奴、そうだなあ、まあ神みたいなと言えばいいのか、悪魔みたいなと言えばいいのか、兎に角僕の気心の知れた人じゃなくて、男一般と言えばいいのか、そんな誰かと寝てほしいと思っているのかもしれない。所がもしそれが本当なら」と田熊は切れ長の目を鋭く、この男のどこにこんな執念があるのかを思わせる程に待合室の入口の方を睨んで「僕はやはり妻を殺すだろうか。……」と言って急に笑って「僕はそんな人間じゃないから殺せないだろうねえ。君の言うように僕は案外妻が他の男と寝てほしいと思っているのかもしれない。そうしないと僕自身の踏ん切がつかない。それと言うのも自分が追い込まれないと何にも始めないんだから逆境的人間とでも言えばいいのか……」と田熊の口は笑っているのにやはり目は怒っているようであった。「甘えてるんだな、きっと」と広根はぼそっと話がいつもの方向に行ったのにうんざりしながら立ち上って「小便なんだ」と言った。

帰って来ると広根は小便をしながら考えていたことを一気に言ってしまわないと忘れでもするかのように早口でまだ田熊が話を聞く態勢になっていないのに大声で話を始めた。「女性を下腹部的な女性として定義するのは面白い。勿論全女性が下腹部的であるか、それとも胸部的であるか、顔頭部的であるか、四肢的であるかは分らないし、僕が今言ったように分類するのが正しいかあるいはもっと適当な分類があるかは分らないが、しかし下腹部的という分類型が是非とも必要だとは思う」と言ってよほど素晴らしい発見でもしたかのように満足そうな顔をした。この満足そうな顔は別に話題のためばかりではなくて生理的なものを処理したために気分がよくなったことも含まれていて、このあたりでやっと広根の朝のまだ眠ったままの頭脳が働き始めたのである。「分類の一型として下腹部的なる類型を持ち出すのに僕は不賛成だな、第一女性は殆ど下腹部的だからねえ」と田熊はその長い身体をもう一度横にしながら顔に不満の表情を現わして言った。「君の言う意味は分るさ。そして全ての女性が下腹部的であるかどうかとなると、あの古典的に娼婦的、賢母的と分けるやり方だって、相手が多数か一人かという問題にすぎない。そのどちらも下腹部的はあるだろう。けれどだからと言って全ての女性を下腹部的と言ってしまうのは無理だろうな。現に鄙猥ではない女だっているから。僕は全く君が言うように君の奥さんが他の男と寝て欲しいとは君は思っていないと思う。第一そう考えるのは君の弱さだからね」と広根が言っている時、徐々に増えていた待合室の人々がさらに増えてざわめきが大きくなってそれらは次に汽車が来るのを知らせていた。田熊と広根にはこの汽車からは下りる乗客が殆どないのを知っていて、今度西からやって来る汽車はこの都市から汽車で一時間とは離れていない距離にある中都市からやって来る汽車で、首都の駅名を書いた金属性の札が客車の中央につるしてある。どうしても家族の者が起きる前に家に帰らなくてはならないとか、あるいは早朝に昨夜から会社に泊っていたような顔をしていなければならないような人達が無理をして隣りの中都市からこの特別急行に乗って帰って来ることもあるが、そんな人はせいぜい一人か二人であとは全く乗る人達ばかりである。それと見送りに眠い目を無理に拡げながら、旅をするために起きるのではないのにたかが見送りだけのためにこんな早い時間に起されたのが不満でならないといった顔付きで、それでも旅立つ本人より寧ろ興奮ぎみに光った表情をして汽車に乗るであろう十八歳程の娘に自分が男であることすら忘れて男の恐わさを順に説いている五十近くのヒットラーのように鼻の下にだけ髭をたくわえた男がいて、その髭のために上唇がよけいにまくれ上って見える。そんな風な見送り人達十人程が出口から出て来るが、しかし、それらは田熊にも広根にも全く無関係の人間達である。田熊は天井を見上げていて、と言うより彼はベンチであお向けに寝ていたからただ視線を広根や、ただ一人で赤い顔をしているあの娘や、その母親や、東京での商談の是非で会社がこの不況な一年をどうにか切り抜けることができるかどうかが決するのを、その商談のために近づく汽車を幾分興奮気味に待っている中年の男などから離して、全ての人々即ち出発間際の汽車に乗り行く人も送る人も幾分感傷的になっていて、興奮気味の、家庭での平安な怠惰な日常から見るとやはり旅立ちはある種の別の興奮を伴っていて、そこにいる人の小さな興奮はいつもと違った仕種を生み、例えば甲高く笑う女性の声の中にも含まれていて、それらが集まると一種異様なやりきれない騒々しさを感じてしまう、こんな場面から田熊は視線を逸して天井を見ていた。天井の暗い広がりはぼやけて一面にあって、その中に細い鉄の棒が幾本か、上から急に光の面に出ていて、その先で電燈が黄色い光を真鍮製の皿のような傘に反射させてついている。正確に数をよめば二十燈あってそのどれもは陸橋の窓を通してプラットホームの中を進んで窓越しにかすかに入って来る自然光に対抗しながら独自の人工的な瀟洒な光でそれらの光は肺腑の中から呼吸と共に出た体臭を含んだ空気を優美に照らしていた。田熊の寝ている上には窓があって、そこから丁度細い矢のような太陽の光が入っていてその光の円筒の中に小さなごみが舞いながら空気の動きに従ってある時は活発にそうでなくとも急速に動いて循環運動をしているように見える。光に照らされるとそこに急にごみがまるで無から有が生じるように顕われながら、それは手品のようで田熊は手で光をつかまえようとするように光に手をかざしてみると、手はあのごみのように無から生じることはなくて、ただ手の光に照らされた部分が明るく、眩しさのために目を閉じなくてはならない程であった。天井の暗さの中にあの女性がいて、ぼんやりと田熊を見ていることがあって欲しいと、いつも田熊はそんな風に思いながら天井を見ていて、田熊にとって天井はその女性のためにあるのに、そんな光景が田熊の目に映ったことは一度もなかった。彼女の横へ行って例えば今何時ですか、と問えばそれで田熊と彼女との間にある繋がりができてしまうのに田熊はそうはできない心の蟠りがあって、それは田熊に妻と中学生の二人の子供がいるからであるとか、その女性が美しすぎるからとか、あるいは近づいて何の理由もないのに言葉をかけるのが丁度芝居をしているようであるのが嫌だとか理由はいろいろある。その中で始めにしたことを思い出してやはりその芝居の中で初めての女性に近づいて「春が来ましたね」と話しかけるのがあってそれを言うのがどうも自然な日常の会話ではない作意があるので、そのためにどうしても言い方が唐突になるのを、幾度練習してもそうだから、それでもやってみると、そこは本来は淋しさが出なくてはならないのに、田熊の話し方が小学生の朗読のような調子で、妙なアクセントなものだから観客が笑い出して、彼が話す度に笑い声が起って芝居は悲しくなって行かなくてはならないのに変な方向へ行ったことがあったからである。かれが台詞を言う度に笑い声が起って始めはそれも一部の人々が小さく、くすくすと笑い出したのが伝染するのか次第に大きくなって「僕の悲しみ、いや僕は君なんかもうどうでもいいんだ。彼が死んだことでどんなに彼が僕の中で大きかったか分って」などと言う所では殆ど哄笑になってどうすることもできない。女優が田熊の腕を取って「いいえ嘘ですわ。あなたは彼の死で気が変になっているんです。私から離れないで下さい」と泣きつきそうになる時も哄笑が終らないので、一体この芝居が悲劇なのか喜劇なのか分らなくて、彼が自分でもいい気分で言えたと思う所でも笑い声が起って最後にはもう何も言わないのに観客は笑うから田熊が二歩程歩くともう笑い声になって、舞台の袖に入ると笑い声が止む、がしかしまた登場すると今度は姿を見せるだけで観客が笑い出して台詞が通らないし観客ももう芝居の筋など分らなくなってしまっていて笑い茸でも食べたように笑いぱなしになってしまった。そして田熊が登場しないと観客は彼を早く出せと言って大声で催促するようになってしまって彼の登場場面でない所でも彼が出なくてはならない程で「僕は右の方がいいから」とか「逆立ちぐらい出来るんだから」と言ってみたりしてそれは全く芝居ではなくていつ果てるともない笑劇になってしまった。そして女優が最後の台詞「私だって死ぬことぐらいできるわ」と言い終ると、幕が下りてそれで芝居は終るのにどうしても彼がもう一度舞台に出なくてはならぬ羽目になって、「もう一度初めからやった方がいいのかもしれない」などと言わなくてはならなかった。これがその彼の台詞だった一言の「春がきましたね」と言う言葉によって起って、それが如何にも取って付けたようだったので、この芝居の全部を壊すことになってそれは勿論田熊の言いまわしの不味さにもよるのだが、しかしそれより何よりこの劇を作った作者の言葉の選び方の拙さから来ている部分が多かったためである。田熊はもうすぐ来るに違いない彼女のことを考え始めていた。名前を言う前から、子供が宝捜しをしていて砂を掘りながらその指の先に堅いつるっとした金属のようなものを感じてこの奥にきっと宝が入っているに違いないと期待を感じた時のその捜すなんとも言えない喜びが込み上げてくるような、そんな気分を味わいながら、田熊は頭脳の中へ神経を走らせて名前が出て来ないように、この近くにあるあの美わしい親しい名前にうっとり聞きほれたり名前に出くわさないように気をつけて一度にその名が出てしまうとそれでもう楽しみは終ってしまうから名のまわりを触れながら少しずつ名前が出て来るのを待っている。「毬子さん」と小さく口の中で呼んでみると言葉が舌の上を転がる泡のようにはずんで咽の奥の方から舌尖の方へと移動して来て、そこで上顎の歯の根元まで来ると軽やかな音を立てて破裂する。毬子はいつものように七時三十九分発の支線の汽車に乗るために例の交番の前を通って短めの赤と茶のチェックの少し裾の広がったスカートを揺らしながら早足で歩いて来る。交番の前から田熊には毬子の姿が見えて、突如として姿が現われたように思えて、どんなに予測していても、田熊は驚かないではおられなかった。田熊は待合室の窓を通して交番の白いペンキの所々が剥げて茶色の木の地肌を出している建物を見ていてそこに毬子が現われるのを待っている。毬子が来る時間ではないと田熊は一分ごとに針が動く駅のローマ数字で書かれた時計を見ていた。もう一度首都からの下車客を選別しなくてはならない。しかしこの仕事は広根と立っていさえすれば、と言うのは出口で立っていても田熊の心は毬子のことで一杯で姿が目の前にちらついて、本当に目で見ている光景を頭の中で思っている事柄とが全く掛離れているとどっちかに気を取られるからそのうちで田熊は出口の乗客達の現実の光景に気を取られたくないと思っていて、無理にでも毬子の方へ注意を持って行こうとするから広根から見るとそんな田熊はぼさっとして見えることになる。田熊に現われる毬子はきまって笑顔であってその笑顔をどこで見たのかは分らなくてあるいは田熊は一度も毬子の笑顔を見る機会がなかったのではなかろうか。それなのに田熊は毬子の笑顔が現われて両頬の口のまわりに笑うと出来る縦のしわが右の方が左より深くそれが形のよい目と一緒に笑って顔全体が笑うとそれは可愛くて田熊はそう思うだけで心が弾んで来るのを覚えた。今頃なら鉄道の線路の下をくり抜いて作った道路の歩道と車道とが別々になっているあの短い地下道をやはり早足に歩いているだろう。赤い踵の細目の靴でそれを上手にはいて歩いていて、それと対になっている赤いハンドバックがなんと彼女に合っていることだろう。地下道は急いでいるとつい地下道の中央で車道を横切ってしまうことになると向い側からほぼ直角に曲って先が見えないのに、自動車がぬうと出て来る。危ない道だ。もうちょっとで自動車と衝突しそうになって、危うく避けて緩い斜面を上るとその前は病院だから病院のガラスに反射した光が目に入ると暗がりから出たのとで目が眩むことがある。それにしても病院のポプラの木は大きく緑の葉を木一杯につけて三階建ての病院より高く堂々としている。あの木があるから地下道を通って来ても嫌な気持にならずにすむのだろうか。鉄道の下はきまって陰気で獣のような臭いと、砂を噛むような堅いそれでいて金属製の粉末が飛散しているのを吸い込む時のような匂いがして、それと周囲のセメントの冷たい膚とが嫌で、その下を市内電車でも走っていたら、嘔吐が出そうな嫌な人工的な光景じゃないか。それでもあそこなら嫌な気分を味わう時間が少なくてすむ。それは道が平らで地下道になっていないせいに違いないからと田熊はそんな光景を思い浮べながらその歩道を行く毬子の後姿を生き生きとその場にいる人のように小さいが形のよい歩くと左右に揺れる臀部を思い浮べて、毬子はこの道ではないだろうと思った。今日こそ何とかして彼女と話を始めなくてはならない。と田熊は思うのだが、田熊自身にもこれが本気なのか、あるいはただこう考えていてそれがいつか、と言う今とは殆ど連なっていない未来のことをいっているのかが分らなくて、ただはっきりと田熊に分るのはいつかきっと話しかけるだろうと言うことだけであった。「さあ出口でまた検査だ。もう十五日にもなるのに一人も来やしないんだから。もっともこっちの検査もいい加減だがね」と広根は田熊を促して出口の方へ歩き出すのを見て田熊も長い身体を起こして後に従うことにする。広根は肥っていて背が低いのに対し田熊は痩せていて丈が高いから広根の頭の上にもう一つ頭があるように見えて、そんな田熊がのっそりと広根の後ろから歩いて行くと田熊が従っているのではなくてむしろ広根が田熊に押されて前を行くと言った感じである。広根はどっちかと言えば運動に適していて、駆け出すと結構速く、腕をそれこそピストンのように前後に振ってその速度に脚を合わせて走るから傍目にはすごく早そうに見えるのに実際はそれ程早くはない。それに比べると田熊はのっそりしていてゆったりと走っているように見えてその実広根より速いが、よそ目には遅く見える。田熊の着古した杉綾織の背広の上着のポケットの上の部分が垢のために光って見える。袖口のところがすり切れて細い糸くずがはけの先のように解けて出ていて、また長い間着ているためか腕を伸ばしても袖の肘にあたる部分の内側は皺になっていて、その皺は伸びない。しかし部分的に田熊の三つ揃いの背広を見るとどこも草臥れているのに田熊はそれらを上手に来ていてもし田熊でなければ到底こうは着れまいと思われる格好で広根の横に立って出口から出て来る長距離列車の乗客を見ていた。十五日目であるから広根は幾分、乗客がどんな種類の人間達であるかを区分することが出来るようになっていて、それは広根独特の直観であって、具体的にこのような特徴があれば彼等の求めている人間であると分ると言うような種類のものではなくて、どこに煙草が入っているのか分らず両手を上着のポケットに入れてみて、そこにあればよいがすぐそこにはなくてもう一度両手でズボンのポケットに手を入れてやっと右手で煙草らしいものに触れて煙草を抜き出して口に銜えて次は燐寸の番であるのにやはり煙草と同じようにしてポケットじゅう捜さないと出て来ないと言うような種類の人間であるに違いないと広根は思っていた。煙草をゆっくりと吸いながら建物から出てまた立ち止って行く先を任意に決めるのか、時には財布から銅貨を出して放り上げて、彼の行く先を決めるような人間であればきまって広根達の求めている人間に属するだろう。殆どの人々は出口を出ていて、広根と田熊はこの列車にも彼等の求めている人はいなかったと思って出口から離れてもう一度待合室に戻ろうと考え始めていた時、特に田熊はこの列車の最後の乗客が出口を出て来る時間と毬子が通勤のために駅の改札口に行く時間とが重なることがあってそのために気が気ではなかったのであるが、その時三十歳程の男がゆっくりと階段を下りて来るのが見えた。茶のコールテンのすり切れてよれよれになった上衣を肌着のシャツの上に無造作に着こんで短めの上衣を丁度女性の着るボレロのように前を合わさずに着こんで胸のポケットから水色のハンケチを長細く出して手には布袋の青色の小さな書物を一冊だけ持って勿論ズボンはジーンズであるが、その長い形のよい脚で階段をゆっくりと一段ずつ下りて来る。何を考えているのか目は光ってはいるが謎を秘めているようでしかもその奥に暗い陰鬱な思慮深そうな濃い黒目と、そのまわりには放射状に広がる黒い縞を伴った明るい快活な茶色の虹彩を持っていた。そしてその男の全体の印象はひどく風変りで、とりつくしまがないようなのに何処か親しみやすさを持っていて、それは目尻に出来る小皺のためにだろうが、しかしやはり鋭いと言う印象を人々に与えた。広根はこの男を見るや否やもうどうすることもできなくなって、この男は彼等の仲間であるに違いないと盲信してしまった。「第一そうだろう。初めてあんな風変りの男に出合ったんだから誰だって彼が僕等の仲間に違いないと思ってしまうのは当然だよ。彼の目を見たってあの目は革命家の目だよ。君だってあの時僕が合図をしたら同意してくれたじゃないか」と後になって広根が仲間に話合ったように彼は本当に一目で検査の対象になる人間だと言うことが分った。田熊はむしろ毬子の方に気を取られていてこの男の方を注意して見ていなかったが、しかしあまり広根が彼を見ろと言うので見るとなる程広根が言うように、仲間の一員かもしれないと思った。それが癖なのか男は空いている右の手で口の辺りを拭ってから手をその髪に持って行って二度程指を櫛のように立ててすいてから出口のあたりを見廻した時彼の目が彼等二人を見たがそのまま止まらずに通りすぎた。彼等に何の興味も示さずそのまま晴れた空と駅前の市街を見て大きく両手を伸して背伸びをしてから、さてと言うようにゆっくりしかし力強く歩き始めた。広根はもう自分を制することができなくなって、さかんに田熊にすぐにでも話しかけたそうな素振りを見せて、興奮すると彼の癖で目をやたらにまばたいて、その興奮を何とかして相手に伝えたそうである。「僕は行ってみるよ。どうしても僕に行かせて欲しいんだ。彼は僕達の仲間だよ、きっと。第一そうじゃないか。彼のために僕達はいや少なくとも僕はもう十五日もこうして朝から夜まで待っていたんだから、僕達の計画の一歩が今、始って、現実となりそうだろう。僕は興奮してしまってもう彼と話さずにはおれない程なんだ。けれど僕はそれを我慢して今これから彼をつけて見るよ。彼は何と言ったって僕が見つけたんだからね」と広根は生き生きとしたあの円い目をありったけ輝かせて、それでも高ぶりを押えるように深呼吸を三度もして田熊と分れてあのコールテンの上衣の男について行った。

二、通勤列車

広根の付いて行く姿を目で追っていると、その視野の左端の注意して見ないと誰だか分らない方向に、しかし確実に交番の横に花模様のある白いブラウスと茶と赤の格子縞のスカートをはいた毬子が例の快活な早足で近づいて来るのが見えた。田熊はもう注意を広根から毬子に移していて、広根が最初の角を右側に曲りながら意味ありげな表情で田熊に合図を送って来た時、田熊はその方向にほんの少しの注意を示すための、胸の横で小さく手を振るのでさえおざなりでむしろそんな行動をして自分が広根を見ているのだと相手に示すのが腹立たしく感じられた。その間に毬子を見失ったらどうすると言うのだ、とそんな僅かな間に見失う筈のないことを田熊は知っていても、そう考えてしまって、毬子を見失いそうなどんな小さな行為もしたくはなかった。田熊は出口から毬子が駅の中に入って行く時間を見計らってかっきり玄関で毬子と合えるようにゆっくりと近づいて行った。毬子は田熊の思ったように、同じ速度で歩いて来たから玄関であやうく田熊とぶつかりそうになりながら田熊が失礼と言った時、毬子もその言葉につられて失礼と同じ言葉を返して、自分の計画が確かにその通り行われて、田熊と毬子とが初めて言葉を交したことに田熊は満足であった。そのまま田熊は毬子と一緒に歩くために今まで歩いてきた方向を急に変えて人混みの中を毬子に従ってしかも彼と毬子との間に他の人が入らぬ程の距離で歩いて行った。改札口まで来て毬子が定期券を見せながらそこを通った時、田熊はまだ自分の切符を買っていなかったのを思い出した。田熊は切符を買う短い時間の間に、プラットホームへもう下り始めているだろう毬子のことを考えて、陸橋からプラットホームへ下りる階段は足から先に見えて。あの足は誰のだろうと思っていると、スカートが見えて腰が見え手の先が見え胸部とその膨らみが見えて首と顔が見える。そして田熊からはちょっとスカートの端が見えただけで、それが毬子であることが分って、とその嬉しい光景を思い浮べていると駅員は出札口から事務的に、しかも長く待たされているように怒りっぽい調子で「どこまで」と苛立ちを見せながら尋ねた。田熊は何処へ彼が行こうとしているのか、自分の行き先が言葉にならないのを感じていて、それは彼自身が毬子の行く先の駅名を知らないせいではなくて、ただ言いなれていない地名を言葉にするのが怖くて、あるいはそんな親しみのない土地がただ言葉にしただけで、もう行くことができるのが不思議であるような変な戸惑いを感じた。

　朝夕の混雑する時間にだけ三両増結して六両編成と長くなっているせいと、まだ列車から降りきっていない通勤者の群の中で毬子を捜すのはかなり困難な仕事であった。しかしだからと言って毬子を捜さなかったり、見つからないまま出発して行く列車を見送ったりしようとは思わなかったから田熊は外部から毬子が何処にいるかを求めて一車両ごとに窓を覗いてその姿を捜した。田熊はごくあたり前のそしてたった六両しかない車両のどこかにいるのであれば、五分も時間があれば毬子を見つけることは至極容易な筈だと考えようとしていながら、なぜか心が弾んで出合う筈のない人にしかも逢いたがっていて、出来ればその人に逢うために一日でも汽車に乗って逢いに行きたいと思っていた人に、偶然、思いもかけず出合った時の感激を持ってその長い櫛のよく通った髪を見つめた。毬子はゆっくりと歩いて空いている席を見付けようとしているらしかった。田熊は窓を通してその様子を見ながらもしうまく毬子の隣りの席が空いていたらそこに坐ればいいと考えながら、毬子の前を通りすぎ向う側へ行ってから、戻って来て、その隣に坐った。匂いがして、急いだためだろう、軽く汗の臭いの混じった甘い匂いがして、それは田熊をうっとりとさせてしまいそうな、若い女性なら誰でも持っている匂いの、しかしそれもほんの一時期、その女性によって期間の長い短いはあるようだが、例えば半年間とか五年間とかの期間はこんな匂いを漂わせながら歩いたりすることがあるだろうけれどその期間が過ぎてしまうともうその匂いはなくなってしまって別のもっと成熟した女性の開いた匂いへと移ってしまうに違いない。そんなまだ本当に爛熟はしていないが何とも言えぬ若い酸っぱい爽やかさを持った匂いに田熊は本当に酔ってしまいそうであった。こんな匂いをかいだ男はどうしてこの女性に心を動かさずにおられるのだろうかと、寧ろ田熊は毬子の向い側に坐っている人の方を見たが、あいにくその向いには女性が坐っていてその向う隣りの頭が禿げ上ってその部分が磨いたように光っている男と話をしていた。田熊は毬子の匂いの中にいながら注意を右隣りの毬子の方に向けていて、田熊のことを毬子が気付いているのだろうかと考えてみようとして、気付かれないように行動している自分が、気付かれたいと思っていて、それがこのように言葉にしてしまうと全く正反対のこととなってしまうし、矛盾の中にいるのに気持では全くその通りなのだから不思議である。気付かれないでいたいのなら全く気付かれないように何もしなければよいのだし、例えばわざと横を向いて毬子とぶつかったりしなければよいのだし、もし気づかれたいのならもう少し強引に話しかけたりすることもできるだろう。とすれば気付かれたいので、ただその方法がごく普段の方法であればよいし、あるいは毬子が気付かないうちに毬子の中に田熊が入り込んでしまっていて、もし田熊が話しかけることがあれば、そのことが毬子に不自然ではなくあたり前のことのようであればいいと田熊が思っているのである。ディーゼルカーはもう動いていて左へゆったりとしたカーブを曲がりながら小さく速く動く震動を乗客に与えていると、乗客達はその震動に物体のように身を任せるより外に方法はないし、ただクッションの入った羅紗張りの座席のお陰で列車の震動をそのまま感ずるわけではないが、やはりどの乗客も同じように動いている。田熊も動いているからその運動が他の人々と同様であると、運動していないように感じられたりすることがある。ディーゼルカーは揺れて毬子は田熊の心持ち右に引いた胸の中に傾いて来て、その長髪が田熊の顎にじかに触れた。それは心地よいものであっても田熊が思っていた程のあのぬくもりのあるただうっとりとしてしまいそうな感触を田熊に与えなかった。田熊は毬子がすぐ立ち直ろうとして手を田熊の膝につくのを精一杯自分の思いと一致させようとして、ただうっとりとなろうとしていたのに、現実はいつもこうだと田熊は思った。いつもどんなに期待していてもそれは気が付かないうちに終ってしまうか、気が付いてもゆっくりと味わわないうちに終ってしまって、冷やかな金属を手で触れた時のような磨かれたのっぺりとした味悪さを残して終ってしまう。いつもこうなんだ、と田熊はもう一度思って腹立たしかったが、一回では終らないだろうと、もう幾度かは機会があると考えようとして、二度目からは期待せずにただ触われる時に触わるのでよいとしょうかと思うことにした。半袖の白いブラウスの先に腕が出ていて、ふっくらと薄い黄色人種特有の、よく見ると茶に近い肌色を見せていて、膝に置かれている腕の白い裏側がなまめいていて、その表面に近い所を紫の血管が川のように流れているのが、その白さと一致して美しく、田熊はもう少しで手で触わりそうになるのをこらえた。ほってりとしていて、見ているだけで生き生きと流れている健康な動脈の暖かさが脂肪の多いしかし均勢のとれた皮膚を通して田熊は伝わって来て、その弾力のありそうな艶のある肌は指で押すと軽く窪んで、はなすとまた元にもどるに違いないのに、そうして、もし田熊が指で毬子の腕を握ると、そこから感情が流れ込んで抜差しならないことが起きそうである。田熊は腕の膨れたあたりを列車が揺れた時軽く触れたいと思った。適度な震動に身を任せていると田熊は毬子の横に一緒にいると言う満足感と、もう一度あの腕が膨れたなだらかな肘の裏の白いふっくらとしたあたりを触れたい欲望は、そう緊迫したものではなくなって、もっとまだるっこい、うとうととした醒めきっていない時間にいるような心地よさとして感じたかった。田熊は今乗っている電車が殆ど学生時代の首都のまだ早い混雑する時間以前の春の、いやもう夏に近いある朝の電車であるような錯覚の中に自分がいるのを感じ始めていた。

　都会にいて人に出合わないことがあったり、人が視野の中になかったりしたら、それは不思議で、どうしても、まるで部屋の中にいる時の家具のように、その家具のない部屋に入る時のような、そぐわないものを感じてしまう。電車と言っても省線と言われたり、国電と言われたりもするものだが、これががらんとして、一車輛に十人程の人間しかいなくて、その中に田熊と障子とがいて手を繋いで坐っている。そこは眩しくて、自分達二人を他の人々が見ているから眩しいのではなくて、あるいは人々に、新婚旅行に旅立つ男女が駅頭で多数の人々に見送られて恥かしそうに眩しい上気した目で見送りの人々と坐った列車の他の座席の人々を見ているような、そんな眩しさではなくて、田熊と障子とはあの新婚旅行の人々のような美しい如何にもそれらしい服装ではなかったし、彼等と一緒に乗り合わせている人々も彼等が新婚であることなど分らなかったに違いないのに、田熊と障子とは眩しくて目のやり場に困っていた。田熊が障子を見ても眩しいようなものはどこにもないし、勿論あの風景のような車内の乗客を見ても眩しいことなどあり得よう筈はない。田熊と障子とが明るくて、そこだけが妙に明るくて、その明るさの故に、自分達が出している丁度仏像の後光のような光の中に自分達がいるように感じて、それは互いが相手を見ていても眩しくなぞないのに二人がいると明るくて眩しいのである。そんな眩しさを田熊と障子とは感じていたが、他の人々はその二人の明るさにも気付かないように、あのいつもの怠惰な、無関係の人々に見せる無表情な顔付をして彼等二人をもやはり光景の一部のように、ただちょっと見た目がきれいな木で出来た人形かなんかのように、「俺だってお前達がいることぐらいは知っているさ。だけど、それがなんだと言うんだ」と言う風な顔をして、もう視線を別の方向に、例えば今から遊びに行く渓流の光景の方に向けてそのことを思っていたりしているのである。田熊の筋肉は小さく震えていて、それは極度に緊張した時に震えるあの震え方に同じであって、田熊の心はもう落着いてしまって幸福感の中にゆったりといるのに、筋肉は一度引きしまって驚いてしまったなごりを今も覚えていて昨夜からずっと緊張していて、このままこの幸福感の中に身体ごと委ねてしまっていいのだろうか。ひょっとすると、これは一時の見せかけだけの幸福感で、こんなことが長続きする筈がないではないかとでも考えているかのように訝かっている。軽い疲労感と満足感とが心を支配しているから、浮いたような倦怠感が身体を覆っているが、湧上るような嬉しさがひとりでに表情に現われて、やめようとしても、どうでも笑顔になってしまう。障子もまた、そんな気分の中にいるのか、田熊に寄りそって、男性の場合にはこれからこの女性と一緒に生活をしながら経済的な支えのために働かなくてはならないと言うある程度の責任感のようなものがあって、それは具体的に厳然として今ここにあるのではなくても、漠然とはなって、どこかにそのものに浸りきれない醒めたものがあるのに対して、女性にはその種の煩わしいものから全く逃れることが出来るから、障子は全く今の幸福感の中にすっぽりと埋ってしまうことができる。もし不安と言えば学生である彼等に子供が出来れば、どうしょうかと言う子宮の中での幸福感そのものの、というのは彼女の子宮をゆっくりと動いている精子の運動とそれに出合うだろう卵子とのごく神秘的な少しまだるっこい、しかし確実な幸福感が障子の生理の中に既に含まれているから、それが不安であるのは、ただの表向きのことにすぎない。幸福感の中に浸りきっているわけにはいかなくて、幸福感と不安とがどこかで一体となっていなければ、幸福感はただの微笑のような、いつも笑っている人間の無感動なあたり前の生活にすぎなくなってしまう。幸福感が湧き上って来て、それがどうしょうもなく嬉しくなるのは、底に静かに無気味な不安がそれは性そのものの持つ罪悪感のようなものでも、人類の繁殖が性交と言う肉体の持つ決定的な悪魔的なものによらねばならないとされているようなものであっても、これらが不安となって心にある限り、幸福感は一層幸福なものとして感じられる。肉体の快楽がそのまま精神の快楽となるには、まだ長い精神と肉体の修練を積まねばならない。まだ障子と田熊とは精神上の性交を行なっただけにすぎないではないか。障子のどこにも肉体のあのうっとりとする性の喜びはなくて、田熊にもその行為はなんだか粘液の中への窮屈な、彼自身がただ時にはその力強い陽根をもてあまし気味に罪悪感を持ちながら、ちらっと見つめて恥かしさのあまりどう扱えばよいのかにとまどったものが、本来の用途に用いられたことに対するある種の満足感があったにすぎないのではないか。それは精神的な嬉しさにすぎないのだし、例えその時田熊が障子に、「僕はなんて幸福なんだ」と言ったとしても、それは彼の心から出た言葉であっても、ただ彼が幸福と言うものがこんな風な時に用いられるものだぐらいな、そんなつもりで言ったにすぎないのだろう。しかし、その時田熊は本当に幸福と言うのはこんなものだと考えていたことは間違いないし、現に今だって、あの時のことを幸福だったと田熊は思っているのである。

　田熊は障子が前の夜いや前の日の朝から田熊の下宿にやって来ていて、障子が田熊に用事があって来たのではなくて、一体男と女とが恋人同士であれば二人で逢うことが用なのだから、その他の用事があったりしても、それは何でもないことが多いように、この日も二人はただ一緒にいることが大切で、確か何かの用事を障子は思いついて朝まだ学校へ出かける前の田熊の部屋に来たのであった。六畳の庭に面した部屋はまだ涼しく、この地域に家が立つ以前にここが湿地であったためか、じめじめしていて、そんな湿気が上って行く気温と共に黴くさい匂いを少し開いた硝子戸を通して彼等の部屋に運んで来る。二人が求めているものが何であるのかは明瞭ではなくて、田熊ならただ手を延ばせば、その手の届く位置に障子がいて、手さえ延ばせば障子を抱くことができる。しかし、こんな風に女性と二人で部屋にいて、手を延ばせばそこに女性のいるような位置関係にあることは、別の機会にもあって、今のこの障子とのことが特別に手を延ばしやすく、それが許されているということはないのである。また精神的な二人の繋がりを求めるのなら、こうして話していればそれで満足できる筈だし、その方が、より精神にとって重要である。だのに二人は、と言っても特に田熊は手を延ばして障子を抱きたいと思った。障子もそれを望んでいた。田熊は端的に「君が欲しい」と言えばよいのか、あるいは「君を抱きたい」と言えばその言葉は田熊の根源からしぼり出された言葉であって、普通の挨拶の言葉のように内容のない通り一辺のものではなくて、自分の要求と次に起こる行動を率直に示している。心の奥底から出た真実の言葉であるから、この言葉は直接言った田熊の陽根の意味を障子の心に伝えて、それはそのまま子宮に響くことになるから、障子は子宮でその言葉を受けてしまう。田熊はこの言葉を言って、口からありったけの言葉が出てしまって、もう言葉がなくなってしまっているのに気付いた。口はからからに乾いて一滴の唾液も口の中にはなく、唾を飲み込んでみたが咽頭を通るものは何一つなかった。田熊は障子を見ていて、『僕はもう君に全てを渡してしまった。次は君が反応する番だ』と言う風に障子の口もとを、あるいは跳び込んで来るのならその肉体を、その動きを待っていた。「まだこんなに明るい」と障子が子宮に響いた言葉をただの挨拶の言葉に変えて話をしてしまったので、田熊の張りつめた緊張は緩むより仕方がなくて、ちょっとがっかりしたから、立ち上って本棚へ近寄って何か一冊本を取り出して見て、自分をそらすより仕方がなかった。この女にはどこか本当でない所があって、それは田熊の心をそのまま感じるのではない。一度それを屈折させて、と言うのはある弾力をもたせて受け取る癖がある、と田熊は思った。自分に有利なように変えてしまって、夜ならいいと言うのだろうか。あるいは夜でも駄目だと言うのだろうか。と田熊は自分の心に起った情熱が冷えて行きながら一度湧き起ったものが完全には冷えきらずにまだ田熊の肉体を支配しているから、それがそのまま精神にも働いて軽い苛立ちを感じる。こんな会話が朝のうちから始まって、二人はやはりぎこちなく話を続けたり顔を見合わせたり、食事の時間になると障子が味噌汁を作ったり、それを食べたりして朝の時間が過ぎて行った。田熊は学校へ行こうとはしなかった。田熊の心の中に朝の内は学校へ行こうとすれば行けないこともない、と思う心が残っているのは、彼が学生であるためと今日の四時間目の哲学演習が面白く興味のある場所であると考えた故である。二人で話していると嬉しさが田熊の中からこみ上げて来て、その原因はただ二人が、日常の、例えば田熊の田舎の小都市のことを話したり、あるいは障子の学校の友達のことを話したりしているにすぎないのに、こんな話題はどこにも嬉しくなる原因を含んでいなくとも、それが障子の口を通して話されたり、田熊の声で言葉になったりすると嬉しくなるのであった。「夏が近づくと、僕達はもう海水浴のことばかりを話し合って、本当は採集会と言う名なんだが、誰も採集会へ行って貝や藻を採集したりすることなんか思い出さないんだ。勿論、中にはウニの受精を顕微鏡下で観察して、『そら、分割を始めたぞ』などと面白がっている者もいるが、大方はそんなことより皆で集まって大勢の、それこそ五十人もの生徒がごろ寝をして話したり、トランプをしたり、キャンプファイヤーをしたりすることばかり思ってわくわくしている。食事は何年生がやると決まっていて、彼等は行く前から食事のことばかり心配して、メニューを作って、それが十日間もだろう。毎日カレーライスと言うわけにはいかないし、けれどカレーが一番多かったのかなあ。僕にはカレーの記憶しかないから……。昼は握り飯なんだ。両手でやっと握れる程の、そら夏蜜柑程のを小学校の給食用の釜で炊いて、そんなのを一人で三つは食べるんだからな。確か二年生が食事当番だったと思う。しかし後の一年生と三年生は何も主だった仕事がないから、朝起きると、そうなんだ。海岸の小学校をかりるんだけれど、すぐ下が海岸になっていて、窓から海が見えて、天気がいいと太陽の光が砂に反射して砂がきらきら輝いていて、見てると目が痛くなる程だろう。海はどこまでも青くて、真夏の海の色は深い濃い藍に近くて、泳いだらどんなに気持がいいだろうと思うんだ。八時にはもう砂は熱くなっているから、爪先で早足に波打ち際まで跳んで行かなくちゃならない。僕なんか、いつもそうして走りながら、すると上から照っている太陽の熱と砂からの反射の熱とで身体がなんだか暑くなって、熱があって暑い時のような、そんな気分になるんだ。ちょっと頭がぽおっとして。すると頭の中で、きっと海の中に身体を浸すと素晴らしいだろうなと思うんだ。水の感触が膚について足から順に入って行くと、最初、足の今まで一番熱かった爪先に水が触れると、足は急に温度が下がるから、一体熱いのか冷たいのか分らなくなって、ちょっとの間、痛いのかなっと思ったりしているうちに、心地よい冷たい水の感触が足に伝わって、足はぶるるっと本当に震えそうになるんだ。そうなると、そのうっとりするような冷たさに身体じゅうを早く浸したくなって、どんどん入っていってしまって、もっと小さい頃から、海に入る前には準備体操をしてから入らなくちゃいけない、と言われていたことなど全く忘れてしまうんだ。いや、入るまでは準備体操をしてから水の中に入ろうと思うんだけれど、もう足が水に入って、あの波の感触を足に受けてしまうと、早く水の中に入ってしまいたいと思う欲求で我慢ができなくなって、結局そのままずんずん進んで行ってしまう。水は歩くに従って、だんだん上に上って来て、肋骨の一番下あたりまで来ると脇腹の所が冷たくなって、もうこれ以上水に入るのは嫌だなあ、と思うようになる。それは冷たいからなんだ。脇腹に初めて水が触れると震え上ってしまう。くすぐったいと言えばいいのか、あるいは、それ以上入ると危険だと言うのを身体が水に入って行く人に知らせるためなんか、そんなことは分らない。兎に角震えるんだ。大方はそのへんまで入ってしまうと、一気に膝を曲げてそのまま頭ごと水中に入ってしまうんだけれど……。」と田熊は一気に、さも楽しそうに、自分がまるで今から泳ぎにでも行くかのように話して、ここで一度言葉を切った。もう梅雨だったから雨が降り始めていて湿気が多く、庭の土の匂いが青くさい地衣類のものと一緒に臭って来る。田熊は話過ぎて、ひとりで余り長く話している自分が、むしろ惨めなように思えて、楽しさが自分だけで空回りをしているように思えたから、ひとりでに茶色の明るい目が曇った。田熊は、けれど、どうしてもまだ先を海岸の高等学校の採集会の時のことを話さなくてはならないと思った。田熊の求めているものは田熊には分っていて、彼が時には海岸の採集会の話をするのは、全くある一人の女性を自分の心の中に思い浮べるためだと言うことを知っていて、話が何かの折にその優子と言う名の女学生に触れなければ満足を味わうことができなかったからである。今も田熊はこの女性のことを考えようとしていて、その澄んだ黒い目と、ふっくらとした頬と、話す時右頬にできる小さなえくぼとを思い出しながら、あの目で見られたら僕はどんなに話すべきことを以前から考えていても、きまってその瞬間に忘れてしまって、ただどうしょうもなく海の方を見てしまう。今のように背中を大きくくったり、上下が分離したりする水着が流行する以前のことであったし、まだ女学生だったので、優子達は紺か黒の水着を着て、それでもすっかり大人になった姿態の、女性らしい乳房や、くびれた腰や、それに、もう大きくなり出した臀部を、わざと小さく目立たないようにしようと胸を窄めたりして、彼女達は歩いていた。と、田熊は優子がまだ髪を短くおかっぱのように切っていた昔の姿を思い出して、その姿が殆ど毬子のものであることに気付いて驚いてしまった。あの笑顔に違いない。と田熊は以前毬子の笑顔を一度も見たことがなかったのに、どうしてその笑顔の頬にできる深いえくぼのことを知っていたかを思い出して、頭の中で優子の顔と毬子の顔が一緒に重なり合って、それが殆ど優子の顔であるのか毬子のものであるかが分らないくらいになってしまっているのを感じた。「しかし、僕は今、毬子と一緒にいる。うっとりとした気分の中で」と考えていて、この嬉しい気分を田熊はいつものように自分の過去の記憶の中に求めて、あの障子との丁度今朝のような電車の中のことを眩しそうに思い出しながら、まだ田熊と障子とが幸福だった頃のことを、いや、この幸福はつい五年程以前まであのことに気付くまで田熊達は幸福だったのだが、その時のことを思い出していて、もう少しでその思い出の中で田熊がその時の服装のままで、田圃のまだ青い稲の中を走っている列車に乗っていると思い込むところだった。とすれば当然横に坐っている女性は障子であるべきだろうと考えて、それならば田熊は初めからそのつもりで、自ら意図したことなのに、そういう風に田熊の思いは進まずに別の方向に、全く意図していない、思いもつかない方向に進んでしまったことに、むしろ田熊は驚いてしまっていた。

「しかし、優子があの下腹部の出た鄙猥な女になったとは思えないな。変るんだなあ。しかし、今はそのことを考えている時期ではない」と田熊は考えていた。障子がいて、あんなに嬉しそうに僕を眩しいように見ていた障子がいて、田熊は障子とのその日は一体何を話したのだろうか。田熊の人生のその日までの全てのことを、彼の両親のこと、弟のこと、二人いる妹の大きい方の妹がおてんばなことと、下の妹はすぐ泣いて、どうして女と言うのはあんなに泣くのだろうか、ということ、そして高等学校時代のこと、そしてもう思い出そうとしても入学式で少し大きめの詰襟の学生服を着て長い時間立たされて気が遠くなって倒れてしまったこと以外、何も思い出せない中学校のことなど。それよりは、もっとしっかりと忘れようとしても忘れられない、祖母の死のこと。友人のこと、読書のこと、学問というものがただの法則にすぎないこと、今の生活のこと。一体何をあんなに話したのだろうか。そして田熊も長い時間、障子の話を聞いていて、もしあの声が障子のものではなくて他の誰かだったら、きっと、十分も聞けば怒って「もう聞きたくなんかない」とさえ言いかねないに違いない話を、退屈どころか楽しくて仕方がなく、ただ障子の声が耳に入って来るだけで美しい音楽でも聞いている時のように、ある時は感動して胸をつまらせながら、ある時は悲しくて涙さえ浮べて、そして大声で笑って、田熊は聞いていたのだった。そこには喜びがあって、二人の言葉は全てが喜びに変わるものしかなくて、それ以外のものがあっても、どうしても喜びになるしかないのであった。こんな風にして喜びが重なるに従って、この喜びの根源には肉体があって欲望があるから二人は手を取り合って、と言うのは、何かの折りに例えば田熊が海の話をしていて、「君は水に潜ったことがあるかい。水は中は美しくて、砂地だったら波の紋が丁度木の年輪を年輪に直角ではなく年輪と平行するように切った時のような模様ができている。それがどこまでもずっと続いていて青いんだ。波によって光線が透過したりしなかったりしていて、不定形の細い光の線の連らなりがその上で動いていて、そこを平泳ぎで水中鏡をつけて泳いで行くと、こわくなって、こんなに単純で美しい、静寂な世界があるのだろうか、と思うと身震いが来て、それは何と言えばいいのか、死の恐怖と言うよりは、現に泳いでいる僕は生きているし、ただ吸い込まれそうな錯覚はあって、それに対抗して泳いでいる力がなくなれば当然死が来るのだろうけれど、そんな風な長い先の恐怖ではなくて何かこうして泳いでいることが、その風景を見ていることがこわくて身震いがするんだ。勿論眩暈だってしそうだし、慣れるまでは、いや慣れても誰の姿も近くに見えなかったら、やはり自分から砂と水になって行くみたいに思えて、時々顔を上げて空を見たり、あるいは海岸や、近くの島の上に立っている、強風で南に曲って枝も幹も次に細い枝も南にしか伸びていない松の木を見ると、心が休まるんだ。でも、どこにも人工的なものがなくて、例えば水平線の雲や、岩や、人のいない海岸線や、砂防林だけだったら、やはりこわくて身震いが急に止ったりはしないし、『ああ僕一人だけか』と思ったりして、それは淋しいけれど、ここに君がいるように誰かが僕の視界の中に入ったら、それはもうそれだけで不安などどこかへ行ってしまって、僕の心は和んでしまう」と言いながら、田熊が障子の手を取ったりしてしまうと、そこから欲望の火が二人の身体にまわって、もっと身体の他の部分も触りたくなって、例えば田熊が障子の髪に触れると、その触れた箇所から火は広がって行くから新しい火がそこからも燃え上って、どうしても抱き合って、それこそ身体じゅう、どこも隙間がないくらいぴったりと接触し合わなくては満足できなくなって来る。手を取ってその手に触れると、そこから心が相手の心の中に融け込んで行くように感じて、同種類のものの持つ融合しそうな程の親しみと、個体相互の持つ異種性とが対立して、この場合、異種性はただ興奮をかきたてるための道具となるのに対して、同種性はどうしても裸になって抱き合わなくてはならぬような、そんな作用を持っているから、どういう風であっても急いで学生服をぬいだり、あるいは田熊の唇が障子の唇と、そのことを以前には田熊でさえ考えるだけで現実としてこうしてあるのだろうなどと、およびもつかなかったことが起っていて、そして確実に裸になる方向に進んでいる。田熊は、どこかで醒めている種類の人間であると自らその時は思っていたから、障子を裸にしきった時、まだ夜にはなりきっていなかったのだが、その裸を美しいと思った。そして自分が裸であることにも気付いていた。障子は恥かしさの中にいて、裸が自分でその裸体をこの場に作ったのか、あるいは田熊が不器用な手で障子の肌着までをも剥ぎ取ったのか、その過程を考えようにも、どうしても考えることができなかった。突如として裸体の障子がそこに裸のまま立っていた。何ともわからない恥かしさと言えばよいのか、あるいは別の消えたいような感情が障子の中に湧き上って来て、しかし、やはり裸体の田熊を見ていた。二人はただ裸で、田熊はその男根をやはり水平より少し上向きに立てて、障子の黒いあの部分を見ていて、躊躇していて、やがて心がその放心の状態から自分を取りもどして、顔を見合せした時、障子は笑っているように見えた。田熊も笑って、それが恥かしさを隠すためのものか、あるいは別の見なれていない異性の裸体を驚きの続きのふと見なれた障子の親しい顔があって安堵したためか分らなくて、多分その両方だろうけれど、兎に角二人は笑ってから田熊は近寄って暖かい、やわらかな自分とは違っていても自分と感じられそうな障子の体温を抱いて感じた。二人はどうすればいいのか、その時分らなかった、と言えば嘘になるだろうが、しかし本当には分らなくて、田熊は勃起したものを無闇につき立てたかったし、障子は広げて何かに入ってもらいたかったのだが、それがどんな風に行えば嬉しいのか、あるいは、このことは単に強姦とはどこが違うのか、などは分ることではなかった。こんな風なことが起って、その夜が明けると朝が来て、田熊と障子とは眩しい二人になっていて、と田熊はやっと自分が今列車に乗っていて毬子のむき出しの適度に脂肪のついた腕に触れたくて、触れればどんなにいいだろうと思っているのを、もう一度思い出した。「そうだ、毬子の肌を考えようとしていて、いつの間に僕は障子の、あの今ならばもうどうでも関心のなくなっている障子のことを思い出したのだろうか」と田熊は考えながら、もう彼の横に毬子がいないのを確然とではなくても、薄々はそれは触覚のようなものとして感じていたのに、今田熊はまた彼の懐古趣味の中へ自分を落し込んでいるうちに、現実のものがそれはまるで魔法にでもかけられたように、いなくなっていた。いや、そんなことはなくて、ただ田熊が勝手に自ら過去の自分の中へ気分を出して没入していたに過ぎないのである。その間に汽車がいくつかの停車場で止り乗客を降し、幾人かの乗客を乗せ、そんなことを五回は繰り返していて、丁度五回目の小都市で毬子が降りた筈であって、そのことに田熊が気付かなかっただけであった。と、こんな風に過去の中へ自分を封じ込めるのは年齢がもう若くはなくて、自分で自己の過去の中に入って行けるだけの過去を親しく、しかも大きく持っていて、むしろその中で現実を生きていて、今生きている自分を古いもので覆ってしまっているからに外ならない。すると現実に起こっていることの新鮮な記憶されたものとは全く異なっている現象が、ただの田熊の過去のもの、田熊の中で変容されてしまったものの再現という形でしか現われないから、そこには現実がなくて、記憶まじりの現実があるにすぎなくなって来る。田熊はとまどってしまって、ここには毬子のむき出しの手を一寸伸ばせば触れることの出来る現実があっても、それは田熊が思い込んでいた他のどの女性とも違うものであるのに、田熊はもう障子の膚のことを（このことは思い出すだけで嘔吐が出そうである）あるいは優子の健康な褐色に陽焼した肉体を思い出していて、現実にすぐそこで触われる、しかもごく自然に相手に気付かれることなしに、感じることのできる現実を逃がしてしまった。田熊は次の駅で降りて次の汽車かあるいはバスかで毬子の後を追うことができる、と思った。しかし、もうあの弾力のあの形のよい腕に触れることは今日はできない。それでもいいじゃないか。以前に、もう毬子の勤務先の事務所の事務器具を販売している小綺麗な、と言うのはこの事務所は最近建てられたものらしく、まだ新しくて事務所の部分と倉庫の部分とが別々になっていて、倉庫がそのまま商品の陳列室になっているから、従来の倉庫の持つあの暗い嫌らしさがなくて、蛍光燈の光が明るいあの建物を知っていて、そこへさえ行けば毬子に逢えると思ったからである。そうではなく、このまま汽車の心地よい震動に揺られて点在する農家やほとんど規則正しく区分されて面白みのない田や、あるいは森のように高い杉がその太い幹を見せて社の屋根の高さのところで、やっとこんもりと枝や葉をつけている緑の深い塊や、遠い恐竜の背鰭のように幾分不気味に見える立ち上った山々の陵線や、その向うの空そして何の心も動きそうもない、毬子のいない車内を見たりしながら、この怠惰の中に時を過ごせば列車は決まって終着駅まで田熊を運んでくれるだろうから、そうしてみるのもいいと田熊は思った。

　田熊は戻って、やはりあの明るすぎる倉庫のある事務用品店の前を歩きながら窓を通して毬子を眺めていた。彼は誰に見られても怪しまれずに中を覗くことができはしまいかと思いながら、それこそゆっくりと止まるように歩きながら、特に毬子が見えるだろう事務室の前の窓では首を長く伸ばして覗き歩いたのに、毬子を見ることができない。「今はここにちょっといないだけだ。すぐもどって来るに違いない。別に急ぐ必要もないじゃないか。いると分っている所にいて、偶、今いないだけのことなら間違いがあると言うものだろう」と田熊は思って通り過ぎた。しかし、ここまで来てしまえば一瞬でも早く見て安心したいと思うのは普通だから、田熊は百米も行かないうちに、もうもどって来て、と言っても商店街を一定の方向に向って歩いている男が何のことわりもなしに急に今来た道を引きかえすのは道理に合わないように思えるので、そこまではゆっくり歩いて来ていても、そこで急に何か忘れ物でもしたように早足でくるりと身体を来たその方向に向けて歩き出さなくてはならない。そして、あの事務所の近くまでは早足で。だが、そこに来ると今度はゆっくりと窓を見ながら歩かなくてはならない。「よく見なくては、あまり幾度も同じ道を行き来するのはおかしい。第一そんなに人通りがない道だから、目立つにきまっている。歩く回数はへらしても、ゆっくり、分るまでゆっくり見る必要がある」と自分に言い聞かせながら、田熊はもう一度同じ窓から覗いた。やはり、いないのである。そして、中年の白毛まじりの男が二度とも嫌なうさんくさい目つきで田熊を見ていた。「用事に出かけているのかもしれない。待つとしよう。とすると、どちらの道で待っていると合う可能性が多いかを考えなくてはならない。こっちは商店街の中心部へ行く方向だから、こっちの方がいいか、あるいは、もし農家へでも机か何か事務用品を持って行ったのなら、しかし農家に机はいらないかな。だが彼女は配達をするだろうか。車か。いや、すぐそこまで何か例えば煙草のようなものを買う簡単な用事かもしれない。だったら、こっちがいい。それにしても、あの男は僕を警戒するように何回も見ていた。変な男だ。まあ気にすることもないだろう」と田熊は考えて、中心街に近い方の道で待つことにした。待つと言っても、いったい幾時間待てばいいのか、とは考えないから、ほんの十分も待てば毬子が帰って来るものだと田熊は思っている。田熊は、ただ毬子に逢って、話しかけることすらせずに、ちょっと見て、それでそのまま汽車に乗って帰るのだから、こんな行動が田熊と毬子との間にどんな関係を生じさせることもなく、ただ田熊が毬子を見て喜ぶと言うことだけで終って、一体それで田熊が満足なのかと言えば、そんなことはなくて、田熊は、やはり毬子を自分のものにしたいと思っているのである。と、先程事務所にいた白毛まじりの中年の、どこと言って特長がないが、それでいて嫌な感じのする男が田熊の前を早足で通りながら、おやっという顔をして、次に、やはりあの警戒する顔に変えて、うさんくさそうに田熊を見て、コーンパイプから出る苦い煙を口から吐き出して先へ行って、もう一度ふり返って田熊を見た。

三、尾行者

広根は革命と言う言葉を聞くと身体が震えて止らない程の興奮を感じてしまって、それは広根の血の中に決定づけられてあるのか、何かを始めないと、そして例えば足で空を蹴ったりでもしなければ、その興奮を静めることができないという性質を持っていた。彼の頭脳に、もし言葉と言うものが一定の範囲に分布しているものなら、脳の大部分は革命と言う言葉で埋まっていて、あるいは革命と言う言葉とどこかで繋がっている事柄で埋まっているに違いない。広根は朝まだよく目の開かないうちから道を歩き今は期待に満ちた顔付で茶のコールテンの上衣の男を追っている。別に人通りがなくとも通勤のために駅に向う人々の群は、やはり多く、その大部分は足早に、精一杯朝寝坊をしておいてその分を早足で取りもどそうとするように、それこそ駆けるように、大勢が一群をなして乗り物に向って動いて行く中を、それに逆らって行くのは流れが逆であるから追うのに至って楽である。と言っても、ぴったりと横をそれこそ友人同士のように歩くわけには行かないから、五六歩の間隔を取って相手の速度に合わせて、歩かなくてはならない。広根が茶のコールテンの上衣の男を追って行く理由は、興信所の尾行とは違って、相手がはっきり彼達の検査の対象となる人間かどうかを見きわめるためにだけあるのだから、仲間だと初めから分ればすぐ肩を叩くなり、相手の前へ回って止めるなり、声をかけるなりして、「僕は君の仲間のものだ」と言えばそれで話が通じるのだが、それが分らないから尾行しなければならないのだし、もう一つは、他の仲間ではないどんな人にも広根達の本当のことを知られてはならないと思うから、慎重さが必要であって、こんな具合に広根は追うより仕方がないのである。「この男を観察して、仲間だと分るようにしなければ」と広根は思いながら、どうすればこの男が革命家だと分るかを考えて、その端的な方法を、そして、もしこの男が仲間ではなかった時、それをただの人違いと見せるように、間違って言ってしまったと思われるように、そんな風に話さなくてはならない、と考えた。先ず相手に広根が尾行していることに気付かれないでいるのが一番いい。そうすれば間違えたって、おかしく思われなくてすむし、こっちも逆に相手から探られなくてすむ。こんな広根と茶のコールテンの上衣を暑いのか脱いで青色の本を持った手に一緒に持った男との相互の運動を外から見ていると、広根は嬉しそうに足取りが軽く早くなって、結構足の早いその男に近づいて、殆ど肩を並べてしまう。そして、どうしてもこの男の顔を見たいのか横目で見て、慌てて「近づきすぎた」とでも考えたのか、速度を緩めて少し間隔ができると広根の顔は雲って早く男に追いつきたくて仕方がないらしく、また近づいてしまう。こんなことを幾度かやれば、誰だって自分がつけられていると分ってしまうに決っている。勿論広根にだって、そんなことは分っていて、そうはしたくなくても、心が弾んでどうしても止めることができない場合だってあるのだ。三度程そんなことをやって、これ以上しては気付かれるからと自ら思っていても自然に足がそうするんだからと、まさに彼と肩を並べようとした時、後ろから革のサンダルをはいた、薄よごれた赤のベストを着た男が「やってますな。嬉しそうですな」と広根に近づいて来た。この男の軽率な行動と、おしゃべりにはうんざりしている広根は、嫌な男に出合ったものだと考えながら、しかし、この男は金輪際広根から離れないだろうと思った。目的は分っている。金が欲しいのだから金さえやって、何か例えば、「田熊君と検査でもしていてくれたまえ」とでも言えば、彼は愛想笑いの一つも浮べて広根から去って行くだろうが、もし金をやらなかったら、絶対に広根から離れることはないだろう。どうせ広根のことを昼食かなんかだと思っているのだから。と言って邪険にすれば、仲間の所へ行って広根のことをどんなに悪く言いふらすか分ったものじゃないし、勿論広根自身に後めたいことがなければ、そんなことに気遣う必要はないのだが、人の心と言うものは猜疑心で埋まっているから、ちょっとでも疑える芽生えでも吹き込まれたら、あとは憶測の方法でもって、どんどん邪推を重ねて間諜にしたてられかねない。そんなら、まあ体よく扱って、なんなら昼食ぐらいはいいじゃないか、と広根は財布の中の金高を計算してみた。

「あの男ですな、広根さんの狙いは。いや全くお目が高い。あのジーパンなら歩きっぷりと言い、ひどくよく動く目玉と言い、手に持った青色の本の意味ありげな持ち方にしても、ねえ広根さん、あなたが目をつけるのは尤もだと思いますよ。私だって、あんな男にあったら、きっと夢中になって、あなたと同じように追いかけますよ。あの歩きっぷりは何とも言えないね。脚が軽やかで、あの脚ならマラソンを駆けさしても、くたびれることはなさそうで、とぴっ切り上等ですよ。それにあの手の振り方、上着と本とを片手で持って、しかも優雅なんだなあ。あんな風に持てるのは、あの男の外にはいませんよ。あの手は、きっと爆弾を持つにはうってつけでしょうね。いや、ありゃ只者じゃないな。広根さんの思う通りだ。いえね。私が向うから来ると広根さんがいつもとは違う大真面目な目付きで、丸い身体をそれこそ緊張で一杯にしてやって来るでしょう。私には、どうして広根さんがあんなに真剣なのか分りましたね。こいつは今日はいい日だ。広根さんに会えたのが第一だし、その広根さんがあんな風に男を追っているんだ。とすれば、この男はよっぽどの男に違いないと思ったんですよ。こんなに朝から一度に二つも、いい事が重なるなんて、いや今日はきっといい日に違いないと思いますね。私はね、根が単純で馬鹿でしょう。今さら自分の口から言うのもおかしいが、だから、いいな、と思うと、それで一度に愉快になって、今だって、ほら、こんなに愉快なんですよ」と広根は牧の話を聞くよりは先方の男のことの方が気になるし、そう大声じゃ気付かれたら困ると思って時々牧に騒ぐなと言う風な嫌な顔をして見せても、牧は一向にそんなことには頓着しないのか、まくしたてている。牧という男はギリシャ風の、あるいはギリシャ時代の人々を真似て生きていたいと思っているのか、本当は自分の前頭部が禿げていてソクラテスに似ているつもりか、話をし出すとソクラテスを引き合いに出して、話をする。それには訳があって、牧はアポロギア以外の本を読んだことがないのである。おおよそ本など読んだことがないのに、ある時、と言っても、もう十二年も前になるだろうか、本屋の中にいて本を一冊どうしても買いたいと思って、なんでもいいが一番安いのと文庫本を見ていると、薄い手頃な、そして安い本があったから、それを買い求めて、それが偶ソクラテスの弁明と言う本であったにすぎない。それから彼はすぐに感動してしまって、あの薄い本を幾十回、いや百回以上も読んだだろうか、と、すぐに牧は自分があるいはソクラテスではないかと思ってしまって、それ以来、牧は現代のソクラテスは自分である、勿論、時代が違えば考え方も変わるし、行動も違うのだから、ソクラテスが「金をもらって人に教えたことはない」と言っても牧は別に「金をもらって知識を教えてもいいじゃないか」と思ったり、もっと極端な場合なら「金さえもらえば」それだけで十分だとなっても別になんともない、と思うようになった。これを外から見ると全く乞食のようだが、本人はそうは思う筈はなく、第一ソクラテスでさえ余り履かなかったサンダルを履いて、あちこちを、時には市場や通りを歩いて話をしては食事にありついているのである。こんな風に市場だとか通りだとか言う言い方が気に入らない、あんまりソクラテス的ではないか。今風なら電車通りのデパートの前でとか、駅前にいて、とか言う方が本当だと思う読者がいれば、広根と田熊とがしている仕事は、その場所としては適当である。牧の一番気に入っている所は、ソクラテスがその死に臨んで自ら自分の罰を言わねばならぬ場面において「即ち私は自ら出来得る限り善良かつ賢明になるやうに、先ず自分自身のことを顧慮する前に、自分に属する事柄を顧慮しないやうに、また国家そのもののために顧慮するやうに、その他一切の場合にも、この順序に従って物事を顧慮するやうに、諸君のうちの何人をも説得することに努めて来たのである。然らば、核の如き人間であるがために私が当然受けるべきものは何であるか。それは何か良きものである、アテナイ人諸君よ、苟くも賞罰が真に当然の評定を受くべきであるならば、しかもそれは何か私にふさはしき良いものでなければならない。然らば、諸君に忠告を与えるために閑暇を必要とする一人の貧しき功労者に、ふさはしきものとは何であろうか。アテナイ人諸君、かくの如き人には、プリユタネイオンにおいて食事をさせる以上にふさはしいことがないのである。」（ソクラテスの弁明、プラトン著、久保勉訳註、岩波文庫版）と言う所があって、このプリユタネイオン（市民館）において食事をとる所が牧には非常に気に入ったのである。勿論、市民館において食事をしたのは外国の使節や勲功者、戦死者の遺族やオリンピックの勝利者等、国家に功労のあった人々に限られていたのである。しかし、兎に角、自ら功労があったと主張して、それによって食事が出来て、しかも只で、相手が感謝するのであれば、これ程よい事はない。牧はすっかり気に入ってしまっていて、ソクラテスは自らこの罰を望んだのに、結局毒杯を飲まされたのだが、牧の場合は、たとえ相手が不本意であっても食事を持ってくれるのであれば、ソクラテス以上と言うことにもなる。だったらソクラテス一派の人々のように裸足で歩く必要などなくて、サンダルを履くのも当然よいことになる。今日も今日とて、牧は知識と弁舌とで昼食にありつけそうなのであるから、気分はますます爽快になって、弁舌はそれこそソクラテスの産婆術とまでは行かなくても、あの少年のテアイテトスを前において、ゆっくりと順に知識について述べているソクラテス程にも心地よく、牧は話す度に禿げている顔の汗を左手で拭いながら、その磨かれたように光っている前頭部に汗が出て来ると、それが光線を反射して光るから、なんだか川の中で濡れて美しく見える赤石のように、彼の禿の部分も膚色が赤に近く、美しく変って見えて、そんな時の牧はきまって話を中途で止めたり、昼食を諦めたりしないのだった。ソクラテスもきっとこうしただろう、と牧は禿を拭いながら、アリストパーネスが蚤をソクラテスの頭で滑らした、そんな恰好の禿頭をその後、一つぽんと叩いた。

広根は、この厄介な話を殆ど聞いていなかった。それでも時々は相鎚を打って前の男から目を離すのさえ不満であって、速く牧が話をやめてくれればいいとばかり思っていたから、ろくに牧の話に返事もしなかった。牧はそんな広根を知っても別に気にも止めずに、「あのデパートの前を右に曲るつもりでしょうね。しかし、よく見るとあまりいい男とばかりは言えませんな。快活だと思っていた歩きっぷりは、どうも軽率な躓きやすい歩き方にも見えるし、しなる腕は遠くへ物を投げるのに適していても、重い荷物を持って長時間、確実に運ぶのには不適当でしょうね。それに全体から受ける快活そうな素振りとよく動く目は、そのまま軽薄な彼の性格を現わしているのかもしれない。あれは、ひょっとすると、食わせ物かもしれないな」と言うのは、広根が牧よりは前の男に気を取られているのが気に入らなくて、牧の相手をしてくれと駄々を捏ねているのである。広根は、もう牧を相手にするのをやめようと思って、「昼食はあの男との決着をつけてからおごるから、ちょっとは静かにしたらどうだろう」と言った。「やめろと言うんなら止めもしましょうがねえ、何も昼食のために私はこうしてるんじゃありませんよ。昼食なんて、なくたって、どうでもいいんだから、ただ広根さんの手伝いを……」と不服そうに言葉を口先だけで言って、それでも内心では昼食のことを考えて、ほくそ笑んでいるのであろうし、照隠しに、あとは言葉にならない言葉をぶつぶつ言っているのであろう。広根は、デパートに沿って曲ってしまった男を見ていて、速く彼の姿を見たくて仕方がないのに、牧は口でこそデパートの前を曲るようなことを言っていても一向に急ぐ気配はないから、歯痒い気がして、もう一度「無駄な話はやめろ」と怒鳴りたかった。思った通りだ。「もう、長髪の軽々とした歩きっぷりの男は、どこにもいないじゃないか」と広根は本当に怒ってしまった。本当に彼等の視界の中にあの男はなくて、朝のまだ開いていない、人気のないデパートのショーウィンドウの中に、裸のマヌカンが両手を前方に出して手を広げて、きょとんとした目をして広根の方を向いているのが、白けた感じを広根に与えた。広根は小さい肥った身体を、遠くを見ようとして背伸びして、彼が行ったに違いない方向を見ようとしたが、そんな風にしなくても、人通りは少なく、行く大方の人々はこっち向きであるから、その中を逆に歩いている男がいるとすれば、分る筈である。「一体このアーケードは、どうしてこう見通しが悪く作ってあって、もっと明るく遠くまで見えないんだろうか」と、広根は自らの目の悪さと同時に、アーケードと言う人工天井の如何にも便利だろうと作られたものの暗さに腹を立てていた。広根は、もう一度、四つ角にまで戻って別の方向を見てみても、確かに彼はこの道をデパートに沿って曲ったのに間違いはないのに、それすら信じられなくて、四方の今広根と牧とがやって来たその道さえも見てみないと気がすまない。ここを確かに彼はデパートのショーウィンドウに沿って曲ったから、そして広根と男との距離は十米しかなかったのだから、もし男が四つ角を曲って急に駆け出したとしても、広根達が男を見失う程遠くへ行っている筈がない。だとすれば、まだ近くにいる筈だし、第一この道じゃ隠れるにはデパートだって開いていないし、向いのパチンコ屋もまだ幕を引いたままである。しかし、早く判断をして行動をしないと、その間に男はそれだけ遠くへ行ってしまうことになる。「牧君、見失ったじゃないか。君があんまり話しすぎるからだよ」と広根は腹立ちまぎれに言った。「広根さんは何かと言うと、私が悪いように言いなさる、なる程、私は話をしていましたよ。だからって止っていたわけじゃないし、男を見ていなかったわけではないし、現にあなたと、あの男を協力して追っていたし、どうして私だけが悪いんで。もし悪いとすりゃ、五分五分ということでしょうな。いつも、良し悪しというのは五分五分という性質のもので、勿論どっちかと言えば、ソクラテスは悪くはないのに、青少年を堕落させるというような理由をつけられて、彼自ら毒杯を飲んだんですからね。その末裔の私が濡衣をかけられるのは仕方のないことであるんだろうし、いつも私はこんな風だから、ソクラテスなんでしょうな」と、一向に広根に協力をしていないから、広根は、「勝手にしゃがれ」と、そろそろ開き始めた商店の一軒一軒の戸を開いたり、覗き込んだりしながら、進んで行く。牧も捜しているふりをしているが、牧にとって大切なことは昼食でしかないから、そんな余分の男など、いてもいなくてもいいのであって、やっと開き出した喫茶店か何かで疲れ休みにコーヒーでも飲みながら彼のソクラテス的思考方法を用いて話でもして、時にはヨーハン・セバスチャン・バッハの音楽でも聞いて、もしその喫茶店に若い美少年でもいたら、その男に近づいていって、その太腿でも触れながら、あわよくば、その男らしいまだ女性を知らない陽根にでも触れれば、それは本当に楽しいことにでもなるのにと考えている。「君はこの道を先の方まで走っていって見て来いよ」と広根は牧に指図して、自分は亭主らしい男が片方の戸をやっと開けている洋服屋に跳び込んだ。そのすさまじさに、亭主は声をかけるのさえ忘れて、広根の後ろについて店の中に入ると、広根は既製服を一枚づつ引っぱって、その中にまるで人でもいるように捜すから、亭主はやはり怒って、「買うんですか、その洋服を。その寸法じゃ、あなたが着たら全く大星由良之助のはかまになりますぜ。全体、自分をわきまえなくちゃ」と言う。「えっ、僕が洋服を買うって、とんでもない。どうして僕が洋服を買うんです」と怪訝な顔をして広根は亭主の顔を見た。「買わないんなら触らないで、とっとと出て行きなさい。うちは洋服を売ってるんだから」と亭主が言うのはもっともなのに、なにしろ、もう頭へ殆ど血が上ってしまって理性を失っているから、「あんたが洋服屋だってことが、僕に何の関係があるんです。うるさいな。少し離れて、あんたもあの男を捜せばいいんだ」と言う。「出て行ってもらおうじゃありませんか」と亭主もとうとう怒って、これは本当の丸禿の頭を蛸のように真赤にしているから、如何にのぼせていたとは言え、やはりその亭主の顔を見て、広根は吹き出してしまうと、亭主は益々怒って、そこにあったマヌカンの手を取り外して棍棒の代りにふり上げて、広根を目がけてなぐりかかると、もうこうなったら広根だって逃げるしかない。外へ跳び出した。次のカメラ屋に入ったが、ここには隠れそうな大きなものも、戸棚もなくて、ガラスのショーウィンドウの中に女性の裸体の写真が種々の大きさに写っていて、そのどれもは下半身はうしろ向きで、顔は振り向いて前の方を見ていて、その尻の量感がある広がりと割れている部分の黒々とした深みとが妙に情欲を広根に感じさせた。次の店では、各種の時計が壁に幾つも、あるいは幾百程もあると思える時計が、思い思いの時間を差して動いている。時計の随分古風な、大きい柱に懸っているのが、ボーン、ボーンと間の抜けた、けれども郷愁をそそる響きで時を打った。その時が、今の正確な時間である筈がないのは、あの古ぼけた外観からも分って、もしこの時計が正確に今の時間を打っていたとしたら、とてもおかしくて笑いこけてしまう程のものである。ここを出ると細い道があって、そこは歓楽街であって、どの居酒屋も、飯屋や料理屋やレストランと言うような名を付けている店も戸を閉していて、朝はなかなかやって来ていないように見える道は、先の方で石垣の積まれた椎の古木のある神社の手前で右に折れて、ずっと続いている。広根は駆けながら見通しのきく四つ辻まで行って見たが、あの男ばかりか人っこ一人通っていない中を、肥った豚のような犬が一匹、自動車にでも轢かれたのか後足をひきずりながら、人の食い残した汚穢をあさっている。走っていって戻って来て、もう一度大通りに出て来て、一度くるりとあの鋲のある踵でまわった。牧の頭は前方には毛がないので、すぐに分っても、後頭部には縮れた毛がもう長く伸びていて頸筋の所まで届きそうなのが、一本も前へは行かずに、後の方を向いて伸びているのが見えて、それが牧だとすぐには分らない。そのくせ、こっちを向くとあの禿げだからすぐ分って、牧はぶらぶらと散歩をしている時のように全く捜し物などしていない様子でこっちへ戻って来る。いないのである。広根は落胆してしまって、それは無理もないことであった。広根が革命家と言われる人間達と以前行動を共にしたことがあって、その人間達の群の中に広根がいたことが、今でも広根の誇りの大部分をなしていたから、こんな些細なことでその一人らしい男を失うのは、何とも言いようがなく淋しかった。そして広根が「Ｓ」と言う時、それは恐怖なしで言うことができない言葉であるにせよ、しかも広根がどんなに「あの嫌なＳ」に触れたくないにもせよ、革命家の人間達と共に行動した時の、ある平原での出来事の一端として思い出すのであれば、やはり広根の心には親しいものと取らざるを得ない。広根はまた商店に入ることを始めて、それがどんな種類の商店でどんな人間が中にいたかを書いても、ただ重複するだけで一層煩雑でもあるから、ただ広根がそんなことをあと十五分も続けてやったことだけを報告する。牧は、広根が入っている商店の前で、癖である顔をしかめて見せる方法を幾度かやって、どうすればソクラテスに似ているかを自分で演じている。そして、そのどれもは下品で到底真底から愛知に満ちているソクラテスと似ていよう筈はなく、ただの思いすごしに過ぎないことが、牧の行動のどの部分にも出ている。「いない。もうここにはいない」と広根が言った。「ええ、いませんとも。しかし諦めなくてもいいようですよ。まだ、この市には居るんだし、何も今見付からなかったからと言って、金輪際見付からないとは決っていないから、そのうちどっかでまた会いますよ。広根さんの熱意があれば、誰だって動かされるに決まっているんだから」と少し間を置いて、「コーシーでも飲みませんか」と牧が言った。ほら、またかと広根は思って、この男はコーヒーを飲むことの方が目的でこうしているのだから、茶のコールテンの上衣の男など、どうでもいいんだ。それを親切ごかしに捜して見せるのは、彼の所謂コーシーと言う奴のためなんだ。と広根は考えながら、「コーヒーどころじゃないよ。僕はね。あの男に賭けてるんだよ。十五日も彼のために待ったんだよ」と言ってやはり落胆を隠そうともしなかった。しばらくそうしていて、一人はもう諦めて、もう一人はまだコーヒーは残っているし昼飯なら絶対にありつけると内心では思いながら、そのために、しょげた顔付をして並んでデパートの前まで戻った所で、「さて、もう一度、駅で検査でもやるか」と広根は言った。広根の前に男が立っていて、広根の歩くのを邪魔をしているらしく、どうも歩きにくい。牧が先程から何のつもりか広根の洋服の裾を引いている。どうも面倒な奴だ。金をくれてやって追っぱらった方がいい、と広根は上衣のポケットから財布を取り出そうとした時、牧が「あいつですよ」と、小声で広根に言った。もう三十秒も待てば欲しい金がもらえると言うのに、それをいらないと言うのか、と思って、「君が金をいらないなんて、一体何が起ったんだい。おかしいじゃないか」と言うと、牧は「金は欲しいけど」と小声でぶつぶつと言って、少し大きな声で、「じれったいな。前に探してた奴がいるんですよ」と言うから、広根は驚くより仕方がない。「僕を尾行してるんだな。君。理由を言いたまえ」と涼しい茶の虹彩の目を幾分険しくして言うのを、広根はただ嬉しくて、兎に角向うからやって来たのをどうしても捕まえておかなくてはならないと思う。「あなたが尾行されていると思うんなら、広根さんと私とは尾行していることになるし、あなたがそう思わないんなら、別に尾行なんかしていないことになるし」と牧は何を思ったか殆ど意味のないことを言って、それでも繋ぎ止めようと努力しているらしい。「君達は現に尾行したじゃないか。僕は知ってるんだ。君の方からその理由を言うべきだ」と、またこの男は広根の方へ歩を進めて言った。「あなたを私は、広根と言うものなんだけれどあなたと話をしたいと思って、その機会を待っていただけです。で、もしあなたが興味を持って私達とほんの少しの時間、一緒していただけたら、私のほうからその理由を言いましょう。どうでしょう」と、広根は笑顔を作りながら、言葉や表情はなごやかでも、どうしても、もう離すものかという意気込みで言った。「僕は、なぜ尾行していたか、その理由が聞きたいだけだ。」「であってもねえ、言葉と言うもので通じ合えるでしょうから、何より、ゆっくり話すことが必要でしょうな。話し合いさえ始めて、お互いが糸口さえ見つければ、あなたの警戒心もなくなって、例えば一緒に飯を食べたりできるだろうからね。このことは大切で、なんて言ったって食事を一緒にしさえすれば、もうそれで話がうまく行くにきまってるんだな」と牧はどんなことが起っても食事のことを忘れないから、立派でもある。「僕は君達と話すことなど望んでいない。僕には君達の尾行の理由を聞きたいだけだ」と強力に広根に寄って来て牧の方を見ると、牧はその頭に汗をかいている。「じゃ歩きながら話すことにしてはどうです。道の真中で立ち話もできないし、私があなたに話すことを他の人に聞かれたくはないんです」と広根は半分本音を言いながら、この都市で公園と言われている城跡へでも行けば、少々大声を上げても人に聞かれる心配はないし、この男がもし仲間でなければ、拳固の一発くらいはこっちからおみまいしても人目につかないだろうと広根は計算をしてみた。そう思って見ると、この男は暴力の面では強そうではなくとも、走る方は早いだろうから、最初の一撃をこっちからおみまいさえすれば、当然逃げ出すだろう。と広根は、こんな時はやはり牧も手助けになるだろうからと、牧を促した。男は、しぶしぶ広根達と一緒について来るようであった。勿論、心の中には好奇心が詰っていて、これが広根と牧との後を追う原因となったものであるが、それが結果として良かったか悪かったのか、そんなことはもう少し時間がたってみないと分らない。

　石垣が規則正しく美しく、しかも重厚に積み上げられた正方形の底辺から直角に近い傾斜で石が重ねてあって、それが時代を経ているから、本当なら石垣の間から苔などが生えているのが普通であるのに、ここにある石の壁は完全に合うように前もって石が正確に削られてあるのか、苔の生える程のすき間すらない。男はこの斜面に寄りかかって広根の方を見ていた。木々があって、それは当然この城が作られてずっと後に植えられたか、あるいは自生して来たものであろうが、公孫樹の影が彼等三人の上に落ちていて、陽差しをさえぎっていたので、涼しくはあっても、三人の男達はその間にいて、本当に無口で、これから起ころうとしていることが何か重要なことで、先程デパートの前で無駄口をたたいていたのとは別の緊張を漲らせていた。こんな空気にあることは普通の社会においては珍しいことで、大方はもっとなごやかな、あるいは妥協した関係にあるものなのに、ここでは対決に似た冷たい真剣な、一度始まったらもうどうにもならない、そんな事柄が起りそうな気配であった。広根は熱望していても、やはり言葉の持つ危険を知っていたし、もしこっちの正体が相手に分ってしまったら、どんなことをしてでも相手を殺してしまわなくてはならないと考えていて、この男があんな風に詰め寄らなかったら、この男もそんな目に合わなくてもよかっただろうに、と人生が、ほんのちょっとしたことで変り得ることを広根は良く知っているからと、胸のポケットに持っている短剣のことをちらりと考えた。牧もそんな広根の行動力を知っているから、そうはならないように、広根の狙い通りこの男が仲間の一人であればよいと思っていて、もし仲間でない時、牧がこの男に一撃をくらわして、少しこっぴどくやれば、そしてこの男が向って来ずに逃げ出せばその方がいいのだが、なまじっか喧嘩を知っていて向って来るようにならなければいいのだがと、相手のあの深い疑いのある黒目を真中にした茶の虹彩を覗くように見ていた。勿論この男は手に上衣と青色の本を持っていて、その上衣を首の所に指を入れて肩にかけていながら、その手に持って、もう一方の右の手の肘を軽く曲げて、石垣にもたれていた。脚は交叉していて、その格好は、散歩している男がちょっと連れと話をするために木陰に入って身体を休めているように見えた。しかし心では敏感にその場の雰囲気を把んでいて、万一の場合どちらの男にあたって、それからどう逃げればよいかを考え、もし相手が弱ければ最後まで戦ってもよいと考えているようにも見えた。最初の言葉が全てを決定するようだから、言葉を選ばなくてはならない。一番いいのはこの男が仲間であることだから、しかし仲間であることとないこととが、この場ほど三人の人間を決定づけることになる場面が外にはなくて、もっと気楽に、例えばふと駅頭で合った知らない同志が煙草の火を借りるように、そんな方法で確かめ合えれば、どんなに良いだろう。広根とこの男との間には、こんな関係になることはなかった。いや、広根と田熊とが求めている人間達との出合いがこの男と合ったのと別の方法で、例えばもっとなごやかに行われるなんてことは、顔見知りである場合を除けば絶対にあり得ないだろうことは考えられる。勿論、相手が全くの馬鹿で言葉の意味さえ分らない程ならば別であるが。「端的に言うしか方法はないようだ」と、広根は興奮を押えながら、しかも最も安全な方法で言い始めた。「あなたはどんな理由でこの町に降りた。このことから話を始めよう」と広根が言うと、男は「僕の方が聞いているのだ。そっちから、どうして僕を尾行したかを言うべきだ」と同じことを言った。「しかし、もし私が言ってしまったら……いや、私の方から聞きたい。と言っても、どうも無理のようだから」と決心して、「アフイスタマイという言葉を知っているか」と、目をまばたかせながら聞いた。「〝離反する〟を意味するギリシャ語じゃないか。それがどう関係するのだ」と、男は広根を見ながら言って、その目に一瞬、軽蔑とも誇りとも、あるいは親しみとも取れるような翳りを浮べた。広根は「知っているな」と思いたかったが、ギリシア語の、こんなたった一つの動詞なら、ギリシア語を知っている男なら誰だって知っているかもしれない、と自分がギリシア語を知らぬから余計不安であって、どうも決め手にならない。「アフイスタマイと言う雑誌を読んで来たのか」と、広根は破れかぶれで聞いた。ここまでなら、もし知らないと言っても、まだ喧嘩ぐらいで別れることができる。しかし、これ以上なら、こっちが危ない、と思った。「雑誌の名だと言うことは分った。その雑誌が人をここへ集まるように呼んでいるのか」と、逆に男が広根達に追って来るので広根は目をまばたかせて、もうこうなったら言ってしまって、後はその結果を待つしかない、やってみるだけだ、と思った。「そうだ。仲間を呼んでいるのだ。君はもう気付いたと思うが、この活動は非合法だから、もし君が違うと言ったら私は覚悟がある。しかし、だからと言って、ごまかして仲間だと言ってはならない。もし本当に仲間なら君の方からその確証を出したまえ」と、広根はもうあとは殺すしかないと牧を促して逃げられないように気を配りながら、あたりに人影がないかどうかを見た。「どうやらあんた方は僕の仲間のようだね、僕の名はトミ、こう覚えておいて欲しい。だが、まだ証拠を提出していないから、あんた達は警戒していた方がいい。あんた達が警戒していた程、僕だって用心はしていたんだから。それはおあいこと言う奴だ」と、トミは言葉を切って、「走り出したら止まらない長い七つの頭を持つ大蛇よ。今お前が持っている情熱をこの大蛇に託せば七つの頭となって口から火を吹きながら、第二の首は剣を出して走る時、第三の首は弾丸は正確に、第四の首は鋼鉄の舌は……」と続く妙な呪文のような言葉を暗誦し始めた。これはまぎれもなく「アフイスタマイ」の巻頭言の文章の冒頭の部分であった。「さあ、もうそのくらいにしたらどうでしょうな。どうも何を言っているのか全く私のようにギリシア語を専門とする人間には理解に苦しむ文章ですな。大体ギリシア語を用いてこんな訳の分らない文章のようなものを書いた変な文学、確か黙示文学とか言うのがあって、その真似なんだろうが、それにしては下手なものを書いたもんだ。鳥野老人と言う人は変ってますからな。それより何より、コーシーでも一緒に飲みませんか。いい所を知ってるから、あそこなら、いや、あそこだからお互いもっとよく知り合えますからな。なんて言ったって口に食い物を入れるのが親しくなる一番の近道でしょうね」と牧は限りないおしゃべりを始めた。

四、鳥野老人

過去が蓄積されて、というのは時間というものが個人を通してしかあり得ないものだから、それは丁度人間が個人という形でしか出現し得ないのと同様であって、過去と言う時間の流れの蓄積がある時、それは個人の意識の時間の蓄積があったにすぎない。その過去が個人の体験を通して、個人が意識したものとしての時間が体験されて、それが文明とか文化とか知識とか経験とか言うものとして蓄積される。今知識と考えられるものが、過去の体験された時間の結果の大部分の蓄積であると思うならば、勿論知識は科学という方法を西洋的に作り出したもののみに限らず保存されているあらゆる個人の蓄積と考えればこのものは縦軸に無限程も長く個人達の時間を含んでいて、それが今目前にあるもの、例えば机だったりする。するとこの机は圧縮された個人の時間の中に作られていて、それはとりもなおさず技術というものが人の作ったものであることを示している。ものがあらゆる角度から、と言ってもこの場合ものと言っているものが、人との関りを持っているものという意味であって、全く人との関りのない地球内部のある岩石についてそのことは言われない。とするとここにある人工的なあるものに各々がその縦軸に長い時間を蓄積したものとして、誰かが手を下したものとして各々の時間を主張している。そこには古いものと新しいものとがあって、それが偶然今ここに自分の過去の深さを示しながら置かれてあって、一体幾千人の過去の時間がこんなちっぽけな机に入っているのかと思うことがある。そしてそのものを考え出した過去の人は現に雑多な国の人々であって、まだ殆ど人間と名付けれない以前の動物のようなものの個々の時間までもが、この机の中には入っていることになる。知識とか技術とか言われるものはこんな性質のものであれば、我々は仕方なくその過去の時間を、ある個人の個性のある顔として受け取ることはできないから、人間の過去の無限程の時間をそんな小さなものの中に圧縮されているのを見て驚くのがいいのかもしれぬ。だがこの埋れた過去から具体的なそして直接のものが今我々の前に現れたとしたら、それは驚きであってやはり個人というものがこんなものであったかということが知れて、安堵してしまう。

鳥野老人は木乃伊の腕を石臼で碾きながら、やがて入って来るだろう仲間達、と言っても鳥野老人にしてみれば彼等が鳥野老人を無理やり仲間にしてしまったのだが、その男達を待っていた。待っていたというのがある意志を示す言葉であればその言葉は適当ではなく、時間がたって例えば十時頃になれば彼等が現われるであろうと思っていた、と言った方がいい。彼等と言うのは広根と田熊の二人のことであって、時には牧を加えた三人であることがあって、もっとまだここに登場していない幾人かが同時のこともあった。鳥野老人は殆ど無表情に機械的に石臼を右まわりに碾くと、石臼がカツオブシのような茶褐色の木乃伊を重いしかし石と石とが接触するあの響く音ではなく、間に柔かな緩衝物の入った音がして、重く臼は廻っている。木乃伊の粉末は石臼のまわりからこぼれ落ちて石臼の下に敷いてある鹿皮のなめした黄土色の上に落ちている。それを見ようともせず鳥野老人は何を考えているのか目を中空に向けて時には頷きながら、時間が石臼の回転と同様の動きしかしないもののように石臼で粉末にされる木乃伊の量がそのままある一定時間と対応していることがごく自然のことのようにそんな時間の中に居た。もしある人がいて鳥野老人に年齢を聞けば彼はその年齢が幾歳であるのか答えることはできなかったに違いない。現に鳥野老人は自分の年齢が幾つであるのかを知らなかったし、一体彼に若い青年の時代があったのかなかったのかも思い出せないでいた。確かに老人であっても彼はいつか生れて、そして幼児期を過ごし少年期、青年期、壮年期を経てやがて老年期に至ったのであろうことは、人というものがこんな風なものとしてあるより他の方法がないという限りに於いては正しい。現に鳥野老人もいつだったかまだ自分が若くて、いや幼くてその母と一緒につれだって、白亜の建物と紺碧の海のある岩の多い海岸を歩いたことを思い出すこともできるし、またもっと別の例えば青年期の初めの頃美しい娘と一緒に深い大きな森の道を西洋風の尖塔のそびえる城壁の方まで歩いていったことを思い出すこともできる。しかしそれらは遠い現存する鳥野老人とは無関係の殆ど無に等しい例えば映画を見ているある一場面のような、架空のあるいは空想の場面のようにも思える。現在の鳥野老人はそのどの過去ともある時点で切り離されていて、鳥野老人がもし続いている過去を探っていたとしたら、それはもう老人であった過去でしかないし、そういう意味で彼が過去を思い出す時、彼の過去に登場する鳥野氏はもう老人であった。鳥野老人が老人であるのは彼の顔を見たり行動を見たりすればそれで充分にわかることであって、その深いそして筋肉の走行に沿ってできている無数の皺について説明して、そのどれもがある過去の苦悩と結びついていることを、そしてその一つの具体的な皺と苦悩とがどの程度対応しているかと考え、しかも殆ど鳥野老人が苦悩とは考えなかったある出来事までをも対応させてみることもできる。鳥野老人のことをもっとよく説明せねばならぬとしたら、当然ここでアハスベエールスのことを思い出さねばなるまい。何も大仰にキリストを持ち出してキリストが刑場に行く時彼の申し出を拒絶し、罵倒し、そのためにキリストが再臨するまで地上を流浪して死ぬこともできない永遠のユダヤ人の名をここであげなくてもいいかもしれない。しかしもし正確に鳥野老人のことを説明しょうとすれば、彼を持ち出すより他に方法はないのである。とすれば鳥野老人が一体幾歳であるかと問うのは全くの愚問であって、鳥野老人が七十歳に見えれば七十歳であると思えばよいし、ある場合に疲労の色が見えて九十三歳と思えばその年齢である。問う側が思う年齢が鳥野老人の年齢であるし、不思議にそのように話をすれば彼はその年代の人のように彼の過去のことを話すことができる。だからと言って千四百年代のヨーロッパの芸術について、特にジョンガウアーの銅版画についてその中の「十字架を担うキリスト」に現わされた曲線を主体とした螺線状に動く群像の個性ある人物の表情や動きを、二匹の犬と全部の人物がかならず手に何かを持っていて、そのどれもが人物が何を職業としているかを示していて、大声を上げてどなるもの十字架を引くもの達で茨の冠をつけたキリストを打とうとして、その縄が蛇のようにくねってまさにふり落ちようとしている、あるもの達は馬に乗っていて五頭の馬が別々の角度から描かれていて、尾部を見せているうちの一頭の尾が、女児の髪のように三つ編みにしてある、また個性の強い鄙猥な男がマリアに話をしていて、それらは一体となって大きな曲線を描いている中に止った二人の像が、それはキリストとマリアであるのだが、静かにしかも動に対する絶対的静として描かれている、この螺旋状の絵が描かれたドイツのこの時代の芸術について話したりはしない。彼は話さないとしてもいつも彼の居るこの板の間の部屋にはこの銅版画が、銅版画にしては大きすぎるのだが、かかっていて、時にはジョンガウアーの影響を受けたデューラーの木版画の中のヨハネ黙示録のミカエルが龍と闘っているものをまるで彼がそこの場に居たように思い出させたりする。しかしそれは後に彼が知識として得たものにすぎないのだろう。いや彼はデューラーに会っているに違いないのだが、とすればルターの顔を見たことがあったに違いないとしても、それを彼は現実のこととしては口に出したりせず、ただの知識として、誰かかってルターを見た人が語った話を聞いたようにしか話さないにきまっている。とすれば鳥野老人はエラスムスを知っていたのだろうかとか、あるいはトオマス・モアはどうだろうかとか、ラブレーに会ったことがあるかなどとあの頃のヨーロッパの任意の人々の名を思い浮べて並べたてても彼がその時同時にそんなに多くの国を歩き廻れたかどうかは分らないし、それに鳥野老人が彼等と会い得るような知識を持っていたかどうかは分らない。通りすがりにこの人達を見たことがなかったとは言えないし、確実に知っているとも言えない。そしてその時彼がもう老人であったとすればそれは随分適当であるし、確かに彼はその時代にもう老人であっただろう。いや今こんな風に書いていることは単なる比喩にすぎなくて、本当は偶鳥野老人がある時それらの人々の書いた書物や絵を見、言葉を聞いて、それでそれらの人に出会ったと今思うにすぎないのかもしれない。時間は特に過去はこのような深みの中に漠然とした知識や記憶をつめ込んでしまって、生きていた時代がどの時代のどの範囲であったかを定めることすら出来かねる場合があって、それが鳥野老人のように一体いつ生まれていつ老人であったのかが遠い消えた過去の中に入って、もう思い出すことを自ら拒否してしまって、ただ今生きていることを、それらが過去の連なったものとしてであるとしても、その過去はほんの昨日か一昨日か一年前かあるいはせいぜい十年前位の手の届く過去に限られていて、あとの遠い過去が歴史の深みの中に入ってしまうとしたら、歴史の単調な繰り返しの中に入ってしまったら、それはもうどの時代のことであったか分らなくなって鳥野老人の過去の時間も同時に消えてしまうことになる。

鳥野老人が中空を眺めていると、その上の明り取りの四角錘の中を下から覗くような窓から鈍い光が丁度彼の手もとの所を差している。薬局と金文字で書かれてある硝子戸を押して広根がトミを連れて入って来る足音が聞えて、こんな古びた汚ない薬品だか、薬物だか、毒物だか、劇薬だか、あるいは金属だか、非金属だか、ハロゲンだかが漫然と置かれてある戸棚が四方の壁にあって、そこが土間であるのを通過し彼等が歩いて来る足音と声とが反響する。彼等の弾んだ声はこの場に不釣合なもので、葬式の場で大声を出して笑っている男の顔を見る時のあの場違いなものがそこにある。勿論こんな風に感じたのは広根とトミとであって鳥野老人はそんな風には思わずただ彼等がいつものようにやって来たに違いないと思ったのだった。広根はやはりまだ興奮を押えきれずにいて、丸い身体を何とか動かしていなくてはおれなかったし、目もやはり輝いて活発に動かさずにはおれなかった。肥った人の多くは大方怠惰に見えるのが普通であるのに、広根の場合はそうではなく活動的であった。いつもより大きな音がして鳥野老人の前に初めに立ったのは広根であって興奮気味に「見つかったんです」と鳥野老人に言った。「何が」と短い言葉が広根の上づった声とは裏腹に沈んだ重い声で返って来て、その言葉には何をそんなに浮き足立っているのだ、と言うような非難の意味が含まれていて、目さえ上げずに石臼を碾いている。「トミと言う名だそうです。老人のあの七つの道と言う文章を暗誦しているんです」と広根が説明するのを聞いてやっと彼は顔を上げて広根の横に暗がりの中に立っている男の顔と姿とを食い入るような目でひややかに見て、広根に「うん」と言ってそのまま手を止めずに石臼を碾いている。こんな鳥野老人に慣れているのか広根はかまわず「もう少しで喧嘩になる所でした。彼は分っているなら最初から、そうならそうだと言えばいいのに『僕を尾行するのは何のためだ』としか言わないもんだから、こっちも言葉に困ってしまって、もし間違いならどうしょうかと考えてからじゃなくちゃ話せないでしょう、汗をかいてしまいました」「違ったら殺すつもりだったんかね」と老人は感情を動かさずにぼそっと言って、それは当然のことだと言っているようでもあるし、殺せと言っているようでもあるし、また殺すのはいけないと言っているようにも聞こえる言い方をしたが、それより何より「殺す」という言葉がまるで日常のほんの挨拶の言葉のように気軽に、しかし確実に老人が殺せと言ったら殺されるであろうような言葉として話されているのがトミに感じられた。「ええ勿論他に方法がないでしょう。私にやれることと言ったらこんなことで、しかし私だって殺すのは好きじゃありません。第一まだ私は一人も殺したことがないから殺人と言うのがどんなものかまるっきり分らなくて、ただやればやれそうだと思っているだけです」と広根が言うのを老人は「そうかな」とぼそっと言って、それから石臼を碾く手を止めてトミをゆっくりと足から順に目を上に上げながら見て行ってその目が顔へ来て、あの茶色の目を見てしばらく止ってからもう一度足までもどると、「うん」と言った。土間から板に間に上ると藁で編んだ坐布団が隅のあたりに五枚程積まれてあるのを広根は二枚一度に取って、鳥野老人に向い合うように石臼をはさんで等間隔になるように一枚づつ置いて自分は入口近くの坐布団の上に坐った。トミも広根の様子を見ていて広根がしたようにあぐらをかいて坐りながら、好奇心で鳥野老人の碾いている茶褐色の異様な蛋白質の臭いのするものを見ていた。「興味のありそうだな、これは木乃伊だよ」と鳥野老人は初めて言葉らしい意味のある声を出して、まだ粉末になっていない干しからびた腕を持ち上げてトミに手渡した。トミは何げなく手を出しただけで別に木乃伊をもらいたくて手を出したのではないのに、そのものがトミの手の中に向うから跳込んで来て入ってしまったので、嫌だと言っても手をひっ込めるわけにはいかないので当惑したような顔付でそれでも少し時間がたつとそれはただのものだから何ともないと思えるようになった。「ものに霊魂があると思うかね」と鳥野老人は言って、トミの持っている木乃伊を見ていて、「その木乃伊には霊魂のかけらが、霊魂と言っても霊魂がものに封じ込められる時、その部分の霊魂はその部位にしか封じ込められないから、丁度腕の霊魂が腕に入っていることになるんだが…。儂には霊魂がものと一体となって入っているのが色として見える。それは水銀のようにころがって動いているんだが、ものの中に融け込んでいても、こいつはものになりきることができん。だからしょっちゅううねうねと動きによって、そのために自分の存在を儂のような霊魂を感知できる能力のあるものに出合うとその正体を手に取るように露わにされてしまう。」と鳥野老人の炯眼が動いて暗闇の中を白い霊のように走った。「儂に従がう霊達の群はむしろ悪霊と言う名のものであるとしても、そいつらはただの霊どもであって、それが人と一体となる時悪霊として儂の部下になるんだ。とすると儂は悪魔ということになると君は思うだろうが、悪魔と言うと君は悪魔はただ悪を行う時君達の言葉で言えば良いと思い、善を行う時悪いと思うにすぎないとすれば、それはただの顚倒した世界であってそんな君達のただの考えからは何も生まれ得ないだろう。こんなものは何でもなくて、霊や魂と名付けられたものが、人の呼吸を通して、人の中を出入りしていて、それらは一体となって一様の微粒子となって無を嫌いながら漂っている。君達が昔エーテルと言ったり、今真空といったりしている空間は霊の連なった巨大な広がりであるから、それはそのまま神である。勿論神はそれでは無と同じやないかと考えているだろうが、空間が真空のものとしてある延長であれば、それは無ではなくて延長だからそのまま神である。神は延長としてあって、それは全ての生命と物体との基礎をなしていて、この神のある部分が悪霊にすぎないが、それが生命となる時、そこから自由が生れて、自由がある限り悪霊がある。生命が物質からまるで驕児のようにしかし初めはゆっくりと物のように静かにその時代はまだ生命は殆ど神のものであって静かな物体の持つ尊厳さを持っていたのに、生命が自由という悪霊の延長を持つに至って尊厳さは好奇心に静けさは活動に変わって、うさんくさい連中が生命として神とは別のものだけを選んで自由の排列のものに蛋白質を形造ってどんどん高等な動物に炭水化物の配合からは植物となって行ったのだ。これはとりも直さず自由を意味するものだし、人間の自由の根源は情欲にしかなくて、このものの持つ限りない情念が自由となってここにある。この限りにおいて悪霊は儂と共に離れることがない。」と鳥野老人はまるで理論にもなんにもなっていない妙な直観と変な推論とで議論を組み立てて行って、その間には誰の言葉をも入れる余地がないからただ黙って聞いているより他に方法がない。トミはいつものように煙草をポケットから取り出して少量づつ煙をはきながら、空いている方の手で髪を二三度すいて物悲しそうな目をより深く悲しそうにして何事かを考えているようであった。とすると言葉のない時間がやって来て、そのことを静寂と言う言葉で現わせるから、そこには沈むような暗い静寂がやって来ると物体の尊厳さが現われ、次に神が入って来るかあるいは鳥野老人が言う、広根とトミとは今は話す資格はないのだから、悪魔が現われる間のずい分長い静けさが続くことになるだろう。しかしトミは鳥野老人が自分の肉親のような気がどこかでしていて、それはもし彼がトミと血縁関係にあるとすれば曽祖父以上も以前の関係になるであろうことを考えれば、と言うのはトミには祖父が今も首都の木立ちに囲まれた石の門のある家に住んでいるのを知っているからで、彼が祖父であることは間違いないのだから、それ以前だと考えなければならないから、トミはそんな馬鹿げた殆ど嘘に思えることを考えていた。祖父の顔と鳥野老人の顔とが重なると不思議なくらい一致している所があって、どの部分も例えば鼻を見ると鷲鼻であって屈曲した部分は全く祖父のものと同様であって、小鼻のふくらみ具合といい鼻の持つ威厳と言いもうそれは祖父であると言っていい程であった。唇は薄く引きしまっていてその間からもれる息使いの幾分苦しそうなのさえ似ていて、とこんな風に目とか大きすぎる耳とか、頬骨とか眉とかと、いずれのものも全く祖父のものと同じようであるのに、しかし顔全体から受ける印象は全く違っているように思える。トミの祖父は穏和でどこか間の抜けた人の好い感じがするのに、鳥野老人の顔の印象は冷淡で理性的な中に陰険な翳りを持っていて、それが目と共に現れて、と思うと陰険さは消えて知性的な顔に変ったりする。トミはその顔を凝視するのをためらっていて、トミの目を鳥野老人に向けようとさせないある拒否が鳥野老人の最初の「うん」と言った言葉の中に含まれていて、それが鳥野老人の何によるのかは判然としなかった。トミは以前ある飛行場で飛行機から降りて来る乗客に向けて軽機関銃を乱発して、跳び散る血と弾丸が等間隔に水平に近い角度でものとなった肉体の胸部をつき抜けているのを見たことがあったのだが、その弾丸を発車したのは勿論トミであった。この時間は本当は二十五分程の短い時間で、そのくせ一生涯の時間がこの二十五分間の間に圧縮されてしまっていた程の意味を持っていて、トミがこんなに生きている恐怖におののいた瞬間はなかった。恐怖の中から自由が大翼を拡げた天使のようにトミの心の中を拡がっていって、それと軽機関銃の発砲する規則的な薬包の破裂する小さなリズムある音が、トミを勇気づけた。トミの時間はあと僅かであると思っていたが、彼は彼の未来の時間と言う意味での生涯は全く限られていて、その時は二十分とか、ある場合には二分とか言う短い時間であった。しかしその時、もし彼がその時間を考えたとすると考えるだけなら彼がそれまで生きていた一生にも匹敵する程の長い時間がそこにあってもよいし現にあると思った。しかしその時間はやはり確実に砂の量によって計られているのだから、砂粒は細くくびれた硝子の管の内部を殆ど一粒となってころがりながら落ちて行くより他に方法はない。上の容器の中央の部分が窪んで擂り鉢型になってその量だけ砂は下の容器に入ってしまったのだから、下の容器はそれに対応するように小さな中央の尖ったなだらかな山ができて、その上にも砂粒は、よく聞いても聞えない音を出して時が沈黙としてあるのを象徴するように落ちている。砂時計ならもう一度読者のあなたが持ち上げて逆さにすると、同じことをもう一度繰り返すことができて、それは砂時計をひっくり返すあなたが生きている間中砂は落ちることになって、もうあなたがその砂時計を逆さにできなくなった時、時間は消えてなくなって、そしてあなたは死ぬのである。トミの場合はもう逆さにするわけにはいかなかった。トミには砂時計を逆さにする暇がなくて、例えば両手で機関銃を持って撃っていれば砂時計を逆さにするもう一本の手のことを考えなければならないからと言った殆ど用をなさない理屈を言っているのではなくて、トミはこの機関銃の弾丸を撃ちつくしてしまったらもう時間はいらないのだから、あとは死しかないのだから、時間はもういらないのである。そんな緊張の時間をも人間は慣れることができて心地よいリズムに身をまかせることもできて、ねむ気がどこかからゆっくりとトミの頭脳の中に出て来てしまったりする。ものに弾丸があたるとそのものは弾丸を反射するか吸収して貫通するかのどちらかで、そのために弾丸の出すエネルギーでちょっと位置を変えたりはするがしかし人の場合はたったあんなちっぽけな弾丸がその肉体にさわっただけで大仰にその痛みや、脳貧血を生じて倒れてしまう。二本脚で立っているのが本当は無理この上もない地上の引力に対する反抗であることがこのことからも分って、彼等は倒れてゆく。トミはある充実した時間をもう一度味わいたかった。ぞくぞくするような極度の緊張と興奮、いたたまれない恐怖と自由、その中に埋没してしまう自己、放心した怠惰と安堵感、圧縮された人生。爆発する手榴弾の爆発音は友人が自ら生命をたったことを、その強い意志を、あの破裂音に変えてトミのもとに送ったメッセージである。催促である。もう死がそこまで確実に来ていて、ポケットから手榴弾を取り出してやればトミは散ってそこにはもうトミではないある物体が、物体の法則に従ってそのままあることになる。なんという尊厳であることか。トミのこの短い時間と鳥野老人の千数百年に渡る長い時間とを対立させて今ここでそれを考えようと言うのではない。時間は長いものでもあるし、そして短いものでもある。そのどちらもただ生きているその人のものだと言う意味でなら正しい。人を離れて誰も居ない所で過ぎて行く時間はもう時間ではない。

　鳥野老人とトミとの出合いはこのように奇妙なものであって、トミが鳥野老人に感じた血縁のようなある親しさと、彼の過去の生涯をかけた二十五分の緊張した恐怖の時間との、それら二つの何処にも共通点はなくて、ただトミがいつものようにあの時間を思い浮べているから、ここでそれらが一緒にトミの心に起っただろう。あるいはそうではなくて鳥野老人の持つ怠惰な死をまぬがれた無限程の時間が、と言って鳥野老人の未来がキリストの再臨というある限られた将来までであるから、そこには無限性をまぬがれ得る必然性を持っていて、人が生れそして死ぬ、と言う限りでしか時間がないとすれば、鳥野老人も人としての時間に制約を受けているのであるが、その鳥野老人の時間がトミの心に圧縮された二十五分間という対立するしかしやはり同じ制約下にある時間を呈示させたのかもしれない。鳥野老人は木乃伊を摺る仕事を始め出していて、石と柔らかな木乃伊とが摩擦する時発する重い厳粛な規則的な音はトミに通常のものではない響きを感じさせていて、でき得れば止めて欲しいと思う心を起させていた。「君の名はトミと言うんだったな」と鳥野老人はゆっくりと石臼から目を離して視線をトミの坐っている方向に向けて言った。「儂には君が見えているから、と言うのは君の中に儂に分かる部分があって、それは悪霊の支配する部分だが、その君の求めているゾクゾクする程のうれしい時間は、例えば死刑執行人が薄笑いを浮かべながら、研ぎ澄まされた重い首切り包丁で罪人の首を落すまでの二時間か、あるいは一日かのあの楽しい、それでいて後ろめたい義務と好奇の入りまじったそんな時間に似ている。この手のものの支配は全て儂の仲間が入り込んでいる。君はその種の人間だよ」と言うのを聞いても、トミは自分の求めているものが鳥野老人の言うようなただの猟奇な倒錯した貴族趣味にすぎぬものではないから変なことを言う人だと思った。そう自分で言い切れる自信があったし、目的のないただの倒錯した遊戯として、殺人があってはならないとも思った。「なんだか緊張しているようだから、いつものようにもっと呑気にやりましょうよ」と広根がここで急に言葉をはさんできた。広根はいつもの鳥野老人と違っていて妙に鋭くなっているのが気懸かりだったから、それに広根は得意であって、トミというこの男を十五日ぶりに初めて見い出して連れてきたのだから、当然鳥野老人が犒いの言葉でもかけてくれると思っていた。それがどうだろう、木乃伊を摺っているのはいつものこととしても今日の意地の悪い言葉ときたら悪意があるようにしか思われなかった。「木乃伊をどうして削っているんです」とトミが今までここへ来る皆が疑問に感じていながら口に出してはならぬことのように、誰もが問わなかったこのごく自然な質問を広根は聞いて「しまった」と身震いする程のおののきを感じて、タブーに触れてしまったことを、当然口止めしておかねばならなかったのに、それをしなかった自分がトミを見い出したのに、こんな重要ないつもなら絶対に忘れないことを、どうしてしなかったのだろうと後悔したが、言葉となって出たものをもう一度口の中に戻すわけにはいかない。「トミはね、なかなか用心深くて、私と禿げの奴と二人で殆ど胸ポケットの合口のことを考えたんですよ」と広根は話を別の方へそらしながらトミを見つめて、右目をつぶって合図を送った。しかしトミはその意味ありげな合図を無視し、広根がはじめた、ただのおしゃべりをも無視して、膝を進めて、太い声でもう一度言った。「木乃伊をどうするんです」広根はもうこうなれば仕方がない、鳥野老人がなんとかするだろう。本当のことを言えば広根だって聞きたかったのだが、それを今まで我慢してたんだから、しかし話して悪いくらいのことは分りそうなもんじゃないかと思った。沈黙があって、その間に聞こえるものと言えばやはり石臼を碾く音であった。「なぜ儂が君にそれを言わなくちゃならん」と鳥野老人はすでに決意したのか、と言うのはこの言葉が沈黙の後話された時、鳥野老人は今ここで木乃伊のことを話すべきか、話さない方がいいのかの判断を下していて、あとはそれを言葉として言い現わせばよいだけになっていたのである。「儂が木乃伊をこうして碾いているのは、木乃伊を粉にしなくてはならんからで、その量は儂の働き得る能力のほぼ半分に相当する。儂がこのようにして木乃伊を粉にしなくてはならなくなってからもう幾年たったか、あるいは幾十年たったかは、自分でも分らぬくらい以前からこうして石臼を碾いていて、そのために儂の右手は殆ど機械のように筋肉が強靭になって、特に肩から腕に至る筋肉は鉄のように堅く、若い君達の筋肉と争っても劣ることはあるまい。現に」鳥野老人は自らの右腕を見せるために、片肌を脱いでミケランジェロの彫刻に見るような筋肉の隆々とした形のよいその腕を曲げて力瘤を作って見せた。痩せている鳥野老人の腕にしては不釣り合いに太く、そこだけが老人のものと違ったように思われて、もし腕だけを見たら誰もは彼を二十代の若者と思うだろう。トミはその肩に隠れた部分から大きな深い刃物で切られたか、あるいは鞭で打たれてできたに違いない傷痕が覗いていたのを見て取った。その余りの痛々しさに顔を背けたくなったか、それがミイラの表面を思わせる程のものであったために、盛上った傷跡によって皮膚が一層人工的な、例えば羊皮紙を思わせるような質感を現わしていたためにあまりの皮膚の異様な状況を見たために、かえってしっかりと見ておきたくなって、目をその隠れた見えない部分にまでもとどけたくなった程である。「現に儂の腕はこのように頑健であるが、これは儂自身のための道具として、しかも石臼を碾くための道具として、儂の全ての時間の半分をこれが支配している。あとの半分が儂の自由な時間で、そのことをここで儂が話すとすれば話さなけりゃならんことだ」と言葉を継いだ。「儂が一日食わなけりゃならん量の木乃伊の粉末を、儂は得るためにこうやって木乃伊を摺っている。これが儂が木乃伊を削る理由だ」と沈黙してしまって、その口元は苦渋の感情をありありと見せて、一直線にもう絶対に聞くまいと思わせる程の強さで閉じられてあった。「でもそれじゃ何の説明にもならんですよ」とトミがしばらく鳥野老人の言った言葉を考えてからひとりごとのように、しかし力強くどうしても知りたいことを知らずにおかないと言う決意を示しながら言った。と、矢庭に鳥野老人はそこにまだ臼で碾かれて散らばっている褐色の粉になった一様の砂粒程のものを、右手で無造作に掴むと口の中に入れた。入りきれないのが口のまわりから散って落ちた。その食う時の顔の何とも言えぬ悪魔を思わせる醜悪な表情を、トミも広根も直視することはできなかった。この上もない堕落した殆ど人間を食っているのを見るような罪悪感と身の毛がよだつような嫌悪感とがトミと広根を襲ってきたが、鳥野老人は両手でその粉をすくっては口に持って行って食った。それは口が耳朶まで裂けているように暗赤色の口腔内が見えてそこは、地獄の入口のように鄙猥でどくどくしく吸い込まれそうな魅力を秘めていたが、その恐ろしさは、こんなことがこの世に起き得るかと思う程で、あの機関銃の掃射をあびて倒れて目を恨めしそうにむいていた醜い、歪んだ顔の黒人の妊婦をまだ撃ち続けていたトミさえ顔をそむけてしまった。一体何がこんな風にして起りつつあるのか。しかしトミは鳥野老人を見ていなくてはならないと思った。鳥野老人のこの姿を見なかったら彼が言ったあの悪霊の住める人々のことが分らないと思ったし、それよりも何よりも、この異様な光景は、見まいとしても見ずにはいられない魅力をさえ秘めていて、そのためか広根も食い入るように我を忘れてあっ気にとられて、あの円い目をもっと丸くして口をぽかんと開けて見ていた。もしトミがそこに銃を持っていたらすぐさま彼を撃ち殺したことであろう。口の周囲には唾液が垂れていて、鼻汁やあるいは目やにさえ出ていて、それらの粘液や漿液に木乃伊の粉末はくっついて、それを指で拭いながら鳥野老人は一心に木乃伊を食っている。見ている広根とトミのことを勿論知っているのだろうけれど、もう食い出すと二人の目などどうでもいいのだろう。目は空ろで何も見ていないようであるし、耳も声や音を聞いていないのだろう。トミや広根がやっと自分を取り戻して驚ろきから醒めた時安堵を示す短い会話をしても鳥野老人は顔の筋肉一つ動かさずあらゆる神経が木乃伊に集中しているのかやはりあの何ともいえない嘔吐さえ出そうな陰惨な姿で、しかもよく見ると滑稽でさえある餓鬼の姿そのままに食っているのである。鳥野老人の中に悪霊がいるとすれば、これこそまさしく悪霊そのものだと言っていいだろうし、いや悪霊とてこんな姿を見たら驚きのあまり、あそこに居る方こそ悪霊そのものの化身ではないかと仲間の悪霊どもを集めに飛んで行くことだろう。そして悪霊が集まっても彼等は恐ろしさのあまり鳥野老人のまわりを遠まきにして、誰一人として鳥野老人に恐ろしくて近づくことさえできずに顔を地につけてただ許しを請うために、そうして鳥野老人が言葉をかけるまで、一年でもあるいは百年でもそうして待ち続けるに違いない程異様なものであった。その時間は長かったに違いない。と言うのは、広根もトミもやがて恐怖の中から自らを取り戻すことができて、このままここを逃れようか、あるいは居続けようかと考えられる状態にまで彼等の心が静まってきたからで、そうすれば驚きの興奮状態から幾分抜け出たことになるからである。広根が最初にトミの顔を見て小さく頷いて元気であることを示した。その合図にトミもやっと我に返って広根の言っている、ここを出ようかと言う言葉の意味がやっと分った。しかし鳥野老人がやがて自分を取り戻すだろうまで木乃伊を食い終るまでここに居たかったのでその意味のことを小声で言った。そしてトミはもう一度鳥野老人に何がこんな風になる原因なのか、どうして木乃伊をこうがむしゃらに食わなくてはならないのかを聞きたいと思った。「驚いてばかりはいられないぞ」とトミは考えていたのである。いやもう鳥野老人はあの沈着な姿に戻らないかもしれない、とトミと広根とは考え始めていた。ある発作が起ってそれが持続する場合幾時間続くのか、そしていつかはそれは終るのか、どの位の時間なのか、それは誰にも分らない問題であって、当人がふと何でもない平常の目つきでトミや広根の名を呼べばそれで元に戻ったことになるのだが、それはその発作を操っている悪霊以外に前もって知っているものはいないだろう。ただ鳥野老人の場合、その手掛かりとなるものに木乃伊の粉があるから、これが無くなればもう何も食うわけにはいかないから、その時発作は終るか終らないか分らないが少なくとも木乃伊の粉を食うのは止めるだろと推測はできる。現に木乃伊の粉の量は確実に減少していて、鹿皮の黄色に近い黄土色の部分が下から出て来て、褐色のものが広い海の小さな裸の島のように、鹿皮の上に小さな褐色の山を作っている。

「見たね」と最初の声に戻ってぼそっと日常の会話が急にここに飛び出したような声がして、鳥野老人が鋭い目を彼等の方に向けて幾分顔をうつむき加減にしながら、もう石臼を碾いてはいない。「それじゃ何も言う必要はあるまい」ともう帰れという風に目で広根に合図するのをトミは「驚いてはおられないぞ、まだ何にも聞いていないんだからな」と思いながら「まだ分らないことがあるんです。どうして木乃伊を食うんです。食わなくてもいいのに」と吐き出すように言った。「儂が好きで食っていると思うのか。儂の苦悩を見ただろう。だったらそれ以外にまだ何がいるのか。儂が食いたいと思っていると君は言うのか。儂が食っている以上、少なくとも嫌いだとは言えないと言うのか。いや食っているから嫌いじゃないんだな。君は儂が幾歳かを知らん。儂自身も幾歳か分らん。儂には死は来ないだろう。とすると儂が生きている限り生きなくてはならん。儂は死ぬことができんのだよ。儂の選び得る方法はただ生きることしかない。儂の肉体はもう死んでいて」と鳥野老人はそこにまだ残っている木乃伊の腕を持ちながら「多分これと同じようなものだろう。しかし死ねないのだ。木乃伊と同じ肉体を持った生命ある人間が生きる時、それはどんな方法で生きなくてはならぬか君には分るまい。儂が木乃伊を食うのは木乃伊の中に帰って来た悪霊を食うのだ。木乃伊に霊が戻って来るというのは事実そうであるし、古代のエジプト人達が死せる後に魂がやがてその肉体に帰って来ると考えたのは正しい。勿論全ての木乃伊に霊が帰って来るとは限らないし、儂の知っている限りでも、千年未満の木乃伊で魂の返って来ているものはいまだかって見なかった。霊は千年程でその肉体、いや木乃伊に帰って来るのだが、もう肉体は元のあの瑞々しい柔らかな血液の通っているそして新陳代謝の行われている君の身体のようなものではなくて、保存状態がよくてもやはり木乃伊でしかないから、霊は人間のように渾然一体として存在することは出来ぬ。とすると霊はただ帰って来てそのかって自分であった形骸の上を、水銀のようにころげまわるより他に方法はない。霊は勿論元のあの柔かい皮下脂肪のある肉体だと思いこんでいて、霊自体も遠い長い旅行の末やっと千年を経て戻って来たのだから早く安住したい。しかしそれはただの木乃伊にすぎんから、ある堅い木乃伊の内に入り込んでそのまま以前のように、その中で暮せるのも幾分かはいても、大方の奴はただころころと転がって離散集合を繰り返している。そして戻って来る霊の大部分は個性としてあるし、かって生命であったものであるから、それは自由を得ていてその限りにおいて悪霊でしかない。儂が食っているのは悪霊であり、これが儂の唯一の食糧である。儂の肉体が、地割れに落ち込んだ人を地震がゆすって圧するような煮えたぎった油を頭からかけられるような、身体をローラの下敷にされるような、そんな痛みからこれに耐えることが儂に与えられた唯一の罪を償う方法であるとしても儂はこの苦しみにもう肉体の上で破れているのだが、この痛みから逃れられる唯一の方法はあの悪霊どもを食うことより他はないのだ」と一応の説明を鳥野老人は終えて、広根の方を見た。そしてトミの方をいかにも親しげに見つめてそれから「人が食う限りにおいて、それは悪である。人が情欲を持てばそれは悪霊の支配下である。人が生きればそれは悪魔に身を売ったことになる。しかし君達にもし神がいれば、神は君達を生かした限りにおいてそれを許すだろう。しかし儂は許されるはずはないし、こうして生きていてそれはそのまま地獄でもあるからもう悪魔は儂の中にいて、例の一角獣のような親しみある表情を、あの機敏な目を上下左右に間断なく動かし、あらゆる行為に興味を示しながら儂の陽根を儂の手でいじくらせている」

話は終った。トミも広根ももう何も聞くことはなかった。鳥野老人は立ち上って「まだ儂には半分の時間がある。やがてこの時も石臼を碾く時と取り替えられてしまって、最後には一日中石臼を碾いていても儂が食う木乃伊の量が不足して痛みが取れなくなるだろう。そして食わなければその痛みはもっとひどく、どうしょうもなくなるに違いない。いや、この時はすぐ来る。本当はもう来ているのかもしれん」

五、印刷工場

牧はもう食事を済ませて駅に来ていて、例の仕事をしようと思った。牧は満足感をゆっくりと味わっていて、それは広根から昼食そのものではなく、金をせしめたからであった。あの陰鬱な鳥野老人の中世風の錬金術師の仕事場を思わせる暗い薬局へ行くよりは、こうして牧の大好きなバッハのフーガでも聞いてその限りなく思われる繰り返しの中に身を置きながら甘い、しかし酸っぱい味と苦みとが舌に残るコーヒーを飲んで、そのことで今食べ終ったばかりの肉料理の味をもう一度思い出してみるのは何ともいえない。牧の欲望は端的に食欲と性欲とに限られていて、そのためにだけ行動していれば一日が終るし、これ以外のことに時を使うのは何とも馬鹿ばかしく見えて、今日のように広根から一食分にしては少し多すぎる、けれど牧の働きから考えると少なすぎると思われる金をもらったのだから、あとは働く理由などなく、もう一方の欲望のことを考えるしか他にすることもないのである。

まだコーヒーの香りが牧の口の中に残っていて、それを牧は急いで、例えば水などを飲んで口から消してしまうようなことはしないでいて、いつまでもできることなら一日中でもその芳醇な香りに浸っていたいと思う。こんな風に牧が食事の後の時間と満腹感とを大切にするのは、牧がいつも腹をすかせていて、満足に食べたことがないからで、牧の心にはいつか満足するまで腹一杯食事をしてみたいという願いが潜在的にあって、現実には二日に一度ぐらいは満腹感を味わうことがあるのだが、その満ちた心はいつの間にかと言うのは、ほんの三時間程の内に忘れてしまって、飢餓感ばかりが牧にあるのは、牧の理想主義的な食欲のせいであろう。イデアが満腹感となってあるのだから、考えられ得る限りの山海の珍味を食って初めて満腹感が得られることになるから、ただあるのは現実の到底満足でき得ない、嘘の満腹感であることになる。こんな風に空廻りばかりしているから、牧の空廻りは例えば首を二度程右から左に向けて廻す癖の中にも見い出せて、それは牧の頭の回転方向と同一のしかも単純で明晰な牧の考えとも一致していて、牧が考えることといえばきまって明晰で判明なことであった。牧はそんな満腹感を現実に味わっている自分が腹だたしいからそれを認めようとはせずに、待合室の堅い木のベンチに、しかし心地よい気分で座っていた。間のびした駅のアナウンスもこんな気分にはよく合っていて、長く尾を引いて幾度か繰返し言われる駅名とか尋ね人とかの名は、一瞬その駅がアナウンスの声程悠長な場所かと錯覚させたりする程である。怠惰なと言うと、牧は一体怠惰とはどんなことを言うのかと、目をきょとんとさせてその光った赤味の多い禿頭を二度も手で拭いて、それから例の右から左に向けて頭を回転させる癖を五度は続けてから、きっとこんな風に言うのだろう。「怠惰と言うのはどんなイデアですか」「私はとんと怠惰だとか退屈だとか言う気分を味わったことがありませんから、そんな私が本当は怠惰なのかもしれませんな」こんな風だから余裕ばかりがあって、牧は日がな一日をただもう時間が流れて、と言っても牧の時間は牧がいることとは無関係に流れていて、ただ牧はその舞台のような地上で踊っているにすぎない俳優のようなものだから、いたって気楽である。

「ああやっぱり牧さんだ。後から先生の姿を見てよく似ているなと思ったんですが、余りに禿げている印象が強いものですから、どうしても前から見なくては安心できませんでした。でも最初に思っていたのが本当だったんだな。僕後からでも先生のこと分るようになったんだから」と十七歳程の身体ばかりはもう大人と変らない程大きいのに、全体から受ける印象は痩せてひ弱で、全く童顔の少年が牧に声をかけた。顔は身体に比して小さくデューラーの「人体比例論」に見る男子像のように理想的な身体つきをしていて、その姿は牧の心をうっとりとさせてしまうのに充分であった。牧は近寄って、あのソクラテスが話かける時のように落着いて、相手に興味を持たせながら、本当のことを少年自身が知っていて、その知識を引き出す役目をソクラテスがしているのにすぎない、と思わせる彼は産婆術と名付けた方法のように上手に話さなくてはならないと思った。「学校の帰りなんだね」と牧はこの十七歳の少年の均整のとれた顔立ちを柔らかな微笑するような顔付で見ながら「この間の本当の美しさは何か、という話の続きでもしてみようか」と言った。「でも僕田上さんの所へ行かなくちゃならないんです。例の雑誌の印刷の仕事がまだ残っていて活字を拾わなくちゃならないんです。あの雑誌は僕達の根源だから僕は田上さんのお手伝いをするのが一番僕にはいい仕事だと思うんです。そうすれば皆んなの話していることの本当の意味も勉強できて、僕ってまだ分らないことが多いでしょう。熱意だけは人一倍持っていても、やはり理論がないと、それはただの鳥合の衆のようなもので、一体何のために仕事をしているのか分らなくなってしまうでしょう。僕はやはり将来指導者にならなくてはならないと思うから、田上さんの所で活字を拾いながら、大人の人達の論文を読めて、これはお手伝いと勉強とが一度にできるから、僕は我ながらいいことを思い付いたと考えています」と牧に悪そうに話すのを牧は今ここでそれを止めて、牧と話をして時を過ごそうとも言いかねて、「でも少しの時間なら、例えば二十分程ならいいだろう。この間の話は面白いよ」と言うと少年は「僕はだって田上さんの所へ行くために学校を抜け出して来たんですから。牧先生の話も面白いけどやはり今度にしてもらいます」と歩き始めた。牧は田上のことを思って、彼の実直な性格と彼の仕事とがよく一致していて、印刷業一辺倒であって、それが殆ど義務のような彼の表情に現れてあるなと田上のことを思った。牧は田上を好きになりたいと思った。彼と話をしていると、そのことごとくが現実であって、現実の彼の生活と寸分の違いもなく一致していて、彼の考えが彼の行いのよって、基礎ずけられているからであった。田上に会ってみようかな、という気持ちを牧に起こさせたのは、田上の人柄にもよるが、牧は人と話していることが好きだからという理由と、笠間というこの少年と別れるのが辛かったせいもあった。「じゃ私も君と一緒に田上氏の所へ行くか、そうすれば君と話すこともできるし、田上氏のあの実直な顔を拝顔することもできるから。ただ彼の悪い所は私に食事を奢らないことだけれど、それだって彼の礼儀正しい態度と優しい心遣いとがあれば食事には変えられない所でもあるね」と牧はそれより何より笠間少年と別れるのが嫌で、彼といっしょであれば田上のことなどどうでもいいので、笠間少年の美しい整った凛々しい目、細いが力強く額の下側にくっきりとした男らしい黒い眉、顔の中心でほどよい高さと形よく盛り上っている鼻、そして薄く笑うと何ともいえない愛らしさを見せる上唇、それとは対象に幾分まくれ気味に中央で厚く赤く見える下唇、そしてひきしまった顎、それらは未だ男性的な強い意志を感じさせる大人のものではなく、童顔でどこかあどけない中に、いずれは一人前の男となって素晴らしい仕事を行うに違いないと思わせるような、人に迫る程知的な風貌を示していた。牧は立ち上りながら、少年の黒い革の手提げ鞄を持っている、白いほっそりとした手に軽く触れた。その皮膚は少年の体温のためか幾分牧の手より暖かく、まだ完全に発達していない筋肉は盛り上ったりはせず、ほっそりと痩せていて、それらが若鶏のあの柔かさで皮膚の下に隠されているから丁度女性の腕に触れた時のような心地よさを感じさせて、牧はそんな短い時間のかすかな感触がたまらない程嬉しかった。笠間少年は牧が彼の腕に触れたのを、故意に牧が触ったとは考えなかったが、どこか淫らな、と言ってもそれが直接性と結びつくような形のものではなくて、ちょっとした悪戯をしてそれが悪いことだと知りながら手を出さずにはおれない時の好奇心に満ちた快感を、そんなような心の動きを電気に触れた時のように感じて、腕をピクッと動かした。牧も何げない様子で少年を前に歩かせて、自分は少年より少し遅れて駅を出て行った。動き出すと暑さが急に身体全体から湧いて来るのか汗がしっとりと皮膚の内部から出て来て、不快さを感じさせる。日光は遮るもののない広場の真上から垂直に近い光を二人の上に降り注ぐから、牧が美についての話をしょうにも、その美を暑さが醜いものに変えるようで、うまく話せない。美がどんな形でこの世界に現われているかについて話すことが、牧の話の中心であって、ギリシャの平明な美術、特に建築物はと言えばパルテノンに現われた美と彫刻とについて話すならば、そこにあるのはギリシャの美がそれ以前のエジプトに現われたものとか、あるいはメソポタミアのものとは違った異質の、そしてはっきりとギリシャ的な特色を持っていて、それは最高美を求めるものだからである。石によって造られた彫刻は美であっても、生きている人間の持つものとは異質なものであった、男性が求める美が女性と離れてあるものか、あるいはそうである筈はないのかの馬鹿げた、本当は問題とはならない性についても考えなくてはならない。男性が女性の中に美を見い出すのと、男性が男性の中に美を見い出すのとでは、そこに何も相違はなくて、違うのは生きているか、いないかにしかないと考えることもできる。人は人の造り出した建築物や石像や、あるいは人の造らないある風景に美を感ずることができて、その場合人はやはり人の造り出したものに美を感ずることがある。いやこんなことを牧は話そうとしていたのではなくて、異性に対して感じる美の中には、もっと美から離れたあるいは美というものの持つ、性的にもっと端的に言えば本能の持つ異性を美しいと思わせてしまうものがあるから、この場合はそのものをただ美しいと思っても、その中味は別のものが含まれる場合が多いのに、同性へ感じる美は少なくとも異性に感ずるものよりは、純粋に美的であってより高度である、と言うようなことであった。しかし牧はそんな風なことを話したいのではなくて、笠間少年と牧との関係が、ただうまくいって、牧の思うようにその美しい未だ男性的な面をそれ程特徴づけてはいない、むしろモノセックス的なこの少年の中に性的なある魅力を感じてしまって、あるいは美的なものを感じて、むしろ美探究者としての牧が溺れそうになっていて、そんな心地よさを長く味わっていたかった。笠間少年は牧のそんな面を知っているのかいないのか、自覚できる程明瞭には意識できなかったが、何かおもはゆい不思議な暖かさを感じて、それが迷惑でありながら、そんな牧にそのまま甘えていた方が気楽であるので、なりゆきにまかせてしまう、といったところがあった。二人は並んで歩いていた。「僕は人生が目的あるものとしてなくてはならぬと思います」と牧の話を面白そうに聞いていた笠間が、牧の話を全く聞いていないような別の角度から大人びた口ぶりで話し出した、「僕は考えてみて、どうして大人ってのは皆ああ呑気に笑ってられるんだろうと思うんです。僕達の求めている真理があの人達には分っていないんだと思うんです。勿論僕だって真理が何かは分っていません。だから真理に向って進むより仕方がないし、それは何といってもこの腐敗している世間を別の僕達のあの理想の国家にするより仕方はないのです。こんな単純なことが分らないで、そのくせどうしてあんなに笑ってられるんでしょうか。僕なら陰鬱な顔をして、この世の矛盾を感じて何もしないか、そうでなければ仙人みたいに山にでも入ってしまいますね。まるで自分達だけが世の中をしょっているんだという風じゃないですか。僕は嫌だな。僕達の意見など『まあ君の言う意見は正しいし、それに立派だけれど、この社会だって君の言う程悪くはないんだよ。君ももう少し年をとると分るよ』って僕の頭を撫でながら誰もが言うんだ。そのくせ僕の言うことなんかちょっとも、ほんの針の先程も考えてないんだ。『社会ってのは徐々にしか動かないから』そうなんだ。きっとけどね……なんだ。だから僕は田上さんの言う革命のことは本当だと思うんです。あの方の話を聞いていると耳がまるで心のように動いて、あんまり気持ちがよくて、ああ真理ってのはこんな風に話されるんだと思うんです。あの話し方は真実を言うのに本当によく似合っているんですね」と笠間少年が言うのを牧は聞きながら、田上がうまく少年を手懐けたものだ、あの男のきれいな言葉の裏にはどこかうさんくさいところがあるのによく分ってないんだな、と思いながら「彼は話上手じゃないんだがな」と皮肉のつもりで言っても、笠間少年には通じない。「そうです。決して上手じゃないのに、真理を話す時には話し方なんてどうでもいいんじゃないですか。内容だから、それが素晴らしいと話し方もよく思えるでしょう。僕は田上さんが好きです」と幾分上気した顔が赤く、少年らしいほっそりとした頰はその光る素朴さに反応する目と一緒になって、思わず手を出して触れてみたいような美しさを牧に感じさせた。牧は動悸が早くなるのを押しきれずに笠間少年の顔を見ている。「何か顔が変ですか」と笠間少年はあまり牧が彼を見るので言うのを牧は「いいや、君があんまり熱心だから驚いているんだよ」と言って牧は動揺を気付かれまいとして、言葉で誤魔化してしまった。市内電車が長い触覚のようなパンダグラフの先に付いた小さな車を架線に付けて廻しながらやって来て、曲り角で架線からはずれたのか車掌が電車の後尾の窓から顔を出して、パンダグラフの先から垂れている紐を引いて、架線に車を付けようとすると火花が散って、小さな爆発が起る。どうやら牧と笠間少年とは、この都市の一方向にしか走っていない市内電車の線路に沿って歩いていたらしい。牧と笠間少年との会話のどの部分でも、目を上げると市内電車の架線が見えたし、二十分に一本程しか通らない電車に幾度は会ったから、もう随分歩いているのだろう。笠間少年は大人達がどうして彼の言う真理のために働いてくれずに、ただ金を得て自分達が食うために、あるいは家族達と安易な生活を送って、笠間少年の言葉を借りると「まるで死ぬために生きているような生活」しか求めないのかを、言葉さえ変えずに熱心に幾度も話して、違うことといったら声の強弱と顔の表情ぐらいのものであった。笠間少年の家が今歩いている小学校の校門附近にあるせいか、笠間少年の方を見ておやっ、というような顔をして通り過ぎる中年の婦人がいたり、わざわざ少年の近くまで来て「もう学校終ったんですか」と声を掛けて通り過ぎて行く三十歳程の教師らしい鼻の尖った婦人がいたりした。すると笠間少年は恥ずかしそうに照れたような笑いを浮べて「ええ試験ですから」と言う。それはこう言えば一番この場をきり抜けるのに都合がいいと、笠間少年があらかじめ考えておいて、今言っている嘘なのである。こんな風だから、笠間少年は駅からここまで歩いている間に、幾人の知人と挨拶をしたのだろうか。少なくとも五人の顔見知りには会っている。となると勿論牧にも知人がいて、牧は笠間少年に比べると長い間人間をやって来ていて、この都市に住んでいるから、彼よりも多数知人を持っているのに、一度も誰とも挨拶しないのは別に知人に出会わなかったからではなくて、相手が牧に挨拶をしなかったからであって、いつもの牧なら牧の方から話し掛けていくのに、今日は牧は笠間少年に夢中だから、他の人にかまったりしなくてよかったのである。又逆に牧に会う人々の方から言えば、なるだけ牧には会わない方がいいから、と言うのは例の昼食のことであって、いつも逃げるに越したことはないのである。小学校の横を流れている小川のゆらいでいる藻が涼しそうであって、子供の頃この中に入ってたもで魚をすくったことがあったのを笠間少年は思い出した。「しかし、それは僕達のこの真理を求めている運動とは何も関係がない」と彼はすぐ思った。その小川に沿って電車通りを離れて歩いて行くと、小川は別の小川と一緒になってもう少し太い川になる。この辺まで来ると市街地は跡切れてバスの停留所のあたりに小さな市街を作って、次の停留所まで家並がない、という風で田や畑があって、田ならば稲の細い葉を垂直に近く幾本かを立てて、稲が人工的に植えられたように並んでいて、嫌な農薬の匂いがする。そのうちに小川は堤のあるもう少し大きな、しかし工場からの汚物を含んだ水を浮かせた川に合流すると、ここのどぶの臭いは激しくて慣れないとすぐに逃げ出しそうになる程の川に出る。このあたりは町工場が軒を並べて立っていて、例の直角三角形に見える屋根をもった作業場が幾棟も並んでいて、鉄錆色のトタンがその上に張ってある。空気は金属粉を含んでいるのかざらざらしていて、煙の中から落ちて来る黒い粒子が身体中にくっつくと、汗をかいているからすぐには落ちない。工場というものが、天然の物質の配列を人工的の配列に変えるある種の装置であるから、それは全く人工的のというのではないが、人間はこんな小さな仕事を大切に考えて、あたかも全てを人工の力で作ったつもりでいる。しかし天然のものが、ある天然の配列である限り安定しているものであるのに、一度でも人の手に委ねられると、それは人間の頭脳の作用をどこかで受けているから不安定な、自然とは調和のしない、不確かなものとなって、いずれは捨てられて安定した天然に返るものであるとしても、それまでは道具という名で人類が名付けた、どこかに頓馬な人間の浅薄な考えを含んでいるものとしてしか有り得ないようである。と言ってみたところで笠間少年と牧とは、そんな風に人間と道具との関係について話し合っているわけではなく、煙が嫌で顔をそむけているぐらいなものである。白い泡が製紙工場の排水孔から浮き島のようになってゆったりと濁った比重の重い水の上を流れていて、そこから上流には白い泡は見あたらないが、川の水はすでに汚れていて黒く、メタンガスをぶくぶくと吹き出している岸の泥があって、川がこんな風であるのが当世風なのであろう。二人は川に沿ってその堤の道を両側に繁っている雑草の緑にほっとした喜びを感じながら歩いて行くと、コンクリートの鼠色の薄汚れた長い工場の塀が、跡切れた所に右に入る小路があって、そこを溝と共に曲り、砂利道を行くと左側に田上の印刷工場がある。裸電球が屋根裏の梁から釣り下っていて、二台の平圧式の印刷機を、古典的なと言ってもグーデルベルグまで逆上ることができるかどうかは不確かだが、あの四十二行聖書すらこの印刷機から作成されたのではないかと思わせる程の単純さと古さのある印刷機を照らしていた。こんな風に田上に印刷工場も小さいながら立派なもので、別に取り立ててこの工場の内部を説明しても何の役にも立たぬであろう。二人が声を出しながら入って行っても、印刷機が規則的に紙に活字を圧しつける時の音が大きくて、中の男達には何も聞こえない。と人影の方が先に目に入って、その音がしないと、入って行く方の者は当然入って行くのだから相手を積極的に求めているのに、中の者はただ何気なく目を上げるとそこに人がいることになって、いくらこんな出会いに慣れていても、やはり少しは驚ろいてしまう。入ると馬鹿の吉田君がいつものように杓とばけつを持ってぬうっと牧達の前に現われて、間の抜けたしまらない顔に笑いを浮べて「牧さんか」と言うのに調子を合わせて相手になっていると、笠間少年との間に自然と距離ができて、それは嫌なのだが、この愛すべき水撒きの吉田君を邪険に扱うわけにもいかず困惑している。この工場では印刷機が入口に近い土間にあって中に入って行くと、油ぎった硝子戸をへだてて文選、植字のための活字が置いてある部屋に入ることができる。初めはその音の大きさに閉口するが、ずんずん中に入って行くに従って機械から離れるせいか、あるいは一番音の大きな機械の横を一時的にもせよ通ったので、その音に耳が慣れてしまうせいか、静かになって、耳の遠い人に話す時のように大声を出さなくても、相手の声が聞き取りやすくなる。その間田上と笠間少年とは何やら挨拶のような、あるいは打合わせのようなことを相手の耳の近くへ口を持って行って話していたが、二人は一体何を話しているのか牧には聞こえなかった。彼等二人が親しそうに笑いながら大声で話して、時にはまた大声で聞き返して、印刷機の横を通り抜けながら行くのに、十歩程の所まで牧はやっと追いついて行った。

「火薬は着きましたか」と言う笠間少年の声が急に牧の耳の中に跳び込んできて、それから田上の「シィーッ、もっと声を小さく」と制する声が聞えて、二人は又今度は牧には聞こえない程の声で、真面目な顔付をして何か重大なことを話し合っているように頷き合って、それから田上は笠間少年の背を、後からゆっくりと抱きかかえるようにして、一番奥まった牧達が来ると通される八畳程の応接室に入って行った。牧が入る前にドアは自動的に閉じてしまっていて、牧はその戸を引いて入らなくてはならなかった。入ると笠間少年と田上とは向い合って顔をお互いに近づけながら、先程の火薬の話かあるいは他の話かは分らぬが、ひどく親しそうに話し合っていて、その調子を牧の姿を見て急に変えて、挨拶のような世間話を始めていて、それがずうっと以前から続いていたように田上がとりつくろうのを牧は不自然に思いながらも、笠間少年とは離れがたいのだから、彼の横に無言で入って坐った。「珍しいですね、牧さんがこのむさくるしい所へ来るなんて」と田上が牧に言葉をかけた。「しかし牧さんに来てもらってよかった。今日指令が届いたんです。例のＳ本部員からで、近いと言うのです」と動かない真実味のある目が牧を凝視して言うのを牧はそんな風に人に見られるのに慣れていないので、目をそらしてしまって、クリスタルのカットされた厚手の灰皿を見てしまって、自分の顔にあたる強い視線を灰皿のカットされたガラスの美しさを見ることで弱めようとしていた。「今晩か明日か、らしく、すぐです。指令はいつも前日ぐらいにしか届かないから、きっと明日でしょう。でもまだ正確な日時は指定してありません。動くのは我々だから、指令はただの促しのような我々を決心させるようなそんな役目でしょうか。しかし決行しなくてはなりません。多分今夜か明日にはＳ本部員もこの都市に到着することでしょう。牧さんはＳ氏を御存知ですか。いや多分Ｓ氏を知っているのは私と広根さんとだけだと思います」と田上の言うのを笠間少年は、ちょっと見るとどこか人をうっとりさせるようなものうい目付きを、急に真剣な食い入るような目に変えて、柔らかみのある頬を紅潮させながら聞き入っている。その先を聞きたくてうずうずしている少年の感情を牧は眺めながら、本当はほれぼれしそうだ、とくだんの牧の見方で笠間少年を見ている。「Ｓ氏というと、赤色革命の指導者のＳ氏のことですか」と笠間少年はもう聞いていることができない程興奮してしまって、Ｓ氏がもしあの歴史が後に赤色革命と名付けた北方の国での革命の指導者の一人であれば、どうして笠間少年は興奮せずにおられるというのだろうか。笠間少年はＳ氏のことをこれまで幾度頭に描いてみたことであろう。赤色の旗を持った一団の軍隊を騎馬に乗って指揮し、厳寒の平原を国王の軍隊と戦いながら、遂に革命に成功したＳ氏達の赤色革命の素晴らしさを、どうして笠間少年が忘れることなんてあるだろうか。笠間少年は頭の中へ神経を集中しさえすれば、そこにＳ氏がいるにきまっていて、剣を抜いて遠くまでよく通る声で戦を指揮しているＳ氏の顔が浮んでくる。笠間少年はしかしＳ氏がどんな顔であるのか、背は高いのか低いのか、歩く時は前かがみに歩くのかそって歩くのか、髪はもう白色が混っているのかまだ黒いのか、それとも禿げ始めているのか、それらの想像もつかなかった。笠間少年はＳ氏のことを、以前に田上から聞いたことがあるだけで、田上は彼の容貌や姿について話さなかったから、笠間少年が思っているＳ氏は全く彼の想像のものであって、少年がただＳ氏はきっとこんな風だろうと思ったそんな理想的な姿がＳ氏となったのである。しかし、それにしては年齢が会わないから、ととまどいを感じながら、兎に角Ｓ氏に逢える、と笠間少年はもう嬉しくてどうしょうもないように笑いを浮べながら、彼に出会ったら何と言って話し掛けようかと考え始めていた。「君に話したことがあったかな。あのＳ氏だが」と田上はＳ氏を知っているのが自慢らしく、得意げな顔を見せながら、「彼が来るとあの顔を見ることになる。不気味な何を考えているのか分らないような目と顔は、蛇のように狡猾な彼の心を現わしているが、全体とすれば革命が彼の使命だから、その方へ向って彼の全精神が集中している限り、あの狡猾さも正しいのでしょう」と言っていかにもあの顔を見るのは嫌だと言うように頭を横に振りながら、しかし田上はＳ氏に何かを期待するように頷いて「彼はやりますよ。我々の願いが彼によって結晶するんです」と言った。「Ｓさんは偉い人だ。僕はだから田上さんのように言ってはいけないとおもうんです。蛇のように狡猾だなんて、そんな風に言うのは嘘です。きっと思慮深いということを、田上さんがこんな風に言っただけなんだ。Ｓさんのこと悪く言ったら僕は田上さんだって許しませんよ」と笠間少年が言うのを牧は聞いて「本当はえらくＳ氏のことを吹き込んだものだねえ、田上さん。どうもＳ氏というのは胡散臭い所があるような気がするんだがなあ。あの赤色革命にしたって、たまたま彼が居た場所が良くて、戦いに勝つような所に彼が居て、あの時の国王側の軍隊は前の戦いで負けて、烏合の衆同然になって引き返す途中で、S氏のいる赤色軍と会ったものだから、戦いらしい戦いをせずに逃げただけでしょうからなあ。そこまで赤色軍の指導者は気付かなくて、どうでもS氏の手柄にしてしまって、もっとも指導者の方にもその方がよい何か理由があったんでしょうがね。それにS氏はうまく立ち回るからねえ」と幾分田上を警戒しながら笠間少年の中のS氏を引きずり落したくて、こんな風に話をしても、どうやら逆の効果しか示さなかったようである。「牧さん、少し言いすぎですよ」と田上は言って言葉を継いだ。兎に角今夜は集まらなくちゃならない。牧さんの所へまだ連絡に行きませんか」牧は「夜までにはどうせ知らせが来るんだろうが、一体誰がその連絡係ってのをやってるんだろう」と言う。「近い人々には、口から口へ、という例の方法で伝わる筈ですから、牧さんは田熊さんに伝えることになるでしょう。遠い人々には、例の私の所で印刷しているアフィスタマイに一緒に折り込みとして入れときましたから、いいえ御心配には及びませんよ。文章だって例の七つの首が東を向いた時その天に火柱が上って、と言った風なものだから、外部の人には分らないようになっています」とちょっぴり自慢らしくその四角い顔の頬に皺を作って笑った。「今夜って僕も今聞いたばかりですけど、いよいよですね。だけどどこからやるんだろう。うずうずして来ちまうな」と笠間少年は目を光らせて、緊張しながら嬉しくてならないように落着かない。「田上さんは明日にでも始めるようなことを言うがね、私はそんなにすぐだとは思ってはいないし、第一それじゃ準備も何もできてないだろうし、やるとなれば人手だって随分いるんだろうからな、まだ時期が早いんじゃないかな。そうでしょう、仲間の人達だってまだそんなに集っていないし、やっと十五日程前から駅前で見張りを始めたばかりだし、広根さんの話じゃやっと一人見付けただけだそうだから、やるったって顔見せなんて所でしょうね」と牧は田上の言うことなど初めから信用していないらしく、と言うよりいつもの田上の実直さから見て、どうも今回はいつもの彼とは違うようだなと考えていた。「ええ牧さんから見るとそう思えるでしょう。しかし実際はもうかなり進んでいるし、その道の深い経験を持った人達が秘かに集って来てもいるのです。それに警察がもう私達のことを探り始めて、かなり危険な所まできています。現に昨日も刑事らしいのが用もないのに、煙草の火を貸してくれだとか、水を一杯飲ませろだとか言って寄って中を見て行きましたよ。あまりゆっくりしてはおれません。そうでしょう、私達がこんなことを考え始めてからもう幾年になると思うんです、牧さん、もう五年目じゃありませんか。決して早くはありませんよ、遅いくらいです」と田上は意志を強くその四角い顔に現わして、口を横にへの字に結んでその決意の程を表情に示しながら言った。「なる程、そう言ってみればそうも言えるし、そうじゃなく私のように思えば、もっとゆっくりでもいい」と牧は例の調子で話をしょうとするのを田上は止めて「いや、もう時期は来ています。こんなに好都合な機会は又とないでしょう」「いつだってやろうとすれば、その時がその機会なんだから、言ってみればあんたの言うようにやる気なら絶好のチャンスってことでしょうな。失敗してもやはりチャンスはチャンスであることには違いないからね」と牧が言う。「そんなに切迫しているんですか。僕なんでもします。田上さん命令して下さい」と笠間少年が言うのを田上は止めて「君あまり興奮してはいけない。こんな時こそ普段のようにふるまわなくちゃ。次の雑誌の原稿が鳥野老人から来ているから、君活字を拾って来たまえ、今度のも面白そうだよ」と笠間少年を出て行かせた。牧は笠間少年と一緒にいた事の方が田上の話なんかより余程重要なことに思えるので、一緒について行って、文選など嫌いだが、それで笠間少年と一緒にいられるのならそうする方がいいと思って、立ち上ろうとするのを田上は留めてから、笠間少年の出て行ったドアをもう一度確かめるように押して、誰も居ないのを見て帰って来て座った。牧はこんな田上の行動を見ながら、何て大仰なことをするんだろうと思いながら、田上が牧に話すことなんてあっただろうか、と考え始めていて、第一牧と田上がそんなに親密であったことはないし、田上の言うように五年程以前から時には話をしたり、顔を合わせたりはしていても、笠間少年を追い払ってまで話さなければならないような、そんな事柄がある筈はない。「牧さん、これはここだけの話だけれど、近頃田熊君の行動がちょっとおかしいんじゃないかと思うんですがどうですか」ときり出した。「おかしいって彼の女好きのことなら何も今に始まったことじゃなくて、ちょっといい女性さえ見たらいつも彼はあんな風に近寄って見たいと思うたちだと言うのなら、まあおかしいな。けれど他のことなら、そう彼は女房が他の男と寝てるんじゃないかと言ってて、それは田熊さんの中に、そんな何と言うのか自分を追い込んでみたいと思う気持ちがあって、それで半分は他の男と寝て欲しい、そうすれば俺も別の女と寝れるんだが、とかあるいはそんな風になった時俺はがむしゃらに何か俺にない力が出るんだろうに、とか思う心があって、そんな女房を媒介にして自分が跳躍して今までの田熊さんにないある不思議な力が出て来ると思ってるんじゃないかな。何て言うのか一発棍棒でなぐられないと、なぐる気がしないといった性質なんだろうね。だったらやはり変て言えばいいのかな」と牧は答えて田上の方を見ると、田上はそんなことじゃないんだと言う風に顔を振って「警察の方とのことなんですよ」と言う。牧はその言葉を聞くと、禿げている顔の部分をハンカチで拭いて、しばらく考えていて、田熊の日頃の行動の中にそんな面があるかどうかと思い出そうとしてみたが、一向に気が付かない。となると牧は逆に田上を疑いたくなって来て、この男が何かを意図して田熊を落し入れようとしているのか、あるいは田上には田熊がいると何か不都合なことでもあるのかと考えてみて黙っていた。「近頃の彼は時々駅から姿を消すようです。それは笠間少年からの報告ですけれど、一度笠間少年が田熊君の後を追ったことがあるんですが、どうも警察署に入ったような気がするって言うんです。それできっと何か別の用事か何かで警察署に行ったんだろうと初めは思っていたんですが、そうではなくて、警察の連絡係らしい男性や女性と支線の通勤列車の中で連絡を取ってるらしいんです。私も一度広根さんに聞いてみようと思うんですが、広根さんという人はあの通りそんな小さなことには無頓着で革命一辺倒の人でしょう。聞いても分らないだろうから一度牧さんと相談してみようと思っていた所だったので今日は本当に丁度よかったんです」と田上もそんな牧にさぐりを入れながら話を進めてくる。「私はねえ、どっちかといえば馬鹿な方だから、彼が間諜らしいと言われればすぐそうかと思ってしまう性質だからねえ、こいつは気をつけないと、と思っているんだが、田上さんが言うんだから間違いはないだろうからねえ。私だってあんたの用心深さは知ってるし、何て言ったって五年間もつき合っているから、もっとも田熊さんとだって五年間になるんだがねえ。どっちを信用するかってことになるとやはりあんたの方だろうねえ」と牧はそれ以上田上に腹の底を見せまいとして、一応田熊はそんな風かもしれない、という風に田上に思わせておくことにした。それより何より笠間少年の方が気になるから、早く話を終えて少年の横へ行って、例の美について、特にギリシャにおける男色と美の関係について話すことの方がいいし、それにあの白いまだ男になりきっていないうなじあたりの皮膚を見ていれば、時には彼が活字を拾うために伸ばす手首にでも触れればそれはどんなに気持のよいことだろう、と気がきではない。しかし田上は一度言い出した以上中途で止めてこのまま牧を帰してしまってはならない。どうでも牧に田熊を間諜だと思わせなくてはならない。まだ牧は田上の言うことを全部信じている筈はないし、疑ぐってもいる。どうしても田熊を間諜にしてしまって、そのことで仲間の結束を計って一気に革命の方向へ行動の方向へ進まなくてはならない。どうも今のままじゃ何もできやしないから、それにはどうしても誰かの犠牲が必要だし、とすれば皆の手で田熊を間諜にして、興奮状態を持ち続けたまま決起すればきっと成功することができる。現に田熊はもし皆の中で誰かが犠牲にならなきゃならないとしたらそれは僕だ、なんて言っているんだから、これ程うまい話はない。と田上は考えながら、別のもう一つの嫉妬のことを、このことの方が田熊を落し入れる本当の理由ではないかと思おうとして、その考えを追い払った。「牧さんが私を信用するしないはどうでもよいことで、ただ近頃田熊君に変な面があるってことだけ考えておいて下さい。もし彼のほうからでも今度のことが漏れたら、私達の積年の努力が一気に潰れてしまうことになるから、そんなことはさせたくないと思うんです」と田上は深く考えて話をしながら、横目で牧の顔色をうかがった。「勿論、そうはさせられないとは思うんだが、後で田熊さんと話してみようかねえ、僕は彼とは深い所で似たような考え方をする部分があるから案外分るかもしれん」と言うのを田上は「本当にそうでも彼だって自分から言い出す筈はないでしょうから、でも一度本人にあたってみるのは必要でしょう。私も賛成です。何分長い間の同志ですから」と言葉を切った。牧は田上が田熊と警察との問題を持ち出して何をしょうとしているのかを考え始めていて、本当の狙いがどこにあるのかを考えなくてはならない、と思いながら、どうもこれは危ないぞ、彼は田熊を何とかして殺そうと思っているのかもしれない。と田上の深い心の奥の醜い面を見たような気がした。それに牧に田熊と連絡させようとしていて、牧から田熊を探らせたいらしい所がある。となると田上は牧も田熊の一味だと考え始めていて、牧に田熊を牽制させておいて、その間に一仕事、と言っても何をやるつもりかは分らないが、何か重要なことをやるつもりらしいと思った。牧は田熊と会って田上が考えようとしていることを伝えなくてはならない。もし田上が牧と田熊とを会わせることで、二人が一組で警察と関係があると言い出すとしたところで、それはその時別の方策を考えればいいし、二人の人間を一度にやり玉に上げる程の力を田上は持っていないから、今危険なのはまず田熊だから、そのことを田熊に知らせようと思った。「私は田熊さんに会って今夜のことを知らせておくことにしょうかねえ」と立ち上ると、田上も笑顔を浮かべて一緒に立ち上って「よろしく頼みます。私も笠間君の言ったことがただの憶測にすぎないことを心では願っているのです」と言った。牧はそのまま部屋を出て印刷機の規則的な音を聞きながら、笠間少年のいる活字の置いてある場所へ入って行くと、笠間少年は小さな活字を他の文選工と一緒になって拾っていた。「君が仕事をしている姿は何とも言い様のない美しさをたたえているね。美についての話をしていると、いつも君の姿を思い出して、男性が女性に感じる美は性的なものに幾分幻惑されて、純粋な美から離れてしまうのに、男性が男性に感じる美は性的なものから解放されているから、より純粋だからねえ、美についてと私が話す時、どうしても君のことが頭にあって美が具体化するのは君を通してだから、君はそのまま美なんだな。いやこんな風に言えば君はきっと面くらって、私の気でも違ったんじゃないかとおもうだろう。しかしね、私の気は確かだよ。君はもっと自分の姿を鏡に写して見て、君が美だと言うことに、もっと自信を持たなくちゃいけない。君だって永久にそんなに美しくあることはできないし、やがて別の者、即ち一人前の男となるに決っている。女から見られて男だと思われる対象になるってことだがねえ。君の中の美は……」と牧はまだ長い間笠間少年の横にいて美について、と牧が言っている話を長い間続けて、これは端的に言えば牧が笠間少年に取り入ろうとしていることで、それがうまくいくかいかないかは、読者にとってそれ程重要なことではない。しばらくして田上があの応接室から出て文選の横を通ると、まだ牧は居て、笠間少年と話をしている。あれじゃいつになったら田熊の所へ行くのやら、と田上は嘆息しながら牧の方を見て通り過ぎた。

六、毬　子

明日になればＳがこの都市に現われると思うと、毬子はどうしてもしておかなければならぬことを思い出して憂鬱であった。本当はもう少し早い機会にしてしまっておけば、明日逢う時、Ｓと裸であの人を寄せつけないような、どこまでも冷たさのある膚を毬子の裸の上に感じながら、うっとりと蓋をされるようにぬめった棒のような堅いものを身体の深い内部に感じて、生きていることがこんなにもよいものかと思うことができるのに、と毬子はどうしてこんな直接的なことを考えるのだろうかと自分自身を訝って、顔を赤らめてしまった。Ｓという名を口で言ってみると、彼の顔が頭の中に浮んで来て、裸でＳの前に立っている時のような視線を身体じゅうに感じてしまうから、恥しさと恋しさとの入り混じった艶っぽい甘酸っぱいものが毬子を浸してしまって、どうしょうもない官能が湧き上って来る。毬子はこの誰もいない古ぼけた喫茶店にいて、Ｓのことを思い出していたかった。毬子は三ケ月程前のある日のことを思い出した。ＳがいつものＳとはどこか違って妙にやさしいのを変に思った日のことである。Ｓは殆ど毬子と一緒にいたことはなくて、大方はどこかへ旅行しているか、何かの会合とかで毬子の名で借りているアパートに帰って来るのは少なく、その理由が革命のための下工作であることは毬子も知っていて、Ｓがそのために毬子の所へ来ないのは承知していた。「あの人と夫婦になって一緒に住むことなんて出来ないことだわ」と、いつも淋しくＳのことを思う時、毬子はこんな風に考えて自分を諦めていた。長い時には、そんなＳのいない期間が二ヶ月にも及ぶことがあって、いないことにどんなに慣れていても、もう帰って来やしないのではないかと思ったり、何か事故に遭ったのじゃないかと思ったり、警察につかまったんじゃないかと思ったり、もっと悪ければ、Ｓが時々言ったように革命を起こして失敗してその場で死んだんじゃないかと不安になったりしてしまう。「なあに、死ぬことはないよ」とＳはいつも笑いながら言う時の顔の奥に翳りが潜んでいて、それが言葉とは逆の「死ねばいいんだ」と言う言葉を現わしているように思える。「お前と一緒になったのは、国民議会の前の広場の時だったね」とＳはあの日言った。「でも、あの時は三度目よ、正確には」と毬子が言うのを、Ｓは、「僕はお前を素晴らしい女性だと思ったよ」と、毬子の手を取りながら言う。「私なんだか恐くて、だってＳさんて言えば、私達の中じゃ英雄みたいなもんでしょう。そのＳさんが私みたいな女にどうして声をかけてくれたんだろうって、あの夜は一晩じゅう興奮してしまって、ぶるぶる震えて眠れなかったのを覚えているわ」と、毬子は両手で逆にＳの手を軽くはさんで、その甲の部分をなでながら、頬の所へ持って行って、しばらく頬ずりをしている。「あなたが私に最初なんて言ったか覚えてるわ。『君、大丈夫、疲れているようだよ』って、あなたが言ったわ。初めて警察隊が女の人を殺した日よ。私達が警察隊を逃れて広場から出た並木道のビルの前に一列になって坐っていた時だったわ。でも、最初のあなたの印象は悪くて、なんて陰険なんだろう、って思ったの」と、毬子は思い出しながら、この日がもう遠い昔の日の事のように思えた。

下ぶくれのにきび面をした醜いウエイトレスがコーヒーを持って来て、乱暴にガチャンと置いたので、こげ茶色の液がカップの中で揺れ、こぼれて皿の上に流れた。Ｓがこんなに親切な時はきっと何かを頼む時にきまっているのを、毬子はその時もう少しで忘れてしまって、そのままＳの言う甘い言葉に身体をゆだねて大きな太い腕にすがっていそうになった時、「きっと何かある。何か今までにないことが起こる」と毬子は思ってしまったのだった。「隠していることがあるのね」と、毬子は不安にかられて、もう二度とＳとは逢えないような恐怖がＳの手から毬子の手に伝わって来て、それは電気に触れた時のように、Ｓから起って毬子の掌を通して、腕の、しかも深い手首の部分をゆっくりと線香の先を火が進むように下って来て、通った跡の血の色が胆汁色に変るように感じられて、寒さに震えるように毬子は歯をガチガチ鳴らしながら、唇から血が引いて、やがて知覚が消えて行くのを感じた。「一体どうしたんだ、毬子」とＳの声が聞えて、「いいえ何にも。ただ、あなたがあまりやさしいので」と言葉を口から出すと、その恐怖が甦って来て、「毬子、何を恐れている。お前には分るんだな。いよいよなんだ」とＳが言って、毬子に頬ずりをしたので、綺麗に剃っていない髭が針のように尖っていて、触れると痛いのを毬子が我慢していると、やがて何とも言えない快感となって行く。いよいよＳとは逢えなくなって毬子の前から姿を消してしまうのだと思うと、泪が出て来て、そのままＳにすがって、「いやだ、いやだ」と言いながら、子供が駄々を捏ねる時のように、一しきり興奮がおさまるまで泣いていると、不安で埋まった憂鬱な気持が肉体の接触で暖かいものが入って来て、ただ甘えて泣いているようになってしまう。Ｓの手を背中に感じて、それが心の湧き上る拒否をなだめているようなのに、やがてその手が愛撫の行為に変ると、毬子はどっと出た感情をそのまま情欲に変えてＳにしがみついて行くのを、Ｓは例の力強い男性のはね返すような皮膚で高まる毬子の心をなだめながら、Ｓも高まってきたものをそのまま乱暴に毬子にぶっつけて行く。Ｓも毬子も、もうただこの行為に自分達をのめり込ませてしまえばそれでいいと考えていて、こんな風な性の交渉が随分長い間続いていた。「もうよそう」とＳが最初の意味ある言葉を毬子に言った時、毬子は力のぬけきった肉体に、もう一度力を入れ直して、Ｓのまだ膨張して上を向いて勢いよく伸びている陽根を自らの黒い吸引部の内部に吸収しようと、Ｓの裸の上に毬子の上半身を乗せようとしていた時であった。その声は毬子にＳの強い拒否の意志を感じさせたから、毬子は内部からの恐怖におののいてぶるっと震えて、Ｓが余程強い死をも厭わない覚悟であることを覚った。「今度は、いつものようではないんだ。成功するにしても失敗するにしても、死がすぐ隣りにいて、もう僕はむしろ死に属していると言ってもいいかもしれん。あいつとは本当にもう親しいようだし」とＳは笑って気が抜けたように言った。「今までお前に僕の仕事を頼んだことはないが今度は、Ｋ市に行って、田上という男のことを調べて欲しい。勿論一団の同志があの小都市には以前からいて、彼等は彼等なりの根強い反抗運動を行なっているが、今度はいよいよらしいんだ。あそこでのものが、成功するか、しないかで、この国家を革命の渦の中に巻き込めるかどうかが定まると言ってもいい。ここに表がある」と、Ｓは裸のまま手を伸ばして上衣のポケットを探って四つ折りにした厚手の紙を拡げながら、そこに書かれてある名前を毬子に示した。「鳥野、田上、田熊、広根、牧、下里、大峯……」と毬子は名前を読み上げていると、Ｓは

「その名簿は暗記してしまって僕に返してくれ。その方が人目に付かなくていい。この中で田上という奴はなかなかの男だがゆだんならない。以前、一度革命の実際について論争をやったことがあって、僕を蹴落そうとしやがった。今度も多分そんな気持がどこかに働いているかもしれんが、革命と言うのは、そんな個人的な感情じゃ動かないから、今度の下準備については僕も敬意を払っているんだ。それからどうしても困ることがあったら、田熊に頼めば彼は嫌だとは言うまい。一度しか彼とは合ったことがないが、いい奴だ」と言って、Ｓはその時のその場面を思い出したのか愉快そうに笑って「本当にいい奴だ」と、また言った。「なるべく誰にもお前が僕を知ってると気付かれない方がいい。そして彼等も今度のことでは極度に緊張しているだろうから近づきすぎないように。ただ警察の動きがあった時だけ知らせてくれればいい」と、Ｓは腹ばいになって左手で裸の毬子の肩を引き寄せて、口唇で軽く耳朶に触れて、そのことで二人の気持が通じ合ったように、言葉を切って黙ってしまった。「どうして知らせるの」と、毬子がその唇を吸いながら言うわけには行かないから、キッスの後で唇を離しながら聞いた。「この住所へハガキを書けばいい。緊急の時は電報にすればいい。お前の名だけ書いておけば、僕はもう近づかない。これで終りだ」とＳは言った。

　毬子は、こんな風にあの最後の日のことを思い出しながら、もう冷たくなって来ているコーヒーを飲んでいると、ジャズがチューバソロをやっていて、低い音がお腹をしめつけるようになっている。「Ｓが来る前にやっておかなくては」と毬子は思って、そのことが嫌なことだから、と言ってやめるわけにはいかない。

「あの人子供なんかいらん。と言ってたわ」と、毬子はこのことを、もう一ヶ月以上も前から考えていて、「僕に子供がいたら、僕はその子のために活動することが狭まるだろう。子供がいたらいつ死んでもいいとは思わんだろう。僕に似た奴がもう一人この世にいるなんて、僕は考えただけでも身震いがする。僕には、僕程嫌な奴がいないと思えるから……」Ｓが子供を嫌がっている本当の理由が何であるのかは毬子には分らなかったが、兎に角、Sは子供が嫌で、それはSの子供だから嫌なのか、子供と言う動物が嫌なのか、その両方なのか分らないが、Sは自分の子供のことを言う時、それがただの話であっても、顔を曇らせて、殆ど恐ったように語気を荒立てて言うのである。「僕に子供なんかいらん」毬子は幾度も幾度もこのことを考えていたから、明日Sがこの都市に来るとすれば、それ以前にしてしまわなくてはならないのである。「田熊っていう人は、私の横に、もう二度も坐って、私は知っているのに、あの人ったら、私に近づきたいんだわ。よっぽど私の方から声をかけて上げようと思ったくらいだったわ。Sの言う程じゃなくても、あの痩せた顔の中の細い目は本当にやさしそう」と、毬子は今朝の田熊の行動を考えて、しかし今までの二度は毬子の勤務先まで追って来たのに、今日は夢を見ているようで、何かを列車に乗るやいなや考え始めて、初めは一人笑いをしていたから楽しそうなのに、時々陰鬱な人を憎むような顔をして、また和やかに殆ど声を出して笑いそうになって、本当にクックと笑い出したのを、毬子は見ていて、毬子の後を追わずに、そのまま先まで乗って行ってしまった。今日は私を追ってたんじゃなかったのかしら、と毬子は思った。「やはり行かなくちゃならない」と毬子はよく見ると心持膨れ出したように思う自分の腹に視線をやって、多分ぞおっとする程嫌なことであろう堕胎のことを考えながら、喫茶店を出て行こうとすると、毬子はそれまで気付かなかったが、毬子の先からこの店にいたのであろう二人づれの男女が毬子の動く気配を感じてか、急に離れて、女は下を向いて顔を隠している。きっと接吻でもしていたのであろうと思って、銀貨を出すと、醜女が肥った短い指の爪に真赤なマニキュアをしていて、その爪を見せながら半分にぎったような掌を出して、ものぐさそうに受取りながら、下劣な恋歌を鼻にかけて歌っているのが、この喫茶店の内部の装飾と似合っていて、不潔である。

　毬子は婦人科医の診療室のことを聞いたことがあって、その検診台の陰部を直視させるために、考案された構造が、あるいは膣内に挿入される鉄製の磨かれた、その目的のためにある器具の構造が、なんとも奇怪な理性の化物のように思えて、それらが今毬子の陰部を目がけて襲いかかろうとしている。「今なら止めることもできる」と毬子は思いながらＳの顔を思い出すと、毬子はＳに似た子供がもし毬子の腹部から出産するのなら、もう、どうしょうもない罪悪をこの世に送り出すような気がして、その子は多分Ｓにそっくりな、あの嫌らしさを持つ子供に違いないと思って、Ｓがどうして自分の子供を嫌がるのかの理由の一つは、ここにあるだろうと考えた。道はその道の持つ特色の通りに行けば病院に続いている。「Ｓはもう一人の自分に耐えられないのだわ、この世で自分に似たものが一人でもいるのが嫌なんだわ」と、毬子はＳの頭脳の内部がそのまま表情に現われたような、陰鬱な歪んだ、そして憎しみを持った目を、そのうろたえ気味の目の動きを、苦悶の表情を、胎児の毬子の腹の中に感じたように思った。

「あっ、田熊さんだわ。やはり私を探していたのかしら」と、毬子は勤め先の商店の方向から、ゆっくりと、しかし遠目に毬子を見付けたのか、急に、駆けそうになって、それから毬子を確実に見ていたいのだろう、作意的に緩慢に歩いて来る田熊を見た。目は笑っているのを、毬子は気付かないふりをした方がいいのか、あるいは軽く頭を下げるか目で笑うかして田熊をすでに知っていたことを知らせるべきかどうかと迷った。田熊の細い目は笑って益々細くなって、それでも親しさを満面に浮べながら、毬子が田熊の笑いに答えてくれると確信しているように近づいて来て、毬子の軽いとまどいなど知らないようであった。毬子は知らぬ顔をしてそのまま通り抜けようと思って、近付いて来る田熊の痩せた背の高い姿から視線を別の先の方に向けると、産婦人科と書かれた看板が、太陽の光の中に白く浮んで見えて、どうしてこの看板だけが強烈に毬子の視野に他の家々や商店の看板や広告の中からきわ立って現われたのだろうと思うと言うより、むしろ、その文字の毒々しさから目を背けたかった。毬子の目がもう一度田熊の所へ帰って来た時、田熊はもう毬子の十歩程前の所にいて、ひょこんとお辞儀をした。つられて毬子もお辞儀をしてしまった。毬子の視線がお辞儀をしていて、下のアスファルトを見て彼の杉綾織のズボンのすそを見て上って来て、顔まで戻った時、田熊は殆ど話しかけたそうな口付をしながら、毬子を抱きかかえるのかと思う程の勢いで毬子の前まで来た。もう二人は通り過ぎていて、田熊はしきりに振返って毬子を見ているようであったが、毬子はもう決心したのだからと、そのまま産婦人科病院の玄関へ入って行った。どうやら玄関だけがおそろしく芸術的で美しく、しかもギリシャ建築を思い出させそうな女神の彫刻が幾体か飾ってあって、そこに入る者の心を別世界に引き込むように出来ていた。その中に一体だけ男性の彫刻があって、高い眉と鋭く窪んだ眼窩と目は医学の遠い将来を見つめているようであって、その像はピポクラテスであった。この像が女神達の優雅な姿の中で一つだけ異質であるが、院長が特にこの像が女神達の群の中に何気なく紛れ込ましたのは、ピポクラテスが自分自身で、他の女神象は患者達であることを暗示させたかったからかもしれない。そして、もし毬子がこの女神像やピポクラテスの像のどれかに触れてみると一度に分ることだが、それらは皆プラスチックで出来ていて、叩くと空洞のまるでピンポン玉を叩いたような乾いた音がして、この音はそのまま、この病院全体を象徴していて、玄関の美しさが張りぼてであっても美しいのに比して、他の病室や診察室、分娩室、手術室、看護婦室、便所、そして台所などは汚れていて、これ以上汚いものはないと思う程、不潔きわまりなかった。そして、この病院はそのまま院長の性格を現わしていて、一見こざっぱりと見える服装や、短くかり上げた白毛の混じった形のよい頭髪、油ぎって精力的な額、きょとんとして見える軽薄そうな目と、その上の細い眉、さほど高くはないが形のよい鼻と、その鼻の下に長く伸びて、口の両側で尖ってぴんと張って彼の顔を幾分でも立派に見せるために手入れを怠らない自慢の黒々とした口髭（この口髭だけは黒いのは、髭を黒く染料で染めているためである）、その下に、口髭から見ると随分お粗末な、笑うと下品さが現われる幾分右下がりの口、これらは一体となって院長を普通のどこにでもいる善良な医者に見せているが、それは彼の病院と同様、表から見た格好だけであって、内部（この場合、内部とは彼の頭脳が考えているものと、彼の内臓の諸器官とを言う）は汚れて、もうどうにもならない程、醜悪なもので満たされていたのである。彼の肉体の内部に深く入り込んだ病毒は、彼の肉体のあらゆる部分に血液や体液を通じて運ばれていて、病毒の通った部分は既に病毒に冒されてしまって、この病毒が極めて緩慢にしか進まないものであるが故に、どれ程精密な検査によっても、そのものが陽性となって現われることは殆どなく、化学的の方法でもってこの病原菌を発見することは不可能であった。あるいは、しかし、もしこの院長が彼独自の、彼の発見による検査法でもって（これは一種のワクチンである）この病毒を将来発見することができて、そのことがこの病毒の原因を発見する切っ掛けとなっても、その時、この病毒は既に彼の全身を冒していて、その場面で始めてこの病原体はその姿を現わすのである。とすれば、彼の死と病原体の発見とは同時期となるより外に方法なくて、彼の積年の研究の成果は、彼の死によって病原菌の発見として完成されるのだが、それは、そのまま彼の死であって、彼自身すら彼を蝕んでいる病毒の原因すら知り得ずに、この世とおさらばすることになるであろう。この病毒が彼の産婦人科という職業から来ているのは説明を加えるまでもない程明瞭な事柄であり、そのうちでも特に彼が最も得意とする堕胎術と関連している。彼の長年の経験から、彼は自らの名をその技術に付けて、例えばある種の避妊法に荻野法と言うのがあるように、彼の堕胎法は戸川式として専門家の間では、胎児が成長しすぎている場合に特に危険を冒して用いられる方法として知られている。彼はこの有効な方法に最も熟練していて、その実、この方法が術者に思わぬ病毒を起させていたのを彼は気付かずにいたのである。食物の量と生存する人間の数とが一致していて、食物の量によって人間の数が定まっていた時代においては、それ以上生れない子供を親や産婆が生れた時点において子供を処理していた時代が、どの国にもあって、例えば、そのことをスイフトはアイルランド人の子供を食物としてイングランドに送れば、アイルランドの貧乏人は子供を育てずにすむし、イングランド人に売った金はそのままアイルランド人の富となるし、イングランド人は旨い柔い人肉にありつける、と言うようなことを言ったことがある。この島国の江戸と呼ばれた時代の間引のことについても、蓬つみにやったり、鰍取りにやったり、と言う普通の言葉がこのことを現わしていて、このことと現代の堕胎とがどこまで同じものであって、どこが違うのかと考えてみても、どうにもならない。戸川式の特長をここで細部に亙って説明しょうとは思わぬから、ただこの方法が母体にもやはりある程度の危険を与えると言うことを言っておいて、後は戸川氏自身、即ちこの口髭を黒く染めた外見だけの院長の方へ話を持って行こう。彼の脳髄も既に堕胎時に彼の手から侵入した病毒に寄って冒されていて、彼が時折夜中に大声で「どうしなのだ。何故歯を出して俺を食いに近づいて来るのだ」と叫ぶのは、その結果であって、大声で夜中に叫ぶことが大いに脳を冒されている証拠である。脳髄に侵入した病原体は、戸川が自らの病気の原因を追究しょうとする脳の働きを阻碍して、彼の頭の働きを混乱させ、外部から彼を見ると、彼が時として気違いになったのではないかと思わせる程であった。彼は暗黒を嫌って、暗い場所があると、そこに電気を付けさせ、彼はよく暗がりに向って持ちものを投げるのであった。「そこにいる奴、俺に近づくな」と、彼は手にした本を部屋の隅の光のとどかない影の所へ力一杯投げつけると、本は壁に当たって、ばさりと広がって落ちる。すると戸川は自分が手にしていた書物が彼の大好きな戸川式堕胎法についての図入りのものであることに気付いて、慌てて取って来て、軽く子供をいたわるように掌でなでながら診療机の前の廻転する黒い椅子に坐るのである。

　どうして、こう戸川のことを詳細に書くのかの理由が作者にも分らないのだが、毬子が戸川にとって彼の堕胎の方法で堕胎をした最後の患者であったと言うことを多分書きたかった故であろうと思う。戸川は毬子の堕胎をし終って、その後、毬子が軽い疼痛を下腹部に感じながら、戸川産婦人科病院を出た時、いや、それより少し後の、毬子が病院の外で待っていた田熊に出合って二人が歩き始めた時、その頃に戸川は診察室にいて気分が悪くなり、看護婦に「どうも気分がおかしい。五分程休ましてくれ」と自室に入って、回転するクッションのたっぷり入った、柔らかな皮製の安楽椅子に深々と座り、大きく息を吸い込んでから、彼がいつも癖になっている、あの自慢の黒い髭を右手で二度程ひねった。そのまま、その手を自分の意志で椅子の肘にまで下ろさないうちに死んでしまったのである。だから、右手はあの重力という物理現象に従って、戸川の意志ではなく、下に落ちて、もとからそこにあったようではなく、髭をひねっていた時の指の格好をそのまま残して椅子の肘の上にあって、その手は如何にも婦人科医が、あの治療の対象の部分に進んで行く手付きに似ていて鄙猥であった。

　彼が死んだ後のことをここで書く必要はどこにもなくて、ただ彼の病気を知った近くの人々が戸川氏のことをこんな風に噂していたと言うことを付け加えておけば、彼を一層よく理解出来ることになるだろう。

「あそこのお医者さんたら、堕胎が専門でしょう。だから、誰でも堕胎だと思うらしくて、お産するために行っても、まるで堕胎さないといけないみたいに言うのよ。あれなら、きっと堕胎さないつもりの人で堕胎されてしまった人もいるでしょうし、それに堕胎すと言った時のあの先生の顔ったら、黒い髭がぴくぴく動いて嬉しくて仕方がないようなそぶりでしょう。それは堕胎する時、その技術がうまいお医者さんにかかるのはよいけれど、あれは少しやりすぎじゃないかしら」「あの先生の病気、あまり胎児を堕胎しすぎて、そのためじゃないかしら。そんな噂を聞いたことない？」「いや、ちがうわ。何でも胎児に噛まれて、その胎児たち、もう大きく歯が生えてたんですって、それは大きくて出ないから、こまかく肉片にして取り出した時、胎児が顔を出して、先生の右手を噛んだんですって。その胎児の顔ったら、すごい顔をしていて、〝どうしても私を殺すのか〃と言っているようだったって話だわ。そのために、そこから病気になったってことよ。でも、そんなことって本当にあるのかしら」「あんなに胎児を堕胎してたら、きっとそのうらみよ。嫌だわ。まるで私が堕胎したことがあるみたい。私の胎児のこと言ってるんじゃないのよ」とこんな風な噂であるが、それを本当にとるのは馬鹿々々しいし、どんな女達がこんな噂をしているのかを考えてみただけで作者も嘔吐が出そうである。

　さて、先廻りをしてしまったようだから、もう一度、毬子が戸川産婦人科病院の玄関を入っていった所へ戻して書かなければならない。毬子は病院に入ってまでも嫌だと思う気持と子供をどうしても今日の内に堕胎してしまおうと思う心とが争っていて、自分でも、どっちへ行けばいいのか、出来ることなら、このまま、この幾分鄙猥な、あるいはどこか艶っぽさのある腹の膨れた婦人達の間から逃れて、事務器具を売っている勤め先へ行ってしまいたかった。Sがどう言ったにもせよ、毬子は生みたくないのかもしれない。毬子自身がSの子供を産みたくないのだ。もし毬子が産みたかったら、Sに明日逢うからと言って産めないことはないだろう。毬子は出産のことを考える度に自らがお産を嫌なことを、Sが「僕と同じような奴をこの世に出すのは我慢がならない」と言った言葉に置きかえてしまって、毬子自身が嫌なのをSが嫌だからと言う風に言い聞かせて、自分自身をごまかしているのに、本当に毬子が気付いているのかと言えば、毬子はそこまで自分を見つめることはしていなかったに相違ない。背の高い看護婦が毬子の名を、この女も堕胎のためにやって来たのかと言いたげな顔を隠して、事務的な調子で呼び上げた。毬子が診察室に入って行くと、戸川医師はちらっと、診察室の白い木製のドアを押して窮屈に曲り、迷路のような診療室の方を見て不安げな様子の毬子を、諧謔を含んだ眼付で眼球を左右に素速く動かしながら見て、自分の前の円型の廻転椅子に坐るように促した。戸川の簡単な医学的な、しかしその中に鄙猥な部分を含んだ悪魔的な質問に答えながら、毬子は戸川が随分疲れているなと思いながら、しかし精力的に身体を乗り出しながら、堕胎するのが嬉しくてたまらないと言う風な素振を一生懸命に抑えて質問している戸川を見ていた。一わたりの話が終った時、彼は「それでは、あちらで」と言った。毬子は例の椅子のことだなと思おうとして、まるでこれから処刑されに行く死刑因のようにみじめな気がしたのを、意志の力を促して立ち上った。と同時に戸川氏も起ち上るのを見て、足元がふらついて、やっと机にすがりながら手で身体を支えているようである。顔を見ると、そんなに老いてはいないのに、どうしてこんなに身体が弱っているのだろうかと、もう一度顔を覗くと、その顔の奥に、奇怪な妖怪のようなものがいて、それがこの瞬間に戸川の顔に現われたと思う程、戸川は苦痛に満ちた顔付をしていたが、すぐにそれは笑顔に変って、もうそこには普段の柔和な、しかし空虚な、堕胎を喜ぶ男の顔になっていた。これから後のあの椅子の上のことを書く必要はないように思える。堕胎がどのような順序で、いつもの手慣れた戸川式堕胎法に則って行われたとか、その前に基礎麻酔が、静脈注射として行われたとか、次に開放式のエーテル・クロロホルムによる全身麻酔が行われたとか、あるいは笑気による閉鎖麻酔であったとか、それとは別の簡易な器具を用いた麻酔であったとか、手術に用いた時間は短かったとか長かったとか、その後で毬子は薄汚れた例の院長の隠れた面を現わしている病室に幾時間寝ていたとか、その内に院長は幾人かの患者の診察と分娩を行ったが、堕胎をしなかったとか、言うことを書く必要はないように思える。

　毬子はまだ麻酔の残っている暗闇の部分を頭脳の反面に残したままの姿で下腹部の言い様のない不安感を感じながら、やっと歩いていて、看護婦が車を呼んだ方がいいと言うのを、何の理由かは自分でも分らずに断わってふらふらしながら歩いていた。頭脳は全く廻転するということを止めてしまっているらしく、全ての風景が霞の向う側のもののようにぼやけていて、何がどうなっているのか、自分がどんな風になっているのか分らなくて、ただ心の近くを何かが通り過ぎて、例えばそのものが自動車だったり、ゴミ箱だったり、並木だったり、子供だったりして、そのものが毬子の前に忽然と現われて、そしてすぐに消えて行く。そして先程からその右側に一つの大きな痩せた影が絶え間なく毬子に付きまとっていて、毬子の右側の視界を遮っているのに気付いていて、その高い影が時には毬子のふらふらする身体を支えて後ろから手を廻してかかえ上げてくれたりしている。そうすると歩きやすいのだが、どうも右側の視界が大きな顔で先が見えないのが不満で仕方がない。そんな邪魔なものを払いのけようと身体を左右に振っても、この影はなくならないし、一層毬子の身体にぴったりとくっついて来て、どうにもならない。男の体臭が匂いとなって毬子の心の中に入って来るから、毬子はそれがＳではないかと疑った。きっとＳが一日早く来てくれたのだ、と考えて、そのまま甘えて影にしがみつきたかった。毬子はしかし臭いがＳの持つ体臭と違っていて、同じ男性の体臭であってもＳのなら深い部分に強い酸をかいだ時のような刺激臭がするのに、右横の影からはその臭いがなくて、もっと甘いその分だけ女性的に思われる体臭がして、毬子はそれがＳではないことをそんな風に徐々にではあるが感じていた。Ｓならば、こんな風に柔らかには抱いてくれたことがない、と毬子は思った。もっと柔らかな、ゆったりと女性を包むようにくるむ術を知っている男に違いない、とすれば、それはＳのあの反発するような膚ではないけれども、そう考えながらも毬子はこのやさしい抱擁に身を委ねながら、ただうっとりと、まだぼやけている暗闇の中を歩いている。一体、いつからこの男は毬子を抱きながら、外から見ると顔色の悪い病身の、その割にはでな花模様のブラウスと、茶と赤の格子縞のスカートを着けている女性をいたわりながら、歩いているのだろうか。毬子は、それが途轍もない以前からのような気がするし、つい今さっきからのような気もする。一体誰なのだろうか、と毬子はぼやけた頭で考えていて、時々見える横顔の輪郭と、その影とから判断しょうとしても誰だか分らないのに、どこかで安心しきっているのは、例のやさしい抱き方のせいだろう。それと、もう一つ時々はっきりする意識の中に今まで毬子がいつも見て来ている風景があることである。きっと、いつもの道を歩いているのだ、しかも下宿に帰る方の道を毬子の城とも言えるあの親しい家に帰る道順をたどっているのである。こうなれば、やがて汽車に乗って、あれから三ヶ月も見ている光景を見ながら遠くに怪獣の背鰭を思わせる山脈のかすかな緑の連らなりを見ながら、田園のもう一面が緑な健康な明るさの中を汽車は走ってK市までつれて行ってくれる。と思うと安堵が毬子の心に起って来て、もうこの男にまかせておこうと思うようになって来る。その内に意識がもどって来て、その分だけ下腹部の違和感は深くなるだろうが、兎も角自分をとりもどすのだろう。とすれば、今ここでこの男を拒否してみて、もがいたところで何になろう、どっちにしても同じようなものだ、とすれば心地よくこのまま何もせずに彼のするまま歩いて行こうと思った。

　どうやら汽車に乗っているらしい規則的な身体の揺れが眠気を誘って、どうも起きていようと努力するのが億劫であるから、この震動にまかせてそのまま寝てしまう方がいいのだろう。男はいつものように無性格な男一般のように毬子を包んで、個性がないから、なんとも頼りにならないけれど、それだけ安心しておれる気がする。汽車が急停止したのか身体が揺れて男の身体の中にすっぽりと入ってしまったような気がする。とそこに田熊の顔があって、あの恥かしそうな顔をして、眩しそうに眼を伏せながら毬子を見ている。「あいつはやさしいからな」とSは言った言葉がすっぽりと毬子を包んでしまったから、もう今度こそ不安も何もなく、そのまま田熊の痩せて長い少し骨っぽい腕の中で眠ってしまいそうになる。意識は次第にはっきりしてきていて、こうして男の胸の中にいるのが恥ずかしいのに、まだ暗闇の中にいるような錯覚を自らにかして、そのまま気付かずに、どうせ今までこうしていたのを今さら恥ずかしそうにしても仕方がないと思う甘えの心が底にあるから、もうこうしてしまったんだから、このまま心地よくこんなふんわりとした気分を楽しむのもいい、と思っているのである。しかし、確かになったとは思っていても、やはり、まだこんな風に普通の状態なら考えられもしないことをして、田熊と言う名前だけしか知らなかった男に、いくら汽車の中とは言え抱かれているのは、やはり、まだどこかに麻酔のなごりが残っているのだろう。そう言えば、やはり、あの股の間の部分のあたりからその上の下腹部にかけての部分がおかしいし、何か乱暴に取り扱われた時のような、それよりももっとひどい仕打ちを受けた後のような嫌な感じが、鈍い痛みとなって残っているのが間歇的に強く毬子に痛みとなって感じられる。汽車は止った。毬子は幾分しっかりして来ていて、もう田熊の身体にくっついていなくても一人で坐っておれる程に回復していて、そんな毬子を田熊は知っているのか、先程のように抱きかかえるように毬子を支えたりはしないのが、毬子には物足りない気がするが、そんな心遣いがうれしい。しかし、時として急に意識が暗闇にもどって行くことがあって頭がくらくらして、ぼおっとなるのを、自分ではどうしょうもなくて、これは最初の頃、意識が暗闇の中に光となって現われたのとは逆のもので、光の中に暗闇が襲って来るように感じられる。そんな時に、思わず毬子の方から田熊に寄りそってしまって、また田熊はそんな機会をこそ待っているらしく、寄りそうと力強くあの長い腕でゆったりと支えてくれる。「どうもご迷惑をかけて、田熊さん」と、毬子は田熊が今朝毬子を追いかけて来た駅を田熊と二人で出ながら、始めて言葉で言った。「いいえ、どうして僕の名前を御存じなんですか。……いや、今はまだあまり話をしてはいけない。無理に話さなくていいんですよ」と田熊は言いながら、毬子の顔が少し笑ったような気がして、えくぼが可愛くて、一瞬優子ではないかと錯覚しそうなのを、いや優子ならもう鄙猥な下腹部だった筈だと否定して目を上げて駅の待合室の方を見まわした。出口から待合室を見ると、その視野は狭くて、中が混雑しているから誰がいるのかがはっきり分らない中に、田熊はちらりと牧の禿頭を見た気がした。笠間少年と話をしているのだろう。立っている少年の顔はあまり特長がなくて分らないが、しかし、坐って半分こちらに禿を見せているのは、まぎれもなく牧である。「あの分では、どうやらうまく昼食にありつけたようだな」と田熊は一人笑いをして、よほど牧に声をかけようと思ったが、今は毬子に夢中であるし、それに牧とて笠間少年に気を取られていて、田熊と挨拶する気にさえならないだろうからと、田熊はそのまま毬子と一緒にタクシーに乗ることにした。このまま、ここで毬子と別れるのが惜しかったし、それに毬子をこのまま一人にしておく気になれなかった。田熊は、もう毬子が多分堕胎をして来たのだろうと言うことに気付いていたのである。このことは、田熊にとっては、ひどいショックであって、毬子が戸川産婦人科病院に入って行くのを見た時、田熊はそれを嘘だと思いたかった。田熊が以前からあんなに殆ど女神のように憧れていた女性毬子が、もう既に人のものであって、しかも、その男の子を腹に持っているとは思いたくなかった。嘘であってくれればいい、何か他の病気でふと彼女が婦人科医を訪れたのだと思いたかった。しかし、そんな風に思うのは現実を田熊の思う方向に歪めて考えているにすぎないことを田熊は知ってしまった。「僕は、いつもこうなんだ。僕が夢中になって、やっと近づく手懸かりを得たと思ったら、もうそのものは僕のものではなくて、人のもので、しかも孕んでやがる。僕の心をただ痛めるためにしか何も起らないんだ。いつも僕はこんな風な目にあわされて、ただ泣寝入りをしていなくちゃならない」と、田熊はあの産院の安普請の、それでいて玄関付近だけが妙にごてごてと飾ってある建物の前に長い時間立って毬子を待っていながら考えていたことを思い出した。それでも田熊は待っていて、どうにも待つより他に、彼は何も知らないかのように待っていて、やがて田熊が思ったように毬子が出て来た時、彼女はふらふらしていて、酔ってでもいるようにふらつきながら歩いていて、危なくて見ておれなかった。チャンスだ、と田熊は思ったが、しかし、同時に田熊は毬子が多分堕胎して来たのだろうと気付いていて、もう毬子などどうにでもなればいいと思おうとしても、どうしても、田熊は毬子を助けるより外に方法を知らなかったのである。

毬子は下宿に入りながら、郵便受けに手紙が来ていたのをハンドバックに入れてから、二階の自分の部屋に上って行って、まだ玄関先で、もじもじしている田熊に、「どうぞ、お上がりになって」と声をかけた。田熊はその声を待っていて、今日はどうでも毬子と一緒に心持のよい一日をこの下宿で過ごして、あの、いつもの「僕は、いつもこんな風なんだ」と言う鬱憤を晴らして、たとえ毬子が田熊の思っていたように処女でなくとも、それは知らなかったことにしてしまえば、まだ田熊にとって毬子は憧れの的となる資格を持っているわけだし、そんな女性との心持よい一日を多分何かが（と言うのは神か悪霊か、あるいは、もっと別のある偶然かが）田熊を毬子に引き合わせたのだから、この程度で満足してしまうこともできる。田熊は、こんな機会であっても毬子と一緒に過ごせることが嬉しくて、もし毬子が何もせず言葉さえ話さずに田熊の前で寝てしまっていても、その横に田熊がいれば、それで田熊は満足であった。今日の場合も、きっとそうなって、田熊は、ただもう疲れてしまった身体をただ横にして寝てしまっている毬子の横に、電燈さえつけずに幾時間も、あるいは明日の朝までも、ここにいることになるのだろう。そして、そのことが彼等の仲間にとってある重大な意味を持って来ることが例え後になって起ころうとも、そんなことは今の田熊にとって、この嬉しさと比べたら一体何になると言うのだろう。こんな風に田熊は満足していたのであった。

七、駆　足

田上が印刷工場を古ぼけて雨にでも長い間晒されていたのか塗料の剥げた自転車に乗って出かけようと、ペタルを左足で踏んで右足を後から大きくまたぎながら見ると、馬鹿の吉田君が、いつもの間の抜けた表情を一瞬怪訝な顔付に変えて田上を見て「あの…お…おっと、うんとお…お出掛けか」と吃りながら言うのに、いつもならそんな中途でも動作を止めて彼の言うのを聞いてやるのに、今日は急いでいてその言葉を後にしながら走り出した。吉田君は前を流れる川から水を汲んで来て、印刷工場の前の砂利道に撒いているのである。これは馬鹿の吉田君の唯一の仕事で、以前にあまりぽかんと一日中薄暗い工場の雑音の中で立っているので田上が「外へ出て水でも撒いたらどうだ」と言ったのを、馬鹿の吉田君はどうして撒けばいいのか分らなかったのを、田上が手取り足取りして、堤を下って川からバケツで水を汲んで来て、その水を柄杓で撒くのを教えると、彼はそれがめっぽう気にいって、それ以来印刷工場の裁断の仕事がないと、彼はいつも冬でも水を撒いているのである。田上は障子に逢う時間がもう来ていて、急いでも二十分は遅れるだろうが、時間には几帳面な田上にしては、二十分も送れるのは珍しいから、きっと障子がやきもきしていることだろうと思った。川に沿って走ると風が起って前から吹いて来て、ペタルを踏む足の動作で出る汗にあたって、汗が蒸発するのだろう、顔のあたりが心地良い。勿論気持のよい原因の一つには障子に逢えるという事柄が彼の心を支配しているからで、障子が彼の来るのをいつものように、と言っても一ヶ月に一度か二度の逢瀬を楽しみにして待っているのであろうから、と思うだけでどうして男女が逢って、裸になりながら、ただあの生殖器と言われる部分を互いに相手のその部分に合わせることで、こんなに嬉しいのかその理由は分らないが、しかし何ともそのことを思うと、心持が愉快になるのか不思議である。田上が今踏んでいる道は僅かながら上りであって、この町の一番高い所は公園附近で、この部分を中心にしてあとはゆるやかな坂となって下っているから、この小都市のどの場所からでも公園附近へ行こうとすれば坂を登らなくてはならない。坂道の場合、その坂が急でそこさえ登ればあとは平坦であるとか、次に下りが来るといた道なら一気に坂を登ってしまえばそれでよいが、しかしこの都市のように、その坂が長くしかもゆるやかであれば、どこまで行っても上りであって、自転車でこんな坂道をこいで登るのは容易ではない。いつもながら田上はやはり疲れが出てきて、電車通りに出る頃になると一休みしたくなってきた。田熊の家がこの近くにあるのを知っていたから、と言っても田熊の妻との逢い引きの中途にその夫に会おうと思うには余程の決意がなくてはならないか、あるいは別の種類に属する奸計があるのかは分らないが、田上はどうしても田熊の家を覗いて見なくてはならぬと思った。いれば今夜の集会のことを話せばいいし、牧に田熊に連絡するように頼んだものの、牧は笠間少年に夢中でまだ田上の印刷工場で活字を拾いながら、例のプラトンの愛と、ソクラテスの同性愛についてと彼が自ら題している話を飽きもせずにやっていたから、牧が田熊と会うのはいつの頃になるのか、それは多分集会の始まるちょっと前ぐらいだろう、だとすれば今行って話すのは田熊にとっても親切ということになる。田上はこんな風な理由をつけて、と同時にもし田上が田熊に集会の連絡をつけなかったということで、後から誰かに非難されることがあっても、寄っておけばその非難から逃がれることができる、と考えた。電車通りから小路を入ってもう一度クリーニング店の横で折れてやっと人が一人通れる程の道を、その道が溝にたまった泥を上げる為にあるのか、それとも人が通るためにあるのかすら判断に迷うような、そんな下水溝が道に沿って流れている道を、自転車に乗ったまま通れないから、下りて引いて行くと、草が繁って道が草で覆われる手前に彼の家がある。と書き始めるとここで田熊の過去について、あるいはこの傾いている家についての説明をしなくてはならなくなるから、と言うのはこの家が本当に右に向って五度は傾むいていて、こんな風に傾むいている家は廃家でない限り余り見ることのできない光景であるから、やはり田熊とその妻のことについても説明を加えねばならない。田熊の家がこの道路と言うより溝に付随している道に面してあるかといえば、元々この家は納屋であって電車通りに面した土塀の長く二十間を越す塀の中に松の古木や欅の大木がその塀の上に緑の葉を幹の数十倍の体積で繁っている家がかって田熊の持物であったのだが、それがいつの日か田熊の手から離れて、彼はその裏の幼い頃冒険の折にしか寄ったことのない納屋に住むことになったのである。どんな順序でこの屋敷が人手に渡ったのかを詳細に調べれば、それだけである小説が出来てしまって、このものとは別の語りになってしまうだろうから、そうはせずに、その原因の中で最も大きいのは法律が変わったためであるとしておく。勿論法律が変って田熊の手から人のものに田熊さえ知らぬ間に消えてしまったのは、この屋敷ではなくて田圃や山林であったのが、初めのうちは田や山がなくなっても、田熊の屋敷の外見上の変化はどこにもなくて、田熊さえその重要さに気付かずにいた。しかしやがてその田や山林から田熊のもとへ入っていた穀物の代金や木材の収入がなくなってどこからも何も入って来なくなれば、近くに残っていた田で働くより仕方がなくなって、田熊も百姓の真似を幾度かしてみたが、どうも彼にそんなことが出来る筈はなく、女房の障子は根っから百姓仕事など問題にすらしないから、その田も人のものになってしまった。となると落ちぶれるものだから、一度傾き始めると、何処からともなく禿鷹のような連中が集まって来て、うまそうに田熊に見える話を持って来て、それに田熊が乗るやいなや、田熊の金をもぎり取っていってしまうのである。三つの蔵の中の西洋風な家具、美術品、あるいは東洋の陶器、漆器などから徐々に、次は書籍、そして庭の名石、名木、やがて屋敷の一部、最後に借金のかたにと土地ごと屋敷全体といった風となったのである。勿論この中途で女房も田上に寝取られてしまったのだが。さてこのうち特に田熊が愛着を持っていたものは、西暦紀元前千五百年頃のミュケナイ時代のもので、スパルタの南の丘陵地ヴァフィオの墓地から出土したヴァフィオの金杯と言われて、アテナイの美術館の第一室ミュケナイ展示室にあるのと同種の金杯であった。この種の槌鍱の金杯が田熊の家にあることすら不思議な話であるが、彼の幾代か前の当主がギリシャ学に凝って、アテナイで十五年も考古学を中心に勉学を、後にペロポネソス戦争あたりのアテナイの最盛期から少し下りぎみの時代に興味を持って、それを調べ、ツキジュデスの戦史とギリシャの地形との関係や、ペレクレス時代の哲学、政治、美術、文学、弁論術などにも関心を持っていたようだが、その男がギリシャから帰る時、ミュケナイ時代のこの槌鍱の金杯を持って来たのであろう。それがいつの時代かと言えば西暦千六百年代の日本で言えば鎖国の江戸初期頃であったのである。さてこの金杯の図柄は、アテナイ美術館のものは牛が暴れて把手の上をはねてその人の横を凄いスピードで牛が駆けて行く、もう一人は牛の角に逆さになりながらしがみついていて野牛を捕えようとしている。金杯のもう一つは、多分その牛を捕まえてしまったのだろう木々のある野原を四頭の牛が歩いて行く、そのうち一頭は後足を縛られていて、男がその足から結ばれている紐を持っている。この二種類であるのに田熊の第二の蔵の一番奥の隅にあった金杯の図柄は、この二つのアテナイ美術館の牛の図の中間に属するものらしく、暴れている牛が静かになっていて、しかしまだ人は安心できないらしく一人が一頭の牛の二本の角を手でおさえていて、もうひとりが牛の後ろにいて縄で曳いている。その後に止って草を食んでいる牛が一頭と、さらに駆けながら跳ねている牛がもう一頭いるのである。となると暴れている野牛を第一のものが捕えるものを書いていて、田熊の第二のものは、それがつかまった瞬間を描いているのに、第三のものは、牛はつかまって、仕方なくゆっくりと歩かされていている図であるから、これはうまく繋がっている。さてこの金杯も田熊は騙し取られてしまってと言っても全く騙されたのではなく、安い金の地金の値段で彼の家に出入していた友人が持って行ってしまったのである。「これはよく出来ているが、私はこれよりもっと素晴らしい金杯を持っている。それと一つ取りかえてみてはどうでしょうか。私も自分のが素晴らしいのを知っているが、同じものを長年持っていると飽きがくるから、多分あなたももうこの金杯を見飽きただろうから、そんなお互いが取りかえて別の金杯を見るのもいいでしょう」とその友人は言って、田熊がその気になりそうになるまで根気強く幾度もやって来て、そう言って、田熊がそれもそうだなと思ったほんのちょっとした瞬間の隙の間に彼は田熊の金杯を持って行ってしまった。そして次に持って来たのは、田熊のと似ても似つかない真鍮製のあのアテナイ美術館にある第一の図柄の模造品であったのである。そして結局その友人は、あの口径が十一糎近くある金杯を、まちがって潰してしまったのだの、傷をつけたから直しにやっているからだの、しまいにはそんな品物を借りた覚えはないだのと言って、金の地金代だけ置いて取っていってしまった。こんな風だから田熊の家は瞬く間になくなってしまって、結局田熊の友人と自ら称する連中によって、田熊と障子とを通して消えて行ったのである。そのうちの幾分かは障子を通して田上に流れて行ったことは、想像力をそれ程働かさなくても分って、その量がどれ程であったかは、分らない。そして近頃田上が障子を避け始めたことから考えれば、もう田上にとっても障子はそれ程の価値を持っていないようである。田熊はそれをいつものように細い目で「僕は何て損をしているのだろう。僕はいつもこうなんだ。僕が何かしょうとすると、僕の先に僕の欲しいものを取って行くのがいる」と嘆息して、そして田熊は自らを慰めていた。

　田上は溝の細道に自転車が倒れないように工夫をして置いてから、田熊の家の開きにくい戸を開いて中に入って「いますか」と呼んだ。「誰かがいてくれた方がいい。そうすれば」と田上は言葉を飲み込んでしまって、紙に「今夜七時、大西洋通り入る工場跡」と書いて郵便受けに挿入した。連絡はこの郵便受けを通して行う事を牧や田上や広根や下里などの少数の田熊と親しい人々は知っていて、もし誰もこの家に居なくても、あとで牧がもう一度この紙を見るだろう。それなら田上の来たことが牧に分って、それでいい、と田上は思った。田上はそのまま引き返して、自転車に乗って例の逢引きのもう幾年来続いている場所に行くことにして「よく飽きもせず続くもんだ」と考えながら自ら苦笑した。田上の自転車は特長があって、誰が見ても田上がそこにいることが分るから、その点都合の良い場合と、今のように都合の悪い場合とがあって、こんな時には田上は自転車を中学校の自転車置場の中とか、図書館の自転車置場や、パチンコと呼ばれるある種の鉄玉発条弾き屋の前の自転車の列の中にまぎれ込ませることにしていた。行くと部屋では障子はもう待っていて、潤んだ深い目を一層深くせつなげに開いて、田上に問いかけるように謎のような目付をして唇を半ば開いて、まだ白い美しい歯をその間から二本だけ見せて、田上の方へ寄って来るのを、田上はやはりいとしいと思った。肉体の情念の全てが顔付に出ていて、細く開いて見ているのか見ていないのか分らぬ程の目は、唇の求める接吻を助けるように消えていて、その表情は殆ど唇だけと言ってもいい程に唇は情欲を示していて、そのまま吸い込まれて行きそうな甘い感情の中で、田上は一瞬病院で寝ている妻の顔が蒼白い笑顔で通りすぎたように思ったが、そのまま引かれるように唇を重ねると、そこから情欲が田上の唇に入って広がって行く。吸いながら唇の内を舌が微妙に動くと、それはもうお互いの理性の欠けらをも情念は飲み込んでしまって、何か別のもっと深い意志だとか、奸計だとか言った種類のむしろ理性に近いものは、この深い心地よい情念にとっては無力で、それらを飲み込みながら、理性はただあるとすれば、互いの情欲を高めるためのただの触媒のように「もう夫が帰って来ますわ」とか「こんな風になるなんて考えもつかないことです」とか「そこはいやですわ」とか言った。あるいは「僕は君から離れることしか考えていないんだ」とか「考えれば考える程僕は君に悪く思う。だからこれっきりにしよう」とか言った種類で、それらは何のことはない互いの情念をかきたてる道具にしか使われていない。布団が動いてその間から白い大腿部が男の毛深い足と重なり合いながら、それは二匹の蛇がうねるように動いて、初めはゆったりとただからみつくように互いの腹部をからませながら、一匹の白蛇はほんの少しそれもただ上下に動くだけなのに、他はその一匹がゆったりと動く間隙を縫って螺旋状にくるくるとしかも不規則な速度でその接触を楽しむように蔦がからむようにからんだかと思うと、今度は二匹がまるで狂ったように暴れ出して、一体何がこの二匹の蛇に起こったのかと驚く程の激しさで動いていたのが、よく見るとそこには自ら一定のリズムがあって、その表面の激しさにすっかり驚かされてしまったのに、やがて気付くとそれは性の逸楽であって、一気に噴出への激情が高まって、二匹の蛇は逸楽からどうすれば逃げられるかと互いを罵り合うように痛めることで自らの快楽から逃れることができるように、もう一度のたうつようにからみ合うと、やがて消えて弛緩した体節が互いの体節の中にはまり込んだようにたった一本の太いまだらの大蛇となってそこに長々と寝そべっている。と言う風に性交について描写することもできて、こんな方法が性交を書く時の常套手段となっているらしいから、と言ってもこんな書き方はやはり本当ではなくて、別の嘘でこのことを書いているにすぎない。「こんな風に言うとお前は田熊君に僕が嫉妬して言っていると思うかもしれない。そう思われるのは厭だが、半面お前はうれしいかもしれん。案外男女の間と言うのは微妙だが近頃の田熊君はどうも迷っているらしい。あんな風だし危ない」と田上はこんな風に話を始めて、このように遠まわしに話をするのが障子には一番効果のあることを知っていて、障子がその誘いに乗ってやがてそれ以上の疑問を出して来るのを待っているのである。「田熊は人を売るようなそんな性質じゃないわ。あの人はそんなことは出来ないわ」とまだ裸の腕を布団の上に出して、その手で煙草でも捜しているのか枕元あたりを手さぐりで手に触るものが、煙草の箱でないのが気に入らないのか、無闇に動かしていて、これ以上伸びないあたりまで手を伸ばしてから諦めたのかくるりと俯せになって、目で煙草を見つけた。白い背に長い髪が乱れてかかっていて、その病的な膚の白さが、田上の情欲をひどく興奮させたので、田上はこの女の背にまだこんなに男を引き付けるものが残っていたのかと、驚きながらその膚をゆっくりと手で撫でた。「僕も勿論そう思っていたんだ。しかし調べてみるとどうも違う。今までの田熊君じゃない面が近頃出始めたんじゃないか。何と言うのか、もう人まかせじゃなくて自ら動かなくてはならぬとでも思い始めたようだ。どうもそんな風なんだ。僕は危険な男に思えて仕方がないんだ。笠間少年の話だと何やら刑事らしいのと一緒に居たのを見たらしいんだ。それも一度や二度ではなくて、幾度か……そうだろう、田熊君には刑事とは付き合いがないんだろう。僕だってまさか田熊君がと思ったんだが、笠間少年が見たんだし、彼は後をつけてその相手が警察署へ入るのを確かめてるんだから……僕だって長年の付き合いだから、一度彼と会って聞いてみようとは思っている」と言いながら障子がうっとりと田上の愛撫に身を任せているのを、軽くはずして相手の出方を見ている。「そうね、あの人も変ってもらわなくちゃね、でももう遅いわ。私にはどうでもいいわね、あなたがいるんだから」と田上を見た。「人って奴は自覚して、自分の今までの生活が嘘だったと思うようなことにでもなったら何をしでかすか分らんからなあ」と田上はおいかぶせるように、障子に聞かせるともひとりごとともつかない言葉で幾分ゆったりと言って、障子が吸い始めている煙草の両切の一部の部分が口紅でピンクの色の付いているのを受け取って、うまそうに吸うと、煙があの複雑な模様を濃淡で波の動きより軽々と、砂漠の砂の模様のように単純ではなく、立体的に虚空の美術品のように美しくうねって、彼等の動きさえなければ、瞬時彼等の目を楽しませてくれる。「君は広根君と一緒に、多分西の鉄橋の方を受け持つことになると思うんだが、やって欲しい。僕も君達と一緒に行動することになるだろうが、しかしこればっかりはやってみないと分らんから。僕の頭の中はこのことで一杯なんだ。君とのこともこれで終りかもしれん。そうも思うんだが、それより何より成功は万に一つでも何が何でもうまくやらなきゃならん。その万に一つてのを成功させないと、そうだろう。合図は電車通りの公立病院から出ることになっているんだ。まあこのことは後で会合の時にでも打合せることになるがね」と田上はここで立ち上った。「もう行くの」と障子が裸の上半身を腕で支えて起すのを「うん」と返事ともつかぬ返事をしながら、田上は次の行動のことを考え始めていて、急がなくてはならないと思った。

「おや雨か」と田上はあの自転車をこぎながら空を見上げると、黒い雲が急に強く吹き出した南風に乗って近付いて来て、もう日暮近くかと思わせる程暗くなって、ポツンと一つハンドルを持った手にあたったかと思うと雨足が早くなってきた。まさか雨だとは思わなかったのに、こんな日に雨が降るなんて、と考えても、なる程まだ梅雨のうちだし雨が降るのはあたり前で、時には集中豪雨といつの頃からか名付けられた嵐が急にやって来て、そこここの河川を氾濫させたり、鉄砲水が道路や鉄道を寸断させたりするのは年中行事のようになっていて、今もこんな風な多量の雨が降る場合なんだと考えようとしたが「雨とはまずい事になった」と田上は思って急いで公園附近から一度下った道を、今度は南の丘陵を目がけて重くなったペタルに力を入れて踏みながら走って行こうとしても、坂だから思う程は速くはない。雨はそれ程はひどくはないから、と言っても濡れて走れば前から雨は田上にだけあたるように、そんな風に降って来るように思える中を、自動車や乗合バスに乗った連中が追い越したり、向い側を通り過ぎたりするのを恨めしく思う。道は急に細くなって行って舗装してあった広い道を通っていた時には随分自動車にも会ったが、右に折れて信号機のない細い砂利道に入ると、もう自動車にも出会わなくなって、田圃や畑の中の道に沿って農家が木々の繁った中にあって、もっとも道が先にあって、それに沿って農家が建っているのか、あるいは農家が比較的混んで建っている中に道が出来たのかはその時期まで逆上ってみないと分らないのだが、自転車でうねうねと雨の中を行くのもそんなに悪くはない。「でも何もこれが最後というわけじゃないでしょう。だって生きている限り続くものよ恋なんて」と障子が言った言葉を思い出しながら「そうはいくまい、もう僕は嫌なんだからな。それに今度の仕事は僕の力を出しきる機会の中じゃこれ程都合がよいなんてことはもうないだろう。もう女のことはあってもその次でいい」と田上は考えていて、顔にかかる雨が視線を遮るから片方の手で顔を拭って先の方を見ると、道は山道にかかって杉の高い木立がすぐそこに見えて、ここで自転車を置いて先は歩かなくてはならない所まで来ていた。十五分は歩かなくてはあの炭焼き小屋には着かないと考えて山を見ると、山の木々は緑で美しく、それが雨で濡れると、木の葉がこんなに美しいものかと思わせる程のみずみずしい緑をその木によって、木の種類によって、木の枝の伸び方によって、その斜面の様子によって異なる緑の葉をつけていて、それらが山を作っているから山は全くの緑で、その中を一人で歩いていると、そのまま自分すら緑の木のあの小さな一本にすぎないような気がして、出来ればそのまま木になって雨の中に雫を落しながら幾百年も立っていたいような気がする。琺瑯でできたもののような厚手の葉の上を水は流れて、水は小さな玉となって転がって、幾条かの水が集まると小さな川を作って、一連らなりの水の流れとなってその反発する葉の上から落ちている。杉の大木が森をなして立っている下までは雨は降って来ないのか、その下はいつものように湿っていて、雨がかからないのと同じように陽も差さないからじめじめしている下は、何か異様な陰鬱なぞおっとする光景を呈している下に、田上は雨やどりのつもりで入ってみるが、もう洋服も下着も、それこそパンツの中まで濡れているから、今更雨やどりでもあるまい。炭焼き小屋がこんなに都市の近くにあって、炭を焼いているのかと疑問に思うのは当然で、炭を焼くと言う仕事がついこの間まで、炭が家庭の燃料として用いられていたのがいつの間にか別の液体状の火のつき易い石油と名付けられた種類の魔法の水に変って、その以前にはあの黒い、燃えると赤いこっぽりとして火の玉に変るものが、まだどこの家庭にもあって、あれで焼いたサンマは何とも言えぬ美味しいものであった。とすると炭焼き小屋は炭を作る場所だから、何処でもあってそこへさえ行けば、鼻の下あたりを手で拭ったらしく炭の粉で真黒にした山の炭焼きの爺さんがいて、道に迷った時などは、それが冬であれば火にあたりながら、ぽつりぽつりとこっちが早く帰り道を聞きたくても、そんな風には時間が動かないらしく、話してくれてそのおかげで元気が出たということがよくあった。そんな小屋の一つで、下里が今も炭を焼いていることになっていて、田上はその小屋へ行くのである。小型の自動車ならばつい近くまで入って来れるから、運搬に昔のように背負い子を使わなくても小屋の物を町まで運ぶことが出来て、ここまでは警察の監視も及ばないから、その筋の連中に見つかるとうるさい種類のものであれば隠すのにもってこいの場所である。山道を上って来る連中から下里は誰かが小屋の方向に近付いて来るのを双眼鏡で見て知っていて、それが四角い顔の輪郭と顔にかかる髪の毛の具合とで田上であることが分ると、随分安心してしまった。めったに人の登ってこない道であるから、人を見ると警戒するのは仕方のないことで、その大方が今日のように仲間であればいいのだが、と言っても例の品物の一部を五つ小屋に隠してから尋ねて来る人間で、仲間以外の者であったことは一度もなかった。

「随分濡れたじゃないか」と下里は挨拶の変りに言って濃い太い眉をぴくっと動かして、こんな雨の日にどうして山の中まで尋ねて来たんだろう、という風に疑問の表情を見せた。彼は言葉をいつも口の中でもぐもぐと言う癖を持っていて、言葉が語尾まで正確に発音されないから、言っていることを良いと言っているのか、違うと言っているのか分らない場合が多くて、そのせいで彼の心が言葉を通してそのまま意見となることはなくて、大方の場合は次に彼の言葉をおしのけて話し始める人の意見と下里との考えとが同じであるような印象を他の人々は受けてしまう。彼独自の考えが下里自身でさえあるのかないのか分らなくて、いつも誰かの意見と同じようであるし、そうかと言って下里が言葉で表現してしまうと、そのものは下里の意見となって他のいずれの人のものとも違うことになるから、そうはならないように語尾をもぐもぐと独自のように隣にいる人にさえ聞こえないようにやってしまう。「いや時には君の顔を見るのもいいと思ったから山道をこうして登って来たんじゃないか。君はどっちかと言えば厭人派だったかな。久し振りに山に来て見ると、何ていうのかやはり都会の機械の中の生活とは違っていい。君好みだから、君のように自らに語りかけると言うか、瞑想的思考の人間というのか、自分の考えを自分だけに押しつけて人には発表しない人間にはうってつけのようだ。あの老杉は君のような人間が相手だと語りかけてくるのだろうなきっと。僕のようにむしろ悪霊的な人間は人間関係の中に居ないと落ち着かないんだが、君は違って自然的だからな」と田上は話を始めて、どうこの男に話を持っていけば田態のことを分らせることができるかと考えていて、それには彼が田上に何のために来たのだろうかと疑問を起させるのが一番いい方法だと考えて「人と会うのは厭なんだろう」と聞いた。「俺は人は好きだよ。山の中に居て幾日も人の言葉を聞かないと、やはり君のようによく喋る奴に会いたいと思うし、言葉というのは耳には心地よいものだ。人がそれだけ昔から使って今も幾千万の人間が使っているんだから、耳は人の言葉を聞きたがってるんだろうな。山で雪の降る頃雪の音が聞えるだろう。勿論雪の積る音は音じゃなくて無音って音だが、こいつは吸い込まれそうに深い。こんな音が幾日も続くと、どうしても音が聞きたいからあのラジオって奴で人の声を聞くと軽薄で、人はどうして言葉という道具をああも無知をさらけ出して使うのかと思うよ。言葉があんな風な軽薄な広がり方をして一つの文章になるのかと思うと俺は嘔吐が出そうで、そんな時は大方食い物もなくなるんだが、無理にもう少し人工的なものの全くない山へ入って、そこで指を口の中に入れて、あの酢い液が苦しみといっしょに胃から出て来るまでやると、人間って奴がこんな嫌なものを胃に持っているのかと思って、それと言葉とが同じ源なんだと思うと、吐くことでせいせいするんだ。とあの音だろう、雪の積る音で俺の瞑想の根源を震わすような吸い込みそうな音がして、まるで恐怖さ。俺がこんな風に君に言うのは、俺はやはり淋しがりやなんだと言いたいだけさ」と深く瞑想するように言うのを田上は「君の言っているのは君が五年前ヒマラヤへ行った時、君の隊員の一人を雪庇から落したことだろう。あの落ちる時の声が人が嗽いをする時の声に似ていて、あるいは動物が吠える声のようで、その声が君の耳から離れないと言ってたじゃないか。そのことを君は今言ってたんだろう」と四角い顔を幾分悲劇的な表情に変えて言った。「そうだ。しかしあの声はあの時やはり最後には消えたんだ。今言った沈黙って奴が来て、これは随分長かったように思うし、すぐ別の吹雪の音が狼が遠くで吠えているように初めは小さく長くそして近くへ来てまるで俺を打ちつけるように叩いて、その中でもう一度あのがあ…ああ…わあ、と言う声の奴がして、と思うと吸い込まれそうな静寂が来たな、俺にも来てって言ったんだ。あいつは」「君はその時から夢見る人間って種類に入ったんだね」「いやこれは俺の本質さ。俺が山を好きで人の言葉のないのが好きで、自分の意見は俺にしか分らないのが好きだから、俺はヒマラヤくんだりまで行くことになったんだろうな」ともう一度下里は太い眉を動かしてその両方の間に太い縦の深い皺を二本作って、長く話しすぎた、元来言葉には本当はなくて、嘘が言葉になって本当らしく話しているだけだとでも言いたげに黙してしまった。田上は話さないんならこっちだって話さなくたっていいんだとでも考えているのか彼もやはり黙っていて、風が雨を炭焼き小屋にぶつける音や、木々が風にゆれる音、雨が吹きつける音や、どこかにたまった雨水が葉や屋根から落ちる断続的だが、しかし結構楽しい音を聞いていた。「雨ってのはやはり楽しいものだから、聞いているとある種の音楽のように変化があって、風が断続的なせいかあるいは間歇的なせいか、縞模様のように激しく強く、今度は引くように弱く、かと思うとほら遠くから風の音がひゅうとやって来て雨が戸をゆするって具合だ。君のように一日中こんな風に雨の音を聞いていると、魂がまるで自然のものになってしまうだろうな。広がって木や石や土と同じように、人間の魂や心と言われるものが同じものだと思ったりするんじゃないかな。けれどそれは結局間違った考え方だね」と二十分間は話さずにいてあまりの単調さに田上はどうしても話さずにはいられない衝動のようなものを感じて、その様子を相手に気取られまいとしてこんな風に話を始めた。「それは人と物とは根本的には違うってことなら、君の言うようだろう。君のように人がどう考えているか、あるいは人をどうすればうまく自分の思うように動かせるか、あるいは騙せるかと思っている人間には、本当は自然のことなど分る筈はない。君はどうすれば岩が割れるかと思って、岩の上に落ちてる水のようなもんだから、いやこの例は悪い、もっといい例があればよいが、君には人間のことしか分らんよ。それも悪巧みの方だ」と下里は涼しい目をして言うのを田上はなる程と思いながら、この男だからこうして何の反対もせずに聞いているのだ、もし別の奴だったらただではすませないだろうと考えていた。「ところで雨の中でもうまく出せるだろうか」と田上は話を事務的な方向へ持って行った。「出せるとも、一時間程の時間的余裕を見ておけば荷車で町まで持って行ける」と下里は明快に答えた。「いよいよなんだな」「今夜の予定なんだ。七時に例の工場跡へ集まりたまえ、大勢になるだろう。Ｓも来るかもしれん」と田上は言ってどうしてＳという名が出る度にこう苦しいのだろうかと考えていた。田上はＳを何とかして抜いて出たいと考えていて、もしＳがいなければ、田上がこの革命派の人々を統括できるかもしれないと思って、今度の決起だって結局はＳを問題にしているのではないかと自らを疑ったりする。そしてその度にそれを否定して革命こそ田上の積年の目的ではなかったかと思おうとして、そのために彼は生れたとさえ思いたかった。田上は革命の時、どうすればよいかをそれこそ幾度となくその順序と方法、地形と交通と万が一の場合の逃避方法などを考えて、下調べのためにそこへ行って、岩の位置、流れの方向、洞窟の深さ、木の繁り方、道のうねり具合と傾斜などをどれほど丹念に見てまわったことだろう。それも今夜のためじゃないか。「Ｓが一体俺に何をしてくれたというんだ、今度のことには何一つしてくれなかったじゃないか」と田上は思った。「七時迄に持って行かなきゃならんのか」と下里が眼を光らせながら聞くのを「いやもっと十二時頃でいい。病院に火が出る頃出発し始めても間に合うだろう。君の方は東の鉄橋附近へ行くことになるだろうが、詳しくは夕方のあの廃坑の中だ」と田上は答えて「もう少しの時間だから特に気を付けてくれたまえ、爆破装置も雨に濡れないように」「それを君は俺に言うのか」「ああそうだった、君に何もそんな風に言うことはなかった。その道の君は僕なんかより数段上だからな。例のあの列車の事件は君の仕事だったから、えっとこれは言ってはならない事になってる」と田上は言って「じゃ帰ろうかな」と口の中でもぐもぐやりながら、小屋の戸を開いてみるが雨はやはり激しい。「僕も忙しくてね」と言いながら外に出るのが決心つきかねるようなそぶりをしながら小声で「どうも田熊君が警察と内通してるんるんじゃないかと言う人がいてね。牧君あたりが言うんだから嘘だろうと僕は取り合わなかったんだが、しかし一応耳に入れとくよ。用心に越したことはないからね。と言っても長年の友人をそんな風に疑ってはいけないと思うんだ。じゃ失敬、七時に」と田上は最後のじゃ…から後は大声で言って外に跳び出して、道の山側の窪みをもう水は川のようになって流れ始めている中にあやまって片足を入れたりしながら、下里にああ言っておけば彼は瞑想的だから自分で疑惑を広げるだろう、と考えて満足だった。

　製紙工場の排水孔あたりに田上が例の自転車をその木製の薄汚れた塀に立てかけて、ずぶ濡れのまま立って川が流れているのを見ていると、バキュームカーが便所から黄金色のあの物質を吸い取る時、ぶるると震えるホースがまるで生きているように動くと同時に何とも言えない親しい、しかし嫌な臭い匂いがして来るのに鼻を塞ぎたくなる時のあの匂いが、この工場からはして来て、それでも我慢して立っているときちんとした作業服を着込んだ肥った男が出て来て、傘をさしかけながら田上に挨拶をする。工場の臭気と河の臭気とが混合して、卵の腐った匂いに似たものがこの界隈を浸していて、それらが工場の特色であって、この内部で働いている労働者達もこの臭気の浸み込んだ作業服を着ていて、臭気は作業服から皮膚に、そして皮膚から筋肉に入ると、そこには細胞があって組織があって体液が流れていれば、それらは全てこの臭気でもって統一された肉体であって、この臭気から逃れると、正常な人がこの臭いから逃れたいと思うのとは逆に、この匂いの浸み込んだ人々はこの臭気から少しでも離れると、煙草飲みが煙草を止められないように逃れられない。そしてこの臭気はやはり煙草の煙のように肉体を内部から冒して、一種異様な人間を作り出して、それは判断力においても、創造力においても、記憶力においても普通の人々とは違っていて、ただ会社から与えられた単純な仕事の他は興味を失ってしまって、それさえ作っていれば満足するといった人間になってしまう。こんな風に一定の命令であれば、彼等は自己でその善悪を判断することをしないし、又その能力すらないから、命令通りに行うから、こんな時に革命という毒をもって彼等の好む臭気の中に入れれば、この言葉はそのまま臭気と一体になって彼等の血や肉となって彼等を支配するのである。以前からこの種の精神面への働きかけを田上の仲間の一人がやっていて、その男が今ここに現われた肥った殆ど豚を思い出させるのが豚の表面上のあの白い膚のようなまだ汚れていない作業服を着て、その内部はもう全く卵の腐った臭気で満たされているのだが、名を西方と言って歩く度に筋肉が震えて、それが凄く怠慢な感じがする。「ごらんの通り今はストライキの最中なんです。ごらんなさい赤い旗が強風にはためいて雨に濡れて一層深い赤になって、我々の勝利の日に我々が見る時の赤色旗のように鮮やかに幾本も、いや幾本もと言うのは正確じゃありません。きっかり三十六本です。この三十六本と言う数字は四と九に分けられて、四は我々の組織の数ですし、九はその旗のもとに集った最初の同志の九人という数です。勿論四と九とは死と苦を超えてという意味があって、如何なる苦難にも打ち勝たなくてはならないという我々の決意を現わしています。あんな風にしなって竹の棒はこれくらいの風では折れません。その圧力を反発するだけの力を細い竹の幹の中に持っていますから、そのように我々は少数でも、と今少数と言ったんですが、本当はもう六百八十五人もいるのですが、この力が会社と闘って我々の要求を貫徹させなくてはなりませんし。こうしてストライキをしていることであなた方、と言っても私を含んでいますが、に協力していることになるんだから、私の考えではもう少し会社が頑張ればいいと思っています。我々は我々自身でも法外だと思える要求を出しておきましたから、ここ幾日かはこういう状態が続くでしょうし、現に気の早いそうして現場の気の荒い連中は棍棒を用意し始めていますから、警察もこの会社を注目しているようです。田上さんの言いつけ通り騒ぎを今夜ぐらいから起こし始めましょう。勿論私達労働運動の指導者の立場もありますから、後で余り騒ぎすぎて会社と決定的な闘争状態になるのは避けようと考えておりますが、それも田上さんが少し派手にとおっしゃればそのようにやってもいいのです。ごらんのように今はストライキの最中ですから、私も多忙でして、それで田上さんのお話というのは何でしょうか、やはりもう少し騒ぎを大きくした方がいいとおっしゃるのでしょうか。そうでしたら、そんな風に連中をけしかけまして……それには少しやはりあの…お金の方も何とかしていただかないとあの連中も何もないのに騒ぐような真似はしませんから、酒など、いややはり少額でも渡してやらないことには」と西方は田上の顔を下から覗き込んで、両手を器物のような格好にして田上の前につき出した。「今夜から明日の早朝にかけて一騒ぎ欲しいんだ。会社内部だけでなく何なら外部でもちょっと」と田上が言う言葉の尻を無理に噛み切るように「ちょっと派手にでございますね。分っております。我々だって田上さんの同志の一員ですから、御用に立つ時はいつなりと言い付けて下されば、我々の赤色旗はそんな時にこそあるんですから、ただ我々は田上さん方のように能力はなくて、ただ何と言いますか、御協力ならいつでも出来ますし、また成功なさって万が一でございます、うまくいった時には我々は勿論あなた方の味方ですから。心得ておりますよ。赤色旗を八本程も持ってこの工場周辺をねり歩いて、ショーウィンドウのガラスに石を十ヶも投げつけて、それから何なら警察のあたりをうねり歩いて、あの辺に止っている自動車か何かに火を付ければいいでしょう。いや御命令の通り、いや御命令以上の働きをみせますよ。じゃこれはいつもどうも」と肥った豚は田上が内ポケットから出した札の厚味を見て、「ええ、分りましたとも、何しろごらんの通りストライキの最中ですから」と急いで会社の中に入って行くのを見ていると、あの肥った胴まわりが一米二十糎はありそうな身体が、うまく転がりもせずに立って歩けるものだと思う。「それにしてもこの匂いは僕の頭さえも馬鹿にしかねないな」と田上は時計を見ると、時計の上にも雨がかかっていてレンズの役目をしていて、長針の文字盤を指す部分が大きく拡大されて見える。少し横から見ると長針は歪んで見えて、水滴のまわりを湾曲しているように見えるから、正確な時間を知ろうとするには、それらの水滴を拭わなくてはならぬが、それ程今は正確な時間を必要としないから、そのまま見ると四時五十分であった。あと時間は二時間はなくて七時という時間が目安であるから、その時間までには駈足をしてでもしておかなくてはならない仕事があった。どうして田熊を森へと言うのは、下里の炭焼き小屋の近くの深く広がっている杉を主体とする森は連れ出す理由を作ろうかと田上は田熊自身にも他の同志にも自然で、しかも誰もがその目的を知っていなくてはならない、そんなに両方の人間に都合のよい理由など出来る筈もないし、それを今から作るのは容易ではないから、と言って田熊を無理やり引いて行くのは人目につくし、そんな強引な手段をとれば、それを嫌がる同志も出て来ることだろう、事は敏捷にしかも絶対に逃がさない方法で、大勢の人によってなされなければ意味がないのだからと田上は彼の四角の顔の上のやはり四角い頭の内部に神経を縦横に行き来させながらどうすればよいかを考えていた。

　雨足は激しくなってきて、田上はまた例の古自転車をこぎながら、ロビンソンの風速計がからからと音をたてて速いスピードであの風速計の先についた椀のような形のものを廻しているのを思い出しながら、田上の踏んでいるペタルの動きと風速計の廻るものとが似ていて、それでこんな風に思うのだろうかと雨が強く打つ顔を右手で拭って目を細めながら川を逆上って行く。この川は西方の居る製紙工場の方が河口に近くて、それを逆上るとやがて支流と合流する川へ出て、そこでは川幅が一段と広く、しかも一方の市街を流れて来る支流の方は水が汚れていて、この川を上ると田上の工場の前の川となるが、もう一方の本流の方はそのまま西の方へ大きくうねって、緑に広がる田園地帯をそれこそ大蛇のようにゆったりと気持よさそうにうねって、青い美しい水を満々とたたえて寝そべっているように流れている。しかし今は豪雨の最中だから、水面は荒れていて、寒気に合うと鳥肌が立つように水は打ちつけられる水滴によってその表面をとげとげしく荒だてていて、青色の流れは褐色の渦となって激流は堤を抉ぐように流れている。田上の頭からは風速計の回転する音が離れずにいて、それが時計のセコンドの音と似て、小刻みに時を田上の脳裏に刻み込んで行くようであるから、田上の心は急いでいて、もう時間がないし、第一今夜は僕の待ちに待った日ではないか、一生がこの日に圧縮されていて、この日があるから僕は生きていてよかったと後で思うのだろうから、こんな大事を前にして僕のように自転車に乗って駆けずり廻っている男がいるだろうか、と追り来る将来の時間が本当に足音をたてて来るようで、その不安に焦燥感がつきまとって、やはり自転車をこいでいるより仕方がないようであった。それは一種の充実感にすぎないもので、別の表現にすれば陶酔という言葉にもなるので、もしこのような充実感が自己の内部で完全に充足しきってしまうと、それはエクスタシーであって、恍惚と言うものが性的な事柄とどこか結びついているとしてもやはりこのものも一種の恍惚感となるのだろう。現に時間は収斂するように七時に向って密度を濃くしながら進んでいると、顔にふりかかる雨はその密度に従って強くなりつつあるようだし、その分だけ風は激風になって風速計を壊しながらあの椀を吹き跳ばす程も廻って、優に風速計の能力を越えた風に晒されている。「この分だと東側の地盤の弱い隧道の多い海岸線を通る道路と鉄道とは土砂崩れか鉄砲水で交通が遮断されるだろう。僕がこの時期を選んだのもこのことが潜在意識となって頭のどこかで働いていたためだろう」と濡れきったズボンと足の動きとがちがうから、ズボンが足にくっついてペタルが踏みにくいし、川側から斜めに吹いて来るものは一瞬息をふさぐ程に強く息苦しいから、このまま息を止めていたいと思うのに、そうはなれない仕組になっているのか、つい吸い込むと肺腑まで雨のついた風は一直線に進んで行って肺胞を刺してか痛く息苦しい。もうすぐ印刷工場の辺の筈だがなと思いながら眼を上げると、そこにも雨は来ていて雨の降る音がしてただ田上だけが殆ど動かない自転車に乗って、サドルから腰を上げて力の限りペタルを踏んでいる光景が、深く垂れ込めた雲と烈風をともなった雨とによって、薄暗くなった堤の上に影のようにぼんやりと見えて、そこにあるのはもう殆ど絵であって、絵にしては上手に描けていると思える程自転車は進まなかったし、田上は力を入れてペタルを踏んでいたに違いない。田上は印刷工場の前のある鼠色のコンクリートの塀の横を通って行くと、こんな時にも馬鹿の吉田君がバケツを持って激流の褐色の水をその中に入れて、平均をうまく取りながら堤を上って来るのが見える。彼は田上の自転車を見つけたのか走るように近寄って来るのが、風に吹かれてよろけて見えて、それでもバケツをはなさずに持っていて、何かを大声で吃りながら言ったのだろうか、うなるような声が風下にいる田上には聞こえたが、風上に田上の自転車がすぐに出て彼を追い越したからもう聞こえなくなった。緊張していた田上の心が、あの吉田君の格好を見ると妙にほどけて、すごくおかしく何か全てが馬鹿の吉田君の思うように、あんな風に吃りながら進んでいるのではないかと思えた。彼は一体何を言っていたのだろうか。多分いつものように「今日は」と挨拶をしたくてそれをあんな風になかなか言葉にならないでうなっていたのだろうと思った。

　鉄橋が高架になって徐々に高くなって行く最初の部分の下をこの川は流れていて、名を御神川と言い、丁度鉄橋の真下に大峯の使われている会社の倉庫があって、大峯はそこの倉庫係であるのを田上は尋ねた。コンクリートの二本鉄橋の橋桁が御神川の両岸にあって、駅から遠い方は低くもう一方は高く軽い斜面になって下の駅に近い方の橋桁に倉庫の入口は接していて次の低い高架を支えるコンクリートの桁との間にかっきり倉庫は入ってしまっていて、倉庫の中にいて列車が通ると地震が近づいて来るように地響きがして、慣れていないと逃げ出さずにはおられない。慣れても幾度地震かと思って跳び出したことか、と大峯は夜行列車の特に長い貨物列車の近づく地響きのことについて話して、今のような季節になると、倉庫は熱気で籠もるから裸で寝ているとそこに地震の黒い大きな雲のように弾力のある悪霊のような尖った深い穴の目と裂けた口のある奴が近付いて来て、大峯を食おうと赤い焔のような口を開いて、今にも彼を食うから、驚いて目をさますと丁度寝ている時に近付いて来る時の足音と思えたあの腹の底を抉るような震えが地から起って来るから、逃げ出すより仕方がなくてそのまま外へ出ると、何のことはない例の二時二十五分の上りの貨物が丁度鉄橋を渡っている所であった、と言うのである。ここは市街地のはずれでやはり川向うの工場、倉庫地帯であって、駅からの引き込み線が、川を渡って平地と同じ高さとなる所から出ていて、その一番末端がこの工場の裏口のところまで空から見ると円を描くように丸くなって来ている。大峯は田上があまり濡れているので、自分の乾いた洋服と下着とを着るように進めて、田上の濡れた洋服を脱がすと、それを太い丸太を思わせる手でぐいぐいと絞ってから、倉庫の中に針金を渡してその上につるした。大峯の体格はがっしりした労働者型の筋肉質で、例のクレッチマーが彼を見たらその心理学の体質の所に彼の図を採用したことであろうと思われる程で、名のように立派で若い時から労働によって鍛えられた身体は、如何なる苛酷な労働にも耐えられそうである。先ず彼から受ける印象はそんな所で、顔は何と言えばよいのか、よくこんな風な顔がこの世にあるものだと思う程の醜い顔で、子供なら彼を遠くから見かけただけで逃げ出しかねないだろう。彼の顔を見て一度は目をそむけない人はいないかもしれない。そしてもしこの世に彼の顔をそんな風ではなく、ゆったりと凝視して親しげに笑いかけることの出来る人がいたとしたら、それは鳥野老人しかいなかっただろうし、現に鳥野老人はしげしげと彼の顔を見て彼の表情の醜さに隠れた深みから、思いがけない神のような美しさを見い出して、思わず顔を伏せたくなったことがあった。しかしそこは鳥野老人のことであるから、どんなに彼とは離れた神の如き心の大峯であろうと、心の中迄は表情に現わさずに、それ以後どんなに大峯が会いたくても鳥野老人は彼一人だけとは会わなかったし、誰かと一緒の時でも、彼はただちょっと親しげな笑いを彼に見せるだけであった。そうしてどうして鳥野老人が大峯を避けているのかの理由を誰も知らなかったし、大峯もどうして鳥野老人が彼を避けるのかが分らなかった。だが二度も大峯と話したことのある人なら、彼の心がどんなに奇麗で彼の中には一点の悪もなく美しくて、外観の醜さがどうして心の美しさで消えないのだろうかと思ってしまう程で、どうしても大峯を好きになってしまう。大峯はその大きな形の歪んだ団子鼻から息をはきながら、「こんなに濡れては風邪をひく。僕に会うためならこんな雨の中を来てくれなくても僕の方から行くのに。あなたは優しい人だ」と言った。「例のものは一緒にこの倉庫にあるだろうね」と田上は着終えると早速言うのを「本当にあれは必要悪で、一度やればいい世界が、少なくともこの都市の人々にはよい世が来るんだろう」と大峯が聞いて、目を田上に向けている。「勿論だとも、一度だけやればそれもちょっと本当にこの鉄道の線路を爆破して汽車が通れなくすればそれでいいんだ。それだけだから、川の上でやれば他の家を潰すことも人を死なせることもなくていい、なあにほんのちょっとだとも」と田上は大峯の目を反対に凝視しながら言う。「僕は人がしたいと思うことがあれば何だってすればいいと思う。人はしたいとしか思わないんだし、それを止めたって結局はしてしまうんだから、人殺しをしてはいけない、と人は言うだろうしいろいろ言っても、結局人はしてはいけないと言ってもしてしまう。それは人と言うものは何でもしたいことをしてしまうからなんだ。だったらするより他に方法はないし、すればいいんだ。いや僕はもっと積極的にせよと言いたい。すると田上さんのような人ならこう言うだろう『大峯君、君を殺そうとする人がいてもいいのか』とそんな風に人はこう僕に言っただけでもう僕を殺したいと思う。こんなに殺したいのならどうして殺してはいけないなんて言えるのだろうか。『例えば君を殺そうとする人をも君はいいと言うのか』ともう僕を殺す人になりすまして僕に追って来るから、僕はやはり『そうする方がいい』と答えなくちゃならない。そして刃物をくれとその男は実験的にという口実で、すぐに僕の胸にこれでもかと刃物のひんやりとした研ぎ澄まされた鋼をぴたりと付けるのを僕はただ『いいんだよ君』と言わなくちゃならない。したければしたいで放っておいて僕は無関係なんだと思ってしまうのではない。どのことも僕の関係にあってそれでいいんだから、と僕は考えている。とすると今度は『何をしてもいいのなら君も人殺しをしたまえ』と僕に言った人がいて、僕に迫って来る。僕は僕が人殺しをしたいと思ったらやはりしていいと思う。それは人がしたいことをする限りいいんだからすればいい。もっと積極的にした方がいい。そこでこんな風に言うことができる。『何をしてもいいと言う人間が、人殺しをしょうと思うだろうか』思わない、と答えればその質問は凄くよくて、それで僕の言う、したいことがあれば何でもしてもいい、と言うものがこの反転する何だか魔術のような跳躍で解決されてしまうように思う。しかしそうではない。何をしてもそれは本当にいいと心から思う人間でも、人を殺したいとは思う。僕だってやはり時には人を殺してやりたいと思うことがある。何をしてもいいと言うひとがそんな卑劣なことをしたりはしない、と言うのは嘘を言っているように思える。でも人はしたいことをすることはいいことに決っている」と大峯はそんな風にこの鉄橋の爆破のことを話して、その目で田上を静かに見るのを田上は何と言えばいいのか、何を言わなくてはならないのかを考えて、しかしもう少し話さないでいたいと思った。「道具は揃っているし、僕は下見もして来たから、どんな風雨の日でも正確な時間にあの橋をひん曲げることはできるよ」と大峯が別の言葉で言った。「七時なんだが例の工場跡へ来るかい」「いや、僕はここに居る。やる時間さえ知らせてくれればその時間には確実に誰にも被害のないように正確に爆破するようにしておく。今夜なんだね」と大峯は自分のことだけをすれば後はもういいと言いたげだった。「じゃ装置を取り付けておいてくれたまえ。君の知っている仲間のうちの誰かをよこすから、僕は君を信頼しているよ。えっとそれから別のものはもう一ヶ所道路を切る位のものはあったね、それもすぐ使えるようにしておいてくれたまえ。その時取りにくるかもしれないから」と田上が言うのを大峯は「それはあるにはあるが人殺しには使うまいね。殺さずに出来るんならなるったけ人通りの少ない時にやってくれたまえ」と先程の話とは少し違うが、こんな風に言うのを聞きながら、田上は洋服をまだ湿っているのに取りかえて土砂降りの中を外に出た。大峯が後から田上を見送ろうと外へ出ると雨は激しくて、その中を田上は例の古い自転車に乗って、川の堤を追風なのかかなりの速度で走って行くのが見えた。多分彼の印刷工場へ行くのだろうと大峯は考えて、今夜なら早速装置の点検と、いつでも出来るように工場の屋根から直接鉄橋に配線をして、いながらにして爆破するようにしておけば、土砂降りの雨の中でその時間を待ってなくてすむ。これはいい方法だ、と考えながら、それにしてもこの雨はひどいな、小降りになってくれればいいのに、と大峯は思った。

八、工場跡 I

午後の七時という量で計られた時間がやって来て、朝の五時二十三分からどれ位の量の砂が砂時計のくびれた細い管の中を通過したかの計算することができて、それは数学の方法でもって、物理学を応用すれば一も二もなく計算することができて、例えばフラスコ一杯の白砂でもってこの時間を現わすことができる。しかしまだ七時にはなっていなくて十五分程前だからその時はフラスコ一杯の白砂から、一摘まみの砂を取り除いた量で今朝の広根が淡いまだ太陽の出ていない明りの中を歩いていた時から今の広根が工場跡のよく探さないと何処が入口だか分らない瓦礫の中の地下室内部の入口の所へ坐って来る人々を検査している時間までを現わすことができる。時間は大方はこんな風に砂の量で現わされたものであるから、人類が時間と言うものを量で現わすことに気付いてからどれ位の量の砂がどんな風に積まれたかをその砂の量で見ることもできて、それは例えば砂ではなくて石であればピラミッドはやはり一つの砂時計の砂の役目を果している。しかしどうしても砂にこだわるならばその砂は一体どの位の量になってそんな山はどこにでも人が住んでいる限りあるいは人が住んでいた限りなくてはならないが、しかし今そんな山を見ることはできないのは一つには人の智恵であって、あの小さな精密な砂時計をひっくり返すことを知っているからで、砂を一方からだけ入れるようなことはせずに時々砂時計を返してまた時間を計るからである。とすると人はそれだけする仕事が増えて、こんな風に仕事は増加する性質を持っていて人は愚にもつかない本当の時間でもなんでもないただ砂の量で決める時間のためにひっきりなしに砂時計をひっくり返さなくてはならないし、現在なら時計の発条を巻かなくてはならない。量で現わされた時間は人と人が出合う時には、このもので現わした時間で示し合わせておけば人と人とは出合うことができて便利であるが、本当の時間はただ一人の人の意識としてその人の内部を流れているものだから、彼等二人が七時にこの工場跡で出合う約束をして、彼等が約束のように出合ったとしても彼等が二人とも同じ時間の流れの中を泳いでいるのではなく、別々の時が、ただ空間上で出合って、同じ方向に時間が流れていると錯覚しているにすぎない。時間は意識だから今これを読んでいるあなたの中にしか時間はなくて外の例えば作者の時間あるいはここに登場している田上や田熊や毬子の時間はもう過去のものとしてしかなく、あなたがそうして読まなかったらそれは時間として現われることはなくて以前にそのものが作者の時間として、あるいは他の読者の時間として、あるいは文選工の時間としてあったとしても、それは今ここを読んでいるあなたの時間のように意識として現存はしていない。この小説が七時十五分前と言う量の時間が意識として現存するのはあなたの意識でしかあり得ないのである。そしてその時だけが真の時間で他のものはもう過去への変容を受けていて記憶という忘却のベールをつけた別のものでしかあり得ない。七時十五分前にまだ雨は土砂降りであって、という時間からこの小説は再び登場人物達のものとなるから、広根はカタコンベのような工場跡の地下室にいて、ここへ到着するであろう同志を例の検査方式を心得ながら待っていたと言う風に話を進めなくてはならない。この工場が以前何をどんな風に生産していたかはもう土地の人々からも忘れ去られていて軍に関係ある仕事を極秘でやっていて、それがどのような物質であったのか、例えば兵器であって毒ガスのようなものかあるいは細菌を主体とした爆弾の原料であったのか、このように直接爆弾として使われるものではなくてもっと別の石油に替る新しい特殊な燃料であったのかは分らないが、兎に角ある夜大爆発が興って、ものすごい爆発音と爆風、天までも燃えるかと思われる程の火の海と煙とがあって近くのある工場はもとより二粁も離れた所にある市街地の窓硝子が割れた程であった。この時の様子についてなら話をしてくれる人々がこの都市にもいてまるで千個の雷が一度に落ちた程の閃光と地鳴りとが続いていてこの世のものとは思われなかったと彼等は口をそろえて言うのだが、しかしこの人達とてその爆発で幾人の人が死んだか、一体生き残った人がいたのかは分らなくて、それについては全く発表がなかった。爆発によって出来た瓦礫の山の中に何やら機械らしい鉄や真鍮の破片や陶器の破片があって、そのうち鉄はもう長く放置されたために錆でぼろぼろとなった紅殻色を呈していて、それに土砂降りの雨があたると淡い色が重い深い褐色に近い色になって土と区別がつかない。地下室は以前から何か重要なものを保存しておくために掘ってあったのがやはり爆発によって一部が潰れたのを入口だけを瓦礫の中から比較的大きな石や鉄で塞いで外部からは分らないようにしてあったのだろう。この地下室の入口の部分にはまだ立っている壁面とそれに附着して三角形に見える屋根とがあって、そこだけは建物が立っている頃の姿をうかがわせる程には残っている。雨は降ってそれらの瓦礫の斜面にもあたって小さな石の砕けた間へと流れ込むとそこにはもう川が出来ていて地面に浸み込まなかった水は勿論雨は多量なので地面はもうとっくに吸収できる量以上の水分を吸い込んでいるからで、あまったものは土の表面に一面が浅い水溜りのようになっている中に石が尖った部分や大きいものならばその大きさに従ってその尖端部を外に出している。そうなるのは工場のもとの敷地の辺縁の部分が平地より少し高くなってコンクリートの敷居のようなもので区切られているためである。一部その敷居が破壊している部分もあってそこから泥を含んだ水が小さな激流となってより低い道路へ向って流れていて、そのあたりに深い水溜りが出来ている。既に幾人かはもう集まっていて椅子さえないコンクリートの一部は赤っぽい土がむき出しになっている洞穴のような地下室に電燈はなく太い蠟燭が幾本か室の中心附近に立ててあって例によってその数は七本であるのが黙示録の七本の燭台とその数は一致していて鳥野老人風の気遣いであろう。一面は薄暗く一体幾人の人間がこの内部にいるのかは正確には分り難く、ただ広根が笠間少年と入って来る人を検査しているので幾人であるのかと知ることが出来て、黙りこんで息をひそめて隅に小さくでもなっていたらこの場にいるのかいないのか分らなくなってしまいそうである。落ち着かなさそうに小区間を行きつ戻りつを繰り返しているのは多分田上だろう。田上はせまって来る時間に恐ろしい程の緊張を覚えて顔面の筋肉が小さく鼻のまわりで痙攣するのを感じていたし、頭脳は妄想のようにこれから起るに違いない議論と殺人、事故と爆発、火災と暴動について断片的なしかしもう幾時間もしない間にきっと現実となるであろう事柄についてあるいは警察隊との衝突、軍隊の介入、そして自滅と逮捕、こんな悲観的な断片、それはもうしばらくして解答が出てそのいずれが現実になるのかいずれにせよもう起るのだと思うと、その現実の場面場面が無数に変化してある時は火の海であったり、水に落ちて行く列車と人間であったり、発砲する銃だったり、破裂する火薬だったりして、それが瞬時に彼に頭をかすめて消えてまた現われて彼を苛立たせる。心臓は動悸を早めてその押し出す血液は心臓の強い収縮によって激流のように速く全身をあらゆる溝や孔、管や線維、皮膚、毛、骨や脳や眼や鼓膜、舌の先の味蕾等にまでも入り込んで身体じゅうの細胞を緊張させるから、心臓はその力を受けて益々早く今にも破裂しそうになりながら早鐘のように鼓動を打っている。この位のことでこんなに驚いたりしてはならない。これからの話し合いでそれでどうなるか分らないじゃないか、これからが勝負なんだからもっと気を鎮めなくては、元来はもっと冷静な筈じゃないか、お前の取り得はどんな状況のもとでも沈着でいられるところにあるんじゃなかったのか、それが今は一体どうしたと言うのか、こんなに興奮してしどろもどろじゃないか、始まりもしないうちからこんな風だったらもし誰かが反対の意見を言い出したらお前はその人間に向って牙を出して食い付きかねないかもしれない。そんな風に興奮した前後の見境のない人間を誰が信用してくれると言うのだ、だったら怒濤のようにおしよせて来る感情を今ここで食い止めてじっくりと状況を見てその上で革命についての話を始めなくてはならない。今ここにいる連中だっていつもの奴等じゃないか、それを何か特別に能力のある人間達のようにいつもとは違う風に考えることなどないじゃないか、彼等はやはり根本においては愚鈍でその頭の悪さをたかだか行動と言う方法で補っているだけじゃないか。暗がりで蠟燭の焔のゆれの中で眼だけが白く光って動くからそれでどこか気味が悪くて、特に優秀な人間に思えるだけにすぎない。もう少し落ち着いてあたりをよく見たまえ、あれは牧で例のソクラテスを気取ってもだかだか男色者じゃないか。広根だって運動をやると言っても頭の中は空っぽで何を考えたらいいのかさえ分らない奴だし、障子は今じゃもう淫猥な牝猫にすぎないじゃないか、かつての赤い尖った豹のような人の膚に一度とりつくと金輪際離さなかったような鋭い爪はもう持っていないじゃないか。笠間は私の言うことなら絶対に服従するし、下里はただどうすればうまく爆薬が破裂するかという方向にしか頭が働かないし、あとの事はただ爆薬の破裂以外には興味を示さないから、一刻でも早く破裂させたいと思うだけで、その理由などはどうでもいいのだろう。大峯は来るだろうか。あのトミと言う飛行場乱射事件の男はどうだろう。それからあとは雑誌の呼びかけに応じてただ集まった鳥合の衆ばかりだから、それも革命が好きで来たんだからやることにかけちゃ異存があるまい。それにしても鳥野老人はどうしてまだ現れないのだろうか、田熊はやって来るだろう彼が来なくちゃ私の計画はうまく行かない。遅い、それにしても遅い。一体どうしたんだろう。いや何も苛立つことはないと今ちょっと以前にきめたばかりじゃないか。なんて陰鬱な水滴の音だろう。天井からぽつぽつとまるで時間を知らせているように落ちて来やがる。田上は例の腕時計を見るともう濡れてはいないから正確な時間が分る筈だがここは暗くて、夜光塗料のぼおっとしたちらちらする緑に近い硫化亜鉛の光が見えて、七時をさしている。Sは今夜のうちに現われることはないだろうから、と考えていると田上の頭の端の方をある人物が横切っていった。阿久海だ、田上は思って、彼はきっと現われるに決まっていて、来れば浮浪者のような格好で汚れた垢だらけの服をさも大切な一張羅かなんかのように丁寧にあつかって、太い凄みのある声で、「革命に狂ったものども、今こそ我々の時は来た」とか何とか大仰な予言者めいた言葉で話を始めることだろう。しかし彼の頭脳は緻密でこの革命の最後の要は彼が握ることになるかもしれない。きっと阿久海は来るに決まっている、と田上は阿久海を頭の隅から中央にまで引きずり出して彼が来てくれると思うと、今まで彼を悩ましていた焦燥感がいく分ほどけて、彼の大仰な仕事と言葉と大きく芝居がかった調子で動かす手振りとを思い浮べて、出来ることならその楽しさの中に入ってしまいたかった。ここに集るであろう人間達について田上はアフィスタマイの名簿と以前の反政府的な国際的な活動とによってそれらの活動を通じて知り合ったり顔を見たりしたことがあって、おおよその人々はごく親密ではなくとも知っていた。殆どが暗がりの中にいて蠟燭のゆれる焔が人が歩いたり咳をしたり話をしたり動いたりした時にだけ大きく揺れて、その振れ具合で光の届く範囲が変化して意外な所に明るい笑顔があって隣りの女性と話をしていたりするのが見える。皆はもう来てしまっているのだろうけれど一体どこにどんな風にいるのか立っているのかしゃがみ込んでいるのか、まさか濡れて湿っているカタコンベのような地下室の中に寝そべっている者はいないだろう。と哄笑が聞えて大仰な足音で靴を引きずるように階段を下って来るものがいて、その声は静寂で緊張した空間の空気を和らげると言うよりは何か異常な陽気さを持っていて、いる者達に一瞬こわばった感情を起させるがやがてその言葉がたわいのない種類の冗談だと分るとほっと心をゆるめるのであった。「田上君はいるのだろうな、深刻そうな四角い顔で今夜なら一層四角くしているだろうな。田上君、いれば返事をしたまえ。俺の声を聞いて黙っている奴じゃない。どうもこの場所は暗くていかん。歩きにくい。田上君、君はこんな時には俺のことをよく考えてもっと明るい足場の良い所にせんといかん。おい聞いとるのか田上君」こんな調子で地下室の内部じゅうに声は広がって、それは奇妙な反響をして、その太い声をより一層弾力のある魅力ある声にして、幾度か土や岩石の凹凸のある壁面に突き当って、声が長く尾を引いている。「阿久海だ、やはり彼がやって来てくれたのか」と田上は安堵しながらしかしこれから始まるだろう議論の展開を考えると心がひきしまって来るから、「ああいるよ僕だ、田上だよ」と声だけで言って階段の方へ近よりながら頭は別の今夜のことを考えている。「君が来てくれると考えただけで僕は嬉しくて、君の許容量のある協力が今の僕等の心に必要だから、君が来ればもう安心なんだ。以前の時のように、あの列車転覆の時のように僕等はまた一緒に仕事ができる。嬉しいことじゃないか」と田上は大仰な身振りで汚れた臭い身体を無精髭が伸び放題に伸びている顔で田上を抱くから顔をそむけるより仕方がなくて、その臭気と来たら動物園の獣の臭いにポリバケツの中の腐りかけた残飯の臭いとがまじったような臭いで、それが酷い腐敗臭を伴っていておまけに雨で濡れているのだからたまったものではない。広根は阿久海の後から下りて来てその時間が丁度七時であったのだろうか、笠間少年一人を入口に見張りの役に残して彼がこの会の司会のような、あるいは話を始める順序を決める役目だから自認しているのか田上が阿久海の大仰な抱擁にうんざりしている横を通り抜けて光の見える奥の方に進んで入口の方を向いて止って言った。「大よその人がもう集まっていますから、話を始めようと思います」とそれは別に挨拶と言う種類のものでも何かの会議を始める命令のようなものでもなくて、ただ話をこれから始めるということを知らせたにすぎない。この言葉の後幾分かの短い沈黙があって、それは誰もがある期待を持って、次に発せられる言葉はよほど重要な意味を持っている筈だと思ったからだった。誰かが右手の奥の暗闇の中から最初の言葉を、まるで言葉だけがその人の存在を示すように話を始めた。「こんな風に気づまりな会合の場合は、それこそソクラテスのことばでもって話を始めるのが一番よいように思えるからとなれば、私が話すのが一番適当だからと言っては口はばったいようだけれどさしずめクリトンの最初の言葉で話を始めればいいように思う。その言葉は『クリトン、まだ大そう早いのに、どうしてこんな時間にやって来たんだ』と言う言葉だからこの私達の会合も、こんな風に大そう早いのに、どうしてこんな時間にやって来て、あなた方は何をしょうとしているのか。と言ったことが含まれていて、勿論クリトンは牢獄にいるソクラテスを救おうと企てているのをもうソクラテスは知っていながらこんな風な言葉で話しかけるのは何とも面白い。さて私達だとて、どうして皆さんこんな所に今集まって来たんです。と言う意味の質問とも切掛ともつかぬ言葉を言えば、皆さんは何と言うだろうか、さしずめ、広根さんなら、革命のために決まってるじゃないか。と言って彼は火災係りだから、もう世界中に火をつけて都市が火の海になっているのを思い浮べて嬉しそうに笑うだろう。勿論私なら昼食のことと、バッハの曲と、それからここの入口に可愛想にまだ来る人を待っている笠間少年とがいれば、私の心の革命のようなものだからと言ってもなんて革命は素晴しいものかとも思える。プラトンは哲人が皇帝あるいは宰相になればいいと考えていて、皇帝や宰相が哲人になるための勉学を行なえばよいと言っているのが逆に哲学を学んだ人が皇帝や宰相になればいいと言っていたのかそのあたりは分らないが、勿論国を治める位置にいる人は哲人でなくてはならぬと言っている。でもこんなのは嘘で皇帝や宰相になる方が先で、そんな人物は何も哲学などしやしない。しかも自分の都合のよい理論だけを使うからよけい手に負えなくなって、ガス風呂を作って機械仕掛で大量の殺人をまるで大量生産品のように処理したりする。話は別の方へ行ったようなのでもどすと、革命には一体思想のようなものがいるのか、いらないのかと言った風な議論も必要で、今さらこれから今夜決起しょうとしている人を摑えて思想の話を始めてもそこからは何も生まれないだろうし、私達はただやはりクリトンの初めのように、一体こんな時間にどうしてここへ集まったんだろうと考えれば……」と牧はあの饒舌を人々の退屈などおかまいなしにやっていて首を動かすと禿はこんな所でも光を受けて輝くのが面白いけれど大切な時間が牧の無駄口によって消費されて行くのを、広根ははがゆく思って「牧さん話は短くするもんです」と割り込んだ。「革命に必要なのは何もない、ただ革命が起っていることを知らせて町をねり歩くだけでよい。革命は本当は向うからやって来るからだ。今までの革命で武器を本当に必要としたことが幾度あったか考えてみれば分ることだ。勿論反革命家と戦うための武器は必要だろうが、それは革命が成立してパリが革命家達のものになった後じゃないか。本当の革命はただ革命が起ったことを知らせるために幾人かの者達が歩き始めればよい。それは丁度広め屋の後を大勢の子供達が追うように、そして次から次へと子供の数が増えてそのラッパや太鼓やヴァイオリンを引く広め屋の後から後から子供達がぞろぞろついて歩くように、革命家達は広め屋の役割さえすれば軍隊は例え戦車に乗って彼等を撃つためにやって来ても、その心が通ずればその武器は忽ち敵の方を向いてしまうことになる。革命は人の心の奥深い所に響くものだから、ただ人が持っている革命の憧れにそこに響くように革命は起ったと話せはいい。自由のための革命が今成立したと言えばいい。これが革命と言うもんだ。フランス革命の発端のことをくわしく考えてみたまえ。毛沢東が湖南省、江西省で挙兵した時のことを考えてみよ。革命家に一体どの程度の軍備があったと言うのだ。ただ必要なものは今革命が成立した、と言うことを知らせるために歩きだせばいい」と大仰な身振りで特に手を大きく左右に一杯広げたり胸の前で手の指の先に力を入れて握るでも広げるでもなく中途に曲がった格好をしてみせるとその影が彼の胸に大きな角のある動物のように映って、また左手を膝までも下げてかがんで右手を頭上に伸ばしたりして話すのがその天性のオプテミズムとよく調和して、皆の心を柔らげる。田上は阿久海の話に苦笑しながらあたりを見まわすと、目が暗さに慣れて来たのか幾人の人がどんな様子でいるのかが分って、人の動きと火焔の動きとが一致していて面白いがしかしあまり火を見ていると目が眩んで今度は暗い所が見えにくい感じがして来る。「そうは単純明快には行きそうもないと思うな」とセールスマン風の女好きの顔立ちの薄茶の背広を姿よく着込んでいる男が神経質そうな表情を見せながら言うのだが、読者はこの男がここで初めて登場して来たと思ってしまうだろう。しかしこの男は一番初め広根が朝もやの中を駅へ向って歩いている時に、検査して「こんな神経質でいら立った顔は仲間じゃない」と判断したあの二十五歳程の男である。先程入口で二人は互いに顔を見合せて、「おやっ」と言う表情を見せながら、「何処かで見たことがあるぞ」と以前の記憶をたどって、広根はすぐに早朝の田熊と会ったばかりの場面を思い出したから、「あの時疑ってみたセールスマンと言うのがこの男だから、とするとやはり僕の見る目は正しいのかもしれない」と広根は思った。もう一方の確か自ら名を「駒」と名乗った男は、それが山の名か、あるいは馬のように速いのでこんな名にしたのか、これは一番平凡な考えだが、生まれた時どちらかの親が名を駒と付けたのか分らぬが、この男が話を始めた。「モラルの破壊から、革命が起るようになって来る。これは例を上げればどこにでもこんなものは落ちているから今さら上げるまでもないと思うな。だから根底には技術があって、これを使う人間が技術の面からモラルを破壊して行くと、技術を満足するように使うにはモラルが邪魔になって来て、モラルの組換えが必要になって来ると思うな。このことが革命なんだ。だから革命が必要だともう技術は以前から言っているから、今起こせばそんな風に技術を知ってモラルの変更を望んでいる人々には受け入れられると思うな。そのためには先ず技術の力を見せなくてはならない。それは破壊、こいつの場合には時間がかからない。次に建設だと思うな」とこの男は思うなと言う言葉を幾分他の言葉より声を小さくして言うのに妙に思うなと言う言葉が耳に残って、彼は結局思うな、とだけ言ったような印象を受けてしまう。「先ず破壊と言う論は正しい」とトミは牧の禿たあたりを見ながら挨拶を送った。トミは牧を以前から知っていて、首都の小学校か何かで一度教師としての彼に出合ったことがあったためだったが挨拶をする表情の中で濃い小さい黒目とまわりの茶目とが敏速に動いて、そのそぶりは彼がやんちゃであった少年時代を偲ばせるものがあった。「驚愕は破壊からしかやって来ない。地震や洪水が恐くて驚くのは破壊があるからだ。同様のことだが占領が恐ろしいのは、いつどんな事情にもせよ、こちら側の了承なしに生命の危機や財産の保障がなくなり、家屋の破壊が行われるからだ。恐怖と驚愕を大衆に感じさせることこそが革命の発端だから、先ず銃を、大砲を、弾薬を、そしてそれらでもって破壊だ。平素なら言うことを聞かぬ人間も銃口を背につけられれば一度に言うことを聞くようになる。革命と言うのはこの力を、力で押し広げることだから、機関銃の弾丸の数の二発と一人の人間は同じ価値しかない。なぜなら二発の弾丸で人は確実に死ぬからだ。殺人こそが初期の段階では革命の推進力だから、理由のない恐怖はこのことからしか起らない。ぬくぬくと絹の布団にくるまって肥っている奴等に死をそしてそいつらに革命の何かを知らせるのは銃と弾丸さえあれば充分だ」とトミはもうあの飛行場の陶酔するような長かった時間を思い出したから、それと同様のことが今もすぐそこに来ていることを実感のように充実した感覚で知ってぞくぞくしてしまっていた。「それにしてもどうして鳥野老人は現われないのだろう」とトミはうかがうように地下室全体を見まわしながら鳥野老人のいないのを確かめてから呟くように言った。この言葉は地下室の周囲の凹凸ある壁に反響するように長く響いて「それにしても鳥野老人はどうして来ないのだろう」とここに集まっている人々の全員の胸に大きくこだまして、彼等がこうして集まっていながら何かものたりない、しっくりしない、決断のつかない、議論に熱中できない原因がここにあったのかと皆はやっとその本当の理由を知ったように思った。「鳥野老人は……」と言う声がトミの呟きを反響するように初めのうちはやはり小声でまだはっきりとした言葉になっていないような心の中だけのものが、次第に肺から出る息が「鳥野老人」と言う言葉になって口から発音される息の魂となって気管支を通りながら、その時からこの呼気が「鳥野老人」となるともうすでに決まっているような通りにくい呼気団を感じて、それがやがて一本の気道に入って声帯を通ると確実に「鳥野老人」と言う言葉になってもう咽頭の奥から口に出て来ているのにこの魂を吐き出すのがもどかしいような気がして、まるで気道に痰がつまった時のようなむず痒い気がして、しかしそれは一気に口から咳となって跳び出すと、「鳥野老人はまだ来ないのか」と皆は口々に言い切望して彼の来るのを待っている「鳥野老人はどうしたんだ」田上はやはり入口の方を見ていて、皆は今こそ彼が現われると思う程息をつめて彼の来るのを待っている。しかし音はしない。誰も来ないのである。「鳥野老人は……」と一人一人の声が大声になって交響楽のように高いパートから低音までの音をゆったりと歌うメロディを奏でるもの、リズムだけをきざむ声の幾つかの打楽器のテンパニーの規則的な弱音から次第に強く大きく打ちよせる波がかなたから小さく、そして近づくに従ってとてつもない大きな怒濤となって岩にあたって崩れる轟音のように乱打される太鼓の音のような声、男女の深部から求める声が高まってうねって「鳥野老人はどうしたのだ」と地下室が崩れるかと思われる程も大きく力強くその声は響いて、凹凸のある入り込んだ壁面をなでつけ吸収されそこがまた声を出してその音が皆の心に拡声器にかけられて大声になってもどって来るとそれは彼等の胸をその内部からゆるがして、突然跡切れる。沈黙がやって来て不安が皆の胸に高まる。とその間隙を埋めるように一人だけ遅れて甲高いソプラノの声が皆の脳髄の根源をゆるがすように、それはさしずめピッコロのような音で「鳥野老人はどうしたのでしょう」と言い終る。ともうその交響曲はそれで中断されたように、するどい刃物で切り落された肉体のある部分、例えば二の腕の中途を切り落すと楕円型の赤い筋肉が見えるその切り口のように、もうその先の手はなく、そのように全ては終ってしまった。誰も来やしない。皆は鳥野老人が彼等をこの場に集めておいて彼は絶対にここへは来やしないのではないかと思い初めている。それは何か重大なことを暗示しているように考え初めていた。初めから鳥野老人は来る筈なんかなくて、ただ彼の呼びかけでどれ位の人間達がこのカタコンベのようなさびれた地方の中都市のしかも中心から少し離れた破壊してしまった工場跡の暗いじめじめした地下室に集まるかと試したに過ぎなくて、それだけならいいのにそうではなく、集めておいて集まった者を、彼等が全員集まった所で一挙に官憲に売って逮捕してしまおうと言うためかもしれない。そうじゃなかったらこれ程の人間をしかも全員に呼びかけて集めてそしてその集めた本人が来ないという筈はない。どこかが間違っていて、それは本人が来ないのは最初から計算されていて皆を売ることで当人は逃れ得るのかもしれない。しかし鳥野老人を摑まえることなら官憲にしても容易で彼は今まで何一つ革命に関係したと言う事実も、それからそんな現場も、今まで摑まえられた同志の誰の口からも話されたことがない人物だから、捕えられる心配も逃れる必要もない。「どうして来たのだろう」と皆はその視線をあの石の二十八段のある余程用心をしないと滑り落ちそうな、人の通った気配のない地衣類の生えている階段を凝視していて、他にどんな素晴らしいめずらしい見せ場があってもそんなものには見向きもしやしないと決意でもしているように長い間、そうだ砂時計の砂の量にすれば三分の上の容器の砂がなくなる砂時計ならそれを五度逆さにする程の時間、いや本当はもっと短く今立てたばかりの砂時計の砂が半分も下に落ちていない時間、それだけの間彼等は階段の方を見つめていたにすぎなかった。「革命は人間が根源において自由で平等であることをこの世界に現存させるための手段である。物質文明は人間を不平等に、貧乏人から自由を奪ってしまった。いや人間が自由を物質と言うものを通してしか見れないものにしてしまったからだ。何も物を考えるのを止めて精神だけを見よ、とは言わない。『心が豊かであれば金なぞなくてもいい』と物を多く持った人間共、あの肥えた豚どもは貧乏人にどうすれば生きられるかを、金や物質ではない、心だ、精神だ、と言って金はそれ程大切なものではないと思わせようとしている。今の物質文明の世界では金があって物質があってその豊富で美しい家具と快適な部屋と、あり余る道具、そして遊んでいても殖える金、もっと世俗的に言えばプールのある広い庭園と十八世紀風の家具と家、金ピカの自動車とその運転手、そして別荘と美しい若い妻、思う時に思うものが手に入る財力、これらのものがあれば、ないよりはあった方がいい。豊かな精神も快適な生活からだって生れる。金持ちは金を持っていることをやはり誇っていて、貧乏人に人生は金じゃない精神だと言う意味のことを言っている。貧乏人に、そうか金ではないのか、と思わせるためだ。本来物は労働の量と一致していた。手工業製品や芸術品のような机を作るのに三日かかれば三日の価値であった。本来は現在でも物と人の労働時間と言うかそれを作るのに必要な時間は一致していて、一瞬たりとも狂ってはいない。平等と言うのは物質が平等に人のものとなると言うことだ。その人々がいて始めて自由が生れる。物質面で平等でなければ自由があってもそれは嘘の自由で貧乏人は金が欲しいと思うことにしか自由はない。裕福な人間はより多くの金を求めて金持はその金に比例するだけの自由を得ている。だから革命は先ず理論を持って、そのために革命が行われなくてはならない」と白毛頭の男が悠然とコーンパイプからくゆらす煙と、呼吸する息を一致させながら、時には多量の紫煙を、ある時には細い曲線だけのものを出しながら言った。ここに田熊はまだ来ていない。毬子もまだここに現われていない。この二人がこの中年の痩せた白毛まじりの男を見れば、それが毬子の勤務先の部長の一人で名を山際と言う男だと分ったであろうに、この中にはこの男を知っているものは一人もいないから皆は一体この男が何者だろうかと興味を持って、心の中では鳥野老人のことを思っても表面は男の話を聞いている。「鳥野老人はどうしたのだろう」と先ずそっちへ頭が行くのをどうしょうもないのはトミで、祖父に彼が似すぎているせいだろうか、とトミは自分でもどうして鳥野老人をそんなに待っているのかその理由が分らない。今ほんの少し前昼頃まで彼はあの石臼のある板の間にいたではないか。あの時は「こんなことでは驚かされないぞ」とばかり思っていたのに、どうしてこんなに彼が来て欲しいのだろう、とトミは考えていた。「あなたは何て名ですか」と障子が田上の顔をちらりと見て言った。皆もコーンパイプの男の方を見て「そうだ、名前だ」と言う風に心の中で思って男の口から出る言葉を待っている。「名前なんかどうでもいいことで、君は私が何者かを知りたい。そうですな」と障子にコーンパイプから口を離して口の中の煙を吐きながら言った。障子が頷くのを見ながら例の警戒深い目をして「Ｓが一足先に行け、と言って私をここへ来させた男で山際、それでどうです」と男は今度は満足そうにパイプを吸って、一同の顔を見まわした。「どうしてＳ氏は今日来ないんです」と笠間少年がいつの間に受付から中に入って来たのか、蝋燭の光でその美しい顔を照らされながら幾分上気ぎみに言った。「僕は今日Ｓ氏に逢えると思って、それを楽しみにしていたんです。田上さんが今夜か明日にはＳ氏が来ると言うから僕はどんなに楽しみにしていたことでしょう。今日は来ないんですか。山川さん、ちがったええっと山際さんでしたね。一度聞いただけでは僕頭が悪いのかな、覚えられないんです」「私も今夜現われると思っていました。今日やるんだろうから彼がその日に現われないとは考えられない。きっと今夜来るんだろう」と山際もＳが現われないのが不本意らしいそぶりを見せた。広根はＳと言う名を聞いて、「あいつ、やはり生きていたのか」と今までＳの名を自分で考える度に罪悪感が頭の中に彼を棍棒でなぐり倒した時の痙攣を起した白い狡猾な顔となって現われていたのに、生きている、と本当に知った時その罪悪感は急に別の種類の恐怖感に近い感情に変った。「生きていたのか」と思う安堵感と、彼が生きていたら広根をのめのめと生かしてほおっておく筈はないと思う心と、生きていながらこんなに長い間広根を捜し出しもせずにあの執念深い男がよくもほおっておいたものだと言う感じとが入りまじって、それらが一体となってある恐怖感が広根に生じたのである。「Ｓ氏は来るんだろうか」と山際の方を向いて広根は恐怖感を直接山際に尋ねることではねのけようとした。「広根さんだな」と山際はコーンパイプを口から離して顔をしかめながら、うかがうように、しかし確信に満ちた感情を隠して、言った。広根の鼻にパイプタバコの強い臭いが入って来て、その臭いに砂にむせるような感じがしたから顔を煙からそむけた時「Ｓは広根さんに会えると楽しみにしているようだった。勿論広根さんに殴られた後頭部の傷のことをよく言っていて、初めは広根さんを殺すつもりでいたようだったが、近頃は考えが変ったようだ。何たってＳは革命が第一の男だから」と山際は言葉を切ってパイプを口にくわえるともう広根を見ずに自分の出番は終ったと言う風に闇に入った。「嘘だＳは殺すことをあきらめるような男じゃない」と広根は急におしよせる恐怖感に耐えられないように大声で言った時、階段の上で足音がした。「静かに」と誰が言ったのだろうか、全員の注意は広根を離れていや広根の言葉など誰も最初から聞いていなかったと言ってもいい。皆は足音のする方に全神経を集中した。初めはそのあたりを探すような足音がして誰かが確かに階段の上の方にいて階段を見つけたのか一歩ずつ下りて来る。鈍重な臆病な足音が滑りそうな階段の石の上を気をくばりながら下りて来て、足音はその度に右に滑ったり、左へ寄りすぎたりしながら、体重が左右の足に交互にかかる度に足はもつれるように危かしいような音がして、皆は彼が姿を現わすまでの、姿が蠟燭の光で見えだすまでの時間を階段の数で読んで息をこらして彼が現われるのを、もうすぐだ、あの足音がもう一段下りれば彼の老人にしては矍鑠たる威厳のある上品なそして何か人を驚かし引きつけずにおかないような不思議な力のある顔、速く動き魔力を秘めた烱眼、皆が彼が来やしないかと別に誰も彼が来るとは言っていなくても、そればかりを待ってしまうような底しれない引力のある恐ろしさ、その彼がもう五秒もすれば姿を現わすに違いないと、皆の視線は蠟燭でぼんやり明るくなった下から八段目程の石段にぴたりと吸いつけられていた。きょろきょろしながら落ち着かない顔をしたどこかたよりなさそうな男がそこに立っていてまぶしそうに皆の視線を受けてもじもじしながら雨に濡れてその雫を衣服の裾からたらして彼は田上を探していた。馬鹿の吉田君である。「た……田上さああん」と彼は吃ってまるで鵞鳥が動物園で鳴く時のようにうるさい、間の抜けた声で田上を呼んだ。「君はここへ何しに来たんだ。よほど重要なことでない限り来てはならないと言っておいたじゃないか。吉田君、それなのに君は」と田上は馬鹿の吉田君がまだ何も用件を言わない前から吉田君がつまらん用事で来たにきまっている、あるいはただ用事も何もないのに面白半分でここに来たに決っている、と言う風に吉田君をしかりつけた。馬鹿の吉田君はその声を聞くと、全く自分が大変悪いことをしてしまったように小さくうずくまってしまって、頭を幾度もそれこそ地につかえるくらい下げて、田上に許しを乞うてから、先程電話で重体だと言って来た田上の妻が今死んだと、公立病院の看護婦から電話で知らせて来た、それでそれを知らせに来た、と言った意味の言葉を長い時間かかって間のびした言葉で吃りながらしかも要領を得ない方法で田上の妻の死を悲しんでいるのか泪を流しながら話した。「分った、どうもありがとう。吉田君さっきは怒って悪かった。ではお帰り」と田上は馬鹿の吉田君の泪を見て一応お礼のようなことを言ったが死んだ妻のことなどもうどうでもよかったし、もし生きていても、重体でも今に田上には何の関係もない他人のことのように心が動かなかった。しかし馬鹿の吉田君はどうしても田上を連れて帰りたいらしくさかんに田上に吃りながらその意味のことを言っていて、帰りそうもなかった。あまりしつこいので田上は困ってしまって、

「いるつもりならここにいなさい。僕はお前とは行かない」と言うと馬鹿の吉田君はそれでも田上を連れて帰るまでは田上のもとを離れないつもりらしく田上の立っている足もとにかがみ込んでしまって、てこでも動かないぞと言う風に泪を手でこすったために赤くなった目で上目使いに見ている。一同は気抜けしてしまったのか、黙り込んでしまった。来て欲しいと望んでいたのは鳥野老人であるのに来たのが馬鹿な間抜けずらの吉田君であれば、誰でもがっかりしてしまうのは当然で、あの軽薄なとまどった足音を、鳥野老人の重厚な、しかし年老いたために衰えた足音と一緒にしてしまうなんて、どこにも共通点はないじゃないか、と誰もが自らの腑がいなさを感じたに違いない。「Ｓ氏はどうしてこんなに大切な時に来てくれないんでしょうか」と笠間少年は田上の方を見て、それから山際の方を見て、そのことがどうしても知りたいと言う風に話した。「どうしてＳさんはいらっしゃらないの」と障子があの甲高い声と親しそうに媚のある目とで田上の方を見て、田上がその障子のまなざしを妻を失なった田上への同情と取ったか、あるいは妻が死んでかえってよかったのだと言っていたのかは分らぬが、田上の心をその表情から読み取ることはできそうもなかったので、もう一度田上にだけ言うように「おかしいわね、Ｓさんは」と言った。「いやＳは確実に現われる」と山際はまだパイプを離さない。皆はこのＳに関する会話をしようとしながらどうしても話がこれ以上進まないことに気付き始めていて、それは誰も多分笠間少年を除いて他の誰もＳのことなど考えてもいないことで、鳥野老人がどうして来ないのかの問題をＳがまだ来ない、と言うことに変えて言っているにすぎないのである。Ｓなどどうでもいいので本当ならＳのことなど話したくはなくて、鳥野老人が遅い、と言いたいのを皆は我慢していて、同じ意味のことをＳと言う言葉で置き換えてみて、その言葉がどうにもならぬ程鳥野老人に比べて劣っていることを知ってしまって、誰も鳥野老人のこと以外の話題を口から出す気さえなくて、そのくせ田上が、広根が、トミが、西方が、下里が、大峯が、いや他にも山際や女好きのする化粧品のセールスをさせておけばそれは似合うだろう駒と名乗る男もいたし、女性なら障子と、大峯の子を孕んだ優子、「朝」の部分に広根がこの下腹部を見て「下腹部的女性」と言う分類を女性の分類形式として考え出したあの女性、かってまだ女学生だった頃、田熊が大きくなった乳房を目立たないように胸を窄めて紺の水着に身を包んだ、笑うと左右の頬にそしてひときわ右の頬に深く可愛らしいえくぼの出来る女性、そして毬子と重ってしまいそうな女性のことを田熊が言っていたあの痩せすぎの爪を赤くマニキュアした頬骨の高い長髪の女性、彼女こそ優子なのだが、彼女もここに来ていたのである。阿久海もいたし、牧、それに読者の親しいあの馬鹿の吉田君もやはり田上の横に坐って何か言いたそうにもぐもぐしながら空ろな目を動かしていた。笠間少年もいた。これでカタコンベに今来会わせている全部の人間の名を上げたことになるが彼等の誰もが鳥野老人の名を自ら口に出して言おうとはしなかった。

九、工場跡　Ⅱ

工場跡と題する章を前の章に続いてもう一章もうけることを読者におわびせねばならない。本来なら工場跡として八章と九章とを一緒にして長い八章となる予定であったが、あまりに長い、一章の中に倍近い分量を封じ込めるのは読者にとって迷惑であろうと思い、このように二章に分割して書いてみることとしたのである。

鳥野老人は階段をあと三段程残した石段の上に立ち止って、この地下室に集まって来ている人々の顔を確認するように一人一人をゆったりと、目で軽く挨拶をしながら、皆の目がやっと求めていた人々に会えたという大きな感動に出会って興奮で潤んでいるのを、分っているんだと言う風に宥めてから近づいて来て田上に濡れた絹張りの傘を手渡した。彼の服装は十八世紀フランス風の正式のものでイヴニングコートは黒のドスキン、衿は剣衿で尖りその上は黒い絹地でフェーシングしてあり、その左の胸には薔薇の大輪がまるで今そこで折って来たように瑞々しく、目に浸るような白色を呈してつけてある。歩くと長い燕尾がはねて空を飛ぶように舞う下にズボンがあって、これも黒のドスキンに二本の側章が付けてある。ネクタイは白の蝶ネクタイ、靴はパテント・レザーのプレーントー、手袋は鹿皮の白、チョッキは白ピケ、靴下は……とここで彼の服装がどの程度正式のものかと説明しても仕方がないが、しかし彼が左手で優雅に持っている黒の堅いシルクハットを見れば、それが本物であることが容易に分る。皆は彼が来たことでもう満足してしまっていて一度に気が抜けてしまったようにしかし一番親しいものが自分の傍にいて自分を見守ってくれているから安心しておられるような心からのくつろぎが湧き起って来るから、もうこれでいいのだ、何を彼に望むことがある、と言った風に安心しきっていて後は彼が言う言葉に従えば全てはうまく行くにきまっている。雨が降り止んだのだろうか、鳥野老人の燕尾服は濡れていないから誰ももう雨は止んだのだろうと考えたのだが、それにしては田上に手渡した蝙蝠傘が濡れすぎている。雨は土砂降りであれば傘をさしていても傘だけが濡れて洋服が濡れないと言ったことは起らないから、彼の洋服が濡れていないのは雨が小降りになったためか、あるいは乗物で来たためか、もしこのいずれでもないならば雨の方で鳥野老人を避けて降ったと考えるより仕方がない。彼のこの正式な姿を見れば彼が多分四頭立の馬に装飾をほどこした馬車に乗って赤いお仕着せの服の馭者が長い革の鞭で馬をせき立てながらここまでやって来たようにさえ思われる。しかし鳥野老人はあの中世錬金術士を思わせる中世風の薬局から徒歩で先程のように激しくはないがやはり土砂降りの中をかなりの道程をやって来たのである。皆はただ彼が言葉を言い始めるのをかたずを飲んで待っていた。誰も自分勝手に話をし始めるものはいなかったし、呼吸さえ止めるように静かに、その中で皆の心臓の動悸だけが規則的な速度で時計のセコンドの音のように感じられて、人はそれぞれの心臓を持っているからここにいる全ての人が心臓の動悸の音を聞いていてもそれは各々の心臓のものだから快くて他人のものでしかないのに、それらは妙な具合に霊のようなもので操られて、同じ速度で同じ間隔で脈打っているように感じるのである。全員の呼吸も、心臓の動悸も揃ってしまった。皆はただ鳥野老人が話し始めることを切に望んだ。「ただ儂を待っていた諸君。ただ儂の呼びかけに応じて何の理由かも知らずに集まって来てくれた諸君。感謝する。しかしそれは諸君自らが儂の霊の呼びかけに応じて、諸君の内部の肉である霊が動いたためである。諸君は理性では、感情では、意志ではどうしてここへ集まろうとしていたのか考えても分らない。諸君の内なる霊が儂の根源的霊に誘導されて今ここに集結したのだ。霊は諸君の細胞の中に体液の中に、あらゆる組織や臓器の中に根源的に潜在しているからこのものは諸君のあらゆる行動、思想、技術を支配し一度霊の元締から呼び掛がある時、それは喜びに溢れ歓喜に満ちて今晩のように、理由もなく嬉しくて仕方がなくなる。その霊は何か、これこそ悪霊である。諸君の口が分らなければ自分の子の人肉をもしそれを食べ物だと言われて口の中に入れられると食って、なんてうまい柔らかい肉だろうと思うのは、あるいは女陰にあの膨張した陽根を、例えそれが自分の子供であろうとそれを知らなければ入れてしまって、なんと素晴らしいと思うのもそれは悪霊の働きである。悪霊は諸君の生きている根源である」どうしてこんな単純な無意味な殺伐とした言葉がこれ程まで広根の心を感動させるのかが分らなくて、ただ無闇に熱い燃えるものが身体のあらゆる部分から起ってそれらはあらゆる細胞を一直線につき抜けて脳に集中して、身体のあらゆる部分は興奮してしまって、陽根はただ巨大に勃起し、目は爛々と輝き、咽は渇いて、身体じゅう皮膚からは汗が出て、それらの全てはこの鳥野老人の言葉に起因している。いやこんな状態にあるのは広根だけではない。馬鹿の吉田君などは涎さえ流して感動においおいと泣いているではないか。障子は強度のヒステリーのように身体を硬直させて目を獣のように光らせ、まるでもう障子ではないように一個の雌のようにのたうちまわっている。トミの光る目を見たまえ、今にも機関銃を持ち出して全員に理由もなしにぶっぱなし始めると思われる程蒼白になってエクスタシーの状態にあるのではないだろうか。熱っぽい情念が地下室を充満させて、熱気がむんむんしていて、あの冷静な頭脳の持ち主達がこんなにも変り得るものだろうか。皆は次の鳥野老人の言葉に神の言葉が天から響く時のように、啓示を見る使徒達のように、待っていた。「諸君、革命は今夜、この都市に起る。それは諸君の手で、諸君の行動で、諸君の精神で起る。諸君の革命は成功する。儂にはその様子がありありと分る。ただしかし一つだけ気に懸ることがある。それは諸君のうちの一人が諸君を裏切るからだ。悪霊は諸君の一人が裏切ることを悪霊であるが故に容認する。もし裏切りが成功したら、その時革命は失敗するだろう。悪霊は裏切りと悪霊の力で留めたり阻止したりはしない。何故ならこれも又悪霊のなせるものだからである。もし諸君がその男を知りたいなら諸君の力で見い出さなくてはならぬ。かってのあのおも長な顔の茨冠をつけた半気違いのように、儂はここでユダを示して、その男は儂が次に食物を与える者が、その者だ。などと言ったり、さあ早くお前に仕事をせよと促したりはしない。なぜなら儂こそユダの王なるものだからである。諸君奮起せよ。七つの首ある龍となってこの地で争え」もう鳥野老人は何も次に言葉を加えなかった。長い沈黙があって、誰も感動のあまり言うべき言葉も、動くべき足も持ち合せていなくて、心臓が鼓動し、肺が呼吸し、脳髄が鳥野老人の言葉の内容を知ること以外のどんな働きをもする能力も失っていて、彼等自身が立っているのさえやっとであった。優子は鳥野老人が話し終ると、緊張が解けてその場にヘナヘナと崩れてしまうのを、横にいた大峯が脇の下に手を入れて支えている。溜息が自然に全ての人間の口から出て、もしそれが煙のように色を持ったものであったなら、一人一人の顔前に紫色の綿のような柔らかな塊った一抱え程の煙が円く浮いて、その形は全くどの人のものも同じで、誰がどの溜息を出したのか分らないくらい類似していたことだろう。もう何も聞きたくもなかった。このまま今聞いた塊をゆるがす言葉をゆっくりと味わって、その言葉をもう一度頭の中で言ってみると、その言葉は幾度も脳の中を駆けめぐって、その度は嬉しくなって、全くうっとりと鳥野老人の言葉の中に埋入してしまうのであった。誰も何も言わなかった。と気付いてみると鳥野老人はそこにはいなくて、田上の持っていた筈の傘もいつの間にか消えていた。ただ蠟燭の光が今までになく大きく入口の方に向って揺れていて、何かが動いたことを示していたが、誰も鳥野老人が階段を上って行くのを見たものはいなかった。そして皆はただ我を忘れてうっとりとそれから長い時間次の誰かがこの階段を下りてくるまで、話しも、歩くことも、笑うことも、目を瞬かせることすら忘れてそのままの姿でそこに逃げ行くものを追うように両手を前に出して何かを求めようと立っていたのである。「一体我々を官憲に売ると言うのは誰のことだろうか、我々はその男を、いや女かもしれないが、その人を見い出……」と語尾が消えてこんな言い方をするのは下里である。冥想的な頭脳を最も単純に動かして、田上が炭焼小屋で言った、田熊君が警察と内通しているんじゃないかと言う人がいてね、と言う言葉を思い出してそれがそのまま鳥野老人の言葉と現実で一致して彼の心を離れなくなると、冥想的なだけに考えはそのまわりを幾度もめぐってどうしても田熊がその男だ、と言いたくなるのを我慢していた。「人はやりたいことをやるより他に方法はないし、人はやりたいことをやればいい。誰かが裏切るのならやらしておけばいい。皆がそれを止めようとしても彼はやるだろう。皆が裏切らしてはならないと考えて彼を殺すのならそれもいいだろう。人はやれることしかできないしやりたいことをやる。それは本当にいいことだ」とあの醜い顔を光の中につき出して言うと、皆の目はあの歪んだ顔に光が届いている所にしかあたらないから、それはまるで化物のように醜悪で、皆は彼の顔を見ないように視線をそらしてしまう。「裏切り者は誰だ」とトミは今度は何も考えずに鳥野老人の言葉のままに、もう裏切り者を捜し出すより他はないと言う風な剣幕で一歩進み出し全員の顔を見まわしながら言った。「君か」とトミは真先に田上を指差した。皆の目が田上を見た時、「田上さんじゃありません。僕はこの目でその人が警察に入って行くのを幾度か見たのです。あたりを伺ってこそこそと、それこそ密告者のように、その人の名は……、いや僕が名を言うべきではありません。僕はまだ若くて十七歳の半人前の人間だからです」と笠間少年は彼にしてはよく考えて大人のような分別で蒼い顔を少し上気させて興奮しながら言った。「その人はあの人ですわ、私の口から言うのが一番いいわ。私の夫の田熊ですわ」と障子が甲高い声で「これでどう、あなたは私にその名を言わせたかったのでしょう。あなたの目が私の方を向いてそう言っていたわ、こう私が言ってあなた満足でしょう。あなたの嬉しがる顔を私は好きなのよ」とでも言いたげにしかし誇らしげに胸を張って言った。「これはこれは奥さん、あなたの口から田熊さんのことをそんな風に聞こうとは思いもよらなかったから、私は本当に驚いている。あなたは夫のことをそんな風に言ってはいけないと私は思うから、さしずめあなたはあのソクラテスの妻、悪名高いクサンチッペを気取っていらっしゃる。クサンチッペとてソクラテスを売ったりはしなかった、とするとあなたはそれ以上ってことになる。そんな役割はどうかと私は思うけれど」と牧は例のごとくソクラテスばかりを引き合いに出している。「牧さん、本当なんです。私は田熊君がそんな男ではない、と幾度も自分に言い聞かせたんです。笠間君が私の所へ彼がおかしいと言う情報を持って来た時、私はそれは嘘だそんなことはあり得ない。と幾度思ったことでしょう。第一彼と私達とはもう五年もこの今夜の仕事のために準備をして来ていました。今でこそ彼はあんな風に経済的に困窮しているが、以前は豊かで私達のためにずい分資金面でも後押しをしてくれていて、私達はどんなに助かったことでしょう。その彼がどうして裏切るなんて考えられますか。私は彼が裏切り者でないことを願いました。私自身が彼と会ってそのことをそれとなく話をしてみたこともありました。私は警察の内部に詳しい協力関係のある男に金をやって幾人かに田熊君と警察との関係を調べて貰いました。そうです。その結果私が思いもかけなかったことだが、彼はやはり笠間少年の見かけた通りの密告者だったのです。牧さん、私は今日あなたにここで話し合いがあることを彼に伝えるように頼みましたね。あなたは彼に伝えてくれたでしょう」と田上は四角い顔を牧の方に向けて解答を求めるように言った。牧は笠間少年に夢中になっていて、田熊に知らせるのを忘れたのであるが、しかし彼は今ここでこんな重要なことを忘れたなどと言えるだろうか、と考えてみた。「言えやしない」牧は黙って頷ずいて肯定の意味を示した。「それなのにどうして田熊君はこの大切な時に来ないんだろう。彼はこの場所をもう密告してしまったのだろうか。もう少し様子を見ましょう。心配しなくてもこの地下室にはもう一方から抜けられる地下道が続いています。それを知っているのは私だけですから少し不便でもその道を使えばこの工場跡のカタコンベが取り巻かれても安全です。しかしどうして田熊君はまだ来ないんでしょうか」と田上は本当に考えるふりをしながら不思議でたまらないと言った様子を表面に出しながら心では逆のことを考えほくそ笑んでいた。「田熊さんは本当に誠実な人だったわ、以前は、私がまだ女学生の頃は、それはやさしくてわたくし達はみんな田熊さんのこと素敵な人だと思って憧れていましたわ。今朝駅でちらっとお会いしましたわ。昔のままの誠実そうな人でしたわ。わたくし今も田熊さんのことをそんな風に思っておりますわ」と優子が田熊のことをこう話すのを聞いていると、あの鄙猥な下腹部とどうもちぐはぐな気がする。「皆さん今何が大切かを考えなくてはならない」と広根は興奮してしまってあの肥った円い、しかし運動で鍛えられた身体を興奮するといつもの癖で目を無闇と早く瞬きながら筋肉を震わせて言った。「革命こそ我々の使命じゃないか。これをどんなものにせよ、妨害するものは阻止しなくてはならない。どんなに我々は革命を憧れたことだろう。革命がどんなに待たれたことだろう。もう我々には革命に進むしか道はない。このことを考えれば他はもう考えなくてもよいのだ、我国で我々が革命が必要であると考えてから、一体幾百年待ったことであろう。我々革命家の長い系譜について考えてもみたまえ。我々の同志はいつどの時代にもいて彼等は我々のように革命を夢見ていた。幾百年も夢みていた。革命が起りそうもない時代に彼等はいてもし過去に革命がどこかで起ったことがあったならば、それはどんなにうらやましく思ったことだろう。それが今我々の時代に我々の生きている今のこの時間に、長く鬱積した革命家達の憧れがここに爆発するとしたら、我々は何も躊躇する必要はない。我々の行動を防げるものがあれば、物のように排除して、我々の行いたい事を、革命を行えばよい。その他に一体どんな方法があると言うのか」と広根の目はものすごい早さで瞬いて充血して赤い目からは泪がまるで滝のように何に感動したのか流れ出てそれは人々を驚かすのに充分な顔付であった。「田熊さんと一緒に十日間も駅で見張りをしていた気の知れた広根さんもそう言うのなら仕方がない」と牧は自分が嘘を言ってしまったことを弁解しているつもりで言った。彼等の精神はもう鳥野老人の放った悪霊に操つられてしまっていてどんな種類の判断も、どんな種類に明晰さも失われてしまって、ただ感情の動くままにこの感情はもう身体と密着していて、身体こそ悪霊の支配を受けているのだから、ただ無闇と田熊が間諜なら殺してしまうがいい、としか考えつかない。彼等の顔付きは何かに憑かれた人々のような異様などこか正常ではない顔付きでそれは目の輝きが頭脳の窓であるなら鳥野老人によって曇らされた頭脳の光はうつろで焦点を結ばない目となって現われる。「田熊を殺せばいいのだ」とあの下品さのある薄茶の背広を着たセールスマン風の男が、何を言っているのか今さらと言った顔をして言い出した。西方はその言葉を聞きながら「何と言っても今はストライキ中でして、気が荒立っているので、こんな時には思いきってやってみることが必要です。何でもやろうと思うことが方向さえ決ってしまったら、それはやるべきです。なにしろこんな時は気が荒らだっていますから何をやってもうまく行きます。現に私共の製紙工場の労働者は今夜十時頃から夜中のデモンストレーションをやろうと思っていて、これだって間接的には私共のこの計画の一部なんですから、何しろストライキとなると労働者は力が出て、今まで同じことを機械のように決められた早さで作業をしていたのに、ストライキとなるとそんな制約を受けないので、今までとは異なった別の力が、そんな力は人の筋肉の中に蓄積されるのでしょうから、その蓄積された力がストライキ中だと、その人間の、そうです労働者はこの時人間に復権するのですが、その時人間としての能力が自分達の中にこんなに能力が隠されていたのかと思う程のものが出て来てその力に自分で酔ってしまいます。なにしろストライキ中でなければ何もできません。この時期だったら少々無理な事だと思っても、例えば小石を一人が五ヶずつ持ってショーウインドウに投げることぐらいならできます。私共はこの機会を利用しなくてはなりません。私共はもうねり歩く道順を例年のようではなく、なるべく町の中心部のあなた達の行動とは離れた場所で大仰に時には警官隊と衝突したりしながら、あのワッショイをやってみようと思っています。ワッショイとかけ声をかけるとひとりでに力が出て来て足をワッショイに合わせて歩きたくなってきます。ワッショイ、ワッショイ、こうです。ワッショイ、皆さんもやってみませんか。ワッショイ、ワッショイ」と西方は一人で懸声に合わせて地下室の湿った土の上を歩きまわると、水がはねる。

　田熊がまだしっかり回復していない毬子を連れて地下室の階段を下りて来たのは、西方のワッショイにつられて若い人々、特に笠間少年、駒、トミと言ったあたりが、その場で身体を動かし始めた時であったので、目ざとい一部の人々を除いて彼等の入って来るのに気付かなかった。田熊は今夜工場跡で集会のあることを正確には知らなかったし、彼にそのことを伝える筈の牧は田熊を捜しあぐねてと言うより笠間少年と一緒にいる方がよかったのであまり熱心に田熊を探さなかったせいもあったが、どのみち毬子の下宿の二階にあれ以来ずっといたのであるから田熊を摑まえることはできなかったであろう。とすれば田熊は今夜の会合を知り得なかったことになる。田熊は毬子と話をして、毬子がＳの情報から多分明日に集会があるだろうと思っていたのはSが明日早朝にこの中都市に現われると毬子に知らせてよこしたことから伺えるから、田熊もそう思っていた。田熊が嫌ではあったが毬子のもとを離れて帰ったのは、もう遅く男が女の部屋に一人いるのは何かもっと特別の関係にでもならない限り、やはり居ずらいし、それより何より家に帰って夕食を取りたいと思ったからだ。よく考えてみると田熊は朝から何も食べていないのを思い出した。このまま毬子のもとに居続けても毬子はSのものであれば田熊に心を動かす筈もなさそうだから、田熊はここいらあたりで毬子と離れて家に帰るのもいいと思って勿論それには明日毬子に会えると思う嬉しさと、毬子がSと多分明日になれば肩を並べて別のすでに関係を持つ男女がどこかにそうではない男女と違う独特の雰囲気を持っていて、それは女が男に甘えている場合が多くて、時には男が女に甘えていて、そんな普通とは別の心をゆるした二人の姿を見てみるのもいいだろうと考えて、一抹の悲しさを感じながら、八畳と六畳の二間が続いている毬子の下宿を出た時は、もう土砂降りの雨も幾分小降りになり始めた時刻であった。その雨の中を田熊は例によって毬子の若い肉体を殆ど思う存分田熊の腕に感じることができて満足であった。しかしその満足さは性的な関係を一際抜きにした接触であったから、と言うのは男と女とが触れ合う場合それが恋愛関係であれば、お互いの性的な感情を刺激する方法でなるべく性的興奮を軽度に起しやすい肉体の部分から次第により深い反応を示す部分へと進むのが一般的であるのに、今日の田熊と毬子との間には田熊の方には性的な感情を起すものはあっても毬子は田熊をただやさしい親切な男としてしか感じていないから、お互いの感情は同じように接触しても違っていて、それはより進んだ恋愛感情にまでは届かない。それに第一田熊は接吻すら出来得る状態にならなかったから、何かもの足りない感じが今もしているのは当然でただ毬子の膚のぬくもりを感じた喜びを味わったにすぎない。こんなものですら田熊にとっては大変な喜びで、このぬくもりを大切に頭の中にしまっておいてやがてそれが恋愛的な深まりを持つに至るであろう想像となって、なんとも言えない嬉しさを田熊の心に起させた。田熊は雨を心地よく感じていた。歌でも大声で歌いながら歩きたい気持になって、病院の前の地下道を通って駅前に出て、待合室を覗いたが誰も知っているものはいなかった。「今夜はどうして選別をやっていないのだろう」と一瞬不思議に思った。今は毬子の暖かみで心が一杯だから気に止めずに公園の方へ一直線に歩いて電車通りに出ずに、裏から細い溝の泥あげ場になっている道を通って田熊も家にたどりついた。濡れた洋服を着換えようとして障子を呼んでみたが田熊の妻は今夜もいなくて、どうせ帰るのは遅いことだろうと、遅い夕食にするつもりで台所へ行ってみたが、その用意もしてなかった。おかしい、と田熊は思ったが、今日は愉快な日だから、と自ら言い聞かせて、朝食の残った冷飯が釜の底についてたのを、かき込みながら、郵便受けを見て来ようと思った。めんどうだし、それにどうも疲れている。毬子と一緒にいて気を使いすぎたのと、毬子を産婦人科の前で待っていて、まだかまだかと苛々しながらいたせいだろうと考えながら飯を食ってしまった。郵便受けが気になる、いつもならこのままごろりと寝て、障子が帰るくらいまでに寝入ってしまうのに、今夜はどうも郵便受けが気になるから、変だなあと思いながら、身体がもう眠っているのを無理に起こして立ち上って郵便受けを見ると、――今夜七時、大西洋通り入る工場跡――と田上の字で書いてある。今夜だ。もう九時ではないか。と田熊は毬子が明日七時だと言ったのを思い出して、彼女が見せてくれたＳのアフィスタマイとＳの手紙のことを思った。確かに明日の筈ではないか、それがどうして今夜なんだろうと思ってみても、いくら思っても今夜ならどうにもならないから、行けばいいのである。田熊はもう一度来た道を引き返して毬子を引き出すと、その旨を話して、まだ完全には回復していない毬子を引きつれて雨の中を急いで大西洋通りの工場跡まで、その遠い道を、と言っても距離的に言えば、一、五粁程であろうが、心の急ぐ割に足はゆったりとしていて、それでも田熊の歩く方が毬子より速いから、田熊は毬子のことを思って時に振り返って毬子を待ったり、あるいは毬子を抱くようにしながら急ぎ足で歩いてやって来たのである。「でも今夜と言うのはおかしいわ、Ｓがこんな重要なことを間違える筈はないわ」と毬子はそんなことをこの間に幾度か言って田熊の言うのが嘘ではないかと幾度か疑ってみたが、しかし田熊の真剣な様子とＳが「田熊はいい奴だ」と言った言葉とを思い出して、兎に角一緒に行くことにしたのである。

「毬子さん遅れたようだね。こんな時には遅れないことが大切なんだが」と山際はコーンパイプに金色のライターで火をつけると、その青い焔が金色のライターに映って青い金色の光を気味悪く発しているのを見ながら煙を吸い込むと焔はパイプの光に吸い込まれてもう映らない。毬子は声のする方を見てそこに山際がいるのを知って不思議に思いながら事務用品店の山際部長がここにいるのは変だわ、と考えながら山際に軽く頭を下げて挨拶をした。「彼が現われたと言うことはもう警察の手がまわっていると思わなければならないと言うことでしょう」と田上が小さな声でしかし確実に全員に聞こえるように囁いた。「皆さんどうも遅くなったようで、と言うのは僕は知らなかったからなんだが、それにしても毬子さんも、この方の名は毬子さんで、Ｓ氏と懇意な方のようで、Ｓ氏からの連絡によるとこの集会が明日あるとなっているらしいから僕はそれが本当だろうと思って、今まではこの人とＳ氏のことを話していて、Ｓ氏は明日早朝暗いうちにＫ市に首都からやって来るらしいからね。それから家に帰ると田上君の手紙があったから慌ててもう一度毬子さんを誘って来たんだが、もう話はだいぶ進んでいるような様子だなあ」と田熊は皆とは全く違うのんびりとした調子で遅れて来た理由を述べても誰も田熊の言うことを信じていないような風で、妙に棘のある目差しで田熊を見ているから田熊はいつもと勝手が違うと思った。「あなたが革命をどう思っているか知りたいな」と駒がぬうっと暗がりからその下品で女好きのする顔を出して言うのに田熊は答えて「僕についての問いのようだが若い方僕はあんたの名を知らないからこう呼ばせてもらって、今さら僕に革命をどう思うかと言う質問はなんだか吟味されているようだが、とすればこの際僕の思っていることをここに披歴するのも悪くはない。第一に革命は僕にとって理想である。僕が求めようとして、求めきれないもの、いくら手を伸しても絶対に届かないあの美しい理想的なるものだから色で言えばピンクで形で言えば球状のもののようでもあるし正多面体のようでもある。ブリリアンカットのような多面体でもあるようで、しかも不定形でもあるし、長い隧道の暗い歩いていてもどこまでも暗い筒の向うにかすかに燈りが見えて、それがピンクで僕の求めているもののような気がする。それである。とすれば僕にとって革命が現実のものとなることはあり得ないし、もし現実になったら僕はもう求めることがなくなって退屈ばかりで怠惰な日々を過すことになるだろう。第二に革命は僕にとって恋人のように親しいものである。僕はいつも革命を恋いこがれて革命のことを思っていて忘れることがないから、僕の頭脳の中はちょっと神経が走るとすぐ革命と言う文字に、いや革命と言う言葉を持った細胞に突きあたる、とそこから心地のよい気楽な親しい家族と一緒にいるようなあるいは恋人と二人で話合っている時のようなほのぼのとした暖かみの恋しさが現われて僕は全くこの言葉の中にうっとりと没入してしまって、そこで揺り椅子に坐ってゆすっている時のようにその揺れに身をまかせるように嬉しくてどうしょうもなくなってしまう。第三に革命は未来の時のように僕の今住んでいる時間と一連なりのものではなくて、その間に起えがたい溝や裂け目があってこのことを中世風に連続ある裂け目と言ってもいいが僕との間に続いた時間はなくて、僕の死が来た時それは成就されるのもとしてしかないように思う。この時間は革命に無限に収斂し殆どそこまで行けそうなのに行けばまた先があってたどりつけない。僕の革命はこのようなものなんだろう」と田熊は一息入れた。まずいことを言う男だと牧は考えながら、もっとうまく言えば言い逃れができるのに、これでは逆効果じゃないか、彼等の術中に落ち込みそうじゃないかと思って「田熊さん、私達は一緒に革命に向ってそれを成功させるために、いろいろ考えたもんでしたねえ」と軽く導入部を言って次にもって皆を引きつける言葉を言おうとするのを「そうだった。けれど平時の革命は成立しないと言うのが僕の結論であって、現に日常の生活をしている、野菜を買っている主婦がいて、三歳程の子供の手を引いている女性が、君に向って」と田熊は駒を指差してから『お一人で生活をなさるのは大変ですわね』と話し掛ける時に、そんな平穏な中に革命があると思うかね。砥石の面が平面ではなく斜むいていたりあるいは彎曲したりした時、平らにするのに自転車の後ろに荒縄で結んでころがしながら舗装された道を摺って走ると、どのくらいの時間こうして走ると砥石は平らになるのだろうかねえこんな風な市街地を僕達は歩いていて立ち止って通り過ぎる砥石を付けて自転車を眺めて『あの石は本当に平らになるんだろうかねえ。それにしても気の長い話だ』と欠伸をしながら言っている光景を考えてみるといいねえ。こんな例ならそれこそ山程もあって、高層アパート上から市の塵介車が来たので両手に一杯の汚物を持って階段を走って下りて来てみると、塵介車はもう先の方へ行ってそこで塵介集めの役人が家々の塵介を車にあけているから、すぐ近くだからと重い野菜の切屑の入った二つの塵介バケツを持って走ると、なかなか自動車に追いつかない。近いからすぐだからと力まかせに走っても相手も結構早くて、一向に距離は縮まらないのを、二人いる塵介集収人は見て笑っていて、もう疲れてしまって走っても追いつけないと半分あきらめて、前掛で顔の汗を拭った時見るに見かねたのか『奥さんそこに置いとけば帰りに戻って取っていってやるよ』と言った。それなら最初から言えばいいのにと思っても、これで丁度いいのだろうと主婦は思った。こんな風な話ならまだいくらでもあって、もう一つすると幼稚園の子供が朝、いつも遅くしか来ない子なのに、今朝は早く駆け込んで来て、来るやいなや若い未婚の先生に『ねえ美果おもしろいことしってるわ、あのねおとうさんたらパンツをはかないで寝ているのよ。大きいのに裸なの、パンツはかないの、びっくりしちゃうでしょう』と大声で言うから、先生は真赤になってもじもじしている。もうこんな話をいくらしても仕方がないからねえ。こんな風な生活を平穏な日常と言えば、こんな時期には革命など起こるはずがないように思えて、今までの過去の革命の例を見ても大方は社会不安の中であったし、政権がもう崩壊しそうになった時期であったり、外国軍の占領下にあったりした極度の不安があって悪政があったり、税を市民から取りすぎたりして、そんな原因があった時に反抗が起り反乱も起り拡大して革命となったからねえ。革命が起るにはそれだけの原因があるから、今はその時期ではなく思えるから、ただ僕達はかっての革命を知って、それを憧れたり未来に起るであろう革命を計画して一生が終わればそれでいいと思えるねえ」と田熊は長い演説は終って、田熊は自分の思っていることを一気に話したので非常に満足で心の中がゆったりとしていた。「革命は今は起らない。君はこう言うんだな」と激怒して阿久海が大仰な身振りで緊張した顔を震わせて腕を広げたり縮めたりして言った。「そうですとも」と田熊は始めて見る男の顔とその浮浪者風体を見ながら、この男は本気で革命が起るとでも思っているのだろうかと訝かった。「革命は僕にとっては芝居のようなものだから現実にそのことが起こるなんてことはあり得ないし、過去と未来の革命について考えていればそれは楽しいもんに思えるねえ」と細い目をいよいよ細めて猫が満足そうに背を円めて背伸びする時のように一度かがんでから、皆の顔を見て、自分が今置かれている状況を的確には把握できないらしくいよいよ芝居の登場人物のように、架空の世界にいるように話をする。「あなたの言うのはおかしいわ」と障子が田上を見てそれから田熊の方をその妻が見るにしては増悪のある目付で、田熊と毬子とが一緒に現われたことへの嫉妬があって、こう言ったのだろうか。「そうですとも、奥さんの言う通りでしょう。なにしろ今はストライキをやっていますから、私共がストライキをやっているのも、革命に繋がる民衆の力を土台にしているからです。そうですから田熊さんの言うように革命はその時期ではないと起らないというと私共のようにその時期に生れ得なかったものはどうすればいいのでしょうか」と西方はあの豚のような巨軀でこの時ばかりは胸をはって言うと、身体が肥って大きいだけに威力があるように思える。「田熊君の言う通りだとすると、革命の時期に生きていなかった革命家はただ革命に憧れていればいいことになるでしょう。しかし革命家はいつの時代にもいるから、そんな革命家は一体何をすればいいと田熊君は言うのでしょう。革命家はいつの時代でも、勿論今でも革命をやろうと常に努力をしていなくてはなりません。そして革命家は革命をいつでも何処でも起せるように、そして起ったらその先頭に立って革命を押し進めなくてはならないでしょう。だから革命が起ったかどうかはやはりその時の革命家の努力によるのです。田熊君のようにただ頭脳の遊戯として革命があって革命家がいると言うのは全くの妄想です。さあ始めねばなりません。今ここで必要なのはできるかできないかを決める議論ではなくてどうしてやるかを決めなくてはなりません」と田上は平静な顔付を装いながら心では今こう言わなかったらうまく行かないかもしれないと考えながら、彼の四角い頭の中の神経を力の限り働かせながら言った。「君達の方こそ妄想の中に生きていて、現に今夜の君達はいつもの明晰な頭脳のある君達じゃないようだねえ。僕は先程からそれをおかしいと思っていて、分らないんだが、兎に角現在は革命には適した時期ではないねえ」と田熊が言うのを、駒は「あなたは革命がそこに来ている時にそれを止めようとしていると思うな。そんなことはさせないぞ」と強い憎さを顔に率直に現わしていった。「そうはさせないぞ、絶対に銃にかけてもさせないぞ」とトミも猛犬が挑む時のように歯をむき出しにして言うと、「そうだわ、その通りよ、誰があなたの言うことなんか聞くものですか。今夜この市で革命は起ります」と障子が甲高いヒステリー気味の声で言って、顔は歪んで本物のヒステリー症状が現われるのを思わせる程の顔でいった。「分っていないんだねえ、革命なんか起らないのにねえ、例え起ってもここだけの一人よがりのものじゃないか、それに革命は広がらなくちゃねえ」と田熊が言うと、「君は我々が革命を起そうと言う時それにけちをつけようとするのか」と山際はもうコーンパイプを吸ってはいないのは興奮のあまり煙草を吸っている時ではないと思ったためだろうか。彼が口からパイプを離すのはよほど興奮してしまったためだろう。「僕達を売っているくせに」と笠間少年は遂に言ってしまった。「僕は知っているんです。田熊さんが警察へ入って行ったのを、僕はもう許せない」と真青になった顔を田熊に向けて憎くてならないものを見るような憎悪の目を向けながら、唾を吐きかねない顔付をして言った。「君は僕達を売っても、この革命を止めようとするのか」と広根がやっとの思いで言った。「もしそうする必要があると思えば、僕はやはり君の言うように君達を官憲の手に引き渡して阻止することはあるだろうねえ。だって生命は……」と田熊が続けようとするのを「もう分ったあとはやるだけだ」と下里がいつもの彼のように語尾をぼやかさずに言った。「やるべきだ。我々がここで革命を起せば、ここのアフイスタマイの連中のような即ちここの同志のような集団は全国各地に秘かに既に幾つも存在している。だから我々がここで革命を起せば全国の同志も、革命がたやすく手の届く所にしかも現然として成立することを知るから彼等も立上ってくれる。我々に必要なことは先ず革命を行うこと、次に革命政府を樹立すること、さらに成立した革命政府をできる限り長期間存続させること、この三点にあるだろう。そうすれば全国の同志は我々を見捨たりはしない。必ず第二第三の集団が革命を起こし我々に続くだろうから、全国はやがて、いや非常に近い将来に革命政府の支配下に、自由と平等の精神のもとに置かれて、そのことを考えると一体外にどんな素晴らしいことがあるだろうか」とトミが目を輝かせて言った。「私共は何と言ってもストライキ中ですから、これからデモンストレーションに出かけなくてはなりません。もう始めてしまったんです」と西方はだるそうに巨軀を一度皆の前に折ってお辞儀をして階段を登って出て行った。「そうです、もうやるべき分担はこの図と表に書いてあります。このようにやれば必ず成功するでしょう。夜明け前に僕達は放送局に集まって革命政府ができたことをこのＫ市の連中に、全世界に向って放送することができるでしょう。僕達はもう殆ど革命に成功したようなものです。見てごらんなさい。K市の地形は島のようになって五つの橋と二つの鉄橋とによって周辺の地方とつながっているだけで他に陸地はありません。僕にはここにかって城を作った中世の城主の心が分ります。今同じようなことをやるために僕達はこの市に集まりました。吉田君は広根さんと、大峯君は優子さん、下里君には駒君と牧さん、阿久海さんと田熊君と奥さんと僕、山際氏とトミ君と毬子さん笠間君。武器の小銃や機関銃、拳銃はこの地下室にあります。次に爆薬を取りに大峯君と優子さん以外の人々は広根さんの自動車か山際氏の乗用車に乗って下里君の炭焼小屋まで行こう。それに爆薬を橋の近くまで運ばなくてはならない。合図は公立病院の火事です。それから二時間以内に下里君が最初に爆発して下さい。忘れないように公立病院の火はどこからでもよく見える筈ですから、さあもう三十分間だけここにいてグループごとに仕事の内容と個人の役割とをよく調べ必要な道具、装置、武器等をそろえて下さい。三十分後に地下室の前に自動車が来ますからそれに乗るようにして下さい。下里君の炭焼小屋に行く中途で一仕事があります。急いで下さい」と田上は重要だと思えることを一人でべらべらと、それがまるでゲームででもあるかのように、その遊び方を説明でもするかのように楽しそうに話すのを田熊は見ていて「まるで気違いざただねえ」と気の抜けた調子で言った。

十、夜

夜とはどのくらいの範囲の時間を現わす言葉であろうかと考えてみて夜と言うものが時間を区切る性質のものではなくて、まだ電気や燈火のなかった時代に夜と言うと暗くなることと一致したものであっただろうし、現に今でも暗くなると夜とみなすのは常識の中で考えると正しいのであろう。例えば白夜のある極に近い地域の夏の夜は暗さと一致しない場合もあるし、今こうして進行している物語もすでに日暮れの時間を過ぎて久しいのに、その間の時を夜と題したこの章に封じなかったから、夜とは何を差して言うのかの問いに対して正確に答えるのはやはり困難であって、「夜の心」と題する版画を作ったムンクと言うノルウェイの画家がいたが、その版画のような恐怖の心が夜を形造っているのであれば、この章を夜と題するのは至って的を射ていると言ってよいであろう。しかし夜をただ恐怖のみがあると単純に考えてしまってはならないし、悦楽の時と考える人々もいて、そんな時間を夜の中に含ませるのは夜を考える上ではずい分正しいように思えるから、そんな風に一日を夜と昼に分けて考えると言った意味に単純化して考えてみるのも面白いかもしれない。意識としての時間は寝ている間は意識から離れて意識の中に醒めたものとしてはないから、ないのだと考えることもできるが、しかし寝ていても生命は、呼吸し、脈動し、夢を見、筋肉が時には痙攣し、レム睡眠中には眼球をむいたりする限りにおいて、それは無意識であっても意識であるからやはり時間はたっているのだろう。今、夜が来たのである。ここで親しい砂時計の中の白い砂を手に取り出して、指の先でざらざらする粒を掌から指先にくっつけて電燈の光に透かして見るのもいいし、その後で息を吹き掛けて飛ばしてみるのもいいけれど、その量の時間で言えば十時十分前であった。

　彼等大峯と優子を除く十三人は手に好みの武器を持って、と言っても機関銃は二丁、軽機関銃は二丁、小銃五丁、拳銃だけは豊富に十五丁程もあって、そのものも革命国際条約機構加盟国の共通弾薬、七・六二粍弾を用いる銃であるが、それらを持って二台の自動車に乗って下里の炭焼小屋に向って走っていた。二台の車と言うのは一台は広根の持っている小型の幌のついたトラックで前面には（運転台の前だが）例の長く突き出したエンジンを収納する部分が鼻のようにあって、古典的だから、その外観を見た誰れもはよくこんな車が今まで残っていたものだと感心しないわけには行かない種類のもので、見た人は次に、この車は動くのだろうかと言う質問を自らに投げかけるに違いないだろうような車で、もう一台は山際が常に乗っているヨーロッパ製の高級乗用車で黒く美しく磨かれた塗料はその中に乗っている人を否応なしに立派な紳士淑女に見せるから、車もよいものに乗るに越したことはなさそうである。雨がいく分小降りになっている中を車は鉄橋を渡って先に進むと、風も先程のように強くはなく、ロビンソン風速計もこの程度の風速ならその記録計に風速を示すことができて、あの椀のような風速計の先のものも吹き飛ばされることはないだろう。とすると田上は頭の中をめぐっている思考はこの風速計のように今はゆっくりと自転車に乗って駆け廻った時のようではなく回転していることになる。田上が土砂降りの雨が降り始めた頃、今のように闇があたりを支配する以前にこの道を自転車で舗装道路では自動車に追い越されながらその排気ガスを吸い込んで走っていて、次に信号機で右に折れると道は砂利に変って、農家が道に面して幾軒か跳び跳びに並んでいるその道を走った順序で今は彼等の二台の自動車が広根のトラックを先に次に高級乗用車という風に走っている。道は暗いので舗装道路を走っている時はその濡れた上をヘッドライトが長く滑って照らしているようで、それは光がこんなに粘着性のあるものに見えて不思議だが、やがて砂利道に入ると光は先程の粘着力を失なったように、ただぼおっと前を漠然と照らしているように見える。穴があって運転台の広根の横に坐っていても時々跳び上らなくてはならないのだから、荷台に乗っている四人は油気のないフライパンで胡麻を煎る時のはじける胡麻のようにいつもはねていなくてはならなかっただろうと気の毒に思った。農家の黒い屋根が周囲の木々の間に見えて、便所らしい小さな燈りが橙色に僅かに光っている横を、二台の車は新旧の対称を示して進んでいる。杉の古木が森になって繁っている所まではすぐに来てしまって、そこで彼等が自動車を下りたのは、その地点は先程田上が自転車を置いて歩き始めた所から幾分先に入った山道であったが、小さな叢祠の入口よりは道が急で狭くなっていて先へは進めないかもしれないと考えたためと、もう一つはこの先は自動車を回転できるだけの広さのある所はないと考えたためだった。彼等は下里について車から下りて歩き始めた。彼等が歩いて炭焼小屋まで十五分程の道を登って行くのは炭焼小屋にある爆薬とその装置を、全部でその量は七つの橋を爆破するのに充分な量であるのだが、重量は重くて、皆で持たねば持てぬ程の量があったためだった。自動車まで運べば後は二台の自動車に分けて積めばよくて、橋のある所まで自動車で火薬と人とをつれて行ってくれることになっているから重い荷物を持たなくてはならないのは炭焼小屋と神社との間の十五分程の山道だけだった。皆はやはり興奮していて、憑かれた人々のように幾分陽気にはしゃいで、中には鼻歌を歌うものもいて、その曲がバッハの無伴奏チェロ組曲第一番ト長調のメヌエットのメロディであるのを、高く歌いやすいように変えてやっているからさしずめそんなことをやるのは牧に決まっている。勿論若いトミや駒や笠間少年が歌うのなら、デキシイランドジャズか何かを歌うのだろうが今彼等はそれどころではなく身が引締まるある感激で心は一杯でそんな余裕はなくて早く爆薬を運んで橋を爆破し革命を成功させたくてどうしょうもなかった。もうそこに革命は来ていると彼等は思うだけで嬉しくて心が踊って仕方がなかったのである。「それにしても田熊と言う人は許せない」とトミは思った。下里は皆をつれてどんどん進んで行って、道は極端に細くなって葉が足にからんで、杉の森を大きく迂廻して進んでいるようであって、先程の道であれば炭焼小屋につく間にこんな細い急な勾配の道はなかったように記憶しているのだが、それにしても夜の小雨の降っている山道は陰気でじめじめしていて、明るい陽の光の道とは別のもののように感じてしまう。「いつもの道とは違うんですかね、近道をしているんだろうかねえ」と田熊が気付いて言った。歩いて行くと急に暗さの中に視界が広がったのか下里の照らしていた大きな電池式の電燈の光りが木立ちに遮られずに宙をどこまでも進んで空に消えそうな光の円筒の中に雨の水滴が横切っていくつも落ちて行くのに次々に落ちて来るから、そんな模様の絵か布地を見ているようにいつまでも変らない。

下里がその広場の中途で止った。皆も先頭が止ったので二番目が下里につっかえて止ると三番目と四番目が二番目の両脇まで歩いて止る。と言う風に水滴が庇からまさに落ちようとする時の形になって後の方が円く先は下里一人と言う風に止った。しんがりに田上がいて止るのは当然だと言った風な顔をして「一仕事しなくてはならないんです」とまるで日常のただの会話のように話すのを皆はどうしてこんな炭焼小屋のありそうにない所で止るのかの理由が分らなかったが、止ったから分らなくとも歩くのをやめて皆がするようにするしか他の方法を知らなかった。かなり長い時間皆は雨の中の暗らがりに話もせずに待っていた。何を待っていたのであろうか。彼等は何を待っているのか最初は全く分らずにただ待っていて、こんな雨の山の中で何も起る得ることはないだろうし、これから急いで爆発物を持ち出してとって帰って爆破しなければならないのに、こんな雨の中に留まってどうして時間を空費しているのだろうか、と考え始めて皆の心の中に何かそれに対する解答が出るまでの時間、その間雨の闇の中で待たねばならないのである。まだ誰も解答にまで達したものはいないに違いない。やっと疑惑を持ち始めたばかりで「さあここでなぜ止ったんだろう」と頭を動かし始めたばかりだから、結果が出終えるまでに、初め「おや」と言う顔付をして、やがて「まさかそんなこと」と極度に困惑した顔付になってもう少し待てばその顔付は「仕方がないだろう」と変り、最後に「許せない、すぐに実行しなくては」と決意の表情になって皆が一勢に「今こそその時だ」と思うまで待たねばならない。「どのみちもうすぐだ。慌てて為損じてはならぬ」と田上は動く出す心を押えて、まだチェロ組曲を歌っている牧の方を見て、この曲なら彼等の思考を早めこそすれ止める方へは作用しないだろうと考えてもう一度牧の方を見ると彼も一瞬田上の方を見た。牧は今全く思考が中止していて、バッハに熱中して、どうしてもうまく出せない低音の所を幾度も幾度も調子を換えて歌ってみていたのである。この時こそ鳥野老人に操られる悪霊達の群が一同の頭上を軽々と飛び交い彼等の思考の手助けをするのだろう。雨はじっとりと小粒になって粉になって空気全体が雨を含んで霧の中や雲の中を登山の折歩いたことのある人ならばあの光景を思い出せばいいのだが、今はそんな風に雨が空気の粒子の中に入り込んで降っていて、三人の違った息使いの人がいる以外全ての人達は同じ息使いで同じように考え、疑念から始めて、あの「今こそやろう」と言う結論を出すために頭脳を働らかしているのである。その時間を雨滴が葉の尖端から池に落ちる音で現わすことができるし、風が木の葉の中を吹き抜ける時の葉のすれる音で現わすこともできるだろうが、今は風すら強くはないし、葉のある木々からは少し離れているから、こんな道具は使えなくて、もっと身近かな心臓の鼓動とか息使いとかを使えばいいがそれも先程使ったので、あの親しい砂時計を持ち出すより仕方がない。砂時計を幾度逆さにする時間が必要だったのだろうか。鳥野老人に操られた彼等は全く唯一人のもののように考え唯一人のもののように一つの結論を出した。「あなた達は本当に恐ろしいことを考えている。私はそんな考えを許すことはできないわ」と意外にも最初に声を上げたのは毬子であったが、その時には皆もう毬子の言っている意味が分るところまで来ていたのである。牧はこの声を聞いてバッハの無伴奏チェロ組曲からやっと離れて、彼等のいる世界を眺めたのだからずい分遅れていて「恐ろしいって何のこと……メヌエットは恐ろしい筈はないからねえ」とまだ皆の所までは来ていない。一同の眼は異常に輝き憑かれて理性の範囲を遠く離れて衝動で行動する人々のように無気味であって、それが一人ではなく一つの集団の殆どがこんな風だから牧はそれが意味することを次の瞬間に悟ってしまった。今、言葉はいけない。もし牧が話をすれば口から声を出せば、それが切掛けとなって彼等の中に既に黒い山塊のように立ちふさがり出たくて困っているあの行動が突如として起り始めることが分っているからである。牧は息をのんだ。何とかして田熊をこの窮境から救い出さなくてはならないのだから、と牧は例のソクラテス的な禿頭の中を、やはりソクラテス風にあれこれを考えてみていたが、しかしそのどれもは言葉以外の手段でなすことができぬようだから、と言うことはいくら合口を懐ろに持っている牧とは言えこの人数を相手に戦うことはできないし、彼等は拳銃や小銃を持っているのであればもう最初から牧は負けていることになる、とすればどうしょうもないと牧は思った。しかし何かせねばならないし、するとすれば急がなくてはならない。もう猶予はない、一瞬で決まるだろう、誰かが声を出せば、それが合図になって田熊は殺られるだろうと思った。田上は時が熱して来て皆が心が湧き上って来る過程を一人一人の表情を見ながら知ってしまっていて、心の深い部分から黒い歓喜が黒雲がもくもくと立ち上るように起って来るのを感じて、それを隠しておくのが出来ない程嬉しくてたまらなかった。勿論田熊もやはり自分が殺されるだろうことに気付き始めていて、来る道がいつもと違ったのがこのためだったのかと思うと、死が目の中一杯に広がって、それは具体的な父の死とか祖母の死とかと重なって、彼等の死の苦痛について知っていても、それは死ではなく生きている人間の苦悩でしかないから、死がどんなものか分らない。死が人に来る時、どんな姿も現わさずに潜かにやって来て、本人さえ知らぬ間に入って来るであろうから、他の人の死を横から見ていても、それは生きていた人と死んだ人とを一つに連なったものとして見てしまう方法でしかなく、単に死の形骸を知ったにすぎない。死は厳粛にやってくるのだろうか、それとも騒乱の中をやって来るのだろうか。そのどちらでもあるようだがそれとて人のものを外から見て言っているにすぎない。田熊はこんな風に考えられる自分が冷静であるのに驚いて、牧を見ると彼は蒼白な顔をして禿頭の部分が汗をかいているのか雨のためか濡れていて、目から泪が溢れそうになっていて、それが田熊の目と合った。二人は互いを庇うように潤んだ目で凝視し合いながら頷いていた。「分っているのか」「分っている、仕方がないじゃないか」「僕は君に何もしてやれない、これもいつものようだが腑甲斐ないね」「人はいつもそういうものだよ」「何かするよ、どうしても」「いいんだよ無理だよ。それにこれは芝居かもしれん」と田熊は牧と頷き合いながら会話を心の中でして最後に少し微笑をしたのを、牧は見て驚きながら、もう一度彼を見ると彼の頬の筋肉がかすかに動いて緩むのを見て、田熊の言っていることが分った。「そうだ芝居に違いない。今まで芝居でなかった人生なんて僕にあっただろうか。いつも思っている間は嬉しくてうっとりしたり、跳び上る思いだったり、苦痛だったり、悲しくて胸をかきむしられる思いだったり、心臓が止まる程驚くだろうと思ったりしても、現実にやって来た時は、いつも思ったように大仰にはやって来ずに舞台の上で役者が芝居をしているのを見る観客のように嘘の世界に自分は避難しているような、そんな風に薄い膜をかぶって本物はやって来て、現実はなんだかものたりないただの事柄にすぎない。いつもそうなんだ、そうでなく思ったような本物がそのままの姿で来たことなど一度だってあるだろうか。ないとすれば今度だって本物が来るとは限らないし、芝居と言うものはどこかにどんでん返しと言うのがあって人を驚かせるのが面白いんだから、今だって最後までどうなるか分らないものさ」と田熊は細い目を閉じて考えていると、杉綾織の背広のくたびれた形だけが浮き上って来るように見えた。「裏切者は殺せばいい」とトミが次に声を出した。「そうだ殺すより他に方法はない」と駒が言うと他の者達も口々に「殺せ」とわめき出した。そこは修羅場であって、田熊と牧とがただ二人で十一人の敵を向うに廻して戦わなくてはならないのに、田熊は全てを芝居の世界ぐらいにしか見ていないし、牧はこれらの敵を相手にして対等に戦うだけの知識と腕力とを持ち合わせていないから、やはり彼等のなすがままの行為をそのまま受けるより仕方がない。広根は合口をもう懐から出して抜身で田熊にかまえていたし、この場合は拳銃や小銃等の弾丸で殺すのではなく、刃物で彼等は手に直接刺した田熊の肉体の抵抗が感じられる方法で殺そうとしているようである。彼等がそうしたかったのは田熊の肉体を刃物が皮膚を通り皮下組織を通し筋肉を通し骨や内臓に到達するからで、その方法ならば刃物で切断される田熊の皮膚や筋肉、神経や血管が、刃物のために収縮して、そのかすかな震えが彼等の持つ刃物を通してじかに彼等に触覚となって伝わるから、それだけ直接的となるからであろう。吉田君はこの様子を離れて口を開いてよだれを垂らしながらどこかおどけた硝子玉のような目を一層大きくきょとんとした表情にして、仲間には加わらずに尻を濡れた草の葉の上にのせて、かがんで何が起るのかを面白くて仕方がなさそうに見ていた。冷静な山際までもが表面はいつものようにコーンパイプをふかしていても目は狂っている人のようで、障子は呪文のように何やらわけの分らぬことを長い読経の調子でわめいていて、声の質が高いせいか聞く者の耳にきんきんと響いてその声は皆を狂気の中へ浸らせる原動力のように聞こえる。「僕はこんな仲間と一緒じゃない。僕はもうやめだ」と牧の異質な声が輪を縮めてまさに田熊を殺そうとしていた皆の背に聞こえた。牧は一人輪から出て皆とは逆の道ではない繁みの野原の中、闇をぬって歩き出した。「ダイモニオンが僕に止めろ、と命令していると振り向いて大声で牧は説明するように言った。牧は先程の沈黙の時間以来得体の知れないウーと言う音のグレゴリオ聖歌のような節を持った声が空で鳴っているような気がして、初めは仲間の誰かが言っているのかと思ったが、それは人の声ではなくて別の声で、徐々にその声は大きく力強くなって来て、同時に頭が声と共に痛んで耳鳴のようであった。しかしそれはそんな種類のものではないことがやがて明瞭になって、牧は霊が話しているのだと気付いた。ウーとはギリシア語の否ではないか、そしてこのウーはかってソクラテスがあの牧の親しいアポロギアの中で「私の聴き慣れた（神霊の声の）予言的警告は、私の生涯を通じて今に至まで常に幾度も幾度もきこえて来て、特に私が何か曲ったことをしょうとする時には、それが極めて瑣細な事柄であってもいつも私を諫止するのだった」（ソクラテスの弁明）といっている鳥野老人の悪霊とは異質のギリシア的な霊ダイモニオンの声だと思った。牧は背を向けて帰ることにした。最初皆は牧がしていることの理由が分らず、まだ田熊の方を向いていたが、しかし牧の言う言葉で彼が逃げようとしていると思った。昼食をねだる時の卑劣な態度に較べるとこの時の牧はなんと立派であったことか。彼等は今までそんな牧を一度も見たことがなかったので、どうして牧がこんな風に変ったのかと考えて、今はそんな理由を考える余裕はない、先ず行動だと思ってしまって革命が大切だし、ほんの少しでも革命の障碍になりそうなものは取り除かなくてはならないと考えた。しかしこう思ったのは田上だけで他の人々はそこまでは考えず牧の去って行くあたりの暗闇を見ていて、何も見えない中に足音だけがして、やはり牧は歩いていると考えていた。一条の光が田熊から離れて横に空を走って牧の背を捕えると、その背は何やらひよわで悲しそうで暖かく、そのくせ誰の命令にも従わないと言うような強い意志がにじみ出ていて、見る皆は「牧はあれでいいんだ。牧と言う男は皆が狂いそうになる時、いつも一人だけ正常なんだ」と思って、注意を自分の胸の中に戻そうとした時、銃声が皆のすぐ横で大きく鳴って、見ている牧の背が一度背伸びするように延びて、それから棒が倒れるように物のように倒れた。傾斜した牧の背を皆は見て、次の瞬間下里の照らす電燈の光の輪から消えて、光はただ空を進んでいた。にぶい大きなぶつかる実質性の音がして、そして静かになった。トミはまだ拳銃を右手を押した姿勢でかまえていて、彼が牧を撃ったのだと皆はその時始めて気付いた。「芝居にはいつもこんな風などんでん返しがあって、終るものだが、今度もそうで僕は起る時にはきっと充実感はなく、あの僕が初めて芝居に出た時のせりふのように『春が来ましたね』と言った時と同じで本当のことなど一度も起ったりはしないに決まっている。期待している時のあの充実感が本当の時にはいつもはぐらかされてしまって、今だって皆は刃物で僕を刺そうとしているけれど、きっとそれはいつものように痛くなんかないものに決まっていて、舞台で人が死ぬあんな風なものなんだ」と田熊が思った時、下里の刀が田熊の心臓を正確に背中から一刺にして、そして皆が増悪の情を顕わにしながら田熊の肉体のどの部分かを、闇の中で刺した。どうしたことか、皆が刺している時坐ったままの吉田君が吃りもせずに大声で「田熊さんはいい人だ、田熊さんはいい人だ」と二度目は泣き声のようであったが、次に小声で「悪のは田上だ」と言った。皆はこの田上だと言った言葉の意味が分らなかったし、馬鹿の吉田君が興奮のあまり田熊と田上とを言い違えたのだろうと考えて、気に止めなかったと言うより、刺した血の付いている刃物を手にしている男女には、自からの興奮がおさえきれず、殆どの顔は蒼ざめていて、吉田君の言った言葉など理解でき得る状態ではなかったのである。

　帰りの高級乗用車の中は意外な程陽気で六人が乗っていたから隣りの人の腕に触れる程だったのに帰りは二人少なくて大きな車内はがらんとしていたから、阿久海は例の大仰な身振りで田上とやった列車顚覆の過去の話を今度の革命と折り混ぜて話しても腕が触れたりはしなかった。山際は横のトミとSのことを話していて、後ろを向いて毬子にも声をかけている。ただ毬子だけが幾分沈んだ表情を浮べて毬子があの虐殺の仲間の一員だったことが信じきれないような、毬子の中にこのような残忍性がどこにあったのかが分らないような、意外さを考え込んでしまっていて彼等がああ陽気なのがむしろむなしいもののように思えた。二台の車が市街に入る所で右左に分れる前にかねて田上が造った図と表とによって行動するように、その場所に彼等は配置につくために自動車を止めて乗り込んでいる人を図のように乗り換えさせて、もう一度荷物と武器とを点検して彼等が七つの橋を爆破し終えた時集合する建物を互いに確認し合って、いよいよ行動開始である。どこかで拡声器のがなる声が風の吹き方のせいか聞こえたり聞こえなかったりしていて、広根は多分西方が例のデモンストレーションを労働者達と一緒に始めているのだろうと考えて、すでに革命の発端があそこでも起りつつあるのだから、爆発するような感激がもう彼の胸から湧き出して叫びたいのを彼はやっきになって押さえながら、早く始めたいと思った。広根のトラックが電車通りに入って市街地を大きく迂廻して市街地の北の端にある公立病院に近づくに従がって西方達のスピーカーの労働歌の音が大きく聞こえて、中にはやけっぱちで酒でも飲んで歌っているのかずい分ひどい声もあった。行列はまだ警察隊と衝突はしていないらしく、労働者達だけの声が聞こえてその行列は製紙工場から出て来て北から市街地へ入るつもりのようであって、彼等の行列の最後尾が乱れて先頭の方のがなるような勢いがよいのとは対照的にずるけているのが見える所で広根の車はこの行列に追いついたから、公立病院へ行くためには行列の中を進むか、もう一度右に折れて細い小道を通って裏から入るしかない。広根達は隔離病棟のある裏手の方へ到着したいのだから右に折れることにして、郊外に近頃建ち始めた小さな同一規模の家々の間の道へ入るとそこは静かで平穏そのもののような小市民の生活が、マイホーム主義と言う何とも馬鹿げたものを主義の上に付けて、会社と住宅との間をそれこそピストン運動のようにそればかりをやって、そして子供に夢をかけても、その子供がそんな家庭の中から優秀な子となって育つ筈はないから、やはり親のような生活をすることになるだろう。この主義も実は資本家達の奸計に乗ったものであって、資本家達がきっと「お前達は金を持っても持たなくても、もともと家庭生活は一人の妻と幾人かの子供とで構成されるのだから、その家庭を大切にすれば金などある程度、丁度家を作って子供を育てるくらいあれば、それは金持ちと同じような幸福を持つことだから、それで充分ではないだろうか」と言ったのを本気にして、労働者の特にあのブルーカラー達がその通りだと思ってやっている、そんなごまかしである。もし広根の仲間でこんなことを考えて言う男がいるとすれば山際である筈だがこの自動車に彼は乗っていないから、この中でこんな風な考えを持つ人は誰もいなかった。広根と吉田君とが広根のトラックから下りて積んであった一斗缶入りの石油を十缶、駒、下里の手を借りて下して隔離病棟のだれもいないらしい、法定伝染病がこの地域に発生した時だけ用いる病棟の玄関の横へ積み上げた。石油缶はあらかじめ目立たないように黒く塗ってあって、それを五個三個、二個と三段に積み上げてその一段目の上に馬鹿の吉田君がいつも印刷工場で持っていたバケツと柄杓を置いた。十個の石油缶のうち九個は灯油で一個はガソリンであった。広根と吉田君の二人が残って幌をつけた襤褸自動車の尾燈が赤く光っているのを見ていると、その赤色光はブレーキを踏んだために一時的に光っているのか、あるいはいつもあんなに赤いのかは分らなかったが、ひどく赤く小さい光でその中に何か真理のような、憧れに似たものを広根は見たように思って、妙にこみ上げて来る熱いものを感じた。彼等とはもう合えない可能性もあるからだろうか、と広根は思って吉田君を見ると、彼は隔離病棟の植木を囲んである庭石の上にいて、もう光りは遠く病院の廊下から僅かにもれていて、そのかすかな明るさが彼の口を開いた間の抜けた顔を照らしているのに硝子玉のような目が本当に美しかった。「まだ約束の時間ではない」と広根は時計を見て思って、やがてこの公立病院の電車通りに面した正門の前を西方達のデモ隊が通って、西方との約束があるから、木造二階建ての古い小学校の校舎のような二階の建物から前に突き出た露台が十八世紀フランス風に付いていて、その露台の柱は円柱になっていて、その建物の前で彼等は十分間ぐらいじぐざぐデモをやるだろうから、そして彼等がデモを終えて病院を出て百米程も行った時、行えばいいと広根は思った。デモ隊の罵声はいよいよ近くなって来て、肉声が拡声器の間から聞こえる程になって、もうじぐざぐを始めたのかその掛声は労働歌ではなくて、西方が工場跡のカタコムベと広根達が呼んでいた地下室で言ったあのワッショイであった。ワッショイワッショイと幾百人かの労働者の声が乱れているが一応ワッショイと聞こえる程度にはまとまっていて、それはお祭りの御輿を肩にした若者達のような、弾んだ声であって、市民がこれを見たらきっと時間をわきまえぬ手におえないデモだと思いながら、それでも彼等の賃金の安さを考慮に入れるなら一年に一度ぐらいならこんな風にデモをするのも仕方がないことと思って、まあいいだろうと許す気になることだろう。労働者達の一部の者はもうすでに西方の命令で小石を幾個かポケットの中に入れていて、そのためか幾分興奮気味に、時には西方の豚のような肥えた姿を見付けてまだ投げてはいけないのか、などと食ってかかるのもいた。まだ小雨は降っていて、彼等は誰も傘をさしてはいなかったので、やはり濡れていて長時間道を歩けばどんなに雨が小降りでも濡れるに決まっていて、それが今夜のように小糠雨だと身体じゅうがべとついて不快でならない。警察隊はデモ隊を取り巻くように平行してまだ見守るだけで手出しはせずに付いていて、もし暴力をデモ隊が用いる時があればあの権力の暴力でぶつかり合うようになるだろうが、あるいはデモ隊がただ罵声を上げてうねってだけいても警察隊は例の権力ある暴力を使いたくて仕方がないのだから、ある口実を用いて、危険だと考えたからと言ってデモ隊の規制を始めるであろうが、今はまだ衝突を起していない。デモ隊が病院の広い玄関前庭にやって来て大声でワッショイが始まってから病室にも電燈がともって病人達が起き上って細目に窓を開けてデモ隊がうねっているのを不安げに見ているのだろう。窓の細い間からいくつも光がもれて雨に写るとそこに光りの模様が動いている。警察隊の一部のものが公立病院の中に入って来たのか、「馬鹿野郎」だの「犬」だのと言うののしり声や「何を」「買国奴」などと言う警察官のらしい挑発の声も聞こえて一触即発の気配である。広根は鋲のある靴底で石を蹴りながら、時計のセコンドのように音をたててデモ隊が通り過ぎるのを待っていて「デモ隊と一緒にやるのは面白い考えだけども火をつける病院の中までやって来るのはやりすぎだな」と考えて、石油缶が警察隊に見付からなければいいのにと急に思いついて隔離病棟の玄関の戸を押すと具合よく開いたから中に入って板張になっている廊下の端に石油缶を移し換えながら、この量の灯油とガソリンなら二十分程で隔離病棟は火の海になって、その火は床を這って梁を伝って本館の方へ移るだろうから、本館と隔離病棟の境が火になるには二十分とはかかるまいと思った。火の手が上ってももう消せないだろう時になったら病人に火災を知らせればいい。ここの病室は一階だけしかなくどの病室からも廊下から外に出られるし、廊下に火が入っても窓から出ればいいだろう。まあ死人はそんなに出ないだろう。別に人殺しが目的でやっているのではないから、と広根は思った。デモ隊と警察隊との間で小競合が始まったようだ、デモ隊は警察隊に押されて公立病院を出て道路に入り始めたらしい、声が動いていくのが分って「もう百米程待てばいい」と広根は思った。広根はこの百米の時間をどんなに長く思ったことだろう。声は遠のいて行って病室の燈火もそれに従って小さくなって行く、あの部屋は多分宿直室だろう、そこから小使いか警備の者かが正面玄関の方へ慌てて出て行くのが見えてかなりの年寄りと、もう一人は若い医者のようであった。病院は再び静かになりそうであった。デモ隊もじぐざぐを止めたのか、ワッショイは聞こえなくなって労働歌のようなうなり声が遠くから聞こえて来る。病院の前を自動車が走り出したのか、警笛の響や、エンジンの音、時にはブレーキを踏む圧縮する音、その中にサイレンを鳴らして猛スピードで駆けて行くパトロールカーの音などがまじっていて、それはいつもの夜の道路の光景であって、全ては平穏な雨の夜の出来事と何一つ違っている所はなかった。広根はもう一度時計を見ると十一時十五分であった。広根はバケツの中に灯油を一斗缶を横にして移し換えていて、灯油は波打ってバケツに入りすぐに一杯になったので吉田君を呼んだ。吉田君はそれまで立っていたが落着かないのかそのあたりを檻の中の熊のように行き来していたのだが、広根の声を聞いて近づいて来た。「この水を撒いてくれ」と広根が吉田君に言った。「外」と吉田君が間の抜けた声で吃りながら聞いた。「いや廊下だ、ここからずっと奥まで」と広根は指さして言った手が石油で濡れている「臭い、いやだな」と吉田君は尻込みしている。広根が「いつもの水撒きのようにすればいい。いつも印刷工場の前でやっていて、うまいしゃないか」と言うのを吉田君は聞いてにんまりと笑った。水撒きなら吉田君でも自信があるだろう、吉田君はいつものようにバケツから柄杓で汲んで廊下の板の上に液体を撒き始めた。石油の臭気がそこいら一面に鼻をつくようにただよって、この臭いを長い間嗅いだたら頭が変になってしまって気が狂うような臭いだったが、吉田君はいつもと異なる所に水を撒くのが余程嬉しいのか、笑いを浮べながら撒いている。吉田君が玄関から左の方を撒いている間に広根は石油缶からじかに右の方の廊下へ流して歩くと、廊下の向う側には病室が一列に並んでいて、大方は誰もいないらしく音はしない。石油の流れる音と、吉田君の撒くぴしゃりと言う音とだけが静かな中に聞こえた。病室の戸を押して中を見ると、ベッドが二つ部屋の両脇に窓の方を向いて並んでいて、水道が横に付いていて、ベッドの頭の所にベニヤ板でできている小卓が置いてある以外は何もなくて、この光景を見て広根は、いつか幾人かの伝染病患者がその伝染力のために家族から離れて、ここで死んで行ったことがあるに違いないと思った。今夜はどうも変だぞ、心が浮っついているぞ、と自ら注意を促がして廊下に出ると吉田君がバケツを下げて玄関にいるのが見えた。広根はまた戻って吉田君のバケツに石油を入れてやって、もう一度廊下に石油を流しながら右へ右へと進むと、霊安室とドアの硝子に金文字で書いてある部屋の前に出たので中を覗くと遺体があるらしく白い布団が敷いてあって、その遺体の上にかかる部分が盛上がっていて、頭の上に白い布がかぶせてあった。「今夜死んだんだな、遺族はどこへ行ったのだろう」と思って広根はその前にも石油を撒いて、それで丁度九缶分の石油が空になるので残りを全部そこにあけた。と向うで話し声がする。広根はしまったと思った。一人は吉田君の声であるがもう一つの声は誰だろう。吉田君は吃りながらもう一人の男性に何か説明をしているらしいが、男は気が立っているのと撒かれているのが石油らしいのを知って吉田君を問いつめているのだ。広根は先程の病室の中に入ってもう少し分るまで隠れていることにした。二人の足音が近づいて来る。吉田君を引っぱって行こうとしているのを、彼は嫌がって暴れているらしい。やがて二人が広根の隠れている病室の前を「どこへ連れて行くんだよお」と言う吉田君の泣きそうな声を残して通り過ぎようとしていた時、よほど吉田君を助けようと思ったがこの場は吉田君を捕えさせておいた方が都合がいいように思われたので、広根は二人の足音が消えるのを待っていた。吉田君が話をしても相手がそれを理解するまでには多くの時間がいるだろうと思ったからだった。少しすると吉田君の声も二人の足音も聞えなくなったので広根はすぐに玄関に戻って、ガソリンの入った缶をひっくり返して、灯油の上に撒いた。そして気取った手付で燐寸をすって投げた。広根にとって一番嬉しいのはこの瞬間であるから、馬鹿の吉田君が捕まらずにいたらもっと時間をかけてゆっくりと楽しみながら、場合によったら儀式でもやりながらそのための火に捧げる祈りでもして讃歌を歌いながらおごそかに行うこともできたのに今はそうもしておれないから、せいぜい燐寸をするのを粋に片方の手だけですってそれを投げて、火の神に一瞬黙禱をするくらいがこの情況に合っている。火は広根の予想したようにやはり床の油の上を伏して這う獣の舌のように広がって、と言っても人や獣が這うように遅くはなく、早い速度で、先の方は青く床についた部分は赤く焔はゆれながらしかも何とも形容の仕方がない火だけの持つしなやかさで典雅に優美に進んで行く。「うまいぞ、その調子だ」と広根は火が灯油の撒かれた全体に面となって広がるのを見て、やがてそれが腰板に燃え拡がり始めると火の勢いは急に激しくなって、硝子戸に火が広がって行く。ここに火がつくまでをしっかり見届けておけば後は誰が何をしょうと、例え消防車があの赤い塗料を付け急いでやって来て、放水を始めようと、ちょっとやそっとで消えたりはしない。広根はしっかりと火が燃えて行くのを始めは近くで微視的に、次に徐々に火から離れて、巨視的に見てこの火がどのくらいの時間どの程度の大きさでどの範囲を焼くかを正確に把握しなくてはならない、と思った。もうこれで消えることはない、と広根は思ったので隔離病棟から離れて「火事だ」と叫びながらさも通行人が火を見付けたように一般病棟に近づいて、彼等に火事であることを知らせた。火はまだこっちから見ると遠く隔離病棟の方で燃え始めたばかりだから、一般病棟が燃えるまでには少々の間があるのに患者や看護婦は慌てふためいて先を争って窓から外に跳び出して来て、寝間着のままのもの、パンツだけのもの、寝間着の間から乳房が覗いて見えるもの、新生児を二人も抱えておどおどしている母親、足の悪い方を地についてよい方を上げて松葉杖をついているもの、一本しか松葉杖をついていないもの、けんけんをしながら跳び回っている外科の患者、二人がかりで重病人をはこび出している看護婦、わめいて金切声だけを出して手に鍋を持ってうろつき廻っている家政婦、怖い怖い、と泣き逃げまどう少年を抱き止めて立って放心している母親、指揮をしているつもりなのかさかんに指差してがなっている中年の医師、幾人かの眼の異様な女達が塊まって抱き合いながら恐ろしい火から顔をそむけたいのにどうしても見て、震えながら一層強く抱き合っている女達の中に白毛の男性がぶつぶつつぶやきながらそれでも気持よさそうに女達に抱かれていて、彼は満足なのか燃える火を楽しそうに見ている。火はまた激しくなって煙を出して大きくなって、ここにいてもその暑さが頬や手足など膚が出ている部分に直接あたってそこが熱い。ごうごうと音をたてて火の焔は柱となって天に登るかと思うと屋根を一飲みにするように横に揺れて火の粉をあたり一面に撒き散らしている。隔離病棟から始まった火はその玄関を中心にして両脇が一度に燃えてその火が今度は隔離病棟と後部の部分で繋がっている洗濯場の屋根に燃え移ったと見る間に一般病棟の方へ移り出した。火はだんだんと大きくなってそれだけ煙も大きく焔も大きく高くまで登って、それは渦巻の中を火を吐く龍が天に登る時のような激しさと変化を見せて燃えている。野次馬が近辺から集まり始めて、病院の周囲は昼間のような賑いを示す頃になってやっと消防自動車が黒い半纏を着た昔ながらの格好の消防士達を乗せて、サイレンを鳴らしながらやって来る。消防自動車はあの激しいサイレンのようには速くはなくて、あの音はただ消防車はこんなに速く火事場へ向って走っているんだ、と言う宣伝のためと、市民にもう消防車が行ったから大丈夫だろう、と思わせるための虚飾の道具であって、本当は遅くしか走れない。やっと消防士がどこかで消火栓を見付けたのであろう長いホースの先から水が始めはもうしわけ程出て、次に激しく、それが勢いよくあの露台に向って放水する頃になると火はあの形のよい露台にまで達して燃え移っていて露台の上を着飾ったフープをつけたスカートを着込んだ貴婦人達が赤い裳を翻えして舞踏会から抜け出して恋人達と話している光景のような華やかさ見せて柱の間から燃えゆらめいている。広根は満足であったが、この彼の傑作となるだろう火事の現場を離れなくてはならぬ時間のようだからと思うと何だかなごりおしくて離れがたかったが、そんな感傷に浸っているわけにはいかない。「橋のいくつかがこの火事を合図に爆破される筈だし、まだこの火事は革命にとってほんの人集めで官憲の注意を市街地のはずれに集めておく手段にすぎない」と考え、どうして具合よく病院から怪しまれずに外へ抜け出せるだろうかとあたりを見廻すと、老婆がびっこを引きながら、如何にも病人らしく放水する消防士の横を通っていたのが目に入ったので「おばあさん、僕ですよ。来ましたよ」と呼びかけて、広根はその老婆に近寄って、周囲に来て警戒を始めた警官達や消防士の間をぬって野次馬の中にまぎれ込もうとした時、警官に捕らわれてしまったらしい吉田君が、無理やりパトロールカーに乗せられている所を見てしまった。吉田君も広根に気付いたのか、例の硝子玉の目を光らせて何かを言ったようだが自動車の中だったので広根にまでは届かなかった。広根は手を上げて顔を上げた手で隠しながら吉田君に挨拶を送ると、彼も広根に空いている方の手を顔のあたりまで上げて合図をし返した。その時ドアが閉って車内の電燈が消えてもう吉田君の姿は見えなくなった。広根は東の溢川の橋に向って急ぎ足で歩き始めた。こんな時に駆け出してはならない。駆けると目立つし、火事場から逃げて来たと思われて怪しまれてはならない。広根はこんな風に自分に言い聞かせて、走りたい気持を抑えながら、二粁はあるだろう鉄橋に向っていると、横をサイレンこそ鳴らしてはいないがパトロールカーが通り過ぎて行った。そして信号機の前で一度止ってその四ッ角を右に折れるために右折の合図を後続の自動車に示して、そのまま広根の視界から消えた。

十一、橋

堤防の上を道路にしたのは、広い川の流れに沿って水の流れるままにうねっていて水は洪水の折に低い所を流れてそれがそのまま川となったのが、雨などで溢れ出ないように堤防を人々が作った結果、もう以前程気儘に洪水となって地の低い所を任意に選んで川とするわけには行かなくなって長い太い流れを窮屈そうに両側の人工の堤防の中に閉じ込められて、雨の折などは水嵩を増すような抵抗をそれに対して示してもなかなか堤防を越えたり破ったりはできないから人はそれを見越して、堤防の上を道路にしたのである。時折その道路の上を自動車が行き来していて堤の上を通る自動車数はこれから爆破しょうとする溢川の大橋を渡る光の列に較べれば少なかった。下里と駒はこの溢川大橋とそこからほぼ五十米程上流にかかっている鉄橋とを破壊するのが今夜の任務だったので、自動車が堤防から河川敷に行けるように堤の一部を斜めに削って道路にした上を自動車で大橋の直下まで来て、二つの橋を爆破するに充分な爆薬とそれに必要な電気系統の装置のいくつかを下した。それを下里は充分に点検して、そこに駒を置いてもう一度トラックに乗り込んで堤防を上がり大橋の二つ目の橋台の上の鉄製の巨大な曲弦トラスが始まる所まで来て、そこに工事中の黄と黒の斜めの縞の標識と、ハードルのような柵を立てて、その上に点滅する赤色電球を幾つか並べて他から見ると工事中と思えるように、多分橋の修理をしているだろうと思えるようにして、自動車にいる田上と障子とに別れた。トラックは一旦大橋を渡り切って、次にあの炭焼小屋へ行く信号を右に折れてそこで廻転してもう一度下里のいる大橋を今度は反対の方向から渡って、そこでもう作業を開始した下里を見つけたのか通り際に警笛を鳴らして過ぎて行った。「さあ一仕事だ」と下里はあらかじめ考えておいたように登山用の太いロープの一方の端を鉄製のトラスに結び付けて他方の端を持って鉄橋の上を横断して向う側から下に投げた。そしてもう一度こちら側に戻って来てトラスに結んだロープを解いて身体に巻きつけて結んで、さらに別のもう一本の登山用のロープを先程のトラスに結んでそれをつたって橋の柵を越えてトラスを支えているコンクリート製の大きな橋台の上に下りて、大声で下にいる筈の駒を呼んだ。「向う側のロープの端を見付けてくれ、橋台の川寄りの側へ、そうだ懐中電灯で照らせ、ロープの上に石を置いて動かないようにしたら光で知らせろ」そう言いながら自分の身体に輪にして結んだもう一方の端をほどくと、駒に言った。「もう一方の端を落すから、先程の端と一緒に結んでくれ、テンポラリー・スクエアで結んで」と下里は大声でがなってまた合図を待った。もう一本の登山ロープを駒に下して爆薬をその先に結びつけて少量ずつ幾個かに分けて橋台まで引き上げてから駒にここへ来るように言って、彼は先程駒と二人で輪にしたロープを下から引き揚げて丁度橋をロープで輪で横切るようにそしてたるまないように引いて結び目を解いて小さくしてもう一度テンポラリー・スクエアに結んだ。その輪のロープの下里が立っている所に爆薬の一部も吊して、もう一つ小さな輪を作ってロープを爆薬の横に吊した。作業を終えた頃に駒が橋の上のトラスの鉄柱の間から身をのり出して「僕も降りましょか」と言うのが聞えたので、降りるように言うと駒もロープをトラスに結んで降りて来た。「仕事は敏速でしかも正確でなくては何にもならん」と幾分興奮ぎみの、そして走って来たのか息の荒らい駒に言って、駒に自分が作ったコンベヤ用のロープを示しながら彼の背を軽く叩いて自慢げに見せた。うまく行っているだろう、と言う意味のことをこんな風に動作で示して、下里は自分が今登山のトラバスを行っているのだと思う程の余裕を持って、今作った爆薬の横の輪のロープに足をかけて乗るとコンベアになっているロープはたるまずにうまく張っている。「もう一度橋に上って向う側から引いてくれ」と下里は何も駒をここへ呼ぶ理由はなかったと思いながら駒の引いてくれるのを待っていると、ロープは思うように動いて徐々に鉄橋の中央の直下に来て、自動車が通る震動や騒音が見上げる橋の上から聞こえて来る。橋台から少し離れた鉄橋の中心のあたりにしっかり橋に密着するように爆薬をしばり付けて、あと二度同じことを繰返して、合計三個の爆薬をここに仕掛けてから起爆装置を取り付けて、線を下の先程駒のいた地点に落した。下里は仕事に全てを集中している時は他のことは何も考えない性質であって、今もただどうすればうまく橋を破壊できるかと考えて、この方法が一番確実だと思ったからそれに熱中していただけだった。もう一個所鉄道橋をやらなくてはならない、と下里は思って、二人して橋に戻った。鉄道橋と溢川大橋との間は五十米程の距離にあったから一緒に一度に爆破するのがよいと下里は考えていたのでこれから鉄道の鉄橋に爆薬を仕掛けなくてはならなかった。小雨はまだ降っていていよいよ粒は小さく身体の中に雨がそのまま入って行ってしまったのかと思う程着ているものが濡れていて、いつの間にこんなに濡れたのだろうと緊張が解けてからやっと思って二人は鉄道橋の上を列車が通って行く轟音と、窓の四角な光と、それが帯のように連なった光となって川に写っているのを見ながら爆薬の入った荷物をリックサックのように背負って歩いた。「下里さんの仕事は橋については一流のように思うな」と駒は下里の仕事振りを見て思ったことを言う口元が女好きのするあの表情である。「僕も電信と電話のことなら大方のことはできるし、マイクロウェーブや勿論テレビだってこなせる」と自分の能力を下里に示したくて言うのを下里は頷いて取り合いながら笑っている。「鉄道の場合は爆薬を吊すにしても枕木の間からやればさっきの橋と較べて容易だと思うな。だったらもう終ったようなもんじゃないかな。そうしたら今度は僕の番だ。僕は全世界に向って僕達の革命政府ができたことを電波に乗せて話すことができると思うと嬉しくなって来る。何て放送すればいいのだろう。僕は考えちゃうな。『革命政府が今樹立しました。今後は一際は革命政府の法律によって支配されます。現在は革命政府の最高指揮官、鳥野氏の命令により、革命政府は戒厳令をしきましたから、市民は今度革命政府よりの発表があるまで午後六時以後午前六時まで外出しないようにして下さい』僕はこんな風に放送できると思うと浮き浮きしてしまうと思うな」と駒が言うのを下里は「ほら鉄橋の下だ、何時になる」と駒の話を止めるのと時間を聞くために駒に言うと、駒は蒼白い顔に腕を近づけて「十一時十八分」と言うのを下里は見て駒が近視であると思った。「十二時二十八分到着の貨物列車まで上りの線路を通る列車はないし、下りも十一時五十二分までは列車が通らない筈だからその間に……」と下里はいつもの語尾まではっきりと言葉を言わずに中途で言葉を消した。二人は堤を登って道路に出て鉄橋の上を懐中電燈で照らしながら枕木に足をかけて跳ぶようにしながら川の中央に向って歩いて行って、下を濁流が渦をまいているのだろう水のうねり流れる音が枕木の間の闇の部分から這い上って来て吸い込むように引きつけるので、駒はぶるると身震いを感じた。「この辺がよかろう」下里は言って、枕木の上に背の荷物を下した。と下を流れる水の渦巻く音が、あのヒマラヤの氷の峰で落ちて行った若い友人の滑り落ちる地獄からの叫びのような悲鳴と似ていて、思わず振り向くと、そこに駒しかいなくてやはり鉄橋の枕木の上で別に何もヒマラヤなんかではなかった。こんな所へどうして一瞬とは言えヒマラヤがやって来てあの氷の岩と飛ぶ雲とガスと雪が、顔の皮をひんむくような寒気が、落ちて行く人間の声と一緒にこの場に入り込んで来たのだろうかと下里は思って気味が悪く、時間は短かったのか長かったのかと思いながら目を市街地の方に向けると薄明るい市街の北の方に火がめらめらと上っている。下里は駒に火を見るようにその方向を指差して示すと、駒も背の荷を下して今燃え上ったばかりに違いない公立病院の火の舌が揺れるのを見て、「広根さんの仕事だろうな。えっと時間は本当に正確だな。彼はこんなに正確に思い通りに火の手をあげることができるなんて、やはりさすがだと思うな」と感心している。初めは小さく見えた火は徐々に大きくなって大量の煙を闇の小雨の降っている底のない沼のような天に吹き上げていて、その煙はやはり灰色に近い天よりは明るい色をしていてまだ大空になりきっていないものとして区別ができてそれが西の方向に流れている中に火は大きな焔とそれから時々噴火のように跳ぶ火の粉とがまるで夏の夜の仕掛花火のように美しい。「こっちも仕事をかたずけてしまおうじゃないか」と下里は枕木の上に坐り込んで荷を解き、今度は先程のようにロープのベルトコンベアを使わなくとも枕木の間から爆薬を下して鉄のけた橋の両側に結び付ければよいから駒の言った通り容易にできる筈である。しかし下りの列車が来るまでに作業を終えなくてはならないので、手際よくやらねばならない。下里は枕木の間からけた橋のL字に折れている部分に足を掛けて下りて、枕木を左腕で抱えて右手に爆薬を持って枕木の間から下そうとするが重くてうまく思うような位置に来てくれない。「駒君、この包みを右足の所へ下してくれ、ロープをもっと右にそうちょっと左、いやそこじゃ足の上だ」と下里は枕木の間から顔を出して駒に言うが駒も暗がりの中でやっているから下里の言う位置にうまく荷物が行っているのかどうか分らない。懐中電灯で照らすと、どうにかその位置が分るが両手でロープを引くので懐中電燈で照らすことはできない。「よしそこだ」と下里は枕木を左手で抱えて顔を鉄橋の下に入れたまま「そのロープを枕木に通してこの桁に平行に下して」「よし今度はこのロープを引いて、もう一度さっきのように下すのだが力を緩めないで、だめだ少し緩んだもっと力を入れて、よし」と下里は橋の中で多分爆薬をロープで結わえているのだろうか、駒には見えないからどうなっているのか分らない。「それじゃこのロープとその紐とをしばって」どうやら一個は終ったらしい。「次」と下里が言うのでやはり先程のように次の荷物を下すと、下里が例の「右、左」をやり出して、「そのロープを枕木に通して力を入れて」と言うから駒はもう分っていて「力を入れて引くんだろう」と言って立ち上って縄を引いた時、下りの列車が向うからやって来るのが見えて、それはすぐ近くまで来ていた。「汽車だ隠れろ」と下里が言った。駒は一瞬どうして隠れたらよいのかとまどった。今から下里のように枕木の間にはいるのでは縄が緩んで荷物が落ちるだろう。と言って引いていては隠れられない。駒はロープの先が輪になっているのを知っていたのでそれにぶら下ればよいと思った。汽車は駒がどう何を如何に考えていようと、その分だけ待っていたり、速度を緩めたりはしない。一定の速度で近づいて来るから、もう思ったようにやるしかない。駒はロープを張りながら下り線から遠い上り線の鉄橋の枕木の間から下にロープだけを頼りにぶら下った。これならロープを張っていることができる、と思ったからだ。汽車はやっと鉄橋にかかったばかりだったから駒の姿は機関手からは見えなかったであろう。汽車はやって来てぶら下っている駒の横を長い時間かかって通り過ぎて行った。「うまくいった」と駒は思った。しかしこれではどうやら自力では登れない、駒は困ってしまって「下里さん、ロープを引いて」と頼んだ。「だめだロープが緩むと荷物が落ちる、それより何よりロープが足にからんでこっちも動けない」と答えが返って来た。「こっちは両手でロープの先のぶら下っている。手と鉄橋の橋桁との間は、そうだな一米ぐらいだと思うな」と駒は自分のいま置かれている状況を下里に知らせると、下里から「手だけでは上れないか」と言葉が返って来たが、「どうも無理だと思うな」とだけしか答えられない。「そうか無理か」と落胆したような下里の声がして、しばらくして「こっちは足が丁度男結びで結ばれたように結び目の中に左足が入ってそれと爆薬とが一緒に結ばれているようだ。そして右足で立っていないと落ちそうだし、だが両手はどっちかで枕木を抱えていれば身体の方は大丈夫だから、一方の手は全く空いている」「その手でなんとかならないだろうか、僕の方はまるっきしだめだ。唯一の脱出の方法は両手を一度に離すしかないと思うな」と駒が言った。「おい君は落ちるのは勝手だが、こっちはどうなる。その反動で縄が緩むと爆薬が落ちればこっちの身体は爆薬と橋桁の間に中ぶらりんにぶら下ることになる。まるっきり残酷物語だ」と下里にしてはうまく言う。「ところで爆薬に余分があるんだろう」と駒は聞くと下里は「全部で四個だ、四個なくちゃ上下線は一度には落ちないだろう」と言う。「でも汽車の来た時片方をやればどっちみち両方こわせるだろうと思うんだが、どう」と駒が言った。「そうすればいいかもしれん」と下里は何故駒が爆薬の量のことをこんなにこだわるのか理由が分らない。「僕が手を離す。するとその瞬間縄が緩むだろう。その時身体を爆薬ごと桁橋の鉄板に押しつける、いや左足を密着させ身体と左足で爆薬を支えると縄が緩む。その時爆薬を右手で押すんだ、爆薬は抜けて落ちるだろう。これなら下里さんは助かる。それに今やらないともうすぐ汽車が来る、来たら嫌でも車輪で線路の上のロープを切るから、同じことだと思うな」と駒が考え言うのを留めるように下里は「駄目だ荷物はもう一本のロープでこっちの身体と結んである」と答えた。「それは大丈夫じゃないか、縄は緩んでいるんだろう。空いている手で刃物を探せばいい」「分っているが枕木の上にあって手を伸ばしても届かない、やはり駄目だ。駒君だけいい子になろうとしても無理にできているんだ」「いやまだ方法はある。歯でロープを切ればいいと思うな。それくらいならたるんでいるだろう」「そうたるんでる」と下里が答えた。「じゃやるぞ、もう手もだいぶ離れたがってるんだ」と本当に駒は手を離すつもりらしい。「待ちたまえまだ方法があるかもしれん」と下里が言うのにかぶせるように「方法なんかないと思うなこれが唯一の方法だよ。それにあんまりゆっくりもできない時間に来ていると思うな、と言ってもいざ行くとなると淋しい気がする。勿論下は水だから助かるかも、と思っても渦だから無理だと思うな。下里さん、あの革命放送をやれなくて残念だった。あんたやってくれるだろう。いやあんまり女々しい事を言うのはよそう。今大切なことは革命を起すことだから、そのためなら僕一人ぐらい何ともないと思うな。じゃしっかり下里さん宙吊じゃせっかくの考えもパアーだと思うから、しっかりやってくれ……」「待ちたまえ、分った。君の言う通りやってもいい。それしか方法はなさそうだ。先ずこのロープを歯で切らなきゃ」

「早くやってくれな、手が痛くて離れたいってさ」と駒は本当に痛そうであった。下里は歯でロープを切り始めたが、登山用のロープは歯が相手ではなかなか切れそうもないし、それにもしこのロープを切らなかったら駒が落ちないのなら永遠にロープを切らないでおきたいように思ったが、やはり切るより仕方がなさそうであった。火はまだ盛んに燃えていて赤い焔が天に登っていて、夜空を夕焼けの空のように変えて美しい色調の動く光りがまるで現実の世界の出来事ではないような素晴らしい光景となって北の方向で燃えていた。

「こっちのロープはどうやら切れたようだ」と下里が悲しそうな声で言った時、まだ汽車は来ていなかった。

＊

下里と駒を降ろした古風なトラックに田上と障子とが乗って彼等の破壊地点御神川の河口に近い製紙工場からもう少し北にある御神橋に着いたのはやはり十一時頃であった。デモ隊は丁度公立病院のあたりでじぐざぐデモをやっているのだろう公立病院の前を避けて廻り道をしながら彼等の罵声と拡声器の声を聞きながら田上はトラックを運転している時、急にデモ隊の拡声器の声の調子が荒々しくなって警察隊との衝突が始まったようだったから、西方達が頑張っているなと思っているうちに、自動車の速度は早くてもう堤防の上であった。堤防の上に車を止めてしばらくの間、二人は車窓から公立病院の方を見ていて火が上るだろうことを期待していたのである。見ている間二人はやはり恋人同志のように接吻をしたり、手を繋ぎ合ったり、抱き合ったりしながら無為の時間を過ごしていて、性と言うものがこんな風な仕掛になっているのを別に不思議とも何とも思わなかった。彼等二人がこんなことをしていて特に障子が熱中しているのはやはり根源に夫田熊のことがあって田熊の死顔を見なくてもよかったのに障子は見てしまっていて、それが苦しそうで痛そうでも不満なあるいは憤怒の歪んだ顔でもなくて、どこか間の抜けた穏かな顔付であったのが、障子には妙に気にかかって、どうしてあんな風に、呑気に下里の心臓の一刺を受けることができたのだろうと思った。こんな思いを振り拭うにはやはり性に熱中するのが一番近道であって、障子は田上の唇を自ら求めて吸うと、田上はそれに合わせて胸や腰を手でまさぐりながら高まる興奮に心地よく身をまかせていて、時には目を開いて車窓から気になるのか公立病院の方を見たり自動車と平行して通る車を見たりしていた。ゆったりと時には進んで、やはりこの種の遊戯は夢中になる性質を持っていて息使いが荒くなって来て、互いに求めているものが的確に人の局部としてそれが分り始めると、何とか別のことに素速く関心事を取り替えないと、陽根と女陰とのあの普段の連結が行われなくてはどうしょうもなくなるからと田上はそう考えていても情欲はやはりその方向へ進んで行く。窓から見ると空がまるで夕焼のように赤く染っている。「火事だ」と田上は障子をふりほどいてまだ身仕舞をしていない大腿部の露わなのをかまわずトラックのドアを開いて上半身をそこから乗り出して病院の方を見た。もう火は火葬の焔のように死体をこがす蛋白質の燃える臭気を発しながら煙は御神橋の方に向って流れていて消防車の走るサイレンの音がけたたましく彼等の横を通り過ぎて行った。田上は広根と馬鹿の吉田君がやったに違いない火を近くに身ながら、どうしてこんな風にまるで動物でも焼くような臭いがするのだろうかと思った。火の手は見る間に広がって灰色の空の闇とは区別できる煙が田上の頭上にも広がって気温が急に上ったような気がするが、ここまでは火の粉は跳んでは来ないだろう、万一跳んで来て火薬に火でも入ったら大変だと思った。火は爆発するように時々大きく噴出してあたりに火の粉を撒き散らしていて、それが煙の帯の中を飛んで滞空時間を競い合っているように長い時間赤く浮いていて、やがて消えるともう次の爆発が興って火が空を舞っている。焔の方は根に太いるつぼを持った一様な赤い火が、上部の方で幾つかに分れてそれが揺れて別の焔を食いつくそうとでもするようにからみ合って、両者は火を吹く龍のような口を開いて他を飲んだかと思うと、火の勢いは一段と激しくなってそれが空を火に変えている。きな臭いにおいが風に乗ってこのあたり一面を包んで田上の鼻をつき、鼻から肺にまで浸した臭気は肺胞での作用である正常な酸素を炭酸ガスとの交換を狂わせる程にもなって、咳が連続的に出て咳をいくらしても咽頭の奥に煙が黒くこびりついているように苦しい。障子は火の煙と焔の中に田熊の穏和な顔が浮び上がるのを見てそれが彼の癖のように「いつもこうなんだ何だって本当のことは思う程のことはなくて軽くただちょっと触れたように過ぎてしまうんだからねえ」と軽い笑いを口元に浮べて言っているようであった。障子はその暖かさの中に思わず抱かれたいと思った程であった。田上の咳はいよいよ激しく何か塊りのようなものが出ようと自ら咽頭の奥でもがいているものを田上が出したくて咳をするが、そうして咳をすればする程そのものは奥へ入って行って、痰だけが口の中に粘液性の微生物の集団のように動いて、吐き出すと地を這いまわったが、しかしあの咽頭の奥のつまった黒い固形のものは一向になくならず咳はとめどもなく続いて喘息の発作のように田上を苦しませる。咳をしなければ息が止って窒息死するのではないかと思わせる程にもなって意識が殆ど遠くなると思った時、急に楽になって瓶のコルクが管の外に躍び出したか、あるいは管の奥の太い部分に落ち込んだ時のように楽になった。この橋の爆破は溢川の鉄橋と御神橋の上流の大峯と優子とが爆破することになっている日暮橋とその鉄橋を破壊してからでも遅くはないから、何も慌てて道路の中央に爆薬を仕掛けて通行人や自動車に気付かれるようなことはしなくてもよい。田上はいたって容易な方法で即ち橋を崩せるだけの爆薬を橋の中央の一個所に置いて爆破するものであって、この方法でも大方はうまく橋が落ちることが多いが、しかし下里の方法に較べると確実ではない。本当はどうして橋を破壊しなくてはならないのかその理由を田上は知らなかったし、革命と橋の爆破との関係、田熊や牧の死と革命との関係、Ｓと田上との関係などが田上の中で燃え上る焔のようにうねって渾沌として幾重にも重なって入り込み合っている中からＳの狡猾な顔が神経質に目を瞬いて、彼は田上の競争者の立場にいて、Ｓが今夜この都市へ来るのを故意に妨げて明日に一日遅らせて知らせ、田上はＳにこの仕事を奪われまいとした。本当ならＳは広根の言うようにいない方がいい、と思って、先程毬子がＳに早朝の下り線で到着するのを聞いたのを思い出して、その時間は二時八分であろうと思った。下り列車はこの汽車しかなかったからである。勿論そのことをＳを恐れている広根が忘れる筈はないだろうから、広根を下里と一緒に溢川大橋と鉄橋に配置したのは田上が特に意図しなかったこととは言えうまくなったものだと考え、広根は二時八分の列車を爆破するに違いないと思った。うまくいっている、したいようにひとりでに動いて行くのは調子のいいものだ、そう思って公立病院を見ると焔は幅広く大きく燃えている中に蒼白の痩せた骨と皮ばかりの女性の像が浮び上って田上を笑いながら見ているような気がして、それは姿こそ死ぬ前日の田上の妻のようであるが、その表情と言い横向きに微笑している姿勢と言い若い日の田上が首都の友人の家で初めてその美しく愛らしい聡明な目を見て恋しいと思った、その時の目そのままに、今田上を見て笑っているではないか。田上は焔の中の妻の遺体が広根等の火によって火葬されているのを知って、なんと豪華な火葬だろうと思った。火葬場の火を入れる口に白木の棺を入れる時、棺をもう一度開いて死人の顔を見るのは耐えられないから、そんな手続きをせずに病院もろとも焼いてしまうのは田上には嬉しいことであった。何事もうまく行っている、と田上は火を見ながら立って、病院の方を見て田上に寄り添っている障子に目をやった。
「今夜で別れることになるだろう。そのためにもいる間はできるだけ親切でなくては」と田上は思って障子の手を彼の両手の間にはさんで軽くこすり合わせながら、その柔らかな皮膚をいとしいと思った。

*

　ヨーロッパ製の高級乗用車には運転する山際とその横の毬子、後ろには笠間少年、トミ、阿久海と並んで坐っていた。彼等の爆破する橋は下里の鉄道橋より二粁程上流に同じく溢川に懸る鉄筋コンクリート製の橋ともう一本は溢川と御神川とを結ぶために三十年程以前に運河を掘ったものの上に懸っていて、名を神溢橋と言った。この運河の名はこの都市の両側を南北に流れている二本の川の名の一字ずつを取って神溢運河と呼ばれ神溢橋はこの運河の中間に南北に懸っていて、鋼鉄製のものであった。この都市は運河と都市の西と東を流れる二本の御神川と溢川とによって全く中洲のようになっていてどの部分も川を渡らないと他の所へは行けなかった。北は海で、都市の主要部は中洲の島の内部にあって、七つの橋を落してしまうとこの都市へ陸路から侵入することはできなかった。この地形を鳥野老人が最初に革命の本拠地として選び、その特殊な地形に田上や広根、下里が実験的に住んでみて研究し、田熊、牧、大峯、西方のようにこの地に以前から住んでいた人達と一緒になって革命を起すよう努力し、さらに優秀な人材を全国に募り、その呼びかけに集まった、山際、阿久海、駒、トミ、Sと共に革命をまさに起そうとしていて、その第一の条件はこの都市がいずれの地域とも橋を介してでなければ行き来することができない点にあった。七つの橋さえ落してしまえば中にいる住人も外部と連絡をとることができないし、外部からの通信も通信綱を破壊してしまえば連絡ができず、結局革命政府を選ばなければならなくなるだろうと考えたからである。勿論長時間にわたってこの地を革命政府の手の内に置くことはできにくいかもしれないが、しかしここで革命政府が成立しある一定期間存続していればアフイスタマイのような組織は既に全国に津々浦々にまで結成されていて、地形の条件、人材の条件、武器弾薬等の条件においてこの都市に劣っていても、程度の差こそあれ活動は始まっているのだからアフイスタマイの後に続くことになるのはもう既成の事実のように確かであると彼等は信じていた。彼等はその同志と先を争っていたのである。山際と毬子と笠間少年は溢川に懸る上流のコンクリートの橋を爆破すればいいから、この橋は構造上から言ってもそれ程丈夫なものではなくて、比較的少量の爆薬で破壊させることができそうであった。山際達はトミと阿久海を神溢運河に懸る立派な装飾のある神溢橋のたもとに爆薬と起爆装置と共に下ろしながら、運河のどんよりと濁った水を眺めながら神溢橋を見て、この橋が当代一流の建築家によって作られたものであるのを知って、しかも建築家は日本の鎌倉期の彫刻に興味を持っていたのか橋の中央部の照明燈として興福寺東金堂にある康弁作の龍燈鬼像を模して作ってある。短軀に隆々とした筋肉と龍のからんだ姿と頭上の燈が落ちはしまいかと注意を頭上に集中して平均を取りながら目は上を見て、眉は逆立ち目の作用を助けていて、牙のある口は団子鼻の下で一文字に結ばれているが今にも声を出しそうなそして頭上から燈火が落ちるから身体の胸部で堅く組んである手で素速く受け止めながら大声で「おっと危ない」と言いそうなそんな口元であって、手ももう動作をその組んだ中に含めていて、痩我慢をしているそんな表情であった。その像を山際は見ながら、もし山際がこの橋の建築者なら一方を龍燈鬼像とすれば他を天燈鬼像にしたであろうと思った。このブロンズで作った像の頭上の燈火から水銀燈の明るい白色光線が橋を照らし、運河を照らし、彼等を照らしていた。「この橋は破壊するには立派すぎるな」と阿久海が龍燈鬼像の横に見て銅装の欄干にその薄穢い襤褸で寄りかかりながら立って大仰に手を両横に上げて見せた。山際は白毛まじりの頭を横にふって阿久海の問いに否定の答えをしながら例の金のライタアでコーンパイプに火をつけていた。「なあに一度にすっ跳んでしまうだろうからその方がきれいさっぱりしていい。こんな旧世界の模造品なんか革命から見ると何でもない。僕達ならまた僕達の好きなよい像を飾るさ」とずい分乱暴なことをトミが言うが、美術品が後世の人々によって保存されるのは、そのものがもう芸術以外の何の意味も持たぬようになってからで、もしそれがある種族、氏族、国家等の象徴だったり、信仰の対象だったりすれば、他の種族、民族、国家はその偶像を破壊するのにやっきになるだろう。しかしもうそんなものに角を立てて破壊しなくても美と言う抽象的なものとしてしかあり得ないならそのものをただ美しいと思えばそれでいい。二三度山際とトミと毬子は橋を渡ってみてまた戻って来てそれから三人は山際の乗用車に乗って先程の上流の溢川に懸ったコンクリートの当世風の経済的な橋に向った。「笠間君爆薬だけは仕掛ておこう。それがすめばあとは革命をふれ歩こう。これこそ革命と言うものだ」と言って大仰な言葉と身振りをする割には仕事は的確で素速く、笠間少年に指示し阿久海は動いて丁度龍燈鬼像の下のあたりに爆薬を両側に二個づつぶら下げてその二個が揺れないように固定した。この時間には公立病院の火災は起っていたのだろうがここからは距離が遠いのと風向きが逆のせいか、また消防自動車もこの橋を渡らなかったせいもあっていつ燃え上ったのか気付かなかった。ずい分後になって火事が大きく灰色の煙が天を被い火が遠くまで夕焼けのように明るく光る頃になってやっと笠間少年が火事を見付けた。「やあ火事だ。広根さんの火事だ」と笠間少年が言った時、彼等は爆薬を取りつける仕事を終っていた。

＊

下里は自分が助からなくても若い駒を生かしておきたかった。また下里の仕事は爆破だから、爆破についての知識を持っている人間はこの仲間にも多くて下里が一番専門的な知識を持っているとしても、別の例えば山際にしても阿久海にしても田上にしても、そこそこのものなら破壊できるし大峯なら下里に劣らない程であるのに、電信系統の知識のある者となればこの駒を置いて他にいないようだから、と考えてなんとか駒を残したいと思った。「待ちたまえ、早まるな」とロープを歯で切った時下里は言った。「助かる道はないよ、汽車はもう来る頃だと思うな」と駒は例の半分ふざけたような調子で言った。「やはり僕が行くのが一番いい。もう話をしても時間が無駄なだけで何にもならない。やるしかない。じゃ……」と駒が言うので下里は「待ちたまえ、二人とも助かる道がある」と口から出まかせを言って時間をかせぐ「気安めは言いっこなしだと思うよ」下里は今度の汽車が来た時起爆装置を動かして二個の爆薬をここで一緒にと言うのは下里と駒と汽車と一緒にやってしまえば少なくとも駒一人を死なせる自分だけが生き残らなくてすむと考えていた。駒はそれに気付いていたのである。「何をごそごそやっている」と駒は言う。「いや何、きっと助かる方法があると思ってポケットを探している」と下里が言う。「あんたのポケットから出て来るものは起爆装置の一部だけだと思うな。それじゃ二人一緒に今度の汽車でやるつもりだな、その手はくわないよ。それにポケットのものじゃうまく爆発するかどうか分らないだろう。もう決心したんだ。革命が成立したら僕にもそのことを知らせてくれよな。この川に、何がいいかな」と駒は一瞬黙して考えている風であった。「革命政府の最初の放送をここで流して欲しい、それでいい、もうあまり言ってはならない。肩が抜けそうにがくがくしていて手は本当に痛いって言ってる。今度は本当に行くよ」と闇の中で声がして風がぶら下っている駒を揺るがすのか駒が自ら反動をつけて渦をさけて岸に近い方へ跳ぶためにロープを揺っているのだろうか。ロープはそのためにだんだんしまって左足が痛くしびれて来るが、これ以上しまると爆薬を落す時抜けなくなると困るから下里は左足の所でロープを支えて包の方はゆるめるようにした。「本当に行くのか」と下里は言った。

「行くとも、汽車の明りが見える、汽車にまかせるよりは自分でやる方がいい。助かる可能性だってあると思うな。僕は助かる方に賭けるよ。運はいい方なんだ。じゃあ……きっとずぶ濡れですぐ戻って来るさ。一、二、三で行くよ」と駒の声が聞こえてロープは大きく揺れだした。「一」と駒の声がどこか遠くでした。「二」と近付いて来て、「三」と今度は声がしたのだろうか、ロープが急にゆるんで爆薬の包みがその重みで落ちそうになるのを下里は駒が言ったように身体と左足とで出来得る限りの力を出しておさえながら包を押すが駒の言ったようにうまく抜けない。ゆるんだ縄が包みと一緒に押した方へ動いてしまう。「先に行ってしまいやがって」と悲しみともうらみともつかない言葉が一瞬下里の頭を横切った時、汽車が轟音をたてて鉄橋を渡り始めた。すさまじい音が地響を伴って近づいて来て鉄橋の桁橋の鉄板に小きざみの震動を与えた。これに合わせて爆薬を鉄板に密着させて押せば抜けるぞ、と思った。汽車は今下里の頭上を貨物だから長い時間かかって幾両も黒い腹部を見せながら震動を作って、線路の継目に車輪が来るとより大きく震動を与えて通りすぎて行く。もう少しだ、と下里が思った時包は大きく前にのめった。落ちる。しかも下里の左足を付けたまま落ちると思った。包みは落ちて、下里は左足を右足の下にして両足で踏んまえて両手で枕木をしっかりとつかんでいると、包は中途まで落ちてがくんと左足を引いた。左足はひきちぎれるように痛く、包みの重さが落ちる速度と一緒になって二倍の重量を彼の足に懸けた。左足が折れたと思った瞬間急に重さは消えた。その時貨物列車が頭上を通っているのに静寂が割り込んで来たように思った。ドブンと川に何かが落ちる音がして、その音を下里は駒が水に入った時の音だと思った。しかし本当は爆薬の落ちた音だったのだろうけれど下里にはどうしても駒の跳び込んだ音だと思いたかった。耳には駒が最後に言った「さあん」と遠ざかる声が残っていて、その後の水に落ちる音を聞かなかったからであった。下里が次に音を聞いたのは貨物列車の鉄橋を渡る轟音の中で包みが水に落ちる音であった。爆薬が落ちて水に入る音は聞こえなかったことにしておけばいい、もしどうしてもその音を聞きたかったら石でも拾って来て落せばいい、と下里は思った。

広根が公立病院から急ぎ足で溢川大橋の下里と駒の現場にたどり着いた時、下里は一人で爆薬を上り線に先程のように鉄橋の下にではなく枕木と枕木の間に吊るして結んでいる所であった。下里は仕事に熱中していたので広根が近寄って来るのに気付かずに広根が「ひどく熱心だな」と言った時、始めて顔を上げて駒ならよいと思ったんだろうか、がっかりした調子で言った。「遅かったじゃないか」広根はこの非難めいた言葉を聞いても何のことを言っているのか分らず、腹立たしい。「病院の方を終わって走って来たんだ」と言うのを下里は目に溢れる涙を流しながら、この涙は先程下里が一人で枕木の上に這い上ってからずうっと流し続けていたのだが、それを拭おうともせずに「遅かった。すぐ来れば助かったのに」と言った。「一体何を言っているのだ君は」と広根はそんな下里に驚きながらやがて駒のいないことに気付いた。下里は駒の話をしないわけには行かなくて、短く汽車が来てぶら下って、次の汽車が来そうになった、そして彼が跳んで行ったことを話しながら汽車とレールの間にはさまって一部がぺしゃんこになって切れているロープを示した。「どっちみち汽車が来たら落ちたんだから」と自らを慰めるように下里は言った。「僕は君の言った貨物列車がガードの上を通っていたのを見たよ。まだガードのあたりだったから間に合うわけには行かなかったんだ」と言った。

＊

日暮橋と日暮橋上流の鉄橋、即ち大峯の勤務している会社の倉庫の上を通っている高架線の二箇所に爆薬を仕掛ける仕事を大峯は土砂降りの雨の中で大西洋通りの工場跡へ行く以前にしてしまっていて、大峯と優子と二人で倉庫の中の彼の部屋で話をしていた。大峯にとっての今度の爆破の自慢はこの二本の鉄橋を倉庫にいるままボタン一つを押すことで爆発するように考え、現に彼の部屋のニス塗りの机の上にその黒色の艶のあるボタンが置いてあった。優子が下腹部の膨れた身体を椅子に浅くかけて背を椅子の背もたれにななめにして坐っているから下腹部の膨れが一層目立って見える。「僕は君がきっと帰って来てくれると思っていた。嬉しかった」と大峯が言った。「こんな女でもあなたは迎えてくれるの、あなたを捨てて男と逃げて行った女でもあなたは許してくれて、しかも喜んで迎えてくれると言うの」と優子は挑戦するようにむしろ大峯が優子を許さないと言って欲しいような激しい調子で話した。そんな自責の中にいる優子を大峯はただあの醜悪な顔を優子の心の動きにつれて曇らせながら、優子の心を自分の顔に写して激しい苦悶の表情になったが、しかしその根源に全てはいいのだと言う救いがあるから暖かみが湧き出て来る。「君は行くところがないんだね、それで帰って来たんだろうね。だけど帰って来てよかった。本当によかった」と大峯は笑って立ち上がりながら言った。「いいえ私に触れないで下さい。私は何もあなたが好きになったわけではないのよ。ただここへ来ればあなたがいつもの醜い顔でいて、それを見るとそれだけで憎悪を感じるような顔を見たいと思ったの。そうねどこか行く所があったら何もここへなんか帰って来ないわね」と赤い爪の細い痩せた掌でスカートの膝の部分を鷲掴みにすることで感情を表に現わしながら言うのを大峯はどう言えばいいのかと困って優子の深い悲しみを見ていた。「私はあなたを恋しいとなんか一度も思ったことはないわ。それは以前からだし、今も、そして今後もきっとあなたを恋しいなんて思わないわ」長髪を赤い爪でととのえるように耳のあたりの毛髪を耳にかけて、感情が激しくなるのを待っているように蒼い顔は疲れたのか一段と痩せて美しく見えた。「寝たらどうだろうか」と大峯が言った。「嫌や、もう時間がないの、私はただ生れ故郷に帰って来てそこの空気を吸いたかっただけよ。あなたも私には木や山や川と同じ故郷の一部だわ。そんな風にあなたの醜い顔を歪めて同情なんてしないで。私、あなたに同情をして欲しいと思っていないし、それよりあなたの同情した顔はおかしいわ。怒ると顔に似合っているのに。あなたがその顔で涙を流したり悲愴な顔をしたり、あるいは同情のために心を顔に表したりしたらまるでお笑い草よね。似合わないわ、我慢ならないわ」と優子は高ぶる感情をそのまま大峯にぶっつけて行くのを大峯は優子の言うように同情の顔を別の怒りの表情にして優子を見ていた。汽車が震動と激しい騒音を出しながら通り過ぎると話声は聞こえないし、感情がこの騒音によって極端に強められたり、苛立てられたり、邪魔されたりして言いたい本当のことが出かかってもこの轟音を聞くと口の中にまた戻ってしまう。優子は大峯がどうして半年ぶりにまた昔の男の所へ帰って来たんだ、もうお前なんか知るもんか、と言って殴って欲しくて、そうすれば優子の心にわだかまっている感情が一度に出て、優子を捨てた男への思慕も立ち切れて、優子自身にはもう大峯しかいないのだと分り、心の底が明るく向う側が蒼空のように透けて見えることだろうと思った。しかし大峯はただ「帰って来てくれてよかった」としか言わずに怒りも殴りもせずに、一言の皮肉さえ言わず優子を見て微笑んで心配してくれる。こんな大峯に対して優子は何をして、どうして許して欲しいと言えるだろうか。彼はもう初めから優子を許して、もう怨んではいないのだから。嫌だわ、こんなの嫌だわ私が悪いのにまるで悪いのは大峯だと考えている人なんかごめんだわ、と優子は何とかして大峯の感情が怒りとなって現われて欲しいと思った。そうすればその大峯にすがって泣けばそうすれば優子の心ははれていいのにと思うと、それすらできない自分の中にまだ隠れた力が潜んでいるのを知って、どんな力もなく疲れて眠いから帰って来たのに、大峯に出合うとまた反発する力が出て来て、その増悪の強さに優子は自分本来の執念のような力を感じた。「そうよ、私は私を捨てて逃げた若者」と言いながら目を細めてその男の顔を思い出すように言葉を切った。「まだ憎いとは思っているわ。でも来て欲しいの。彼がもし十年後にでもここにあなたと一緒に生活しているここに現われて『行かないか』と言ったら私は有頂天になって何もかも放り出して跳んで行くわ」と言った。「ここにいるべきではないんだわ」と優子は画然と自覚して「行くことにするわ」と立ち上った。「何処へ君は行こうとするのか。君の行ける所はここしかないと君は言ったじゃないか。でもどうしても行きたいんなら勿論止めるわけにはいかん。さあ行くがいい。僕は君にいて欲しいんだが君が行くのを止める力は僕にはない。いや世界の誰も止めることはできない。君の思うようにするのが一番いいとしか言えない」と言って太い眉の醜い形の目から美しい透明な光る水滴の涙が目頭に浮んで徐々に大きく量を増して、遂にそこを離れて鼻陵と頬の間の窪みをころがる玉となって、輝く金剛石のようにあざやかに光って落ちた。「やはり行くわ。また放送局で会えるわね。その時まであなたの涙のこと考えてみるわ、さようなら」と優子は言って小雨の中を赤く染めた長い髪を風に揺らしてハイヒールの足音を残して遠ざかった。一時を少し過ぎていた。

十二、爆破

毬子は山際とトミとの三人で溢川上流のコンクリート製の細い橋の下にいて川の流れを見ているとここでも川は渦を巻いて濁流が岸に水しぶきを立てながら流れていて、雨で増水したせいか中洲はなくなって一面が広い水の流れであった。橋台と橋台との間の梁を一つ落とせばこの橋の破壊は簡単で、その用意はすでに出来上がっていて、合図になる予定の下流の溢川大橋の爆破の轟音を聞こうと待っていた。それは二時過ぎに決っているのだし、彼等が列車通過中にやろうが、そうではない時にやろうがそれはどうでもいいことであった。大方の者の意見は列車が通過中ではない時期の方が無駄死する人が少なくていいのではないかと、本来の目的は革命であって、この都市を孤立化して内部を掌握することにあるから、そのことを殺人とは無関係で人を殺さない方がいいと考えていた。勿論毬子もその意見に賛成であって、早く下里が広根や駒と溢川大橋を破壊してくれればこっちの仕事も終っていいと考えていた。川はすぐ近くを身体の底を抉ぐるように渦の音をたてながらごうごうとその音は毬子の心を震わし毬子の立っている大地を揺るがすように絶え間なく続いて毬子に得体の知れない不安感を起させている。うねる流れの中にそのような人を不安にするあるものを持っているのだろうか。毬子はその不安感が心の中で何に起因するのだろうかと具体化して行く過程を辿ろうとしていた。わけの分らない不安感が毬子にあってそれは毬子だけだろうかと思った。「淋しい音ね」と毬子は山際に言った。山際はその毬子の言葉の意味をこの深夜の光景として捕えて「流れの音がひどいのが淋しさを消しているんじゃないかね」と言うとパイプの匂いがひどく強く毬子の鼻を刺戟した。「浮ついた気持で何も手につかない。早く時間が来てくれればいい」とトミが茶目を動かして言った。毬子は他の二人が毬子の言っている本当の意味が分っていないのがかえっていいと思った。毬子にだけ関係のある不安が毬子の心に具体的なある思考を要求しているのに違いないと考えたからである。それがこの濁流の音の中に含まれているのだと思って流れの音に耳を傾けた。不安は毬子を引き込むように起って殆ど毬子はその不安故に立ってここにいるのが恐ろしくなって来て、それは誰かが毬子を呼んでいるように聞こえるからであった。最初はほんの少し、かすかに呼んでいたのにそれは波状的に強く弱く激しくゆるやかになって、毬子はこの強く激しい誘惑にさえ耐えれば次にそれは消える程小さくなることを知っていたのでその間だけ我慢すればそうすればすぐに楽になれると思っていると、思うように不安は消えて行っても完全になくなることはなくて、また徐々に大きく激しくなって毬子に歩いてこっちへ来い、と呼ぶようになると足がその声に従って、それは耳に聞こえる声ではなくて耳を塞いでもやはり聞こえる声であって足はその声に出合うとただ無闇に歩きたくなって、筋肉が活動し始め関節が折れて今にも歩き出しそうになる。それを意志の力で押さえていても押さえきれるものではないと思う時、声は小さく消えるようになって何でもないことをどうして恐れているのかと思う。激しくなって来て毬子はもう歩いて呼ぶ方へ行かずにはおれなさそうなので両手で太腿部をおさえて足が動かないように立っていると「寒いんだろう、毬子さん」と山際が通る声で言う。「いいえ、あの川が私に来いって言うの」と毬子はそんなことが理性で考えてあり得ようもないのにそう言った。「馬鹿だな、川は呼んだりはしないよ」とトミはおかしいんじゃないかと潤んだ茶目をくるりと動かしたに違いないがそれは暗くて見えなかった。「いいえ私に何か言いたいのよ。それが私にだけ話したいらしいの。聞いて来るわ」と川へ向って歩き出すのをトミは「だめですよ」と腕を取った時、川が毬子に言いたいことが急に暗い闇の中の光のように分って、毬子を呼んでいた。二時八分到着の列車は首都から来てその汽車にSが乗っている筈であった。下里と駒と広根がその汽車を爆破するかもしれない。まだ暗い早朝にこの都市を通過する首都からの列車はこの汽車しかない。「暗いうちに君のもとへ行けます」とSはいつもよりやさしい文面で手紙を書いてよこしていた。その汽車だ、と毬子は思った。あの人達は列車を爆破しなくてもいいようなことを言っていたけれどいざと言う時になるとどう考えが代るかもしれない。いやきっと広根と言う活動家の男は汽車を爆破するに違いない。ああいう性質の男は口で何と言っていても人殺しが好きだし、下里と駒にしたところで汽車を見たら、そのすぐ前まで汽車を爆破しないでおこうと思っていても、その場になったらきっと汽車を鉄橋の上に乗せてやってしまうわ、と毬子は思うと何もかも忘れて、重い下腹部の緊張する鈍痛をも忘れて走り出した。今なら間に合う、まだ間に合う、だって二時十五分前ですもの。と毬子は思った。毬子は溢川大橋にむかって二粁の道をあの舗装された下里と駒とが堤防の下から見上げた道を下流に向って駆け出したのである。「毬子さんどうした」と山際の通る声がして「一体何で駆けるんだろう突然」とトミの言う声もしたが、毬子にはそれに懸わりあっている暇はなかった。毬子は兎に角速く走って、八分の列車が溢川鉄橋を通過するほんの少し前に鉄橋の下に行かなくてはならないと思って走った。そして五百米も走った時、急に山際の乗用車があそこにあったのを思い出した。車なら何も走らなくても、もっと速く行けると考えて立止って、戻ろうか行こうかと迷った。この時まだ毬子はこの二つの橋の間の距離がどれ程あるのかを知らなかった。立止って、今来た道のりを光って明るく見える溢川大橋までの距離とを見くらべてみた。ずい分ありそうだが、引き返す気になれなかった。行けば間に合うに決まっているし、溢川の手前に鉄道橋はある筈だからと先程小雨の中で乗用車の窓から見た溢川大橋と鉄道橋とを思い浮べた。二つの橋の間の距離はずい分あったように思って、それならあの光よりは鉄橋はずっと近くにある筈だと思った。彼等は溢川橋と鉄橋とを一緒に爆破するだろうから、そして溢川橋を先に鉄橋を後から爆破装置の据え付け作業をしただろうから、きっと鉄道橋の近くにいるに決まっていると思った。毬子はもう殆ど走れなくなっていて、自分ではそれでも猛スピードで駆けていると思っていたが、現実の彼女はふらふらしながら歩いていたにすぎなかった。「まだ間に合う、きっと間に合う。汽車は遅れるって言うこともあるわ、十分ぐらい遅れるのはざらだわ」と思った。そして毬子の思ったように汽車は遅れて二時十五分にこの鉄橋を通過しようとしていた。機関手はいつものようにこの鉄橋の前にある信号が青いのを確認しただろうし、この都市で交代することに決まっていて明日は明番だからそのまま家族の待つ家に上りを通る普通列車に乗換えて一駅戻れば夜は遅くてもまだ女房は待っていてくれると思って、気楽に口笛を吹きながら、十分遅れてはいるがこの程度のものは終着駅に到着するまでに軽く取り返してくれるだろうと思っていたに違いない。毬子はその時ふらふらしながら下里の名を呼んで鉄橋の手前の下里のいる場所に思いもかけない程突然到着したのである。爆破用のハンドルを下里が持っていた。毬子は「この汽車はやめて、爆破しないで、Sが乗っているの」と大声で彼等の前に倒れそうになりながら駈け寄って来て、間に合ってよかった、という風にそして願うように神に祈るような格好で髪を振り乱し裸足で放心したように坐ってしまった。目はするどく二人の顔を見ていて、ここまで来れば大丈夫だと言った安心感と、二人がそれでも爆破するかもしれないと言った怖れとを持った目で見ていてその目は燃えるように輝やいていた。その狂人の目が蒼白な顔の中で二人の顔を照らして動いていた。柔らかなほってりとした早朝七時に田熊が駅頭で合ったあの毬子を知っているものには、どうしてこんなに女性の顔が変るものかと思わせる程の変化が毬子の顔にあった。下里は毬子の言っている言葉の意味が分った。「別にこの列車でなくてもいいし、次の列車でも、あるいは列車の通過しない時でも」と考えてしかし列車がいないと橋は潰れないかもしれないと考えて、「次の貨車でもいい」と思いながら「どうする」と目で広根に問うた。広根の目は「否」と答えていた。もう一度毬子を見ると「助けて」と言っている。「よそう」と下里はハンドルから手を離して毬子に笑いかけようとした時、横の広根が丸い大きな身体で下里を突き跳ばした。そしてハンドルに手をかけて力をぐいと入れた。毬子の目はそのハンドルを見ていて、それがどう橋と繋がっているのか本当はこのハンドルと橋の爆破とは何の関係もなくただ遊びにハンドルを押してみているのだろうと毬子が思う程の時間が溢川大橋と鉄道橋の爆発とハンドルを押した時間との間にあったように思った。厳密に言えば二つの橋の爆発とハンドルとは同時の筈だ。しかし広根には鉄道橋の方が少し早く思えた。爆発に続く轟音、閃光、跳ね上る客車、くねる車輪、まだ走ろうとしてトラスに横倒しになる機関車、何ともつかない獣の吼声に似た長いうめきの合唱、ぐんにゃりと曲ってゆっくりと大きく弧を描いて針金細工の箱を潰すと彎曲する、あのように震えながら崩れて行く鉄橋、はね上った線路、その間から垂れ下った客車と、落ちそうになりながら揺れている折れた車輪の一部、焼けて瞬時に火の玉となった鋼鉄が融けて線光花火のようにパチパチと光をにぶく発している。まだ続くうめきの長い深い疼痛の声と死にゆく者の声、鉄橋を這いずりまわる死にきれない者達、機関車が次の客車を引いたままトラスの間から頭を出して、スローモーション写真を見るようにゆっくりと落ちて行く。彼等の耳はもう先程の爆発音で何も聞えなくなっていて、伏せていたので目は閉じていたのに見えて、その閉じていた目の中にあの爆発の閃光は目蓋をさえ透して侵入して来た。その明るい光は目の中に写真の陰画のように逆に見えるように作用したが、今はそれも元に戻っている。と言っても彼等の目とて彼等の未来を、いやほんの一瞬先のことさえ見えないのだが、現在の光景ならしかも自分が見てもいいと思うものならこのように見えるのである。だから毬子はもう何も見ようとは思わなかった。こんな風に川の静寂の中に落ちて行く黒い影を下里と広根とは見ていてそれはただの光景で光景とか風景とか景色とか言われるものが持つ一般的な特色をこの汽車の落ちて行く動く光景は持っていて、それは目にとってはただ見ていれば対象でしかないし、あの美しい光景や絵を見た時のような心地よい感動を起したりもしない。その中の人々の苦悩は下里や広根までには伝って来ないからうめき声を人の肉声だとは思わなくて風のうなりだと考えてもよいから、ここの仕事はもう終ったのである。

*

爆発は次々に四個所で起ってそれは全く同一の装置で一度に起されたもののように、この都市を取り巻くあらゆる橋で起った。いや全てが一度に興ったのではないことを読者はもう知っていて、それらは別々にしかも密着した短い時間の中に殆ど同時とも言える時間の間隔の中で起って、人の意識における時間が現在の持続のうちに、次に現在がやって来て、それが先のまだ終らない持続の中に入ってしまうとすると、もう全ては現在であって連らなった現在として、それらが一緒になってやがて過去へと変容して行くのである。市民のあるものが最初の下里等の溢川大橋と鉄橋の爆発の轟音と閃光、地震と誤りそうな地のゆれに寝間着のまま跳び上ったとすると、次に上流の溢川に懸るコンクリートの細い橋が爆発してその音は先程のものより小さくても、今度は起きているから本人は驚いてしまって、一体何がこの都市に起ったんだろうと思う。ソドムとゴモラのあの神が硫黄と火を怒りにまかせて降らせているのではないかと怖れて窓を開いて顔を出した時、阿久海のあの瀟洒な橋が龍燈鬼のあの愛敬のある目と共に爆発したから、彼は慌てて首を引っ込めようとして、鴨居にしたたか頭をぶっつけて、そのためと轟音のために耳がじーんとして何も聞えなくなった。三度も続けて起ったら彼はもうそれが人間の行ったものだとは思えずいやもし人間がこの轟音と閃光と地響とに関係しているのならそれは空襲だと思ったころだろう、いや市街戦がここで行われ出したと考えるに違いない。それより何よりソドムが今この都市にやって来たと思うのがごく自然である。彼は家族を呼んでしっかりと抱き合って早く洋服に着換えて逃げる準備をしなさい、と言うだろうか、その言っている口は歯が噛み合わなくて、歯が勝手にカチカチと震えて、やっとのことで言葉になると言った風である。と次のあまり大きくない爆発が田上の所で御神川の河口附近で閃光とやはり同じ種類の轟音、そして地響きを伴って起った。この頃になるとこれらが同種のものだと言うことが分って、なおさら火山の爆発のような自然の災害の一種だと思うようになる。そして当分の間爆発は起らなかった。大峯がまだ鉄橋をやる気になっていなかったからである。大峯は今までの四つの爆発音と閃光と地響きを聞いていて、やはり下里のやった仕事が一番上手だったと思った。大峯は勿論鉄道橋と日暮橋とを同時に誰よりもうまく爆破したいと思っていて、と言うのは御神川に懸っているこの両方の橋は三本の橋台が川の流れの中に立っていて、大峯は彼の住んでいる倉庫が西の川向うにあったから爆発を終えてから御神川を渡らないと向うの中心部へ行けなかったから、出来得れば人の通る細い道をどちらかの橋として残していきたかった。しかし爆発と言うものは大峯の思うようになる種類の手なずけやすいものではなかった。それともう一つ大峯はこの倉庫が橋の下にあるのを計算に入れていて、御神川の中心寄りの向う岸に近く、その橋台と橋台との間で爆発させたいと思っていて、そうすれば橋が崩れても倉庫の上に落ちることはないと考えていたのである。大峯の気持は少しあせっていて四つの爆発音と閃光を聞いて確実にもう彼等が仕事を終えたことを大峯に知らせてよこしたのだから大峯もやらなくてはならないと思っていて大峯はそれを上手に言ってみれば名人気質でやりたかったのである。誰が見ても日暮橋と鉄橋とはその道の達人が爆破したのだと分るやり方で行いたかったので、その方法は橋台と向う岸との間の一つだけの桁橋を爆破によって落して他のものには傷さえつけず元の姿で残しておくのがいいと思った。いや装置は爆薬はそのように配置しておいたから万全である筈である。急がないともう警察隊は先程の四箇所の爆発を知り調査して次のあと一箇所だけ残っているこの御神川に懸る橋のことに気付くかもしれないと思ったが、まだ最初の爆発からでさえ十五分間とはたっていないから、官憲がそれ程敏速に手を打つ筈はなく警察と言ってもお役所であれば、手続きに手間どっているだろうからまだ安全であろうと考えた。それにしても人を殺さずに爆発しなくては、と大峯は思った。向うの方から西の方からあの軽い地響きを伴い規則的な音をたてて、真夜中を当然のことのようにやって来る黒い魔物がうめきながら煙をまるで吐くためのもののように全体が煙でできているもののように、煙を吸うものに害を与えるためにあるもののようにやって来て、煙は大峯の身体に侵入して内部から彼を犯してしまうあの不定形のいがらっぽい煙を吐いてやって来る。黒い奴が煙の中心にいてこれは口から火を吹いて焔を吐き出しながら火焔放射器のような長い蛇の舌尖を思わせるような焔を素速く微妙に出し入れしながらやって来て大峯の立っている足元に火をちょろちょろと動かし嘗めるようにして足を燃やしはじめると足の小さな体毛がその焔で焼けて縮むと羊毛の燃えるあの蛋白質の臭気が大峯の鼻をつき、もう火は次の彼の身体のあらゆる体毛を焦し始めていて、燃え出した頭髪を手で消す努力は何の効果もない。火は次に彼の皮膚を焼き出して焼身自殺をした僧侶のように皮膚が黒く潰れて焼け焦げの中に赤い筋肉が生身のまま、皮を毟られた蛙の赤身のようにみずみずしい生命の色を発している、そんな大峯にしてしまいそうなあいつは近づいて来て地響を立て倉庫のあらゆるものを震わせて、耳をつんざく轟音を伴ってやがて大峯を滅ぼしてしまうだろう。「それだっていいじゃないか」と大峯は馬鹿の一つ覚えのように言っていて、理性ではよくても、こいつは感情の世界にまで侵入して来て本能を揺すり根源を破壊して行くので、大峯がどう理性で戦ってもやはり負けてしまう。機会仕掛のあいつはもう鉄橋を渡り始めている。音と震動とでどのあたりを機関車が走っているのかも分って「機関車はまだ橋を渡り始めた所だ、そろそろ第一の橋台の上を渡っている。後続の長い尾の貨車はなんと単純に震動だけを作ってまるで馬鹿のように引かれているのか。もう第三の橋台の上に機関車がいる」大峯は手が黒く光るボタンに近づいて行くのを殆ど無意識のうちに感じていた。押した。爆発が起った。作者はもうあまりにも多くの橋の爆発と転覆とを書いて来てもうこれ以上このことに関り合うのが嫌になって来ているが、しかし大峯のこの最後の爆発の結果についてだけはどうしても書かねばならない。結論を言ってしまえば大峯は彼の倉庫の上にある鉄橋を走っていたワム型の有蓋車によって潰されてしまったのである。倉庫であるから上から貨車が降って来ても倉庫の中に置かれ梱包された商品、大峯の会社の場合は農業機械だが、その商品によって貨物が中途で止って大峯の部屋を潰した所で大峯がかがんでいたら下敷にならなくて助かることもあり得るし、また大峯の部屋だけには貨車は落ちずにすぐ近くを殆ど大峯の立っていた足元二十糎程の所にごろりと車輪を上に向けてひっくり返った亀のように貨車はあって、しかし亀ならその足をばたつかせながら甲羅の中から首を長く出して頭の先で地を蹴れば、甲羅が両脇に向って傾斜していることも作用してもとに戻れるのに貨車には首がないからそうはならない、と書くこともできる。しかし現実はそうではなく大峯は倉庫の上で転覆した貨車がそのまま下に落ちて倉庫を潰し大峯を潰して死に至らしめたのである。勿論この時同時にセットされていた爆薬によって日暮橋も爆破していて、これは大峯の期待のように、大峯の技量が発揮されて、橋は三番目の橋台と向う側との間できれいに一つの桁だけが破壊されなくなっている以外は橋は全く以前のままであった。きっと西の方から車で来た人はもし注意書きや標識がなかったらそのまま車を走らせて、あらかじめ橋が跡切れていることなど知らないから、ブレーキを使用する暇もない程突然橋がなくなってそのまま川の中に跳び込んでしまうことだろう。鉄橋ももし貨車が通った時に大峯が爆破しなかったら大峯の思ったように爆破されていたであろうし、現に今も鉄橋のない部分は向う側寄りの三番目の橋台から向うであって、他はただ貨車のために壊れているにすぎない。貨車はまるで燐寸箱のように吹き飛んであっちこっちにぶつかり、こんなに軽いものかと疑わせる程にも軽々と転覆し、脱線し鉄橋のトラスにぶつかり歪み曲っている。大峯の爆発は瞬時の破裂で全エネルギーを出しきってしまうものだが、その力は外部に向って大仰に華々しく広がるものではなくて、爆破全体を濡れた布で包んだようなにぶい、しかし力強く深い内部に入るような爆発であった。この橋が都市の中心部に一番近かったせいもあって市民達は本当に慌ててしまったが、それでも外へ跳び出さなかったのは大峯の爆発が腹の底をゆするように響いたせいで、家の内部にいた方が外の恐怖よりよいと感じさせたからであろう。とどうしたことだろうか貨車が爆発した時に後部のまだ鉄橋にかかっていなかった貨車のどれかに家畜車があって、その戸が今の爆発で開いたのだろうか、牛があの間のびした牧場風のモーと鳴く声をあげて五頭程のものが、二度もモーと鳴いてゆっくりと線路の横を歩いているではないか。

＊

夜は暗かったがもう雨は降っていないし、見上げる空に星が秋の涼しい澄んだ空や、冬の凍る冷気の中で輝くあの光り方ではなく初夏のおぼろな光を見る者の目に写していて、それは空気の僅かな動きをそのまま光の屈折として現わして輝いているのである。長い一日が終ろうとしていた。田上とトミとは電信電話系統の通信に関する機械を破壊してこの都市と外部との交信を正規のルールでは全く通じないものにしてしまって、もしあの女好きのする下品ではあるが美男子の駒が鉄橋から跳び降りなければこの二人の他に彼もいて、彼はこの方面では専門的な知識と彼独自の理論とを持っていて、その方法で回路を組んで内部と外部との交信が一部だけしかも彼等だけができ得るようにしたであろうに。トミと田上とはその方法を知らないから乱暴にしかも短時間では修理できないように中枢部と思われる場所に小型の爆発物を仕掛けてそれを破裂させて壊してしまったのである。もうこの都市と外部との交信は一部のハムによるものしかなくて、それすら思うにまかせた連絡手段とはなり得なかったであろう。まだ革命は始まったばかりで殆どの市民はこの都市がどういう状況に置かれているのかが分らなかったし、夜中に連続して起った五回の大爆発しか分らず、消防車やパトロールカーが何やら忙しそうに、これ見よがしにけたたましいサイレンを鳴らして通ることぐらいしか分らなかった。そして夜はいつものように何も変わっていなかったので、そのまま布団にもぐり込んだ多くの人々には平穏であった。田上とトミは爆発し終えた電信電話会社の建物の裏口から走り抜けて出て、まだ軽機関銃をかまえたままの姿であったトミはあの飛行場の忘れられない興奮を感じた。これとよく似た風に彼の身体の中に湧き興って来る興奮を感じながらその中に気持よく酔っている風でさらに激しい興奮が起ってあの時のように機関銃をあらゆるものに人に向けて連続的に発砲したい欲望にかられていた。電信電話会社では発砲しなかったからで、ただおどしの道具に一機の軽機関銃をかまえて見せただけであった。星はおぼろに瞬いて見えても夜気は膚にはひんやりとした冷めたさを感じさせる。トミと田上は今夜最後の集会場となっている放送局へと急いで舗装された道を、ここは官庁街だが、なるべく目立たぬように建物の影に入りながら左右を見回して、遠くを走り廻っているパトロールカーや、消防車、救急車のサイレンの音を聞きながら駆け抜けた。パトロールカーはこの中心部まではやって来ないようで、それは爆発が周辺部で起ったためと、公立病院の火災も中心部から離れていたためであろう。パトロールカーの数が限られていてそれらの指揮でもう手一杯で通常のパトロールにまで手がおよばなかったためであろう。「遠くで忙しそうだな」とトミが田上に話しかけた。彼の長くのびた形のよい足は走るのには持って来いであるし、牧が手榴弾を投げるにはよい手であると言ったあのしなる手は軽機関銃を肩から吊しそのゆれを押さえておくには本当によく似合っていた。「橋の方が多忙なんだろう」と田上は四角の顔をずるそうにあるいはトミの目を避けるように遠くのサイレンの方を気にして言った。「これで放送を開始すればこの都市は我々の手の内にあることになるし、政府軍もこの都市を攻撃するのは困難だから当分は我々革命政府の支配を受けることになる。そしてこの都市での革命の成立を耳にした全国の同志は勇気づけられて次の革命政府を樹立するだろう。何と言っても武器がなくてはどうにもならないが、逆に武器さえあればこんなに容易なことはない」と茶色の虹彩を動かしながら言った。「急ごう放送局の占拠は終って僕達を待っているだろう」と田上は言ってそれからどこでトミから別れようかと考えていて、鳥野老人に合って経過を報告したかったし、次に打つべき方法を相談したかった。しかし何も今でなくてもよいように思われたし、今は一人でも多い方が放送のためにも、また万一の警察隊との交戦のためにもよいのであるからこの時期に田上が集団から一人で離れるのはへんな出来事である。この都市に常時いるくらいの警察官となら、田上達の持っている武器弾薬と、人員とで充分戦い得る能力を持っている。だから戦う以前に勝利は革命軍の方にありそうであった。市民達もきっとこの革命に賛成してくれるし、もう少し時間がたてば革命軍に志願し参加する者さえでて来るだろう、とトミは楽天的に考えていて、すでに九分程まで革命はでき上ったと思っていた。市民はもう革命に対して表だって反対することは危険だから多分これから先は革命軍の思うようになるだろうと思った。殆ど革命は成立したようだとトミは考えていてもまだ若干の不安はあったのである。ドーリア風のコンクリートの柱が五本も並んで立っている放送局の正面玄関の街燈の白い光が遠くから見え始める所まで来た時田上は彼の持っていた小銃をトミに手渡しながら言った。「鳥野老人に報告して来るよ。すぐ後から行くから君は放送局の方を頼む」「田上さんが革命政府樹立の第一声を放送するんじゃなかったのかな」とトミは幾分妙だと怪訝な顔をして田上に言った。「いやそれは下里君がいいだろう」と田上が言って手前の道を右に折れながら、手をぶらぶらとまるで酔って大声を上げているように歌を歌って夜更けの町を歩く時のようによそおって歩きながら、トミがやがて建物に遮られて見えなくなった時、一度くるりと振り向いて名残りをおしむように手をふってそのまま闇の中に消えて行った。トミはそんな田上の行動が腑に落ちなくて、忙しさと晴れがましい第一声とを犠牲にして、どうして鳥野老人の所へ行くのだろうと考えた。確かに鳥野老人は仲間にとっては精神面では支配者のような男だし、トミには親しく考えただけでも心が和む何か同質のものを感じる男ではあるが、何も今のこのような時でなくもいいじゃないか、もう放送局の前まで来ているから考えるのを中途して六段ある石段を一気に駆け登った。

　放送局は既に下里、広根、山際、阿久海、毬子、障子、笠間、西方、優子によって占拠されていて、トミが駆け上って玄関から入ると、そこにぬうっと軽機関銃の銃口をトミに向けた男がいる。笠間少年であった。「向うは終った」とトミが笠間少年の上気した赤い顔を電燈の明るい光の中で見て言うと笠間少年もトミに「こっちももう終る頃です」と目で隣のドアの方を見たので中に入ると、山際と優子とが機関銃を、銃口を小さな窓から出すようにして据付けていた。「もう一機は四階の正面に据付けている」と山際がトミの聞いた質問にこんな風に答えた。なる程この放送局は、この都市に長く住んでいた下里、牧、田熊達が最初から最後に集合する拠点として選んでおいただけのことはあって、市の中心部にありながら裏は公園の堀によって他の建物から離れているし、東隣と西隣とは銀行の建物で丈夫のようだし、放送局自体は大量のコンクリートを用いて種々の装飾をして、まるで石を積み上げて作ったようになっていて、それは砦のように防禦にはうってつけのように思えた。その上窓は小さく、特に防音を考えてか外部からは殆ど窓がないように見えた。侵入した時放送局の人は少なく宿直の社員が二人と臨時放送のためのアナウンサーと記者が二人程いただけであったから、放送局を占拠するのは容易であって、あとはしばらく彼等を地下室に放り込んでおけばよかった。阿久海は放送に関する設備や装置の操作を少しは知っていたし、彼自身があの大仰な手振をまじえて革命の発端と経過とを、そして革命が成立してしまった以上市民はそれに従うべきだと言う放送を、早くしたかったから、放送がすぐに開始できるようそれらの器具を点検調整していた。何の抵抗をも受けずに思ったように、これ程容易な革命はあり得ないと思われる程、彼等の思い通りに事柄は運んでいた。広根は早朝からまだ一睡もしていなかったので、そろそろ眠気が出て来て放送局の応接室の刺繍のあるソファーにごろりと横になって、壁に掛っている印象派のらしい絵画を見ていて、それはパリあたりの風景のようであるのを、光の動きに従がって筆を走らせて描いてあるのを、見ていると急に睡魔が彼を襲って来て、そのまま寝てしまった。あれ程注意深く、あれ程慎重に、あれ程綿密に、五年もの長い期間を掛けてこの計画を練り上げる必要があったのだろうか、公立病院を焼いたり西方が労働者を扇動したりする必要があったのだろうか。もっと容易に単純に仕事にかかればよかったのではなかろうか。こんな疑問を感じるほど全てはうまく行っていた。何の邪魔もなく、皆の協力を得て、たった一夜で、もう夜さえ明ければこの都市の住民全部はこの都市で革命の起ったことを知ってしまって、あまりの素速さにそして少数の流血で革命が成立したことを知ってただ驚くだけだろう。そしてやがてそれが日常生活の中に入って根本においては以前と何も変わらないことを知るだろうし、やがて革命政府の行う自由と平等博愛と言う本当の意味が分って彼等は進んで革命政府を支持するようになるだろう。「三時四十六分、いよいよ放送の開始です。放送室にお集り下さい」と笠間少年が銃を持ったまま広根の部屋の戸を少し開いて覗いて言ってから、すぐに顔を引っ込め階段を上って行くのか足音が遠ざかった。広根はまだ眠さの中にゆったりと身体をまかせていた。

「諸君は既に完全に包囲されている。武器を捨てて即刻出て来なさい」と拡声器がいつの間に放送局の近くに配置されていたのか、大声で耳をつんざくように鳴り響いて、この陳腐きわまりない言葉の羅列は嘔吐感を聞く者に起こさせるが、と言ってもその意味する所は言葉の陳腐さとは裏腹に重要な事柄であって彼等は警察隊によって既に包囲されているのを知った。それにしても諸君と言う呼掛けは楽しいじゃないか、犯罪者に対して官憲は諸君と呼掛けるのがいいのだろうか、本当なら諸君などと言わずに「放送局を不法に占拠している者」とか何とかもっと別の言葉がありそうではないか。警察隊は革命家達にある種の敬意をはらっているのに違いない。親しい仲間とでも思っているのだろう。「諸君、既に我々国家正規軍は国法により諸君の占拠している放送局を完全に包囲している。諸君の有する武力ではこの包囲を突破することは不可能である。速かに降伏しなさい」と拡声器の声はそれにしても大きすぎる。山際と阿久海と西方は放送室でこの声を聞いて包囲があまりに速く、しかも大掛りなのに驚いている所へ笠間少年が駆け込んで来て「もう駄目ですね。こんなことなら……」と貧血ぎみの顔に汗を流して身体を震わせながら恐ろしさのあまり気が動転しているのをなだめながら、山際が言った。「この時の覚悟は私が革命家になろうと思った時から出来ている。笠間君革命と言うものはいつもこんな風なもんだよ」と例のようにパイプから紫煙を吸い込んで吐いている。そこへ障子と優子とがやはり蒼い顔で急いで、まだハイヒールを履いていてまるでデイトの中途に立ち寄ったと言った格好で、しかもたった今そこで恋人に逃げられでもしたような顔付で慌てふためいて入って来た。「窓から覗いてみたの、いるわよ。本当にどれくらいかしら動いてまるで兵隊の洪水だわ」と障子が言って、田上を求めているのか目が宙を走った。優子はそんな人々の動きをただじろりと見て、赤い爪を口にあてながらそれがどうしたの、と言った顔をしてあの逃げ出した若い男の顔をでも思い出しているのだろうか。毬子は一人遅れてやはり裸足で放心したように入って来て空ろな目で立っているだけで皆の言っている言葉の意味が分っているのかいないのか無表情に動かない顔つきで立っている。「諸君は完全に……」と陳腐な言葉が初めは冷静であったものが途中から急に熱を帯びて来て、興奮した調子の声が放送局内部に聞こえて来て、その声が激しい高い怒りの調子に変った時、四階の機関銃が突如として火を吹き出した。夜の静寂を破って反動利用式の機関銃の音が起って事態は一変した。トミである。トミが機関銃を撃ち出したのである。山際は放送室を跳び出して一気に四階へ駆け登って、トミの横に立った時、下里も来て「弾丸をむだに撃つな」と言った。こうなったら例え相手が軍隊であっても、もう戦うより仕方がないと思って確実に死が近づいて来ているのを感じたが、しかしそれはまだ実感を伴ってはいず想像の域を出ていなかった。相手が軍隊か警察隊かを確かめてから、こっちの態度を決めてもよかったのである。この都市の警察隊が軍隊を偽っているのなら何も降伏しなくてもいいし、多分勝利はこちら側にあるだろうから相手を見定めなくてはならないと考えたが、しかし相手が正規軍であることはすぐに分ってしまった。撃ち出したトミの機関銃に対して軍隊は大砲の砲弾を持って応じたのである。砲弾は三階のドーリア式の柱の一番左端に炸裂して柱は上三分の一の所で折れて前向きに倒れて道路に叩きつけられる辺縁が粉になって散って驚く程大きな音をたてて三つにくびれて曲った。下里はトミのいる客室になっている部屋の機関銃の横のベッドに寝そべってこの音を聞いた。「どうやら軍隊のおでましのようだな」と言った。「撃つより仕方がないようだから、と言ってもどっちみちこの放送局が我々の墓場だろうな。中にいるのは十人か、十人分の墓場にしては立派すぎる」とトミは機関銃の前に坐って窓から外を見ながら下里の方を向いて言った時頭の中を放送局の社員のことが走ったので「逃がそうじゃありませんか」と少し気取って言って階段を下りて行った。下里は鉄橋の駒の最後の言葉を思い浮べて「サン」という声が尾をひいて今もあるように思えて「駒のために革命政府樹立の放送をしたかった」と言うと、トミはもう機関銃の前に返って来ていて「やろうと思えばまだできるよ、戦いだって始まったはかりだから殺されるまでには二、三時間はかかる。それにしても時間はありすぎるようだ」と言う。下里は玄関脇まで駆け下りて西方と一緒に機関銃の前にいる阿久海を呼んでもう一度放送室に入った。まだ電燈はついていて送電線を切ってはいなかったから放送はできる筈である。阿久海は下里のしたい意味が分って放送が始まった。「Ｋ市の皆さん、今朝二時五十分臨時革命政府が当市に樹立されました。革命政府は諸君の自由を保障し、平等の名のもとに国家を建設したいと考えております。諸君の財産及び生命は保証されます。ただ局部的に戦闘状態の所がありますので、今後革命政府の発表のある迄当分の間革命政府主席の名において戒厳令を施行し外出を禁止いたします。繰返します。Ｋ市において今朝二時五十分臨時革命政府が樹立されました。革命政府は……」下里は駒を思い浮べながら夢中になって放送を開始した。この革命政府樹立の放送を二度目にＫ市全体に向って流した時、軍隊が放送局への送電線を切断した。しかし自家発電機がる筈だと阿久海はその方面にくわしいから思い出して自家発電機を動かした。下里はまた夢中になって放送をやり出した。「臨時革命政府は諸君と一体となって、自由と平等と博愛のために、この自由はどの国のどの自由とも違う、真の自由を求めて諸君と共に……」とこの言葉は幾度となく幾十度となく幾百回となく放送されて、後にＫ市の市民達の心の奥底に輝く思想となって残り語り伝えられ、やがて新たなエネルギーとなって起こるのだけれどそのことは今は物語らない。Ｋ市の人々は朝起きるとこの下里の嗄れ声の臨時革命政府樹立の放送を聞いた。それは人々の心をゆるがす力を秘めていて、鋭い強い意志と自由への憧れが言葉を通して向う側の放送する人の声を通して神の声のように聞こえた。そしてやがてその放送の間に機関銃や小銃軽機関銃や拳銃の発砲する音が聞こえて、それがラジオから流れているのか、そうではなく市中から聞こえて来るのか区別がつかなくなる頃になると、大砲の発砲と砲弾の爆発する音がラジオからは早く、市中からはやや遅れて聞えて来て太陽が出てどのくらいの時間がたった時だろうか、同じ男の嗄れ声が「これで臨時革命政府の放送を全て終了いたしました」と言って、近くで拳銃の発射する音がラジオから聞こえて、それを最後にあとは何も聞えなくなった。

十三、砂時計

十三と言う数字が不吉な意味をその内部に秘めていることはユダの例から発生したことであるか、あるいはそれ以前からユダヤの世界にあったものが偶、キリストの十二弟子とユダとの十三人と言う裏切の物語を作らしたかは分らないが、兎に角十三がある不吉なものを含んでいることだけは分って、このあなた方の長い物語も不吉な十三と言う章で終ることになる。作者が故意に十三と言う数字を選んでこの物語を終えようとしているのではなくある偶然がこの前の十二章を書いている時点に起って作者の忌嫌う十三と言う数字でもってこの物語を終えなくてはならないのを残念に思っている。例えば十二章で終れば十二と言う数字は、一、二、三、四、六で割ることができる。一、二、三、四と始まる自然数の最初のどんな数でもある特定の数を掛けて行けばいずれは十二に到達することができて、それは人の心を安心させるに充分な能力を持っている。しかし十三となると割れるのは一と十三の素数である。いや今は数字についての検索をしようとしているのではない。砂時計の砂の量がもう殆どなくなったこの時刻にこんな十三と言うような数字について詮索をして無駄な砂を使ってはならない。硝子の上の容器に入っている砂はもう僅かしかなく、しかもこの砂時計は逆さにできないようにしっかりと固定されてしまっているのである。いや砂時計が固定されているのではなく、誰かが、それを逆さにすれば砂時計はまた細い管から砂を絶え間なく流し続けるだろうけれど、今はこの砂時計の砂が無になった時、その時はもう誰もこの陳腐なデューラーが描いたメランコリヤⅡと題する憂鬱な鳥の翼を持つ天使の顔の上にある砂時計を逆さにするために出すべき手が、いや逆さにしようとする意志さえ、心も身体もなくなっていて、即ちその時点に来るものは死であるから生命の砂はもうなくていいのである。これまで親しくこの物語に登場していた砂時計はこんな風に最後の時にも登場して来てあの白い砂を下の容器に落しているが、しかし時はこんな砂の山では現わせる筈はなくて、たかだか彼等の、そうあなた方の牧が死んだ時を、田熊が芝居をしながら死んだ時を、そして駒が川に跳び込んだ時を、またこれから起るであろう放送局での戦いの中でのあの十人の人々の死の時を示すことができるにすぎない。それは表に作ることができる。記録として取っておくこともできる。しかしそれらは時ではなくて、一枚の紙にすぎないのであって、その人の時はその人の意識の時としてあったのだからもう時はどこにもないのである。いやまだ彼等は放送局にいて戦いさえ始まっていないからまだ充分な時があの上の容器に入っている白い砂とは違う彼等の時が残っている。時についての問をこうして繰返しているとどうしてもアウグスチヌスの告白録にたどりつかざるを得なくなる。もし誰もが私に問わないと私は時を知っている。しかし問うものに答えようとすると私は時を知らない。このように時は把む者の手からするりと抜けてとめどもなく流れどこかへ行ってしまうが、彼はまた言う。過ぎ去ったことを知っているから過ぎ去った時間はあって、来るだろうことを知っているから将来の時間はあるのだろう。しかし過去はもうなく、未来はまだ来ない。「時間とは存在しなくなろうとするためにのみ存在する」いやこんな風な議論はよそう。収斂して行く内的時間についてその意識の構造について考えるのはよそう。

　田上が薬局の戸を引くと戸は夜中でもいつもの冷ややかな金属製の音をたてて開くので入って行くと、鳥野老人は起きて石臼を碾いていた。「夜、起きていると儂はその分の木乃伊を摺らなけりゃならん。迷惑極まりない」と鳥野老人は暗い電燈の中で白い眼ばかり木乃伊のような顔の中で走らせて言った。それから顔を上げて田上を見て言った。「お前はやったな。儂にはお前が裏切ることが分っていた。それを儂は彼等に言ったのに、彼等には分らなかった。悪霊の儂の息子よ。よくやった、儂は言葉をお前に贈らねばならんな。儂の方へ悪霊のぬるっとした青色の木乃伊の表面をころがりながらアメーバのように触手を出しながら何も見えず、何も聞こえず、自らが動いている感覚すらないこいつらが這いずり集まって来るものは何か、それこそ根源悪への執着であろうな。儂のこの部屋の悪霊どもはお前への讃歌を歌うべく、大きな塊りとなって宙に浮いて、合唱隊がもう歌い出した。お前にはまだ聞こえまいが儂には悪霊どもの喜びがよく分る。お前を悪霊どもの仲間へしかも翼を持つ悪霊どもの系列に引きずり込もうとしている」鳥野老人はあのするどい白い眼を縦横に動かし悪霊の群を指揮するように、命令するように顔を動かした。白眼はぐるぐると瞬時に悪霊どもを震わす程の威厳を持って、その一睨で彼等はおののき、ただ許しを乞うために頭を垂れて膝まずく程の力を彼は持っていて悪霊はただただ小さく塊るだけだったに違いない。田上はそんな鳥野老人の前に坐布団を出して敷いて胡座をかいて坐って、「どうして積年私が努力し、私に協力を惜まなかったものを、この最後の段階で裏切る気になったのか、五ヶ年もの間私がこの都市の隅から隅まで調べつくし、公園の石垣の数、橋の構造、警官の数と拳銃の数、パトロールカーの台数と警察へ協力するだろう者のリスト、種々な会社の従業員数と生産物の種類と量、人口と食物の量、種類、病院の数と能力、医師と医薬品の数と種類、自動車の台数、下水道の処理能力、上水の給水能力、電力の量、幾種類かのガスの量と、それらをつなぐパイプの種類、衣料品の種類と量、防衛する時の根拠地点と最少の人数と武器爆薬弾丸の必要量、対外的な場合と内部での場合、いや上げればもっと燈台の光の届く距離、個人のハム通信の能力者の数と名簿、地下道の数と方向と通ずる地点、川の利用法、市街戦の場合の最適地、防禦戦の場合と攻撃戦の場合の地形と建物との関係、私はこれら全てを詳細に、考え得る限りを調査し、この時期とこの地を選んで、もし私が公立病院の火災で隣接地で既に待機していた国家正規軍に革命が起ったことを知らせなかったら、そして放送局に彼等が最後に入ることを知らせなかったら、おそらくこの革命は成功していただろう。私も勿論革命を成功させたかったのに、何が私を裏切りにかりたたせたのか、私にはまだ正確に把めてはいない」

「それは悪霊どもだ、儂の奴隷達の仕業だ」「悪霊のせいだと言うんですね」と腑に落ちないような表情を四角な顔に浮べて田上が鳥野老人に問うた。「そうだ悪霊どもがお前の根源をゆるがしたのだ」と鳥野老人が言う彼の影を見ると一本の角が板の間に映っている。この影こそあの親しい悪霊の姿にそっくりではないか。あなた方は悪霊の像をデューラーが騎士と呼んだ銅板画に見ることができて、豚の頭と顔を持ち左右に羊の角を二本出しさらに太い大きな一本の角を頭上に高くかかげ、その耳はやはり豚の細い歩く度にゆれる耳で、蝙蝠の翼を持ったあの親しい悪魔の姿を具体的に絵画として見ることができるように、今は絵ではなくて、生きる悪魔としてその姿を鳥野老人に見ることができる。しかし鳥野老人の姿はいつものあの痩せた眼の動く鳥野老人にすぎないのに、影こそはデューラーの悪魔そのものである。そうだ、この銅版画には鼻がもう腐っていてとれている死神が描かれていてその死神が手に持っているのはあの砂時計である。「私はそのことにどんなにか情熱を持っていたのに、私自身を裏切りへ駆立てたものは何だったのだろうか。私を革命に熱中させ、Ｓと競わせ、Ｓを憎ませたのは何だったのか。田熊をそそのかし、田熊の財産を奪い、彼を零落させ、その妻を奪い、彼を殺させたのは何だったのか、牧を殺したのは何か、Ｓの到着を一日遅れさせその列車を広根に爆発させたのは何のためだったのか。そして今また」と彼が言った時、機関銃の発射音が軽い調子でしかし夜の闇をゆるがすようにほんの僅かな間、三十回程呼吸をしていた間鳴り響いて止った。田上はその音の聞えた方向を一瞬凝視してその壁には丁度ジョンガウァーの銅版画があったから薄明りの中で十字架を担って立っているキリストの像を見たことになって、それっきり彼は音を気にとめもせずに話し始めた。「彼等を今、私は軍隊の手に渡そうとしている。ヒマラヤ登山のことばかりを話していた冥想化の下里、見たことないＳをそれこそ神のように慕っている笠間少年、田熊の妻の淫蕩な障子、Ｓの情婦と名乗る毬子、大峯の妻の優子、パイプ好きの山際、機関銃をやたらふりまわしてワクワクしながら人殺しをするトミ」と田上が言った時、鳥野老人は「ああトミ、短い二十分の時間に生涯を圧縮したいと考えておった男だな」と言って親しげに笑った。「大仰な動作をして革命はただ宣伝さえすればいいと言っていた阿久海、彼とは一緒に列車転覆を以前にやったことがあった。そうだった」と田上は思い出しているのか遠くへ目をやった。そして二人の間にはしばらく沈黙があった。「大峯の醜い顔と駒の下品な女好きの顔、豚のような何しろストライキ中とばかり言っている西方、あんなに私に忠実だった革命屋の広根、吃りの馬鹿の吉田、彼等をどうして私が裏切らねばならなかったのかが分って来た。私の中に燃える焔が私をかりたたせたのは、焔は焔でも悪霊の地獄の焔だったのか」と言いながら田上はもう一度機関銃の音でも聞こえないかと耳を澄ましたが、しかし何の物音もその方向からは聞こえて来なかった。「お前は儂の横に儂の国で坐ることが出来る権利を今得たことになる。儂と同じ食い物を食って死せずに生き続けることができるかもしれんな。しかしもし儂の替りにこの国の王となりたいなら儂を殺さねばならぬ。キリストの再臨まで生き続ける約束の儂をお前が殺せば、お前は儂に取って替れる」と鳥野老人はまた石臼をあの無気味な規則正しい音をたてながら摺り始めた。「私は根源悪を求めていたようだ、私をかりたてて私に革命をさせそれを裏切らせた力は根源悪で、今まで隠れたいたものが露わになって私の中から出て来た私だけにすぎない。このことをあなたは悪霊と言い、あなた自身はこのものの頭のように悪魔だと言う。私にはそれがあなたの言うものがどうかは分らない。鳥野老人、あなたの摺る木乃伊が本当の悪霊をその上に這ずり廻しているかどうかは私には分らない」鳥野老人は田上の言葉を聞いていないかのように石臼を碾いていて、「起きていると余分の粉を作らんとならん。儂がこうして話せるのもこの粉のためだからな」と言った。「こいつが今根源悪と私が言った奴が、私をこんな風にして裏切らせて私に喜べと言っている。勝利に酔う兵士達のように世界を統一した帝王のように歓喜の声を私に上げろと胸の中で腹の中で、脳髄の中で言っている。喜びが湧き上って来る。法悦が、エクスタシーが湧き上って来る。踊ればいいのか、踊るのか」と田上は立ち上って踊り始めた。何の踊りなのか、どう言う種類の踊りなのかその踊りを東洋的なものと言えばいいのか西洋的なものと言えばいいのか、シバの女王の踊りとでも言えばいいのか、何ともおかしな踊りであった。と炸裂音がして続いて何か重い長いものが道路に叩きつけられるような地響きを伴った音がこの中世錬金術士風の薬局にも届いた。大砲の発砲の音であった。田上は躍るのを止めて立ち上った。「鳥野老人、それじゃ、どうせまた会えますね」と田上はもう普段の彼の表情に返っていた。「悪霊の倅よ」と鳥野老人が呼びかけた。田上はそのまま薬局から出ていつ用意したのか、あの塗料のはげ落ちた自転車に乗って西の方を向いて、先程機関銃の音のした方向とは逆の方へ、やがて明るくなりそうな舗装道路をまだ誰も自転車一台、人っこ一人いない早朝の道を軽々とこれから遠足に行く子供達が嬉しくてたまらなくひとりでに笑いがこみ上げて来るような、そんな調子で笑いながら自転車を漕いでこの都市から遠ざかって行く。もう砂時計の砂はいくばくも残っていないに違いない。

あとがき

いつも夜に散歩する道にある小学校が閉校になるらしい。その話は随分以前に聞いていた。まだ二年ぐらい先だろうと、昨年この小学校を卒業して中学に進んだ孫を見て思っていた。

そう言えばここ幾日か前から夜電燈がついている。学校祭や運動会の折りには遅くまで電燈のついていたことがあった。

聞いてみると今年度末で廃校になったのだと言う。昨年卒業した孫の学年のクラスは一つで、どの学年も一クラスだったそうだ。しかも一クラス二十人、あるいはそれ以下だと言う。私の頃は三クラスずつであった。

廃校か、と思った。思ったとたん、胸の下あたりを冷たい風が通り抜けた感じがした。

都市の空洞化が私の身体のその部分にもやってきて、すっぽりと抜けてしまった。直方体の空間が脇腹のあたりに出来ている。何だか、自分の小学校の頃の生活の全体がなくなった気がした。子供達が小学校へかよっていて、道端でうちの男の子が灌漑用水に向って立小便していたのを六年生の上の女の子が、口を尖らさせて、妻に訴えているのを、男の子は何のことだか、分らないらしく、ぽかんとしていたことがあった。長女はきっと彼女の同級生が下の男の子の小便を見て長女につげて非難したのである。男の子はいつもしていることなので別に悪いとは思っていない。まだ一年生だからだ。孫の大きなランドセルを背負って細い体で重そうに自動車をよけながら歩いている姿も。これら全てがみな消えて、脇腹の空間から抜けて行ってしまった。

長い原稿を丁寧に扱ってもらい、よい小説集にしていただいた鼎書房の方々、加曽利達孝さんにお礼を申し上げます。

令和四年四月

金山嘉城

＊作品の中に不適切な表現がありますが、発表当時のまま掲載させて頂きます。

金山嘉城（かなやま・かじょう）
1937年生　富山県高岡市在住　歯科医師
同人誌「裸人」主宰
中野重治の会会員　三田文学会会員
詩　集『犬は薔薇の匂い』
『赤翡翠の朝』
小説集『ボッティチェリの絵』
評論集「「女人裸像」中野重治の試み」など

小説　夢に溺れる人びと

発行日――二〇二二年五月二〇日　発行
著　者――金山嘉城
発行者――加曽利達孝
発行所――図書出版　鼎書房
〒132-0031　東京都江戸川区松島二-一七-二
電話・FAX　〇三-三六五四-一〇六四
URL http://www.kanae-shobo.com
印刷所――イイジマ・TOP印刷
製本所――エイワ
落丁、乱丁本は小社宛にお送りください。
送料は小社負担でお取り替えいたします。

ISBN978-4-907282-78-3 C0093